Contemporánea

Juan Marsé nació en Barcelona en 1933. Hasta los veintiséis años trabajó en un taller de relojería. De formación autodidacta, su primera novela, *Encerrados con un solo juguete*, apareció en 1960, seguida por *Esta cara de la luna*, en 1962. *Últimas tardes con Teresa* (1966), que obtuvo el Premio Biblioteca Breve, constituye junto a *La oscura historia de la prima Montse* (1970) el punto de arranque de un universo narrativo que estará presente en toda la producción literaria del autor: la Barcelona de la posguerra y el contraste entre la alta burguesía catalana y los emigrantes. *Si te dicen que caí* (1973), considerada su gran obra de madurez, fue prohibida por la censura franquista, publicada en México y galardonada con el Premio Internacional de Novela México 1973. *La muchacha de las bragas de oro* (1978) le valió el Premio Planeta. En *Un día volveré* (1982) recupera algunos de los temas y escenarios más recurrentes de su narrativa. En 1984 publicó *Ronda del Guinardó*; en 1986 la colección de relatos *Teniente Bravo* y en 1990 *El amante bilingüe*. *El embrujo de Shanghai* (1993) fue galardonada con el Premio Nacional de la Crítica y con el Premio Europa de Literatura 1994. En 2000 publicó *Rabos de Lagartija*, Premio Nacional de la Crítica y Premio Nacional de Narrativa. En 2005 el autor publicó *Canciones de amor en Lolita's Club*, en 2008 se le concedió el Premio Cervantes de las Letras Españolas y en 2011 vio la luz *Caligrafía de los sueños* (2011). En 2014 apareció su última obra de ficción hasta el momento, la novela breve *Noticias felices en aviones de papel*.

Juan Marsé

Últimas tardes con Teresa

Material didáctico
Mateo de Paz

DEBOLS!LLO

Primera edición: junio, 2015

© 1966, Juan Marsé
© 1998, 2005, Penguin Random House Grupo Editorial, S. A. U.
Travessera de Gràcia, 47-49. 08021 Barcelona
© 2015, Mateo de Paz Viñas, por la guía didáctica

Printed in Spain – Impreso en España

ISBN: 978-84-9062-810-2
Depósito legal: B-9.624-2015

Compuesto en M. I. maqueta S. C. P.
Impreso en Liberdúplex
Sant Llorenç d'Hortons (Barcelona)

P 628102

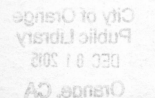

Penguin
Random House
Grupo Editorial

NOTA PARA ESTA EDICIÓN

La presente edición, que considero definitiva, contiene con respecto a la de hace veinte años el limado y pulido de algunas aristas demasiado sarcásticas y de algunos adornos y apliques retóricos e innecesarios, en algunos casos meras intromisiones del autor en el ámbito privado del lector. Sin embargo, lo mismo que en la edición anterior, estas correcciones respetan lo esencial, tanto en el fondo como en la forma.

J. M.
Barcelona, enero 1996

NOTA A LA SÉPTIMA EDICIÓN

Si de algo puede estar más o menos seguro un autor acerca de un libro suyo recién escrito, es de la distancia que media entre el ideal que se propuso y los resultados obtenidos, pese al rigor formal con que intentó amarrar el deseo y la realidad. Pero si se trata de un libro no reciente, escrito por ejemplo diez años atrás, como es el caso de éste, aquella dudosa certeza ha dejado de importunar y en su lugar alumbra un cálido estupor. Mis relaciones actuales con *Teresa*, después de estos años de convivencia, no sólo son buenas sino incluso más estimulantes de lo que yo había supuesto.

La novela ha pasado a ocupar el rincón menos sobresaltado de mi conciencia y allí fulgura suavemente, igual que un paisaje entrañable de la infancia. De vez en cuando he buscado, tanteando entre la espesura del texto, como si evocara un cuerpo joven emborronado por el tiempo, aquella supuesta gracia de ciertos miembros, los músculos y tendones que un día constituyeron el vigor del relato, la expresión más personal de una sensibilidad dócil y atenta. Pero el carácter nostálgico de esa clase de relectura no excluye algunas sorpresas. Por

9

ejemplo, aquellas amarras profesionales destinadas a acortar la famosa distancia insalvable, aquellas, tal vez triviales, soldaduras del relato, puentes de diseño o suturas de sentido, a las que concedí una desdeñosa y convencional funcionalidad, por una parte han adquirido con el tiempo una vida independiente y autónoma y por otra han enraizado secretamente con la materia temática que nutrió la historia, hasta el punto que podrían quizá llegar a constituir, para un lector de hoy, los auténticos nervios secretos de la novela, las coordenadas subconscientes mediante las cuales se urdió la trama.

Eso explicaría en parte el que jamás los críticos, ni los profesores de literatura, ni los eruditos, o como quiera que se llamen los que se dicen expertos en estas cuestiones, suelan ponerse de acuerdo sobre los propósitos del autor. Y precisamente con esta novela, el desacuerdo fue notable desde el primer momento. Pero no deseo (no sabría) aclarar aquí esta cuestión.

No había releído *Últimas tardes con Teresa* desde que corregí las pruebas en el invierno de 1965. A lo largo de estos nueve años, siempre que, en medio del monótono oleaje de diversos y aburridos quehaceres, he pensado en la novela, ha sido preferentemente para evocar tal o cual imagen predilecta, es decir, revivir algo que no sabría llamar de otra manera que simple placer estético. Solía escoger, con deleitosa reincidencia, imágenes como la de Teresa en su jardín de San Gervasio, avanzando hacia Manolo con el pañuelo rojo asomando por el bolsillo de su gabardina blanca y con una temblorosa disposición musical en las piernas. Y al Cardenal sentado en su sillón de mimbres color naranja, con su raído batín y su bastón, decoroso y pulcro, espiando la vida efímera de un músculo dorsal del murciano. Y a Manolo-niño pasmado en el bosque ante la hija de los Moreau, intentando asir en el pijama de seda de la niña la engañosa luz de la luna, la falsa cita con el futuro.

A Maruja remontando el Carmelo con su abriguito a cuadros y su pobre paraguas, deliciosamente emputecida. El despertar de Manolo ante las cofias y los delantales de criada en el cuarto de Maruja. Teresa extraviada en el salón de baile dominguero, entre tufos de sobaco, pellizcos en las nalgas y zancadillas a su frágil mito de solidaridad. Y al murciano tendiendo la mano a Teresa por encima del charco enfangado que les separa en el cementerio, bajo la lluvia que amenaza inundar su isla estival y mítica, intangible. Y la tenaz mirada glauca de la Jeringa, acurrucada en la ceniza del último capítulo del libro como un insecto maligno y vengativo.

Sé que estas imágenes componen una especie de colección particular cuyo dudoso encanto el lector puede perfectamente pasar por alto. Pero de algún modo forman la espina dorsal que sostiene toda la estructura, y que se articula desde el murciano-niño caminando hacia la *roulotte* de los Moreau, para advertirles de la peligrosa proximidad de quincalleros y vagabundos, hasta el propio Pijoaparte cayendo en la cuneta con la rutilante Ducati entre las piernas, flanqueado por dos policías motorizados que cortan su enloquecida carrera hacia Teresa.

Pero hay otros pasajes, aquellos que fueron concebidos con una recelosa convencionalidad, subtemas de transición o relleno, cosidos de tiempo y disgresiones o repliegues de la trama, y que ahora, revisando el texto con vistas a una nueva edición, no me han parecido tan desvalidos como temía ni dejan de registrar, también ellos, el primer latido del libro, su impulso temático inicial. Podría citar como ejemplo la transcripción de la calentura ideológica estudiantil que abre la tercera parte de la historia, y que está entroncada con el tema central más firmemente de lo que creía; o la distraída descripción del jardín del Cardenal, con sus florecillas silvestres y borrados senderos que no llevan a ninguna parte; o el desorden de flores y besos que Teresa y Manolo dejan tras ellos en su última noche juntos, sobre el confeti de la calle en fiestas; o el inicio del capítulo que encabeza una cita de Virginia Woolf; o las pesadas cometas en el violento cielo azul del Monte Carmelo, alineadas al viento como estandartes guerreros; o la nupcial alborada de ilusiones flotando sobre la ciudad aún dormida y que Manolo divisa desde lo alto del barrio. Pienso también en los mortíferos pechos de la Rosa, y en los hombros encogidos de Mari Carmen Bori sugiriendo elegantes aburrimientos, dinero y negligencia, y en la pierna recia, confortable, sosegadamente familiar y catalana de la señora Serrat...

Pero tal vez todo eso no son más que espejismos que la novela irradia exclusivamente para mí, espectros de aquel claro ideal que rondarán siempre la dudosa realidad obtenida.

Por lo demás, sólo me resta añadir que esta edición presenta, con respecto a las anteriores, algunas supresiones y correcciones que, por supuesto, no alteran nada fundamental ni afectan a cuestiones de tono y estilo.

J. M.
Barcelona, febrero 1975

Souvent, pour s'amuser, les hommes d'équipage
Prennent des albatros, vastes oiseaux des mers,
Qui suivent, indolents compagnons de voyage,
Le navire glissant sur les gouffres amers.

À peine les ont-ils déposés sur les planches,
Que ces rois de l'azur, maladroits et honteux,
Laissent piteusement leurs grandes ailes blanches
Comme des avirons traîner à côté d'eux.

Ce voyageur ailé, comme il est gauche et veule!
Lui, naguère si beau, qu'il est comique et laid!
L'un agace son bec avec un brûle-gueule,
L'autre mime, en boitant, l'infirme qui volait!

BAUDELAIRE

Caminan lentamente sobre un lecho de confeti y serpentinas, una noche estrellada de septiembre, a lo largo de la desierta calle adornada con un techo de guirnaldas, papeles de colores y farolillos rotos: última noche de Fiesta Mayor (el confeti del adiós, el vals de las velas) en un barrio popular y suburbano, las cuatro de la madrugada, todo ha terminado. Está vacío el tablado donde poco antes la orquesta interpretaba melodías solicitadas, el piano cubierto con la funda amarilla, las luces apagadas y las sillas plegables apiladas sobre la acera. En la calle queda la desolación que sucede a las verbenas celebradas en garajes o en terrados: otro quehacer, otros tráfagos cotidianos y puntales, el miserable trato de las manos con el hierro y la madera y el ladrillo reaparece y acecha en portales y ventanas, agazapado en espera del amanecer. El melancólico embustero, el tenebroso hijo del barrio que en verano ronda la aventura tentadora, el perdidamente enamorado acompañante de la bella desconocida todavía no lo sabe, todavía el verano es un verde archipiélago. Cuelgan las brillantes espirales de las serpentinas desde balcones y faroles cuya luz amarillenta, más indiferente aún que las estrellas, cae en polvo extenuado sobre la gruesa alfombra de confeti que ha puesto la calle como un paisaje nevado. Una ligera brisa estremece el techo de papelitos y le arranca un rumor fresco de cañaveral.

La solitaria pareja es extraña al paisaje como su manera de vestir lo es entre sí: el joven (pantalón tejano, zapatillas de básquet, niki negro con una arrogante rosa de los vientos estampada en el pecho) rodea con el brazo la cintura de la elegante muchacha (vestido rosa de falda acampanada, finos zapatos de tacón alto, los hombros desnudos y la melena rubia y lacia) que apoya la cabeza en su hombro mientras se alejan despacio, pisando con indolencia la blanca espuma que cubre la calle, en dirección a un pálido fulgor que asoma en la próxima esquina: un coche sport. Hay en el caminar de la pareja el ritual solemne de las ceremonias nupciales, esa lentitud ideal que nos es dado gozar en sueños. Se miran a los ojos. Están llegando al automóvil, un Floride blanco. Súbitamente, un viento húmedo dobla la esquina y va a su encuentro levantando nubes de confeti; es el primer viento del otoño, la bofetada lluviosa que anuncia el fin del verano. Sorprendida, la joven pareja se suelta riendo y se cubre los ojos con las manos. El remolino de confeti zumba bajo sus pies con renovado ímpetu, despliega sus alas níveas y les envuelve por completo, ocultándoles durante unos segundos: entonces ellos se buscan tanteando el vacío como en el juego de la gallina ciega, ríen, se llaman, se abrazan, se sueltan y finalmente se quedan esperando que esta confusión acabe, en una actitud hierática, dándose mutuamente la espalda, perdidos por un instante, extraviados en medio de la nube de copos blancos que gira en torno a ellos como un torbellino.

PRIMERA PARTE

¿Y en qué parte del mundo, entre qué gente
No alcanza estimación, manda y domina
Un joven de alma enérgica y valiente,
Clara razón y fuerza diamantina?

ESPRONCEDA

Hay apodos que ilustran no solamente una manera de vivir, sino también la naturaleza social del mundo en que uno vive.

La noche del 23 de junio de 1956, verbena de San Juan, el llamado Pijoaparte surgió de las sombras de su barrio vestido con un flamante traje de verano color canela; bajó caminando por la carretera del Carmelo hasta la plaza Sanllehy, saltó sobre la primera motocicleta que vio estacionada y que ofrecía ciertas garantías de impunidad (no para robarla, esta vez, sino simplemente para servirse de ella y abandonarla cuando ya no la necesitara) y se lanzó a toda velocidad por las calles hacia Montjuich. Su intención, esa noche, era ir al Pueblo Español, a cuya verbena acudían extranjeras, pero a mitad de camino cambió repentinamente de idea y se dirigió hacia la barriada de San Gervasio. Con el motor

en ralentí, respirando la fragante noche de junio cargada de vagas promesas, recorrió calles desiertas, flan-
queadas de verjas y jardines, hasta que decidió abandonar la motocicleta y fumar un cigarrillo recostado en el
guardabarros de un formidable coche sport parado
frente a una torre. En el metal rutilante de la carrocería,
sobre un espejismo de luces deslizantes, se reflejó su
rostro melancólico y adusto, de mirada grave y piel
cetrina, mientras la suave música de un fox acariciaba su
imaginación; enfrente, en un jardín particular adornado
con farolillos y guirnaldas de papel, se celebraba una
verbena.

La festividad de la noche, su afán y su trajín alegres
eran poco propicios al sobresalto, y menos en aquel
barrio; pero un grupo de elegantes parejas que acertó a
pasar junto al joven no pudo reprimir ese ligero malestar que a veces provoca un elemento cualquiera de desorden, difícil de discernir: lo que llamaba la atención en
el muchacho era la belleza grave de sus facciones meri-
dionales y cierta inquietante inmovilidad que guardaba
una extraña relación –un sospechoso desequilibrio, por
mejor decir– con el maravilloso automóvil. Pero apenas
pudieron captar más. Dotados de finísimo olfato, sensibles al más sutil desacuerdo material, no supieron ver
en aquella hermosa frente la mórbida impasibilidad que
precede a las decisiones extremas, ni en los ojos como
estrellas furiosas esa vaga veladura indicadora de ator-
mentadoras reflexiones, que podrían incluso llegar a la
justificación moral del crimen. El color oliváceo de sus
manos, que al encender el segundo cigarrillo temblaron
imperceptiblemente, era como un estigma. Y en los
negros cabellos peinados hacia atrás había algo, además
del natural atractivo, que fijaba las miradas femeninas
con un leve escalofrío: había un esfuerzo secreto e inútil, una esperanza mil veces frustrada pero todavía intacta: era uno de esos peinados laboriosos donde uno en-

cuentra los elementos inconfundibles de la cotidiana lucha contra la miseria y el olvido, esa feroz coquetería de los grandes solitarios y de los ambiciosos superiores.

Cuando, finalmente, se decidió a empujar la verja del jardín, su mano, como la de ciertos alcohólicos al empuñar el segundo vaso, dejó de temblar, su cuerpo se irguió, sus ojos sonrieron. Avanzó por el sendero cubierto de grava y, de pronto, le pareció ver una sombra que se movía entre los setos, a su derecha: en medio de una oscuridad casi completa, entre las ramas, dos ojos brillantes le miraban fijamente. Se detuvo, tiró el cigarrillo. Eran dos puntos amarillentos, inmóviles, descaradamente clavados en su rostro. El intruso sabía que en casos semejantes lo mejor es sonreír y dar la cara. Pero al acercarse, los puntos luminosos desaparecieron y distinguió una vaga silueta femenina alejándose precipitadamente hacia la torre; la sombra llevaba en las manos algo parecido a una bandeja. «Mal empezamos, chaval», se dijo mientras avanzaba por el sendero bordeado de setos hacia la pista de baile, que era en realidad una pista de patines. Las manos en los bolsillos, aparentando una total indiferencia, se dirigió primero al *buffet* improvisado bajo un gran sauce y se sirvió un coñac con sifón forcejeando entre una masa compacta de espaldas. Nadie pareció hacerle el menor caso. Al volverse hacia una chica que pasaba en dirección a la pista de baile, golpeó con el brazo la espalda de un muchacho y derramó un poco de coñac.

–Perdón –dijo.

–No es nada, hombre –respondió el otro sonriendo, y se alejó.

La serena indiferencia, casi desdeñosa, y la seguridad en sí mismo que vio reflejada en el rostro del muchacho le devolvió la suya. Bajo el sauce en penumbra y con el vaso en la mano se sintió momentáneamente a salvo, y moviéndose con sigilo, sin hacerse notar demasiado, buscó una pareja de baile que pudiera convenirle –ni muy llamativa ni muy modosita–. Advirtió que se trataba de una verbena de gente muy joven. Unas setenta personas. Muchas jovencitas llevaban pantalones y los chicos camisolas de colores. Por un momento llegó a sentirse ridículo y desconcertado al darse cuenta de que él era uno de los pocos que llevaban traje y corbata. «Son más ricos de lo que pensaba», se dijo, y le entró de repente ese complejo de elegante a destiempo que caracteriza a los endomingados. Había parejas sentadas al borde de la piscina, en cuyas aguas transparentes, de un verde muy pálido, flotaba un barco de juguete. Vio también algunos grupos que parecían aburrirse sentados en torno a las mesas; bajo los frondosos árboles donde colgaban bombillas de colores y altavoces, sostenían conversaciones lánguidas, intercambiaban miradas soñolientas. En una de las ventanas bajas e iluminadas estaba sentada una niña, en pijama, y dentro, en torno a una mesita, un grupo de mayores tomaban copas.

Sonaba un disco interminable con una serie clásica de rumbas. Los ojos del Pijoaparte, como dos estiletes, se detuvieron en una muchacha sentada al borde de la piscina. Era morena, vestía una sencilla falda rosa y una blusa blanca. Con la cabeza gacha, aparentemente desinteresada del baile, se entretenía trazando con el dedo líneas imaginarias sobre las grandes losas rojizas; la envolvía un curioso aire de timidez y de abandono, como si ella también acabara de llegar y no conociera a nadie. El intruso dudaba: «Si antes de contar a diez no me he plantado delante de esa chica, me la corto y la tiro a los perros.» Con el largo vaso en la mano, ya más seguro de sí –¿por qué le daba seguridad sostener aquel largo vaso color violeta?– se dirigió hacia la muchacha cruzando la pista, entre las parejas. Una luz violenta, con zumbidos de abeja, se derramó de pronto sobre su cabeza y sus hombros. Su perfil encastillado, deliberadamente proyectado sobre un sueño, levantaba a su paso un inquietante y azulado polvillo de miradas furtivas (como la suya, en regiones más tórridas, al paso de un raudo descapotable con la hermosa rubia dentro, los cabellos flotantes) y durante unos segundos se establecía una trama ideal de secretos desvaríos. Pero también había zonas tenebrosas: él no ignoraba que su físico delataba su origen andaluz –un *xarnego*, un murciano (murciano como denominación gremial, no geográfica: otra rareza de los catalanes), un hijo de la remota y misteriosa Murcia… Al tiempo que avanzaba hacia la piscina, vio a otra muchacha sentarse junto a la que él había escogido y hablar con ella afectuosamente, pasándole el brazo por los hombros. Observó a las dos con atención, calculando las posibilidades de éxito que cada una podía ofrecer: había que decidirse antes de abordarlas. La que acababa de sentarse, una rubia con pantalones, apenas dejaba ver su cara; parecía que estuviera confesándose a su amiga, que la escuchaba en silencio y con los ojos bajos. Cuando los alzó y miró al joven, próximo a ellas, en sus labios se dibujó una sonrisa. Y él, sin dudarlo un segundo, escogió a la rubia: no porque fuese más atractiva –en realidad apenas le había visto el rostro–, sino porque la insólita sonrisa de la otra le inquietaba. Pero en el instante de llegar a ellas e inclinarse –quizá un tanto desmesuradamente, cateto, se dijo a sí mismo– la rubia, que no había reparado en él, se levantó bruscamente y fue a sentarse más lejos, junto a un joven que removía el agua con la mano. Durante una fracción de segundo, por entre los dorados y lacios cabellos que cubrían parcialmente el rostro de la muchacha, el murciano pudo ver unos ojos azules que le golpearon el corazón. Pensó en seguirla, pero invitó a la amiga. «En el fondo es lo mismo», se dijo.

Ella ya se había levantado y permanecía quieta frente a él, indecisa, dirigiendo tímidas miradas a su rubia amiga, pero ésta, de espaldas, a un par de metros de distancia, no se daba cuenta de nada. Renunciando a llamar su atención, la joven morena tendió la mano al desconocido con una repentina viveza, exhibiendo de nuevo aquella misteriosa sonrisa, y, en vez de dejarse conducir hacia la pista de baile, tiró de él hacia lo más oscuro y apartado del jardín, entre los árboles, donde dos parejas bailaban abrazándose. El Pijoaparte soñaba. Notó que la mano de la muchacha, cuyo tacto resultaba extrañamente familiar, blando y húmedo, le transmitía una frialdad indecible, como si la hubiese tenido dentro del agua. Al abrazarla compuso su mejor sonrisa y la miró a los ojos. Era bastante más alto que ella, y la muchacha se veía obligada a echar la cabeza completamente hacia atrás si quería verle la cara. El Pijoaparte empezó a hablar. Su fuerte era la voz, una voz ronca, meridional y persuasiva. Sus bellos ojos hacían el resto.

–Dime una cosa. ¿Necesitas el permiso de tu hermana para bailar?

–No es mi hermana.

–Parece que le tengas miedo. ¿Quién es?

–Teresa.

Bailaba con desgana y se diría que sin tener conciencia de su cuerpo. Iba a cumplir diecinueve años y se llamaba Maruja. No, no era andaluza, aunque lo pareciera, sino catalana, como sus padres. «Mala suerte, hemos dado con una *noia*», pensó él.

–Pues no se te nota, no tienes acento catalán.

Ciertamente pronunciaba bien, con una voz susurrante y monótona. Era muy tímida. Su cuerpo, delgado pero sorprendentemente vigoroso, temblaba ahora en los brazos de él. El disco era un bolero.

–¿Vas a la universidad? –preguntó el Pijoaparte–. Me extraña no haberte visto.

La muchacha no contestó, y acentuó aquella sonrisa

enigmática. «Despacio, pedazo de animal, despacio», se dijo él. Bajando la cabeza, ella preguntó:

—Y tú ¿cómo te llamas?

—Ricardo. Pero los amigos me llaman Richard... Los tontos, claro.

—Al verte he pensado que serías algún amigo de Teresa.

—¿Por qué?

—No sé... Como Teresa siempre nos viene con chicos extraños, que nadie sabe de dónde saca...

—De modo que te parezco raro.

—Quiero decir... desconocido.

—Pues yo, es como si te conociera de toda la vida.

La atrajo más, rozó su frente y sus mejillas con los labios, tanteando el beso.

—¿Vives aquí, Maruja?

—Cerca. En Vía Augusta.

—Estás muy morena.

—No tanto como tú...

—Realmente, es que yo soy así. Tú estás bronceada de ir a la playa. Yo no he ido más que tres veces este año, realmente —repitió, encaprichado con un adverbio y con una manera de pronunciarlo que le parecía apropiado al ambiente pijo—. Es que no he podido, estoy preparándome para los exámenes... ¿Dónde vas tú, a S'Agaró?

—No. A Blanes.

—Ah.

El Pijoaparte esperaba que fuese S'Agaró. Pero en fin, Blanes no estaba mal.

—¿Hotel, realmente...?

—No.

—La torre de tus padres.

—Sí.

—Bailas muy bien. Con tantas preguntas como te he hecho, se me olvidaba la más importante. ¿Tienes novio?

Entonces la muchacha, repentinamente, inclinó la cabeza y se apretó con fuerza a su cuerpo, temblando. Él notó sorprendido el roce insistente de sus muslos y su vientre. Maruja volvía a comunicarle aquella sensación de abandono y desamparo de cuando la vio sentada junto a su amiga. No hizo caso –se está poniendo cachonda, se dijo–. Ensayó unos besos suaves en torno al labio superior, y finalmente la besó en la boca. No supo si era veleidad de niña rica y mimada o natural instinto de conservación, pero lo cierto es que se desconcertó al oírla decir:

–Tengo sed...

–¿Te traigo champaña? Supongo que toca a botella por pareja.

La muchacha se rió tímidamente.

–No, aquí se puede beber lo que quieras.

–Lo decía por ti. Las chicas os mareáis con nada. Bueno, ¿quieres que te traiga una copa?

–Prefiero un cuba-libre.

–Yo también, es una buena idea. Espérame aquí.

Los cohetes silbaban en lo alto. Los petardos lejanos y cada vez más espaciados, la música y el vasto zumbido de la ciudad desvelada le prestaban a la noche una profundidad mágica que no tienen las otras noches del verano. El jardín exhalaba aromas untuosos, húmedos y ligeramente pútridos mientras él caminaba hacia el *buffet*: se abría paso entre hombros dorados, vaharadas dulzonas de jóvenes cuerpos sudorosos y nucas bronceadas, axilas al descubierto y pechos agitados. Le oprimían, mientras preparaba las bebidas. Jamás había notado tan próximo el efluvio de unos brazos tersos y fragantes, el confiado chispeo de unos ojos azul celeste. Se sentía seguro, agradablemente arropado, y ni siquiera le inquietaban ya algunos muchachos con aire de responsables (sin duda los organizadores de la fiesta) que se movían en torno a él y le observaban. Puso bastante ginebra en el vaso de Maruja y regresó junto a ella para brindar...

–Por el mañana –dijo alegremente.·

Y la muchacha bebió despacio, mirándole a los ojos. Luego la llevó a un sofá-balancín instalado en medio del césped. Sentados, se besaron largo rato, dulcemente. Pero la oscuridad ya no les protegía como antes. Consultó su reloj: iban a dar las cuatro. Tras ellos, la historiada silueta de la torre empezaba a perfilarse sobre la claridad rojiza del cielo, donde las estrellas se fundían apaciblemente como trozos de hielo en un vaso de campari olvidado en la hierba. Algunos invitados ya se despedían. Tenía que darse prisa. Desde el espacio iluminado, tres jóvenes le miraban con una expresión que no dejaba lugar a dudas: se estaban preguntando quién diablos era y qué hacía en su verbena.

«Ahora es cuando empieza el baile», se dijo mientras se inclinaba para recoger su vaso. Luego susurró al oído de Maruja:

–¿Quieres otro cuba-libre? No te muevas, vuelvo enseguida.

Ella sonrió con aire soñoliento:

–No tardes.

Mientras preparaba las bebidas concienzudamente, sin prisas –esperaba la llegada de los tres señoritos–, calculó lo que le quedaba por hacer. Se trataba de bien poco, en realidad: deshacerse de ellos, concertar una cita con Maruja para mañana y despedirse. Entonces oyó sus pasos.

–Oiga –dijo una voz nasal, con un leve temblor irónico–. ¿Hace el favor de decirnos quién es usted?

El intruso se volvió despacio, sosteniendo un vaso lleno hasta los bordes en cada mano. Sonreía francamente, arrojándoles al rostro, como una insolencia, la descarada evidencia de su calma. Y como dispuesto a dejar que resbalara sobre él una broma inocente, una expansión de camaradería que en el fondo deseaba, cabeceó benévolamente y dijo:

—Me llamo Ricardo de Salvarrosa. ¿Qué tal, chicos?

El más joven de los tres, que llevaba un jersey blanco sobre los hombros y las mangas anudadas alrededor del cuello, soltó una risita. El Pijoaparte se puso repentinamente serio.

—¿Encuentras algo gracioso en mi apellido, chaval?

Cerró los ojos con una fugaz e inesperada expresión de azoro. Al abrirlos de nuevo no pudo evitar una mirada a los vasos que sostenía en las manos con el aire de quien mira la causa por la cual renuncia a estrangular al que tiene enfrente. Quizá por eso, aun sin saber muy bien lo que quería dar a entender, nadie dudó de sus palabras cuando añadió con la voz suave:

—Tú tienes mejor suerte.

—Aquí no queremos escándalo, ¿comprendes? —dijo el otro.

—¿Y quién lo quiere, amigo? —respondió él sin perder la calma.

—Bueno, a ver, ¿quién te ha invitado a esta verbena, con quién has venido?

Repentinamente, el joven del Sur compuso una expresión digna y levantó la cabeza con altivez. Acababa de descubrir, más allá de los muchachos, a una señora que le estaba mirando, de pie, con los brazos cruzados y una expresión fríamente solícita que disimulaba mal su inquietud. Debía de ser la dueña de la casa. Dispuesto a terminar cuanto antes, se adelantó muy decidido y pasó entre ellos. La cara volvió a iluminársele con una deslumbradora sonrisa de murciano, hizo una breve inclinación a la dama, y, con una calma y seguridad que subrayaba el juvenil encanto de sus rasgos, dijo:

—Señora, a sus pies. Soy Ricardo de Salvarrosa, seguramente conoce a mis padres. —La señora se quedó parada, evidentemente a pesar suyo, pero ello le valió gustar un poco más de aquella sorprendente galantería pijoapartesca–. Lamento no haber tenido el placer de serle presentado...

Habló de la verbena y de lo adecuado que resultaba el jardín para esta clase de fiestas, extendiéndose en consideraciones amables y divertidas acerca de la gran familia que todos formaban esta noche, pese a las caras nuevas, y acerca de la tranquilidad de un barrio residencial, la utilidad de las piscinas en verano, sus ventajas sobre la playa, etc. Con sonrisa meliflua, la señora asentía y convino con él en que la megafonía atronaba en exceso, pero apenas le interrumpió, dejándole ponerse en evidencia. En la voz del murciano había una secreta arrogancia que a veces traicionaba su evidente esfuerzo por conseguir un tono respetuoso. Su acento era otra de las cosas que llamaba la atención; era un acento que a ratos podía pasar por sudamericano, pero que, bien mirado, no consistía más que en una simple deformación del andaluz pasado por el tamiz de un catalán de suburbio –con una dulce caída de las vocales, una abundancia de eses y una ternura en los giros muy especial–, deformación puesta al servicio de un léxico con pretensiones frívolas a la moda, un abuso de adverbios que a él le sonaban bien aunque no supiera exactamente dónde colocar, y que confundía y utilizaba de manera imprevista y caprichosa pero siempre con respeto, con verdadera vocación dialogal, con esa fe inquebrantable y conmovedora que algunos analfabetos ponen en las virtudes redentoras de la cultura.

El rostro de la mujer no reflejó nada. Por supuesto, se empeñó en sostener la mirada del intruso, de aquel guapo impertinente cuyas ridículas palabras revelaban su origen, y la sostuvo largamente con la intención de fulminarle; pero no tuvo la precaución de medir las fuerzas en pugna ni la intensidad del recelo recíproco: el resultado fue desastroso para la buena señora (la única satisfacción que obtuvo —suponiendo que supiera apreciarla— fue advertir en alguna parte de su ser, que ella creía dormida, un leve estremecimiento que no experimentaba desde hacía años). Prefirió, con cierta precipitación, desviar los ojos hacia uno de los jóvenes:

—¿Qué ocurre, hijo?

—Nada, mamá. Yo lo arreglo.

El Pijoaparte tuvo una idea.

—Señora —dijo con voz uncida de dignidad—, como se me está insultando, y con el fin de evitarle tan desagradable espectáculo, quisiera hablar con usted en su despacho.

Esta vez la mujer se quedó atónita. Iba a decirle al chico que, naturalmente, no tenían nada que hablar en su despacho, y que además ella no tenía ningún despacho, pero ya él rumiaba una segunda idea:

—Está bien —dijo en un tono grave—. Me han pedido que guarde el secreto, no sé por qué, pero ha llegado el momento de hablar. —Hizo una pausa y añadió—: He venido con Teresa.

¿Qué le inducía a escudarse tras el nombre de aquella hermosa rubia, la amiga de Maruja? Ni él mismo lo sabía con exactitud; quizá porque tenía la esperanza de que la chica ya se hubiese ido, lo cual impediría o por lo menos retrasaría hasta mañana el conocimiento de la verdad. También porque acababa de recordar unas palabras que Maruja había pronunciado respecto a su amiga: «Teresa siempre nos viene con desconocidos.» De cualquier forma, era indudable que al invocar el nombre de Teresa había dado en el clavo: se hizo un silencio. La señora sonrió, luego suspiró y levantó los ojos al cielo, como si quisiera ponerle por testigo. Enseguida uno de los muchachos se echó a reír, cosa que él no esperaba. La madre que parió a esa gente, pensó.

—¿Quieres decir —preguntó uno de los señoritos— que ella te ha invitado?

–Eso.

–Lo habría jurado –exclamó el otro, mirando a sus amigos–. Su último descubrimiento político.

–¿Y dónde se ha metido esa tonta? –preguntó el hijo de la casa–. ¿Dónde está Teresa?

–Con Luis. Han ido a acompañar a Nené. No puede tardar.

–Tere está cada día más loca –añadió el de la risa–. Completamente loca.

–Lo que es una mema y una cursi –terció el hijo de la casa.

–Carlos… –amonestó su madre.

–Se pasa de rosca. Que invite a quien le dé la gana, pero que avise, caray. Me va a oír.

–En fin, criaturas –concluyó la señora, notando aún sobre ella la devota mirada del murciano, que ahora no comprendía ni una palabra de lo que allí se hablaba.

Aclarada momentáneamente la cuestión (conocía a la hija de los Serrat, aquella liosa y descarada, y sabía que era muy capaz de presentarse con un gitano), la señora se despidió con una sonrisa aburrida y se encaminó hacia la casa. La fiesta terminaba. Ellos, indecisos, se alejaron lentamente hacia la pista de baile. Se oyó al hijo de la dueña decir a sus amigos, en un triste tono de represalia:

–Cuando llegue esa estúpida, avisadme.

Maruja esperaba en el mismo sitio, inmóvil, pensativa, un tanto desconcertada: parecía una de esas infelices criaturas que en un momento determinado de sus vidas decidieron ser chicas formales, pero que ya en el presente, por razones que ellas no llegan a comprender del todo, el ser chicas formales empieza a no compensarlas en absoluto. Había en su rostro, en su sonrisa obstinada, esa tristeza conmovedora y perfectamente inútil de los que aconsejan a ricos y pobres que se amen. Abandonándose temblorosa a los brazos del murciano, transpiraba una especie de fatiga moral largo tiempo soportada, y que ahora la enardecía y la traicionaba: de aquella pretendida formalidad ya no quedaba más que la natural timidez y un dichoso aire de desamparo que el murciano no habría sabido determinar, pero que le resultaba decididamente familiar y le inquietaba, como si en él presintiera un peligro conocido.

Bailaron y se besaron en lo más húmedo y sombrío del jardín, inquietando a los pájaros, bajo un cielo rojizo que parecía palpitar entre las ramas de las acacias. El joven del Sur dejó de fingir, de repente las palabras de amor brotaban ardientes de sus labios, traspasadas, devoradas por la fiebre de la sinceridad: aun en las circunstancias en que por su temperamento intrigante y farolero se colocaba en el más alto grado de imprudencia, y por muy lejos que le llevaran su capacidad de mentira y su listeza, algo había en su corazón que le confería cierta curiosa concepción de sí mismo, su propio rango y su estatura espiritual, algo que le obligaba, en determinados momentos, a jugar limpio. Y aun sin quererlo, su boca había de acabar uniéndose a la de la muchacha con verdadera conciencia de realizar parte de un rito amoroso que requiere fe y cierta voluntad de entrega, cierto candor que aún se nutría de los sueños heroicos de la mocedad, y cuya pervivencia está más allá del pasatiempo y exige más dedicación, más fantasía y más valor del que desde luego hacían gala los más arrogantes pipiolos en esta verbena.

La música había cesado. Quedó con la muchacha para el día siguiente, a las seis de la tarde, en un bar de la calle Mandri. Luego se ofreció gentilmente a acompañarla, pero ella dijo que tenía que esperar a su amiga Teresa, que había prometido llevarla a casa en coche. No insistió, prefiriendo dejar las cosas como estaban.

Allí, bajo las acacias suavemente teñidas de rosa, con la brisa de la madrugada despertando nuevas fragancias en el jardín, el joven del Sur abrazó y besó a la muchacha por última vez, furiosamente, como si se fuera a la guerra. «Hasta mañana, amor…» «Hasta siempre, Ricardo…»

Al cruzar frente a la señora de la casa, Ricardo de Salvarrosa se despidió con una discreta y gentil inclinación de cabeza.

Para venir a poseerlo todo,
no quieras poseer algo en nada:
Para venir a serlo todo,
no quieras ser algo en nada.

San Juan de la Cruz

El Monte Carmelo es una colina desnuda y árida situada al noroeste de la ciudad. Manejados los invisibles hilos por expertas manos de niño, a menudo se ven cometas de brillantes colores en el azul del cielo, estremecidas por el viento y asomando por encima de la cumbre igual que escudos que anunciaran un sueño guerrero. En los grises años de la posguerra, cuando el estómago vacío y el piojo verde exigían cada día algún sueño que hiciera más soportable la realidad, el Monte Carmelo fue predilecto y fabuloso campo de aventuras de los desarrapados niños de los barrios de Casa Baró, del Guinardó y de La Salud. Subían a lo alto, donde silba el viento, a lanzar cometas de tosca fabricación casera, hechas con pasta de harina, cañas, trapos y papel de periódico: durante mucho tiempo coletearon furiosamente en el cielo de la ciudad fotografías y noticias del avance alemán en los frentes de Europa, ciudades en ruinas y el hongo negro sobre Hiroshima, reinaba la muerte y la desolación, el racionamiento semanal de los españoles, la miseria y el hambre. Hoy, en el verano de mil novecientos cincuenta y seis, las cometas del Carmelo no llevan noticias ni fotos, ni están hechas con periódicos, sino con fino papel de seda comprado en alguna tienda, y sus colores son chillones, escandalosos. Pero a pesar de esta mejora en su aspecto, muchas siguen siendo de fabricación casera, su armazón es tosca y pesada y se elevan con dificultad: siguen siendo el estandarte guerrero del barrio.

La colina se levanta junto al parque Güell, cuyas verdes frondosidades y fantasías arquitectónicas de cuento de hadas mira con escepticismo por encima del hombro, y forma cadena con el Turó de la Rubira, habitado en sus laderas, y con la Montaña Pelada. Hace ya más de medio siglo que dejó de ser un islote solitario en las afueras. Antes de la guerra, este barrio y el Guinardó se componían de torres y casitas de planta baja: eran todavía lugar de retiro para algunos aventajados comerciantes de la clase media barcelonesa, falsos pavos reales de cuyo paso aún hoy se ven huellas en algún viejo chalet o ruinoso jardín. Pero se fueron. Quién sabe si al ver llegar a los refugiados astrosos y agitanados de los años cuarenta, jadeando como náufragos, quemada la piel no sólo por el sol despiadado de una guerra perdida, sino también por toda una vida de fracasos, tuvieron al fin conciencia del naufragio nacional, de la isla inundada para siempre, del paraíso perdido que este Monte Carmelo iba a ser en los años inmediatos. Porque muy pronto la marea de la ciudad alcanzó también su falda sur, rodeó lentamente sus laderas y prosiguió su marcha extendiéndose por el norte y el oeste, hacia el Valle de Hebrón y los Penitentes. En su falda escalonada como un anfiteatro crece la hierba de un verde sombrío, salpicada aquí y allá por las alegres manchas amarillas de la ginesta. Una serpiente asfaltada, lívida a la cruda luz del amanecer, negra y caliente y olorosa al atardecer, roza la entrada lateral del parque Güell viniendo desde la plaza Sanllehy y sube por la ladera oriental sobre una hondonada llena de viejos algarrobos y miserables huertas con barracas hasta alcanzar las primeras casas del barrio: allí su ancha cabeza abochornada silba y revienta y surgen calles sin asfaltar, torcidas, polvorientas, algunas todavía pretenden subir más arriba en tanto que otras bajan, se disparan en todas direcciones, se precipitan hacia el llano por la falda norte, en dirección a Horta y a Montbau. Además de los viejos chalets y de algún otro más reciente, construido en los años cuarenta, cuando los terrenos eran baratos, se ven casitas de ladrillo rojo levantadas por emigrantes, balcones de hierro despintado, herrumbrosas y minúsculas galerías interiores presididas por un ficticio ambiente floral, donde hay mujeres regando plantas que crecen en desfondados cajones de madera y muchachas que tienden la colada con una pinza y una canción entre los dientes. Al pie de la escalera de la ermita de los Carmelitas hay una fuente pública en medio de un charco en el que chapotean niños con los pies descalzos: rosa púrpura de mercromina en nerviosas espinillas soleadas, en rodillas mohínas, en rostros oliváceos de narices chatas, pómulos salientes y párpados de ternura asiática. Más arriba el polvo, el viento, la aridez.

El barrio está habitado por gentes de trato fácil, una ensalada picante de varias regiones del país, especialmente del Sur. A veces puede verse sentado en la escalera de la ermita, o paseando por el descampado su nostalgia rural con las manos en la espalda, a un viejo con americana de patén gris, camisa de rayadillo con tirilla abrochada bajo la nuez y sombrero negro de ala ancha. Hay dos etapas en la vida de este hombre: aquella en que antes de salir al campo necesitaba pensar, y ésta de ahora, en que sale al campo para no pensar. Y son los mismos pensamientos, la misma impaciencia de entonces la que invade hoy los gestos y las miradas de los jóvenes del Carmelo al contemplar la ciudad desde lo alto, y en consecuencia los mismos sueños, no nacidos aquí, sino que ya viajaron con ellos, o en la entraña de sus padres emigrantes. Impaciencias y sueños que todas las madrugadas se deslizan de nuevo ladera abajo, rodando por encima de las azoteas de la ciudad que se despereza, hacia las luces y los edificios que emergen entre nieblas. Indolentes ojos negros todavía no vencidos, con los párparpos entornados, recelosos, consideran con desconfianza el inmenso lecho de brumas azulinas y las luces que diariamente prometen, vistas desde arriba, una acogida vagamente nupcial, una sensación realmente física de unión con la esperanza. En las luminosas mañanas del verano, cuando las pandillas de niños se descuelgan en racimos por las laderas y levantan el polvo con sus pies, el Monte Carmelo es como una pantalla de luz. Pero esa atmósfera de conciliación plenaria, de indulgencia general aquí y ahora, que en domingo permea la ciudad igual que un olor a rosas pasadas, al Carmelo apenas llega. No es sólo una cuestión de altitud: se diría que aquí todavía reina cierta sonrisa de Baal, el dios pagano que Jezabel adoraba y que fue expulsado de la originaria montaña de Palestina, una sonrisa poderosa como un músculo, hecha de astucia y de ironía vagamente impúdicas, frente a la blanca sonrisa chapucera del domingo que invade la colina con la pretensión de poner a sus habitantes en Dios sabe qué miserable armonía con la resignación y la Naturaleza. Porque no es tiempo todavía: han sido vistos ciertos perros y ciertos hombres cruzando el Carmelo como náufragos en una isla, y a veces las calles se estremecen con un viento sin dirección, enloquecido, ráfagas de ira e indignación llevándose voces innobles de locutores de radio, abominables canciones, llanto de niños, papeles de periódico, rastrojos quemados, olor a hierba húmeda, a excrementos de gato, a cemento, a heno y a resina; vuelan experimentadas moscas, rueda por el suelo una caja de cartón con letras impresas en un idioma pronto familiar (*Dry milk-Donated by the people of the United States of America*) y tropieza en los pies de un joven inmóvil, de rostro moreno y cabellos color de ala de cuervo, que contempla la ciudad desde el borde de la carretera como si mirara una charca enfangada.

Es el Pijoaparte. Ha mandado a un chiquillo a por un paquete de Chester en el bar Delicias. Mientras espera se arregla el nudo de la corbata y los blancos puños de la camisa. Viste el mismo traje que la víspera, zapatos de verano, calados, y corbata y pañuelo del mismo color, azul pálido. Unas risas ahogadas le llegan por la espalda: tras él, en la esquina de la calle Pasteur, un grupo de muchachos de su edad le observa hablando por lo bajo, burlándose de él. Cuando él se vuelve y les mira, las cabezas giran todas bruscamente hacia un lado como por efecto de un golpe de viento.

Acaba de salir de su casa, que forma parte de un enjambre de barracas situadas bajo la última revuelta, en una plataforma colgada sobre la ciudad: desde la carretera, al acercarse, la sensación de caminar hacia el abismo dura lo que tarda la mirada en descubrir las casitas de ladrillo. Sus techos de uralita empastados de alquitrán están sembrados de piedras. Pintadas con tiernos colores, su altura sobrepasa apenas la cabeza de un hombre y están dispuestas en hileras que apuntan hacia el mar, formando callecitas de tierra limpia, barrida y regada con esmero. Algunas tienen pequeños patios donde crece una parra. Abajo, al fondo, la ciudad se estira hacia las inmensidades cerúleas del Mediterráneo entre brumas y rumores sordos de industrial fatiga, asoman las botellas grises de la Sagrada Familia, las torres del Hospital de San Pablo y, más lejos, las negras agujas de la Catedral, el casco antiguo: un coágulo de sombras. El puerto y el horizonte del mar cierran el borroso panorama, y las torres metálicas del transbordador, la silueta agresiva de Montjuich. La casa del muchacho es la segunda de la hilera de la derecha, al borde de las últimas estribaciones de la colina. Vive con su hermano mayor y su cuñada y cuatro chiquillos endiablados. La casa fue del suegro, un viejo mecánico del barrio malagueño del Perchel, que llegó aquí con su hija en una de las primeras grandes oleadas migratorias de 1941, después de perder a su mujer y haber podido salvar los útiles de trabajo y algunos ahorros. Construyó la casita con sus manos y compró un pequeño cobertizo en lo alto de la carretera, entre una panadería y lo que hoy es el bar Pibe, convirtiéndolo en taller de reparación de bicicletas. Según todas las apariencias, el negocio no podía ir peor. El viejo murió después de ver casada a su hija, una rolliza malagueña de mirada cálida y sumisa, y después de haberle enseñado el oficio a su yerno, natural de Ronda, que había conocido a la muchacha trabajando en unos autos de choque durante la Fiesta Mayor de Gracia. El rondeño heredó el modesto negocio y una sorpresa mayúscula: los ingresos no provenían en realidad del taller, sino de cierto individuo de aspecto distinguido y palabra fácil, eclesiástica, que en el barrio llamaban el Cardenal y que resultó ser el comprador de todas las motocicletas que un mozalbete prematuramente envejecido y taciturno del Guinardó llevaba al taller, siempre de noche; motos cuya procedencia y ulterior destino, después de desguazadas en el taller y una vez en manos del Cardenal, el viejo mecánico del Perchel reveló a su yerno el día antes de entregarle a su hija, con el risueño embarazo de quien ofrece un regalo de bodas evidentemente superior a sus medios. A trancas y barrancas, con períodos de inactividad que amenazaban el cierre del minúsculo taller, y otros de euforia (cuatro: de ellos nacieron los cuatro hijos) el negocio clandestino de las motocicletas robadas siguió adelante, aunque nunca produjo lo suficiente para que el mecánico y su familia pudieran cambiar de vivienda y de barrio. Eran tiempos difíciles. Otros golfos más o menos delicados y juncales (seleccionaba el Cardenal) fueron sucediéndose en las entregas cuando el del Guinardó emigró a Francia. Eran de barrios alejados y de grandes zonas suburbanas, de Verdum, de la Trinidad, de Torre Baró. Nunca hubo más de dos a la vez, el Cardenal no lo permitía. En el otoño de 1952, cuando el Pijoaparte se presentó inesperadamente en el Monte Carmelo pidiendo hospitalidad a su hermano, el negocio tomó un impulso decisivo por motivos de pura seducción personal, a la cual el Cardenal era particularmente sensible. Pero todo esto no se vio claro hasta más adelante.

–Aquí tienes, Manolo –dijo una voz infantil a su lado.

Le dio al niño una rubia de propina y se guardó el paquete de Chester. Mientras bajaba por la ladera oía silbar y estallar en lo alto, en el límpido cielo azul de la tarde, los cohetes sobrantes de alguna verbena de la víspera.

A las seis estaba en el bar Escocés de la calle Mandri. No había casi nadie. Esperó a la muchacha durante tres horas. Deprimido y decepcionado, regresó a casa.

A mediados de septiembre de aquel mismo año, él y un compinche suyo, también del Carmelo, fueron a bañarse con dos muchachas a una playa situada cerca de Blanes. Era un domingo. Partieron muy de mañana, con las motocicletas y las cestas de la comida. Por vez primera en su vida, el Pijoaparte se concedía una aventura pasajera con una chica del barrio, concesión inesperada y en la que sus amigos creían ver un principio de decadencia.

Abandonando la carretera general, cuatro kilómetros después de Blanes, se habían internado por un camino de carro que conducía a la playa cruzando una finca particular. Iban con el motor en ralentí, deslizándose suavemente sobre el polvo. El Pijoaparte no hizo caso del letrero que advertía: «Camino particular. Prohibido el paso.»

–¡A la mierda con sus letreritos! –exclamó–. ¿Cómo diablos quieren que lleguemos a la playa? ¿En helicóptero?

–¡Eso, eso!

Tras él, siguiéndole a cierta distancia, su amigo Bernardo Sans se reía por lo bajo. Era un muchacho de corta estatura, fuerte, de ojos pequeños y perezosos materialmente pegados a una enorme nariz y con una mandíbula saliente y un poco torcida que daba a su rostro un aire bondadoso y tristón. El Sans admiraba a su amigo y se habría dejado matar por él. Era el séptimo hijo de un gitano catalán que se había hecho muy popular en Gracia esquilando caballos. La chica que llevaba en el asiento trasero era su novia, la Rosa, rechoncha y de piernas cortas, cara de luna y senos abundantes.

El camino les condujo hasta la parte de atrás de una antigua Villa, enorme y silenciosa, y tuvieron que desviarse hacia la izquierda. Derribaron con las motos la valla que rodeaba un pinar y escogieron un sitio sombreado a poca distancia de la arena. Al principio, sus miradas se vieron constantemente atraídas por la gran Villa de ladrillo rojo que se alzaba majestuosa a unos doscientos metros, frente al mar, con las paredes cubiertas de yedra. Era una vieja edificación de principios de siglo, cuyas dos torres rematadas por conos pizarrosos le daban un aire de castillo medieval a pesar de algunas reformas; una terraza construida en uno de los flancos comunicaba con las rocas que se hincaban en el mar; en las rocas habían labrado unos escalones que conducían a un embarcadero, donde se veía un fueraborda amarrado.

Comprobaron que no eran los primeros en invadir aquella propiedad privada: la valla estaba rota y entre los pinos había restos de comida y envoltorios de papel manchados de aceite. Pero no se veía a nadie, y la misma excitación producida por la confusa idea de hallarse bajo la poderosa mano de algún feudo, les incitó, por pura expansión nerviosa, a derribar unos metros más de valla.

–¡*Collons*, tú, no habría que dejar ni rastro! –decía el Sans.

El Pijoaparte guardaba silencio. Las muchachas, que ya se habían desnudado, consiguieron finalmente hacerles desistir de su obra destructora al echárseles sobre la espalda riendo y reclamar con sus cuerpos la merecida atención. Después de desayunar se bañaron, jugaron a la pelota y corrieron por la desierta playa. De vez en cuando la brisa les traía una música lejana, escapada sin duda de la Villa. El Pijoaparte se aburrió enseguida: vagaba por la orilla del mar o bien se internaba en el bosque, sin avisar, y no aparecía hasta mucho rato después. Contrarió su actitud, pero no extraño: de un tiempo a esta parte se le veía fácilmente irritable y entregado a la reflexión. De cuando en cuando se tumbaba en la arena, apartado de todos, con las manos bajo la nuca.

Lola, su pareja, no consiguió más que ponerle de peor humor con sus preguntas amables y su desmedido afán de agradar y ser útil, pero no sirviéndose de su anatomía (que era lo único que las niñas del Carmelo podían y debían ofrecer si de verdad querían ayudar en algo, según la opinión del murciano), sino de su pobre inteligencia. Por si fuera poco, había adivinado ya que la chica no tragaba. Era amiga de la novia de Bernardo Sans y vivía también en el Carmelo, pero el Pijoaparte apenas si había reparado nunca en ella. No le gustaba. Había consentido en llevarla consigo a instancias del Sans, quien se la había recomendado asegurándole que estaba en su punto. Pero cuando por la tarde, después de comer, cada uno escogió un sitio discreto bajo los pinos y se tumbó con su chica, él pudo confirmar su sospecha de que tenía entre las manos una materia resistente, terca y ancestral, herencia de convicciones que se abisman en las profundas simas de una invencible desconfianza, esa extraña materia que informa, desde hace cuánto tiempo, a la mayoría de chicas que él conoce: el miedo a los cuerpos.

Además, no paraba de hablar:

—No, no es que no quiera —decía con su voz aguda, tendida de lado junto a él y vigilando distraídamente las manos que la acariciaban—, no es eso, es que soy así, y no creas que no me gustas, siempre me has gustado... Te veía pasar por delante de casa todas las noches, sobre todo este invierno último, cuando ibas camino del bar, y siempre pensaba que eras diferente de los demás, no sólo más guapo, no sé, diferente, a pesar de que tú también juegas a las cartas con los viejos en el bar Delicias los domingos, en vez de ir al baile, a pesar de todo lo que se dice de ti en el barrio, y de tus amigos, el Sans y otros, que vendéis motos robadas y desvalijáis coches y que tu hermano os ayuda en el taller de bicicletas, ya verás lo que os va a pasar un día, ya verás, eso dicen, porque ¿de dónde sacáis el dinero? No es que me importe, pero así es, el dinero no es fácil ganarlo y tú nunca has trabajado que yo sepa, sólo un poco cuando llegaste del pueblo, en el taller de tu hermano, y ya te digo, no es que me importe... Por favor, eso no, ahí no, no está bien... Mucho dinero has tenido a veces, no digas ahora que es mentira, y tanto dinero no se gana trabajando honradamente… –Calló un rato, ante el suspiro de fastidio de él, y se subió, una vez más, los tirantes del traje de baño: él esperó diez segundos y se los volvió a bajar, sin muchas esperanzas: la Lola era una de esas mujeres de carnes hipocondríacas, blandas y tristes, que parecen muy manoseadas aunque nunca lo han sido y cuya expresión de asco, profundamente grabada en sus rostros hinchados y beatíficos, proviene no de la práctica excesiva del amor, sino precisamente de no haber hecho jamás el amor: es su expresión una mezcla de hastío, de dulzura y de remilgo, como si constantemente captaran con la nariz un olor pestilente pero de alguna manera beneficioso para su dignidad, o sus convicciones o simplemente su cutis tan fino y sonso, o lo que sea eso que las mantiene firmes en su soledad animal durante toda la vida–. Y no es que quiera meterme en lo tuyo, Manolo, en serio, yo no soy una chafardera, pregunta a quien quieras, pero también se habla de ti y de esa chica tan antipática, la Hortensia, la sobrina del Cardenal, siempre estás metido en su casa, ¿qué te dan?, aunque yo creo que no es por ella, sino por su tío y los asuntos que os traéis entre manos, vaya tipo raro ése también, se ve que pasó algo entre él y Luis Polo, aquel chico gallego que iba en tu pandilla y que dicen que la policía le pilló robando en el coche de un extranjero mientras tú escapabas de milagro, eso dicen en el barrio; un sábado fui al cine con la Rosa, Bernardo y ella estaban reñidos aquel día y ella no hacía más que llorar y me lo contó todo… ¡Ay, no seas bruto, que me haces daño…! –Se tapó el pecho con los brazos, notaba aún los dientes de él, pero no recogió la mirada anhelante ni la ternura de su mano acariciando su pelo, de modo que siguió hablando–: ¿Lo ves?, todos sois iguales, y luego qué, también de eso os cansáis…, qué haces, por favor… –Su voz perdía firmeza, se fue haciendo líquida–. Eso no, sabía que pasaría eso… ¿Qué vas a pensar de una chica que se deja…? Pero dime, ¿estas motos también son robadas? Aunque a ti por lo menos nunca te he visto borracho ni haciendo gamberradas por el barrio, es la verdad, las cosas como sean… Eso no, te digo. ¿Cómo puedes pensar que yo…, dónde crees que tiene una la honra?

Había tanta inercia y tanto miedo en aquel cuerpo, su entrepierna estaba tan helada… Se ladeó apartando los dientes con rabia, deslizando la espalda sobre las agujas de pino. Por encima de su cabeza, en las ramas, piaba un gorrión. «Vaya sitio para guardar la honra», pensó. El sol le daba ahora de lleno en los ojos, y, entornando los párpados, quiso resistir la cegadora luz hasta que se le saltaron las lágrimas. «Perra vida. Dinero, dinero, y no tengo más que diez cochinas pesetas en el bolsillo, todo lo que me queda del último transistor, y lo peor es que Bernardo no espabila, está bien cogido esta vez, va listo, la Rosa tiene más huevos que él y cómo le ha cambiado al chaval, le hace cantar de plano y luego va y se lo cuenta todo a esta golfa que se hace la estrecha, y ya todo el barrio lo sabe, me van a oír, ¡me cago en sus muertos…!»

Se incorporó de un salto. Cogió una naranja de la cesta de las chicas.

–¿Adónde vas? –preguntó la Lola. De repente tenía el miedo metido en los ojos–. ¿Qué vas a hacer? ¿Te has enfadado?…

El Pijoaparte se alejó entre los pinos hacia donde se habían tumbado el Sans y su novia. Les oyó reírse. El Sans estaba bocabajo y ella, a su lado, le hacía cosquillas en la espalda con una rama de romero. «¡Bernardo!», gritó Manolo. Apoyó el hombro en el tronco de un pino y empezó a pelar la naranja. «Ven aquí, tengo que hablar contigo.» «¿Ahora?» «Sí, ahora.» El Sans se incorporó a medias y de mala gana. Su novia hizo un mohín de fastidio, pero no se atrevió a mirar al Pijoaparte: era un oscuro temor el que la obligó a taparse rápidamente con algo de ropa, no la vergüenza de mostrarse desnuda; no era la primera vez que el murciano la sorprendía así, y desde luego el muchacho no era lo que se dice un extraño, sino el mejor amigo de Bernardo, aunque su mirada sí lo era a veces: aun sin verla (ella no se atrevía ahora a levantar la suya), la notaba recorriendo su cuerpo sin admiración ni mucho menos deseo, sino como un insulto, como un reproche dirigido a lo que esta desnudez representaba para Bernardo. La Rosa siempre le había inquietado, sobre todo por algo ingrato que había en su boca, como un amago de codicia; boca amarga y sin color, gruesa, dura como un músculo. Tenía turbios ojos de humo y los hombros lechosos y llenos de pecas. En traje de baño mostraba un cuerpo bonito, de cintura insospechadamente grácil, pero demasiado fofo y blanco, con esa blancura viscosa de las patatas peladas: había en todo él como una cachondez efímera, provisional, amenazada por el derrumbamiento más o menos próximo causado por la gordura, la virtud o el mismo miserable régimen de vida que la había deformado en el barrio. Ahora, en tono de reproche, murmuró: «Podrías avisar por lo menos, ¿no?» Él siguió pelando la naranja y nada dijo. Siempre supo que aquellos inmensos pechos redondos y ciegos, pintados con dos flores moradas y casi metálicas que le miraban a uno fijamente como unas gafas de sol, poseían algún secreto y terrible poder de destrucción: una vaga fisonomía bélica, mortífera, aniquiladora, que le dejaba a uno indefenso como si se hallara ante una infernal máquina de guerra que avanzara sembrando el caos y la muerte. Mientras tanto, el Sans se había incorporado un poco más y le miraba apoyándose en un codo, con la cabeza torcida a un lado y una dolorida mueca en los labios: él mismo parecía ya mortalmente herido.

–¿Se puede saber qué quieres ahora? –dijo, y sonrió astutamente con su gran boca de mono–. ¿Dónde está la Lola, ya la tienes en el saco?

–Deja de decir burradas y ven conmigo.

La Rosa murmuró algo entre dientes y rodó junto al Sans, aplastando su seno izquierdo en el hombro de él. Se reía con un cloqueo nervioso. El Pijoaparte intuyó vagamente que, el día menos pensado, la mortífera máquina haría fuego y le dejaría sin amigo.

–¿No me oyes, Bernardo? –exclamó–. ¡Venga, espabila!

Se despegó del árbol, lanzó una última mirada a la Rosa y caminó hacia la playa. El Sans se había levantado por fin y le seguía a regañadientes. La Rosa se tumbó de espaldas: provisionalmente, sus formidables útiles de trabajo, su fatal reclamo amoroso, quedaron como dos flanes rebosando sobre sus flancos.

Cuando ya pisaban arena, el murciano se volvió bruscamente y arrojó al rostro de su amigo las pieles de naranja.

–Eres un mierda, Bernardo. Un día te voy a partir la cara. Te advertí que no salieras en serio con esa golfa, ¿recuerdas? Te ha hecho cantar de plano y todo el barrio está hablando de nosotros.

–¿Cómo? –El Sans parecía no comprender. Estaba de cara al sol y hacía visera con la mano, la arena le quemaba las plantas de los pies y daba saltitos–. Tú, un momento, ¿qué te pasa? En el barrio siempre se ha hablado lo que se ha hablado, y a ti nunca te importó mucho, ni a mí tampoco. ¿A qué viene ahora este cabreo?

–Acabarás por meternos a todos en chirona. ¿Qué le contaste a la Rosa?

–¿Yo? Nada… Lo que pasa es que tienes miedo.

–¿Miedo? Me voy a cagar en tu padre, fíjate. Anoche tampoco quisiste trabajar, y el coche estaba solo, lo único que te pedí es que vigilaras mientras yo lo hacía todo, pero no quisiste, y tampoco la semana pasada, ni la anterior. ¿Qué cojones te pasa? Estás encoñado, ¿verdad? ¡Pues cásate de una vez y púdrete en un jodido taller como mi hermano, no merecéis otra cosa!

—No te pongas así, hombre.

—Y esta madrugada, una vez trincadas las motos, en lugar de llevarlas al taller me vienes con lloriqueos y que por favor vamos a la playa con las niñas, que si la Rosa y tú, que si la Lola está tan buena... ¡Y un cuerno!, ¿te enteras?

El sol caía sobre ellos, estaban inmóviles los dos, de pie sobre la arena, con las frentes perladas de sudor. El Sans bajó los ojos:

—No es eso, Manolo, es que... Ya te lo dije anoche, ella es otra cosa... La quiero.

—La quieres. Te hace pajas. Y la quieres.

—Cuidado con lo que dices. Además, que no es eso, que también, mira que esta vida que llevamos...

—Mejor que la de muchos, panoli.

—Cualquier día nos trincan como al Polo. El Cardenal está siempre con la tajada, es peligroso...

—Eres un imbécil.

Bernardo se inclinó a coger un puñado de arena.

—¿Sabes?, la Rosa cree que va a tener un crío.

El Pijoaparte le miró en silencio. La Rosa había disparado el rayo de la muerte.

—Bah, mentira segura —dijo después de pensarlo un rato—. No te fíes, Bernardo, no te fíes ni de Dios... ¿Cuándo lo has sabido?

—Uno tiene que casarse, ¿no?

—Eres un pobre diablo. Me das pena. Dime, ¿cuándo te lo ha dicho?

—Hace unos días. Se echó a llorar. Pero aún no es seguro.

—Nada, tú te haces el longuis...

49

–Pero ella dice…

–¡Mentira y gorda, joder! Ahora, que te estaría bien empleado. Todos sois iguales, la primera chavala que os friega el jodido conejo por las narices os caza. Nunca tendrás un puto duro, mira lo que te digo. A mí no me pasará, te lo juro por mi madre.

–A ti lo mismo, ya verás. –Sonrió zalamero, conciliador–. ¿Qué me dices de la Jeringa, de Hortensia, eh? Un guayabo, seriecita…

–Cállate. Tú qué sabes, eres un gilipollas, no sé cómo pude ser amigo tuyo.

El murciano dio unos pasos alrededor del Sans. Tenía aún la naranja, pelada, en las manos. Después de mirarla un rato la desgajó y empezó a comer en silencio. El Sans le observaba: había de pronto algo triste en el rítmico movimiento de aquellas mandíbulas, en la hermosa frente abatida, en los párpados abrumados y en las largas pestañas azulosas bajo el sol.

Y el Sans dijo:

–Yo sé que hablas por hablar, Manolo. Tú eres bueno. Eres el mejor amigo que he tenido.

El Pijoaparte le volvió la espalda.

–Por mi padre te lo digo, Bernardo: un día me cansaré y no me veréis más el pelo. Yo os di a ganar buenos dineros a todos los de la pandilla.

–Pero esto terminó, Manolo, y tú no quieres comprenderlo. El Cardenal está acabado, es un trompa y tiene miedo, es viejo ya. Todos se están apartando de él, y tú deberías hacer lo mismo.

–No es verdad. Y cállate. Vámonos de aquí.

Había empezado a caminar lentamente hacia los pinos, restregando contra su pecho las manos pringosas de jugo de naranja. «Hala, papá, vamos con las chavalas», dijo. El Sans trotaba a su espalda como un potrillo de alta escuela, cabeceando, alzando las rodillas hasta el pecho, lo mismo que si pisara brasas.

Debían de ser las cinco de la tarde cuando oyeron el brusco frenazo de un coche y una voz de mujer profiriendo insultos. Las chicas apenas tuvieron tiempo de cubrirse. El Pijoaparte fue el primero que se incorporó. Junto a las dos motocicletas recostadas sobre la valla caída, una mujer de unos cuarenta años despotricaba con los brazos en jarras. Vestía unos pantalones blancos inmaculados y una blusa color café anudada a la cintura, llevaba gafas de sol y tenía los ojos clavados en la valla rota. Manolo, con el torso desnudo y bañado en sudor, avanzó entre los pinos en dirección a la mujer mientras se abrochaba los pantalones. Tras él, a unos metros de distancia, iba el Sans. Las chicas se quedaron donde estaban, de pie, cubriéndose los pechos con las ropas. La mujer parecía empeñada en un intento demencial (apartar las motocicletas con el pie), cuando el Pijoaparte se fijó en el coche parado en el camino de la Villa, y por cuya puerta abierta salía en este momento una joven morena, vestida con una falda azul plisada y una severa blusa de manga larga, morada. Llevaba en las manos un libro de misa y una mantilla. La mujer estaba furiosa:

—¡Es el colmo! ¡Cada domingo la misma historia! ¿No han visto la valla? ¡Salgan inmediatamente del pinar…! ¡Marranos! —añadió al ver a las chicas medio desnudas—. ¡Acabaré por llamar a la guardia civil…!

—Oiga usted, señora —dijo lentamente el murciano, plantándose ante ella mientras acababa de abrocharse los tejanos. Descansó todo el peso del cuerpo en una pierna, en su indolente postura favorita. Por fin podría descargar toda la mala leche acumulada durante días y días. Llevaba el pelo largo y revuelto, y lo echó hacia atrás con la mano, sacudiendo la cabeza—. ¿Qué pasa? La valla ya estaba rota cuando nosotros hemos llegado, de modo que no chille tanto.

—¡Sois unos gamberros! ¿Qué cuesta respetar las

cosas? ¡Se instalan donde quieren, comen como cerdos, lo ensucian todo y rompen la valla y encima hacen sus marranadas con estas chicas…! ¿Cómo te atreves a presentarte así, desvergonzado?

—Sin faltar, doña, que mire que le parto la jeta.

Dio un paso al frente. Las cosas le iban tan mal últimamente, que estaba deseando escarmentar a alguien. Pero de pronto se detuvo como paralizado por un rayo. Su rostro palideció y su mirada quedó fija unos metros más allá de la mujer: la joven, que permanecía inmóvil junto a la puerta abierta del coche, le estaba mirando directamente a los ojos.

Instantáneamente, la actitud del murciano cambió por completo. Exhibió su esplendorosa sonrisa blanca, se inclinó ante la enfurecida señora y abrió los brazos en un rendido gesto de disculpa:

—Señora…, la verdad es que tiene usted razón. La juventud, ya sabe, nos gusta divertirnos… Realmente, no encuentro palabras para pedirle disculpas. —Se volvió hacia el Sans, que le miraba francamente pasmado—. ¡Vamos, no te quedes ahí como un monigote, pídele perdón a la señora!

El Sans consiguió balbucear algo. La señora, después de unos segundos de silencio, volvió a la carga sólo por aquello de dejar las cosas en su lugar:

—¡Miren cómo me han puesto todo! Estoy cansada de tener que limpiar todo esto de papeles y basura. Aquí no es sitio para merendolas, vayan a otra parte… —Y un tanto confusa por el giro imprevisto que había tomado la discusión, con la vaga idea de que le tomaban el pelo, dio media vuelta en dirección al coche y subió a él, añadiendo—: Espero que dentro de media hora se hayan marchado… Vamos, hija, vamos, ¡porque es que es el colmo!

Puso el motor en marcha. Manolo avanzó hacia el automóvil, desesperado por cruzar otra mirada con la muchacha. Inútilmente. Ella parecía haberle olvidado. La vio sentarse junto a la que debía ser su madre, con los ojos bajos y ruborizada. Él pensó en las burradas que había hecho. ¡Vaya espectáculo para una señorita! Llegar abrochándose la bragueta y encima decir aquello de la jeta a su madre. «Soy un desgraciado», pensó mientras observaba, impotente, cómo el coche se alejaba hacia la Villa.

El resto de aquella tarde, el Pijoaparte anduvo vagando como un perro enfermo por la playa y el pinar, en torno a la Villa. La Lola nada pudo hacer por recuperarle. De nada sirvieron sus continuas llamadas de hembra rechazada y ahora sumisa que está empezando a comprender que el sexo masculino está hecho de una materia mucho más cándida, soñadora y romántica de lo que ella creía; algo oscuro y difícil adivinó, en efecto, viendo la infinita tristeza que de pronto velaba los ojos de su compañero, algo intuyó acerca del porqué la actividad erótica puede ser a veces no solamente ese perverso y animal frotamiento de epidermis, sino también un torturado intento de dar alguna forma palpable a ciertos sueños, a ciertas promesas de la vida. Pero era ya demasiado tarde, y sólo obtuvo una mirada ausente y unas manos distraídas, frías y extraviadas, que recorrieron su cuerpo un breve instante y luego se inmovilizaron. El pensamiento de Pijoaparte, sus deseos, estaban muy lejos de allí.

Al anochecer, el muchacho seguía deambulando por los alrededores de la Villa con la esperanza de volver a ver a la señorita. Una sola vez, y sin que le diera tiempo a reaccionar, consiguió verla: fue un brevísimo instante en que ella se asomó a una ventana baja, en la pared trasera cubierta de hiedra, y sacó los brazos para cerrar los batientes con una precipitación que a él no le pasó por alto –y a falta de otra cosa, desplegó el rutilante abanico de su fantasía; y una vez más la imaginación fue por delante de los actos: corría como un loco hacia la ventana, que había vuelto a abrirse y dejaba ver a la indefensa muchacha debatiéndose en brazos de un señorito rubio, borracho, vestido de esmoquin...–. Pero por más que siguió atento a esa ventana, no volvió a verla abierta. El Sans no sabía si esperarle o marcharse con las chicas, puesto que las veces que le había llamado la atención sobre lo tarde que era, se había visto mandado literalmente a la mierda.

Al fin, cuando ya la noche iba a cerrarse, distinguió a la muchacha en el momento en que salía de la Villa en dirección al embarcadero; caminaba deprisa y se volvió dos o tres veces para mirar la terraza. El murciano le dio un codazo a su amigo, le cogió del brazo y se alejó un poco con él.

–Ya te estás pirando con las chavalas.

–¿Cómo...? ¿Y tú?

–Yo me quedo.

–¿Qué te pasa? Estás loco, si es casi de noche... Además, oye, ¡qué cabronazo eres, con las dos niñas de paquete me clavan una multa!

–Pues la pagas. –Le dio un afectuoso coscorrón–. Venga ya, que gastas menos que Tarzán en corbatas. Llévatelas de aquí, sé bueno, Bernardo.

Palmeó su espalda y se alejó por la playa, arrimado al pinar. Se había levantado brisa y la luna sonrosada empezaba a reflejarse en el mar. Pasó por delante de la Villa, a unos cincuenta metros, en el momento en que se iluminaban dos ventanales, uno tras otro. Le pareció oír una música de violines, ahogada por el rumor de las olas.

La muchacha estaba en el interior de la lancha fueraborda amarrada al embarcadero. Descalza, en cuclillas, con unos pies de pato colgados al hombro, buscaba algo entre unas toallas de colores. Llevaba una falda amarilla muy liviana y un niki sin mangas, blanco, tan ceñido que parecía que se le hubiese quedado pequeño. La embarcación, cuyos costados lamían las olas con lengüetazos largos y templados, se balanceaba suavemente. Después de dar un pequeño rodeo trepando por las rocas, el Pijoaparte saltó al embarcadero y se detuvo allí un instante, contemplando a la muchacha. Ella aún no había notado su presencia. Así encogida, con la cabeza sobre el pecho, inmóvil, sumergida en esa gravedad de los solitarios juegos infantiles, cuán indefensa y frágil parecía frente a la inmensidad del mar –y cruzó por la mente del murciano un fugaz espejismo, residuo de los sueños heroicos de la niñez: aquello era un terrible tifón, la muchacha estaba sin sentido en el fondo de la canoa, a merced de las olas enfurecidas y del viento mientras él luchaba a pecho descubierto, ya la tenía en sus brazos, desmayada, gimiendo, las ropas desgarradas, empapadas (¡despierte, señorita, despierte!), sangre en los muslos soleados y ese arañazo en un rubio seno, picadura de víbora, hay que sorber rápidamente el veneno, hay que curarla y encender un fuego y quitarle las ropas mojadas para que no se enfríe, los dos envueltos en una manta, o mejor llevarla en volandas a la Villa: el haber sabido respetar su desnudez abría una intimidad fulgurante que le daría acceso a las luminosas regiones hasta ahora prohibidas (*«papà, et presento el meu salvador...» «Jove, no sé com agrair-li, segui, per favor, prengui una copeta...»*) y él, que se había herido en una pierna al trepar por las rocas con la joven en brazos (¿o era un esguince de haber jugado al tenis?) cojeaba, cojeaba, cojeaba elegantemente, melancólicamente al avanzar ante la admiración y la expectación general hacia el cómodo sillón de la terraza, hacia una bien ganada paz y dignidad futuras...

Xarnego, no fotis!, parecía decirle el chapoteo monótono y burlón –y desde luego sin ninguna esperanza de verle elevarse a la dignidad huracanada que requería la ocasión– del agua en los costados del fueraborda. El murciano carraspeó, se despejaron los vapores de su mente y se acercó con paso decidido al borde del embarcadero.

–Deberías llevarte también el motor, Maruja –dijo sonriendo–. Por aquí merodean tipos que no son de fiar.

La muchacha levantó la cabeza tranquilamente. En su cara se reflejó primero una vaga sorpresa, y luego devolvió la sonrisa.

–¿De veras? –dijo, fijando de nuevo su atención en lo que hacía.

–Qué pequeño es el mundo, ¿verdad? –dijo él–. Me estaba preguntando, mientras venía a disculparme por lo de antes, una broma pesada, lo reconozco, pero en fin, una broma, me estaba preguntando si te acordarías de mí.

Maruja no contestó, aunque sonreía y le lanzaba furtivas miradas, siempre ocupada con sus toallas. A él le pareció que esta ocupación era ficticia, que la muchacha quería ganar tiempo. Debido a la postura, el niki se le había subido en la espalda y podía verse un pedazo de piel tersa y negrísima, con las vértebras muy marcadas.

–Bueno, prácticamente –añadió él–, esos que me acompañaban no son amigos míos. Les he conocido casualmente, en Blanes… Cuando tú has llegado con tu madre, me estaba despidiendo, prácticamente.

Maruja guardó silencio. Se incorporó y, con algunas toallas bajo el brazo y los pies de pato colgados al hombro, saltó de la lancha al embarcadero. Al hacerlo se le cayeron los pies de pato. El Pijoaparte se apresuró a recogerlos y se los colocó de nuevo, aprovechando para dejar un rato la mano en el hombro de la muchacha.

–¿Por qué no acudiste a la cita? –preguntó cambiando el tono de voz, acercándose más a ella–. ¿O es que ya no te acuerdas?

–Sí que me acuerdo. No pude ir.

Se apartó y empezó a caminar hacia los primeros escalones de la roca, pero él, con un par de rápidas zancadas, se le plantó delante y le cortó el paso, sonriendo:

–Espera, mujer. No creerás que voy a dejarte ir así, ahora que he tenido la suerte de volver a encontrarte. ¿Sabes que me he pasado meses y meses buscándote como un loco? ¿Sabes que he pensado en ti día y noche, bonita? Di, ¿lo sabes?

–No.

Estaban muy juntos. Sin querer, ella rozó con la rodilla la pierna del muchacho. En este momento, alguien en la Villa encendió las luces de la terraza y un haz luminoso se esparció sobre las rocas, por encima de ellos. Al mismo tiempo, se oyeron apagadas risas de mujer y la música, repentinamente, aumentó de volumen. Para el Pijoaparte por lo menos –ya que para ella estos pequeños incidentes debían carecer de importancia y de valor simbólico– fue una especie de señal convenida, relacionada con Dios sabe qué viejo sueño. Y sin esperar más, manteniendo el hombro apoyado en la roca, en una postura tranquila, tendió el brazo y atrajo a la muchacha hacia sí en el momento en que a ella empezaban a resbalarle de nuevo los pies de pato. Antes de que su boca tuviera tiempo de recorrer el corto trayecto hacia la de ella, ésta se le pegó desesperadamente. Como aquella noche en la verbena, el Pijoaparte notó que la muchacha empezaba abrazándose a él con una intensidad y una fuerza extrañas, no exactamente en función de una voluptuosidad en pugna consigo misma, sino más bien obedeciendo a una oscura necesidad de protección, para luego relajarse y dejar paso al deseo con esos imperceptibles movimientos regresivos y progresivos de la sangre, que él conocía y sabía controlar oportunamente en el cuerpo femenino. Era éste un lenguaje que comprendía mejor y que le tranquilizaba.

Recordaría durante muchos años el olor a polen de los pinos, el rumor de las olas, el suave chapoteo del agua en los costados de la lancha; recordaría siempre las imponentes torres de la Villa alzándose iluminadas contra el cielo estrellado, y sus grandes ventanales arrojando a la noche ráfagas de música, de luz e intimidad, fragancias conyugales, rumor de pasos y de risas, mientras la luna brillaba en lo alto ingrávida y solemne como una hostia. Desbordando aquel fino cuerpo de serpiente, el calor y las ansias de absoluto pasaron al vientre de la muchacha, que se abría como una planta sedienta recibiendo la lluvia, con tal intensidad y en una postura tan atrevida, que él no tuvo más remedio que dudar, por un instante, de su condición de señorita educada en la prudencia y el autocontrol. De repente, la muchacha se bajó los bordes del niki sobre los pechos y se despegó un poco, dejando la cabeza recostada en el pecho del murciano.

—Me están esperando para cenar –dijo con un hilo de voz–. Me están esperando...

Él no lo pensó dos veces:

—Maruja, esta noche vendré a verte –murmuró en su oído–. Cuando todos duerman, entraré por tu ventana...

—Cállate. Estás loco.

—Te juro que lo haré. Dime cuál es tu ventana.

—Déjame, déjame...

El Pijoaparte la retuvo.

—No, hasta que me digas dónde duermes.

—Pero ¿qué te has creído? ¿Quién te has figurado que soy yo...? –empezó ella con el aliento perdido.

La hizo callar con un nuevo beso, esta vez suavísimo, un roce apenas, un abandonado y tierno beso de desagravio por el cual se afirma el propósito de enmienda de todos los pecados menos de aquel que se tiene intención de cometer inmediatamente. No albergaba, sin embargo, esperanzas de que ella le indicara su habitación.

–¿Es aquella ventana por donde te has asomado esta tarde?

La muchacha le clavó una mirada rápida y asustada. Antes de escabullirse entre las rocas, le apretó un brazo con fuerza y lo miró con los ojos húmedos: «Por favor… Gritaré si vienes, te juro que gritaré.» Y echó a correr escaleras arriba hasta desaparecer en lo alto.

Durante cuatro horas la ventana permaneció cerrada. Unos metros más arriba, las luces de la terraza seguían festejando la noche, y él, sentado en el tronco cortado de un pino, con el mentón entre las manos y los ojos clavados en aquella ventana, creyó estar viviendo las horas más atroces de su existencia. Notaba frío en la espalda, y algo en su interior, allá dentro en las entrañas, empezaba a segregar la vieja tristeza que de niño corría por su sangre. «No quiere –se decía–, no quiere.» Oía música de discos, voces juveniles en la terraza, y vio llegar a un hombre en un coche, un caballero de pelo gris y aspecto distinguido, al que se recibió con alegres gritos de bienvenida. Luego, el miserable silencio de la hora de la cena, la despedida de unas amigas, de nuevo un rato de conversación, discreta, apacible, y por último un silencio total y definitivo. Ya ni siquiera miraba la ventana, tenía la frente abatida sobre el antebrazo, las últimas luces de la Villa, una a una, se apagaban, todo había terminado. «No quiere, maldita sea, no quiere.»

Jamás tuvo nadie una mirada tan perruna, una expresión tan triste, un conocimiento tan instantáneo y animal de la inmensidad de la noche, de la inútil vehemencia de las olas. La misma sensación de abandono le mantenía allí clavado, sin fuerzas, sin deseos, encogido sobre el tronco, con los ojos abiertos en la oscuridad e idéntica postura fetal que guardó en el vientre de su madre; abrazado a sus rodillas, la apatía del firmamento sobre su cabeza fue como un narcótico durante horas: era una inmovilidad tan perfecta del rostro, un tanto boquiabierto, una expresión tan petrificada, que parecía fundirse con la misma vacuidad cósmica que está más allá de toda frustración. ¡Aaaah...!, hizo sobre su cabeza la copa de un pino estremecida por la brisa.

Tardó un poco en darse cuenta. Primero fue el rayo de luz que se filtró entre los batientes de la ventana, y que volvió a apagarse enseguida, y luego el golpe seco de la madera en el muro: el Pijoaparte ya estaba en pie, tembloroso, iniciando con la mente más que con los pies una veloz carrera hacia la Villa, cuando aún, en realidad, permanecía inmóvil, alisando precipitadamente sus cabellos con la mano y comprobando el estado de su ropa. Luego, a medida que se acercaba al muro cubierto de hiedra, distinguió la ventana abierta y las sombras interiores, más densas aún que las de la noche. Tuvo que pisar un macizo de flores que flanqueaba la pared. Se detuvo. La ventana le llegaba al pecho. No oyó ningún ruido. Antes de saltar al interior se asomó: nada, excepto la mancha blanca de la sábana sobre la silueta informe de un cuerpo. Entró sin hacer ruido, deslizándose directamente hacia la cama.

Bocabajo, ciñendo la sábana a su cuerpo con los brazos pegados a los costados, y con media espalda dorada por el sol al descubierto, Maruja parecía dormir tranquilamente. Su perfil destacaba gracioso y nítido sobre la almohada. El intruso dudó unos segundos al pie del lecho, escuchando los latidos de su corazón, y luego se acercó a ella y se inclinó sobre su cabeza. Le penetró el cálido olor del lecho y de la piel femenina, el perfume de los cabellos, y su miedo se esfumó. Estuvo un rato susurrando el nombre de la muchacha, los labios pegados a su oído, la cogió luego muy suavemente por los hombros, pero de pronto se vio obligado a sujetarla. Maruja, con la sábana apretada al pecho, se incorporó.

—¡¿Cómo te has atrevido...?! ¡Te he dicho que gritaría!

—Y yo te he dicho que vendría. Tenemos que hablar, Maruja, sólo quiero decirte una cosa, no me iré de aquí sin decírtela...

Ella saltó de la cama, por el otro lado, y se quedó allí de pie, envuelta en la sábana. Él también se levantó, avanzó hacia ella, que murmuraba: «¡Dios mío, no puedo creerlo!», arrinconada junto a la mesita de noche. Su cara y sus hombros morenos se confundían con las sombras de la habitación.

—Voy a gritar si no te vas ahora mismo —dijo en un tono próximo al llanto—. ¡¿Me oyes?! ¡Voy a gritar...!

El murciano se inmovilizó. Había notado algo que le hizo desechar repentinamente cualquier duda que aún pudiera quedarle sobre sus posibilidades de éxito; no fue el tono de las amenazas de ella —tono que ahora estaba al borde del llanto, ciertamente, pero al que había faltado convicción desde el primer momento—, sino un gesto de su mano que él pudo distinguir claramente a pesar de la oscuridad, el gesto que hizo de llevarse los dedos a la nuca para atusar sus cabellos, ladeando ligeramente la cabeza con ese aire de tranquila indiferencia que brota incluso, por reflejo espontáneo de la veleidad femenina, en los momentos menos a propósito. Y, fiel a ese mandato que a veces le dictaba su instinto, el Pijoaparte avanzó hacia la muchacha tendiéndole la mano, seguro de sí mismo.

—Amor mío, no puedes engañarme —dijo—. Adelante, grita.

Hubo un silencio, y en aquel momento tuvo la absoluta certeza de que la muchacha iba a ser suya. Casi al mismo tiempo, ella empezó a gimotear débilmente, dejándose caer sentada en la cama, con la cabeza abatida sobre el pecho. El joven del Sur se sentó a su lado y la rodeó con el brazo, besó sus ojos suavemente, con una emoción auténtica, hasta que secó sus lágrimas, quemando; abrazándose a él, finalmente, la muchacha se tendió de espaldas apartando la sábana.

Sus rodillas soleadas emergieron en la penumbra, temblorosas, cubiertas de una fina película de sudor y de pasmo: ha visto su hermosa y rebelde cabeza inclinada fervorosamente, buceando en tinieblas, hasta posar la frente en una piel abrasada ya no por el estúpido sol de las playas patrimoniales, sino por el deseo. Para él, en cambio, recorrer con los labios aquel joven cuerpo bronceado, aprenderlo de memoria con los ojos cerrados, significaba además sentir el gusto de la sal en la boca, violar el impenetrable secreto de un sol desconocido, de una colección de cromos rutilantes y luminosos nunca pegados al álbum de la vida.

Y todas las playas de este mundo, caprichosos sombreritos de muchacha, prendas de finísimo tejido en azul, verde, rojo, sandalias paganas en pies morenos de uñas pintadas, parasoles multicolores, senos temblorosos bajo livianos nikis a rayas y blusas de seda, sonrisas fulgurantes, espaldas desnudas, muslos dorados y calmosos, mojados y tensos, manos, nucas, adorables cinturas, caderas podridas de dinero, todas las maravillosas playas del litoral reverberando dormidas bajo el sol, una música suave ¿de dónde viene esa música?, esbeltos cuellos, limpias y nobles frentes, cabellos rubios y gestos admirablemente armoniosos, bocas pintadas, concluidas en deliciosos cúmulos, en nubes como fresa, y tostadas, largas, lentas y solemnes antepiernas con destellos de sol igual que lagartos dorados, esa música ¿oyes?, ¿de dónde viene esa música?, mira la estela plateada de las canoas, la blanca vela del balandro, el yate misterioso, la espuma de las olas, mira los maravillosos pechos de la extranjera, esa canción, esa foto, el olor de los pinos, los abrazos, los besos tranquilos y largos con dulce olor a carmín, los paseos al atardecer sobre la grava del parque, las noches de terciopelo, la disolución bajo el sol...

Luego, sobre el cuerpo de la muchacha, con los codos hincados firmemente junto a sus hombros, impuso su ritmo: en la espalda sentía las pequeñas manos deslizándose, modelando su esfuerzo, y la otra caricia sin forma pero infinitamente más tangible, con toda su real presencia, de aquello que tan orgullosamente se levantaba con la Villa entera por encima de los dos cuerpos, por encima de la oscuridad y del mismo techo: todo el peso de las demás habitaciones, de los nobles y antiguos muebles, las escaleras alfombradas, los salones en penumbra, las lámparas, las voces. Entró en la muchacha como quien entra en sociedad: extasiado, solemne, fulgurante y esplendorosamente investido de una ceremonial fantasía del gesto, maravilla perdida de la adolescencia miserable.

Constató, además, un hecho importante en nuestras latitudes: la muchacha no era inexperta, circunstancia que provocó en su mente enfebrecida, transportada, una momentánea confusión. Fue, por un breve instante, como si se hubiese extraviado. No llegó a ser un sentimiento, sino una sensación, un brusco retroceso de la sangre y un vacío en la mente, pero no pasó de ahí y se esfumó enseguida.

Y hasta que no empezó a despuntar el día en la ventana, hasta que la gris claridad que precede al alba no empezó a perfilar los objetos de la habitación, hasta que no cantó la alondra, no pudo él darse cuenta de su increíble, tremendo error. Sólo entonces, tendido junto a la muchacha que dormía, mientras aún soñaba despierto y una vaga sonrisa de felicidad flotaba en sus labios, la claridad del amanecer fue revelando en toda su grotesca desnudez los uniformes de satén negro colgados de la percha, los delantales y las cofias, sólo entonces comprendió la realidad y asumió el desencanto.

Estaba en el cuarto de una criada.

Elle n'était pas jolie,
elle était pire.

Victor Hugo

Apenas si llegó a tener conciencia de las largas horas enfebrecidas que se habían replegado aquí, entre las tristes cuatro paredes de este dormitorio, y que un día arroparon un sueño desamparado y enloquecido semejante al suyo: su primer impulso fue abofetearla.

Se incorporó bruscamente y se quedó sentado en la cama, anonadado, con los ojos como platos. Aparte la significación insolente y brutal que este amanecer le confería, el cuarto no tenía nada de particular: era pequeño, de techo muy alto, inhóspito, con un viejo armario de dos lunas, una mesita de noche, dos sillas y un perchero de pie. Sobre la mesita de noche había un despertador, un paquete de cigarrillos rubios, una novelita de amor de las de a duro y una fotografía enmarcada donde se veía, junto a un automóvil Floride parado frente a la entrada principal de la Villa, a Maruja con su uniforme de satén negro y cuello almidonado y a una muchacha rubia que defendía sus ojos del sol haciendo visera con la mano: su rostro quedaba en sombras y no era fácil de reconocer. El de Maruja, en cambio, estaba perfectamente iluminado pero iniciando un movimiento hacia atrás, hacia la puerta abierta del coche, como si en el último momento hubiese pensado que, cerrándola, la foto quedaría mejor.

De un violento manotazo la fotografía fue a parar al suelo. Como a la luz de un relámpago, como esos moribundos que, según dicen, ven pasar vertiginosamente ante sus ojos ciertas imágenes entrañables de la película de sus vidas segundos antes de morir, el Pijoaparte, en el preciso instante de volver a dejarse caer de espaldas en el lecho, antes de que su mano se lanzara instintivamente a despertar a bofetadas a la criada, tuvo tiempo de ver cómo cruzaba por su recuerdo, durante una fracción de segundo, una de las imágenes más obsesionantes de su infancia, la que quizá se le había grabado con más detalle y para siempre: ingrávido en el tiempo, bajo un palpitante cielo estrellado, abrazaba de nuevo a una niña enfundada en un pijama de seda.

Maruja se ovilló sobre la cama, con los ojos cerrados. No lanzó ni un gemido. Estuvo un rato cubriéndose la cara con los brazos y luego ni siquiera eso: inmóvil, insensible a los golpes, sometida, el total relajamiento de músculos bajo la piel morena parecía anunciar la inminencia de un nuevo estremecimiento de placer que él no había previsto, de modo que la mano del murciano, pasmada, se detuvo a unos centímetros del cuerpo desnudo y cálido, que ahora se dio la vuelta hacia él; era como si el ser despertada a bofetadas no representara para ella ninguna sorpresa, como si ya estuviese hecha a la idea desde hacía tiempo. Luego, el Pijoaparte saltó de la cama y fue hacia la ventana, donde apoyó los codos y quedóse mirando fuera, a lo lejos, más allá de las sombras que todavía flotaban en el pinar. Una vaga y triste sonrisa bailaba en sus labios.

–Conque una marmota –murmuraba para sí mismo–. ¡Una repajolera y jodida marmota! ¡Tiene gracia la cosa!

Ella no se atrevía a moverse. Le ardían las mejillas y los antebrazos. Encogida en un extremo de la cama, tendió lentamente la mano hacia el suelo para recuperar la sábana y cubrirse, pero se inmovilizó de nuevo al oír al exclamación del chico: «¡Coño, si tiene gracia!» La mano volvió prontamente a su sitio, sobre el corazón. Con las rodillas se tocaba el pecho. Sus ojos asustados vigilaban ahora los movimientos del murciano.

–¿De quién es esta Villa? –preguntó él, volviéndose–. ¿No me oyes?

Maruja no contestó. Lanzaba rápidas y llorosas miradas al muchacho, miradas somnolientas, llenas de una especial simpatía cuya naturaleza proponía algo, sugería algo profundo y sórdido que él conocía muy bien y que identificó enseguida; la aceptación de la pobreza; era esa dulce mirada fraterna que implora la unión en la desventura, el mutuo consuelo entre seres caídos en la misma desdicha, en la misma miseria y en el mismo olvido; era esa ráfaga de solidaridad que se abate sobre los seres unidos en la desgracia por destinos idénticos, como en la cárcel o en los prostíbulos, un sentimiento de renuncia y de resignación que al Pijoaparte le aterraba desde niño y contra el cual habría de luchar durante toda su vida.

–¡Contesta, raspa! ¿De quién es la Villa?

Seguía apoyado en la ventana y miraba a la muchacha. Ella presentía el poder de este cuerpo: la leve flexión de la vigorosa espalda, debido a una postura negligente y perezosa que arrancaba de la cadera, hacía que la pálida luz de la madrugada se deslizara suavemente desde los hombros hasta difuminarse en la cintura esbelta y prieta.

La muchacha bajó los ojos.

–¿Por qué quieres saberlo…?

–Eso a ti no te importa una mierda. Contesta, ¿quién vive aquí?

–Unos señores. Los dueños de la Villa.

–¿Tus señores?

–Sí…

–¿Cómo se llaman?

–Serrat.

El Pijoaparte meneó tristemente la cabeza. Una sonrisa burlona luchaba por abrirse paso en medio de su expresión desdeñosa.

–¡Vaya trabajo el tuyo! –dijo–. ¿Y qué hacen aquí, tus señores, además de bañarse y tocarse los huevos todo el día?

–Nada… Veranean.

–¿Son muy ricos?

–Sí… Creo que sí.

–¡Sí, creo que sí! Ni siquiera sabes en qué mundo vives, menuda estúpida estás tú hecha. ¿Son muchos?

–¿Cómo? –Maruja hablaba en un susurro–. No. El señor sólo viene los fines de semana.

–Pues anoche había mucha gente.

–Amigos de la señorita…

–¡No te oigo!

–Amigos de la señorita.

Maruja volvió a cerrar los ojos. Él la estuvo mirando un rato con curiosidad: la misma extraña combinación de sueños que le había traído a este dormitorio le hacía considerar ahora la situación de la muchacha con una ironía no exenta de cierta pena. Se acercó a la cama.

–Te crees muy lista ¿verdad, muñeca?

Ella negó con imperceptibles movimientos de cabeza. De nuevo estaba a punto de llorar. Se mordía el labio inferior y sus ojos brillaban en la penumbra como dos ascuas.

–Ricardo… –susurró.

–¡Yo no me llamo Ricardo! Aquí vamos a aclarar muchas cosas, y tú la primera.

Se arrodilló sobre la cama. Maruja se incorporó y quedó sentada en el borde, al otro lado, dándole la espalda. Se atusó los cabellos con la mano.

–Ahora tengo que vestirme –dijo con un resto de voz–. Hay que preparar el desayuno.

–Quieta. Es temprano.

–Ella siempre se levanta muy temprano…

–¡No me des la espalda cuando yo te hablo! –bramó él. Adivinó el escalofrío que recorrió la espina dorsal de la muchacha y que la dejó erguida. Con la mano todavía en los cabellos, Maruja rectificó su posición y se sentó un poco de lado, dándole el perfil con los ojos bajos–. Así está mejor. ¿Ella se levanta temprano? ¿Quién es ella?

–La señorita Teresa.

–¿Quién? –Se quedó pensativo, le pareció recordar–. ¿La rubia de la verbena, la que dijiste que era tu amiga?

–Sí.

Despacio, el murciano se tendió de espaldas sobre la cama, con cierta voluptuosidad. «Teresa», murmuró con los ojos clavados en el techo, y por su mirada se hubiese dicho que tenía conciencia de haberse equivocado no de muchacha, sino simplemente de habitación.

Cuando Maruja iba a levantarse, él, cruzándose en la cama, la cogió fuertemente del brazo y la obligó a seguir sentada.

–Y ahora cuéntame, raspa, desembucha. ¿Por qué has hecho esto?

–¿Qué he hecho yo…? Si yo no he hecho nada.

–Ya sabes a lo que me refiero. Me has mentido como una golfa.

–No es verdad. La culpa ha sido tuya, te dije que no

vinieras. Yo no sé qué cosas pensarías de mí, pero no te he engañado nunca. Creía que…

–Qué.

–Creí que yo te gustaba un poco… que me querías un poco. En la verbena de San Juan me dijiste todas aquellas cosas tan bonitas, y también esta noche…

–¡Pero bueno, tú estás chalada! ¿Qué te crees, que me chupo el dedo? ¿Qué puñeta hacías tú en la verbena?

–Por favor, suéltame, que me haces daño.

–¿Qué hacías tú allí, una marmota, entre todas aquellas señoritas? ¡Contesta!

–Ahora tengo mucha prisa –intentó levantarse–. ¡Por favor!

Él la obligó a volverse del todo, y, después de forcejear para que apartara los brazos, se disponía a golpearla en la cara con el revés de la mano. Pero la muchacha se abrazó a él, llorando. El murciano masculló una blasfemia; empezaba a desear darse de bofetadas a sí mismo, empezaba a sospechar que allí el único imbécil era él. Hubo un largo silencio, roto solamente por los sollozos de Maruja, que escondía la cara en su pecho. El Pijoaparte deseó encontrarse a cien kilómetros de allí, pero algo le impedía desprenderse de la chica. De pronto, hiriendo los tímpanos con su furioso zumbido metálico, sonó el despertador de la mesilla de noche. A él le pareció que todo empezaba a temblar, tenía la sensación de que aquel maldito cacharro sonaba dentro de su propia cabeza.

–¡Maldita sea mi suerte!

–Si de verdad me quisieras, Ricardo… –empezó ella, pero el Pijoaparte se soltó bruscamente y se tumbó de nuevo en la cama.

–Vete al infierno, ¿me oyes? ¡Y yo no me llamo Ricardo, me llamo Manolo!

El despertador seguía sonando y tembloteando espasmódicamente en la mesita de noche, como una alimaña herida de muerte. Luego fue perdiendo fuerza poco a poco. Maruja, repentinamente dueña de sí, lo paró poniendo la mano encima y acto seguido se levantó, cabizbaja, secándose con el antebrazo las lágrimas que corrían por sus mejillas.

–Tengo que vestirme. Tecla ya se habrá levantado...

–¿Quién mierda es Tecla? ¿Otra marmota? ¡Vaya nombrecito!

–Es la cocinera.

–Lárgate cuanto antes, no quiero ni verte.

Ella, desnuda, con un paso flexible y tímido, fue primero hasta la ventana y la entornó. El Pijoaparte quedó sorprendido y admirado al ver su cuerpo en movimiento: tenía la quieta suavidad de las casadas, una elasticidad en reposo, un levísimo temblor de partes blandas, independiente por completo del movimiento agresivo de las caderas ligeramente echadas hacia adelante y del juego perezoso pero ágil de las corvas: durante unos segundos se estableció una trama vital de equilibrio entre la rodilla apenas doblada, el combado contorno de la pierna avanzada y el temblor de aquellas partes más sensibles del cuerpo. El encanto emanaba de cierta contención, cierta economía de gestos que por supuesto nada tenía que ver con la timidez o el pudor sino más bien con las buenas maneras de los ricos y el adecuado régimen alimenticio que debían gozar los señores que ella servía y que de alguna manera difícil de determinar, a veces, algunas criadas naturalmente dispuestas a ello consiguen asimilar en provecho propio. «Es fina, la muy zorra, por eso me ha engañado», se dijo. El encanto se completaba con unos hombros débiles y algo picudos que indirectamente se embellecían a causa de la robustez de las caderas; y unos pequeños pechos como limones, separados, que apuntaban no de frente sino formando un ángulo abierto, y que ahora registraban en su ligero temblor de gelatina el gracioso ritmo acompasado de los pasos de la muchacha.

Después de entornar la ventana, Maruja recogió del suelo la fotografía que él había tirado y la frotó cuidadosamente con la palma de la mano.

–¿Es tuya esa foto? –preguntó él.

–Sí.

–¿Y por qué la guardas? ¡Vaya tontería! ¿Quién es esa que está contigo?

–La señorita. Fue cuando le compraron el coche… Ella me regaló la foto.

–¡Qué bien! Eres una *bleda*, una sentimental de mierda.

Maruja dejó la foto sobre la mesilla de noche y entonces él la cogió. «¿A ver…?», dijo forzando un tono indiferente. Evocó en vano a la rubia de la verbena: la sombra de esta mano que hacía visera cubría el rostro por completo y solamente identificó el color y la forma del pelo, su peinado de melena laxa. Maruja fue hasta el armario y empezó a vestirse.

–Manolo –dijo–, ¿por qué hablas siempre ese lenguaje tan feo?

–Yo hablo como me da la gana, ¿te enteras?

Dejó la fotografía sobre la mesita y se quedó tendido sobre las sábanas revueltas, mirando el techo. Suspiró profundamente. De pronto tuvo conciencia de lo bien que se estaba allí…

–¿Qué, sigues enfadado? –murmuró ella al cabo de un rato, sin mirarle. El muchacho no contestó, y entonces ella, volviéndose–: ¿Qué piensas hacer? Es muy tarde.

–¿Te quieres callar ya, niña?

Maruja le sonrió tímidamente. Él cerró los ojos, las manos bajo la nuca. Al poco rato oyó un rumor de pies desnudos acercándose y luego un peso blando y cálido sobre su pecho. El dulce olor que emanaba de la piel de la muchacha le envolvió la cabeza. Oyó su voz como en sueños: «Manolo, mi vida, aquí no puedes quedarte...» Abrió los ojos y vio los de ella, negros y brillantes, risueños, a unos centímetros de su rostro. Ahora podía ver también la leve señal rojiza que algún golpe había dejado en uno de los pómulos. «Animal –se dijo–, pedazo de animal.»

–Quita, raspa, no estoy de humor –masculló, pero sus manos se deslizaron hasta las nalgas de la muchacha.

–No me llames eso, por favor –dijo ella mientras le besaba y le mordisqueaba el mentón–. ¿Sabes que eres muy guapo? Eres el chico más guapo que he conocido. Casi das miedo de guapo que eres...

–Déjate de chorradas. Y dime, ¿quién fue el primero?

–¿Cómo?

–Venga ya, no te hagas la estrecha. ¿Quién fue el primero?

Maruja escondió el rostro en el cuello del murciano.

–¿No te reirás de mí? –preguntó–. Prométeme que no te reirás si te lo digo. Un novio que tuve... Era canario y hacía la mili en Barcelona. No le he vuelto a ver.

–¿Le querías?

–Al principio, sí.

El Pijoaparte se echó a reír.

–Un quinto tenía que ser. Mira que llegas a ser tonta. ¿No sabes que los quintos son unos hijos de puta que sólo buscan tirarse a las tontas como tú...?

–No digas palabrotas.

–¿De dónde eres?

–¿Yo? De Granada. Pero vivo en Cataluña desde chiquita.

–¿Y tus padres?

–Mi padre en Reus, es el masovero de una finca del señor Serrat, y yo me crié allí, y allí conocí a la señorita porque venía a veranear con sus padres. Nos hicimos muy amigas, desde pequeñas. Ahora no veranean en Reus, hace ya mucho tiempo, porque tienen más dinero... Cuando murió mi madre yo tenía quince años, y la señora me trajo a Barcelona para que la ayudara en la casa.

Habló también de su abuela y de un hermano que estaba a punto de entrar en quintas, todos en Reus. Él seguía acariciándola. Cuando iba a revolcarla de nuevo sobre la cama, ella se soltó y se incorporó de un salto...

–No, es tarde... Será mejor que te vayas.

–¡Pues claro, raspa!, ¿qué crees que voy a hacer? Perderte de vista cuanto antes, eso voy a hacer.

Saltó de la cama y se vistió rápidamente. Fue hacia la ventana y Maruja, cuando le vio con una pierna fuera, corrió hasta él.

–¡Espera! ¿Te vas así? ¿Cuándo te veré otra vez?

Llevaba en la mano derecha un cofrecillo de madera labrada y acababa de ponerse unos aros en las orejas, adorno con el que sin duda había pensado darle una sorpresa al muchacho. Pero él ya había saltado de la ventana y estaba en medio del macizo de flores, mirando en dirección al mar con cierta ansiedad en los ojos, al tiempo que introducía los faldones de su camisa en el pantalón. Luego se echó los cabellos hacia atrás con la mano. Desde la ventana, a medio vestir, Maruja le miraba con ojos tristes. Tras él, el pinar exhalaba todavía un pesado silencio nocturno, roto sólo por el siseo de las olas en la playa. El aire estaba quieto y nada anunciaba la salida del sol. El rostro del Pijoaparte se quedó ahora tenso, vuelto hacia la criada pero sin mirarla todavía: por su expresión parecía estar registrando alguna profunda sacudida sísmica o lejanas voces perdidas que ahora el oleaje devolvía y dejaba colgadas, vibrando, en medio del aire fresco de la madrugada. Luego, repentinamente, fijó los ojos en Maruja y una sonrisa iluminó su rostro:

–¿Son joyas? ¿De dónde las has sacado? ¿Te las regaló la señora...?

–Estos aros, no. Los compré hace una semana. ¿Verdad que son bonitos? Oye, ¿cuando te veré?

El Pijoaparte tenía los ojos clavados en el cofrecillo.

–Muy pronto. ¡Abur, raspa! –gritó dando media vuelta y alejándose hacia el pinar.

La motocicleta estaba donde la había dejado. Salió con ella a la carretera y se lanzó a velocidad de vértigo en dirección a Barcelona. Durante todo el viaje estuvo obsesionado por una idea: una y otra vez se le aparecía Maruja en la ventana, de pie, sosteniendo en la mano el cofrecillo que guardaba sus pobres joyas.

Llegó a la ciudad cuando ya el sol teñía de rosa la cumbre del Carmelo, en el momento en que la Lola, en su casa de la calle Muhlberg, saltaba de la cama para ir al trabajo, destemplada y deprimida, seriamente enojada consigo misma por enésima vez... Se cruzó con el Pijoaparte al bajar hacia la plaza Sanllehy, en una de las revueltas de la carretera del Carmelo: abstraído, remoto, los negros cabellos revoloteando al viento como los alones de un pajarraco, aguileño por la imperiosa reflexión y por la misma velocidad endiablada que llevó durante todo el viaje, el perfil del murciano se abría como un mascarón de proa en medio de la cruda luz de la mañana. Lo único que la muchacha pudo ver, envuelta en el ruido ensordecedor de la Ossa, fue un repentino perfil de ave de presa volando sobre el manillar, retenido durante una fracción de segundo con un parpadeo de asombro.

Mientras corría hacia la cumbre del Carmelo, al Pijoaparte se le ocurrió la idea, por vez primera, del robo de las joyas en la Villa. No vio a la Lola hasta que ya hubo pasado: el espejo retrovisor recogió su espalda un instante, la retorció en su universo cóncavo y frío y la empequeñeció remitiéndola definitivamente a la nada.

*En realidad, el gángster arriesgaba su
vida para que la rubia platino siguiera mas-
cando chicle.*

(*De una* Historia del cine)

Desde la cumbre del Monte Carmelo y al amanecer hay
a veces ocasión de ver surgir una ciudad desconocida
bajo la niebla, distante, casi como soñada: jirones de
neblina y tardas sombras nocturnas flotan todavía sobre
ella como el asqueroso polvo que nubla nuestra vista al
despertar de los sueños, y sólo más tarde, solemnemen-
te, como si en el cielo se descorriera una gran cortina,
empieza a crecer en alguna parte una luz cruda que de
pronto cae esquinada, rebota en el Mediterráneo y viene directamente a la falda de la colina para estrellarse en
los cristales de las ventanas y centellear en las latas de las
chabolas. La brisa del mar no puede llegar hasta aquí y
mucho antes ya muere, ahogada y dispersa por el sucio
vaho que se eleva sobre los barrios abigarrados del sector marítimo y del casco antiguo, entre el humo de las
chimeneas de las fábricas, pero si pudiera, si la distancia a recorrer fuera más corta –pensaba él ahora con

nostalgia, sentado sobre la hierba del parque Güell junto a la motocicleta que acababa de robar– subiría hasta más acá de las últimas azoteas de La Salud, por encima de los campos de tenis y del Cottolengo, remontaría la carretera del Carmelo sin respetar por supuesto su trazado de serpiente (igual que hace la gente del barrio al acortar por los senderos) y penetraría en el parque Güell y escalaría la Montaña Pelada para acabar posándose, sin aroma ya, sin savia, sin aquella fuerza que debió nacer allá lejos en el Mediterráneo y que la hizo cabalgar durante días y noches sobre las espumosas olas, en el silencio y la mansedumbre senil, sospechosa de indigencia, del Valle de Hebrón.

Se sentía muy solo y muy triste.

Había empezado a vencerle el sueño y la fatiga y había visto que la luz de los faroles, en la ladera oriental del Carmelo, palidecía poco a poco y se replegaba en sí misma ante la inminencia del amanecer. Desapareció de su camisa rosa y de su pantalón tejano la humedad que la hierba le había pegado con las horas y pensó que, a fin de cuentas, un día de playa era lo mejor, entre los pinos se está bien, puede que la Lola no resulte tan ñoña como yo imagino, rediós, qué mujerío el de mi barrio. «Todavía estará durmiendo, anoche debió ser feliz preparando mi comida, la estoy viendo contar las horas que faltan... Pero seguro que sólo es chica para magreo.» Se dijo que Bernardo aunque ya había caído en el lazo, en eso por lo menos seguía llevando los pantalones, algo había aprendido a su lado además de forzar puertas de automóviles y apañar motos, buen chaval Bernardo, a pesar de todo, amigo de verdad, compañero chimpancé, feo de narices él. «Bien mirado, ha sido una suerte que el Cardenal no haya querido cerrar el trato ahora mismo, ni siquiera guardar la moto en su casa: Bernardo no se merece esta faena.»

Aún le veía la noche anterior, sentado junto a él en

un banco de las Ramblas, encogido, abrazado a sus propias rodillas y atento a la menor señal que pudiera significar una orden. ¿Habría sido aquél su último trabajo juntos? Desvalijar coches le aburría y además el Cardenal ya no era el buen comprador que siempre fue, alegaba Bernardo cuando no quería trabajar, pero él sabía que la verdadera razón de sus negativas cada vez más firmes a colaborar era otra muy distinta: la razón era la Rosa, aquel estúpido lío con la Rosa que Bernardo se empeñaba en llamar amor pero que a él un particular sentido de las categorías en materia de pasión le impedía relacionar con el amor. Intuía que Bernardo era uno de esos buenazos en los cuales todo indica que están irremediablemente predestinados a vivir sólo sucedáneos del amor con sucedáneos de mujer y aún en ambientes de ruidosa alegría familiar, suburbana, que al cabo no serían otra cosa que sucedáneos de familia y de alegría. Recordando ahora su conversación de la víspera, el Pijoaparte intentó localizar aquella pobre esperanza que latía tímidamente bajo las palabras del Sans, aquella nauseabunda ilusión nupcial de empleadillo que le estaba arrebatando poco a poco y de manera tan miserable a un buen amigo, al único que le quedaba: debía ser pasada ya la medianoche, estaban los dos frente al Dancing Colón de las Ramblas y el murciano observaba con una viva impaciencia en la mirada a los jovenzuelos más o menos vestidos con cueros de brillo metálico que estacionaban sus motos sobre la acera y en el mismo paseo central, a ambos lados del banco que ellos ocupaban. La monótona relación de fulgores metálicos, el equilibrio tontarrón que aquellos jóvenes rambleros habían logrado establecer entre su vestimenta y sus veloces máquinas, era algo que solía poner una mueca de infinita pena y desprecio en los labios del Pijoaparte, como si realmente tuviera conciencia de lo inútil y efímero de ciertos afanes humanos. Ésos nunca serán nada, pensaba. Alguno iba con su putilla, gloriosamente vacante esta noche, y entre las parejas, al bajar de las motos y mirarse, se establecía rápidamente una corriente de íntima satisfacción. Poco a poco, las motocicletas se iban alineando en cantidad, dispuestas con un espectacular rigor estético que debía ser una natural expansión del mismo sentimiento vagamente erótico que sus rutilantes formas dinámicas provocaban en sus cimbreantes propietarios.

—Miseria y compañía —había dicho el murciano—. ¿Qué me dices del coche que hemos visto en la plaza del Pino?

—No —se apresuró a responder Bernardo—. Te digo que no puede ser. Además, ¿con qué quieres trabajar? No hemos traído linterna ni destornillador ni nada…

—Llevo la navaja.

—Es igual. No. Quedamos en que sólo te echaría una mano para las motos y con la condición de llevar a las niñas a la playa mañana mismo.

—Para eso no me haces falta, sé arreglarme solo.

—Pero yo también quiero hacerme con una, la necesito. —Calló un rato y luego añadió—: Manolo, piensa en lo buena que está la Lola y olvida ya ese coche.

—Nunca tendrás un céntimo —murmuró el Pijoaparte.

A partir de este momento, la depresión que le dominaba se agravó. Se retorcía las manos, y sus ojos intensamente negros, como anegados de tinta, se clavaron en dos marinos americanos que entraban en el Colón arrastrando de la mano a dos muchachas del Cosmos. Luego centellearon con una luz somnolienta y hundió la cabeza, hizo chasquear la lengua: le aburría la general penuria de aspiraciones y deseos que notaba en torno, tanta resignación ahogándole como un sudario. La voz del Sans tenía ahora un leve tono plañidero:

—Yo no soy como tú, yo pienso también en otras

cosas. Qué quieres, pienso en la Rosa, estos días no hago más que pensar en ella.

—Eres un estúpido, crees que te has enamorado. ¡Jo, jo!

—Hay que cambiar de vida, estoy harto.

—Nunca serás nadie, chaval.

Más tarde, los rambleros empezaron a escasear, algunos se inmovilizaban en medio del paseo, reflexionaban, dudaban, habían perdido aquel apresuramiento que les lanzaba de un local a otro escopeteados por Dios sabe qué afanes comunicativos, y las últimas energías eran gastadas en disputarse los taxis. Ellos esperaron un poco más. Habían observado muy atentamente, pero sin demostrar ningún interés ni ansiedad, sino como en una fijación accidental de las pupilas provocada por el mismo vacío mental o la inmovilidad, los rápidos movimientos de un individuo con pinta de provinciano en juerga de sábado aparcando su moto con indecisión y torpeza junto a un árbol y corriendo luego hacia un grupo de amigos que salían de un taxi un poco más arriba del Colón. Iban endomingados y se palmearon la espalda antes de alejarse por la acera en dirección al Cosmos. Seguramente, pensó el Pijoaparte viéndoles fumar sendos puros y arrastrar aún cierta pesadez de sobremesa, digestiva, seguramente han estado comiendo en un restaurante de la Barceloneta y ahora vienen en busca de puta. «Chaval, este polvo te costará caro», se dijo observando al que acababa de dejar la motocicleta.

El Pijoaparte llevaba unos guantes de piel negra prendidos del cinturón; ahora se los ponía lentamente. «Vale —dijo—. Tú primero.» «Esperaré un poco», respondió el Sans. «No hay nada que esperar, éste es el momento.» «Es mejor asegurarse —insistió el Sans, y se volvió para mirarle—. A ti, si no fuera por mí ya te habrían trincado no sé cuántas veces.» «Cállate, Bernardo, que hoy me pones de mala leche.» «Está bien…» «Hablarás cuando yo te lo diga y no olvides quién manda aquí.» «Está bien, pero que conste.» «Venga ya, qué diablos esperas.»

Casi tuvo que empujarlo. No es que el chico tenga miedo –se dijo al verle alejarse–, Bernardo nunca le tuvo miedo a nada. Pero ¡cómo lo ha cambiado esa golfa! ¡Se lo ha tirado bien!

Permaneció sentado en el banco, y ahora se puso una luz viva en sus pupilas, que giraban en la cuenca de sus ojos sin dejar escapar ningún movimiento de los tipos que merodeaban por allí cerca. Vio al Sans avanzando hacia la motocicleta con las manos en los bolsillos, despacio, balanceándose como un mono sobre sus piernas torcidas, divertido e inofensivo, entrañable, y de pronto sintió por él una gran ternura: fue un momento de distracción y de debilidad –con razón él procuraba siempre evitarlos– que podía haberles costado muy caro a los dos. Cuando volvió en sí y se dio cuenta, el Sans ya había montado la motocicleta y estaba a punto de cometer un disparate. Parecía tranquilo. No oyó el primer silbido del Pijoaparte ni le vio saltar del banco como impulsado por un resorte. ¡Imbécil!, ¿dónde tienes la cabeza? Otro silbido de alarma, pero ya era demasiado tarde: Bernardo se había equivocado de máquina –las dos eran Ossa y estaban juntas, amorosamente cuidadas y frotadas, rutilantes–, cuyo propietario, un jovencito esmirriado y pulcro, acababa de dejarla allí y en el último momento, cuando ya se iba, había vuelto la cabeza para mirar a su moto por encima del hombro con los mismos ojos devotos y derretidos con que habría mirado a su novia al despedirse de ella (y sin duda, teniendo en cuenta los tiempos que corren, movido por oscuros imperativos sexuales que acaso hallaban más satisfacción en la motocicleta que en la novia) en el preciso momento en que Bernardo, ignorante de su error, se acomodaba en el sillín. Con la sorpresa en el rostro, el desconocido increpó al Sans, que se quedó helado. Desde donde estaba, el Pijoaparte no podía oír lo que hablaban: Bernardo, bajando de la motocicleta, abría los brazos en señal de disculpa y se reía; acabó por convencer al peripuesto ramblero de que se trataba de una simple confusión de máquina, sobre todo cuando se subió a la otra. El joven se alejó hacia el Venezuela y el Pijoaparte, suspirando aliviado, volvió a sentarse en el banco.

Sin embargo, el Sans, sin duda para dar satisfacción a su vanidad profesional humillada, o simplemente porque había vuelto a encontrarle gusto al peligro, se apeó de la moto en cuanto vio desaparecer al tipo, volvió a montar la «suya», hizo saltar el candado y luego le dio al pedal tranquilamente –el Pijoaparte pudo distinguir su sonrisa simiesca a pesar de la distancia–, arrancando con una brusca sacudida. Saltó del paseo al arroyo rozando el suelo con los pies, maniobrando con habilidad y en medio del ruido infernal del motor, encogido como un gato, y enfiló Ramblas arriba hasta desaparecer más allá de la plaza del Teatro.

Sensible siempre a los presagios y a los símbolos, víctima una vez más de una de aquellas asociaciones de ideas que para mentes poco sólidas como la suya eran una maldición, el Pijoaparte vio en esta espectacular huida del Sans el canto del cisne de una etapa de su vida que tal vez, efectivamente, había que dar por liquidada: la cita frustrada con aquella maravillosa muchacha de la verbena había ya colmado el mundo de sus sueños y su recuerdo parecía impedir el paso de otros. Comprendió que Bernardo también acabaría por dejarle solo, como todos los de la pandilla, ninguno duraba más de seis meses y no se atrevían a grandes cosas, se desanimaban, embarazaban estúpidamente a sus novias, se casaban, buscaban empleo, preferían pudrirse en talleres y fábricas. Bernardo hablaba de resignarse. Pero ¿resignarse a qué? ¿A jornales de peón, a llevar al altar a una golfa vestida de blanco, a que le chupen a uno la sangre toda la vida? El murciano no pedía mucho para empezar: dadme unos ojos azul celeste donde mirarme y levantaré el mundo, hubiera podido decir, pero ahora le invadía de nuevo el desaliento, pensaba en el Mercedes de la plaza del Pino y en todo lo que había visto en su interior, en todo lo que había perdido. Y la perspectiva de mañana no resultaba más halagüeña: la playa, la chorrada de la playa y la dichosa Lola con su despampanante culo que está a punto, dicen. Levantó la cabeza: cuatro americanos borrachos discutían con una ninfa flaca y enana en la acera del Sanlúcar, detrás de la hilera de coches aparcados. De repente –lo miraba sin verlo– fue sensible a la inmovilidad sospechosa del desconocido que se había parado a su izquierda, a un par de metros, de perfil, y que también observaba las motocicletas. Notó algo inconfundiblemente familiar en esta pupila centelleante, como de gato amodorrado, en la suave distensión de las mandíbulas que anuncia la inminente ejecución del acto. El Pijoaparte se levantó bruscamente, pasó por su lado mirándole a los ojos y se fue directo hacia la moto. Montó muy despacio, sin dejar de mirar al desconocido, liberó la dirección bloqueada (usaba para ello una técnica simple y eficaz, que consistía en darle un brusco giro al manillar: se oía el ¡clic! y el candado saltaba limpiamente), le dio con el pie al pedal de arranque y puso la moto en marcha sin más precauciones, sin pensar en nada excepto en el desconocido. Éste, a su vez, le miraba con una ligera sonrisa colgada en las comisuras de la boca, observaba sus movimientos con atención, calibrándolos con ojos de experto, no exactamente de rival que se ha visto ganado por la mano –la competencia ya empezaba a ser dura– sino simplemente de colega que contempla el trabajo de otro con sereno y divertido espíritu crítico. Incluso hizo más: hubo un momento en que escrutó con un rápido movimiento de sus pupilas lo que pasaba en torno, como si con ello quisiera cubrir la escapada del Pijoaparte, el cual, encontrándose esta noche particularmente deprimido, incluso sintió deseos de abrazarle. La motocicleta inició un cerrado movimiento circular, él con los pies tocando todavía el suelo, equilibrando el peso, y sólo al volver a levantar la cabeza vio la señal de peligro en aquella pupila de felino sobre la que el desconocido hizo caer el párpado antes de dar media vuelta y alejarse de allí: el viejo guardián sin brazo les había visto y se acercaba, sin apresurarse pero con una expresión de curiosidad y una pregunta a flor de labios. El murciano había comprendido y demarró con fuerza dejándole atrás justo cuando le pareció empezar a oír su voz. «Voy listo», pensó. Por eso, en el último momento, decidió cruzar el paseo central y bajar por el lado contrario, frente a los barracones de libros de viejo, y, en vez de subir por las Ramblas como había hecho Bernardo, lanzarse a toda velocidad hacia la Puerta de la Paz y luego por el Paseo de Colón hacia el parque de la Ciudadela.

En contra de lo que temía, no oyó ningún silbato ni le siguió nadie. Subió por el Paseo de San Juan, General Mola, General Sanjurjo, calle Cerdeña, plaza Sanllehy y carretera del Carmelo. En la curva del Cottolengo redujo gas, se deslizó luego suavemente hacia la izquierda, saliendo de la carretera, y frenó ante la entrada lateral del parque Güell. Sin bajarse de la motocicleta proyectó la luz del faro hacia el interior del parque: se desgarraron las sombras de la noche, vio algunos troncos de pino, la hierba, y en el límite de la luz una reluciente pelota negra rebotando y escurriéndose entre la espesura: un gato. Del Sans, ni rastro. Habían quedado en encontrarse aquí. «Habrá ido a comer algo», pensó. Estuvo un rato sin saber qué hacer. Luego le dio de nuevo al pedal y siguió carretera arriba a velocidad moderada. En las revueltas, a la derecha, la luz del faro se proyectaba sobre el vacío y la oscuridad de la hondonada; a lo lejos brillaban las luces de la ciudad; la iluminación de Montjuich, que en el verano se ve desde aquí como una explosión de fulgores simétricos hendiendo la noche, se había apagado ya. A la izquierda, hierba y rocas, las primeras estribaciones del Monte Carmelo. Cuando llegó a lo alto, en la última revuelta, aceleró hasta llegar a la calle Gran Vista, donde frenó y se apeó. Las tiendas y las casas encaradas al parque Güell estaban cerradas y a la luz coagulada de los seis postes dormitaban herméticas, inhóspitas, a lo largo de la única fachada: las zonas de sombra le daban a la calle una profundidad que en realidad no tenía. No se veía un alma y el silencio era absoluto, pero para el joven del Sur flotaban en el aire enojosas presencias, un familiar latido humano, suspicaces esperanzas. En esta hora de la noche, el Monte Carmelo es como un enorme forúnculo dormido, envuelto en su propio fluido invisible y febril, en sus cotidianas punzadas de dolor, en su vasta aura sensual.

Descendió por la ladera poblada de casitas encaladas, colgadas casi en el aire, y de cuya especial y obligada disposición en la accidentada pendiente resultaba una intrincada red de callecitas con escalones, recovecos y pequeñas rampas. Bajó a saltos, apenas alumbrado por sucias bombillas, dobló a derecha y a izquierda varias veces, siempre por calles como de juguete y casi con la misma alegría infantil y tardía de sus primeras correrías por el barrio: esto, aunque ya no era el soleado laberinto donde hubo un tiempo en que todo parecía posible, guardaba todavía algo de lo que él se había traído del pueblo años atrás, cierta confianza en sí mismo que se derivaba de la fragilidad del entorno, del carácter de provisionalidad con que había visto siempre marcadas las cosas de su barrio y del mismo aire de pobreza que las envolvía. Ya muy abajo en la ladera, rodeó la tapia de un jardín descuidado y se detuvo ante la pequeña puerta de madera que un día le había cautivado: se diferenciaba de las demás puertas porque era antigua, labrada con unos dibujos complicados que la lluvia había casi borrado, y sobre todo por la inverosímil aldaba, una mano pequeñita, delicada, torneada –una mano de mujer, pensaba él siempre– ciñendo una bola. En el barrio no había otra puerta como aquélla. Pertenecía a una torre de dos plantas, pequeña y ruinosa. Enfrente se extendía el descampado con el chirrido de grillos. El Pijoaparte dio tres golpes con la aldaba y luego retrocedió para ver si se iluminaba la ventana de arriba. La noche era todavía cerrada y las estrellas parecían brillar con más intensidad. Oyó voces en el interior de la casa y el ruido de un mueble. «¿Quién?», dijo una voz ronca. «Soy yo, Cardenal, abre.» Al poco rato se abrió la puerta y asomó la cabeza completamente blanca y despeinada de un hombre. Los largos y sedosos cabellos, a pesar del desorden, dejaban adivinar las formas nobles y hermosas del cráneo, y la cara, aunque ahora embotada por el sueño, mostraba la corrección de unos rasgos suaves y afables, la nariz un poco aguileña, las mejillas azulosas y admirablemente rasuradas. La piel bronceada de la frente contrastaba agradablemente con la blancura del pelo. ¿Por qué le llamarán el Cardenal?, pensaba él siempre.

–¿Qué hay? –dijo el hombre–. ¿Qué quieres a estas horas?

–Tengo poco tiempo. La conseguí, y te la puedo entregar ahora mismo. Es una Ossa, nuevecita. Bueno, qué dices.

El Cardenal le miró achicando sus ojos negros de largas pestañas. Detrás de su cabeza, más allá de la puerta entornada, asomaba un rayo de alguna luz interior, y sus fulgurantes cabellos blancos, al mover él la cabeza, parecían tocados por una llama loca.

–Acércate.

El muchacho no se movió; jadeaba a causa de la carrera y permanecía un tanto apartado, envuelto en las sombras. Respetaba mucho al Cardenal, le tenía por el hombre más inteligente del barrio, el único que sabía leer en los ojos de los demás.

–¿No me has oído? Acércate. –El muchacho obedeció. Le envolvió un olor a polvos de talco y a coñac–. ¿Dónde está Bernardo?

–No sé…

–¿Has hablado con tu hermano?

–El taller está cerrado, acabo de llegar.

–Sabes que no quiero nada con vosotros. Los tratos los hago con tu hermano. De modo que a dormir.

Iba a cerrar. El Pijoaparte apoyó una mano en la puerta, casualmente rozó la aldaba con los dedos.

–Espera, Cardenal. Tú eres un hombre de gusto, todo el mundo lo dice. ¿Por qué no quieres ayudarme?

–¿Qué diablos tiene que ver…? –Una sonrisa amistosa iluminó de pronto aquella tez rosada que trascendía una sospechosa juventud–. Eres muy listo, muchacho, siempre he sabido que llegarías lejos. Pero tienes que hacerme caso.

No podía saberse con precisión a qué se refería el Cardenal: tal vez no sería osado aventurar oscuras disposiciones afectivas –que en el barrio, por otra parte, muchos comentaban con calor y en términos bien poco convencionales– pero para el Pijoaparte, que admiraba en el Cardenal justamente un superior sentido de la decencia y de la discreción, aquello no era sino una nueva capa de misterio y de púrpura que venía a añadirse a las muchas que ya lucía tan altísimo señor.

–Yo siempre te hago caso, Cardenal. Lo cabreante es tener que tratar con mi hermano. Ahora no puedo llevar la moto a casa, no tengo dónde meterla y estoy sin un clavo. Por favor, no me dejes en la estacada. Quédate con ella y dame lo que te parezca...

—Pero bueno ¿qué te impide dejarla en tu casa?

El hombre se adelantó un poco más, el muchacho notó su aliento en la cara. «¿Por qué le llamarán el Cardenal?»

—Mi hermano es un cabrito —masculló el murciano—. Dice que nada de motos hasta nuevo aviso... ¿Te parece serio, Cardenal?

—Está en lo cierto. Yo se lo aconsejé, hay que dejar pasar unos días. —Hizo una pausa, mirando los ojos del muchacho; luego bajó la vista y retrocedió para cerrar la puerta—. La metes en el taller y la desguazas. —Volvía a tener su habitual expresión palaciega, risueña, pero distante—. Veré lo que se puede hacer, pero recuerda esto: cuando quieras hacer las cosas por tu cuenta, aprende a llegar tú solo hasta el final. No sé qué te pasa, pero últimamente no das una —el Pijoaparte bajó la cabeza—. Ten cuidado, Manolo, las motos no se han hecho para salir de paseo con las niñas, el verano es peligroso —le dio un cariñoso cachete—. Bueno, anímate... Hortensia no hace más que preguntar por ti, está enferma. ¿No piensas venir a verla? Tomaremos café y charlaremos. Y ahora vete, hala, sé buen chico...

Cerró muy despacio. «Buenas noches», murmuró el muchacho.

O mejor, buenos días: una claridad lechosa empezaba a extenderse por el cielo del Carmelo. Subiendo hacia la calle Gran Vista, el murciano reflexionó acerca de si le convenía ir a casa o esperar al Sans en el lugar convenido. Se decidió por lo último. Montó en la motocicleta y se lanzó carretera abajo sumido en vagos y molestos remordimientos: el Cardenal tenía el extraño don de pellizcarle la conciencia. Por otra parte, la promesa hecha al Sans de llevar a las chicas a la playa, la idea de que se estaba metiendo en un callejón sin salida, se hacía particularmente aguda a medida que despuntaba el día.

Ahora ya no quedaba ni una luz encendida en las laderas del Monte Carmelo. «Gran tipo, el Cardenal», pensó. Miró la motocicleta recostada sobre la hierba, a su lado. «Bernardo habrá ido a buscar a las niñas.» Un polvillo soleado, rasante, se filtraba entre la vegetación del parque, y el domingo, por fin, estaba allí. Él se adormilaba.

Bernardo Sans bajaba con su Ossa a tumba abierta, echándose casi a tierra en las curvas. Penetró en el parque aminorando la marcha, dejó el motor en ralentí y siguió un trecho ayudándose con los pies, entre los árboles. En la boca llevaba una manzana mordisqueada. Se tumbó junto a su amigo.

–Tenía hambre –dijo–. Las chavalas vienen dentro de un rato. ¡Les he dado un susto! –Se echó a reír, señalando una piedra–. Mira, como éste, un pedrusco como éste he tirado a la ventana de la Rosa... ¿Has estado aquí todo el tiempo?

–¿Traen la comida?

–Pues claro. Lo prepararon todo anoche. Bueno ¿cómo te fue?

El Pijoaparte no dijo nada. De espaldas sobre la hierba, tenía los brazos cruzados sobre los ojos. Al cabo de un rato bramó:

–¡Hay que joderse! Pero al volver de la jodida playa las cierro con llave en el taller, las motos, y ni hablar de sacarlas como no sea para ir derechitas al Cardenal, ¿entendido?

–Lo que tú digas. Por un viaje a la playa no pasará nada, no temas... –Un rato callado–. Oye ¿estás durmiendo?

Sólo se oía el trinar de los pájaros. El murciano estuvo removiéndose de un lado y de otro como hubiese hecho en la cama, respirando con sobresaltos, hasta que volvió a quedar de cara al cielo con los brazos cruzados sobre la frente. Entonces, con voz soñolienta, desafectada, le confesó al Sans que había intentado deshacerse de la moto a pesar del trato que había hecho con él, pero que el Cardenal le había fallado. No le pedía perdón de una manera explícita, sino que se limitaba a informarle del hecho con una voz manifiestamente impersonal, vencida por la ronquera y la fatiga según todas las apariencias, como si hablara en sueños y por boca de otro acerca de algo que no le interesaba en absoluto. Fue breve, economizó palabras, pero no pudo evitar que las pausas se cargaran de significación: el Sans supo captar y agradecer esta confianza de su amigo. Le atizó un afectuoso puñetazo en el hombro. «Cabrón», dijo. El Pijoaparte guardó silencio. Antes de dormirse definitivamente, se le oyó decir en un catalán insólito por el acento y la melancolía: *Tots som uns fills de puta.*

Ha llegado con los años, inconscientemente, a hacer una especie de mecánica selección de recuerdos con el mismo oscuro criterio que el que hace anualmente una selección de nombres de amigos anotados en la agenda vieja antes de pasarlos a la nueva: se ha quedado con unos pocos, los más fieles, los más queridos.

Manolo Reyes –puesto que tal es su verdadero nombre– era el segundo hijo de una hermosa mujer que durante años fregó los suelos del palacio del marqués de Salvatierra, en Ronda, y que engendró y parió al niño siendo viuda. Su primera infancia, Manolo la compartió entre una casucha del barrio de Las Peñas y las lujosas dependencias del palacio del marqués, donde se pasaba las horas pegado a las faldas de su madre, de pie, inmóvil, dejando vagar la imaginación sobre las relucientes baldosas que ella fregaba.

Una curiosa historia circulaba, según la cual su madre había tenido amores, a poco de enviudar, con un joven y melancólico inglés que fue huésped del marqués de Salvatierra durante unos meses. El niño nació en la fecha prevista según el malicioso cálculo de las malas lenguas. Pero Manolo arremetió siempre contra la pretendida autenticidad de esa historia, y el empeño que puso en desmentirla fue tal que llegó incluso a asombrar a su propia madre: se pegaba salvajemente con sus compañeros de juegos cuando se burlaban de él llamándole «el inglés», y se tiraba a matar contra las personas mayores y las insultaba groseramente si hacían ante él algún comentario burlón. A decir verdad, esa cólera precoz no se debía tanto al interés por defender la honra de su madre como a una insólita necesidad, instintiva, profunda, de que a él se le hiciera justicia según exigía su propia concepción de sí mismo; es decir: el chico arremetía contra esa historia porque ponía en peligro, o por lo menos en entredicho, la existencia de otra que encendía mucho más su fantasía y que suponía para él la posibilidad de un origen social más noble: ser hijo del mismísimo marqués de Salvatierra. En efecto, a medida que fue creciendo, todos los hechos relacionados con su nacimiento −ser hijo de alguien que no podía darse a conocer a causa de su condición social en Ronda, haber sido engendrado en una época en que su madre vivía prácticamente en el palacio del marqués y, sobre todo, la circunstancia, para él todavía más significativa, de haber nacido en una cama del mismo palacio (en realidad fue por causa del parto prematuro, casi sobre las mismas baldosas que la hermosa viuda fregaba, por lo que fue preciso atenderla en el palacio)− fueron cristalizando de tal forma en su mente que ya desde niño creó su propia y original concepción de sí mismo.

Era, en cierto modo, como una de esas mentiras que, debido a la confusa naturaleza moral del mundo en que vivimos, pueden pasar perfectamente por verdades al sustituir, por imperativos de la imaginación, mentiras aún peores. Manolo Reyes, o era hijo del marqués, o era, como Dios, hijo de sí mismo; pero no podía ser otra cosa, ni siquiera inglés.

Cuando, para ayudar con algún dinero a su madre, se hizo maletero en la estación y ocasional guía turístico de Ronda, esmerándose todo lo que pudo en la presencia y en el trato, sus compañeros empezaron a llamarle «el Marqués». El apodo, discutible o no, obtuvo la aprobación general. Nadie supo jamás que él había sido el creador de su propio apodo, ni tampoco las astucias que desplegó para divulgarlo. Manolo estaba muy lejos de considerarlo su primer éxito profesional –puesto que la naturaleza de esta profesión era algo que no estaba todavía claro en el horizonte de sus proyectos– pero pudo saborear por vez primera su poder. No tardó, sin embargo, en descubrir que todo esto eran balbuceos sin utilidad ninguna de orden inmediato, y que había que esperar.

Aquellos fueron, en realidad, sus únicos juguetes de la infancia, juguetes que nunca había de romper ni relegar al cuarto de los trastos viejos. El chico creció guapo y despierto, con una rara disposición para la mentira y la ternura. Su madre le obligó a ir a clases nocturnas y aprendió a leer y a escribir. Tenía un hermanastro, mayor que él, que trabajaba en los campos de algodón y que años después emigraría a Barcelona. De su madre recordaría sobre todo sus manos húmedas, siempre húmedas, rojas y tiernas (desde que tuvo uso de razón, su idea de la servidumbre y de la dependencia estuvo representada por aquellas manos mustias y viscosas que le vestían y le desnudaban: eran como dos olorosos filetes de carne, no exactamente desprovistos de vida, de atenciones, sino de calor y de alegría). La quiso mucho hasta que ella se lió con un hombre, y sufrió pensando que no podía sacarla de la miseria. De su diario trato con el hambre le quedó una luz animal en los ojos y una especial manera de ladear la cabeza que sólo los imbéciles confundían con la sumisión. Muy pronto conoció de la miseria su verdad más arrogante y más útil: que no es posible librarse de ella sin riesgo de la propia vida. Así, desde niño necesitó la mentira lo mismo que el pan y el aire que respiraba. Tenía la fea costumbre de escupir a menudo; sin embargo, si se le observaba detenidamente, se notaba en su manera de hacerlo (los ojos repentinamente fijos en un punto del horizonte, un total desinterés por el salivazo y por el sitio donde iba a parar, una íntima y secreta impaciencia en la mirada) esa resolución firme e irrevocable, hija de la rabia, que a menudo inmoviliza el gesto de campesinos a punto de emigrar y de algunos muchachos de provincias que ya han decidido huir algún día hacia las grandes ciudades.

El día que, silbando y con las manos en los bolsillos, se acercó a la *roulotte* de los Moreau para ofrecer sus servicios como guía y, al mismo tiempo, advertirles que si se instalaban en las afueras de la ciudad tuviesen cuidado de quincalleros y vagabundos, Manolo Reyes era todavía el hijo del marqués de Salvatierra; pero ya no lo era una semana más tarde o más exactamente, ya no le interesaba: una semana más tarde, por degradante que el cambio pueda parecer en relación con un marquesado, Manolo Reyes era estudiante en París, huésped y futuro yerno de los Moreau. Un *charmant petit andalou*, diría madame. Tenía entonces once años, su hermanastro iba a casarse en Barcelona, su madre había recibido una carta y una fotografía donde se veía el Monte Carmelo. El hijo mayor había triunfado: «Me caso con una malagueña que tiene un padre que tiene un negocio de bicicletas ahí donde la cruz del retrato que te mando, madre», decía la carta que Manolo leyó en voz alta para ella, pero sin prestar demasiada atención. Su pensamiento se iba con los turistas que habían llegado en la *roulotte*.

Los Moreau fueron instantáneamente subyugados por el encanto de Ronda y del muchacho. El Tajo y el Puente Nuevo, la simpatía y los ojos negros de Manolo, la plaza de toros con su aire eclesiástico y la Casa del Rey Moro les retuvieron en la ciudad durante una semana. Manolo se pasaba el día con ellos, acompañándoles a todas partes y divirtiéndoles con historias relativas a su experiencia de guía, la mayoría de ellas falsas. Todas las mañanas iba a buscarles a la *roulotte*, se ocupaba de echar el correo al buzón, de comprar la comida, de llevar la ropa a lavar, etc. Un día que le invitaron a comer en la *roulotte*, les contó la historia de su nacimiento teniendo buen cuidado de dejar en emocionado suspenso la posibilidad de su verdadero origen. Fue entonces cuando (lo recordaría siempre: él miraba a la hija de los Moreau sentada en la hierba, tomando el sol con la falda recogida sobre las rodillas, y la tarde era desapacible, con viento y largos jirones de nubes blancas corriendo veloces a esconderse tras los montes) cuando madame Moreau, mientras le ofrecía una taza de nescafé, le preguntó por vez primera si le gustaría ir con ellos a París, estudiar y ser alguien en la vida. El chico bajó los ojos y no dijo nada. Otro día, viendo a unos niños desarrapados que jugaban en la calle, madame Moreau se entristeció repentinamente y volvió a hacerle a Manolo la misma pregunta: era una pregunta que, en realidad, a madame le salía no para obtener una respuesta cualquiera que fuese —no le interesaba demasiado— sino para dar forma, de alguna manera confusa y difícil de determinar, a su egoísmo, por expansión nerviosa. Pero esta vez, *le petit andalou* respondió con una voz extraña: «Lo pensaré»; y, por supuesto, madame ni le oyó.

Por las noches, sin que le vieran, el niño se sentaba

en una piedra a cierta distancia de la *roulotte* y se pasaba allí largas horas con el mentón apoyado en las manos, mirando fijamente a través de sus largas y hermosas pestañas la luz que a veces se encendía en la ventanita. Tampoco se cansaba de mirar el coche: la espesa capa de barro seco que cubría sus costados tenía, a la luz de la luna, la alegría senil y resignada de las arrugas venerables y de las cicatrices gloriosas, recuerdos de lejanos caminos, carreteras desconocidas, luminosas playas y ciudades inmensas, maravillosos lugares donde el muchacho nunca había estado.

La víspera de la partida de los Moreau se bebió mucho vino y madame, repentinamente excitada por no se sabe qué vastedad de roces emotivos con la vida, empezó a manosear a Manolo y a cubrirle el rostro de besos. Además decidió, de acuerdo con su marido –que apenas si conseguía hacerse entender, aunque no menos que de costumbre: era un hombre taciturno, alto, de voz cavernosa y pocas palabras–, llevarse al muchacho a París. En medio de risas y de brindis, madame Moreau hizo que su hija y el chico sellaran su eterna amistad con un beso: flotaba en la atmósfera una vaga idea de diversión, cuya naturaleza no estaba muy clara pero que debe ser familiar a los turistas a la hora del regreso y las despedidas, esos pequeños orgasmos del corazón que sólo esconden negligencia y falso afecto, y contra lo cual el muchacho, falto de experiencia, se hallaba todavía indefenso.

Según una técnica infantil muy simple y eficaz que nace generalmente con las primeras licencias maternas a la escapada callejera arrancadas con esfuerzo, y que consiste en cambiar rápidamente de tema de conversación una vez obtenido el permiso, Manolo, optando por dejar en el aire (antes de que los Moreau se arrepintieran) la cuestión de su viaje a París, empezó a hablar de su hermano mayor, casado en Barcelona, y dueño de un próspero negocio. Luego, de pronto, se levantó, dio las gracias, dijo hasta mañana y se fue.

Llevaba media hora sentado en la piedra, tras unos matorrales, cuando vio salir de la *roulotte* a la hija de los Moreau. Sus padres dormían. La luz de la ventanita se había apagado hacía un buen rato y el silencio de la noche era absoluto. La francesita llevaba un pijama de seda que relucía a la luz de la luna con calidades de metal. Ante ella se abría un claro del bosque y la muchacha empezó a cruzarlo con paso lento, como caminando en sueños, en dirección a los matorrales tras los que él se escondía. Envuelta en aquella luz astral, que tendía a diluir sus contornos a causa de los fulgores que arrancaba a la seda que cubría su cuerpo, y que parecía transformar su imagen concreta en una pura quimera o en una evocación de sí misma, la niña avanzaba indiferente, ingrávida y totalmente ajena al tierno y desvalido sueño que, semejante a un polvillo luminoso, sus pies desnudos levantaban del suelo a cada paso ante los asombrados ojos del niño. Manolo la vio acercarse a él como si realmente fuese a su encuentro, buscándole sin conocerle, escribiendo su nombre a cada paso, como si aquella cita ya hubiese sido decidida desde el principio de los tiempos, como si el claro iluminado del bosque que ahora la niña atravesaba no fuese sino la última etapa de un largo camino que siempre, aun sin saberlo ella, la había llevado hacia aquí, ajena al mundo, a sus padres, a su hermoso y próspero país y a su propio destino. No parecía saber que estaba sola, ni siquiera que podía existir la soledad; a los ojos del niño iba llena de vida y era portadora de la luz. Pero, de pronto, al llegar a unos metros de donde él estaba, la muchacha se desvió inesperadamente hacia la derecha y se internó por el bosque en dirección a un lugar cuajado de tomillo (que el refinamiento de madame Moreau, previniendo la urgencia de ciertas necesidades, había escogido como el más idóneo) y el niño, al fin, comprendió.

Se incorporó con la decepción pintada en el rostro. Sin embargo, reaccionó con rapidez: antes de darle tiempo a que hiciese aquello para lo cual sin duda había salido, se acercó a la niña y le dio gentilmente las buenas noches; le dijo que había vuelto para ver si todo iba bien y le preguntó de improviso –sólo para provocar la respuesta que a él le convenía– por qué había salido de la *roulotte* en esta hora tan peligrosa. Un poco azorada, pero riéndose, la niña respondió que naturalmente a tomar un rato el fresco. Entonces Manolo propuso hacerle compañía unos minutos y la cogió de la mano, paseando con ella. Intentó hacerle entender que había decidido ir con ellos a París mañana mismo, y le preguntó qué opinaba de la promesa de sus padres. ¿Se acordarían mañana, le llevarían con ellos? Habló mucho, parándose de pronto, reflexionando, cruzándose de brazos. Ella le miraba divertida, rumiando el significado de sus palabras, asentía con la cabeza. Su cara era una de las más bonitas que Manolo había visto, trigueña, cálida, de límpidos ojos azules. De pronto, el muchacho se paró ante ella y le cogió las dos manos. Apoyó su frente en la de la niña, que bajó los ojos y se puso colorada. Entonces, con cierta torpeza, Manolo la abrazó y la besó en la mejilla. El contacto con la fina tela del pijama fue para él una sensación imprevista y una de las más maravillosas que habría de experimentar en su vida, una sensación acoplada perfectamente a esta ternura del primer beso, o tal vez incluso estableciéndola, precisándola, como si el sentimiento afectivo le entrara por las puntas de los dedos igual que una corriente comunicada por la seda. La chica estuvo un rato quieta, con las mejillas encendidas, la cabeza ladeada, el pecho agitado, y luego se soltó echando a correr hacia la *roulotte*. Manolo se quedó allí de pie, inmóvil, con los brazos caídos y las manos abiertas, sintiendo todavía en las yemas de los dedos el tacto de la fina tela.

Aquella noche no pudo dormir, planeando al detalle su marcha de Ronda.

Al día siguiente, al llegar donde los franceses, no encontró ni rastro de la *roulotte*. Les buscó inútilmente por toda la ciudad. Como llegaron se fueron: el mismo confuso desasosiego, la misma superficial vehemencia y mezquino entusiasmo que les trajo se los había llevado para siempre. Los Moreau pertenecían a esa clase de turistas que se sirven de la ilusión de los indígenas como de un puente para alcanzar el mito, que luego, cuando ya no necesitan, destruyen tras de sí.

Al caer la noche, Manolo regresó a su casa, completamente agotado, y se arrojó sobre la cama. No eran más que fantasmas: pero ese frustrado viaje a un lejano país, esa artificial luz de luna brillando en el pijama de la niña, esa falsa cita con el futuro, la emoción, el loco sueño de emigrar, el tacto de la seda y el dolor punzante quedaron en él y ahora, lo mismo que entonces, despertó del profundo sueño requerido por voces conocidas y amables que se empeñaban siempre en convencerle de los peligros que representa el desviarse del común camino de todos; esta vez no era sin embargo la voz plañidera y el rostro todavía bello de su madre acercándose, bajando sobre el suyo en un extremo del ángulo de la luz que entraba por la ventana de la chabola, diciéndole: «Despierta, hijo, mira, éste es tu nuevo padre» (apenas tuvo tiempo de ver, en escorzo, los cabellos llenos de brillantina y bien peinados y el perfil altanero del gitano) porque él estaba ya planeando huir a Barcelona en un tren de mercancías y refugiarse en casa de su hermano; era el rostro de una muchacha que sonreía en medio del estallido del sol, en el parque Güell, pero que a pesar de la sonrisa ya de entrada anunciaba lo poco que podía ofrecer; un laborioso magreo dominical, y eso aún habría que verlo: Lola, y más atrás la Rosa y el Sans cargados con las bolsas de playa y la comida. Bernardo se sacudía la hierba pegada a los pantalones. Junto a él, las motos robadas. «Hola, perezoso –dijo la Lola con una mano en el escote de su vestido de verano, inclinada sobre su rostro, como si fuera a beber en sus facciones–. Que nos vamos a la playa. ¿Qué es eso de ponerse a dormir…?» Pero tal vez porque los ojos del muchacho reflejaban todavía la honda decepción de los recuerdos evocados, o porque estaba en esa edad en que el sueño en lugar de clavarle su garra en el rostro y deshacérselo todavía se lo embellecía más, igual que las borracheras se lo endulzaban con una dejadez infantil, la Lola captó algo en su mirada que debió asustarla y no le tendió la mano cuando él se la reclamó para que le ayudara a incorporarse. «Tanto peor», se dijo él. Ya puesto en pie, exclamó algo en un catalán que nadie comprendió y luego lo primero que miró fueron las caderas de la Lola con ojos llenos de escepticismo. «En fin –murmuró–, larguémonos a la playa de una puñetera vez.»

> *Un verano de tigres,*
> *al acecho de un metro de piel fría,*
> *al acecho de un ramo de inaccesible cutis.*

PABLO NERUDA

Se amaban sobre el rumor de las olas.

—Está amaneciendo, Manolo. Debes irte ya.

—Todavía no.

—Tengo miedo —insistía ella—. Es una imprudencia lo que hacemos, amor mío, una locura... Hay gente en la casa.

—Oye, bonita —decía él alegremente, atrayéndola hacia sí con los ojos clavados en el techo, más allá del techo—, aquí, o jugamos todos o rompemos la baraja...

El Pijoaparte tenía, como ciertos *croupiers* de las mesas de juego, una secreta nostalgia digital: nada de cuanto tocaba era suyo excepto, tal vez, la muchacha. En sucesivas noches, mientras la amaba despacio, reflexivamente, con aplicación y esmero de afilador, aprendió a distinguir en la piel de la muchacha roces y bondades ajenas, un hálito sereno de otras estancias, de otros ámbitos, algo que florecía más allá de las cuatro paredes de su cuarto de criada. A veces ella traía en la boca una flor de eucalipto o una hoja de menta (una costumbre adquirida en el campo), sobre todo si esa noche había servido la cena en el jardín, y entonces sus besos tenían un dulce sabor vegetal que hacía que el murciano se sintiera oscuramente integrado en el cotidiano orden de ocios, baños, lectura y siesta que la sombra exquisita de alguien, una mujer, presidía amablemente desde alguna parte de la Villa. Llegó realmente a creer que este juego no comportaba para él otro riesgo que el de ser descubierto por los señores, puesto que Maruja, por el momento, accedía gustosa a todo y no mostraba intención de pedirle nada a cambio, a no ser una pequeña compensación sentimental de orden inmediato y sin porvenir, aparentemente, claro está: el Pijoaparte intuía que prolongar el intercambio de sentimientos debilita y que las mujeres lo saben, intuía que hay unas reglas de juego que todavía rigen en la decorosa mesa hispánica, y cuya severa correspondencia moral implica siempre responsabilidades y pagos que no conviene olvidar; ocurre con frecuencia que el magisterio de la desnudez ejercido como mera expresión de la rebelde personalidad, la intimidad furtiva del par de sábanas compartidas excesivamente con alguien sólo para expresar una nostalgia, una bonita idea de nosotros mismos, una ausencia, se paga tarde o temprano con la propia estima, con la soledad o con la pérdida de cierta voluntad de poder, progresivamente diluida en un sentimiento de lástima y de agradecimiento que la aureola de un supuesto prestigio viril no dejó que se manifestara antes:

–Te quiero, te quiero, te necesito...

Así, de posteriores y frecuentes visitas nocturnas al lecho de la complaciente criadita en aquella gigantesca Villa junto al mar, empezó a nacer en el joven del Sur y a pesar suyo una irreprimible ternura por la mucha-

cha y su frágil felicidad, además de una peligrosa tendencia a respetar su condición, o mejor, a compadecerla;
peligrosa por cuanto había en ello de fraterno, de con-
sanguíneo, de herencia de un determinado destino que,
justamente, el Pijoaparte no estaba dispuesto a asimilar
por nada del mundo. Sería tal vez excesivo afirmar que
el muchacho estaba enamorándose: por aquel entonces
se enamoraba de símbolos y no de mujeres. Pero indudablemente algo semejante, cierta natural inclinación a
integrarse en una trama de referencias eróticas y afectivas que a menudo le proponía, pese a él, su reprimida
bondad provinciana, estuvo a punto de producirse y, en
consecuencia, de dar al traste con más altas y decisivas
empresas del espíritu. Aquella solidaridad animal en la
mutua desgracia y en la pobreza que trascendía del
cuerpo de la muchacha, de sus abrazos desesperados, de
sus besos o simplemente de su apacible manera de acu-
rrucarse junto a él o de estar cerca, y que Manolo ya
había notado con inquietud en la verbena de San Juan,
la soledad y el desamparo, la urgente súplica de amor
que pide mucho más que amor o placer, aquellos ojos
de pájaro perdido que por la noche le miraban desde el
hueco de la almohada, desde un mundo primitivo que
sólo conoce el agradecimiento, desde una servidumbre
de la carne (sus ojos mansos, sus pobres ojos colorados
y enfermizos, casi sin pestañas, ¿cómo no supo reconocer en ellos, desde el primer momento, la verdadera
condición de la muchacha? ¿Cómo no adivinó que eran
los mismos ojos febriles que le habían estado espiando
entre los setos, la noche de la verbena?) y que anegados
siempre en una curiosa mezcla de sumisión y sensatez
le invitaban, mudos y amorosos, a renunciar a toda
ambición que no fuese la de ser felices aquí y ahora,
consiguieron varias veces adueñarse de su voluntad en
el transcurso de las enloquecidas noches del verano e
incluso del invierno que le siguió, cuando ya él, más

liberado, más consciente de este sutil traspaso de poderes que se iba realizando furtivamente a través de los sexos, empezó a dejarse ver menos y desaparecía durante semanas enteras.

La poderosa voz de la especie, ese vasto zumbido de sensatez y cordura que la hembra reducida al silencio a veces emite, sugiere algo del desasosiego fundamentalmente materno que toda mujer siente respecto al futuro del hombre; contra todo pronóstico, esa voz ancestral habló de pronto por boca de la criadita y el joven delincuente se asustó: la brutal revelación de sus fechorías, de sus robos de motos, no sólo no significó ningún rudo golpe para la muchacha sino que reafirmó en ella aquel poder de rescate que ya había empezado a adquirir en los abrazos.

Llegó el invierno, y en la ciudad, de vuelta al quehacer monótono del hogar de los Serrat, lejos de la Villa y de sus resonancias adormecedoras, el temor de perder definitivamente a Manolo obligó a la muchacha a ir a buscarle con frecuencia a su barrio. Él nunca quiso decir dónde vivía, pero ella supo muy pronto cómo encontrarle: en el bar Delicias, junto a la estufa y jugando a la manilla con tres viejos jubilados –entre los que su juventud se avenía de una manera chocante–, ensimismado, olvidando o despreciando quién sabe qué placeres a cambio de la sabiduría de las cartas y de los viejos, rindiendo con ellos un solemne culto al silencio y a la parsimonia de gestos y miradas, un ritual para el cual el joven del Sur estaba particularmente dotado, sobre todo en invierno, y cuyos motivos habría que buscar no sólo en el diario trato con el frío, con el paro y la indigencia que pululan en los suburbios y que a él le eran familiares desde niño, sino también en el hecho de que su rara disposición a la aventura, frustrada en parte por el invierno, aquí se podía sustituir momentáneamente por hieráticas formas expresivas; con las cartas en la mano, o en la butaca de una fría platea de cine de barrio, invernando como una flor trasplantada, evocaba lances en días más soleados y propicios: mientras sostenía las cartas, rumiando la jugada, ante sus ojos surgían a veces los uniformes de rayadillo, los delantales y las cofias colgando en la percha, bajo la luz rosada de un amanecer en la costa.

En sus tardes libres, los jueves y los domingos, Maruja tomaba un autobús que la dejaba en la plaza Sanllehy y luego subía a pie por la carretera del Carmelo, pasando junto al parque Güell; antes de llegar a la última revuelta, cortaba por un sendero, caminando entre rastrojos quemados y un terraplén de escombros donde se deslizaban los niños como por un tobogán, y jadeando, con las mejillas encendidas y los ojos arrasados por el viento, llegaba a lo alto. Los habitantes del Carmelo se acostumbraron pronto a ver en sus calles aquella figura tímida bajo un paraguas azul, envuelta en un corto abrigo a cuadros pasado de moda y con una banda de terciopelo granate en los cabellos. Llegaron a ser familiares sus paseos fingidos, sus pacientes idas y venidas cuando no encontraba a Manolo. Siempre, antes de entrar en el bar Delicias, se daba unos toques al pelo y a la falda demasiado corta, y una vez dentro se quedaba de pie junto a la puerta, a prudente distancia de la mesa de juego, quieta, avergonzada, juntando las rodillas con fervor y deliciosamente obscena, encantadoramente vulgar en su espera –deseando descaradamente pertenecer a alguien, allí estaba, exactamente igual que aquel día en la verbena, cuando le esperaba a él al fondo del jardín mientras le veía desembarazarse de los señoritos– hasta que Manolo notaba su presencia. Fuera, a veces, llovía, y a través de los cristales empañados por el vaho de la taberna se veían borrosas y encorvadas siluetas de vecinos afanándose contra el viento. Y dentro se refugiaba él, silencioso, taciturno, descuidado, replegado y vencido por el invierno como una serpiente esperando escondida en la espesura los luminosos días de sol, pero todavía con cierta palidez dorada en la piel, todavía envuelto, al igual que esas herrumbrosas carrocerías que dormitan en los cementerios de coches y que en tiempo fueron rutilantes y majestuosas máquinas, en el aire de su pasado esplendor y en los mil fantasmas de sus correrías. Jugaba siempre una última partida aunque sólo fuese por aquello de hacer esperar a Maruja el rato suficiente que le justificara ante los viejos, cuyas socarronas risitas él simulaba ignorar, pero nunca la recibía con desafecto ni le hacía esperar mucho rato. Tampoco daba muestras de entusiasmo; simplemente, aceptaba su presencia, se levantaba, la cogía de la mano y salían a la calle. Admitía estos encuentros con una curiosa deferencia, un tanto resignada, como esas personas que, equivocadas o no, creen ser en todo momento los forjadores de su propio destino y saben por ello aceptar algunas molestas consecuencias derivadas de aquél con un superior sentido de la responsabilidad, como si tales encuentros fuesen la prueba de algún misterioso pacto con las leyes ocultas de la vida.

Y porque, además, ya estaba solo: Bernardo Sans se había casado a principios de invierno con la Rosa, que pronto iba a tener un hijo (definitivo, fulminante rayo de la muerte) y su ya desmembrada banda de descuideros había terminado por deshacerse del todo. De su relación con el Cardenal, y, sobre todo, de su vida familiar, Maruja sólo sabía lo que él le había contado, que era muy poco, y acerca de su casa, Manolo le dijo en una ocasión: «Cuando llueve se va la luz», y eso fue todo. Le irritaban extraordinariamente las preguntas de ella sobre este particular, y más de una vez amenazó con plantarla si insistía. Parecía empeñado en pasar por huérfano.

—Manolo ¿nunca has pensado en…? —empezaba ella.

–¡No, no pienso cambiar de vida! Anda, ven, vamos a dar un paseo.

El descubrimiento del Carmelo significó para la criada una esperanzadora afirmación de principios: la misma materia degradada y resignada de la cual estaba hecho su amor parecía haber conformado aquel barrio casi olvidado, aislándolo, confinándolo fuera de la ciudad, reduciendo todos sus sueños a uno solo: sobrevivir. Paseaban por los senderos de la ladera occidental, entre los pinos y los abetos del parque del Guinardó, remontaban la colina, y en lo alto se paraban a mirar a los niños que manejaban sus cometas; contemplaban el Valle de Hebrón, Horta, el Tibidabo, el Turó de la Peira y Torre Baró gris por la distancia y las brumas del invierno. Iban en silencio o discutiendo (allí fue donde ella empezó a hablar de casarse) y terminaban casi siempre enlazados detrás de algún matorral. A veces, el frío o la lluvia les empujaba hacia pequeños y espesos cines de barrio o apretujados bailes de domingo, olorosos y cálidos como un armario, y Maruja se esforzó durante todo el invierno por neutralizar y sujetar a su propio cuerpo aquel áureo fluido de nostalgia incurable, aquel ronroneo de lujoso gato encelado que trascendía de las entrañas del Pijoaparte.

Por lo demás, dejando de lado lo que para el joven delincuente fue una verdadera desdicha profesional (perder a Bernardo Sans, su último compinche), nada ocurrió este invierno digno de mención, excepto, tal vez, algunas fugaces visiones ciudadanas de Teresa Serrat. «¡Mira, la señorita!», decía Maruja apuntándola con el dedo: vista y no vista desde un tranvía (la señorita en la puerta de la universidad, con *montgomery* y bufanda a cuadros y libros bajo el brazo, fumando y hablando con un grupo de estudiantes), o desde la acera de la Vía Augusta, un día que él acompañó a la criada hasta su casa (Teresa y su coche deslizándose lentamente junto al bordillo, frente a un bar, llamando a alguien con el claxon), o desde el anfiteatro de un cine de estreno (acompañada de un joven y atlético negro, avanzando por la suave pendiente alfombrada de la platea). En otra ocasión, Maruja se la mostró fotografiada en las páginas de la revista *Hola*, sentada en medio de un alegre ramillete de jovencitos con esmoquin y muchachas vestidas de blanco: la puesta de largo de una amiga de la señorita, le informó la criada, añadiendo algo que al murciano le resultó incomprensible: Teresa estaba furiosa por haber salido en aquella foto, y no quería que nadie la viera ni le hablara de la fiesta, hasta tal punto que había roto la revista. «Pero yo he comprado otra», concluyó Maruja.

El primer encuentro con Teresa Serrat tuvo lugar en la verja del jardín de su casa, en San Gervasio. Sucedió un jueves, a eso de las diez de la noche, y el extraño comportamiento de la universitaria había de confundir tanto al murciano que éste sufriría una vez más aquel suplicio de no comprender, la sensación de extravío mental que a menudo le aquejaba al oír expresarse a los ricos. Durante los primeros minutos, Teresa Serrat permaneció distanciada, envuelta en las prestigiosas sombras de su jardín y aparentemente al abrigo de cualquier mirada de admiración que pudiese inspirar su soberbia presencia (todo el rato inmóvil y con el cuerpo ligeramente echado hacia atrás, como si estuviera empeñada en no exponer el rostro a una luz imaginaria), por lo que él apenas si pudo leer nada en sus bellos ojos. Quizá por eso mismo, más que por el descarado tono de niña bien que Teresa utilizó para llamar la atención de la criada, Manolo se mostró particularmente descortés con ella. Además, acababa de pasar una tarde tormentosa con Maruja, una vez más él se había negado a formalizar sus relaciones y la chica había llorado, y cuando esto ocurría, la mala conciencia le obligaba a acompañarla hasta casa. Ya se había despedido y se alejaba –Maruja aún le miraba, llorosa, con la mano en la verja, sin decidirse a entrar– cuando le llegó la voz de Teresa llamando a la criada desde el jardín:

–¡Maruja! ¡Maruja, pero ¿qué haces ahí?! ¡Es tardísimo! Ya verás mamá...

Oyeron sus pasos precipitados sobre la grava y enseguida la vieron llegar corriendo. Se paró repentinamente, a unos metros de la verja, bajo un árbol: brazos cruzados y una gabardina blanquísima echada con descuido sobre los hombros, sobre un vestido de falda acampanada que lanzaba fulgores cobrizos, destemplada, graciosamente estremecida por el frío, su esbelta silueta, al inmovilizarse, quedó nimbada por la luz que le llegaba desde atrás, desde el farolillo colgado en el porche y desde las ventanas iluminadas de la planta baja. Toda su persona desprendía un cálido efluvio adquirido sin duda en algún salón iluminado y lleno de gente, había una temblorosa, estremecida disposición musical en sus piernas, la excitación juvenil que anuncia una fiesta o una feliz sorpresa, y a él le hizo pensar en una de esas muchachas alocadas que a veces veía en las películas americanas saliendo acaloradas y jadeantes de un baile familiar para tomar el fresco de la noche en el jardín y, en una pausa emocionante, anunciarle a papá su felicidad y su alegría de vivir. Apareció corriendo y envuelta en ese pequeño desorden personal que revela la existencia del sólido y auténtico confort –el cinturón de la gabardina a punto de desprenderse y rozando el suelo con la hebilla, un rojo pañuelo de seda colgando de un bolsillo, los rubios cabellos caídos sobre el rostro y ajustando al pie, con movimientos nerviosos, un zapato que se le había desprendido al correr– esa encantadora negligencia en el detalle que es claro signo de despreocupación por el dinero, de confianza en la propia belleza y de una intensa, apasionada y prometedora vida interior: en los seres mimados por la naturaleza y la fortuna, un encanto más.

Pero lo que la hizo pararse tan repentinamente y, sobre todo, suavizar el tono irritado de sus palabras, no fue solamente el que se le hubiese desprendido un zapato, sino el haber descubierto la inesperada presencia del novio de la criada. Visiblemente sorprendida, Teresa bajó la voz para llamarle la atención a Maruja sobre la hora que era y, en un familiar tono de reconvención, recordarle que tenían invitados a cenar y que mamá estaba preocupada. Balbuceando una disculpa, Maruja se disponía a entrar cuando el Pijoaparte, con las manos en los bolsillos, un aire chulesco y la mirada altanera, dio media vuelta y le ordenó que esperase. El muchacho se acercó lentamente a la verja, se paró, con una especie de manotazo le dio una vuelta más a la gruesa bufanda que llevaba al cuello y levantó los ojos para mirar a Teresa. Preguntó que, bueno, qué narices pasa con tanta prisa, ¿se quema la casa?, y a continuación cometió el primer error: dijo que, si tanta prisa tenían, que se hicieran servir la cena por la cocinera. El convencimiento, ligeramente teñido de un orgullo viril, que hacía aún más evidente el despropósito, y la seriedad con que lo dijo, provocó la risa de Teresa, una risa clara, afectuosa, espontánea, de ningún modo burlona, sino más bien solidaria, pero terriblemente cargada −incluso él se dio cuenta− de razón.

El murciano apartó los ojos de Teresa con aire confuso y murmuró:

−Me gustaría saber por qué se ríe esta tonta.

Y lo asombroso fue que la rubia, no sólo no replicó en el tono digno y ofendido que él esperaba −y deseaba−, sino que incluso, balbuceando un perdón que apenas se oyó, inclinó la cabeza (los cabellos, resbalando como la miel, se partieron dulcemente en dos sobre su nuca) y se puso a mirar las puntas de sus zapatos como una colegiala a la que hubiesen pillado en falta. Eso al Pijoaparte le hizo cierta gracia, pero poca: no era tan estúpido como para creer que había conseguido impresionar a aquella señorita sólo por mostrarse duro con ella, y cambió una mirada interrogativa con Maruja. A causa de ello no pudo ver que ahora en las comisuras de los labios de Teresa Serrat asomaba una sonrisa imperceptible, apenas un mohín, un amago gozoso de misteriosa procedencia.

Maruja, por toda respuesta, clavó en Manolo sus pobres y enfermos ojos colorados, llenos de reproche, y dijo:

—Ahora mismo voy, señorita.

—Un momento —repuso el Pijoaparte, cogiéndola del brazo—. Es tu día libre ¿no?

—Vaya, estoy muerta de frío… —empezó Teresa con una voz distinta, repentinamente vulnerable, una voz que pretendía obtener algo de ellos. Y siguió allí, hablando del tiempo, inmóvil, con las piernas muy juntas y ligeramente temblorosas, los puños cerrados bajo las axilas. Manolo se las arregló para aprovechar convenientemente algunas miradas, que arrastraba por los suelos sin ningún interés aparente por nada, y comprobar que la muchacha seguía teniendo aquella deliciosa piel color tabaco y aquellos maravillosos ojos azules que una vez le habían golpeado el corazón. A pesar de la poca luz ahora pudo también distinguir el borrón de la boca, una rosada nebulosa, la leve hinchazón del labio superior —los dos vértices centrales deliciosamente levantados, como si la nariz airosa tirase de ellos— que esparcía por su rostro un aire mimado, un candor aburrido, una mezcla de malhumor aristocrático y de terquedad infantil.

Sonriendo, Teresa concluyó:

—Tenemos unos invitados pesadísimos y mamá está algo pocha. Una lata. Hay que ir a la farmacia, Maruja…

Lo mismo que en su mirada azul, que una particular inercia de los párpados lisos y puros detenidos a mitad de su caída hacía somnolienta, dotándola de una extraña vida estatuaria (sus pupilas, mientras hablaba, estaban fijas en la tosca bufanda de lana que Manolo llevaba colgada al cuello con descuido) también en sus palabras había ahora, excusándose medio en broma por tener que llevarse a Maruja, como un intento de expresar algo más, de establecer una complicidad, una especie de conexión con un poder oculto que podía inculparla y que daba por seguro que el muchacho también conocía, una estrategia de enlace cuyo secreto sólo conociesen ellos dos y que dejaba de lado a la pobre Maruja, o mejor, pasaba piadosamente por encima de ella: era algo cuyo significado él tardaría aún algún tiempo en comprender, y que por el momento, debido a uno de esos misterios de la emoción femenina, se realizaba a través de su tosca bufanda de lana (bufanda, que, en contra de lo que la rica universitaria creía, no había sido amorosamente tejida por las humildes y laboriosas manos de la madre del muchacho, sino que era, dicho sea de paso, un delicado y artero regalo del Cardenal).

En sí, el encuentro hubiese carecido de importancia de no ser porque ya contenía el germen de lo que iba a suceder meses después. Pero el Pijoaparte pensaba en otras cosas; mientras escuchaba aquella voz desmayada, descuidada, un poco nasal, en la que el singular acento catalán se mostraba en todo momento no como incapacidad de pronunciar mejor, sino como descarada manifestación de la personalidad, Manolo, ajeno por completo a estas realidades que no se ven, sólo intuyó que saber enfadarse convenientemente con la servidumbre es realmente una ciencia difícil e importante. Le pareció también que la hermosa rubia alardeaba de un extraño desprecio para consigo misma y para el obligado ejercicio de su condición de señorita.

–... total, que es un fastidio la fiestecita esa, pero qué le vamos a hacer –concluía Teresa, todavía con los ojos clavados en la bufanda del muchacho.

–Ya –dijo él en tono seco, el tono que su instinto, ahora un poco a la deriva pero siempre despierto, le aconsejaba como el más a propósito–. No tarda ni un minuto, sólo tengo que decirle una cosa importante, personal.

Por supuesto, no tenía nada personal que decirle a Maruja, y nada le dijo; se limitó a rodearle los hombros con el brazo y a llevársela a un lado mientras seguía observando con el rabillo del ojo a Teresa, que al fin, con la cabeza gacha, giraba lentamente sobre los talones y parecía dispuesta a irse. Volvió a llamarle la atención la actitud sumisa de la muchacha, pero, aunque ella iba a hacer algo todavía más extraño en los próximos segundos, pensó que a fin de cuentas ¡qué diablos!, tal vez efectivamente la había impresionado.

Pero Teresa Serrat se había vuelto y ya pronunciaba, mirándole, las misteriosas palabras que habrían de quitarle el sueño por unos días:

–No me crea una cursi y una malcriada –dijo para empezar, y, en un tono insólito, quebrada la voz de un modo singular, añadió–: Todos estamos con usted.

Después de lo cual dio media vuelta y desapareció corriendo por el jardín, con el rojo pañuelo de seda flotando y arrastrando por el suelo el cinturón de su blanca gabardina, cuya hebilla de metal tintineaba sobre la grava. El rumor de sus pasos ya se había extinguido cuando el Pijoaparte aún estaba paralizado por una confusión que, pese a todo, se le antojaba cargada de buenos presagios. Quiso interrogar a Maruja con los ojos, pero la muchacha ya se había desprendido de su brazo, y, alzándose sobre las puntas de los pies, le dio un rápido beso en la mejilla y entró apresuradamente en el jardín.

En los días que siguieron a este encuentro, Manolo preguntó varias veces a Maruja cuál podía ser el significado de aquellas palabras de su señorita. Pero no sacó nada en claro.

—No sé. La señorita es muy rara... —le dijo ella una tarde al salir del cine Roxy, en un tono indiferente, absorta en el tráfico de la plaza Lesseps—. Se ha vuelto rara, antes no era así.

—¿Qué le has contado de nosotros?

—¿Yo? Nada.

—Algo le dirías, seguro, y le picó la curiosidad.

—Nada. Que somos novios. Y como es muy buena, pues a lo mejor quiso decir... pues eso, que está contenta con lo nuestro.

—¡No digas tonterías! Eres demasiado boba, a ti siempre te la pegarán... Yo, lo que quiero es que se me respete. ¿No sabes que estas niñas bien no respetan ni a Dios?

—Teresa es muy buena conmigo.

Manolo miró con pena a su compañera y la atrajo hacia sí. Como siempre, había en las palabras de la muchacha un sabor alarmante, una ternura herida o amenazada por la soledad, consecuencia de aquella mezcla de juventud frustrada y cierta cualidad marchita que erraba a veces por su mirada, por su sonrisa o por su voz. Era el constante temor a que no prevaleciera o no fuese tomado en serio lo único que poseía: su agradecimiento, un agradecimiento a Dios sabe qué, y una natural disposición a no dar crédito a la maldad de este mundo, muy propia en seres que, conformados por el trato convencional recibido durante años de servidumbre, carecen del verdadero sentido del mal, lo mismo que algunos curas afables.

No volvió a hablarse más del incidente ocurrido ante la verja de la torre de los Serrat, y sólo mucho después, cuando desgraciadamente ya sería demasiado tarde para demostrarle a Maruja que su agradecimiento no era correspondido por nadie (el oscuro germen de su muerte, como el de su discreto paso por la vida, no sería en definitiva otra cosa que una exagerada expresión de aquel agradecimiento) comprendería Manolo el verdadero grado de negligencia que encerraban las palabras de Teresa.

En el mes de octubre de aquel año de 1956 se produjeron en la Universidad de Barcelona algunos desórdenes y manifestaciones entre el estudiantado. De la destacada participación en tales hechos de Teresa Serrat y de un íntimo amigo suyo, Luis Trías de Giralt, estudiante de economía, Manolo tuvo noticia, de una manera vaga e indirecta, a través de una conversación con la criada de los Serrat.

—Puede que tengamos que dejar de vernos por unos días —le anunció Maruja un domingo, sentados en la plazoleta del parque Güell, mientras él se estaba adormilando. Era una mañana tibia y soleada, había algunos viejos calentándose en los bancos y niños jugando a la pelota—. ¿Sabes que el otro día, cuando las manifestaciones, la señorita volvió a casa a las tantas de la noche y con el vestido roto? Parece que la policía la estuvo interrogando, fue por lo de los estudiantes, se ve que ella fue de las primeras en armar jaleo. ¡Si hubieras visto a su madre, cómo se puso la pobre señora! Teresa dijo que a lo mejor la expulsaban de la universidad, ¡y lo dijo tan fresca! Su padre está furioso y quiere mandarla unos días a la costa con la señora y conmigo, dice que es lo más prudente… Se ve que la señorita está muy metida en este lío.

El murciano, que había tenido una noche agitada desvalijando un coche en la plaza Real, apoyaba la cabeza en el regazo de Maruja y bostezaba. Al principio, toda aquella enrevesada historia no le interesó demasiado y sólo la imagen de Teresa se iluminó de vez en cuando con vivos colores entre sus entornados párpados, como descomponiéndose por efecto de la luz en un día de lluvia, pero desprovista de toda significación. Para él, los estudiantes eran unos domésticos animales de lujo que con sus algaradas demostraban ser unos perfectos imbéciles y unos desagradecidos; a los follones que organizaban en la calle, aunque él presentía que podían tener motivaciones políticas, nunca les había concedido más valor, y desde luego, mucha menos importancia, que a las gamberradas que hacían con las modistillas el día de Santa Lucía. Sin embargo, Maruja aventuró una vez más una observación acerca de lo rara que se había vuelto Teresa desde que iba a la universidad y salía con aquel estudiante amigo suyo; en esta ocasión, la criada se ayudó con una ingenua y pintoresca imagen de su señorita, sin duda exagerada –por lo menos así se lo pareció a él, que la escuchaba sumido en una especie de duermevela–, diciendo, con una vehemencia en la voz que ni ella misma habría sabido explicar, que Teresa, si tú supieras, a la señorita le gusta mucho frecuentar las tabernas con sus amigos y enterarse de cómo es la vida, hablar con trabajadores y borrachines y hasta con mujeres de ésas, ya sabes, con furcias, porque ella es muy así, muy extremada y muy revolucionaria, ¡huy si la oyeras a veces en casa, te aseguro que la señorita no tiene pelos en la lengua...!

Le contó, además, que Teresa salía a menudo con chicos estrafalarios y existencialistas –fueron las palabras que empleó la criada, casi con unción–, gente rara, estudiantes con barba, y que se pasaban la vida llamándose por teléfono, dándose citas y prestándose libros; que a veces Teresa se encerraba en su habitación con un grupo de amigas y se pasaban allí toda la tarde, y cuando ella, Maruja, les subía café o bebidas, se encontraba siempre con el cuarto lleno de humo de cigarrillos y a ellas sentadas en el suelo entre almohadones, rodeadas de discos y discutiendo acaloradamente de política, del país y otras cosas raras.

De nuevo despuntaba en sus palabras aquel trémolo de admiración y respeto que deprimía a Manolo, y por eso él prefirió no hacer ningún comentario que pudiera avivar aquellas confusas y sin duda exageradas confidencias de la criada. Por otra parte, esta mañana el sueño casi vencía el interés que el simple nombre de Teresa despertaba habitualmente en él. Pero acaso por oposición instintiva a esa misma densidad desapasionada que poco a poco nos introduce en el sueño, una imagen fue adquiriendo forma en su mente; la imagen pertenecía a aquella extraña muchacha, en cuyos cabellos de oro se descomponía la luz mientras charlaba con unos desconocidos desastrados en una tasca, con un vaso de tinto en las manos, y que, aparte de expresar sin duda un simple capricho de niña bien (el de codearse, de vez en cuando, con gente «baja»), hizo que esta vez Manolo presintiera algo manifiestamente descarado, lúbrico, y, en consecuencia, accesible para él, vulnerable en algún punto, ignoraba todavía cuál. La veía de pie, con el vaso en la mano, solícita, receptiva, concreta, y la imagen se le quedó grabada en el recuerdo con ese sabor agridulce de la primera experiencia sexual no totalmente consumada, con idéntica fuerza a la de los recuerdos que persisten en la memoria no por lo que fueron sino por lo que podían haber sido, y que en el transcurso de los años exigen a menudo ser rememorados y analizados para ver dónde o en qué momento cometimos el error, como en el caso de aquella noche que él abrazó a la chica del pijama de seda que relucía a la luz de la luna, noche que pudo haber cambiado el curso de su vida.

Pero justamente por esas fechas, tan calenturientas en la universidad de Barcelona, tan preñadas de sublimes y heroicas decisiones –que sin embargo no conseguirían todavía cambiar el vergonzoso curso de la historia ni aun sacrificando por el pueblo lo mejor de nuestra juventud, según la propia Teresa Serrat le confesaría un día a su compañero en la lucha– había de darse aún otra circunstancia fortuita para que aquella recién estrenada imagen de una Teresa distinta, todavía extraña y lejana pero ya vulnerable en algún aspecto, volviera a cobrar relieve inesperadamente y se mostrara con todo su sentido. Ocurrió a últimos de mayo, en ocasión de una visita que Manolo hizo a la barriada del Pueblo Seco para cumplir un encargo urgente del Cardenal (entregar una pesada maleta que contenía cubiertos inoxidables valorados en quince mil pesetas) con Maruja, que tenía su tarde libre y se empeñó en acompañarle.

Anochecía. Caminaban por una calle desierta, enfangada y maloliente, pegados a la larga pared de una fábrica, cuando, de pronto, Maruja lanzó un grito de sorpresa al reconocer el Floride de Teresa parado frente a un pequeño portal. Maruja hizo nuevas consideraciones acerca de las extrañas amistades de su señorita. Manolo no dijo nada. Mientras se iban acercando al automóvil se oía cada vez más fuerte un ruido de máquinas que latía como un enorme pulso tras la interminable pared, un rumor sordo de fábrica. Manolo aflojó el paso y le ordenó a Maruja que se callara. Al pasar, sin detenerse, volvió la cabeza y miró al interior del portal: Teresa Serrat estaba allí, en las sombras, apoyada en la pared con un desfallecido gesto de entrega y abrazada a un muchacho. El desconocido, que se hallaba de espaldas y llevaba el pelo muy largo en la nuca y un jersey rojo de cuello cerrado, la besaba con esa falta de alegría en los gestos que revela inexperiencia amorosa y torpeza: parecía debatirse, no ya con ella, sino consigo mismo o con su propia sombra. Teresa se dejaba besar. Eso fue todo: una visión fugaz cuyo calco, con otros personajes, Manolo había captado docenas de veces en su propio barrio, de noche, y cuyos pormenores nunca le habían interesado. Pero aquí dentro, una especie de entrada a oficinas, el ruido de la fábrica era ensordecedor y resultaba inconcebible que una muchacha como Teresa se dejara besar en tales condiciones. Su bonito y rápido automóvil, estacionado frente al portal, junto a un charco de colorantes y residuos de productos químicos, resultaba igualmente una visión casi insólita. La imagen fue por demás breve, turbadora y confusa como una aparición: sólo destacaban en la penumbra las rodillas soleadas de Teresa ciñendo las piernas del desconocido con un fervor que éste no merecía, a juzgar por su torpe abrazo, sus manos que subían y bajaban por la espalda, y su rostro, con los ojos cerrados, que emergía de las sombras por encima del hombro del muchacho. Cuando ya estaban más allá del portal, Manolo le preguntó a su compañera si sabía quién era el chico. Maruja, que se había colgado repentinamente de su brazo y expresaba su sorpresa con una risa nerviosa, casi de complicidad, respondió que apenas si había tenido tiempo de fijarse en él, pero que le había parecido, así de espaldas, uno de aquellos tipos raros con los que a veces salía la señorita. ¿Qué hacía la señorita aquí? Pues saltaba a la vista… ¿Por qué en esta calle tan asquerosa, precisamente, en el Pueblo Seco, un barrio tan alejado del suyo, en un portal tan cochambroso y con ese tipo con pinta de chulo? Eso era difícil de responder. Una casualidad. ¿Ha tenido muchos chavales tu señorita? Bueno ¿novios quieres decir? Pues no, novio formal, lo que se dice formal, nunca.

Siguieron caminando en silencio durante un buen rato. Manolo divagaba, con el infernal ruido de la fábrica retumbando todavía en su cabeza y reteniendo en las pupilas aquella expresión dulce y sometida de Teresa, cuando de pronto se produjo en su mente, acaso por primera vez en todo el tiempo que llevaba viviendo en la ciudad, algo que él identificó como la luz. No fue más que un rápido engarce de circunstancias fortuitas que, ni él mismo podía dejar de darse cuenta, apenas se sostenía por un hilo, una intuición deprimente que sin embargo iba a conformar a partir de este día su concepto de Teresa Serrat y de su mundo personal. Tal fidelidad a una amarga presunción, a una idea que le costaba admitir, el esfuerzo que hubo de realizar para valorar moralmente a una muchacha de la categoría de Teresa, denotaban, por otra parte, hasta qué punto el murciano estaba todavía lejos de hallarse en disposición ideal de combate. Esto es: el muchacho se resistía a admitir que una señorita como Teresa fuese una desvergonzada, vamos, lo que se dice un pendón. Y no porque él ignorase la desvergüenza de este mundo –había tenido pruebas más que suficientes desde la infancia–, sino porque su sentido de las categorías sociales había estado demasiado tiempo ligado a un sentido de los valores. En cualquier caso, debemos otorgarle el beneficio momentáneo de aquella convicción, discutible pero merecedora de aplauso por el esfuerzo que comporta, y ser justos con el Pijoaparte sosteniendo hasta el fin que, con o sin la ayuda casual de este incidente ocurrido un atardecer de primavera, él habría igualmente, a fuerza de darle vueltas y más vueltas a la idea, obtenido la verdadera luz. Pues precisamente porque su creciente interés por la hermosa y fantasmal universitaria –la irrupción de Teresa Serrat en su vida se iba efectuando a ráfagas, caprichosamente– no tenía nada por el momento de la frívola y mecánica disposición de ánimo que caracteriza al cazador de dotes, el murciano necesitó hacer efectivamente un esfuerzo para admitir como buena semejante idea: que Teresa Serrat fuese lo que se dice lisa y llanamente una caprichosa y una irresponsable que gustaba de caer en brazos de chulos de barrio (no hace falta decir que él no se consideraba como tal) por pura calentura.

Y al mismo tiempo que sentía una vaga decepción, en su cabeza bullía un revoltijo de extrañas posibilidades. En primer lugar, su instinto le dictó la conveniencia de guardar para sí lo que acababa de ver con el oscuro fin de obtener algún día, si la ocasión se presentaba, un posible beneficio personal:

–Oye –le dijo de pronto a Maruja–. No se te ocurra decirle a tu señorita que la hemos visto. Ni siquiera en broma, suponiendo que tuvieras confianza para hacerlo. Podría enfadarse…

Con lo cual, aunque los rasgos característicos que había captado en Teresa Serrat no alcanzaban aún la total realidad con la que pronto había de ponerse en contacto, el Pijoaparte empezaba, contra todo pronóstico, a dar muestras de aquella inteligencia que le llevaría lejos.

SEGUNDA PARTE

¿Com ha d'assimilar-se aquesta pura poe-
sia de la forma quan no es resol en l'orgasme?

LLORENÇ VILLALONGA

Transcurrió aquel invierno cargado de vagos presagios y, al llegar el verano, los Serrat se trasladaron de nuevo a su Villa cerca de Blanes con la servidumbre. Manolo reanudó sus alocadas visitas nocturnas al cuarto de la criada. Iba siempre en motocicleta, que robaba en el mismo momento de partir y que luego, al regresar a Barcelona, abandonaba en cualquier calle. Llegaba a la Villa irradiando una sensación de peligro que él parecía ignorar: electrizaban sus oblicuos ojos negros y su pelo de azabache, la nostalgia invadía sus miradas y sus ademanes; y del peligro y del esplendor juvenil de estas noches de amor, quedaría, al cabo, el arrogante y ambicioso sueño que las engendró. Porque no era solamente el deseo de poseer una vez más a la linda criadita lo que le empujaba como el viento hacia la costa, no era sólo el intrépido allanador de camas el que saltaba por la ventana de la imponente Villa amparándose en las sombras como un ladrón: algunas noches le daba miedo dormir en casa, eso era todo.

Acaso porque, como todos los años, al llegar el verano captaba de una manera particularmente aguda la vasta neurosis colectiva de felicidad y el áureo prestigio del dinero que se esparce por las parcelas más privadas de esta costa mediterránea como una miel dorada, que flota en medio del estallido del sol como un germen de verdadera vida y que algunas noches especialmente cálidas y sin fin se introduce en la sangre como un alcohol, lo que él buscaba realmente en los brazos de Maruja era todo lo que ella traía consigo al lecho al bajar de las terrazas iluminadas o de los grandes salones ya sumidos en el silencio nocturno, una vez terminado su trabajo y cuando ya los invitados se habían ido o dormían; algo recogía, en efecto, allí tendido en la cama, desnudo, algo indecible que emanaba del cuerpo de la muchacha, lo mismo que se recoge algo de la vastedad del espacio al acariciar las alas de un pájaro: juntamente con el sabor a sal que hallaba en la piel, recogía devotamente restos de un día de playa, invisibles presencias, dulces deseos que establece el ocio y fragmentos de palabras vacías de contenido, un abandono corporal y una ternura desapasionada que ya no expresaban —felices ellos, los ricos— ninguna pena por todo aquello que nunca ha de alcanzarse en esta vida, por todo aquello que nunca ha de realizarse.

A veces, tumbado en la cama, sumido en la oscuridad, tenía que esperar a la criada durante horas. Sobre su cabeza abandonada en la almohada flotaba siempre un rumor de voces y risas que a él se le antojaba una fiesta; oía ladridos de perros que había que imaginar hermosos, grandes, majestuosos. Otras veces oía un griterío de niños. Nunca llegaría a verlos. Maruja le hablaba de aquellos chiquillos endiablados que estaban a su cuidado: eran los hijos de la hermana de la señora, todos los veranos pasaban quince días en la Villa. «Me dan mucha guerra —decía Maruja— y por la noche no hay quien les haga acostar, ¡pero son tan monos, tan rubios! ¿No les oyes correr cuando se me escapan? Su habitación queda justo encima de ésta.» En efecto, Manolo oía a menudo los piececillos desnudos correteando de acá para allá, los chillidos, su infatigable alegría, y cuando se hacía el silencio (señal de que Maruja no tardaría en bajar, si aquel día no había invitados) se ponía a pensar en los niños dormidos en grandes camas, arropados por indecibles atenciones presentes y futuras. A veces se dormía al mismo tiempo que ellos, como si a él también el alegre trajín de las vacaciones le hubiese dejado rendido. Se despertaba horas después con un sobresalto, malhumorado, descontento de sí mismo, preguntándose qué diablos hacía en el cuarto de una criada. Esto le ocurría particularmente después de haber estado repasando algunos cromos de su entrañable colección particular (siempre sin álbum), y en los que la rica universitaria desempeñaba un papel cada vez más destacado: fuego, un terrible y devastador fuego, la Villa arde por los cuatro costados, él salta de la cama y se mete entre la humareda, sube las escaleras, que se derrumban tras él, corre y rescata de las llamas a la rubia de ojos celestes (desmayada al pie del lecho, con un reluciente pijama de seda que habrá de quitarle enseguida porque el fuego ya ha hecho presa en él) y luego la lleva en brazos hasta sus padres; o bien otra noche, cuando al llegar esconde la motocicleta entre los pinos, la ve paseando sola por la playa, seguida de un gran perro lobo, soñadora, triste, aburrida, con los rubios cabellos movidos por la brisa, y entonces la tierra empieza a temblar, los pinos se abaten, surgen enormes grietas en la arena, un terremoto, rápido señorita, al mar con la lancha (la precisión dialogal no le interesaba, pero en cambio cuidaba la imagen en sus menores detalles): tres meses extraviados en alta mar, solos, sin víveres, muriendo casi, y ella en sus brazos... Naturalmente siempre acababa besándola; pero no eran sueños eróticos, o por lo menos no tenían como finalidad principal la posesión de la muchacha; eran sueños fundamentalmente infantiles, donde el heroísmo y una secreta melancolía triunfaban de lo demás, por lo menos al principio; el elemento erótico se introducía siempre al final de la historia, cuando él ya había salvado a la bella, cuando ya había dado pruebas más que suficientes de su honradez, de su valor y de su inteligencia, cuando la llevaba en brazos y se disponía a entregarla sana y salva a sus padres ante la admirada y asombrada concurrencia, pues entonces sentía la imperiosa necesidad de detener el tiempo y la acción, y prolongaba todo lo que podía este momento, era como caminar sobre una tierra que rodaba en sentido contrario bajo sus pies: porque sabía, intuía que él no iba a sobrevivir a este desenlace, adivinaba que estaba irremediablemente condenado a volver a la sombra, y sólo entonces, como un consuelo, o quizá como una venganza por tener que separarse de ella, la besaba tiernamente en los labios. ¡Qué impunidad dulce, casi nupcial, la de tantas aventuras revividas cada noche, de niño, encogido en el duro camastro de su chabola de Ronda! Había siempre una niña de ojos azules (durante mucho tiempo fue la hija de los Moreau) a punto de despeñarse en el Puente Nuevo; después de la inevitable entrega a los conmovidos padres, él regresaba rápidamente al punto de partida: la chica volvía a pedir auxilio colgada en un matorral sobre el Tajo, balanceándose peligrosamente en el vacío, y él se abría paso entre la gente, desafiaba el abismo, cogía a la francesita en brazos, la llevaba a sus padres y antes de entregarla prefería empezar de nuevo; pero al final se dormía. Al día siguiente por la noche, nada más pegar la mejilla a la almohada, ponía en orden los personajes y el paisaje (profundos barrancos, llamas devoradoras, olas enfurecidas, terremotos, guerras) y vuelta a empezar.

De aquel singular juego infantil conservaba todavía

hoy su íntimo secreto: la cita prometida. Tendido en la cama de Maruja se decía a menudo, para justificar su pérdida momentánea de acción: «Estoy aquí porque la raspa tiene un culo y unas tetas de primera, eso es todo», o bien: «En el fondo, lo que espero es la ocasión de hacerme con las joyas de una puñetera vez...»

Pero el mismo acto de poseer idealmente a la muchacha, el carácter decididamente sublimado, imaginativo, de sus besos y sus abrazos, su conmovedora relación de simple adolescente, por así decirlo, con el deseo, traicionaba aquellas frías reflexiones de hombre duro.

—Te quiero, te quiero, bonita, te quiero...

El azar vino finalmente a sacarle de su inercia, y de forma sorprendente: una noche de principios de julio, después de dejar la motocicleta entre los pinos (una Guzzi carmesí, esplendorosa, que le hubiese gustado conservar) y escalar la ventana del cuarto de Maruja, le llamó la atención el completo silencio en que se hallaba sumida la Villa. Era ya la medianoche pasada. Maruja aún no había bajado. Él se tumbó en la cama y, según tenía por costumbre, cogió la fotografía de la mesilla de noche (el rostro de Teresa oculto bajo la sombra de su mano, el de Maruja reflejando siempre aquella inquietud por cosas superfluas) y la estuvo mirando largamente. Le pareció que algo había cambiado con el tiempo, notó que la imagen de Teresa Serrat exhalaba ese efluvio desangelado y doméstico, poroso, de los cuerpos ya conocidos y poseídos. Le entró una extraña depresión. De pronto oyó el rumor de un coche llegando a la Villa, un frenazo y ruido de puertas, luego voces, le pareció distinguir las de Maruja y Teresa entre la de un hombre, y finalmente unos pasos dirigiéndose a la entrada principal.

Poco después, la puerta del dormitorio se abrió y apareció Maruja. No vestía el uniforme ni traía aquella máscara de fatiga que normalmente a estas horas se pegaba a su cara como un fino y resquebrajado barniz. Llevaba unos pantalones azules, un amplio y ligero jersey sport, demasiado largo para ella, y unas extrañísimas sandalias. Manolo la miró con sorpresa. Ella corrió hacia la cama y se arrojó en sus brazos. Las precauciones que siempre tomaba —entornar la ventana, apagar la luz y cerrar la puerta con llave— no las tomó esa noche.

—Temía que hoy no vinieras —dijo después de besarle.

Se tendió en la cama, junto a él. Tenía los ojos húmedos y chispeantes, sudaba, le ardían las mejillas y toda ella desprendía un calor febril. Sus ojos enfermos y retraídos, en los que erraba constantemente la sombra de una desgracia inminente, y que por lo general a estas horas estaban completamente apagados, parecían arder entre los párpados entornados.

—¿Qué te pasa? —preguntó él—. ¿Estás mala?... ¿Por qué vas vestida así?

—Esta tarde me he divertido mucho, me han llevado en la lancha...

—Quién.

—Teresa. Y el señorito Luis, un amigo suyo que ya casi es su novio... Ha sido estupendo. Teresa me ha regalado estos pantalones y las sandalias. ¿Te gustan?

Manolo le puso una mano en la frente.

—Estás ardiendo, chiquilla.

—Sólo me siento muy fatigada, con mucho sueño... Pero déjame que te cuente...

La pesadez de los párpados atenuaba aquel brillo de su mirada. Tendida junto a él, con la boca seca, desflorada y febril, con el pecho agitado, le contó que Teresa y su amigo la habían invitado a dar unas vueltas en la lancha y que luego habían ido juntos a Blanes, en coche, a un sitio divertido donde se bailaba. Se expresaba con cierta dificultad, debatiéndose en una confusión mental que iría en aumento a lo largo de la noche y que Manolo, desde un principio, creyó que sólo era sueño y efecto del sol. Por lo demás –o quizá precisamente por ello mismo– la muchacha estaba esa noche más hermosa que nunca.

–Yo no he bailado –decía–. Ellos se han dado el lote, ¡hoy estaba la señorita!… Pero no creas que me he aburrido. Al contrario. Había extranjeros. Teresa me ha estado hablando en francés, a mí, ¡qué risa…!

–¿Y dónde están ahora, no venían contigo?

–Paseando por la playa, o por el pinar… No sé, ya te digo que la señorita va hoy muy movida.

Manolo la escuchaba entre asombrado y divertido. «Ven», dijo. Ella se echó a reír, se quedó repentinamente seria y luego se llevó la mano a la cabeza con aire pensativo. Se estremeció. Se arrimó a él, enlazó su cintura con las piernas y murmuró: «Bésame». Él empezó a besarla y notó la fiebre y el castañeteo de los dientes de la muchacha. De pronto ella le rechazó para desnudarse. Se quitó los pantalones. Manolo se levantó y fue a mirar por la ventana. Maruja dijo:

–¿Sabes que esta noche nos han dejado solos?

Él tardó muy poco en calibrar la importancia de esta noticia. Se volvió bruscamente. Maruja, ya sin el jersey pero con los brazos todavía dentro de las mangas, estaba inmóvil, completamente estirada sobre el lecho, como si durmiera. Con voz desfallecida, añadió que los señores habían ido invitados a una fiesta en Barcelona y que no regresarían hasta mañana y que la señorita Teresa y el estudiante paseaban por ahí y, a juzgar por la intensidad de las miradas que se habían dirigido toda la tarde, tenían paseo romántico para rato; la vieja cocinera dormía y los masoveros también, de modo que estaban prácticamente solos.

–Ven conmigo –dijo Manolo dirigiéndose hacia la puerta–. Acompáñame arriba. Lo quiero ver todo.

–Espera –dijo ella. Se incorporó, apoyándose en un

codo, y le miraba con ojos angustiados–. Primero ven, acércate…

–¿Qué te pasa?

–¡Ay, Manolo!

Él se aproximó a la cama. Dijo:

–¿Tienes miedo?

–No es eso… Pero tú… ¿Por qué siempre piensas en lo mismo?

–¿En lo mismo? Habla más claro, niña.

–Ya me entiendes. Sé lo que estás tramando. Lo sé hace tiempo…

–No estoy tramando nada. Anda, ponte algo encima y acompáñame… ¿Qué esperas?

–¡Me gustaría tanto hablar contigo, Manolo!

–Déjate de tonterías.

–Por favor…

–Esa gente está durmiendo, no nos verán. Sólo quiero dar una vuelta, curiosear. No temas, volveremos aquí enseguida.

Maruja apagó la lámpara de la mesilla y se tendió otra vez; no exactamente para atraerle a él. En realidad, sólo era un pretexto.

–Esto no puede seguir así, Manolo. No puede seguir así.

–¿Qué puñeta te ocurre ahora? ¿Qué es lo que no puede seguir así?

–Todo, nosotros, esto… Compréndelo, no puede ser.

El murciano se sentó junto a ella.

–¿Ya no me quieres, Maruja?

–Sabes que sí, más que a nada en el mundo.

–¿Entonces?…

–¡Ay Manolo! Tenemos que casarnos.

Él intentó calmarla.

–No hay razón para llorar.

–¿Quién llora aquí? Tenemos que casarnos y basta, esto no puede seguir…

—Oye, ¿estás preñada?

—No. Pero te digo que esto no puede seguir.

—Está bien –dijo él–. Luego hablaremos. Te lo prometo. Sí, haremos proyectos. Ahora ponte algo encima y salgamos de aquí… Así me gusta, buena chica. Y sécate las lágrimas, llorona. –La besó en la mejilla–. Anda, date prisa. Si sólo es por ver cómo viven esos hijos de puta de tus señores, mujer.

—No digas palabrotas.

Refunfuñando incoherencias, Maruja se puso lo primero que halló a mano, la camisa rosa de Manolo, y le acompañó. Salieron a un pasillo, a oscuras, y la muchacha, después de rogarle silencio, le cogió de la mano y tiró de él. Descalzos los dos avanzaron a lo largo del pasillo, doblaron a la derecha y salieron a la entrada. La luz de la luna bañaba la estancia con una palidez verdosa y todo parecía sumergido en un acuario. El rumor del mar penetraba por las grandes ventanas con rejas de la planta baja. Maruja no quería encender las luces, pero él la convenció de que no debía tener miedo.

Para el joven del Sur fue, más que nada, una especie de recorrido sentimental. Ni siquiera quiso ver el ala izquierda de la Villa, ocupada por las habitaciones de la servidumbre, la cocina, el garaje, un cobertizo para reparación de las embarcaciones y un anexo-vivienda para los masoveros (un matrimonio sin hijos, de Blanes). El ala derecha la componían el salón y la biblioteca, con suelo de parquet y una gran cristalera encarada al pinar y al mar. Completaba la planta baja el comedor, en la parte trasera, que comunicaba con el parque por medio de una terraza con grandes losas desiguales, entre las que crecía una hierba amarillenta y reseca. Desde la entrada, una amplia escalera alfombrada subía hasta las habitaciones del primer y segundo piso, donde también se hallaban las dos terrazas, una de las cuales daba sobre el acantilado y el embarcadero. El interior de la inmensa Villa no correspondía en absoluto a la idea que se había hecho el murciano al verla desde fuera, pero le impresionó: aquella esbelta y alada estructura de castillo de cuento de hadas se trocaba aquí dentro en un desenfadado estilo monacal, con níveos techos de bóveda, arcos y paredes encaladas, todo muy geométrico y aséptico, sin la gravedad ni la magia que anunciaba el exterior. Solamente una parte del mobiliario, el más recio y sólido –viejas consolas y camas de Olot, puertas de cuarterones, antiguos mapas enmarcados en las paredes, sillas mallorquinas, y especialmente un par de butacas de la biblioteca, que tenían los brazos y las patas rematadas en garras de león– parecía guardar aquella misteriosa conexión con la idea del lujo.

Pero no tardó mucho en darse cuenta de su error: el parquet olía a cera y crujía deliciosamente bajo los pies (el parquet y su lustrosa musicalidad siempre fue para él un indiscutible signo de riqueza) y la atmósfera tenía una discreta vida propia, flotaba en ella una invisible presencia obsequiosa, como la de un atento criado que siempre está al quite en torno a uno pero que nunca se ve, e incluso Maruja, que se había recostado cansadamente en el diván del salón y hojeaba revistas con indiferencia, parecía encajar perfectamente dentro de aquel orden con su camisa rosa que le llegaba a las caderas y dejaba al descubierto sus muslos.

Al entrar en el amplio salón, Manolo había cambiado de una manera automática y apenas perceptible el ritmo de sus pasos: le rondaba la vaga sensación de haber estado allí alguna vez. De pie, inmóvil, en medio del espectáculo de aquellos grandes espacios iluminados, superficies lisas y muebles que no estorbaban ni parecían dispuestos a envejecer, captó la prolongación de un tiempo acumulado que allí flotaba como dentro de una campana de cristal, y que nada tenía que ver con el de su casa o de su barrio, acostumbrado a tocar diariamente las cosas y a dejarlas degradadas y viejas de repente, sino más bien con un pasado vivido no sabía cuándo ni dónde, como si ya en el vientre de su madre, en el palacio de los Salvatierra de Ronda, hubiera recorrido cientos de veces estos mismos salones y dependencias lujosas.

Dio un lento paseo en torno a Maruja, con las manos en la espalda; y otro, y otro más, y en cierto momento tendió la mano, al pasar tras ella, y acarició su pelo y su nuca: aquí era posible pensar en el mañana, amar el mañana y al prójimo como a nosotros mismos, y aunque percibía un aburrimiento (algo en el aire inmóvil sugería las horas muertas, un ocio embalsamado) era un aburrimiento digno, decoroso y fecundo. Pero al cabo de un rato, la morriña que había invadido sus miradas y sus gestos se trocó repentinamente en mala leche. Se sentó en el diván, cogió a Maruja por los hombros y clavó sus ojos negros en los de ella:

—¿Dónde está la habitación de la señora? –preguntó.

Maruja adivinó sus intenciones en el acto y quiso levantarse.

—No... Eso ni pensarlo.

—Vamos, vamos, no empieces –dijo él–. Sólo quiero ver lo que hay.

Allí no había nada que ver, protestó ella con una voz que amenazaba llanto, allí no había joyas ni dinero ni nada que a él pudiera interesarle. «Por favor, por favor, olvídate ya de esa locura, son cosas que siempre acaban mal, me echarían la culpa a mí ¿es que no te das cuenta?, me harían responsable a mí, y tarde o temprano me sacarían la verdad...» «Escucha...» «¡Por favor, no quiero oírte, no quiero oírte!» Empezó a temblar, llorando, se debatía al borde de la histeria. Sus nervios, que la habían estado devorando hasta ahora, se desencadenaron. Gritaba. Manolo la sujetó fuertemente por los hombros. Aunque no ignoraba la causa principal de su desquiciamiento –la chica siempre se enfurecía al oírle hablar de las joyas– empezó a pensar seriamente en la posible existencia de otros motivos. Pero todo fue demasiado rápido: lo que en un principio parecía una simple llantina, degeneró en una especie de ataque de nervios. Ante el temor de que alguien oyera sus gritos, la obligó a levantarse del diván y la llevó a su cuarto a la fuerza. La tendió en la cama y luego regresó al salón y apagó las luces.

Cuando volvió junto a ella la encontró sumida en un sopor inquieto, del cual la muchacha fue saliendo poco a poco, siempre con los ojos anegados en lágrimas. Le preguntó si se encontraba mal y ella dijo que no, que sólo tenía dolor de cabeza.

–Espera –dijo acercándose a la mesilla de noche–. ¿Tienes aspirinas?

–En mi bolso, en el armario.

Manolo fue a la cocina a buscar un vaso de agua. Cuando regresó junto a ella y le tendió el vaso, Maruja le miró un momento a los ojos con aire suspenso, como si quisiera decirle algo, pero sin duda lo pensó mejor y se calló. Él procuró tranquilizarla con mimos y caricias, intentó convencerla de que no debía tener miedo y de que todo saldría bien. «No puede pasar nada, tontina, esa gente ni siquiera sabe lo que tiene, ni se enterarán…» Ella, por toda respuesta, empezó a llorar de nuevo, silenciosamente, apretándose las sienes con las manos. Manolo iba irritándose cada vez más, el tiempo pasaba y no conseguía sacarle a la chica más que incoherencias. Se acostó con ella y desplegó aquella galantería pijoapartesca que nunca le había fallado. Todo fue inútil. Transcurrió una hora. «No me quieres –decía la muchacha en medio de sus sollozos–. ¡Nunca me has querido, nunca!» Él esperó a que se calmara, y luego, cuando ya no pudo más, la abofeteó suavemente un par de veces, sin convicción. La muchacha se abrazó fuertemente a él, temblaba como una hoja, con el cuerpo bañado en sudor. Ya no lloraba. «No me pegues –dijo–. Ven.» Y con manos torpes y temblorosas, sin vida, como si las moviese un mecanismo manipulado a distancia por una voluntad que no fuese la suya, se quitó la camisa lentamente y luego se quedó quieta, mirándole, respirando con fatiga. No habían encendido la luz: la de la luna entraba parcialmente por la ventana y se quedaba, lechosa, sobre la revuelta sábana caída al pie de la cama. El cuerpo de Maruja y sus ojos relucían en la penumbra. Manolo, de pronto, la encontró extraordinariamente hermosa. Su piel ardía como una brasa. La besó susurrando nuevas palabras de afecto a su oído, acariciándola con una ternura que, él mismo se daba cuenta, iba más lejos de lo previsto y amenazaba, una vez más, con destruir sus planes. De pronto se sobresaltó; en los besos de ella parecía como si anidase algo que se debatía y pugnaba por expresarse, y aquel indecible y casi metálico sabor de alarma de sus labios, y la sombra de una desgracia inminente que nunca había dejado de nublar sus ojos enfermos, apareció repentinamente y le arrebató a la muchacha de los brazos como un huracán, sin darle tiempo siquiera a comprender lo que pasaba: se había deslizado suavemente entre sus piernas, cuando, de pronto, los brazos de Maruja resbalaron de su cuello y cayeron sobre el lecho como pesados leños al tiempo que él notaba las fuerzas escaparse por todos los poros de aquel cuerpo. «Mi cabeza, Manolo, mi cabeza», murmuró, y todavía consiguió fijar en él unas pupilas horriblemente dilatadas, devoradas por alguna visión anticipada de lo que iba a ocurrir, mientras un estremecimiento sacudía todo su cuerpo –él había alzado un poco su cabeza de la almohada, como si presintiera el desenlace y tal vez quisiera, por un reflejo inútil de la voluntad, evitar que se diera un golpe contra algo–, una fuerte convulsión muscular al mismo tiempo que soltaba un grito e inmediatamente perdía el sentido.

La muchacha quedó en sus brazos con la cabeza caída hacia atrás, como una muñeca de trapos y arena, desarticulada. Manolo, presa del pánico, intentó hacerla volver en sí con unos cachetes:

–¡Maruja...! ¡Maruja, contesta! ¡Qué te pasa, háblame, estoy aquí...!

Se incorporó llevando el cuerpo en brazos; su primera idea fue que le diera el fresco de la noche, dio unos pasos de ciego, sin saber qué hacer, y volvió a dejar a Maruja sobre la cama. Salió al pasillo dispuesto a pedir ayuda, pero tuvo miedo de provocar un escándalo, se dijo que tal vez no era más que un desvanecimiento pasajero. Al volver a entrar, le pareció que Maruja estaba muerta: la muchacha yacía atravesada en la cama, con la cabeza violentamente torcida a un lado y las piernas colgando junto a la mesilla de noche. Le golpeó las mejillas. «Mari, Marujita... ¡Despierta!» Pensó en darle agua o mejor una bebida fuerte, pero ya el pánico se había apoderado completamente de él, se sentía culpable, culpable desde el primer momento, desde el primer día que entró en esta habitación, y, sin tener plena conciencia de lo que hacía, se sorprendió vistiéndose apresuradamente. Desde la ventana, antes de saltar, miró a Maruja por última vez. Fuera, echó a correr hacia los pinos. Le costó encontrar la motocicleta, no recordaba dónde la había dejado. Se volvió, miró la Villa bañada por la luna y restregó varias veces la mano por su rostro: la idea de que Maruja estaba muerta se había ya instalado en su mente. «Chaval, vas listo», se dijo. Finalmente dio con la moto, la sacó del pinar corriendo y tropezando, saltó sobre ella y la puso en marcha.

Estaba en la parte trasera de la Villa, en el camino que iba hasta la carretera. Tuvo que darle al pedal tres veces, manejaba el embrague con mano torpe y temblorosa y se le calaba el motor. La esplendorosa Guzzi estornudó y eructó durante un rato y luego se quedó exhausta. «Eres un miserable, chaval», se dijo. A la tercera, en medio de un ruido infernal, la motocicleta se le disparó debajo de las piernas y él fue arrastrado como un pelele. Después se afirmó sobre el sillín y se alejó a toda velocidad, dando tumbos, despavorido.

He aquí que viene el tiempo de soltar palomas
en mitad de las plazas con estatua.
Van a dar nuestra hora. De un momento
a otro, sonarán campanas.

JAIME GIL DE BIEDMA

En tiempo de vacaciones, cada viaje en motocicleta era una huida desesperada: los cabellos y los faldones de la camisa flotando al viento, agazapado sobre la rugiente máquina como un felino, perdida la mirada al frente y aparentando un desprecio absoluto por los placeres que giraban en torno vertiginosamente y que se iban quedando atrás, el murciano devoraba kilómetros por la costa envuelto en un halo de provocación y desagravio, en una gran suposición de caricias iniciadas y nunca satisfechas, y como un suicida adelantaba coches y autocares llenos de turistas, cruzaba pueblos y plazas en fiestas y dejaba atrás las bulliciosas terrazas, las villas iluminadas, los hoteles y los campings. Los muslos apretados a los flancos del depósito de gasolina, gobernaba y orientaba un temblor en el metal y en la sangre, controlaba con suaves movimientos de cintura y rodillas el ciego poder de la máquina con una vaga idea de manejar su propia voluntad y su impaciencia, como si el hierro y los músculos y el polvo que los cubría no fuese sino una sola y misma materia condenada a verse lanzada sin descanso a través de la noche: no sabía dónde estaba la línea de llegada. A menudo surgían ante él, en medio de las sombras, el límite luminoso del faro proyectado en la carretera, los uniformes de criada colgados en la percha del cuarto de Maruja. Pero a pesar de las evocaciones fantasmales que la velocidad traía consigo, siempre tuvo conciencia del movimiento y del color que le rodeaba: era como si estuviesen proyectando velozmente dos películas a ambos lados de la motocicleta, dos series de fotogramas que él podía ver con el rabillo del ojo: el encadenado fugaz y caótico de visiones amables que paría la noche de la costa fecundada por el turismo, y que él festejaba y odiaba al mismo tiempo.

Desalmados veraneantes extranjeros y piadosos enamorados locales seguían disfrutando, pero él, en su carrera enloquecida, sólo veía la noche derramando sobre todos ellos su desapasionada ternura gris, destilando la vieja savia del silencio: veía cómo verdeaba sobre las copas de los árboles el azul malhumor de la luna, cómo parpadeaba sobre el mar semejante a un charco de plata agonizante, cómo se arrastraba sobre las playas, sobre los chalets y los hoteles, sobre los jardines, las terrazas, los parasoles y las hamacas orientadas a poniente, todavía encaradas, con algo de su emoción diurna, a un invisible sol.

Una música suave, epidérmica, como un estremecimiento de la piel soleada al contacto con la brisa, una música que no parece venir de ninguna parte, que es un poco la canción íntima de todos, se esparce por el litoral todas las noches juntamente con una especie de invasión de termitas coloradas que salen de hoteles y residencias con los hombros despellejados y el corazón tropical, y llenan las salas de fiestas, los bailes y las terrazas. Pese a la velocidad, distingue a los indígenas, les reconoce por su mirada: oscuramente agraviados, pero dignos, cruzan la calzada con las manos en los bolsillos, mirándole por encima del hombro con arrogancia mientras la motocicleta se les echa encima (un ojo repentinamente loco, aterrado, traiciona su pretendida dignidad, su lamentable empeño de creerse todavía dueños de la tierra que pisan) y luego giran en torno como muñecos en una plataforma para hundirse seguidamente en la nada, tragados por la noche. Pero lo que más abunda son turistas: éstos son los ricos que se ven, piensa él, los que a veces incluso pueden tocarse, aquellos acerca de los cuales podemos decir, cuando menos, que existen; los que aún permiten, no sin fastidio por su parte, que los arrebatados indígenas llegados en bandadas los fines de semana, en trenes y motos, envuelvan con miserables miradas de perros callejeros sus nobles cuerpos soleados y su envidiable suerte en la vida. A estos compatriotas, endomingados siempre como para un domingo que no acaba de llegar, el motorista fantasma podía verles a veces reunidos en pequeños grupos alrededor de las terrazas y de las pistas de baile, acechando suecas de cabellos de fuego y grandes bocas fragantes con sus ojos amarillos que brillan en la sombra y en los que a últimas horas de la noche ya empieza a relucir, como una pátina secular, la agonía anónima del lunes en oficinas y talleres. Sus miradas son, según ellos sean de pasmados o respetuosos, como las de niños excluidos de un juego por sus propios compañeros, y arrinconados, olvidados por alguna razón que ellos parecen ignorar, están allí, cerca, por si les llaman. Su anhelo es ancestral y penoso, pero, infinitamente más moral en todo caso que la idea de acumular dinero (según oiría decir a la propia Teresa en una ocasión), se reduce a una oportunidad de amor directo y furtivo, a un baile conseguido por cara, a unos revolcones detrás de una barca.

La velocidad difuminaba los contornos y era como una sucesión de imágenes: viejos y apacibles matrimonios nórdicos de rostro lozano con hijos rubios y bellos como flores, rebaños de encantadoras y rosadas viejecitas llegadas en autocar con sus deliciosos sombreros multicolores, y espigadas nórdicas y francesas angulosas y cálidas salidas de las páginas de revistas (*cet été vous changerez d'amour*, decía el horóscopo de *Elle*), inglesas híbridas que van al baile con chales y amplios vestidos que crujen, como si fuesen a una recepción, y que acabarán dejándose besuquear por pescadores y camareros libres de servicio, etc. Todos éstos se dejan ver, son bellos y su contacto suscita a veces un escozor nostálgico, aunque no es grave.

Pero hay otros aún más ricos, los que apenas se dejan ver, los verdaderamente inaccesibles. De ellos se podría decir que no existen si no fuese porque algunas veces han sido vistos en lugares públicos. En sus raras visitas al pueblo sonríen con desinterés mirando a las parejas: se ve que están habituados a la felicidad, que sus pasiones están en otra parte. Su encanto y su silencio sugiere lejanías placenteras, sus cuerpos parecen haber recogido un polvo dorado en el camino, mientras venían indiferentes a sentarse un rato aquí con nosotros, en las terrazas, y eternamente el aura fría y serena de un clan embellece sus frentes, les distingue, les acompaña dondequiera que vayan, les preserva de la curiosidad general, del olvido y del desdén: entre ellos, ciertos hombres maduros impresionan muy particularmente al borrascoso motorista. No son ni turistas ni indígenas: viven en Villas de recreo, que tampoco apenas se ven, rodeados de jardines y pinares, entre silencios y rumorosas frondosidades de ocio, nos miran sin vernos, sus ojos están podridos de dinero y su poderosa mente marcada con viejas cicatrices de raudos negocios. Igual que gángsteres retirados, reposan impunemente al borde de piscinas muy particulares, apenas visibles a través de los altos setos, junto a campos de tenis donde juegan muchachas que podrían ser sus hijas pero que nunca se sabe, ni si viven allí o han sido invitadas, ni siquiera si son realmente tan jóvenes como parecen vistas de lejos; entre ellas estaba Teresa Serrat con su amigo Luis Trías de Giralt, invitado a pasar el fin de semana en la Villa. Si bien es cierto que esta noche se había dejado ver en Blanes con su amigo y su criada, Teresa salía poco de sus dominios y si lo hacía no era casi nunca para ir al pueblo, sino a la ciudad; pero debido en parte a una circunstancia favorable (sus padres ausentes) hoy la joven universitaria se había visto de pronto en Blanes, empujada por su amigo y por ciertos imperativos que ahora, amargamente, intentaba analizar.

Afuera, desgarrando el silencio nocturno, vibraron en el aire las primeras explosiones del motor de la motocicleta con un desespero que anunciaba la huida desenfrenada. Su eco se elevó nítidamente por encima del siseo de las olas y penetró por la ventana abierta del dormitorio de Teresa, que estaba tendida en la cama con los ojos fijos en la penumbra, reflexionando. Despacio, la muchacha ladeó la cabeza sobre la almohada con una expresión de melancólico pesar. Al oír por segunda vez el petardeo de la máquina, que no conseguía arrancar, Teresa Serrat se levantó y abandonó el lecho dirigiéndose lentamente hacia la terraza contigua al dormitorio. La núbil languidez de sus movimientos era sólo aparente: después de cada desdeñosa flexión de las rodillas, en la rigidez repentina de las corvas y en la indolencia felina de sus caderas sueltas, un tanto anticipadas en relación con los hombros, asomaba una extraña agresividad, un aire conscientemente agraviado o despechado.

Mientras caminaba, descalza, se abrochó la blusa con manos inertes y dobladas como tallos rotos. Los pequeños shorts amarillos se le habían pegado a las ingles y tiró nerviosamente de los bordes hacia abajo con el pulgar y el índice, aislando los demás dedos, igual que si tocara una materia infectada y temiera contagiarse. Y al mismo tiempo que cerraba los ojos, en su boca pálida se dibujó una sonrisa despectiva: no tenía conciencia de su cuerpo, sino de la enojosa presencia que aún había en él de otro cuerpo. Al llegar a la puerta de cristales, una ráfaga de viento movió sus largos cabellos lacios, desnudó su cuello alto y redondo, y durante unos instantes, al sumergirse en la luz de la luna que viniendo de la terraza entraba en el cuarto como una espuma blanca, su figura se inmovilizó como por efecto de un repentino flash.

Si es cierto que la raza de una mujer se advierte en su cuello, Teresa Serrat era un formidable exponente de la mejor raza: de su madre había heredado un hermoso y esbelto cuello, una boca singularmente predestinada y la suficiente alegría cordial para que ello le inspirase una encantadora idea mítica del gesto. Ved si no su especial manera de ladear la cabeza despeinada y aguzar el oído a los rumores de la noche; tiene alma de pez-mariposa y su destino es vivir bajo una perfecta combinación de luz y azules aguas transparentes, aguas poco profundas de los trópicos. Pero Teresa sufre nostalgia de cierto mar violento y tenebroso, poblado de soberbios, magníficos y belicosos ejemplares, añoranza de suburbios miserables y oceánicos donde ciertos camaradas pelean sordamente, heroicamente. Suspira como una gata de lujo añorando tejados y luz de luna, se aburre. Sus insolentes y adorables pies desnudos, toda ella con todos los atributos de su belleza: el fulgor celeste de sus ojos, sus caderas un tanto pueriles, el oro viejo de sus cabellos, la miel y la seda de su nuca y también la lánguida espalda adolescente revelan la herencia de un linaje materno exquisitamente alimentado incluso en épocas de apuro, tanto si la estudiante progresista lo cree justo como no, aquel prestigio de casta que ya desde niña anunciaba su fino cuello de corza y la singular expresión de su boca; porque era ahí, en los labios rosados, secos y ligeramente hinchados –especialmente el superior, cuyos dos vértices puntiagudos, como ya una vez había observado el murciano, se levantaban hacia la nariz en un gracioso mohín de desdeño–, era ahí donde estaba la raíz y el secreto de aquella expresión un poco infantil, mimada y a la vez decididamente agresiva que, derramándose como una bruma estival sobre la hostil plenitud de sus miembros soleados, determinaba la naturaleza un tanto ambigua de la muchacha, una mezcla de candor y de insolencia, de rosada languidez y de bronceada, adulta, fogueada rebeldía.

Envuelta en la pálida luz astral, Teresa se apoyó de codos en la balaustrada. En la terraza dormían parasoles, tiestos con plantas de enormes y bruñidas hojas, un velador y dos hamacas. Una pequeña radio-transistor olvidada en un sillón de mimbres gemía una tierna canción de actualidad:

> ... *me confesó la luna*
> *que nunca tuvo amores,*
> *que siempre estuvo sola*
> *soñando frente al mar...*

Desde donde estaba, la muchacha podía ver el embarcadero, y a su derecha, asomando por encima de los setos, la red metálica de la pista de tenis. Al otro lado de la Villa, en alguna parte cerca del bosque, el motor de la motocicleta seguía negándose a funcionar y su penoso jadeo y su tos se oían en medio de la noche como una llamada de alarma. Al mismo tiempo, Teresa oyó pasos en el dormitorio, a su espalda. «¿Y ahora qué quiere, qué pretende?» Le llegó un nuevo petardeo, esta vez brioso, y comprendió que la motocicleta se alejaba en dirección a la carretera en el preciso momento, que ella hubiese querido evitar a cualquier precio, en que Luis Trías de Giralt aparecía en la terraza. El prestigioso estudiante venía del cuarto de baño, llevaba todavía el rostro y los cabellos mojados y se secaba con el antebrazo. Sonreía con aire triste, el hombro apoyado en la puerta, los ojos fijos en la espalda de Teresa. Vestía un amplio jersey blanco y pantalones claros de hilo.

—Ah, ¿estás aquí? —preguntó estúpidamente—. Qué caliente está el agua… —Tendió el oído al zumbido de la motocicleta que se apagaba a lo lejos y añadió—. ¿Oyes? Nuestro amigo el *xarnego* ha vuelto a hacer de las suyas…

Teresa seguía dándole la espalda. Es más hombre que tú, pensó. Instintivamente, apretó los muslos y por vez primera tuvo conciencia del agravio inferido a su cuerpo y se indignó. Pensaba también con amargura que hay muchas maneras de ser imbécil, y que Luis Trías de Giralt, quién iba a decirlo, era uno de esos imbéciles que alcanzan la imbecilidad pretendiendo no serlo por todos los medios. Se volvió a él, echó los codos para atrás y siguió apoyada, ahora de espaldas, en la balaustrada. No parecía ver a su amigo: le sobrepasó con una mirada vaporosa que se perdía en la noche, por encima de su cabeza. Él se frotaba la rodilla con expresión dolorida.

—Es encantador —dijo Teresa—. Me recuerda a muchos amigos que he olvidado.

Ajena por completo a la ambigüedad de la frase, su mirada desdeñosa y ultrajada seguía prendida en la noche.

—¿Quién? ¿El novio de la criada? —preguntó Luis. Y después de una pausa añadió—. Oye, de lo nuestro hablaremos con calma…

—No hay nada que hablar.

Él volvió a frotarse la rodilla. Con una voz inesperadamente autoritaria dijo que acababa de darse un golpe bestial con el borde de la bañera y que se marcharía dentro de un rato, en cuanto dejara de dolerle.

Ahora Teresa le miró por vez primera. «Puede que incluso se haya duchado, el idiota…» Sí, quién iba a decirlo: tras aquella impresionante fachada de líder universitario, de ardiente visionario del futuro, no había más que una blanda, asquerosamente blanda e inexperta virilidad. Aquellas manos de arrebatado orador habían albergado con temblores de mala conciencia burguesa, quién iba a decirlo, sus pechos de fresa. Y aquellos ojos claros, apostólicos, siempre vagando por lo alto, contemplando sus visiones del futuro, se habían arrastrado vergonzosamente, miserablemente por su cuerpo. Su voz, sin embargo, seguía alardeando de aquella incapacidad de asombro que caracteriza a los sabios y a los ancianos coronados de prestigio y de experiencia, y parecía empeñada en no darse por enterada de nada y en restar importancia a lo que esta noche había ocurrido entre ellos dos: entonces sospechó Teresa que aquella voz, incluso en los momentos históricos en que, sin un temblor, había dado las célebres consignas, jamás había expresado nada excepto una total y absoluta ignorancia de todo.

—¿Cuándo regresan tus padres? –preguntó Luis.

—Mañana, te lo he dicho mil veces… Tal vez esta misma noche. Sería lo mejor.

—Tere, sabes muy bien que esto tiene una explicación lógica y te la daré –recitó con toda su sangre fría–. Tú no eres ninguna mojigata y…

—Sí, claro. Pero por favor, no eches mano de tu dialéctica para un asunto tan lamentable. Cállate, te lo ruego.

El prestigio que gozaba Luis Trías de Giralt en la

universidad por esas fechas era fabuloso. Había estado dos veces en la cárcel, le acompañaba siempre el melancólico fantasma de la tortura (a veces incluso podía vérsele comunicando íntimamente con ese fantasma, sumido en expresivos silencios) y en las aulas se decía de él que era uno de los importantes, extraño elogio que, si algo quiere decir, es precisamente eso. Un año antes, adivinando o presintiendo la apoteosis actual de este prestigio, Teresa Serrat se había sentido arrastrada a colaborar con él en infinidad de actividades culturales y extraculturales: a Luis Trías de Giralt se le suponía «políticamente conectado». Estudiante aventajado de económicas, nieto de piratas mediterráneos, hijo de un listísimo comerciante que hizo millones con la importación de trapos durante los primeros años cincuenta, era alto, guapo, pero de facciones fláccidas, deshonestas, fundamentalmente políticas, carnes rosadas, el pelo rizoso y débil, la mirada luminosa pero infirme: parecía un Capeto idiotizado y con paperas (cierto chulito fantasioso del barrio chino, al que le unía una singular e indecible amistad de tira y afloja, le llamaba Isabelita, lo cual, dicho sea de paso, a él le hacía un tilín embarazoso y no menos inexplicable que su debilidad por el muchacho) y tenía ese aire un poco perplejo de manso seminarista en vacaciones, con un leve balanceo de la cabeza a causa del vértigo teológico, del peso trascendental de las ideas o de una simple flojera del cuello, como si anduviera graciosamente desnucado.

Teresa apartó los ojos de él. Deseaba que se marchara de una vez. Es tarde, dijo. La motocicleta hacía rato que había dejado de oírse en la lejanía. ¡Simples, felices, vulgares novios de vulgares criadas, el mundo es vuestro! Si ahora se acercara y me abrazara con fuerza —pensó ella—, pero con mucha fuerza, quizá aún no se habría perdido todo...

Los dos estaban inmóviles, guardando una distancia de tres metros. Luis no se atrevía a dar un paso. Encendió un pitillo, bramando casi: «¿Quieres uno? Son muy buenos (lamentable: sabes que son horribles), son rusos auténticos (peor aún: mal momento para evocar su proverbial solidaridad), Jacinto me trajo unas cajetillas del último Festival de la Jeunesse de... (déjalo ya, anda, cállate)» y empezó a fumarlo nerviosamente y como a escondidas, dando manotazos al humo que se quedaba flotando denso y pesado bajo la única luz encendida de la terraza, sobre su cabeza. Teresa, observándole, confirmó su idea recién estrenada de que estaba delante de un bluff. El legendario caudillo seguía empeñado en vivir la prosa de la vida sólo a medias, como si aquéllas fuesen actividades poco dignas de su alto magisterio: bailar, nadar, hacer el amor, e incluso, como ahora demostraba, fumar; aspiraba el humo del cigarrillo sin tragarlo y lo dejaba medio saliéndose de la boca, derramándose sobre los labios como una espuma repelente, y Teresa recordó que ella siempre había dudado de la moral de las personas que al fumar no se tragan el humo.

—Será mejor que te vayas, Luis —dijo bajando los ojos. Hubiese querido añadir: «Después de lo ocurrido, ya sólo nos une lo que está por encima de nuestros sentimientos y de nuestros intereses personales», pero le sonaba a cosa demasiado solemne habida cuenta la vulgaridad de la situación. Era una bonita frase, sin embargo, y le habría gustado soltarla. La registró en su mente. Racionalista como era, ahora se daba perfecta cuenta, además, de que incluso la simple proximidad física de ellos dos se había hecho imposible; a causa de cierta excitación imaginativa y largamente acariciada, que les había abocado a esta penosa situación de ahora, quién lo hubiera dicho, hoy habían pasado una tarde maravillosa, pero era preciso reconocer que sus relaciones, desde hacía algún tiempo, se habían ido espesando con una insoportable y extraña significación, una carga eléctrica que amenazaba fulminarles en cualquier momento: los sentimientos y los deseos eran mutuamente y constantemente revisados, desmenuzados, analizados y valorados según un concepto de la vida que, desgraciadamente y por mucho que ellos se empeñaran en negarlo con acentos proféticos, no estaba aún en vigor y en consecuencia no guardaba relación ninguna con la realidad de su clase («tienes que reconocerlo, Luis, izquierdoso burgués, amigo mío»). Así, con el tiempo, descubrieron que entre ellos se había producido justamente lo contrario de lo que sus ideas de vanguardia parecían preconizar: una situación atrozmente conyugal, cuya rapidez en presentarse ni siquiera les había dado tiempo a vencer ciertas inhibiciones sexuales, residuos respetables de su educación, y cualquier gesto, cualquier palabra, cualquier insignificante mirada o acto (el de fumar uno de aquellos dichosos pitillos rusos, por ejemplo) que llevara todavía el germen simbólico de todo aquello que siempre les había unido, se hinchaba de una irritante significación inútil y crecía ante sus ojos y se convertía en un monstruo con vida propia, con movimientos y sentido independientes, destrozando aquellos vínculos sentimentales que ellos, basándose en una sagrada solidaridad, habían querido elevar a la categoría de pasionales.

Ahora, Teresa le daba de nuevo la espalda y estaba muy atenta al silencio de la noche; aún pretendía captar el eco de la motocicleta del murciano, mientras la canción del transistor, desde una estremecida lejanía, desde cielos más placenteros, también confesaba:

> ... *me dijo que la noche*
> *guardaba entre sus sombras*
> *el eco de otros besos...*

Por su parte, Luis Trías interpretó el gesto de ella como una clara señal de despedida, y decidió que había llegado el momento de marcharse –sólo años después sabría que aún pudo intentarlo otra vez y con posibilidades de éxito, de haberse atrevido a abrazarla–. Por alguna razón, en medio de su secreta tristeza y su impotencia por arreglar las cosas, se le apareció de pronto en el cielo nocturno el rostro burlón y ratonil de su amigo el chulito del barrio chino, sonriéndole sobre un fondo tapizado de rojo granate.

–Bueno, Tere, me voy –dijo–. Puede que tus padres regresen esta misma noche… Efectivamente, creo que hemos bebido demasiado, son cosas que pasan, qué quieres, por otra parte no tiene nada de particular… es un fenómeno bien conocido. La próxima vez… (no habrá próxima vez, no la habrá, lo sabes muy bien). ¿Te veremos mañana en Lloret… o en Barcelona?

Luis veraneaba con su familia en Lloret, y a veces Teresa cogía el coche y le devolvía la visita; de paso saludaba a algunos amigos, también estudiantes, que allí formaban colonia. Otras veces se citaban ella y el muchacho en Barcelona. Pero ahora…

–Adiós.

Minutos después, al fin sola, Teresa oía el Seat 600 de Luis poniéndose en marcha ante la entrada principal. Cerró los ojos. Entonces, repentinamente, se cubrió la cara con las manos para ahogar una oleada de no sabía qué (tu llanto, Teresita, tu risa-llanto de *femme-enfant*, le había dicho Luis una vez, en una carta escrita desde la cárcel) que le subía por el pecho y la quemaba: acababa de darse cuenta, horrorizada, que en realidad había estado esperando que él se quedara y lo probara otra vez.

¡Vete, vete, estúpido puerco!, gritó mentalmente, y entró corriendo en el dormitorio arrojándose sobre la cama.

No podía dormir. Ponerse ahora a analizar lo que

había pasado, admitir su parte de culpa en lo ocurrido, no le resultaba tarea fácil. Optó, como siempre, por buscar una explicación lo más objetiva posible y que al mismo tiempo dejara a salvo ciertas convicciones ideológicas que estaban muy por encima de ella y de Luis, de sus pequeñas mutuas porquerías. Recordando lo que habían hecho durante el día, le pareció que aquel germen nefasto que acabaría estropeándolo todo se había ya revelado a última hora de la tarde, en el momento en que ella, en el embarcadero, estaba soltando la amarra del fueraborda. Luis le hablaba precisamente de Maruja, de lo guapa y reservada (eso fue lo que dijo) que se había vuelto desde que tenía novio; fue cuando, de pronto, sin que hubiese mediado entre ellos una sola palabra al respecto, coincidieron alegremente en la idea de invitar a la criada.

–Precisamente pensaba decírtelo –exclamó Luis saltando a la embarcación–. Es una excelente idea.

–Se aburre tanto, la pobre –dijo Teresa–. Se pondrá contenta. Voy a buscarla.

–Te espero. ¡Date prisa!

Los dos estaban encantados de haber tomado esta decisión. Desde por la mañana, cuando supieron que los padres de Teresa se ausentarían de la Villa aquella noche, al quedarse solos sus silencios se habían cargado de una extraña pesadez. En realidad, invitaban a Maruja por efecto de una necesaria expansión nerviosa; necesitaban expresarse a través de una tercera persona y nadie mejor para el caso que Maruja, ya que ella les permitía transmitirse mutuamente su deseo gracias a un fluido especial que para ellos desprendía la muchacha: el de sus noches de amor con el murciano, sus relaciones íntimas, que conocían desde que Teresa las descubrió el verano pasado, y que envidiaban secretamente y admiraban.

Teresa regresó al embarcadero al poco rato diciendo que Maruja venía enseguida; estaba terminando de arreglar el cuarto de Luis, precisamente, por si quería quedarse aquella noche. Añadió que le había regalado a Maruja unos pantalones y unas sandalias un poco pasadas de moda pero nuevas, y que la chica estaba tan mona con ellas y que era un encanto. Fue el momento –y ahora, al recordarlo, Teresa comprendió que no había sido casual– en que se dieron el primer beso. Estaban dentro de la embarcación esperando a Maruja. La tarde, despejada de nubes por completo, aunque ya muy avanzada, era calurosa y su luz permanecía en suspenso. Un sol rojo y sin fuerza daba de lleno en los peldaños cavados en la roca que bajaban hasta el embarcadero, y por los cuales debía aparecer Maruja. Los dos vieron perfectamente la caída de la muchacha, una caída en verdad tonta –se le atravesó una de las sandalias y tropezó– y que de haberse producido en otro sitio menos peligroso, sobre las tablas del embarcadero, por ejemplo, habría provocado su risa. Bajaba corriendo, casi con desesperación –sin duda temía haberles hecho esperar demasiado– y les saludaba con la mano en alto, en un gesto muy cursi («¡Yuju, yuju!», decía) cuando, de pronto, sus piernas y sus pies desnudos (las levísimas sandalias fue lo primero en salir disparado) se agitaron un momento en el aire, frenéticamente, como si pataleara, antes de oírse claramente el golpe de su cabeza en el último peldaño. Ellos, desde el fueraborda, dejaron escapar un grito de sorpresa. Saltaron a tierra y corrieron hacia la muchacha. Maruja se quedó tendida (unos segundos, una inmovilidad alarmante) el tiempo justo de llegar Luis hasta ella, y luego se incorporó precipitadamente. Se reía avergonzada, frotándose la cabeza («¡Qué tonta soy, señorita!») la pobre, pensaba ahora Teresa, y arrastraba sus ojos por la escalera buscando sus sandalias, estaba tan contenta con ellas.

–Las sandalias, eso es lo que te ha hecho caer –dijo

Teresa–. No estás acostumbrada. Si llego a saberlo no te las doy.

–Son tan bonitas… Ya me acostumbraré.

–¿De verdad no te has hecho daño? –preguntó Luis solícito.

–No, no.

–Podías haberte matado, criatura –dijo Teresa.

–No ha sido nada… Un coscorrón nada más. Es que venía corriendo, se me fue el tiempo haciendo las camas y…

«Tal vez, ahora que lo pienso, lo mejor habría sido hacerla volver a casa; en primer lugar porque estoy segura que ha tenido que hacerse bastante daño –ella se ha esforzado en disimularlo, pobre chica, pero el batacazo ha sido mayúsculo– y en segundo lugar porque luego quizá todo habría rodado de distinta manera para Luis y para mí. Entonces no lo sabíamos, claro, entonces creíamos necesitar su compañía y además no estábamos dispuestos a renunciar al placer de proporcionarle a la chica un rato de diversión… ¿O no fue eso exactamente? No sé…»

Ella por su parte (eso es verdad, lo recuerdo muy bien, muy bien) insistió en que no se había hecho daño y en que ya podían emprender la marcha. De modo que embarcaron los tres y navegaron bordeando la costa durante casi una hora, se bañaron en una pequeña y desierta cala y comieron fruta fresca que Maruja había tenido el acierto (complaciente criaturà) de traer para ellos. Tendidos en la arena, mientras comían, Teresa y Luis estuvieron prácticamente encima de la criada, preguntándole por Manolo, interesándose por la marcha de sus relaciones y dándole sabios consejos vagamente anticonceptivos (que a la criada no le servían de nada) con una especie de paternal solicitud, de complicidad erótica: con sus preguntas buscaban, exigían casi la confirmación a una idea encantadora que ellos se habían hecho de los amores furtivos entre una criada y un obrero. Y Maruja mentía, se veía obligada a mentir para darles gusto, callándose los terribles malhumores y la no menos terrible mala uva de su querido Manolo, mientras ellos se frotaban y se manoseaban ante sus ojos con una insistencia extraña, ciega, como si la misma excitación imaginativa les obligara a ello un poco a pesar suyo, sin que acabaran de pasarlo bien, se diría que con una intención no exactamente sexual, sino también, por decirlo de alguna manera, para reconocerse, para comprobar que seguían allí.

Al regresar a la Villa decidieron cenar en Blanes los tres, y luego ir a bailar en alguna terraza. Maruja estaba asombrada; no por la generosidad de la señorita, que ya le había dado pruebas de ella en muchas ocasiones, sino porque sabía que Blanes no le gustaba, lo consideraba un pueblo lleno de veraneantes palurdos, y sobre todo porque las miradas impacientes que la pareja se había estado dedicando durante la excursión marítima le habían hecho pensar que se desharían de ella en cuanto desembarcaran.

Blanes estaba muy animado. Teresa y Luis, cogidos de la mano o por la cintura, dieron por las calles y las terrazas llenas de turistas una perfecta lección de cómo se pertenece al grupo nacional de los escogidos: no se sobaban. Después de comer unos platos combinados en la barra de un bar –Maruja tropezaba continuamente con sus sandalias, se le desprendían de los pies, y se avergonzaba– fueron a tomar un cuba-libre en una terraza con discos (allí fue donde Luis tomó sus dos primeras ginebras a palo seco) y bailaron. Maruja permaneció sentada todo el rato, y aunque algunos muchachos la invitaron a bailar varias veces, nunca aceptó («No sé, ahora que lo pienso, si no quería bailar por una tonta fidelidad a su novio o por sentirse insegura con las sandalias, porque, desde luego, la excusa que daba: "Me duele un poco la cabeza, gracias, no bailo", naturalmente era mentira...»). Sólo una vez hizo una alusión a su novio, lamentando que no pudiera estar allí con ella. Luis y Teresa le prometieron que un día saldrían los cuatro. Mientras, la conciencia de que aquella era la noche destinada para ellos desde el principio de los tiempos se iba adueñando de sus miradas, de sus abrazos, y, sobre todo, de su manera de beber. Bailaron estrechamente enlazados durante mucho rato delante de Maruja, mirándose a los ojos. Cuando se dieron cuenta de que la muchacha no sólo se aburría terriblemente sino que se le cerraban los ojos (de sueño debía ser. «¡Este murciano, también, mira que debe ser bruto! –había bromeado Luis–. Será un obrero con toda la conciencia social que quieras, Tere, y eso aún habría que verlo, pero ya podría aguantarse un poco y dejar que la chica descansara alguna noche.») decidieron darse una vuelta por otros sitios que suponían iban a serle a Maruja más divertidos y familiares –y también a ellos–, pequeñas tabernas y bodegas sofisticadas donde se pudiera beber vino y charlar con desconocidos. Pero aunque parecía feliz, Maruja no consiguió quitarse de encima aquel sopor; estaba ausente, con la mirada fija en el vacío, sin hacer ya caso de ellos ni de sus arrumacos: ya no era aquel poste transmisor de su felicidad. Decidieron regresar a la Villa.

Durante el camino de regreso cantaron (qué ridículo le parecía ahora al recordarlo) canciones populares de la resistencia francesa, de los partisanos *(«¡Ah, compagnon...!»)* que habían aprendido en un disco de Yves Montand que tenía Teresa. Bajaron del coche en la entrada principal y se despidieron de Maruja, que les dio las gracias dormida pero muy contenta, y se fueron a dar un paseo por la playa. Entonces, al quedarse solos, ocurrió una cosa extraña: desapareció repentinamente aquel ardor comunicativo de Luis y en su lugar se estableció una especie de lucidez íntima y grave, una frialdad que amenazaba adueñarse de los dos para el resto de la noche.

(«¿Por qué diablos, precisamente entonces, se me ocurrió hablar de Paco Lloveras y de Ramón Guinovart, los últimos exilados en París?») Comentaron un libro de poemas de Nazim Hikmet que corría por la universidad de mano en mano, y que Teresa había prometido prestarle a Luis. Cerca de la orilla, bajo la luz de la luna, ella veía el perfil grave y evocador del prestigioso estudiante encarcelado y recordó a Hikmet

> *Tu es sorti de la prison*
> *et tout de suite*
> *tu as rendu ta femme enceinte*

bonito en medio de la dulce emoción de un roce de nudillos en las caderas, esperando, anhelando una reacción de él *(Tu la prends par le bras / Et le soir tu te promenes dans le quartier)* que no acababa de realizarse. Luis permanecía sumido en un silencio muy familiar a los amigos íntimos: así debió ser la tortura. A ella se le ocurrió decir: «No pienses más en ello», con una voz sorprendentemente ajena, y se produjo una situación embarazosa. Sin duda para equilibrar tal situación, Luis empezó de pronto a hacer cosas extrañas, a dar muestras de una alegría infantil y ridícula que a ella la irritaba: aprovechaba las ocasiones propicias como lo habría hecho un preadolescente: «Mira, mira, hay luz en la Villa –decía al mismo tiempo que se pegaba a la espalda de ella y se restregaba contra sus nalgas, señalando las ventanas iluminadas de la casa–. ¡Mira! ¿Lo ves?, ¿lo ves?, ¿quién será?, ¿ladrones?, ¿eh?» «Quién quieres que sea, Maruja, que le habrá quedado algo por hacer... Y deja de jugar, anda, que te estás volviendo tonto.» Y en otro momento que paseaban entre los pinos: «¡Mira, mira, tienes un bicho en la rodilla...!» y entonces la manoseaba subrepticiamente. Penoso, en verdad. No era eso lo que ella esperaba. ¿Qué había pasado? Estaban en un pozo lleno de impresionantes exilados presididos por Nazim Hikmet. El alibi intelectual duró poco: Teresa, en un momento dado, se colgó de su cuello y le obligó a besarla formalmente. Por un momento, los venerables fantasmas de Paco Lloveras y sus amigos se esfumaron, y París con ellos. Entonces, cuando él ya estaba perdiendo la cabeza, Teresa dijo que lo mejor era volver a la Villa y tomar allí unas copas mientras charlaban. Fue un error. Probablemente, se decía ahora, de aquella repentina decisión arrancaba su parte de culpa en lo sucedido, su aportación al fracaso y a la vergüenza de esta noche. Bien es verdad que si Luis hubiese protestado y se hubiera empeñado en seguir besándola allí (en realidad, y no ahora, sino antes, lo que debía haber hecho es obligarla a tumbarse con él en la arena en vez de seguir paseando y paseando) ella sólo habría ofrecido una tierna resistencia por motivos de comodidad (decir algo así como: «Aquí no, hay mucha humedad») lo cual hubiese ya implicado una aceptación previa del hecho en la cama y con ello acaso se habría esfumado aquella maldita nube de inseguridad que les envolvía. Pero Luis no dijo nada, y durante el regreso, precediendo a Teresa en algunos metros, se cerró en un silencio penoso que haría aún más difíciles las cosas.

–Mira, tus ladrones ya han apagado las luces –dijo ella riendo, intentando salvar por lo menos el humor.

Luis aceleró el paso, pateando los matorrales.

Teresa subió a la terraza con una botella de gin, hielo y vasos, y se tumbaron en un par de hamacas, junto a la música del transistor. Estaban tan deprimidos que cometieron –esta vez los dos– un nuevo error: empezaron a hablar de política y de acción universitaria. Al principio ni se dieron cuenta, todo seguía siendo un reflejo de aquella expansión nerviosa que les había hecho invitar a Maruja y regalarle unas sandalias, lanzarse a cenar a Blanes, bailar y pasear por la playa y otras inútiles lindezas. Y he aquí, misterios de aquella generación universitaria de héroes, que esta discusión sobre temas tan serios les fue ganando poco a poco de una manera extraña e inevitable, a pesar suyo, y de pronto descubrieron que habían caído en una nueva trampa.

—Sí, Tere, preciosa, estoy de acuerdo —decía él, irritado— en que la situación actual del socialismo con respecto al capitalismo ha cambiado en todo el mundo, pero es un cambio cua-li-ta-ti-vo, no cuantitativo, ¿lo entiendes? Además, ¿por qué te empeñas en querer hablar ahora de eso?

—¿Quién, yo? ¡Vaya! Sólo quiero que sepas que lo entiendo perfectamente, señorito sabelotodo, y que por eso en octubre fui de las primeras en lanzarme a la calle... Alcánzame la botella, por favor... Lo entiendo, sí, y por eso he hecho yo más visitas a la fábrica de tu padre que todos vosotros juntos, aunque hayan servido de poco, y por eso pedía más reuniones, más contactos, más unión, en fin. Y por eso estoy ahora aquí contigo hablando de todo eso... Desde luego, ya sé que afuera se define cada vez más como una política de paz, y sin que ello represente en absoluto un repliegue en la lucha por el objetivo final («¿dónde he leído yo eso?») pero también hay que tener en cuenta las circunstancias... Oye, no bebas más, estás liquidando la botella tú solito y luego no vas a saber ni dónde pones las manos... (Se refería a no poder conducir, por supuesto, pero el héroe universitario sonrió, aunque ya muy débilmente, a lo que creía una cosquilleante alusión.) ¿Qué estaba diciendo? Ah, sí... Bueno, dejémoslo.

Pero ahora insistía él:

—Nunca hablo de política porque sí, Tere. Por pa-

sar el rato, pues no… Pero te diré una cosa: las reper-
cusiones de la crisis general del capitalismo es algo que
no siempre sabemos captar nosotros, los señoritos, por
una fatal cuestión de perspectiva, pero dentro de cinco
años se verá clarísimo. Las cosas no han hecho más que
empezar.

–¿Crisis? –dijo ella con asombro–. ¡Estás tú bien,
hijo! No hay tal crisis. La falta de iniciativa y el inmo-
vilismo de la oposición burguesa, suponiendo que haya
tal oposición, porque yo sólo conozco cuatro gatos, y
tú eres uno de ellos…

–Gracias, monada.

–… no significa que haya crisis. Mira a papá, por
ejemplo: sabes muy bien que sólo estaría en la oposición
en la medida que viera disminuir sus ingresos. ¡Y en vez
de disminuir aumentan, y así seguirá siendo por muchos
años!

–¡Pero qué dices, qué espantosa confusión la tuya!
¡Es desesperante, Tere, me lo mezclas todo! ¡Pero vamos a ver ¿qué idea tienes tú de los partidos de la oposición?! ¡¿Y pretendes acaso negar que la gravedad de la
situación económica es un hecho real?!

–¿Para quién? Para papá, no. ¿Lo ves? Tú confun-
des nivel general de vida con capacidad adquisitiva de
una clase privilegiada y…

Todo sonaba, más que en ninguna otra ocasión, a
frases leídas en alguna parte, vertebradas con metal y
cemento en bloques inanimados y con esa rigidez helada de los informes en círculos de estudios. Letra muerta. Intuían vagamente que nada de lo que hablaban tenía
relación con la realidad («¿por qué, por qué precisamente
esta noche?») y eso era lo que más les fastidiaba, no el
que no se pusieran de acuerdo; eso y que cada vez se
sentían más alejados el uno del otro. Y lo peor era que,
además, de una manera en verdad temeraria, se habían
sentado frente por frente en vez de hacerlo juntos, y

ahora, hundidos en las hamacas como enfermos del pecho, envueltos en las sombras de la noche, ni siquiera podían golpearse los hombros simulando un enfado, apenas se veían ni tenían fuerzas para moverse. Teresa sacudió sus cabellos con un brusco movimiento de cabeza. Suspiró. Cada minuto de silencio llevaba una carga explosiva: no conseguían evitar que las pausas tuvieran más sentido que las palabras. Ella pensó que acaso era la única en darse cuenta de la incómoda situación en que se hallaban. «¿Será que no le gusto lo bastante, habré dicho alguna burrada de burguesita, de esas que él no puede soportar?»

Luis, con su jersey blanco, parecía emerger de la noche y volver a hundirse en ella cada vez que se echaba hacia atrás en su hamaca. Ahora estaba completamente estirado. Sin embargo, podía ver las rodillas cruzadas de Teresa destacando sobre el fondo amarillo de los shorts; eran como dos bruñidas manzanas negras, más negras aún que la noche.

—Oye —dijo él—, sabes muy bien que cuando hablo de estas cosas no soy un sentimental. Ni siquiera un intelectual. Se lo decía el otro día a Modolell y a Jordá: yo tengo la ventaja de no tener ningún tipo de aspiración artística.

—Chico, no te entiendo ni gorda.

—Que no quiero dejar de ser realista. Tú hablas de organizar círculos de estudios, tener contactos más frecuentes y por abajo (no quería decir eso, pero ya estaba dicho; «esperemos que no lo interprete mal»). Pues bien, yo no opino así. He dicho cientos de veces que la universidad necesita gente dispuesta a salir a la calle todos los días, no que se reúna para leer textos sagrados, lo cual siempre acaba en discusiones bizantinas sobre el maldito sexo (tampoco quería decir eso) y escuchando discos de partisanos. No, querida Tere, no, encanto... Los estudiantes empiezan a abrir los ojos, finalmente, ya no salimos a la calle para armar follón porque sí, salimos por algo, en nombre de algo. ¿Te parece poco?

—Yo no me refería a eso. De todos modos, ya ves para lo que ha servido; todo vuelve a estar como antes. Yo creo…

—No está como antes. Nos hemos organizado, por primera vez sabemos lo que queremos.

—No demasiado. Yo creo que habría que estudiar, estudiar y estudiar. Sobre todo las chicas.

—Pues te equivocas.

Al decir eso, Luis achicó los ojos: Teresa acababa de introducir la mano en el escote de su blusa. Ella se dio cuenta de esta mirada y se le ocurrió de pronto que, tal vez, si se levantara y le pidiera ayuda para abrocharse, si se decidiera… (a la una, a las dos y a las…)

—Me ha parecido ver la motocicleta de tu guapo *xarnego* entre los pinos —dijo él inesperadamente.

Teresa estuvo un rato callada. Dejó de manosearse, sintió frío, se subió el cuello de la blusa y finalmente suspiró.

—No es mío —dijo—. Y en cuanto a guapo, pues hay que reconocer que sí, que lo es.

—¡Ja! —exclamó el héroe universitario—. ¡Te he pillado, te he pillado! Estás chalada por él, como Maruja, pero con notable desventaja para ti, que eres una señorita respetable.

—Sí, hijo, sí, mi destino es sufrir —masculló Teresa con sorna.

—Deberías saber —empezó él en tono doctoral— que es absurdo hablar del destino sin relacionarlo con el estatus social del mundo en que uno vive.

—No digas más idioteces, Luis, por favor. —También ella se echó para atrás en su hamaca, y fue como si de pronto la noche se la hubiese tragado—. Sólo he visto al chico una vez, este invierno, una noche que acompañó a Maruja a casa, y ya te hablé de la magnífica impresión que me causó. Coñas aparte, lo que Maruja me contó acerca de él tiene su interés, tú mismo pudiste comprobarlo.

—Maruja no dijo una sola palabra acerca de su novio que tuviera sentido.

—No te burles de ella, por favor. Qué quieres, pobre chica, sólo tiene una idea muy vaga de todo eso. Se hizo un lío cuando me lo contó, en efecto, pero comprendí enseguida que él está muy preparado, a su modo quizá mejor que nosotros. Por lo menos, los contactos que tiene son por abajo, son de los buenos…

—No lo creo.

—¿Por qué?

—No lo sé, pero no lo creo. Vamos a ver, ¿sólo porque trabaja en la Marítima y Terrestre?

—No sé dónde trabaja, Maruja no supo decírmelo, ya sabes que ella no recuerda los nombres. Pero tenías que verle aquel día. Su mala leche es de las que no se olvidan, y su mirada tampoco, es de los tipos que tienen la cabeza bien puesta sobre los hombros. Tenía ese… ese orgullo de clase, ¿comprendes?, algo que ni tú ni yo podremos tener nunca.

—Bah —hizo él—. Será del *Felipe*, o un anarquista, y eso aún habría que verlo. Les conozco. Son muy teatrales. Están llenos de buena voluntad, pero son unos inconscientes y carecen de método. Haz la prueba, habla un día con él, verás la confusión mental que tiene. Lo que pasa es que a ti te gusta porque está bien parido, y me parece muy bien, puñeta, pero dilo.

—Luis, te estás poniendo insoportable, de verdad.

El héroe despertó, se irguió, volvió a subir al pedestal:

—Bueno, no me hagas caso —murmuró con aquella voz uncida de dignidad, politizada a fondo—. Ya sabes que la maldita falta de unión me preocupa mucho. Les admiro a todos, en serio, comprendo que hacen lo que pueden. Sólo quería bromear un poco.

Teresa volvió a sentarse como antes, con las piernas cruzadas, una sandalia colgando de su pie, los ojos vaporosos clavados en su amigo. Se hizo un silencio molesto. Oían gotear el tiempo, los segundos, como gotas de agua en un grifo mal cerrado. Cambio de tema: todavía arrastraron desganadamente algunas opiniones sobre sus últimas lecturas: Teresa estaba entusiasmada con una novela de Juan Goytisolo, *Duelo en el Paraíso* («Te lo prestaré, luego me lo recuerdas... Está en mi mesilla de noche»), y Luis habló de *Pido la paz y la palabra*, de Blas de Otero. Ella se sirvió otra ginebra. Ahora Luis divagaba sobre los problemas sexuales de la juventud española (un nuevo error, gravísimo esta vez) y había adelantado de nuevo el cuerpo, acompañando sus palabras con amplios gestos, la cabeza hundida sobre el pecho, como si sufriera el peso de las estrellas. Volvieron a discutir. Sus ojos parecían llamarse mutuamente, pero sus bocas seguían empeñadas en hablar y hablar de cosas que se sabían de memoria. Teresa llegó a tener la impresión, quizá por efecto del alcohol, de que otras personas se habían encarnado en ellos y se habían adueñado de su voluntad. Comprendió que nunca escaparían de esta especie de callejón sin salida a no ser que uno de los dos hiciera algo enseguida: por ejemplo, habría bastado que él cogiera su mano al pasarle la botella de gin, o que se le ocurriera ponerle la sandalia que ella había dejado caer de su pie, cualquier cosa que implicara proximidad física. Pero como él no parecía dispuesto a dar el primer paso, se decidió a darlo ella –ya enternecida con sus propios pensamientos, lamentando haber sido, quizá, un poco dura con el chico, que era tímido, como todos los héroes, y necesitaba ayuda en esta clase de batallas. Se levantó, sonriendo, y le quitó a Luis la botella de las manos.

–No pienso dejar que te emborraches, ¿lo oyes? –dijo, y aprovechó para despeinarle la cabeza con la mano, una, dos, tres veces, apretando su vientre contra el hombro izquierdo de él. Al mismo tiempo, notando con cierta angustia la disonancia que había entre sus palabras y el gesto de su mano, como una música que no se acoplara a las evoluciones de un ballet, dijo para atenuar el atrevimiento de lo que estaba haciendo—: Hay que reconocer, Luis, que en este país está todo por hacer. Y tú no puedes lograr que todo cambie de la noche a la mañana. Ni aun sacrificando lo mejor de nuestra juventud lograremos que el curso de la...

Cuando le pareció que él se disponía a levantarse, dio media vuelta y se dirigió a su dormitorio para dejar allí la botella de gin. Las piernas empezaron a temblarle cuando oyó los pasos de él a su espalda. Y, al volverse simulando una sorpresa, se sintió ya en sus brazos.

Aunque ahora todo eso pudiera parecerle grotesco, a causa sobre todo de la peculiar naturaleza de hombre-dios que irradiaba Luis Trías de Giralt, era un largo y difícil camino (y equivocado, según amargamente acababa de comprobar) el que la muchacha había recorrido para llegar hasta aquí. Teresa Serrat era, y hay que decirlo sin asomo de burla, una de esas valientes y vehementes universitarias que algún día de aquellos años decidieron que la chica que a los veinte no sabe de varón, no sabrá nunca de nada. Y hay que otorgar a tal convicción el mérito que comporta en cuanto a fidelidad y entrega a una idea, a generosidad juvenil y a disposición afectiva, que naturalmente sería maltratada, teniendo en cuenta el país y lo poco consecuentes que todos somos con nuestras ideas. Pero si alguien, incluso alguien cuya solidez mental impresionara vivamente a Teresa, por ejemplo el propio Luis, que la había tenido hechizada hasta hoy, le hubiese hecho ver que su solidaridad para con cierta ideología, toda su actividad desplegada dentro y fuera de la universidad en organizar y conducir manifestaciones, y sobre todo su destacada participación en los famosos hechos de octubre, no era en realidad más que la expresión desviada de un profundo, soterrado deseo de encontrarse en los brazos del héroe en una noche como ésta y convertirse en una mujer de su tiempo, por supuesto que ella no le habría creído. Ni siquiera comprendido. Sin embargo, así era: inconsciente y laboriosa preparación para que le extirparan, de una vez por todas, un complejo, operación a la cual ella decía siempre que, en el fondo, una debería someterse con la misma tranquila indiferencia con que se somete a una operación de apendicitis: porque es un órgano inútil y molesto que sólo trae complicaciones. Y aunque tampoco había que olvidar cierta natural disposición (Maruja lo había definido de una manera vulgar pero harto expresiva: «La señorita va hoy muy movida»), aquellos imperativos intelectuales predominaban sobre los físicos, dicho sea en honor a la inocencia y a la acosada castidad de nuestras jóvenes universitarias.

Por eso –por pura camaradería, diría ella más adelante, en una deliciosa y casi perfecta síntesis– Teresita Serrat se dejaba llevar ahora al sacrificio, sin fuerzas y un tanto perpleja al descubrir que también el héroe temblaba. Él, quizá para quitarle solemnidad al momento, residuos de una mutua educación burguesa que nunca maldecirían lo bastante, bostezó con una mediocre imitación de seguridad mientras la llevaba a la cama cogida de la cintura. Ella dijo todavía algo acerca de un estudiante encarcelado (quién iba a decir que el pobre serviría a la noble causa del mañana incluso en esta alcoba), con una voz miserablemente falsa... Nada: notaron enseguida la falta de cierto ritual, la necesidad de un fuego sagrado; comprendieron entonces el porqué de ciertas ceremonias aparentemente inútiles... De todos modos tampoco habría servido de nada. Pues ya en los primeros abrazos, todavía vestidos y de pie, ella adivinó que iba a compartir la cama infructuosamente; ahora no hubiese querido a nadie concreto, ni a Luis ni a fulano ni a mengano, sino simplemente a un ser despersonalizado, sin rostro, un simple peso dulce y extraño que ella había soñado, mejor el de alguien que también militara en la causa común, por supuesto, pero casi desconocido, sólo un cuerpo vigoroso, un jadeo en la sombra, unas palabras de amor, un cariño por su pelo, nada más, no pedía nada más; y en cuanto al acto en sí, una conciencia borrosa del mismo, como soñada, sin vivirla plenamente en la realidad, sin dolor: una auténtica operación de apendicitis. Paradójicamente, su sueño se parecía un poco al de aquella princesa solterona del chiste que en tiempo de guerra aguarda, secretamente ilusionada, que el palacio sea tomado a la fuerza por soldados sin rostro del ejército invasor. Pero la realidad es que esta cama nada tenía de la funcional acogida narcótica del quirófano ni de la excusable vulnerabilidad de ciertos palacios, y ella se encontraba ahora tendida de lado, todavía vestida, y en plena lucidez junto a alguien huidizo pero muy concreto, alguien que al parecer no iba a tener siquiera tiempo de desnudarse, Luis Trías de Giralt, el caudillo soñado, el cirujano escogido, ahora sudoroso, tembloroso, asustado, Maruja, asustado, increíblemente torpe y agarrotado, Manolo, agarrotado –¡Señor, quién lo hubiera dicho!– y al fin delicuescente.

> *Poco antes del final, después de algunas*
> *reacciones esporádicas, el mucho saliente pro-*
> *vocó desánimo y flojera por ambas partes y*
> *reinó la depresión hasta el cierre.*

(Información Nacional Bursátil)

Ahora, sin poder conciliar el sueño, luchaba inútilmente por olvidarlo: había sido como si alguien vomitase o muriese abrazado a ella. Apenas tuvo tiempo de desabrocharse la blusa. Tampoco había tenido tiempo de sentir su peso: tendido de lado, cogidito a sus hombros como un pájaro y con el rostro húmedo escondido en su cuello igual que si temiera un castigo del cielo, se estremeció de pronto, y sus manos se crisparon horriblemente en los brazos de ella (*«¡Què fa ara aquest ximple, però què fa aquest ximple!»*) y se hizo pequeñito, y soltó un leve chillido de conejo, y se fue como un palomo.

Y eso fue todo. Ella, intacta, pasmada, humillada, muriendo de vergüenza, se volvió de espaldas («nunca más, nunca más») y después de un rato, durante el cual no se oyó una mosca, se dio cuenta de que él ya no estaba a su lado. Hasta entonces no tuvo conciencia de la voz que había anunciado miserablemente: «Voy al baño», y oyó correr el agua en el cuarto de baño. «Cuando vuelva me hablará de Freud», pensó. Luego, mucho después –tampoco sabía cuánto tiempo había pasado–, oyó la motocicleta del novio de Maruja y entonces una extraña nostalgia de la infancia, una repentina y dulce somnolencia que le llegaba de los diez años y que rastreó, husmeó tiernamente en el calor y en el olor de la almohada, una infinita tristeza recorrió todo su cuerpo, y encogida, hecha un ovillo, una sensación de soledad y desamparo le hizo rodar la cabeza sobre el pecho, como un animal herido. Sabía que la ventana estaba abierta, que las estrellas brillaban hermosas en el cielo, que el oleaje la estaría meciendo inútilmente toda la noche y que abajo, en alguna parte del bosque, entre los pinos, un joven de cabellos negros y ojos extrañamente sardónicos, todavía encendidos por el frenesí de otros besos, acababa de partir con su moto. ¡Qué mentira, qué insoportable mentira estas noches suyas de la costa, estas vacaciones de señorita tísica, este aburrido castillo feudal que era la Villa!

Sabiendo ya que no conseguiría dormir, ahora volvió a levantarse, se puso el albornoz y salió de la habitación. Cruzó la galería del primer piso, encendió las luces y empezó a bajar la escalera. Hubiese querido hablar con alguien, con Maruja por ejemplo. Era curioso lo que ahora estaba pensando: allí mismo, en la planta baja, en aquel pequeño y sórdido cuarto de criada, dos seres, dos hijos sanos del pueblo sano, acababan de ser felices una vez más, se habían amado directamente y sin atormentarse con preliminares ni bizantinismos, sin *arrière-pensée* ni puñetas de ninguna clase. ¿Cómo lo conseguían? ¿Estaban enamorados? Quizá. Hacían el amor y conspiraban, eso era todo. Combinación perfecta. Y ella sabía que no era la primera vez, lo sabía desde el verano pasado. Fue una noche que bajó a la cocina por alguna cosa y vio el resquicio de luz bajo la puerta del cuarto de Maruja. Oyó voces. No pudo resistir la tentación de mirar por el ojo de la cerradura. La imagen que se le ofreció era de una belleza que no olvidaría en la vida: Maruja estaba echada sobre la cama, con los ojos cerrados y una dulce sonrisa, y el muchacho, con el torso desnudo, despeinado, sentado en el borde del lecho, se inclinaba lentamente para besarla.

Ahora ya no recordaba que aquella noche también le costó dormirse ni ciertos detalles de la curiosa conversación que sostuvo con Maruja al día siguiente; acaso el último día de playa: el regreso a Barcelona y la apertura del curso eran inminentes, el tiempo no resultaba ya muy agradable, los días amanecían nublados y con viento y sólo iban a bañarse ella y los niños, sus primos, siempre bajo el cuidado de Maruja. A media mañana, siguiendo a la criada y a sus primos, se dirigía hacia el pinar con este mismo albornoz que ahora llevaba y con un libro de Simone de Beauvoir que le había prestado Luis Trías y que encontró apasionante desde la primera línea («Bien sabido es: los burgueses de hoy tienen miedo»). Caminaba con el libro abierto, las frases acusadoras saltaban ante sus ojos, bajo el impacto del sol, y sentía un agradable cosquilleo en la conciencia. Oía voces familiares entre los pinos: sabía que su tío Javier, que había llegado de Madrid hacía un par de días para llevarse a su mujer y a los niños, estaba con su padre y con el masovero en el pinar; a ruegos de su mujer, el señor Serrat había accedido al fin, aunque de mala gana, a echar un vistazo a la valla destrozada por «esos domingueros que vienen a hacer sus comilonas en tu propia casa y a juntarse como perros», según palabras de la señora Serrat. Maruja caminaba unos metros delante de Teresa con los niños de tía Isabel, que al llegar a los primeros pinos echaron a correr de pronto sin que la criada, que no se sabía observada, hiciera nada por retenerlos salvo gritar sus nombres con desgana y mascullar algo entre dientes, un sonsonete de aburrimiento y de fastidio, que más parecía dedicarlo a sí misma que a los niños. Maruja, a veces, cuando llevaba a los críos a bañarse, sin la familia, iba descalza y con una bata floreada, amplia y sin mangas, muy corta, que a Teresa se le antojaba un horror. Esa tarde, Teresa, que seguía tras ella a una distancia de diez metros, cerró el libro, sonrió con aire comprensivo y observó atentamente a la criada. Le pareció notar en el caminar lento y cansino de la muchacha las inequívocas huellas que, según ella pensaba, persisten en los cuerpos después de una noche de amor: iba con la cabeza un poco echada hacia atrás, abandonada sobre la muelle resistencia del cuello, y sus brazos redondos y morenos pendían inertes, con algo todavía de aquella enroscada exaltación de la víspera. La mirada de Teresa se detuvo largo rato, sin que ella supiera por qué, en las corvas que se plegaban con indolencia y que transpiraban una desdeñosa voluptuosidad de casada. La brisa de otoño le pegaba la amplia bata al cuerpo, por delante, era un glorioso roce de la falda en sus muslos, y luego la hacía flotar tras ella como si fuesen llamaradas: por un instante, Teresa presintió el mañana abrasado en llamas, el futuro incierto y extraño de aquella muchacha que caminaba unos metros delante de ella. «¿En qué estará pensando? –se preguntó–. Antes me lo contaba todo… Ya no confía en mí.» Decidió que lo primero que debía hacer era preguntarle si aquel muchacho que recibía en su cuarto era su novio. «No, qué estupidez. ¿Qué importa que lo sea o no?» No sabía cómo empezar. Iba detrás de ella como cuando eran niñas.

Volvía a ver su cara risueña y morena, un poco inclinada sobre las quietas aguas de la balsa; tenía los ojos entornados soñadoramente, como si leyera en la soleada superficie del agua su destino de mujer, y se cubría con las manos sus pequeños pechos desnudos: aquella Maruja niña bañándose en una balsa de regadío durante un verano de los años cuarenta fue la imagen que en cierto modo cerró la infancia pasmada de Teresa y abrió paso a las inquietantes maravillas de la adolescencia. No la olvidaría nunca, ni tampoco las palabras que pronunció la chica en aquel momento («Yo también viviré algún día en Barcelona, como tú, Teresa»), porque desde aquel día que se habían bañado juntas fue sensible, como si de pronto hubiesen hecho girar un conmutador de luz junto a su oído, a cierto zumbido eléctrico que emite la vida: la conciencia de sí misma. De esto hacía seis años, cuando Teresa iba con su madre a veranear en la finca que poseían cerca de Reus (entonces no disponían aún de esta Villa ni vivían en San Gervasio, sino junto al Paseo de San Juan, en Gracia), y había entre las dos niñas una gran amistad. Los padres de Maruja eran los masoveros de la finca, vivían en una casa junto a la masía, con los niños y una abuela que siempre estaba trajinando flores y cuidaba de la casita como si fuese un cortijo. Eran andaluces que emigraron de un pueblo de Granada y ya trabajaban allí cuando el padre de Teresa compró la finca con la intención de convertirla en una de las primeras granjas avícolas de Cataluña. Teresa estaba encantada con los veraneos en la masía y se sintió ganada desde el primer momento por la simpatía de los masoveros (al revés de lo que sentía por el administrador, un «catalán futú», al decir de la abuela de Maruja, un hombre silencioso que siempre llegaba con una moto reluciente como un insulto y cuyas ruedas Teresa quería pinchar, como si ya entonces hiciera oposiciones a esta cátedra fantasmal de la subversión y el sabotaje que hoy ejercía en la universidad junto a su amigo Luis Trías). Las dos amigas jugaban juntas y solían contarse todos sus secretos y deseos. El hermano de

Maruja, tres años mayor, trabajaba con su padre en el campo y Teresa apenas le trataba. Por aquel entonces Maruja era una chiquilla alegre y medio salvaje que se burlaba de los muchachos cuando iban juntas al pueblo, de compras, contándole a Teresa cosas divertidas y extraordinarias que había hecho con ellos a escondidas, al salir de la escuela. La señorita estaba asombrada y admirada. Maruja tenía un año más que ella, diferencia que entonces –fueron cuatro veranos, desde que Teresa tenía once años hasta que cumplió los catorce– era mucho más sensible que ahora en orden a cierto asombro. La natural viveza y el mismo aspecto de Maruja, que parecía dos años mayor, impresionaba a Teresa, que entonces era una niña rosada y frágil, de delicados y grandes ojos azules que ante aquellos campos y ante el inmenso saber de su traviesa amiga sólo podían expresar curiosidad y timidez. Admiraba a la hija de los masoveros porque con sus ojos alegres y chispeantes, de mirar descarado, con su abundante pelo negro que su madre le peinaba todos los días cuidadosamente, religiosamente (la mata de pelo de su niña era al parecer lo único que merecía, con gran descontento por parte de la señora Serrat, que veía abandonados ciertos cuidados de la masía, los desvelos de aquella andaluza alta, grave, silenciosa –ya alimentaba la enfermedad que tres años después se la llevaría– y sorprendentemente señorial), con su piel morena y sus gestos deliciosamente impúdicos, era para ella la imagen misma de la vida. Más tarde, cuando murió la madre de Maruja y la señora Serrat propuso llevarse a la chica a Barcelona para que la ayudara en los trabajos de la casa, Teresa tuvo una gran alegría. Pero en Barcelona, la nueva condición de la muchacha, el especial trato que imponían sus funciones de sirvienta, tardó poco en romper aquel lazo invisible que antes las había unido, y los estudios universitarios de Teresa y el mismo paso del tiempo fueron agudizando las diferencias que ya el dinero había establecido en su día, secretamente, a espaldas de aquellas promesas que una tarde la vida les susurró al oído mientras se bañaban en la balsa y se enseñaban con orgullo sus incipientes pechos. Nada las unía ahora. Maruja ni siquiera parecía darse cuenta del cambio, y sólo Teresa, con su mente más lúcida y cultivada y sobre todo por comulgar diariamente con las nuevas ideas que habían penetrado en las aulas de la universidad, lo lamentaba profundamente: la quería como a una hermana, le daba consejos, le regalaba vestidos, le decía cómo debía peinarse, vestirse y comportarse en tal o cual situación. Incluso una vez, hacía varios meses, se empeñó en presentar la muchacha a los amigos más íntimos («Ésta es Maruja, de niñas jugábamos juntas») en ocasión de una fiesta juvenil que se organizó en su casa: Maruja no sólo se ocupó de las bebidas, como siempre, ayudada por Teresa, sino que además participó a su modo en la fiesta, al lado de su señorita, ya hacia el final, con un vestido un poco demasiado ceñido y una sonrisa algo tonta. Afortunadamente, la sacaron a bailar lo suficiente como para no herir sus sentimientos: un poco porque la muchacha estaba indiscutiblemente apetecible (se dejaba apretar como ninguna y además apenas hablaba) y otro poco porque en realidad aún no había malicia social de ninguna clase en aquel ramillete de señoritos lactantes. Pero ello no impidió que la muchacha –que ignoraba que estaba allí encarnando otro mito romántico de la universitaria, otra leyenda dorada de un progresismo mal entendido: el compañerismo por solidaridad, sin barreras de clases– lo pasara fatal. Por otra parte, esta confianza que le dispensaba su señorita extrañaba a muchos, por lo menos al principio. Incluso Luis Trías de Giralt, que nunca se asombraba de nada y cuyas miradas meditabundas (acababa de salir de la cárcel) ya anunciaban grandes e inmediatos acontecimientos, se vio aquel día obligado a preguntar: «¿Quién es esta monada?», y cuando le informaron que se trataba de la criada de los Serrat, se sobresaltó; por un momento temió algo así como que Teresa y el proletariado hubiesen hecho la revolución sin contar con él. Pero este generoso empeño de Teresa por integrar a Maruja en su medio, por lo menos en ciertas fiestas íntimas –no podía hacer más por ella, de momento– terminó para siempre meses después a raíz de un incidente ocurrido durante la verbena de San Juan, a la que acudió en compañía de Luis y Maruja y donde (según le contaron luego, porque ella se había ido a dar una vuelta con su amiga Nené y con Luis, asqueada de frivolidades) Maruja, que en teoría sólo estaba allí para ayudar al servicio, se dejó ver besándose al fondo del jardín con un golfo que se había invitado a sí mismo, y que no fue echado a patadas, según explicó después el hijo de la casa, con unas agallas tardías que la negra mirada del murciano había previamente fulminado, porque se pensó que era uno de aquellos amigos de Teresa que nadie conocía. Aclarado el incidente con Maruja, que dijo no conocer aquel caradura ni vuelto a saber de él, Teresa se rió ante las narices airadas del hijo de la casa y aprovechó la ocasión para burlarse una vez más de ciertos temores pequeño-burgueses y señalar evidentes grietas en el aparato defensivo de su asquerosa clase... Luis frenó en aquella ocasión sus impulsos retóricos y llevó a las chicas a casa. Teresa le dijo a Maruja no sólo que era libre de hacer lo que quisiera, sino que, en su opinión, había hecho muy bien dejándose besar por un desconocido en medio de tantas amigas mojigatas. «Hay que enseñarles cómo es la vida –dijo–. Has estado formidable, chica, veo que vas aprendiendo...» Maruja, sentada junto a ella en el coche, no decía nada. Teresa se sentía presa de una extraña excitación: veía las mejillas encendidas de su amiga, su boca sin pintura y como hinchada, envidiablemente desflorada, y de pronto, en aquel mismo instante, contrariando todo su entusiasmo, una voz interior le dijo que nunca había estado tan lejos de Maruja como ahora: la única que allí vivía una existencia progresista era aquella criatura tímida y atontada. Era una verdad tan clara y simple que Teresa sintió una indecible tristeza al descubrirla: Maruja nunca había ido a remolque de sus ideas de vanguardia, sino que había ido siempre por delante, a la chita callando y por su cuenta, sin necesidad de esgrimir teorías de ninguna clase, y resultaba evidente que le llevaba ya un buen trecho, por lo menos en cuanto a experiencias amorosas; quién sabe si no se había ya desembarazado de la maldita virginidad, pensó aquel día. Y ahora, según demostraba de una vez por todas lo que ayer noche había descubierto mirando por el ojo de la cerradura, podía comprobar que sus sospechas tenían fundamento. Sentía un sincero afecto por la chica y se alegraba de que alguien la amara, pero al mismo tiempo estaba sorprendida, desorientada, y todo aquello, en fin, seguía siendo una secreta fuente de excitación y de envidia. Se sentía junto a ella igual que cuando eran niñas.

Teresa aceleró el paso, llegó junto a Maruja y se colgó de su brazo amistosamente. «Hola, mosquita muerta», dijo. La criada, que tuvo un ligero sobresalto, se echó a reír. «Sí, son el demonio –añadió Teresa, por los niños–. Pero ya te queda poco, mañana se van.» Maruja volvió a reír. Dijo que, en el fondo, les echaría de menos: con ellos se había divertido y no se había sentido tan sola. «Tienes razón, chica –dijo Teresa–. A mí también empiezan a aburrirme estos veraneos que no se acaban nunca… Pero en Barcelona me aburro lo mismo. ¿Sabes una cosa?, tengo ganas de que empiece el curso.» Cogidas del brazo, mirando con una atención exagerada (de pronto no sabían qué decirse) dónde ponían los pies, se internaron por el bosque siguiendo de cerca a los niños. Al fondo, por el lado de la Villa, se oían las voces de los hombres.

–¿No te desnudas? –dijo Teresa cuando llegaron. Se quitaba el albornoz.

–Hoy no me baño.

Maruja distribuía las pequeñas palas y los cubos de juguete entre los niños, que enseguida se fueron corriendo hacia la orilla. El sol se escondía de vez en cuando detrás de una nube y soplaba una brisa algo molesta. Teresa se tendió sobre la toalla, con el libro abierto («Hemos empezado a plantearnos la terrible pregunta: ¿será posible que nuestra civilización no sea *la civilización*?», decía la compañera de Sartre citando a Soustelle) que dejó apoyado un momento sobre el vientre para mirar a Maruja.

–Maruja, quisiera preguntarte algo…

Se aseguró de que sus primos estaban a suficiente distancia y, quizá por un reflejo inconsciente de aquellos locos deseos que tenía de comunicarse con Maruja, hizo lo que muchas veces había hecho sola, aquí o en la terraza, pero nunca en compañía: se bajó los tirantes del bañador para exponer sus pechos a la caricia del sol. Los ojos de Maruja, que seguían las correrías de los niños por la playa, se posaron de pronto sobre los rosados pechos de su señorita sin mostrar ningún cambio de expresión: sus pensamientos estaban en otra parte. Luego, al darse cuenta, esbozó una leve sonrisa y miró a Teresa, que también sonrió.

–Chica, es un gusto –dijo Teresa, volviendo a abrir el libro–. ¿Te acuerdas, Maruja, cuando de niñas nos bañábamos en la balsa de la finca, los veranos…?

Maruja cogió un puñado de arena con aire distraído.

–Sí… ¿Querías preguntarme algo?

(«Proletario o intelectual –decía Simone– está radicalmente alejado de la realidad: su conciencia sufre pasivamente las ideas, imágenes, estados afectivos que en ella se inscriben por azar; ora los producen factores exteriores, por un juego puramente mecánico, ora los crea el sujeto mismo, presa de los delirios de la imaginación.») Se decidió: en pocas palabras y en un tono desenfadado, le reveló a Maruja lo que había descubierto anoche. No quería herir los sentimientos de la muchacha ni dejar entrever un pudor de novicia frente a una conducta que, en el fondo, ella aprobaba. Lo único que hizo fue mostrar su disgusto y su sorpresa ante el hecho, que calificó de suicida, de que utilizasen la Villa para sus citas.

—Criatura, ¿no comprendes que el día menos pensado os van a descubrir? Si en vez de ser yo quien bajó anoche a la cocina llega a ser mamá o tía Isabel, figúrate la que se arma. ¿Quién es él, se puede saber?

Lo primero que hizo Maruja fue echarse a gimotear. No había entendido que la regañina no iba por lo que había hecho, sino por hacerlo en su cuarto. Balbuceó una serie de excusas, en su nombre y en el de su novio, que de momento confundieron a la estudiante, pero que luego, al interpretarlas de acuerdo con una singular idea que ella tenía de los jóvenes obreros que se parten el pecho en la vida (había decidido que el novio de la criada tenía que ser forzosamente un obrero) habían de dejarla sorprendida y encantada.

—Nos casaremos, señorita… —empezó Maruja.

Teresa sonrió. Incorporándose, se deslizó hacia su amiga y la abrazó cariñosamente.

—Si no hablo de eso, Mari. ¿Por qué lloras? ¿Estás enamorada?

Maruja asintió con la cabeza: «Tú…, tú no dirás nada, ¿verdad?, no me descubrirás, ¿verdad?» A veces tuteaba a Teresa, cuando estaban solas, nunca delante de alguien, y menos de la familia; sin embargo, pese a que hacía los imposibles por evitarlo, Maruja caía con frecuencia en el usted, arbitrariedad dictada por un respeto estúpido que irritaba a Teresa.

–No diré nada –prometió Teresa–. ¿Cuánto tiempo hace que os veis en tu cuarto?

–Unas semanas. Nos casaremos... Por favor, Teresa, no digas nada y yo le pediré que no vuelva más por aquí... Él es lo que es, pero es muy bueno, es como usted, muy así a veces, muy revolucionario, se enfada por cualquier cosa... Pero lo malo es que... yo creo que necesita esconderse, algunas veces, y que por eso viene a verme. Sólo por eso.

–¿Qué quieres decir?

–¡Ay, señorita, no sé si debo...! No me atrevo. Prométeme que no se lo dirás a nadie.

(«La mujer, que echa sangre y que alumbra, tendrá de las cosas de la vida un "instinto" más profundo que el biólogo. El labrador tiene de la tierra una intuición más justa que un agrónomo diplomado», le había aclarado Simone.)

–Vamos, mujer, no seas tonta, ¿es que ya no somos amigas? ¿Por qué iba a esconderse tu novio, y de quién?

Estaba casi segura de saberlo, pero deseaba una confirmación. Aparentaba indiferencia, con el libro abierto ante sus ojos y la mirada perdida entre líneas: ciertamente, leía entre líneas, atenta a las palabras de Marujita de Beauvoir, compañera envidiable de Manolo Sartre o Jean Paul Pijoaparte, como se prefiera.

–Y bien...

–Es una cosa tan vergonzosa –decía Maruja–. Si algún día él llegara a saber que te lo he dicho se pondría furioso. Y además, que no se puede hacer nada, que es una desgracia...

–Pero bueno, hija, cálmate, ni que estuvieras hablando con mamá. Anda, cuéntame, que a lo mejor te puedo ayudar...

Maruja tragó saliva, miró a la señorita dos veces y por dos veces dijo que no con la cabeza. Teresa, que sostenía el libro con una mano y con la otra se apretaba el bañador sobre el pecho, suspiró y se tendió de espaldas otra vez, visiblemente afectada por la desconfianza de su amiga. «Como quieras, hija» («todo burgués está prácticamente interesado en disimular la lucha de clases», deslizó Simone en su oído).

–Es ridículo –exclamó sin mirar a Maruja–. ¿Sabes qué te digo? Que tú también tienes muchos prejuicios tontos, Mari.

Volvió a bajarse el bañador. Ahora el sol brillaba con fuerza. Notó una tibieza, una inyección de dulzura en la entraña de los senos, y, bruscamente, por una expansión nerviosa de sus manos, se los cubrió haciendo hueco con las palmas. Lo hizo con una especial premura, de autodefensa, pero sin pensar en nada: no sabía que, en realidad, una atmósfera sensual largamente deseada habíase adueñado de ella y de sus ideas; intuía vagamente que aquel muchacho, aquel obrero anónimo, al rondar la Villa y su propia vida ociosa simbolizaba en cierto modo la evolución de la sociedad. Cerró los ojos, quiso retener con las manos el calorcillo de los senos, y los pezones, semejantes a uvas primerizas de color lila, asomaron entre sus dedos. Y de pronto tuvo la certeza; no supo si era la brusca irrupción del obrero en su mente o la misma caricia del sol lo que la hizo estremecerse hasta la raíz de los cabellos, pero algo la obligó a incorporarse; acaso fue lo que al fin Maruja, con una falsa decisión en la voz, le estaba confesando acerca de su Manolo. Pero la criada se interrumpió nada más empezar, no se atrevió a pronunciar la terrible palabra (ladrón) que lo habría explicado todo, y el recuerdo del proyectado robo de las joyas de la señora, aunque todavía estaba en el aire, le arrancó un sollozo que disparó definitivamente la imaginación heroica de la universitaria.

–Estaba segura –dijo Teresa como hablando consigo misma–. No sé por qué, pero estaba segura. ¿Cómo le conociste?

–En la ver… En una reunión de amigos («A ésta no le digo yo que es el mismo de la verbena, igual se cree que también allí se coló para robar algo»). Sí, en una casa particular.

–Es un obrero ¿no? Estaba segura. –No tenía ningún interés en oír la respuesta: ahora había un desaliento remoto en la voz de la bella universitaria, un leve asomo de nostalgia, como cuando de niñas le preguntaba a su amiga sobre ciertos detalles de sus apasionantes correrías con los chicos. Por algún motivo, acaso porque de pronto notó la presencia sobrehumana del joven obrero, se subió los tirantes del bañador precipitadamente–. ¿Te lleva a menudo a estas reuniones?

–Pues no… ¡Ay, Teresa, yo bien le digo y le suplico que no lo haga, que es muy peligroso, que lo mejor sería casarnos y vivir tranquilos, pero él…!

–¿Dónde trabaja?

Maruja, sorprendida por el sesgo que tomaba el interrogatorio, iba a responder que desgraciadamente en ninguna parte, pero Teresa añadió:

–Y otra cosa: ¿tú le ayudas?

Maruja enrojeció de pura y santa indignación.

–¡¿Yo?! ¡Dios me libre…! ¡Si es un loco, un desagradecido, que sólo se acuerda de mí para…! ¡Si me tiene harta, harta, harta!

–Bueno, cálmate –dijo Teresa con aire pensativo–. Y no hables así. Hay cosas que tú no puedes entender, Mari.

–¿Yo…? ¿Y qué puedo hacer yo, pobre de mí? Le quiero, le quiero… ¡Y usted, usted, aún no sabe lo peor, señorita, la locura que se le ha metido ahora en la cabeza!

Iba a contar lo de las joyas. Pero la señorita no parecía escucharla; o mejor, la escuchaba y la miraba de una manera muy especial: la expresión de su rostro era la de una melómana: por un espejismo del entusiasmo imaginativo, miraba a la criada sin verla y atendía no exactamente a sus explicaciones, sino a cierta música que captaba entre las palabras. De pronto sonrió, rodeó de nuevo con el brazo la agitada espalda de Maruja: «Todo se arreglará, chica, no te preocupes», y luego se quedó mirando el mar con ojos soñadores. Ya estaba pensando en decírselo a Luis. Una sorpresa: el país no está tan mal como creen algunos, la vida no es tan monótona como se piensa desde esta agridulce almendra de nuestro veraneo, desde nuestra mala conciencia de señoritas. Se hacen cosas, se trabaja, se conspira... Suspiró. Maruja no sabía qué hacer (luego recordaría una curiosa coincidencia: uno de los libros que halló sobre la cama de la señorita, al arreglar su habitación, se llamaba *¿Qué hacer?*) y optó por recostarse de espaldas sobre la arena y secarse las lágrimas. En aquel momento se acercó por detrás uno de los niños, el mayor, con su pequeño cubo de plástico lleno de agua que vació totalmente sobre Teresa.

—¡José Miguel, estúpido! —chilló Teresa—. ¡No te acerques o te doy una bofetada! ¡Mira lo que has hecho!

Mojado el albornoz, la toalla, los cigarrillos, el libro de Simone de Beauvoir, los rubios cabellos y los soleados pechos de Teresa. Estaba furiosa. De pie ante ella, inmóvil, su primo se reía con el cubo en las manos. Teresa se abrochó definitivamente los tirantes del bañador. Maruja le hizo una seña al niño.

—Ven, José Miguel. —Cuando le tuvo delante le quitó los mocos con un pañuelo, le ajustó el slip sobre la barriguita y lo despidió con un cariñoso azote en el trasero—. Vigila a tu hermanita, que no se acerque demasiado a la orilla. O mejor, ve a buscarla y venid todos. Jugaremos a prendas.

Teresa, mientras se secaba, miró a su amiga con ojos tristes. En silencio, le dio la vuelta a la toalla y se tendió de nuevo sobre ella. Maruja se dejó caer de espaldas sobre la arena. Su cabeza quedó a menos de un palmo de la de Teresa, y de vez en cuando, por el rabillo del ojo, veía aquel perfil tan bonito de la señorita, tan dulce, ahora con los rubios cabellos mojados, la mirada azul perdida en el cielo. ¿En qué estará pensando? ¿Ya no quiere saber nada más de Manolo? Claro. A ella nadie podía ayudarla.

—Fuma —dijo Teresa ofreciéndole los cigarrillos. Sus cabezas se juntaron sobre la llama violeta de la cerilla, inclinadas para resguardarla del viento: por unos segundos pareció que las dos estuvieran leyendo el mismo libro o compartiendo la misma curiosidad ociosa—. ¿Dónde vive?

—¿Quién? ¿Manolo?

—Sí.

—En el Monte Carmelo.

—¿El Monte Carmelo...? Ah, sí, ya recuerdo.

Sonrió de pronto, como si acabara de ocurrírsele algo divertido, y se disponía a seguir hablando cuando oyó a su espalda las voces de su padre y de su tío Javier; ninguno de los dos, a juzgar por sus risas, hablaba de los desmanes cometidos en la valla por las parejas domingueras e impúdicas que invaden las propiedades privadas. Maruja se levantó antes de que llegaran y fue a reunirse con los niños. Teresa comprendió que se iba para que no vieran que había llorado.

Todo aquello no era más que el resultado de unas emociones confusas y negligentes. Maruja se arrepintió de la confesión hecha a la señorita y desde entonces, cuando Teresa le preguntaba por su novio, sólo contestaba vaguedades. Notó que el trato que le dispensaba la señorita se hacía más flexible, más inteligente, por decirlo así, de lo que sus funciones en la casa merecían: a menudo sorprendía a Teresa observando sus quehaceres habituales (poner la mesa, por ejemplo, o responder al teléfono) con una extraña fijeza en la mirada, como si investigara en sus movimientos sabe Dios qué naturaleza íntima, una mirada que inmediatamente, al ser descubierta por Maruja, se transformaba en una sonrisa afectuosa o en un guiño de ojos que implicaba cierta complicidad. En cuanto a lo que bullía en aquella cabecita rubia en tales ocasiones, para la criada era un misterio. Cuando meses después en Barcelona, en invierno, quiso la suerte que Teresa pudiera ver de cerca al guapo murciano y cambiar con él unas palabras a través de la verja del jardín, aquella arrogante idea que ya un día en la playa se había hecho del joven obrero, al interrogar a Maruja, se instaló en su mente con la fuerza de un dogma. Antes había notado la feliz posibilidad deslizándose sobre ella de igual manera que los rayos del sol en sus pechos desnudos: como una caricia soñada; pero después de conocer al chico quedó convencida. Luis Trías no quiso creerla cuando ella le contó su maravilloso descubrimiento, por cierto con gran riqueza de detalles (adornó su versión con atrayentes elementos de un supuesto obrerismo activo que habría asombrado a la pobre Maruja) y para asegurarse, el prestigioso estudiante, que en estas cuestiones de identidad alardeaba de una grave responsabilidad *tout à fait* comité central, que impresionaba grandemente a Teresa, quiso hacerle nuevas preguntas a la criadita, la cual en esta ocasión dio una prueba definitiva, si no de su inteligencia, sí de ese instinto de conservación que caracteriza –fue lo que pensó Teresa– a los miembros disciplinados de las sociedades secretas: había hecho como que no entendía el sentido político de las preguntas. ¡Sin duda su novio le había prohibido hablar a nadie de sus actividades por razones de seguridad! ¿Quería Luis una prueba mejor que ésta?

En esto y en cosas semejantes, relacionadas con la buena suerte de Maruja –en contraste con la suya de esta noche, que había sido pésima– pensaba ahora Teresa Serrat mientras bajaba las escaleras de la Villa, sin decidirse aún a despertar a Maruja para charlar un rato. Al llegar abajo cruzó la entrada, encendió las luces del salón, se tendió en el diván y cogió un ejemplar de *Elle*. Luego tiró la revista al suelo, volvió a levantarse, sus ojos se humedecieron al recordar algo (nunca más, nunca), se dirigió hacia la cocina (no asomaba ninguna luz bajo la puerta de Maruja), se sirvió un jugo de frutas de la nevera, estaba a punto de llorar, el silencio de la casa le crispaba los nervios, apretó los muslos, volvió a recorrer el pasillo (ninguna luz bajo la puerta), entró en el salón y, el vaso en una mano y la revista *Elle* en la otra, se tendió de nuevo en el diván con las rodillas levantadas, moviéndolas, por expansión nerviosa, de un lado a otro. Apenas se oía el rumor del oleaje. Más allá de las rejas de la ventana, en el horizonte del mar, asomaba una luz rosada. El albornoz se abrió sobre el monótono vaivén de las rodillas. Tendida de espaldas, Teresa hizo un esfuerzo por integrar su feminidad lastimada al mundo rutilante y acogedor de *Elle*, entre sedas y pieles de verdadero cariño. Inconscientemente, el suave balanceo de sus muslos encendidos se acopló al ritmo del oleaje. Pronto amanecería. De repente, cuando ya había conseguido poner cierto interés en lo que estaba leyendo (el horóscopo), algo distrajo su atención: era el roce de su propia piel. Se inmovilizó. Sus ojos celestes se humedecieron, quedaron velados por una escarcha. Y allí, encogida sobre el diván, la barbilla clavada en el pecho y los cabellos caídos sobre el rostro, como una niña temblorosa y ultrajada, las lágrimas vertidas amargamente por la muerte de un hermoso mito empezaron a resbalar sobre las páginas satinadas y esplendorosas de *Elle*, cuyo horóscopo, efectivamente, decía: *Cet été vous changerez d'amour*.

> *La generación mala y adulterina deman-*
> *da señal; mas señal no le será dada.*

San Mateo, 16, 4

Oriol Serrat entró en la clínica Balmes, saludó familiar-
mente al conserje, subió las escaleras con una agilidad
impropia de sus cincuenta años y luego avanzó por el
pasillo de paredes estucadas, en el primer piso, hasta
llegar a la puerta de la habitación 21. Se detuvo un
momento antes de entrar, se secó el sudor de la frente
con el pañuelo y luego, poniéndose la mano en el costado, como si le doliera el riñón, abrió la puerta y entró: *«Ja estic emprenyat.»* Eran las once de la mañana.
    Su mujer y su hija, envueltas en la claridad lechosa
que se filtraba por las blancas celosías entornadas, estaban sentadas en el saloncito contiguo a la habitación
donde yacía Maruja, y hablaban en voz baja.
    —¿Cómo está? —preguntó él.
    —Igual —dijo la señora Serrat, que sacaba pañuelos y
algunas prendas de vestir de una bolsa—. No hace más
que llamar a un tal Manolo... ¿Has desayunado?
    —¿Y quién es ése?

—Ya puedes figurarte. ¿Has desayunado?

—Sí, mujer.

—Es su novio, mamá —intervino Teresa, que estaba literalmente derrumbada en la butaca de cuero—. Su novio, ya te lo he dicho. Y habría que avisarle.

—Me parece muy bien, pero, que yo sepa, Maruja no tiene ni ha tenido nunca novio.

—Tú no sabes nada, mamá.

—Está bien, haz lo que quieras. A mí eso no me preocupa. A quien hay que avisar, y enseguida, es a su padre.

Al decir esto miró a su marido, como esperando una justa aprobación a su propuesta. Pero el señor Serrat, sin hacer caso, cruzó el cuarto en dirección a la habitación de Maruja. Sus zapatos crujían sobre el mosaico verde pálido. Abrió un poco la puerta y miró dentro: la cabeza de la muchacha asomaba entre las sábanas con los ojos cerrados, los labios entreabiertos y la barbilla levantada, como disponiéndose a beber en una invisible fuente. Su frente palidísima estaba cubierta de sudor. Cerca de la ventana, sentada en una silla y leyendo una revista, había una enfermera joven que levantó un momento la cabeza para mirar hacia la puerta. El señor Serrat sonrió levemente, a modo de saludo, y volvió a cerrar. Bien, la enfermera estaba allí y la criada bajo control y bien atendida, todo iba perfectamente, tal como él esperaba. Compuso una hogareña expresión de reproche y de fastidio que no iba dirigida a nadie, como no fuera a sí mismo, se volvió para mirar a su mujer y a su hija, que seguían hablando en voz baja, y cruzó de nuevo la estancia en dirección a la butaca. Embutido en su traje azul de verano, acalorado, respirando con fuerza por la nariz, caminaba con las palmas de las manos vueltas completamente hacia atrás, moviéndolas no con su habitual soltura sino con una discreta contención, como si temiera remover el aire incontaminado de la clínica. Había cierta rigidez mecánica y funcional en este braceo, una cualidad de maquinaria recién engrasada y puesta a punto. Oriol Serrat era alto, recio, con el pelo blanco en las sienes y fino bigote canoso. El rostro largo y moreno, las interminables mejillas perdigueras y el mentón hermoso, algo intransigente o duro (de una dureza accidental, ocasionada en parte por el uso de la pipa, que había deformado sus mandíbulas en un gesto semejante al del que se dispone a escupir o a maldecir) guardaba todavía restos de una belleza viril que estuvo de moda en los años treinta, una especie de versión catalana y débil de Warner Baxter. Un aire incierto de alférez provisional flotaba a veces en su rostro y le incluía por méritos estrictamente estéticos en este benemérito montón de pulcros y anónimos maduros, todos iguales, que se diría han querido eternizar su juvenil adhesión a la victoria con el fino, coqueto, bien cuidado y curiosamente recortado bigote ibérico. Pero por encima de cualquier consideración irónica que el atractivo adocenado de su cara pudiese inspirar, a Oriol Serrat le distinguía su pequeña boquita puntiaguda que exhibía siempre ese aire astuto de los rumiantes y de ciertos comerciantes catalanes, una boquita en verdad curiosa, especulativa, con vida propia, dispuesta a afilarse aguda y escépticamente ante cualquier muestra de lo que él consideraba inútil manifestación de inteligencia (por ejemplo, hablar de política). Antes de sentarse, miró a su mujer poniéndose la mano en el flato. Su mujer conocía ese gesto: precedía casi siempre a una explosión de mal humor.

—Marta —dijo al dejarse caer en la butaca—, te recuerdo que tu hermana llega esta tarde de Madrid y que tú deberías estar en Blanes para recibirla... Aquí ya no podemos hacer nada y esto va para largo. Me parece absurdo, mira, que te pases las horas mano sobre mano sabiendo muy bien...

–Oriol…

–… que ya hemos hecho todo lo que había que hacer. Hay una enfermera a su lado día y noche. ¿Qué más quieres? Regresa a la Villa, yo iré mañana o pasado, en cuanto haya resuelto unas cosas. Conque vengas a verla de vez en cuando…

–Oriol, por favor, baja la voz –rogó ella, y mirándole hizo una larga pausa que permitió, en efecto, evidenciar cierta bondad del silencio en favor de Maruja–. Se hará lo que sea mejor, pero con calma. –Se volvió hacia su hija–. Teresa, ¿tú qué piensas hacer…? ¡Pero si esta criatura no puede con su alma!

Vencida por la fatiga, Teresa se adormilaba.

–Yo me quedo –murmuró.

–Otra que hace tonterías –gruñó su padre–. Deberías irte a casa y acostarte.

–Estoy bien, papá.

–Lleva tres noches sin dormir y con los nervios de punta –dijo su madre intentando, sin conseguirlo, tocarle la frente con la mano.

–¡Ay, mamá, déjame, estoy bien!

Sus ojos azules, entristecidos entre los párpados finos y tersos, vagaban esquivos. Hacía tres días que Maruja había sido internada en la clínica, en un estado de gravedad que persistía, y ella llevaba otras tantas noches, más otra anterior que sus padres ignoraban, sin apenas dormir. Desde la mañana que, adormilada en el diván de la Villa (hacía horas que la revista *Elle* había resbalado de sus manos) la despertaron los gritos de la cocinera, no quiso separarse de su amiga. Fue Tecla, la vieja cocinera, la que descubrió a Maruja inconsciente en la cama cuando fue a despertarla, extrañada por su tardanza. Con su ayuda y la del masovero, que todo el rato estuvo hablando de corte de digestión y de insolación, Teresa, llena de angustia y de vagos remordimientos, había metido inmediatamente a Maruja en su coche, envuelta en una manta, llevándola al dispensario de Blanes; de allí, en una ambulancia municipal, la criada fue trasladada a una clínica particular de Barcelona, donde el señor Serrat, advertido por la llamada telefónica de su hija, había hecho disponer lo necesario y esperaba con su mujer y el doctor Saladich, director de la clínica e íntimo de la familia. Teresa siguió a la ambulancia con su coche. El doctor Saladich se interesó por lo que Maruja había hecho el día anterior y Teresa le informó de su caída en los escalones del embarcadero. «Pero no se hizo daño –dijo–. Por lo menos eso creímos entonces. Estuvo toda la tarde conmigo, y a la noche fuimos a Blanes. Tenía mucho sueño y se acostó temprano... ¿A qué hora cree usted que perdió el sentido?» «Tal vez mientras dormía, o esta mañana al levantarse, es difícil establecerlo», dijo el cirujano, afirmando que es frecuente el intervalo entre el accidente y la presentación de la inconsciencia, y que a veces incluso transcurren días enteros. Quirúrgicamente no había nada que hacer. Reposo absoluto. «No se puede operar –añadió–, es un cuadro difuso, sin hematoma, sólo son pequeñas sufusiones hemorrágicas extendidas por todo el cerebro» (pequeñas heridas no operables, aclaró el cirujano mirando a la descompuesta señora Serrat, cuyo ánimo acabó de abatirse del todo). Era muy grave, pero no se podía hacer otra cosa que esperar. Maruja no recobraba el conocimiento y sólo pronunciaba palabras de vez en cuando, palabras sin sentido, en un susurro. Aquella noche y la siguiente, Teresa las pasó sentada en una butaca junto a la cabecera de su amiga. A ratos, en medio del sopor, Maruja gemía débilmente y pronunciaba el nombre de Manolo. Una sola vez abrió los ojos y miró fijamente a Teresa, pero como si no la viera. Fue en la segunda noche. Desde entonces se hallaba sumida en un letargo mucho más profundo y alarmante. El doctor Saladich dispuso que hubiese constantemente una enfermera a su lado. «¿Has visto? –dijo la señora Serrat a su marido, con una sonrisa de conejo, al reconocer a la enfermera del turno de día–. Es aquella chica que Saladich nos presentó el verano pasado en Palma, en el hotel…» Su marido la atajó diciendo enfurruñado que sufría un error. Por su parte, Teresa recorría una y otra vez, con los ojos húmedos, el cuerpo postrado, inmóvil bajo la blanca sábana. Su madre, los dos primeros días, se quedó allí hasta la medianoche intentando convencerla de que se acostara. «Saldremos las dos –respondió Teresa– o yo sola, si no hay suerte. Mientras tanto, no, de aquí no me muevo.» La tercera noche, a eso de las cuatro, Teresa presintió la muerte de Maruja, y se sintió repentinamente sola y se echó a llorar en brazos de la enfermera. «Maruja, Mari…», gemía. Aún la veía moviendo la mano en lo alto de las rocas, sus piernas agitándose, con aquellas malditas sandalias volando en el aire, y al acordarse de Luis Trías, de su estúpida e inoportuna polémica con él y de los inútiles besos, su llanto arreció y llegó a conmover a la enfermera, que era una mallorquina lúbrica de nariz aguileña, boca roja y anchas caderas, casualmente recién operada de apendicitis (y con pleno éxito) por el propio doctor Saladich. La enfermera la acogió en sus brazos *(«No plori, confiem en es doctor…»)* y la aconsejó que se fuera a casa, pero Teresa se empeñó en quedarse. Miraba el rostro doliente de Maruja, la frente bañada en sudor, los labios moviéndose de tarde en tarde para pronunciar siempre la misma palabra: Manolo. Hoy, a las nueve de la mañana, Teresa salió a tomar un café y al volver encontró a su madre, que no parecía prestar mucha atención a lo que ahora le decía su marido:

–Y no se hable más, Marta. Llévate el coche, no lo necesito.

Sabía que Marta obedecería después de una leve resistencia, pero también temía una discusión. Miró a su mujer. Llevaba un vestido de algodón, con grandes apliques de badana estampados en rojo y azul, y una bolsa de playa del mismo género y color. Estaba erguida en su butaca, con las piernas muy juntas, de espaldas a la celosía. La favorecía mucho esa luz indirecta, flotante. Era una mujer bien conservada, mucho mejor que él. Llevaba muy bien sus 45 años de asombroso músculo sometido, milagrosamente tenso todavía, sin amenaza aparente de caída, y cuando se la veía correr en bikini por la playa, seguida por sus perros y sus sobrinos, bruñida la piel por el agua y el sol, el señor Serrat, admirado, tenía ocasión de calibrar una vez más el secreto poder de aquel cuerpo a la vez que intuía de repente que la vida no siempre es musical: era un hombre terriblemente celoso. Sin embargo, sin que él supiera exactamente por qué, cada vez que miraba las piernas de su mujer, se tranquilizaba. Tenía Marta Serrat unas piernas firmes, un tanto gruesas, con tobillos deformados y rojos, quemados por el sol, de los cuales ella renegaba. Tenía también un delicado rostro ovalado, un poco inglés a causa del fino mentón y las pecas y los ojos de agua, amén de los cabellos pajizos y juveniles que le permitían peinarse casi como su hija y que mantenía en ella aquel aire de muchacha distinguida que el señor Serrat tanto había admirado en su juventud (una juventud difícil y pijoapartesca, por cierto, poco conocida entre sus amistades de hoy) y que todavía era causa de íntimos temores. Pero, no había que olvidarlo, su mujer poseía una pierna realmente catalana, recia, familiar, confortable, tranquilizadora, una pierna que atestiguaba la salud mental y la inquebrantable adhesión de su dueña, por encima de posibles pequeños devaneos, a las comodidades del hogar y a la obediencia al marido, una pierna, en fin, llena de sumisión y hasta de complicidad financiera, símbolo de un robusto sentido práctico y de una sólida virtud montserratina. Y dijo la pierna: «Como tú quieras, Oriol.»

Porque había crecido en un mustio jardín de pesadas enciclopedias y libros ilustrados (su padre, de distinguida familia pero arruinado, fue profesor de francés en el Instituto de Palma de Mallorca antes de la guerra), Marta Serrat tendía a aprobar cosas a veces sorprendentes –por ejemplo, el resistencialismo universitario de su hija en pro de la cultura–, pero en todo dejaba que decidiera su marido. «Saladich nos tendrá al corriente por teléfono –decía éste– y además, tú puedes venir de vez en cuando. Teresa que haga lo que quiera.»

–Yo me quedo, papá.

–¿Y dónde comerás? –preguntó su madre–. Vicenta se viene conmigo, la necesito, la pobre Tecla no podría allí con todo, y menos ahora que llega Isabel con tus primos...

Además de Maruja y de la cocinera, había otra sirvienta, una vieja valenciana que permanecía en Barcelona hasta el mes de agosto para atender al señor Serrat, que por motivos de trabajo sólo podía pasar los fines de semana en la Villa. Él protestó: «A Vicenta la necesito aquí.» «Por unos días –dijo ella– puedes comer en el restaurante.» El señor Serrat ya estaba más que harto. Se levantó. «No es cuestión de unos días, Marta, ya oíste a Saladich: la chica puede estar así lo mismo una semana que seis meses...» De pronto oyeron un sollozo apagado, en la ventana: Teresa se había levantado violentamente y les daba la espalda. Sus hombros de miel, que el vestido rosa dejaba al descubierto, temblaban bajo las listas de luz que proyectaba la celosía.

–Teresa, hija –exclamó su madre yendo hacia ella–. Vamos, vamos, no llores...

–¡Cómo podéis hablar de todo eso estando ella ahí! –acusó la rubia politizada.

Su madre la atrajo por los hombros y la hizo sentarse a su lado. Miró a su marido como diciendo: ¿Ves lo que has conseguido? Pero lo que dijo fue:

—No, si el disgusto de esta criatura nos dará que hacer, ya veras.

—¿Ha pasado ya Saladich? —bramó su marido, y consultó su reloj.

—Hace media hora. Te pido por favor que ordenes a tu hija que se vaya a casa y se acueste...

Al señor Serrat, lo que le preocupaba ahora no era la llantina de su hija; lo que le preocupaba es que desde hacía tres días llegaba a todas partes con media hora de retraso.

—¿Y qué ha dicho?

Mientras le tendía un pañuelo a Teresa, la mujer suspiró:

—Qué quieres que diga, lo mismo que ayer. Que hay que esperar, que no se puede hacer nada. ¡Dios mío, yo no comprendo esta chica cómo pudo darse un golpe así...! Ya debía tener algún mal en la cabeza.

—Cálmate, Marta.

—Te digo que hay que avisar a Lucas.

—De momento no lo creo necesario. Se está haciendo todo lo que hay que hacer. Nada se pierde con esperar un poco, y si a este pobre hombre se le puede ahorrar un disgusto...

Este pobre hombre, Lucas, era el padre de Maruja, que estaba en la finca de Reus. Resoplando de calor, el señor Serrat se dirigió hacia la puerta. «En todo caso —añadió—, veré de hacer una escapada a Reus. Ahora voy a ver a Saladich. Cuando vuelva te llevo a casa.» Salió cerrando la puerta con cuidado. Teresa se había levantado de nuevo y estaba ante la celosía, de espaldas a su madre y con los brazos cruzados.

—¿Sigues con tu idea de ir al Carmelo? —le preguntó su madre.

Teresa cerró los ojos con expresión de fastidio. Al

principio, la señora Serrat no se había opuesto a que se avisara al novio de Maruja, incluso se alegró de saber que la chica estaba prometida y que había alguien más dispuesto a compartir aquella desgracia; pero luego, al saber dónde vivía, su actitud cambió radicalmente.

–¡El Monte Carmelo! Yo soy responsable de Maruja ante su padre –dijo–, y tú debías haberme advertido de sus relaciones con ese individuo.

–Es su novio, mamá.

–¡Su novio! Uno de esos desvergonzados que se aprovechan de las criadas, eso es lo que debe ser. Además, vive en el Carmelo. Anda, anda, hija, olvídalo. En aquel barrio nunca se sabe lo que puede pasar...

Para la señora Serrat, el Monte Carmelo era algo así como el Congo, un país remoto e infrahumano, con sus leyes propias, distintas. Otro mundo. A través de la luminaria azul de su vida presente, a veces aún le asaltaban lejanos fogonazos rojos: un viejo cañón antiaéreo disparando desde lo alto del Carmelo y haciendo retumbar los cristales de las ventanas de todo el barrio (entonces, cuando la guerra, vivían en la barriada de Gracia, y al horrendo cañón aquel la gente lo llamaba el «Abuelo»). Y recordaba también, de los primeros años de la posguerra, las tumultuosas y sucias manadas de chiquillos que de vez en cuando se descolgaban del Carmelo, del Guinardó y de Casa Baró e invadían como una espesa lava los apacibles barrios altos de la ciudad con sus carritos de cojinetes a bolas, sus explosiones de botes de carburo y sus guerras de piedras: auténticas bandas. Eran hijos de refugiados de la guerra, golfos armados con tiradores de goma y hondas de cuero, y rompían faroles y se colgaban detrás de los tranvías. Pensando en ello, ahora le dijo a su hija:

–Tú ya no te acordarás, pero cuando eras una niña, un salvaje del Carmelo estuvo a punto de matarte...

Teresa sonrió extrañamente: por espacio de un segundo respiró de nuevo la humedad de aquel oscuro rincón de la escalera de su casa, cerca del Paseo de San Juan, notó el aliento perdido, el intenso olor a acetona que transpiraban las ropas del muchacho y su mano roñosa al agarrar sus trenzas, obligándola a girar la cara lentamente y a pronunciar varias veces la extraña palabra («¡Di zapastra, niña pija, dilo!» «Zapastra.»).

–Sí que me acuerdo, mamá. ¡Zapastra!

–Por lo menos que te acompañe Luis.

–Te he dicho que no necesito compañía.

Se volvió, sonriendo, y fue a sentarse junto a su madre. Rodeó sus hombros con el brazo. Todo aquello ocurría antes, cuando las cosas iban mal para todo el mundo, cuando ella era todavía una niña miedosa, hoy todo había cambiado, ya no había golfos en el Monte Carmelo, dijo besándola en la mejilla; con el beso daba a entender que, de todos modos, ella haría lo que quisiera. Iría sola. Y ahora fijó en su madre unos ojos entre risueños y tercos, anunciando que en todo aquello había algo más que un simple capricho de niña mimada. Cuando tuvo problemas con la policía y estuvo a punto de ser expulsada de la universidad, ocho meses antes, su madre recibió esta misma mirada de ahora. Lo mismo que entonces, ahora dijo con cierta inquietud: «Eres igual que tu pobre abuelo, hija», y lo mismo que entonces, también ahora se equivocaba.

Cuando su marido pasó a recogerla, la señora Serrat se levantó:

–Espero –le dijo a Teresa– que no hagas tonterías y vuelvas a Blanes enseguida. Coloca esta ropa en el armario. –Abrió la puerta del cuarto de Maruja y echó una mirada a la cama («Hasta pronto», dijo a la enfermera) y luego volvió a cerrar–. Y tenme al corriente de todo, llámame mañana por teléfono… Adiós, pórtate bien.

Teresa entró en la habitación de Maruja y puso la ropa en el armario. La enfermera le sonrió: «No necesita nada de eso.» «Cosas de mamá», respondió Teresa. Se acercó a la cabecera de la cama. Maruja seguía inmóvil, los ojos cerrados con una acusada terquedad, cejijunta, obsesionada por quién sabe qué idea fija o visión. Tiene que verla, es preciso que él la vea, se dijo Teresa. Notaba un espantoso vacío cada vez que miraba aquella lívida máscara: en los párpados de cera, en el ceño doliente, abrumado por alguna voz o visión interior, y en los labios apretados y cenicientos, Teresa buscaba en vano durante horas, más allá de los signos de la virginidad perdida, del amor y de la muerte, otros que debieran distinguir a la criada por haber cuando menos rozado ciertas verdades no vigentes, penetrado ciertas regiones desconocidas del futuro, y el porqué aquella extraña criatura gris y desvalida iba siempre por delante de ella, vivía más deprisa, más apasionada e intensamente que ella...

–Oiga –dijo repentinamente mirando a la enfermera–. ¿Puede venir a visitarla un amigo?

La enfermera mallorquina hablaba en un susurro de paloma adormecedor, muy profesional.

–El doctor no quiere ver más de dos personas en la habitación. –Y después de un breve silencio–: Claro que si no es más que un momento... ¿Quién es?

–Su novio.

La enfermera bajó los ojos. Las medias blancas engordaban sus piernas muy bien torneadas.

> *Tiernas muchachas lánguidas,*
> *que salen de automóviles,*
> *me llaman.*

> PEDRO SALINAS

Conducía el Floride hacia la cumbre del Carmelo lentamente, improvisando sobre la marcha una agradable y vaga personalidad de incógnito (los rubios cabellos sujetos con el pañuelo rojo y los ojos azules escudados tras las gafas de sol) y ya en la curva que roza la entrada lateral del parque Güell, junto al Cottolengo, en la explanada de sol donde los niños juegan al fútbol, pudo contemplar con una impunidad perfecta el extraño grupo estatuario, los restos todavía disciplinados en posición de firmes de lo que sin duda fue una banda cuartelera, dos viejos tambores y una corneta abollada que trenzaban una interminable y monótona diana en medio del abrupto paisaje, como ciegos o como tantos que al fin tenían una ocupación, un motivo de vivir, eran jovenzuelos flacos con anchos pantalones sujetos con cinturones de plástico y descoloridas camisas de mili, las cabezas rapadas, erguidas, obedeciendo lejanas órdenes con una patética marcialidad. No fue más que un instante, una señal, un guiño de sol en el latón bruñido y abollado de la corneta, una vibración desconocida en la tristeza neurótica de los tambores, pero a ella le bastó y la predispuso a cierta jubilosa y oscura promesa: «De hoy en adelante...» Siguió hasta lo alto del Carmelo y sólo cuando frenó, casualmente muy cerca del taller de bicicletas, y vio los chiquillos jugando semidesnudos y algunos mirones que se acercaban comprendió que, para empezar, debía haber dejado el coche abajo y subir a pie, para no llamar la atención. El sol de mediodía caía a plomo, no se notaba ni un soplo de aire y la corneta y los tambores parecían sonar desde todas partes.

Era hermosa la combinación muchacha-automóvil, casi irreal, se deshacía entre los párpados igual que un sueño de sesteo: la vieron bajar del coche con su precioso vestido rosa de finos tirantes y sus blancos zapatos de tacón alto no sólo los chavales, que ya formaban corro, sino también algunas vecinas desde los portales. Ella estuvo un momento desorientada, y luego, a un niño: «Oye, guapo, ¿conoces a un chico que se llama Manolo?» La respuesta le llegó desde la puerta de una panadería, eran dos amplias sonrisas o muecas derretidas por el calor, dos mujeres gordas y todavía jóvenes que defendían sus ojos del sol haciendo visera con la mano: «Aquí, usted, en el taller...», dijo una de ellas, fijando una mirada torva en los hombros desnudos de la muchacha. Pero ya el niño señalaba hacia un extremo de la calle, por el lado de la ermita: «Que no, que está en la fuente.» Teresa dio las gracias y se puso en marcha precedida por la improvisada expedición infantil, al son de los tambores y la corneta. Al pasar frente al bar Delicias escuchó piropos indecentes, de una vulgaridad que sin embargo no conseguía ahogar una nota plañidera, triste, y vio en la puerta a dos jóvenes en camiseta rodeándose los hombros con el brazo, sosteniéndose mutuamente mientras la seguían con los ojos. Más allá, en torno a la fuente, Teresa vio otro grupo de niños que apenas dejaba ver el fulgor cobrizo de un pedazo de espalda desnuda, mojada, inclinada bajo el chorro de agua. Las cabezas giraron todas a una: ella avanzaba despacio, desanudando el pañuelo bajo la barbilla (las gafas de sol no pensaba quitárselas) y apareció el oro de su melena laxa. Los chiquillos la flanqueaban con su paso menudo y rápido, braceando alegremente, las cabecitas casi pegadas al vuelo airoso de la falda rosa igual que peces-piloto que la guiaran o la custodiaran. Cuando Teresa se detuvo a un par de metros de la fuente, un pequeño enviado especial se destacó voluntariamente de la expedición para señalar con el dedo: «Ése es Manolo.» Seguía con la nuca bajo el chorro y su torso desnudo oscilaba (ella evocó fugazmente una noche en que le vio inclinarse sobre Maruja en el lecho, besándola) y los niños empezaron a zarandearle. Parecía dormido o drogado. No oyó el saludo de Teresa pero sí la tímida pregunta («Te acuerdas de mí, ¿verdad?») y volvió la cara un instante para mirarla, pensó: «Maruja está muerta», y siguió echándose agua con las manos y luego se incorporó. «Sí, hola.» El agua resbalaba sin dejar rastro sobre su piel, que relucía al sol como una oscura seda polvorienta, y sacudió la cabeza resoplando, tenso el poderoso cuello, los cabellos mojados. Tendió la mano, tanteando a ciegas, y reclamó el niki que le sostenía un niño; su abdomen, negro y musculado como el caparazón de una tortuga, registraba el ritmo de algún esfuerzo, un latido casi animal: estaba asustado.

–Usted por aquí.

–Traigo malas noticias… –dijo ella–. De Maruja.

–¿Quién?

–Maruja, tu novia…

Manolo miraba el sol con los ojos entornados, ladeó

la cabeza y se frotó el cuello. Tenía el niki en la mano, no se lo ponía. ¿Quería secarse más o solamente dar vida a uno de aquellos luminosos cromos que coleccionaba desde niño? Probablemente era eso, no en vano todos los chicos le miraban como esperando algo: su instinto captaba la aventura en torno al Pijoaparte, siempre, aun cuando le vieran solo y aburrido deambulando por el barrio. Ahora, allá abajo, los tambores y la corneta tocaban llamada general.

—Yo no tengo novia —dijo de pronto—. Yo no conozco a ninguna Maruja.

Teresa quedó momentáneamente sorprendida. Luego sonrió y dijo: «Comprendo», mientras el murciano parecía reflexionar, con los ojos en el suelo y los brazos en jarras. Miró a la muchacha. Aquellas gafas negras. Siempre le había irritado hablar con la gente que esconde sus ojos detrás de gafas negras. Tres días horribles, desesperantes, sin saber si había dejado a Maruja viva o muerta y ahora tenía que adivinarlo a través de unas malditas gafas negras. «¡Eh, chavales, a correr, largo de aquí!», gritó a los niños, que apenas se movieron.

—Comprendo —volvió a decir Teresa—. Pero no tienes nada que temer. —Y en el mismo tono intencionado que un día le dijo «todos estamos con usted», añadió—. Puedes estar tranquilo, lo sé todo.

Él le volvió la espalda y, repentinamente, acarició la cabeza rizada del niño que tenía más cerca: seguía asustado. ¿Qué pretendía la rubia? ¿Qué sabía?

—Está muy grave —dijo ella—. Resbaló en el embarcadero. Se golpeó la cabeza y lleva varios días sin conocimiento. Te llama...

El murciano había empezado a ponerse el niki (era negro, de manga muy corta, con una rosa de los vientos estampada en el pecho), lo tenía sobre su cabeza mientras tanteaba las mangas; los flancos del tórax y el revés de sus brazos eran de un color moreno pálido, casi luminoso. «¿Se cayó dónde?», preguntó, ya más tranquilo. Pero ella parecía repentinamente abatida y le estaba hablando de otra cosa: «… culpa mía, en realidad, sólo mía, porque si no le hubiese regalado aquellas sandalias, si no le hubiese metido prisa… Ella es tan complaciente, tú ya la conoces…».

–¿Dónde está? ¿En la Villa?

–No, aquí, en una clínica. Chico, qué desgracia. Pensé que había que avisarte, que desearías verla…

–Pues claro.

–¿Vamos ahora?

Él avanzó unos pasos hacia la carretera, los niños se apartaron, pasó junto a Teresa y se paró. Aún no comprendía nada, nada… Vio el coche sport estacionado a unos cincuenta metros y rodeado de mirones (libre de la Rosa por un rato –el tiempo de un vermut en el bar Delicias–, allí estaba también Bernardo con su curiosidad simiesca, ya totalmente inofensivo, admirando las rutilantes formas del automóvil) y un poco más lejos, en la puerta del taller, a su hermano disponiéndose a cerrar.

–¿Ahora? –meditó él–. ¿Tenemos tiempo?

–Si quieres –propuso Teresa poniéndose a su lado–, luego puedo acompañarte.

–¿No te molesta?

–Oh, no, en absoluto. Tengo todo el día para mí. –Y había algo muy personal en la voz, que no le pasó por alto al joven del Sur, cuando añadió–: Se puede decir que estoy sola en Barcelona. Es la primera vez que me ocurre en época de vacaciones. –Y para equilibrar quién sabe qué misterioso sobresalto emotivo–: Bah, antes me habría puesto la mar de contenta, pero ahora, no sé… Me da lo mismo. Además, pienso en Maruja.

El tapizado del coche desprendía un olor dulzón a cremas. El pobre Bernardo estaba sencillamente anonadado cuando se apartó para dejar paso a Manolo: se movió un rato en torno al Floride, a distancia, como un lobo viejo y achacoso alrededor del rebaño que ya no puede apresar. El Pijoaparte cerró mal la puerta (tal como temía), con una torpeza que, contrariamente a lo que creía, a ella le pareció encantadora. «Deja, no te preocupes –dijo Teresa inclinándose hacia él (su hombro fragante le rozó la barbilla) para volver a abrir–. Así, ¿ves? Fuerte», y cerró de golpe. El coche se puso en marcha y los niños corrieron tras él hasta la primera revuelta de la carretera, donde se pararon para seguirlo con los ojos mientras serpenteaba lentamente carretera abajo.

Antes de llegar al parque Güell, Teresa ya le había contado la caída de Maruja en el embarcadero y cómo fue hallada al día siguiente en la cama, sin sentido, quince horas después de ocurrido el accidente. Se reservó para más adelante decirle que sabía que él, Manolo, había estado con Maruja aquella noche. Él la escuchaba mirando al frente con expresión grave, los brazos cruzados sobre su rosa de los vientos. Todo aquello resultaba bastante complicado. Cerró los ojos y vio otra vez a Maruja entrando en su cuarto con la mirada febril, somnolienta, caminando sin fuerzas: así pues, ya llevaba el mal dentro, ya tenía el golpe en la cabeza cuando la abofeteó en la cama, y él no tenía la culpa. Lo que no comprendía era cómo Teresa y su amigo podían invitar a una criada en sus paseos en la lancha, y por qué no la habían obligado a volver a casa después de la caída. Una cosa estaba clara: por alguna razón, por negligencia quizá, a Maruja le habían hecho la pascua. «Eres boba, a ti siempre te engañarán», recordó haberle dicho más de una vez. De nuevo sintió pena por ella y al mismo tiempo un alivio, ya que aquella noche, cuando la dejó abandonada en la cama, la creía muerta. Entretanto, Teresa conducía suavemente su automóvil y una deliciosa idea mítica movía sus manos en torno al volante con todo el ceremonial que requería el momento, la compañía y el hermoso panorama de la ciudad extendiéndose a sus pies: expresaba una íntima satisfacción en cada curva, con el chirrido de los neumáticos, con los cambios de marcha, y sin darse cuenta fue adquiriendo velocidad. Manolo estaba atento a la carretera y al perfil de Teresa. Viéndola así, de perfil, el joven del Sur empezó a barajar nuevamente su preciosa colección de postales azulinas: un accidente, Teresa malherida, el coche arde, él la salva...

–Estás muy callado –dijo ella–. Afectado por lo de Maruja, ¿verdad?

–Sí.

Pasaron junto a la explanada donde la maltrecha banda seguía tocando bajo el sol.

–Mira, qué maravilla –exclamó Teresa–. Me encanta tu barrio. ¿Por qué tocan? ¿Quiénes son?

El Pijoaparte la miró con el rabillo del ojo.

–Meningíticos. Hijos de la sífilis, del hambre y todo eso. De ahí, del Cottolengo.

–Ah.

–¿Cómo supo usted... cómo supiste dónde vivo?

–Por Maruja. Lo sé desde hace tiempo. Sé muchas cosas de vosotros... ¿Por qué has dicho antes que no sois novios?

–Porque es la verdad... Las cosas a veces no son lo que parecen. Yo no estoy comprometido con nadie, nunca lo estuve. No sé lo que ella te habrá contado, pero sólo somos... amigos.

Teresa aprovechó una recta, en llano, para mirar al chico y poner la tercera. «Comprendo», dijo y dio todo el gas. La sacudida echó a Manolo hacia atrás. Chica moderna, sí señor, con otra cultura, pensó él. Pero lo que dijo fue:

–Sólo amigos. Una cosa corriente en la juventud de hoy.

–No disimules, hombre –dijo Teresa–. Ya te he dicho que lo sé todo.

El murciano decidió cambiar de tema.

–Entonces, ¿Maruja está grave?

–No sabría decirte, está sin sentido. Pero yo creo que sufre mucho...

Así debía ser, porque al entrar en la habitación (la enfermera salió diciendo que tenía que hacer unas llamadas telefónicas) y ver a Maruja postrada, tan pálida, se impresionó mucho más de lo que había supuesto. Un delgado tubo de goma le salía de la nariz, quedaba sujeto a su frente con una tira de esparadrapo y caía sobre la almohada con una pinza en la punta. Parecía no sólo muerta, sino maltratada, ultrajada y luego olvidada, como si ya llevara años allí. ¿Qué extraña enfermedad era aquélla? ¿Qué le había hecho? Sufría, en efecto, no había más que mirar su ceño fruncido, pero mucho antes de experimentar este sufrimiento y este abandono, mucho antes de ser una chica triste y de pocas luces, incluso mucho antes de tener conciencia de que ella nunca sería nada ni nadie, parecía ya como si algo espantoso se le hubiese hecho a la muchacha, algo sordo y sin nombre. Allí tendida, recogida en su silencio, inofensiva y frágil, sudando y sudando un sudor macilento y frío, no parecía ya tener vínculos con nadie, ni con aquel trémulo mañana que ella había soñado para los dos, ni con la esperanza, ni con el amor, ni siquiera con él, nada que le permaneciera fiel de algún modo. ¿Hasta qué punto también su mano, abofeteándola, la había postrado en esta cama?

Se sorprendió sentado en una silla y con la mano de Maruja entre las suyas, acariciándola. Un ardor le subía por el pecho. Notó una mancha rosa y perfumada desplazándose tras él con sigilo: la falda de Teresa. Guardó silencio durante mucho rato, y a una pregunta que le hizo Teresa en voz baja: «¿Por qué no pruebas a llamarla?», cerró los ojos. Se le apareció durante un segundo aquella cabecita despeinada y húmeda, pero hundida en otra almohada, y escuchó un rumor de olas, un jadeo de cuerpos enlazados. «Marujita, chiquilla... ¿qué te han hecho?» Entonces notó la mano de Teresa en su hombro. Y ante el temor de que la ternura o la compasión acabaran por jugarle una mala pasada, concentró su impulso vital, reprimido durante tres días a causa del miedo y los remordimientos, en un arrebato de indignación. Teresa, que se había quedado quieta tras él, apoyada de espaldas a la puerta, le vio levantarse de pronto y echársele violentamente encima. «¿Qué te pasa?», le dijo. Vio en su cara la resolución que precede a las peleas de golfos: antes de atenazarle el brazo con su fuerte mano, él frotó la palma en la deslucida pernera de sus tejanos (un *trinxeraire* no lo haría mejor, tuvo tiempo de pensar ella, evocando un nebuloso verano de su infancia, cuando el hijo de un refugiado de guerra la arrinconó bajo el hueco de la escalera, y la palmeó y la lastimó hasta que pudo escapar) y la rosa de los vientos se dilató en su pecho al aspirar hondo. Teresa notó en el acto la tibia transpiración de la piel del muchacho, un olor a almendras amargas que se mezcló con su propio perfume y repentinamente lo impregnó todo, envolviéndoles a los dos. Tenía su rostro a menos de un palmo, pero no le veía bien, sólo le oía gritar mientras la zarandeaba cogida del brazo: «¡¿Por qué no se me avisó antes?! ¡Di, por qué! ¡¿Por qué no la llevaste enseguida al médico, para qué coño la querías en la lancha?! ¡Contesta!» Teresa le miraba asombrada. «Por favor, que me haces daño...» Tanteó con la mano, por la espalda, el pomo de la puerta. «No grites, por favor, salgamos fuera...» Pero no podía moverse, no podía hacer otra cosa que intentar contener aquel ímpetu irrazonable. Estaba asustada y fascinada por el espectáculo de su rostro, ese borrón de piel morena donde brillaban unos dientes blancos, unos ojos furiosos, el mechón de negros cabellos caído sobre la frente, y palabrotas y maldiciones lanzadas al absurdo; cada vez le tenía más cerca; vio con sorpresa su propia mano sobre la rosa de los vientos, no empujando o frenando el avance del pecho, sino simplemente posada allí, como si descansara a gusto. «Cálmate, te lo ruego, Maruja está muy grave...» A partir de este momento ya no escuchó más lo que él decía, una querella torrencial: «¡Qué puñeta haces metida siempre entre las piernas de tus amigos, en aquel portal! ¡Vamos, di!» Pero lo primero era sacarle del cuarto. Consiguió abrir un poco la puerta, arrimándose a él para desplazarle, y, al ladear el cuerpo para salir, perdió el apoyo y quedaron un momento bloqueados los dos, entre las hojas de la puerta, sin poder dar un paso adelante ni atrás y envueltos en aquella oleada azul de las almendras. «Suéltame, ¿estás loco?» La madera de la puerta crujía. Teresa se debatió como en una pesadilla, turbada por la voz frenética y el ardor de unas preguntas inconcebibles que la acusaban, dictadas no tanto por un supuesto amor a Maruja (podía darse cuenta de ello incluso en medio de ese ardor creciente en que se debatían los dos) como por la indignación y la ira. Pero ¿cómo sabía él, qué contactos podía tener para estar enterado de sus encuentros con un empleado de la fábrica del padre de Luis Trías, y sobre todo, de sus momentos de negligencia y de irresponsabilidad? El respeto, el miedo, la impresionante autoridad moral que vio de pronto en él fue como una nueva revelación, y el brazo le dolía y sus ojos empezaron a llenarse de dulces lágrimas, dulces como nunca en la vida hubiese imaginado. Rendida, sin fuerzas, había ya apoyado la cabeza en el pecho del muchacho cuando, de pronto, se abrió la puerta del cuarto de estar y apareció la enfermera. Su rostro no expresaba ninguna sorpresa (en voz baja, como hablando consigo misma, decía: *«Què fa aquest al·lot? Es doctor no vol escàndol...»*) mientras avanzaba hacia ellos. Lo primero que hizo fue apartarles de la puerta y cerrar la habitación de Maruja por fuera. Ellos se soltaron precipitadamente. Quedaron los tres en el saloncito. La enfermera atendió a Teresa. «No es nada», murmuró ella. Manolo empezó a pasear de un lado a otro como un animal enjaulado, mirándolo todo como si buscara algo para romper, golpeó las paredes y los muebles mientras mentaba a Dios y al diablo en voz baja, seguido por la enfermera que intentaba sujetarle sin conseguirlo. Probablemente todo habría acabado de la manera más grotesca y humillante para él (¿cómo rematar aquellos fuegos de artificio, sino con excusas y el ridículo?) de no ser porque inesperadamente, por uno de esos golpes de suerte con que a veces el destino premia a los seres dotados de imaginación y de audacia, hizo su aparición el amor y la sangre, combinación omnipotente y omnipresente: en su formidable arrebato, al golpear la celosía con el puño y en el momento de murmurar: «Maruja, Marujilla...» como en una agonía, se hizo un profundo corte entre los nudillos. La sangre y el silencio brotaron aliviados. La enfermera se reveló algo prosaica, pero práctica: «Traiga el alcohol y la gasa, está en la habitación», le ordenó a Teresa mientras sujetaba la muñeca del muchacho. La fascinada rubia obedeció con la rapidez del rayo. El corte se hallaba en mal sitio para cicatrizar. Y derrumbado en una butaca, vencido por los elementos, digno, pálido y ausente, el Pijoaparte se dejó curar y vendar la mano.

A la enfermera mallorquina le bastó una larga mirada a los ojos del novio para comprender lo que había pasado. Y como ella tenía sus ideas y su retórica acerca de los amantes pobres que se rebelan contra el dolor y la muerte, amonestó al chico:

–Tonto. ¿Ves lo que has conseguido? Comprendo lo que te pasa, pero nada ganarás desesperándote y haciendo escenas de mal gusto. –Además de menospreciar el espectáculo (carecía de imaginación plástica, sólo era sensitiva y melómana, como sus amigos los médicos, y además nunca se había visto envuelta en un verdadero olor a almendras amargas) se iba a equivocar igualmente en lo que añadió, ahora mirando a Teresa–: Y menos echando la culpa a quien no la tiene. Las desgracias ocurren de la manera más extraña, tu novia se cayó ella sola y nadie en aquel momento hubiese sido capaz de saber lo que iba a pasar… Tonto, más que tonto. Si vuelve a suceder esto avisaré al doctor y no permitiré que vengas a verla. ¿No sabes que está muy enferma? Te has hecho una buena herida, y total, para qué. –Al terminar de vendarle la mano se dirigió hacia el cuarto de Maruja; antes de abrir se volvió–: ¿Entendido? A ver si sabes comportarte…

–Lo siento. No quería hacerlo.

–No ha sido nada –terció Teresa. Le temblaba la voz–. Los nervios…

La enfermera le guiñó un ojo, dándole a entender que la comprendía perfectamente. ¿Quién no sabe lo que es el amor? Y entró en la habitación de Maruja.

Teresa se arregló el vestido y los cabellos. Manolo seguía en la butaca, deprimido, con la frente entre las manos.

–Perdóname –murmuró–, no quería gritarte. La culpa ha sido mía. ¿Te he hecho daño?

–No…

–Sí, te he hecho daño. Lo siento.

Teresa se sentó frente a él y sacó cigarrillos. «No te preocupes por mí.» Sus manos temblaban. «¿Quieres fumar?» El Pijoaparte le ofreció lumbre y ella se aproximó. Oyeron el ruido metálico de un carrito rodando por el pasillo. Era la hora del almuerzo. «Bien, coño, bien», murmuró él, levantándose. Teresa miraba su mano vendada.

–¿Te duele?

—No. Vámonos.

Salió a buen paso, seguido de Teresa. Sobre sus hombros, mientras bajaba las escaleras, flotaba un aire de pesadumbre. En la calle, cuando ella (que no le quitaba el ojo, como si esperara verle derrumbarse de un momento a otro a causa de una pena) se adelantó para abrir la puerta del coche, él se inmovilizó sobre la acera.

—¿Te encuentras mal? —preguntó Teresa.

—Sube tú primero.

—Sé que no es el momento —dijo Teresa— y además no nos conocemos mucho, pero quisiera hablarte de algo. ¿Te llevo al Carmelo? —Puso el motor en marcha y luego le miró—. Se trata de Maruja y de ti. —Manolo se sentó a su lado. Esta vez cerró la puerta con seguridad y firmeza. Iba a decir algo pero ella se le adelantó—: No, no me refiero a vuestras citas en la Villa (él la miró de reojo, sorprendido). Estoy enterada, hace mucho tiempo que lo descubrí, pero tranquilízate, en casa no lo sabe nadie más que yo. No, me refiero a lo otro...

—¿A lo otro?

—Ya sabes.

El murciano no sabía, pero tenía buen olfato para el peligro.

—Otro día —propuso—. Si no te importa, hablaremos de eso otro día.

El coche arrancó con una brusca sacudida.

—Maruja me habló mucho de ti —dijo Teresa mientras ponía la segunda—. Pero no te enfades con ella...

—También hablaba de ti, no creas. Sabemos la clase de estudiante que eres, revoltosa y todo eso... ¿No puedes correr más? Tengo prisa.

—Quiero que sepas lo que hacía en aquella fábrica del Pueblo Seco. Te equivocas si crees que iba a divertirme...

—No me interesa. Me lo explicarás otro día.

Con los ojos bajos, miraba las rodillas bronceadas de la joven universitaria.

—¿Vendrás mañana a ver a Maruja? —preguntó ella.

—No lo sé. —Y después de un silencio—: ¿Tú vienes cada día?

—Claro.

Cuando ya subían por la carretera del Carmelo, Teresa miró la mano vendada del chico y volvió a preguntar:

—¿Te duele?

Esta vez, el Pijoaparte no pudo contenerse:

—Sí. Ahora empieza.

> *¡Adivinas los cuerpos!*
> *Como un insecto herido de mandatos,*
> *adivinas el centro de la sangre y vigilas*
> *los músculos que postergan la aurora.*

PABLO NERUDA

Maruja seguía en estado estacionario. Tenía mal color pero respiraba acompasadamente. Recibía alimentación líquida cada tres horas a base de caldos y batidos de carne. Dormía y dormía sin cesar, y de vez en cuando mostraba una expresión molesta, como por un sufrimiento pasajero. Los movimientos del matrimonio Serrat en torno al lecho de la enferma empezaron a adquirir poco a poco una resignación expectante, ordenada y mecánica. Deseaban vivamente verla recuperada, eso era todo lo que podían hacer por ella. Sólo Teresa iba a la clínica cada día, generalmente a primera hora de la tarde. Con una elegancia agresiva, inquietante, vestida de corsario (blusa y pantalón negros, pañuelo rojo en la cabeza) recorría los pasillos escudada en sus gafas de sol, con un libro bajo el brazo y una serena resolución en el semblante; una tristeza epidérmica sazonaba su juvenil belleza, dignificándola, y la hacía vivir por vez primera el caluroso verano de la ciudad con una nueva y extraña conciencia de su cuerpo, constante y temeraria, como ciertos seres viven su juventud: como si nunca tuviera que acabarse. No le importaba haber tenido que interrumpir sus vacaciones en la costa. Su padre, que alternaba sus ocupaciones con los fines de semana en la Villa, recalaba alguna mañana en la clínica, siempre con prisas, más para hablar con el doctor Saladich que para ver a la criada. A Teresa sólo la veía durante las horas de comer. La primera semana, la señora Serrat visitó a Maruja dos veces, una de ellas en compañía de su hermana Isabel. Se inquietó no sólo por el estado de la enferma sino también por el de su hija (somnolienta, con ojeras, caprichosamente vestida: «Terca, finalmente te has salido con la tuya, te has comprado esos horribles pantalones») y quiso llevársela consigo a Blanes. «No insistas, mamá. No pienso moverme de aquí hasta que Maruja se ponga bien.»

Por su parte, el impetuoso y afligido novio de la criada aparecía por la clínica diariamente, alrededor de las cinco de la tarde, silencioso y digno, portador de especiales amarguras e inculpaciones generales. Al verle entrar, Teresa cerraba el libro que estaba leyendo para no perder detalle de un espectáculo que día a día ganaba en sugestión: el muchacho se aproximaba respetuosamente al lecho de Maruja y se quedaba inmóvil junto a la cabecera, de pie, con aire de abatimiento; era el momento en que su mano herida (cuyo vendaje aparatoso y desmesurado, glorificación de un sentido heroico de la vida, alguien le cambiaba diariamente) colgaba inerte y rendida como en amoroso holocausto junto a la almohada de Maruja, y tan cerca de la faz macilenta de la enferma que se hacía, por decirlo así, solidaria con ésta. La piel morena del brazo contrastaba con el blanco espumoso de la gasa, cuyas vueltas y más vueltas le llegaban casi hasta el codo. Por lo demás, el rostro oscuro y hermético, la actitud estática del murciano mientras permanecía de pie mirando a Maruja (eran cuatro o cinco minutos) no reflejaba nada excepto la nobleza propia de los rasgos. Luego el muchacho se apartaba lentamente del lecho y, con los pulgares engarfiados en los bolsillos traseros del pantalón, se interesaba por el estado de la enferma; hablaba poco, con una voz extrañamente baja, dirigía todas las preguntas a la enfermera y apenas miraba a Teresa. Finalmente saludaba y se iba. Durante varios días, su comportamiento no varió. Teresa Serrat seguía preguntándose hasta qué punto el chico todavía la consideraba responsable de lo ocurrido.

Una tarde, Manolo llegó antes que Teresa. Entró sin mirar a nadie, murmurando un ronco «buenas» (había gente en el saloncito, distinguió vagamente la silueta elegante de una señora que se calló al verle entrar) y se plantó ante el lecho de Maruja. Al cabo de un rato notó pasos tras él y oyó la voz de la enfermera, que informaba a alguien sobre los vómitos que tenía Maruja, generalmente por la mañana, al cambiarla de posición. Luego la oyó decir: «Es su novio», en voz baja. Entonces notó a su lado una suave y perfumada presencia, el tintineo de unos brazaletes. Se hizo un largo silencio, pero él no se movió ni dijo nada, siguió mirando el rostro de Maruja (oscuramente pensó que cada día se parecía más a una máscara) al tiempo que notaba en el lado izquierdo de la cara la agradable presión de unos femeninos ojos interesados en su perfil; probablemente eran los de la desconocida. La madre de Teresa, pensó. Cuando volvió la cabeza, la señora había desaparecido y la enfermera estaba sentada junto a la ventana. En este momento entró Teresa.

–Hola –saludó–. Mamá acaba de preguntarme por ti.

–Ya la he informado –dijo la enfermera.

Manolo se volvió para mirarla con una curiosa desconfianza, como si quisiera poner de manifiesto su asombro ante el hecho de que las enfermeras hablen. Luego se dirigió hacia la puerta. Teresa le acompañó hasta el pasillo y le preguntó si seguía enfadado con ella.

–¿Yo? ¿Por qué? –respondió él apoyando la mano vendada en la puerta, junto a los rubios cabellos de la muchacha, que captó de nuevo aquel aroma de almendras amargas.

–No sé… Lo parece –dijo Teresa–. Quiero que sepas que nadie tiene la culpa de lo que le ha pasado a Maruja, y menos yo… Y acerca de eso quisiera hablar contigo, porque tú también tienes cosas que explicar. Puedo llevarte a casa, si quieres,

El muchacho parecía contrariado.

–Gracias. El caso es que… no voy a casa. Otro día. –Y después de reflexionar unos segundos, fríamente–: Hoy tengo algo importante que hacer.

Una semana después de haber dado la sorpresa del bautizo de sangre, el afligido novio dio otra al presentarse inesperadamente con un magnífico traje gris perla, nuevo, de corte perfecto, y el brazo en cabestrillo. Respetuoso, impecablemente vestido, mientras permaneció ante Maruja concentrado en aquella actitud casi religiosa, Teresa no pudo apartar los ojos de él. Qué sugestión la nueva línea de sus hombros, qué misterio su espalda recta, autoritaria, insospechadamente elegante. Y el brazo en cabestrillo: ¿se le había infectado la herida? El pañuelo de seda color chocolate que sostenía su mano vendada fue inmediatamente reconocido por Teresa: era un pañuelo que ella había regalado a Maruja hacía tiempo. Al verle por primera vez tan bien vestido, Teresa se inquietó sin saber por qué; había una nueva y extraña relación entre la admirable cualidad hierática de este cuerpo y el flamante traje que lo cubría, como si entre los dos elementos, que hasta hoy se habían desconocido entre sí, acabara de realizarse un pacto que en algún sentido resultaba alarmante e implicaba peligro. La aventura era inminente.

–¿Qué ha ocurrido? –le preguntó ella señalando el brazo en cabestrillo–. Dina ha salido un momento...

–¿Quién es Dina?

–La enfermera. No tardará en volver. ¿Por qué no le enseñas la mano?

–No es nada –dijo él–. Es que así voy más descansado.

Se quedó un rato sentado junto a Teresa, hojeando distraídamente algunas revistas. Sin embargo, pese a que hoy esperaba y deseaba que Teresa Serrat se ofreciera a llevarle a casa en coche, ni siquiera fue acompañado a la puerta. Debe tener algún compromiso, pensó.

Fue al día siguiente. Salieron juntos de la clínica, y como era temprano y él no tenía nada que hacer («Estoy de vacaciones», dijo) le propuso a la muchacha hacer un alto en el camino para tomar un refresco. No pareció que ella tuviera mucho interés, pero tampoco dijo que no. Era partidaria de algún bar en el Monte Carmelo, lo cual extrañó a Manolo.

–Allí no tenemos nada que valga la pena –dijo él–. Pero conozco un sitio que está cerca, nos pilla de paso.

Había recordado el Tíbet, al pie del Carmelo. Rincón sofisticado (falsa cabaña, troncos barnizados, techo de paja, luz embotellada) en la terraza de una vieja torre de los años treinta convertida en residencia y restaurante. Un altavoz emitía una música suave. El sitio era tranquilo y solitario, y a Teresa le encantó. Ocuparon una mesa junto a la veranda que daba sobre la carretera, más allá de la cual se veían huertas y algarrobos, con una balsa de agua que centelleaba al sol como un espejo y una antigua masía que hacía años había sido apresada por la ciudad. Al atardecer verían el cielo encendiéndose sobre el parque Güell, tras el cerro llamado Tres Cruces. Teresa estuvo largo rato admirando el paisaje, de codos en la veranda, junto a Manolo.

–Me gusta tu barrio.

–¿Ves aquellas pistas de tenis, allá abajo, entre los árboles? –Manolo señalaba con el brazo–. Es el Club de Tenis La Salud. De niño trabajé en las pistas, recogía pelotas, como Santana... A que nunca habías estado aquí.

–No creas –dijo ella mirando la colina del Carmelo–, en cierto modo todo eso me es familiar. No siempre he vivido en San Gervasio. Cuando niña vivíamos en la plaza Joanich, en Gracia. Era después de la guerra, recuerdo que yo me escapaba a jugar a la calle, había unos chicos malísimos, pero a mí no me daban miedo. –Se echó a reír–. Mamá estaba aterrada por mi atrevimiento, y hoy todavía lo está, opina que no he cambiado nada. Allí fue donde un día, en la escalera de casa, un chico del Carmelo me tiró de las trenzas. Me hizo su prisionera y me tuvo detrás de la puerta un buen rato, hasta que pronuncié una contraseña, la palabra secreta. –Miró al muchacho con una sonrisa divertida–. Quién sabe, a lo mejor aquel chico eras tú.

–No –rió él–. Yo no vivía entonces en Barcelona.

–¿De dónde eres?

–De Málaga. Oye, ¿tus padres son catalanes?

–Mi padre sí. Mamá es medio mallorquina, pero se crió aquí.

–¿Nos sentamos? Anda, ven. ¿Qué bebes?

–No sé, un cuba-libre. Háblame de Maruja, de vosotros... Tú trabajas en una fábrica, ¿no?

Se sentaron frente por frente. Manolo puso una expresión de sorpresa:

–¿Yo en una fábrica? ¡Ni que me maten! ¿Quién te ha contado esa trola?

Aunque sonreía, la cosa no parecía hacerle mucha gracia. Teresa se desconcertó.

–Maruja.

–Nunca entenderé a esta chica. Trabajo en los negocios de mi hermano. Compraventa de coches. Se acabaron los malos tiempos.

Mentía, evidentemente, y Teresa Serrat creía saber por qué: «¿Exceso de precauciones? –pensó–. Qué ridículo. No le he dado motivo para desconfiar de mí, al contrario.» Pero ya había decidido no meterse en esto y respetar la secreta condición del novio de Maruja. Lo que se proponía era otra cosa.

–¿Recuerdas –empezó echándose hacia atrás en la silla y poniéndose las gafas de sol– que el primer día que fuimos juntos a la clínica, al salir, en el coche, te dije que quería hablarte de algo importante…? Pues lo he pensado mejor. Veo que no te gusta que me meta en tus cosas.

–Cierto –aventuró él, que ya husmeaba el peligro.

–Pero hay algo que debes saber, algo referente a lo que me dijiste cuando querías estrangularme, en la habitación… –Se echó a reír y él la imitó–. Me reprochabas mis relaciones con un chico que trabaja en la fábrica del padre de Luis Trías, en el Pueblo Seco. ¿Cómo supiste eso?

–Ah, misterio –dijo él sonriendo.

–Bueno, tampoco me extraña, con los contactos que debes tener… Pero es que no sabes toda la verdad, de lo contrario no me habrías hablado de aquel modo. Y hay que aclarar esto, no me gustan los malentendidos. Todo lo que te hayan contado de mí y de aquel chico, de nuestros encuentros, me tiene completamente sin cuidado, en el fondo. Pero anda por ahí mucho carca disfrazado de progresista, Manolo, te lo advierto. Yo salgo con quien me gusta y no tengo por qué dar cuentas a nadie.

–Yo no te he preguntado nada. Está rico el cubalibre.

–Por otra parte –añadió la joven universitaria bajando la cabeza– he decidido que esto se acabó. No quiero volver a saber nada con los cretinos de la facultad... ni con nadie. Hay cosas más importantes que hacer. –Al decir eso le miró muy seria, solidaria, acercando el vaso a sus labios–. ¿No crees?

–Bueno, depende.

–Últimamente he tenido una experiencia de esas que no se olvidan en la vida. –Tras las gafas de sol, los ojos de Teresa apenas eran visibles. Sus labios adquirieron de pronto una expresión ultrajada.

–Vaya, vaya –dijo él, por decir algo.

–Si te contara.

–Cuenta, cuenta.

–Prefiero no hablar de ello.

Bebió muy lentamente del vaso, mientras Manolo la observaba en silencio. Luego ella sacó un paquete de Chester y fumaron. Teresa añadió que sólo de pensar en aquello sentía asco, y que pasarían años antes de que nadie volviera a ponerle las manos encima. «Pero se trata de una decisión personal mía que no altera el valor de las cosas –dijo en tono resuelto–. A lo que iba: aquel chico que tanto parece interesarte, el de las citas en el portal de las oficinas, me lo presentó Luis Trías. Se llama Rafa, es muy simpático...» A partir de este momento, Manolo concentró toda su atención y se esforzó por penetrar de algún modo la extraña relación de afectos y desafectos que trenzaban las palabras de la universitaria. El relato era por demás complicado. Ella, según decía, se había decidido a contarle todo eso no porque tuviese mala conciencia, sino para que no creyera, como otros habían creído, que hizo amistad con Rafa sólo para darse el pico con él. Este chico era el encargado o cosa así de la Sección Cultural de la empresa, se ocupaba de la biblioteca y dirigía un grupo teatral. El pobre no tenía mucha preparación, pero sí una gran voluntad, y en ciertos aspectos valía más que algunos estudiantes de buena familia que ella conocía. «Una amiga mía y yo —siguió diciendo Teresa— le aconsejamos que intentara representar alguna cosilla de Brecht. ¿Conoces a Brecht?» «Sigue, sigue», dijo él. Teresa aseguraba que el chico se interesó muchísimo por la idea, aunque no era fácil ponerla en práctica. Ella le prestó libros, revistas, y se veían a menudo y hablaban de estas cosas. Un día se le ocurrió que podían organizar círculos de estudios, después de los ensayos. Por ejemplo, si no se podía representar a Brecht, por lo menos sí leerlo («No sé si sabes lo que pasa aquí con Brecht...», empezó. «Sigue, sigue», insistía Manolo). Desgraciadamente, añadió la muchacha, todo acabó en nada, en parte por culpa de Luis Trías, que se desinteresó enseguida... «Pero ésta es otra historia. Mi idea era buena, aunque quizá prematura. Se me criticó, si supieras, pero yo sigo pensando que representar a Brecht en la universidad no tiene la menor importancia, y en cambio, en un centro obrero, fíjate...»

—Sí, pero ¿qué pasó con el tal Rafa? —preguntó Manolo.

—Nada. Nos vimos durante un par de semanas, ya te he dicho que era muy simpático y agradable. Pero las malas lenguas se soltaron; y a eso quería llegar: que en toda esta historia, lo único importante fue lo que se intentó, aunque no saliera bien, y que lo demás, lo que hubo entre yo y aquel chico, pues nada, es que no lo comprendo, vamos ¡ni que hubiésemos puesto en peligro el futuro de la revolución! —exclamó indignada—. Es absurdo tanto dogmatismo ¿no te parece?

Manolo reflexionaba. Aplastó el cigarrillo en el cenicero.

—Lo que yo digo es que no hay que mezclar la obligación con la devoción. Hay un momento para cada cosa. Porque vamos a ver, ¿tú qué querías del Rafa, prestarle libros o besarte con él?

Teresa quedó un rato en suspenso, luego se echó a reír.

–¡Qué tontería! ¿Interesa tanto lo que yo haga o deje de hacer? Porque ¡hay que ver, chico, incluso tú has tenido que enterarte! –Cerró los ojos un momento, pero sus labios seguían sonriendo–. A lo mejor hasta existe un detallado informe acerca de mí y de mis amantes. ¡Sería divertido! Y perdona que insista, pero es que me tienes intrigadísima: ¿cómo lo has sabido?

Él sonrió ligeramente: «Adelante, chaval», se dijo, y tendió la mano por encima de la mesa, despacio, le quitó a Teresa las gafas de sol, clavó sus ojos en los de ella y dijo:

–Todo se sabe en esta vida. Yo estaba más cerca de ti de lo que te imaginas. Así estás mejor.

–Que estoy hablando en serio, Manolo.

–Yo también. Pero ya pasó, dejémoslo.

–Pues el otro día, en la clínica, te portaste conmigo como un verdadero comisario político. Todavía tengo la señal en el brazo, mira. Y fue por eso, reconócelo. A que sí.

A falta de algo mejor, el murciano optó por sonreír. Teresa le miró fijamente, adelantando el rostro, y añadió:

–¿Por qué siempre te haces el longuis? No temas, hombre, no te preguntaré nada que pueda comprometerte. Hablemos de otra cosa, si quieres. De tu familia, de tus amigos…

De nuevo recostada en la silla, alzó los brazos y se desperezó, riendo, voluptuosa. ¡Ésta es la Teresa alegre y graciosa, la auténtica, la que resulta tan fácil de amar!, piensa él, y procura complacerla hablando de su barrio: adivina oscuramente, en la atención maravillada que le dispensa ahora la muchacha, no sólo una nostalgia del suburbio, sino también cierto conflicto cultural cuya naturaleza aún le es extraña. Ve en sus profundos ojos azules, soñadores y confiados, anidar esa misma luz pura y suspendida de la tarde. ¿Qué extrañas suspicacias y esperanzas, qué sentimientos y emociones flotan dentro de este cálido, envolvente fluido azul de su mirada? A ratos le escucha como una colegiala aplicada y estudiosa, de codos en la mesa y con el mentón en las manos, otros con esa languidez rosada de la dispersión emotiva, de la evocación fugaz que ya ha pasado, siempre con su expresión serena, pura, mirándole fijamente; su actitud meditativa, ligeramente embelesada, contrasta con la simplicidad del tema y algunas incoherencias, involuntarias, por supuesto, de parte del murciano: Teresa busca no exactamente el sentido de las palabras, sino lo que flota debajo o en torno a ellas, una corriente de fondo o un tejido sutil de ideas y emociones que ella misma, sin saberlo, va trenzando con sus preguntas; busca un acorde que irá creciendo, espesándose en el aire, en medio de los dos, en el pequeño espacio, cada vez más pequeño, que les separa por encima de la mesa, y que acabará envolviendo sus cabezas como una nubecilla invisible. Hace muchas preguntas, pero son puramente sensitivas, buscan no la verdad, sino más bien un clima ideal para la verdad; no obedecen a un deseo de saber, sino a un cordial deseo de confirmación: porque Teresa Serrat ya sabe, ya tiene su idea y su dulce veredicto sobre la vida de un joven como éste en un suburbio. Así, ciertas opiniones expresadas entusiásticamente por ella («La vida de un *pecé*, de todos modos, ha de ser estupenda e incluso divertida en tu barrio, las noches del verano, con los compañeros, las discusiones en el café…») merecían, por confusas, una inmediata y rotunda negativa del murciano («¡Qué peces de colores ni qué noches de verano, si en mi barrio sólo hay aburrimiento y miseria!»), pero esta negativa no hacía sino resbalar sobre su sonrisa feliz, no la inducía a ningún cambio de criterio, a la más leve alteración en su escala de valores; su límpida y risueña mirada seguía afirmando: «Sí, qué maravilla tu barrio.»

Esa venda en los ojos favorecía no poco al joven del Sur en los momentos que, pese a su gentil esfuerzo por satisfacer aquella nostalgia de arrabal que irradiaban las preguntas soñadoras de la muchacha, al evocar la verdadera y sórdida faz de su barrio y de su casa aparecía de pronto su ancestral mala sangre, y su voz, cansada de fingir, amenazaba con disolver aquella nubecilla preñada de roces emotivos que les envolvía a los dos. Todo lo cual, sin embargo, no impidió que lo pasaran muy bien: sus rodillas se rozaban de vez en cuando por debajo de la mesa, y este simple roce hacía que el mundo resultara de pronto infinitamente más real, excitante y coherente que el que las vehementes palabras de Teresa pretendían expresar. Gustosamente, poco a poco, se dejaron ganar por el silencio. Habían transcurrido más de dos horas sin que se dieran cuenta. Ahora Teresa bebía ginebra con hielo. El murciano había ya recuperado aquella temeraria confianza en sí mismo, nada hacía sospechar una vuelta al tema de la conspiración, terreno siempre resbaladizo, cuando, de pronto, un incidente fortuito, la suerte negra que le perseguía (esta vez en forma de taza de café ardiente y en equilibrio sobre la trémula mano de un camarero) vino inesperadamente a plantear de nuevo la cuestión de aquella extraña personalidad que Teresa Serrat parecía empeñada en otorgarle, revelándose con ello, por fin, la naturaleza política del conflicto cultural de la universitaria. Ocurrió que el camarero, un viejo lleno de achaques y puñetas que hablaba solo, cascarrabias, pero simpático, en opinión de Teresa, al pasar junto a Manolo tropezó y volcó la taza de café sobre su traje nuevo. El líquido, ardiendo, mordió su cuello y el chico botó en la silla.

—¡Animal! ¿Es que no guipas?

—Ay, ay, que me caigo —dijo el viejo.

En efecto, llevaba aún el impulso del tropezón, y si

Manolo no lo agarra por el cuello de la chaqueta se da de narices contra el canto de la mesa.

–¡Joder, abuelo, qué bromas gastas! –exclamó el murciano–. ¡Mira cómo has puesto mi traje, me cago en tus muertos!

Desfiló toda la parentela del viejo. Ya estaba lanzado y no pudo parar la lengua, se olvidó incluso de Teresa, y sólo cuando acabó la larga letanía de insultos (mientras el pobre hombre se retiraba refunfuñando, frotándose la rodilla, después de haber rociado la americana del chico con sifón) y miró a Teresa, descubrió su expresión de reproche.

–Qué –dijo, un poco desconcertado, frotándose la solapa con el pañuelo–. ¿No tengo razón? Si le tiemblan las manos, pues que le jubilen. Digo. Fíjate cómo me ha puesto, el gracioso. Y conste –mintió con descaro– que no lo digo por el traje, sino por la cosa en sí…

Ella tenía los ojos bajos, el vaso en la mano, agitando su contenido, mirándolo como si su aspecto la decepcionara profundamente.

–En fin –añadió el murciano, aunque sospechaba que ya era demasiado tarde–. Ya está olvidado.

–Este hombre trabaja –dijo la estudiante progresista.

–Bueno –contestó el ladrón de motocicletas–. Todos trabajamos.

–Precisamente, Manolo. En otro no me habría extrañado, pero en ti sí.

–¿Por qué?

–Lo que acabas de hacer es un número de señorito.

Un poco mosca, Manolo seguía frotándose la solapa con el pañuelo. No miraba a Teresa.

–Puede que yo sea un señorito. Sobre todo cuando se me trata mal, cuando me queman… Puede que ya esté muy harto.

–Supongo que no hablarás en serio. –La voz de Teresa se hizo doctoral–. No irás a decirme que nunca te has formulado ciertos principios, no serás tan cínico, supongo. Culpa del viejo, de acuerdo, pero hay muchas maneras de hacer las cosas y…

Él la miró acercando el rostro por encima de la mesa, con el ceño fruncido; dos arrugas suaves, imprecisas, apenas dibujadas, aparecieron de pronto en lo alto de su frente morena y le prestaron un mórbido vigor mental, una potestad que tal vez no tenía: ventajas de la belleza. Teresa pudo calibrar también, debido a la proximidad del rostro, la perfección amarga de la boca, la extraña dureza de las comisuras. Manolo la interrumpió para decir:

—Un momento, un momento. Vamos a ver. Yo sólo conozco una manera de hacer las cosas: hacerlas bien. Y este señor me ha manchado y me ha quemado, y las mujeres a veces, perdona, pero las mujeres sois demasiado sentimentales. Ya sé que es un pobre viejo, y que el tío está cascado de tanto pencar, pero ¿es que no puede uno quejarse?

—En cierto modo, no —y brotó al fin de aquellos labios de fresa, anhelante espuma rosada donde siempre, siempre se ahogaría la conspiración, una fórmula que al Pijoaparte había de resultarle reveladora—: Cuando se tiene conciencia de clase, no, Manolo.

El joven del Carmelo notó un frío por dentro. ¿Tan mal vestido iba hasta hoy?, fue lo primero que pensó, y enseguida: ¡De modo que se trata de eso! ¿Adónde iremos a parar, Manolito? Pero calla y sigue haciéndote el longuis. Teresa estaba hablando y su voz entusiasta y solidaria se mezclaba con la música suave del altavoz:

—… y es por ahí por donde habría que empezar, por el trato, éstas son las cosas que de verdad importan, y no el que una se deje besar en un portal. Pero todo está por hacer en este país, todo está patas arriba, incluso en la oposición, como dice María Eulalia…

—¿Quién?

–Una amiga de la facultad.

Manolo, que se sentía indefenso y vulnerable con el tema favorito de la universitaria, decidió que había llegado el momento de empezar a hacer uso de aquellos extraños poderes que le otorgaban:

–No hablemos más de eso, ¿quieres? Es peligroso. –Fue la música suave que emitían los altavoces, cargada de vagas promesas, lo que le hizo aventurar una mano hacia la de ella. Teresa deslizaba el dedo a lo largo de los pliegues del mantel, pensativa, y no dijo nada–. Y mira, si hemos de ser amigos, Teresa, me vas a hacer un favor: dejemos este asunto, por ahora. Más adelante, si puedo, te contaré algunas cosas de mí… De momento no me preguntes nada, no me recuerdes nada, ¿entendido?

Ella lo miró un segundo y volvió a bajar los ojos. «Comprendo», murmuró. Estaba hermosa en la sumisión («La obediencia las favorece a todas –pensó él–, pero sobre todo a las niñas bien») cuando añadió: «Tienes razón. No me hagas caso.»

Manolo sonrió afectuoso, le apretó la mano.

–Tómalo con calma. Eres muy impulsiva, Teresa.

–Estoy nerviosa, estos días no sé qué me pasa. Han ocurrido tantas cosas a la vez, no hago más que pensar y pensar y pensar…

–Estudias demasiado.

–No estudio nada.

–¿Cuántos años tienes?

–Voy por los diecinueve. Y ahora no me preguntes si tengo novio porque no lo soporto. –Sonriendo, añadió–: Creo que pediré otra ginebra, a ver si me animo. Por cierto, qué elegante vas hoy. ¿Por qué? Los *blue-jeans* y las camisas deportivas te sientan mejor.

–Hay que variar, ¿no? Pero si tú lo dices… Una vez, en Marbella, cogí la mano de una alemana sin querer, en la playa, dentro del agua…

–¿Has estado en la Costa del Sol? –interrumpió Teresa.

–Una temporada. La alemana…

–¿Trabajando? ¿En qué?

–A ratos. Aquella alemana me robó una camisa rosa.

–¿Te robó una camisa rosa?

–Sí, te lo juro –dijo él riendo–. En la playa. Una camisa descolorida. Dijo que le gustaba. Luego me dio veinte duros por ella. No valía nada.

–¿La alemana o la camisa?

–La camisa, claro.

Se rieron. Teresa se echó para atrás en la silla, miró al muchacho durante un rato y luego dijo, descarada, con voz irónica:

–Presiento que el día menos pensado haré una barbaridad. Conozco a más de una chica de la facultad que ya la habría hecho… ¿Nunca te han dicho que las universitarias somos muy putas? –Una extraña alegría corría ahora por sus venas, y pensó oscuramente que no dejaba de ser gracioso lo que le pasaba, pues apenas había bebido; pero sin duda una cosa era beber con Luis Trías y otra con un obrero como éste, empezaba a darse cuenta–. ¿Eh? ¿Nunca te lo han dicho? Pues ahora ya lo sabes… –Se echó a reír, cambió de tono–. Bueno, no te ruborices. Hablo en broma.

Qué poco me conoces, pensó él. El culo se me ruboriza a mí. Pero lo que dijo fue:

–¿Es que quieres impresionarme, niña, te las das de intelectual? –Extraña confusión la suya: había dado en el clavo. Teresa forzó una sonrisa, y él añadió–: Yo no sé si sois muy… eso, se me hace que como todas, cuando os interesa; lo que yo sé decir es que sois muy listas. Mira en cambio la tonta de Maruja, le faltó tiempo para contártelo todo. Tonta y sin un chavo.

–Por favor, no digas eso de Maruja. Somos muy amigas. Pero no creas, no se atrevía a hablarme de lo vuestro, casi tuve que averiguarlo por mí misma. Yo sabía que os acostabais en su cuarto... ¿Os dije nunca nada? Otra en mi lugar hubiese puesto el grito en el cielo, reconócelo... Pero tengo las ideas claras y procuro ser consecuente con ellas. —Suspiró, se miró el escote del vestido. Dejó que los cabellos resbalaran sobre su cara y luego los apartó violentamente, sacudiendo la cabeza—. No me negarás que lo del año pasado, en octubre, fue sonado.

—Sí, no estuvo mal —concedió él, orientándose a duras penas. Nuevamente quería desviar la conversación—. Qué rico el cuba-libre. ¿Quieres otro?

—Dime la verdad, Manolo: ¿la querías?

—¿A Maruja? Todavía vive, ¿no?... Pues sí, nos hemos querido, pero a nuestro modo. Siempre hemos querido hacerlo todo a nuestro aire.

—Ella está muy enamorada de ti. Lo sabes, ¿no?

—Tampoco hay que exagerar. Es que ella es muy buena, la pobre. Pero lo nuestro sólo era asunto de cama. Bueno, a ti ya no hay que explicarte ciertas cosas, ya eres una mujer.

—No le tengas miedo a las palabras, hombre.

—Mira, yo soy muy franco. Me gusta cumplir cuando hay que cumplir, pero ahora no vayas a creer que sólo busco eso en las mujeres... No, al contrario. He conocido a muchas golfas, Teresa, y nunca me ha gustado perder el tiempo con ellas. —Y en su voz había un tono de urgencia cuando, sin saberlo él, remedó a Fray Luis—: Pero una chica inteligente, que no le tenga miedo a la vida, distinguida y culta, es un tesoro, y si uno se enamora de ella, ya es rico para toda la vida. Esto es una verdad como un templo.

Se miraba en los ojos de Teresa. Anochecía. Tras ella, más allá de la veranda, al fondo, las luces de la ciudad parpadeaban. Teresa bajó los ojos, pensativa, y recuperó sus gafas oscuras. Sin saber muy bien por qué, él dijo:

—Tienes que prestarme algún libro, Teresa.

—¿Un libro?

—Sí, un libro.

—¿Y para qué?

—Para qué va a ser. Para leer.

—Bueno, claro, cuando quieras. —No parecía muy interesada. Miró su reloj—. Es tarde. ¿Nos vamos? Como estás cerca de tu casa, te dejo aquí. ¿Te importa?

—Si no hay más remedio…

Al despedirse junto al coche, algo desconcertados (un lánguido apretón de manos, un expresivo silencio) mostraban cierto aire de frustración y desencanto, pero consigo mismos, como después de una fiesta juvenil, la sensación de no haber acertado con el peinado ni con el tema de conversación. «Qué aburrida es la vida ¿no? —dijo ella al sentarse al volante—. Echo de menos la playa, con este calor…» Cuando el coche arrancaba y Teresa volvió la cabeza para mirarle, Manolo agitó fervorosamente la mano vendada.

Nunca se había marchado.
Pero tenía la piel quemada y fuerte
y una vaga pretensión marina;
haber estado en Cuba, por ejemplo,
y volver rico.

MIGUEL BARCELÓ

El misterio del vendaje heroico se llamaba Hortensia, más conocida en el barrio como la Jeringa, y también el olor a almendras amargas (unos caramelos medicinales procedentes de la farmacia donde trabajaba) que escapaba de los bolsillos de su bata blanca.

—¿Te gusta así, Manolo?

—Dale más vueltas, dale. No sea que se infecte, y entonces sí que la jodemos, niña.

Cada tarde, después de almorzar, Manolo iba a su casa para que ella le cambiara el vendaje. La Jeringa era la sobrina del Cardenal; muchachita seria, de quince años, pálida, silenciosa, reservada, de ojos garzos y cabellos de un rubio sucio, sin luz. Hablaba poco y a trompicones, observaba las cosas con recelo, como si fuera corta de vista, y siempre iba sola. Según el Cardenal, había heredado la naturaleza torpe y aturdida de su

233

madre. Pero estos ojos de ceniza y este pelo que hoy mostraba una extraña sequedad serena e inanimada, como de cardo, habían sido luminosos y por lo visto era verdad, como decía su tío, que quien tuvo retuvo, porque últimamente Manolo no hacía más que mirar aquel rostro sin saber qué le atraía en él, hasta que un día, mientras ella le vendaba la mano, descubrió de pronto lo mucho que se parecía (y de qué extraña, inquietante manera) a Teresa Serrat. Y lo curioso para él era que, conociendo a Hortensia desde mucho antes, no hubiese hecho esta observación a la inversa; es decir, que lo lógico habría sido que Teresa le recordara a la sobrina del Cardenal. ¿Por qué no había sido así?

Cuando el murciano empezó a frecuentar la casa del Cardenal, Hortensia tenía nueve años. Jugaba con ella en el jardín, la llevaba a pasear al parque Güell y la dejaba montar en las bicicletas de alquiler. Esta ocupación, a la que él se entregó en cuerpo y alma –no dudando en convertirse en niñera, como más tarde no dudaría en robar un tocadiscos y la primera motocicleta con tal de ganarse el afecto y la confianza del Cardenal–, complació grandemente a la chiquilla excepto en los momentos en que él, por un exceso de celo en su afán de seducir al viejo (cuya vulnerable pupila de cordera solitaria ya se había turbado varias veces ante el paso elástico del cachorro), la utilizaba para jugar extrañamente en presencia de su tío. Hortensia acababa llorando. ¿Adivinaba ella ya entonces sus ansias de vuelo, leía en su rostro las futuras traiciones? Por ejemplo: en verano solían bañarse en el gran lavadero, hoy seco y lleno de piedras y trapos calcinados, que había al fondo del jardín; a la niña le encantaba que Manolo vaciara cubos de agua en su cabeza, chapoteaban y jugaban a pelearse, y su amiguito resultaba muy gracioso cuando se dejaba «ahogar». Pero pronto su tío adquirió la costumbre de presenciar aquellos inocentes juegos de espuma y bronce: desde el cenador destartalado, sentado en el frágil sillón de mimbres color naranja, con su batín raído y las dos manos apoyadas en el puño marfileño del bastón, el Cardenal les observaba en silencio con sus nostálgicos ojos de bailarín retirado, a través de una bruma luminosa, decoroso y correcto, considerando inefables signos –la gracia repentinamente felina de un miembro, el reflejo ondulante bajo una axila, la vida efímera de un músculo dorsal– con la alta dignidad de un maestro de ballet que indaga futuras glorias en el juvenil ramillete de sus alumnas. Y Manolo, habitualmente tierno con la niña, empezó a manejarla desconsideradamente, igual que ella manejaba una muñeca vieja delante de su tío cuando quería obtener otra nueva. Se veía empujada, arrinconada. «¡Mira, Cardenal, mira!», oía ella gritar al muchacho, y le veía lanzarse al agua desde la tapia, por encima de su cabeza –su cuerpo ágil y bruñido parecía inmovilizarse en el aire durante unos segundos, reluciendo al sol como la figura de una medalla– y luego volvía a surgir impetuosamente para montar encima de ella y abrazarla con fuerza hasta hacerle daño, buscándole las cosquillas, turbándola con mordiscos, retorciéndose, jadeando juntos, componiendo mil figuras y actitudes, aviesamente pero por supuesto sin lascivia. En medio de su entusiasmo improvisador –haciendo tragar agua a la niña, sin querer, haciéndola llorar– él recreaba inocentemente, como podría hacerlo una muchachita que coquetea de una manera un tanto descarada, todo un mundo lejano y perdido para siempre en honor de alguien que agonizaba allí mismo, a pocos metros, bajo las largas pestañas que simulaban desdeñar un sueño adolescente por tardío (el anhelante fluir del río de la Plata, las brillantes lenguas de sol en la piel joven, los gritos alegres y lejanos de otro verano perdido en el tiempo), ahora escuchando ya solamente el latido agónico de su viejo corazón abandonado, el Cardenal, gran señor, que había de darle al murciano la llave de la ciudad y del porvenir.

—Extiende la mano. Así. ¿Duele?

—No, no…

Fue seguramente por aquel entonces cuando apareció esta escarcha rencorosa en sus ojos y esta tristeza en su pelo. Vivía con su tío desde que nació, en esta vieja torre algo despegada del barrio, hundida en un recodo de la colina, y nadie parecía saber gran cosa de los dos. ¿Era realmente la hija de una hermana del Cardenal que murió de parto en la primavera de 1943, en un hospital, al nacer ella? ¿O era cierto, como pretendían otros, que su madre había huido con un joven gallego íntimo amigo del Cardenal, abandonando la niña al cuidado de éste? En el barrio, donde el humor flotaba de cintura para abajo, como el gas («¡Qué bajada de pantalones!», fue la expresión favorita durante mucho tiempo), se hicieron toda clase de conjeturas, algunas de las cuales llegaron a oídos de Manolo considerablemente evolucionadas. «Piensa mal y acertarás», le habían dicho en el bar Delicias, que en muchos aspectos era ciertamente un bar de cabreros. Manolo tenía entonces quince años, le gustaba hacerse el inocente delante del Cardenal. En cierta ocasión le dijo: «¿Es verdad que has vivido en Buenos Aires?» «Sí», sonrió el viejo. «¿Y que fuiste el pianista de Carlos Gardel?» La digna cabeza del Cardenal osciló ligeramente, como por efecto de un estremecimiento dorsal. «Tal vez, tal vez» (no hay que decir que lo de Gardel era una aportación personal del chico a la leyenda, que pretendía que el gallego fue anticuario y pianista en la Argentina). «¿Y que has tenido mucho dinero y te lo has pasado en grande, Cardenal, también es verdad?» «Tampoco es mentira, hijo», contestó el viejo zorro de voz purpurada. Antes, a Manolo le gustaba mucho oírle hablar: la seda roja y negra de ciertos lazos amistosos tiempo ha rotos, una ternura indefinible por los amigos perdidos a medias en la memoria del tiempo, a medias conocidos, a medias comprendidos, una añoranza, una vaga cuita no sólo por todo lo que hemos hecho en este mundo, sino más bien por todo aquello que no hemos hecho y que tal vez no lograremos hacer jamás, aleteaba siempre en sus palabras igual que un pajarillo enjaulado. A ratos era algo casi solemne en el tono, como en el porte, que sabía ser altivo y humilde a la vez. Quizá por eso le llamaban el Cardenal.

Pero eso era antes. En el Carmelo el viejo pasó muchos apuros, vinieron tiempos malos, que de noche eran más o menos soportables, pero no de día: a veces, de madrugada, se le veía por las calles del barrio camino de su casa, casi irreconocible de vencido, triste y deslucido que iba, apoyado en su bastón; también esto debió hacer que los ojos de Hortensia se quedaran turbios y sin color, velados por el pasmo que al principio le producían aquellas caras siempre desconocidas y distintas pero tan parecidas: llegaban con algún objeto para vender, alborotando, riendo, ella oía ruido de motos desde la cama, eran caras juveniles y anodinas, ángeles nocturnos y efímeros que irrumpían en su cuarto y le sonreían y que al día siguiente, mientras su tío aún dormía, se marchaban con un frío extrañamente animal y repentino en el cuerpo, después de tomarse con prisas un café recalentado en la cocina. ¿Fue entonces cuando se estropearon sus ojos y su pelo? Con toscos jerseys y botas destrozadas, a los doce años su cuerpo pegó un estirón extraño y decisivo. Iba a un colegio de monjas de la calle Escorial, que la tenían todo el día y le daban de comer por una peseta. Al atardecer, al llegar a casa, se encontraba con nuevos objetos robados y con entrevistas cada vez más secretas. Su tío la mandaba al jardín. Allí se encogía de hombros, paseaba por los borrados senderos de rojos ladrillos, entre aborrecidas florecillas silvestres, cuyos nombres ignoraba, y sonreía, conversaba (¿de qué, con quién?): toda la tristeza del jardín abandonado, del barrio entero, toda la tristeza de la colina inútilmente soleada, vanamente recortada sobre el jubiloso cielo azul, toda la pena suburbana de todos los días se humedecía entonces en la ceniza apagada de sus ojos. Un día vio a Manolo acercarse a la verja con un enorme tocadiscos en los brazos y no quiso dejarle entrar. «¿Ya no somos amigos, Hortensia?», preguntó él. «Yo no tengo amigos.» Entonces él urdió rápidamente una historia: había comprado aquel tocadiscos para ella, para regalárselo, para bailar y divertirse juntos toda la vida. Era otra de sus perrerías: se servía de ella para sus fines, una vez más; y la luz que vio aquel día en sus ojos fue, quizá pensándolo ahora, la última que él recordaba: la niña le abrió la verja, le condujo ante su tío y entonces le oyó decir a Manolo: «Es para ti, Cardenal. ¿Te gusta?» Ella estuvo un mes sin dirigirle la palabra. Tiempo después, algunas veces, en invierno, cuando él se pasaba tardes enteras en el bar Delicias jugando a las cartas cerca de la estufa con los viejos, la veía entrar y pedir un café con leche en el mostrador; bebía muy despacio, de pie, con sus ojos vacíos entornados y fijos en la mesa de juego, mirándole por encima de los bordes de la taza (él siempre temía que acabara estrellándola contra el suelo, en casa lo hacía a menudo) y finalmente se acercaba a él para decirle: «Deprisa, mi tío quiere verte», y al salir juntos a la calle añadía: «No es verdad», y escapaba corriendo. Otras veces, cuando sí era verdad, se limitaba a seguirle a un metro de distancia, repitiendo una y otra vez: «Manolo, ¿cuándo me llevarás a pasear en moto?» Correr con él, rodear su cintura con los brazos, pegar la mejilla a su espalda y ver su corbata flotando ante sus ojos, los cabellos al viento… «Mañana», decía él. Pero esta promesa tampoco la había cumplido.

—Si la gasa te aprieta demasiado, dilo.

—No, no. Está muy bien.

Él nunca pensó que fuese fea, pero tampoco tuvo conciencia de que podía haber sido bonita ni en qué estilo. Ahora que conocía a Teresa, lo sabía: Hortensia era algo así como un esbozo, un dibujo inacabado y mal hecho de Teresa. Bastaba mirarla entornando los párpados: lo que se veía entre ellos, envuelto en una luz lechosa, era como una fotografía desenfocada de la hermosa rubia, un delicioso rostro gatuno sin facciones y con la lánguida melena trigueña (sí, el aire de aquella Teresa enmarcada en la mesilla de noche de Maruja, junto a su automóvil), la silueta borrosa, casi fantasmal, de aquella otra personalidad luminosa y feliz que florece espontáneamente en los barrios residenciales y que aquí, en el Carmelo, por alguna razón no había tenido tiempo o medios de realizarse. Versión degradada de la bella universitaria, imitación híbrida, descolorida, frustrada o tal vez envilecida, estar hoy junto a ella era como estar junto a una planta aromática y medicinal. A Manolo no le gustaban sus caramelos, pero cierto viejo sentimiento de culpabilidad, enraizado en los juegos de espuma y bronce del lavadero, cierto sentido cordial de la compensación le obligaba a aceptárselos cada vez que ella le vendaba la mano, inclinada ante él, muy atenta en su trabajo. Su frente era deliciosamente combada y algo, una cualidad artificial de muñeca, la misma extraña sequedad del pelo, hacía que su melena pareciese postiza, era una melena suelta cuyo color podía haber sido dorado. Una pelusilla sedosa estrechaba su frente, y aunque en algunos momentos, según diera la luz en sus pupilas, sus ojos podían parecer azules, era siempre un azul impuro, anacarado y de vida efímera.

—¿Quieres caramelos?

—Bueno.

Ya casi había terminado de vendarle la mano. Estaban sentados en el diván del comedor, junto al maletín escolar que ella utilizaba a modo de botiquín. La muchacha levantó un instante sus ojos y le miró: sus delicadas aletas nasales tenían, como las de Teresa, una extraña vida anhelante, y, como en ella, llamaba la atención la pueril solemnidad de sus pómulos altos. El sol inundaba la galería que daba al jardín, a su espalda. En el jardín había dos eucaliptos, un naranjo que daba un pequeño fruto amarillento y áspero, y un cerezo que florecía en febrero. A Manolo siempre le había gustado mucho la torre del Cardenal, era grande, de techos altos, silenciosa; algunas habitaciones oscuras y poco ventiladas, que apenas se usaban, algunos cajones abiertos al azar, guardaban todavía un confuso aroma a estuche forrado de terciopelo, aquel arcano olor a ricos que él recordaba del palacio de los Salvatierra en Ronda. Arriba había una habitación empapelada, la de Hortensia, y hubo un tiempo en que la casa estaba llena de espejos, viejos espejos salpicados y con una nube ciega, y pesadas cortinas, sordas alfombras, curiosos objetos de adorno y muebles de todas clases (que de un tiempo a esta parte iban desapareciendo), más bien pesados y viejos, y el Cardenal tenía radio en casi todas las habitaciones, además de máquina de afeitar eléctrica, nevera y tocadiscos. Pero actualmente, a causa sin duda de haber vendido muchas cosas y tener otras dispuestas para lo mismo (había objetos empaquetados y maletas abiertas en algunos rincones), la casa producía una fría sensación de provisionalidad, tenía el aspecto de la mudanza que precede al vacío.

—Cógelos tú mismo —oyó que le decía Hortensia, siempre sin mirarle—. En el bolsillo de arriba.

Parece que el Cardenal había sido un experto en muebles. Manolo nunca supo dónde guardaba lo que no conseguía vender, pero sospechaba de un cuarto trasero, arriba, junto al de Hortensia, que siempre estaba cerrado. El bolsillo de la bata blanca estaba a la izquierda del pecho de la muchacha, y con los dedos índice y corazón, mientras intentaba pillar el caramelo (él no quería, pero resultaba imposible evitarlo) siempre rozaba la pequeña y dura cereza del pezón. «¡Demonio de chavala!», pensaba, intranquilo. El delicado y laborioso vendaje y los caramelos debían ser, tal vez, la expresión tímida y callada de algún secreto sentimiento: la sensación de que la Jeringa tramaba algo se hacía particularmente aguda cuando sentía su mirada de ceniza clavada en la garganta.

Sentado a la mesa, el Cardenal bebía coñac en una panzuda copa color violeta. Manolo observó que el plato que tenía delante (un enorme filete rodeado de patatas fritas de churrería) apenas había sido tocado. «Ya no hace más que mamar», pensó. El Cardenal vestía un batín escarlata algo sobado, de solapas lila muy abiertas, por donde asomaba una tupida mata gris, y mientras saboreaba el coñac, sus ojos melancólicos no se apartaban de las dos juveniles cabezas inclinadas, rozándose, y en cuyos cabellos el sol de la tarde fulgía como un incendio.

—Hortensia —dijo—, termina de una vez. Tengo que hablar con Manolo. —Vio que éste levantaba la mano vendada. Los dedos, traspasados por el sol, eran de ígneo carmesí—. ¿No me oyes, niña? Si no tiene nada en la mano, este presumido. Le conozco. —Rió suavemente, como para sus adentros—. Y tú eres una tonta; sí, una tonta, y ya sabes por qué lo digo…

La muchacha chasqueó la lengua contrariada, pero no apartó los ojos de su labor. Manolo observó su rostro: en los párpados de papel se transparentaba el más absoluto desprecio. Hortensia hizo un nudo con la gasa, cortó el sobrante con las tijeras y levantó la mano de Manolo a la altura de sus ojos.

—¿Vale así? ¿Te gusta?

–Oh, muy bien, gracias. –Se levantó perezosamente, apretándose la muñeca como si le doliera. La Jeringa recogió sus cosas y se fue al otro extremo del comedor. Él se acercaba al Cardenal, rumiando el sablazo.

–Siéntate aquí, Manolo –invitó el viejo–. Aquí, delante de mí, que yo te vea. Porque a ti te pasa algo. ¿Has comido hoy en tu casa? Tu cuñada me decía ayer que no te dejas ver para nada, apenas para comer y dormir. Eso no está bien.

–Es que ella no se entera. Me acuesto muy tarde y me levanto temprano.

–¿Ah, sí? ¿Y qué haces, adónde vas cada tarde, con quién sales…? Qué delgado estás.

Bajo la nariz aguileña, en los gruesos y bondadosos labios, la sonrisa del Cardenal aún resultaba cordial y confortante, según observó Manolo, pero ¡cómo había cambiado el resto de la cara en poco tiempo, qué extrañamente se le había hinchado y pulido! Sus mejillas baldeadas, abofeteadas por la soledad, tenían un triste temblor de carne cruda.

–Estuve en el taller –añadió el viejo–. Tu hermano tampoco te ve el pelo, está preocupado… Pero siéntate. ¿Quieres comer algo?

Manolo se sentó desganadamente y apoyó los codos en la mesa. «No, gracias», dijo. Sobre el hule de la mesa, de un amarillo pálido, pendía una lámpara de flequillos rojos. El Cardenal, con los ojos bajos, parecía reflexionar. Manolo vio a la Jeringa poniendo una placa en el tocadiscos, en una mesita del rincón, y enseguida se oyó la voz melosa de un cantante de boleros. «Quita eso –ordenó su tío–. Tienes toda la tarde para escuchar música.» La muchacha obedeció, remolona, y luego se encaminó hacia la cocina: inmediatamente se oyó el estrépito de un plato contra el suelo. El Cardenal ni siquiera parpadeó.

–Tomarás café –decidió de pronto, y alzando la cabeza–: ¡Hortensia, café para Manolo!

—¡Vaaaaaaaaaa…! —se oyó en la cocina.

El Cardenal miró a Manolo:

—Vamos muy elegantes, últimamente. —Utilizaba mucho el plural hablando con Manolo: era una de las pocas frivolidades que se concedía con él, que ahora se miró a sí mismo, extrañado, por lo que el viejo añadió—: Lo digo por el traje que estrenamos hace unos días. Tu pobre cuñada me lo dijo.

—Ah. Pues está en la tintorería.

—Ya, ya —hizo el Cardenal—. Vamos bien, según parece.

—Tirando. —El murciano se echó los cabellos hacia atrás con la mano—. Sólo tirando, Cardenal. Precisamente quería hablarte. Necesito un anticipo.

—¿Qué planes tenemos?

—¿Planes? No tengo ningún plan.

—Vamos, vamos, cuéntale todo al tío Fidel. ¿Qué te pasa, tenemos gastos extras, este verano? Qué delgado estás… ¿Por qué hemos dejado de trabajar? ¿La gente ya no va en moto? Tienes buen color, pero juraría que estás más delgado, que has crecido. ¿Qué, los turistas llegan en coches blindados, este año? A lo mejor es mucho más sencillo, a lo mejor nos hemos enamorado.

—Déjate de coñas —cortó Manolo. Una mancha blanca avanzaba suavemente hacia él, por la espalda, arrastrando una silla. El brazo de Hortensia, con la manga recogida, pasó por encima de su hombro y depositó una taza de café en la mesa. El olor a almendras amargas le envolvió por completo. Añadió—: Hace días que deseaba tener una explicación contigo. He estado reflexionando. Todo ha cambiado, ya te contaré, pero antes necesito urgentemente que me prestes algo de dinero, tres mil o así.

—¿Es que piensas dejarnos? —preguntó el Cardenal.

—No es eso, caray, ya te contaré.

—No hace falta, ya veo que tienes un plan. ¿Y por qué no lo has dicho antes, cabrito?

—Aún no he decidido nada. Por una temporadita a ti no te va ni te viene, quiero decir que no te hago falta, tienes otros negocios (sabía que esto ya no era verdad) y también tienes a los demás, al Paco, al Fermín Pas, a las hermanas Sisters (tampoco eso era verdad: el Paco ya no quería tratos con el viejo, y a los demás, incluido Bernardo, no se les veía el pelo desde hacía tiempo). Siguen trabajando para ti, ¿no?

—No te hagas el angelito. Las cosas no marchan nada bien, y en parte por culpa tuya. La jugada que le hiciste al Paco fue el principio de todo. No se puede ser tan desleal con los amigos, hijo, te lo tengo dicho mil veces. Pero dejemos eso. ¿Por qué no quieres seguir trabajando?

—No me conviene. Estoy muy visto, tengo miedo...

—¿Tú, miedo? No me hagas reír. Lo que pasa es que te has echado novia. —Pensaba en aquella muchacha tímida que el invierno pasado subía al Carmelo en su busca, los jueves, con un ridículo abrigo a cuadros y un paraguas. Pensaba que a los otros sí podía haberles entrado el miedo, o colocaban el género en otra parte, o les habían trincado, o habían decidido que él ya era demasiado viejo y chocheaba... En cualquier caso, Manolo guardaba silencio: de pronto parecía desorientado; acaso porque muchas veces había tenido que correr perseguido de cerca por los vigilantes nocturnos, la angustiosa sensación de meterse sin querer en un callejón sin salida era en él muy frecuente y aguda. Y ahora además tuvo un sobresalto: la Jeringa, que se había sentado silenciosamente a su lado con una taza de café, le estaba envolviendo con sus miradas de hielo, recortándole el perfil. El Cardenal vertió coñac en su copa y añadió:

—Por cierto, ¿no eras tú el que se reía de Bernardo?

—Bernardo se casó.

—Tiene esa disculpa, por lo menos. Pero tú es que debes estar loco. ¿De qué piensas vivir? A tu cuñada no le sobra el dinero. Y tu hermano ya empieza a estar de ti más que harto, como antes. ¿Esperas que te mantengan de balde? ¿O acaso piensas convertirte en un chorizo?

—De eso nada —dijo el chico con dignidad.

—Entonces, ¿qué piensas hacer? —El Cardenal se llevó la copa a los labios y la vació de un trago. Sudaba copiosamente. Manolo se fijó en sus ojos llorosos y amodorrados—. Di, ¿qué piensas hacer?

—Aún no lo sé. Puede que… (¿Era realmente la rodilla de la Jeringa la que se restregaba contra la suya por debajo de la mesa?) Puede que busque un empleo. Sí, un buen empleo. He hecho amistades, me estoy relacionando… Bueno, es pronto para decir nada, pero quiero estar preparado.

—Vaya, vaya.

—Te devolveré hasta el último céntimo, o mejor te traigo alguna moto en cuanto pueda y listo. Pero ahora necesito unas vacaciones, tantear el terreno. Y algo para los primeros gastos. De eso quería hablarte, Cardenal, a ver qué te parece.

—No me parece nada, ratón. —Los más extraños calificativos salían de sus labios a medida que iba estando más borracho, pero su sobrina y el murciano ya estaban acostumbrados—. No te entiendo, eso es lo que pasa. Háblame de tu chavala…

—¡No hay ninguna chavala! —cortó el Pijoaparte—. A mí no me hace cambiar ninguna golfa (a partir de este momento, y ya por todo el rato que seguiría allí sentado, la ceniza húmeda de los ojos de Hortensia se convirtió en una especie de succión, como de insecto voraz. Al mismo tiempo, la idea de que se estaba metiendo en un callejón sin salida crecía oscuramente en su interior).

Te aseguro que esto es serio, Cardenal. Por favor, préstame aunque sean mil... Y no me hagas perder más tiempo.

–Quisiera saber –dijo el viejo– cómo te las arreglas para vivir sin trabajar. Seguramente apañas lo justo con un «tirón» de vez en cuando, poca cosa, vamos, para tabaco y cine y los helados de tu damisela. ¡La gran vida, coneja! Y naturalmente, de motos nada; las motos sólo para llevarla a la playa...

–Tiene coche, entérate –se le escapó (la mirada de Hortensia osciló un segundo, a su lado, para adquirir inmediatamente aquella inmovilidad, densa, y su extraña cualidad gris)–. Pero bueno, todo eso qué importa. Estoy sin una perra. Por lo menos mil... Yo te he dado a ganar mucho, no puedes negarme este favor...

Desalentado, clavó los ojos en el fondo de la taza de café. Entonces notó que la Jeringa reclamaba su atención, golpeando su pierna con la rodilla. La miró: una leve sonrisa, una lenta caída de los párpados que tal vez quería decir algo. Pero ya estaba harto. Se levantó. El Cardenal murmuraba como para sí: «Eso, un tirón de vez en cuando, a todos os ha gustado siempre. Salvajes.» Él sabía que el viejo siempre se había opuesto a la práctica del «tirón» (hacerse con el bolso de una mujer sin bajar de la motocicleta y escapar a todo gas) porque, según él, era muy peligroso. En realidad, y Manolo lo sabía, era porque no podía controlar el producto de tales robos ni le resultaba vendible. De todos modos, él no lo practicaba desde que conoció a Maruja.

De pronto el Cardenal se levantó y salió del comedor con paso rápido. Manolo le siguió. Envuelto en el batín y arrastrando las zapatillas, el viejo empezó a recorrer la planta baja, pasando luego a las habitaciones del primer piso. El murciano estaba acostumbrado a estos recorridos del viejo. Antes, por lo general, obedecían a unos repentinos y oscuros deseos de verificar el buen orden doméstico, eran como visitas de inspección (aprovechaba para poner en su sitio algunos objetos desplazados, para quitar el polvo, para comprobar una ausencia, etc.) pero ahora se hacían cada vez más rápidos y formularios, a un paso frenético, una zancada impresionante y majestuosa, hasta el punto que el muchacho casi se veía obligado a correr tras él si quería hacerse oír:

—¿Me escuchas o no, Cardenal?

—No. Dime con quién andas y te diré quién eres —recitaba el gallego, avanzando veloz por los pasillos, dejando tras de sí el vuelo airoso de los faldones de su batín escarlata—. Pero ¿en qué mundo vives, mariposa? Nada como quedarse en casa, Manolo, yo sé muy bien que uno no se pierde nada con quedarse en casa.

—Sé cuidarme solo. Escúchame…

—Dime, dime.

—¿Estás enfadado conmigo? Es que si lo estás, dilo. ¿De verdad no puedes prestarme ese dinero? ¿O no quieres?

El Cardenal nada dijo. Después de un rato dio por terminada la inspección, regresó al comedor, siempre seguido de Manolo, se sentó a la mesa y llenó otra vez su copa de coñac. Clavó sus ojos risueños en el chico, que también se había sentado, luego en su sobrina, y su mano, que buscaba a tientas sobre el mantel el tapón de la botella tropezó con un vaso de agua, que vertió. Manolo, levantándose: «Me voy», fue hacia la cristalera de la galería y miró al jardín. Decididamente, hoy no es mi día, se dijo. En aquel momento, Hortensia sacó el pañuelo y se sonó las narices ruidosamente. Su tío la miró con cierta dignidad ultrajada:

—No te suenes en la mesa, que es de mala educación.

Su mirada pretendía sin duda infundir respeto. Pero la chica, mirándole a su vez por encima del pañuelo con sus ojillos rencorosos, se sonó nuevamente, y todavía con más fuerza. El Cardenal, súbitamente, le golpeó las manos repetidas veces con la punta de los dedos, sin fuerza, como en una rabieta infantil, mordiéndose la lengua, hasta hacerle caer el pañuelo. Ella sonreía y seguía mirándole con su aire de insecto encogido. «Descarada», dijo su tío. Estaba rojo de ira. Dotado de una urbanidad lunática de clase media, al Cardenal le salía a menudo el plumero en la mesa, sobre todo en la mesa, y con un decoro realmente de camarero (oficio que había desempeñado en su juventud) mostraba orgulloso un exagerado amor por las buenas maneras, que nunca había conocido bien pero que él resumía escuetamente en dos o tres principios elementales (lavarse las manos antes de las comidas, no cantar ni leer mientras se come, ponerse a la izquierda de las personas mayores) y que imponía a su sobrina severamente, pero sin éxito. Su mayor obsesión era lo de sonarse en la mesa sin volver la cabeza. La muchacha recogió el pañuelo tranquilamente, se lo guardó en el escote y, tarareando entre dientes, se levantó para quitar la mesa. A partir de este momento, el Cardenal fue desmoronándose rápidamente. «Tan fina como era de niña», murmuró.

—Bueno —dijo Manolo al pasar junto a él—. ¿Me haces este favor, sí o no?

—Primero reflexionemos un poco. Yo puedo resistir una temporada sin trabajar, pero tú no.

—No seas cascarrabias —dijo el chico palmeándole la espalda—. Tú no puedes hacerme eso.

—Es por tu bien —dijo el viejo dulcemente—. Y es que es una lástima…

—¿Sabes qué te digo, Cardenal? Que eres un cabronazo de tomo y lomo.

La voz del viejo se hizo primero plañidera, luego susurrante:

—Y es que es una lástima, cada año, cuando llega el verano, es una triste lástima, siempre haces lo mismo, te embarcas en alguna historia de faldas y durante un tiempo andas por ahí haciendo el primo con tu traje nuevo, otras veces ha durado poco pero ahora lo veo muy negro, maldito desagradecido, que ya no eres un chiquillo, Manolo, que mira que soy viejo y conozco la vida, que te van a engañar, que se burlarán de ti, nunca has sido bastante mal bicho para defenderte... –Y se apagó de pronto, como si le hubiesen taponado la boca. Manolo, presa de una extraña inquietud (pero más bien por Hortensia: ella se había quedado repentinamente inmóvil en la puerta del comedor, mirando a su tío, esperando algo) decidió largarse y probar otro día. Pero el Cardenal ya estaba iniciando uno de aquellos diálogos sordos que él tanto temía:

–¿De veras no puedes quedarte un rato más?

–Volveré.

–Pues come algo, hijo, un día te caerás por ahí de debilidad.

–Si no es eso, Cardenal... Mira, me arreglaré con trescientas.

–¿Por qué? ¿Tienes algo importante que hacer esta tarde?

–Con esto me arreglo, te digo, ¡puñeta!

–Qué delgadísimo estás...

Los ojos clavados en el mantel, la cabeza gacha, vencida por el alcohol, al tiempo que hablaba iba apartando cuidadosamente todo lo que había ante él, los vasos, la copa, el cubierto y las botellas, alisando el mantel con la mano como si en el espacio libre que había quedado se propusiera hacer algo sumamente delicado. Hortensia y Manolo observaban sus movimientos con atención, temiendo que rompiera algo. Pero no rompió nada. Cuando ya toda la sangre se había retirado de su cara, cuando ésta ya no era más que una máscara lívida, repitió débilmente: «En qué mundo vives, mariposa», y cayó suavemente de bruces sobre la mesa.

Sus blancos cabellos eran como una llama sobre su frente, y dos mechones rígidos y engomados, como dos verdosas alas de pajarito, se levantaban sobre sus orejas. Quedó con la frente apoyada en el antebrazo. Manolo se precipitó hacia él, seguido de Hortensia. Entre los dos, cogiéndole por los sobacos, le levantaron de la silla. Manolo observó que la muchacha manejaba a su tío con gran soltura, como si estuviera muy acostumbrada a estas emergencias; sin duda los ataques del Cardenal se habían triplicado en los últimos meses. Él quería tenderlo en su cama, pero Hortensia, con una voz algo dura, dijo: «Afuera, al jardín, venga.» Lo sentaron en un sillón de mimbre, en el viejo cenador ya sin enredadera, hoy sólo un esqueleto de rejillas carcomidas y despintadas por donde se filtraba el sol. En el suelo había almohadones podridos por la lluvia y botellas vacías, y junto al sillón una paticoja mesilla de noche con una variada cantidad de frascos medicinales y de comprimidos. Inmóvil, siempre correcto, como esculpido en mármol sobre su propio mausoleo, el Cardenal yacía asaeteado en diagonal por los rayos del sol que se filtraban por la rejilla vagamente azul del cenador. De pie junto a él, mientras ahuecaba un almohadón con las manos, Hortensia miraba fijamente a Manolo con la luz glauca de sus pupilas. Parecía tranquila. «¿Quieres alcanzarme aquel frasco? –dijo señalando la mesilla de noche–. Voy por un vaso de agua.» Desapareció en el interior de la casa. Manolo cogió el frasco e intentó desenroscar el tapón. Estaba muy duro. El Cardenal suspiró profundamente, movió la cabeza y murmuró algo. Su rincón favorito olía a polvo y a humedad, a ropas agrias, y el muchacho, mientras forcejeaba con el tapón y miraba al viejo, pensó oscuramente con qué rapidez, casi en un solo año, el tiempo había efectuado allí su deterioro al igual que en toda la casa, en lo que quedaba del jardín, en el mobiliario, en el noble rostro del Cardenal y en los ojos de Hortensia. ¡Cochina miseria!

Buscando algo para abrir el frasco, Manolo abrió el cajón de la mesilla de noche y vio, asomando por debajo de un viejo pasaporte y un fajo de cartas atadas con un cordón rosa, un par de billetes de mil pesetas.

–Éste no –dijo la voz de Hortensia a su espalda; al mismo tiempo, la mano de la chica le arrebató el frasco y le dio otro–: Éste. Coge uno. Sólo uno.

– ¿Cómo?

–Que cojas un billete, si quieres. No se enterará.

El murciano no lo pensó un segundo. El billete pasó a su bolsillo y cerró el cajón de golpe. No sabía qué decir. Estaba casi asustado. No le pareció notar nada especial en los ojos de la muchacha al hacer saltar los comprimidos en la palma de su mano, pero tuvo de pronto la sensación de haber caído en alguna trampa: algo parecido a lo que había experimentado a veces en brazos de Maruja. El Cardenal abrió los ojos bruscamente, con una expresión pícara, y los volvió a cerrar.

–Parece que ya está mejor –dijo Manolo.

–Sí, no es nada.

–Bueno, pues adiós. –Dio media vuelta–. Ya nos veremos.

La muchacha, que estaba introduciendo los comprimidos en la boca de su tío y le acercaba el vaso de agua, se volvió un momento para mirarle. Antes de entrar en la casa, Manolo dijo:

–Dale mucho café cuando se despierte.

Cruzó el comedor, enfiló el largo corredor oscuro y cuando llegaba al zaguán le alcanzó Hortensia y le pasó para abrir. Eso era algo que él no esperaba. La chica se quedó allí muy quieta, apretada al canto de la puerta abierta, cogiéndola con las dos manos en una actitud inconsciente de fervor posesivo. Ahora llevaba el segundo botón desabrochado, y el peso de los caramelos, en el bolsillo superior izquierdo, hacía que se le abriera la solapa de la bata mostrando la huidiza sombra azulada, la pequeña cola de pez entre sus senos. Manolo se inclinó un poco hacia ella para decirle alegremente en voz baja:

—Jeringa bonita, no pienso olvidar lo que acabas de hacer por mí.

La muchacha ni siquiera parpadeó. Empujó la puerta cuando él hubo salido, pero no cerró del todo: un ojo glauco le estuvo siguiendo mientras él se alejaba bajo el sol. Era ella la que no pensaba olvidarlo.

Me amó por los peligros
que he corrido.

OTELO

Los primeros pasos fueron discordes y confusos, un vacilante roce de caderas durante cortos paseos al atardecer.

Todo empezó una calurosa tarde de aquel mes de julio en que decidieron salir de la clínica más temprano que otras veces. La habitación de Maruja se había ya convertido para ellos en una especie de santuario del amor en ruinas (con una indiscutible sacerdotisa: Dina, la enfermera mallorquina) que imponía silencio, confusos recuerdos y demasiado respeto debido al grave estado de la enferma: ninguna reacción, ninguna mejoría, ninguna señal de vida que turbara el letargo y el silencio (aquel gran silencio de Maruja, qué extraño, qué sugestión de futuro al hacerle compañía: ¿qué se podría hacer por ti, pobre y dulce amiga, qué más podríamos hacer por ti?) que les remordía vagamente y les cohibía. Hasta ahora Teresa y Manolo habían pasado la mayor parte del tiempo sentados en las butacas del saloncito contiguo, hablando de Maruja y mirando revistas, con largos silencios (rasgados de tarde en tarde por el fulgor de una mirada furtiva), y sólo al atardecer se consideraban libres para irse. Manolo se mostraba prudente y reservado, en todo dejaba que ella decidiera; el sol ígneo de la decisión y la osadía aún no brillaba con todo su esplendor en el cielo pijoapartesco. A veces era la enfermera Dina, con su sonrisa misteriosa tras la que se pudrían oscuras flores románticas, la que sumergía sus cuerpos encantados en el baño tibio y verde de un indecible trópico: «¡Vaya juventud! Si yo estuviera en vuestro lugar, de vacaciones y teniendo coche, en vez de venir aquí a pasar calor y a no hacer nada, porque los dos sabéis muy bien que no podéis hacer nada por ella, no disimuléis, pues yo en vez de perder el tiempo me iría a Sitges.» Por su manera de pronunciar Sitges (un chasquido, una irisación de nácar, y la palabra se deshacía en su boca roja como un marisco fresco) forzosamente había que deducir que la mallorquina tenía razón. En efecto, ¿qué hacer con aquellas tardes sofocantes, en una ciudad como viciada, dormida?

Al principio, Teresa le llevaba al Carmelo en su coche, y acostumbraban parar en algún bar para tomar un refresco. Luego navegaron un poco a la deriva por las Ramblas y el barrio chino, la universitaria escoraba por el lado izquierdo, tendía naturalmente hacia la calle Escudillers y ciertos fondos populosos y heterogéneos. La aventura no tenía aún lugar, pero se podían ya enumerar toda una serie de lances amorosos de la sangre, de pequeñas emociones unilaterales que oscilaban de un cuerpo a otro con intermitencias dictadas por el azar: a veces, de pie ante el concurrido mostrador de una taberna –resultó que la estudiante conocía no pocas tascas y le encantaba recorrerlas rápidamente, como si sólo deseara comprobar que seguían allí, todavía con recuerdos de su paso en compañía de amigos de la facultad y con su misma deprimente fauna flamenca, su mismo buen vino (infecto, según pensaba Manolo, aunque no decía nada) y sus mismas prostitutas y vendedoras de lotería– muy juntos, arropados en esa impunidad ficticia de la algazara popular, sus caderas se rozaban involuntariamente: Manolo no podía saberlo, pero aquella emoción de Teresa que una noche de invierno, frente a la verja de su casa de San Gervasio, se había realizado a través de su tosca bufanda de lana, se repetía ahora en la muchacha a través de este roce de nudillos y caderas, o con unas palabras dirigidas a un tranviario, a un vendedor ambulante, a un viejo y presunto ex miliciano o republicano. Para ella era algo más que la simple turbación causada, por ejemplo, por su fuerte mano al apretarle el brazo mientras cruzaban una calle corriendo entre los coches; aunque no le daba importancia a nada de eso, naturalmente: una universitaria moderna, de las del 56, dialéctica y objetiva, experta en la captación de la realidad.

Pero la realidad era todavía un feto que dormía ovillado en el dulce vientre de la doncella: antecedentes culturales de reconocida y temible fuerza ideológica la habían misteriosamente engendrado, y ella, generosa, inconsciente, preñada de luz y solidaria, buscaba ahora en su nuevo amigo cierta satisfacción moral de signo progresista, confundiendo ésta, momentáneamente, con el deseo. Pero una tierna música banal, cualquiera, un disco escuchado al azar en un bar bastaba a veces para que la mirada de terciopelo del murciano (que la contemplaba devorado por Dios sabe qué otra solidaridad) le hiciera entrever por un breve instante la existencia de una realidad superior, más inmediata y urgente, aquel indecible trópico que Dina la sacerdotisa les había recomendado. Eran, sin duda, sugestiones fugaces, espejismos de burguesita reprimida e insatisfecha –se decía a sí misma, muy dada a la autocrítica–, pequeños egoísmos de la carne que ahora, frente a un auténtico militante, resultaban indignos y ridículos. Por ello, debido a la ambigüedad del atractivo que sobre ella ejercía el murciano (triple seducción: el complot, el amor y el peligro) persistía aún cierto desajuste emotivo que teñía de un rosa bufonesco estas primeras tardes. Un día, por ejemplo, fue en la penumbra plateada de un cine de barrio al que ella se empeñó caprichosamente en entrar: Marlon Brando cabeceaba astuta y seductoramente (aprende, chaval) con el legendario torso desnudo y los negros mostachos de Emiliano Zapata, sentado en la cama junto a su joven esposa en la noche de bodas, mientras Teresa resbalaba en su butaca hasta apoyar la cabeza en el respaldo y dejar al descubierto, con radiante veleidad, una buena parte de sus muslos soleados. Muy infantil, relajada y feliz, mientras consideraba aquella hermética belleza de la mandíbula y la frente del astro, con el rabillo del ojo captaba turbulentas miradas de Manolo lanzadas a su perfil. La escena que se desarrollaba en la pantalla (conmovedora estampa del héroe popular, del revolucionario analfabeto que, consciente de su responsabilidad ante el pueblo, en su noche de bodas le pide a su bella esposa lecciones de gramática en lugar de placer) tenía tanta fuerza que Teresa, creyendo que el muchacho experimentaba la misma satisfacción que ella, que sus miradas expresaban emociones afines, volvía a menudo la cabeza a él y le sonreía, se mordía el labio, se ponía pensativa, aprobaba con los ojos Dios sabe qué, hasta que al fin, al inclinarse hacia el chico para hacer un comentario elogioso a propósito de los campesinos mejicanos con conciencia de clase, captó de pronto ese fluido tórrido que desprende la piel anhelante y algo en la mirada de él adorándola, adorando francamente sus piernas y su cuello y sus cabellos, por lo que nada dijo, desconcertada, fijando de nuevo su atención en la película. Al mismo tiempo notó que algo se removía bajo su cabeza, produciéndole un súbito vacío: descubrió así que la había tenido apoyada todo el rato, no en el respaldo de la butaca, sino en el fuerte, paciente y discreto brazo de él. Incluso con el buen cine, uno pierde el sentido de la realidad.

A propósito de estas primeras pequeñas aventuras unilaterales, la más terrible y risible se produjo en ocasión de una carrera endiablada, suicida, a la cual se lanzó Teresa con su Floride cierta noche que regresaban a la ciudad por la autovía de Castelldefels. Habían salido simplemente a dar un paseo, a última hora de la tarde, pero Teresa se había animado a ir lejos y cuando volvían era noche cerrada. Teresa llevaba una blusa a rayas de cuello corto y un rojo pañuelo de seda que flotaba al viento con sus cabellos. Tenía la radio encendida y se oía un brioso cha-cha-cha. El murciano, que nunca había experimentado la emoción de la velocidad en un coche sport, miraba alternativamente el haz de luz de los faros sobre el asfalto, el cuentakilómetros (la aguja pasaba ya de los ciento veinte) y el delicioso perfil de Teresa, mientras con una mano se agarraba firmemente al cristal delantero, y mantenía el otro brazo sobre el respaldo del asiento de la muchacha. «¿Te gusta correr?», le gritó Teresa. Él asintió vagamente con la cabeza. Sentía en las sienes el golpeteo de su propio cabello atezado y en el rostro la furia del viento pegándose, adhiriéndose a la piel como una máscara cálida, mientras que en alguna parte un dulce zumbido iba en aumento y lo llenaba todo. La velocidad era cada vez mayor, y el zumbido se hacía cada vez más agudo y delgado, subía, subía primero por su vientre y luego por su pecho y de pronto inundó sus sentidos y se diluyó en una plenitud silenciosa, sideral, en una pueril emoción de luz de luna, de ingravidez... Pero Manolo desconfiaba de las emociones mecánicas (recordó oscuramente que una vez el Cardenal le habló de ciertas máquinas tragaperras que echándoles una moneda sacan una mano de plástico y se la cascan a uno, en los Estados Unidos, debía ser un chiste) y sospechó que todo se había confabulado para aturdirle: la luna y las estrellas y la noche tan azul derramaban promesas engañosas. Su habitual desenvoltura en torno a la hembra no había previsto este ataque traicionero, esta borrachera de los sentidos, y por vez primera en la vida se sintió frágil, pequeño, vulnerable y oscuramente sucio, vencido de antemano por aquella hermosa fuerza conjunta (automóvil-ricamuchacha-cha-cha) que le lanzaba a través de la noche a velocidades de vértigo. No supo lo que fue, si el perfil adorable de Teresa con los labios entreabiertos y los rubios cabellos al viento, flotando trenzados con el rojo pañuelo (una llama fulgente en la noche) o el ardiente roce de sus caderas, o tal vez la misma velocidad, aquel vehemente zumbido que era la plenitud de algo, pero lo cierto es que en un momento dado, súbitamente, un júbilo sordo, un dulce vacío en la médula (¡para, loca, despacio!), una excitación como nunca en la vida había experimentado y un ardor punzante produjo el segundo y definitivo cambio en sus sentidos: un brusco taponamiento en los oídos, mientras ingresaba en alguna región etérea y echaba suavemente la cabeza hacia atrás (¡para, bonita, para!) y miraba el firmamento, y la música del cha-cha-cha envolvió su cabeza y flotó, y se estremeció, y creyó disolverse allí mismo... en el preciso momento en que Teresa frenó bruscamente al borde de la autovía y, con gesto desfallecido, ella también, apoyó la cabeza despeinada en el volante y dejó escapar un profundo suspiro.

–¡Uff...! Qué alivio –dijo–. Hemos tenido suerte, no nos siguen.

–¿Cómo...? ¿Qué...? –tartajeó el murciano, que por aquel entonces aún bajaba de las regiones que lindan con la locura, hasta tal punto que una mano extraviada, nocturna mariposa borracha, se le fue hacia las fragantes rodillas de la muchacha y en ellas se posó exhausta.

—¿Qué haces? —Teresa le miraba sonriendo, pero inquieta—. ¿Has pasado miedo? Los de tráfico, que al verles he temido que me parasen. Con la bofia mejor no tener tratos, yo pensaba sobre todo en ti... ¿Comprendes?

La mariposa emprendió el vuelo: la flor estaba cerrada, y satisfecha, olímpica, inconsciente de su propio fulgor más aún que las estrellas, Teresa Serrat puso de nuevo el Floride en marcha y enfiló recto hacia la ciudad, sin sospechar la doble dulce carga que ahora transportaba.

El círculo cordial se abrió pues lentamente, confusamente, primero con breves paseos alrededor de la clínica (Paseo de la Bonanova, jardines con palmeras y pinos, torres pizarrosas con cucurucho, rejas y aceras interminables con sirvientas de palique y presurosos capellanes de aire resuelto), un piadoso peregrinaje local que fue ensanchándose en torno a Maruja yacente como un círculo de ondas en el agua. Luego, gracias al Floride y al sopor de aquellas tardes estivales, que ya llevaban por otra parte el germen de una ceniza aventada (el círculo se borraría con los primeros vientos nocturnos de septiembre) abarcaron en sucesivas tardes toda la ciudad y su extrarradio, desde bares y cafeterías de moda en el centro hasta insospechadas tabernas, chiringuitos y humildes terrazas en las afueras, con la constante presencia del automóvil (una tranquilizadora promesa de retorno) y de caprichosas imágenes de helados, refrescos y rajas de sandía comidas al azar bajo la sombra de un toldo junto a la carretera (una promesa tórrida: los dientes de leche de Teresa clavados en la pelusilla carmesí) entre moscas y niños de trato fugaz y peligroso (Teresa deslizándose alegremente por un terraplén de suburbio junto a diablillos desharrapados: un roto en los *blue-jeans*), para recalar finalmente en la penumbra rojiza de ciertos locales de besuqueo, hundidos en asientos tapizados de cuero y mecidos por una selecta música destinada a novios ricos e ilustrados. Teresa leía mucho, al parecer, y al principio, en todas sus salidas juntos, invariablemente y con un raro empeño, como si se resistiera a romper aquellas amarras culturales que aún la tenían anclada en su apacible bahía, llevaba siempre consigo algún libro que, si no era víctima de ciertas negligencias pre-amorosas de parte de su dueña (Teresa reclamando su mano para saltar descalza en la escollera del puerto, sobre los grandes bloques de hormigón, un traspié, el libro en el agua) acababa olvidado y bostezando tras los asientos del Floride, amarilleando al sol. La muchacha braceaba feliz en sus azules aguas tropicales, proyectando incursiones que nunca se realizarían («Una tarde quiero ir al Somorrostro, pero yo sola») y el Pijoaparte ejercitaba su más preciosa facultad: la de ponerse en el lugar de los otros («No permitiré que vayas sola»). Y naturalmente, una vez planteado el riesgo que comportan estas curiosas nostalgias de suburbio, no iban. Combinaron sabiamente: vino tinto y paisaje suburbano o marinero (Teresa Moreau mordisqueando gambas entre camisetas azules y rayadas de jóvenes pescadores) y gin-tónic con música de Bach en mullidos asientos de cuero y atmósferas discretas (Teresa de Beauvoir hojeando libros en el Cristal City Bar-Librería) pasando por cines sofocantes donde ponían «reprises» («¿Cuándo se acabará la censura en este país y nos dejarán ver *El Acorazado Potemkin*?»), por barrios populares en Fiesta Mayor y casuales encuentros con turistas despistados (Teresa hablando en francés con la joven pareja semidesnuda y tostada que ha frenado su coche junto al Floride: «*Regarde ce garçon-là, oh comme il est beau!*») y por la brisa salobre del puerto, el bullicio veraniego de las Ramblas, cerveza y calamares en la plaza Real, lentos paseos por el parque Güell, encendidos crepúsculos contemplados desde el Monte Carmelo, con el automóvil parado en la carretera, en el momento de la despedida.

Allí era donde el murciano, diariamente, sondeaba la transparente mirada azul de su amiga en busca de la señal. Inútilmente, todavía. Porque, además, las cosas no siempre acababan bien. Tuvieron varios altercados. Teresa era una conversadora infatigable y compleja. Le gustaba, sobre todo, hablar del amor como si se tratara de un pariente muerto por el cual ella nunca había sentido demasiado afecto. Una noche, al dejar a Manolo en el Carmelo, le preguntó súbitamente:

—¿Tú serías capaz de morir por un gran amor?

—Sí.

Ella se echó a reír.

—¡Estaba segura! ¡Qué tontería!

—No veo por qué —dijo él, envolviéndola en una mirada cálida—. ¿Tú no crees en el amor?

—No se trata de creer o no. A mí me inspira más confianza el deseo, es un sentimiento más digno y limpio. Naturalmente, siempre y cuando sea mutuo y no comporte ningún tipo de responsabilidad moral.

—Tú pides demasiado.

—Yo no, son los tiempos.

—No te entiendo.

—Pues chico, está muy claro —suspiró Teresa, pensativa—. Ésta es una época de transición, ¿no crees? Me refiero a los valores morales, que están de baja… —Con los brazos cruzados sobre el volante del automóvil, la mirada perdida en la noche del Monte Carmelo, la universitaria empezó a desarrollar su teoría acerca de por qué el amor está actualmente en crisis. Escuchándola con una leve sonrisa de tolerancia, o mejor dicho, adorando sobre todo su voz, por el placer de oírla, Manolo guardó silencio y luego intentó vanamente hacerla volver de nuevo a la realidad ayudándose con un juego pueril: encendiendo y apagando los faros del coche; se aproximó más a ella, que seguía divagando, le apartó con el dedo un rubio mechón que le tapaba el ojo, se inclinó finalmente sobre su rostro y entonces, incomprensiblemente para ella (que ya se había callado, inquieta, sospechando por la proximidad del chico cuál iba a ser la enardecida respuesta que echaría por tierra toda su teoría), Manolo se inmovilizó, se echó hacia atrás, dejándola como estaba, y bajó del coche.

—Te las das de intelectual, de chica leída ¿verdad? —dijo, cerrando la puerta de golpe—. Pues hasta mañana.

Y se alejó por la carretera en dirección al bar Delicias, con las manos en los bolsillos y silbando.

Estas reacciones imprevistas no tenían como única finalidad una elemental afirmación de poder: podían ciertamente enojar a su gentil compañera, y ello suponía un riesgo, pero es que él no veía otro medio de defenderse, de salvar el abismo cultural que mediaba entre los dos. Lo mejor era cortar por lo sano. Afirmándose y perfeccionándose en esta sencilla estrategia, el murciano esperaba echar paulatinamente lejos de sí a la complicada universitaria amiga de discusiones bizantinas para quedarse solamente con la alegre y encantadora muchacha de dieciocho años que gustaba de pasar las tardes con él y se divertía con cualquier pretexto. Esta táctica de rechace y distanciamiento resultó igualmente eficaz ante ciertas muestras de exhibicionismo o de señoritismo que Teresa, a pesar de sus ideas fervorosamente progresistas, a veces no podía evitar; ciertas improvisadas y disparatadas escenas de muchachita moderna, libre y presuntamente desvirgada (¡cómo le gustaba apoyar el brazo en el hombro de Manolo y arrimarse a él, en público, transpirando para el «gallinero» una decidida intimidad sexual que aún estaba lejos de dignarse conceder!), provocaban en su amigo fulminantes enojos.

Sin embargo, ningún enfado duró más de veinticuatro horas, y a menudo el mismo Manolo acababa con ellos llamando por teléfono para disculparse. Entonces, la universitaria se empeñaba en que la culpa era sólo de ella, y se acusaba de snob. Así las cosas, al murciano se le ocurrió pensar si no se estaría comportando con excesiva prudencia. Cierta tarde, cuando estaban sentados en el saloncito de la clínica, se abrió la puerta y apareció el señor Serrat. Una Teresa desconocida por lo azorada (estaba muy pegada a su amigo en el momento de abrirse la puerta, la cabeza inclinada sobre el periódico, repasando juntos la cartelera de cines) presentó a Manolo. Él, repentinamente serio, se levantó y tendió la mano, intentando en vano leer algo en los ojos del industrial catalán. Bufando por la nariz, sin apenas detenerse, el señor Serrat hizo unos ruidos guturales a modo de saludo y estrechó la mano del chico, pasando seguidamente a la habitación de Maruja. Tenía mucha prisa: venía, entre otras cosas, para decirle a Teresa que se iba a la costa a pasar el fin de semana y que ella se ocupara de darle ciertas instrucciones al jardinero, que mañana iría a casa, porque en Vicenta, ya se sabe, no se puede confiar, nunca se acuerda de nada. Teresa le siguió al cuarto de Maruja. Manolo permaneció en el saloncito, pero pudo oír al señor Serrat porque la puerta quedó entornada: *«Nena, qui és aquest noi?»* Y entonces algo en la voz de Teresa, además del tono falsamente helado e indiferente que empleó, algo que ya se contenía en la misma pausa que se tomó antes de contestar a la pregunta de su padre, le reveló a Manolo aquellos ocultos motivos de interés emocional que nacen de una nostalgia determinada y que la universitaria se empeñaba en confundir con una solemne majadería política. «Apenas le conozco, papá, dice que es el novio de Maruja y viene a verla todos los días», fue la turbia y desganada respuesta, a la que añadió: «Me da pena, pobre chico» (aquí, una especie de gruñido del señor Serrat), en el momento en que Manolo se acercaba de puntillas a la puerta, reflexionando: de modo que así era, según Teresa, la situación de ambos vista desde fuera: él no era más que el presunto novio de la criada enferma, que en su diaria visita a la clínica se encuentra con la señorita y que es gentilmente acompañado a casa en coche. Muy bien. Nada especial, todo esto ocurre de forma irrelevante en un verano y que no durará siempre; los dos están de vacaciones y prácticamente sin vigilancia de la familia, solos, circunstancialmente unidos por la desgracia de Maruja, pero su origen es tan distinto que aquí no pasará nada. Me da pena, pobre chico. Bien, es natural, pensó él, no hay por qué hablar de nuestras escapadas en coche. Sin embargo, gracias a esta peculiar mezcla de verdad y mentira que encerraban las palabras de Teresa (no mentía, pero tampoco decía toda la verdad), Manolo comprendió de pronto que su cautela era excesiva y que podía y debía actuar con mayor rapidez y decisión. Y lo hizo.

Al entrar en la habitación de Maruja, la situación era la siguiente: ligeramente inclinada sobre la mesilla de noche, Dina se disponía a inyectarle un suero a la enferma; sus preparativos eran observados por el señor Serrat, de pie junto a ella; al otro lado de la cama, Teresa, con las manos cruzadas detrás, seguía contestando con aire inocente algunas preguntas distraídas que le hacía su padre respecto a cómo empleaba su tiempo después de visitar a Maruja: en términos generales, Teresa parecía excesivamente empeñada en demostrar que apenas se había fijado en el chico. Éste avanzaba ahora hacia la cama, despacio (nadie le miró, pero se callaron), se colocó en silencio junto a Teresa y apoyó distraídamente la mano en el pie del gotero, que estaba junto a la cabecera del lecho, de manera que rozaba casi con los dedos la espalda de Teresa. Teresa llevaba esta tarde un ligero vestido verde sin mangas ni cinturón, muy simple y ceñido, con una cremallera en la espalda, que iba desde la nuca hasta las nalgas. Manolo, con aire distraído, observaba al igual que los demás lo que hacía la enfermera mientras, por entretenerse en algo, al parecer, deslizaba la mano arriba y abajo en torno a la barra metálica, rozando la espalda de la muchacha, hasta que, en uno de los movimientos descendentes, sin soltar la barra del gotero, cerró el pulgar y el índice como un pico de ave sobre la cremallera del vestido de Teresa y, en un abrir y cerrar de ojos, se la bajó hasta abajo del todo. La tela se abrió como una piel, liberando un fulgor dorado: se ofreció repentinamente a sus ojos el esplendor de una espalda tersa y suavemente redondeada, esbelta, casi infantil, con un bronceado no interrumpido por cinta ninguna (él ya sabía que la intrépida universitaria era de las que no llevan sostén casi nunca), delirantemente replegada hacia dentro en su dulce declinar, en la cintura pueril, para luego erguirse de nuevo con renovado impulso bajo el débil resplandor rosado de la tela de nylon que cubría las nalgas. Todo fue tan rápido e inesperado que Teresa se quedó pasmada, con la boca abierta; la parte delantera del vestido quedaba asegurada por unos corchetes en los hombros, lo cual, como era de esperar, anulaba por completo la otra cara del demencial sueño del murciano (a saber: que la embustera y caprichosa quedara un instante ante los ojos de su padre y de la enfermera con las meras teticas al aire). El señor Serrat, que en este momento decía algo a propósito de amnesia local y amnesia general, levantó la vista hacia su hija, pero, al no observar en ella nada anormal (excepto que se abrazaba a sí misma como si tuviera escalofríos) volvió a fijar su atención en el quehacer de Dina. Las mejillas de Teresa se pusieron como la grana y cambió una furiosa mirada con Manolo al tiempo que intentaba, maniobrando disimuladamente, subirse la cremallera. Retrocedió muy despacio hasta la puerta y salió.

Luego riñó al chico (asombrada, pero no exactamente disgustada) y quiso saber por qué había hecho semejante locura delante de su padre. «Si no lo hago, todavía estarías contándole mentiras de ti y de mí», y cogiéndola por el brazo, como si quisiera explicárselo mejor pero no allí, la hizo salir de la clínica.

Esta noche la invitó a tomar una copa en Jamboree. A Teresa le encantó la idea de mostrarse en compañía del murciano en la cava de la plaza Real. Deslizándose como peces en un acuario, allí se veían siempre algunos prestigiosos conjurados estudiantiles, Luis Trías entre ellos, ejercitándose en la semiclandestinidad bajo una luz verdosa, exilada, parisina. Actuaba un singular y primitivo conjunto de jazz español a base de instrumentos de hueso, el Maria's Julián Jazz (la quijada de burro hecha sonido y filosofía, decía el programa de mano), cuya música, al no tomarla nadie en serio (excepto una atenta parejita con gafas, miopes los dos y estudiantes de letras, que reconocieron a Teresa y pretendieron que la muchacha y su acompañante compartieran su mesa), tenía cuando menos la virtud de que se podía bailar sin miedo a profanar la verdadera cátedra del jazz. Y en la penumbra rojiza del local, bailando estrechamente abrazada a su nuevo amigo frente a las miradas meditabundas de los estudiantes (que ella despreciaba por carcas y reaccionarios, según dijo al oído de Manolo), la universitaria dejó que él le rozara por vez primera las sienes y la frente con los labios.

Al día siguiente, al salir de la clínica, Manolo propuso ir a la playa. Era a primera hora de la tarde y hacía mucho calor. Ya más seguro de sí, el murciano consideraba ciertas posibilidades favorables, si bien por otra parte la espada pendía de nuevo a unos centímetros de su cabeza: estaba a punto de quedarse sin un céntimo y no veía el modo de apañar algo sin arriesgarse demasiado. Lo de ir a la playa fue una decisión repentina y ninguno de los dos llevaba bañador, por lo que a Teresa se le ocurrió pasar por su casa.

–Encontraremos un slip de papá para ti.

No permitió que él la esperara fuera, en el coche, y le invitó a entrar.

–Tengo que cambiarme –dijo ella mientras cruzaban el jardín–. Es sólo un momento. ¿Te importa?

–No, no.

Manolo la siguió por el sendero de grava, bajo la sombra de los frondosos árboles (repentinamente se hizo de noche y era invierno, él llevaba puesta su chaqueta de cuero y su bufanda, la señorita Teresa corría hacia la explosión de luz y de música que salía de las ventanas, corría con sus finos zapatos de tacón alto y con la gabardina blanca como la nieve echada sobre los hombros, arrastrando el cinturón por el suelo, el rojo pañuelo de seda colgando de su bolsillo…). Teresa abrió la puerta con la llave y le hizo pasar a un amplio salón lleno de luz.

–Ponte cómodo –dijo descalzándose–. Y sírvete una copa si quieres, ahí tienes todo. No tardo ni un minuto. No mires los cuadros, son horribles.

Desapareció por el recibidor, con los zapatos en una mano y desabrochándose el vestido con la otra, en el costado. Se oyó su voz mientras subía unas escaleras: «Vicenta, soy yo.» Manolo paseó por el salón. En las paredes había paisajes suizos, que a él no le parecían tan horribles, y el retrato de una señora que le miraba satisfecha desde azules regiones placenteras; el cuello esbelto, rosado, surgía de las gasas lilas que envolvían sus frágiles hombros. Debía ser mamá. Qué guapa, qué dulce su expresión. La casa se hallaba sumida en el más completo silencio; un silencio, sin embargo, que no se parecía a ningún otro: el silencio de las casas de ricos era para él como una sugestiva fuerza dormida, algo así como un silencio de ventiladores parados o un vago rumor subterráneo de calefacción. Un cuadro grande sobre el hogar: perros cazadores; pues tampoco estaba mal, debía hacer mucha compañía en invierno, al sentarse frente a la lumbre, después de un día agotador por los negocios… Se sentó en el diván, ante el hogar, y cruzó las piernas con deleitosa lentitud. De pronto oyó a su izquierda, aproximándose, un alegre trotecillo de pezuñas: un pequeño fox-terrier de fosca pelambrera, la cabeza un poco ladeada, consideraba con aire tristón al desconocido visitante, le miraba fijamente con sus ojillos recelosos, apenas visibles detrás de la cortina de pelos. Manolo le observó un rato con simpatía y luego tendió la mano para acariciarle, pero el animal, irguiendo la cabeza, retrocedió y dio un par de vueltas en torno al diván. Su aire de desconfianza se acentuó curiosamente cuando, rehuyendo un segundo gesto amistoso, se sentó sobre los cuartos traseros y volvió la cabeza en dirección a la puerta del salón, esperando ver aparecer a alguien de la casa, visiblemente desinteresado, o más bien dominado por serias dudas ante la personalidad del intruso. Ahora Manolo pudo observar que se trataba de una perra. Su graciosa cabeza, que exhibía un aire de chiquilla alocada pero listísima, seguía desdeñosamente vuelta hacia un lado, y sólo de vez en cuando, bruscamente como si quisiera atajar algún reproche incluso antes de ser formulado, se dignaba mirar al sospechoso desconocido. «Ven, bonita, ven, toma…», murmuraba Manolo. La perrita se le acercó despacio, sin mirarle, husmeó concienzudamente la pernera de los tejanos, las zapatillas de goma, la tenebrosa mano que pretendía acariciarla, y luego, cabizbaja –como si el examen no hubiese hecho más que aumentar sus dudas– dio media vuelta y regresó a su sitio. Manolo recostó cansadamente la cabeza en el respaldo del diván y contempló de nuevo los luminosos cuadros de las paredes y la intimidad tranquila del hogar con una curiosidad vagamente insatisfecha y obsesionante, pero muy grata. Le apetecía fumarse un pitillo.

Resultaba curiosa esta sensación de seguridad que experimentaba aquí, en medio de este orden y este silencio confortables, en relación con la torpeza y dificultad cada vez mayor con que de un tiempo a esta parte se desenvolvía en su ambiente habitual, en su casa, en el mismo bar Delicias, o con el Cardenal y su sobrina (recordó la última visita que les hizo, y lo malamente que había sacado dinero), era como si hubiese perdido parte de su influencia y de su poder frente a ellos, por negligencia, por descuido, una sensación como de excesiva rapidez, de haber olvidado algo con las prisas, de haber cometido algún error que en el momento de la llegada (¿llegada adónde?) se lo iban a recordar y le pedirían cuentas. Tal vez por eso, a modo de aviso, se presentaban ahora inesperadamente las hermanas Sisters en funciones de su cargo. La tarde iba a resultar pródiga en sorpresas.

Había que aceptarlo serenamente como un sarcasmo del destino: él, tras haberse ganado definitivamente la sumisión de la perrita, se hallaba de espaldas a la ventana abierta que daba al jardín, de pie ante el piano (no se decidía a pulsar unas teclas) de modo que no pudo ver, entre los árboles, más allá de la doble hilera de geranios, las dos figuras que bajo el sol de la tarde cruzaban en este momento la verja de la calle en dirección a la casa. Eran dos muchachas en tecnicolor (brazos y piernas de chocolate, labios violeta, ojos ribeteados de azul hasta las sienes, como diminutos antifaces), con altos peinados *gonflés* que despedían destellos, y ligeros y chillones vestidos de verano ceñidos al cuerpo como una piel. Sus rostros redondos tenían ese color moreno demasiado intenso y oscuro, que revela exceso de sustancias oleosas y de horas de sol en el terrado, y que produce acné. En su trotecillo rápido y nervioso había cierta determinación urgente, pero ficticia, que contrastaba con la expresión indiferente e incluso aburrida de sus caras de luna. Una de ellas, la más bajita, llevaba un enorme capazo de palma con dibujos de colores, y se cogía las caderas como si temiera dejar caer alguna prenda interior a causa de la prisa. Manolo oyó sonar el timbre. Nadie acudía a abrir. No vio llegar a las dos muchachas. De haberlas visto habría adivinado inmediatamente a qué venían y habría podido salirles al paso en el jardín. Afortunadamente, sin embargo, la vieja sirvienta se tomó su tiempo en acudir a abrir: ello hizo que el muchacho se decidiera a salir al recibidor en el momento en que ella ya acudía presurosa, moviendo con pesadez sus grandes caderas dentro del uniforme gris. Al pasar dirigió a Manolo una leve sonrisa convencional. Abrió. El chorro de luz fue lo primero, y por un instante apenas le dejó ver nada: desde la puerta del salón, vuelto a medias hacia dentro (se disponía a entrar de nuevo, ya vagamente decidido a pulsar unas teclas del piano), al reconocer a las dos golfas, Manolo se quedó helado: aquello no podía ser, aquello era sin duda una broma pesada, la suerte negra que persigue a los pobres, no la simple casualidad, sino tal vez un aviso, una advertencia que le llegaba desde su propio barrio.

En realidad, su sorpresa no debía ser tal, pues sabía muy bien que las hermanas Sisters operaban preferentemente en barrios residenciales y durante las vacaciones con el fin de encontrar solas a las sirvientas. Manolo no las veía desde el invierno pasado, sabía que ya no tenían tratos con el Cardenal pero que seguían practicando su especialidad, una operación conocida como el timo de «la prenda íntima».

Sabía también el peligro que representaba aquella visita inesperada e inoportuna (un encuentro con la verdadera intriga, aquella que la joven universitaria no sospechaba), algo que amenazaba con echarlo todo a rodar: «Si estas golfas me reconocen delante de Teresa, listo.» Porque Teresa, en este preciso momento, con la bolsa de playa al hombro, pantalones blancos y sandalias, apareció en el recibidor. «¿Quién es, Vicenta?», preguntó. La perrita corrió hacia ella meneando el rabo. «Quieta, *Dixi*.» Mientras, las dos hermanas, de pie en el porche (qué indecencia sus vestidos, cómo se transparentan, pensó él, alarmado) componían su más inocente expresión, evidentemente desconcertadas por la presencia de Manolo. Se produjo durante un instante una situación embarazosa: la sirvienta esperaba que las visitantes hablaran, éstas cambiaban inquietas miradas con Manolo, y éste con Teresa, la cual, captando sutiles vibraciones, cierta relación entre el obrero y las dos chicas, se lanzó a una rápida y generosa deducción mental cuyo resultado, por el momento, sólo alcanzaba a esto: «O son furcias o chicas de fábrica, o las dos cosas a la vez.» Manolo, por su parte, pensaba que las Sisters no se atreverían ya a nada y que se despedirían con alguna excusa. Pero vio con horror que no estaban dispuestas a volverse atrás puesto que una de ellas (la especialista en conversaciones amenas) se disponía a soltarles el rollo sobre el elástico de la braguita de su amiga, que se le había roto en la calle, cosa que… Entonces él se precipitó hacia la puerta, sin darles tiempo a que hablaran, mientras le decía a Teresa:

—Deja, es para mí.

Las hermanas Sisters, con la palabra en la boca, vieron cómo el muchacho se les venía encima. Una de ellas balbuceó:

—Tú…

—Es para mí, no se moleste usted —repitió Manolo,

esta vez a la sirvienta, que casi atropelló a su paso. La buena mujer se retiró de la puerta mirando a su señorita con cierta expresión resignada. Manolo cogió violentamente a las dos hermanas por el brazo y salió con ellas al jardín, alejándose lo que pudo de la casa. Los tres hablaron a un mismo tiempo:

–¡Maldita sea...!

–¡Manolillo, pero qué sorpresa!

–¡Andando, fuera!

–¡Eh, despacio! –exclamó la otra–. ¡Ésta sí que es buena! ¡Suéltame, guapo! ¿Acaso estás en tu casa? ¿Qué haces tú aquí?

–Cállate si no quieres que te rompa el brazo –dijo él–. Y camina sin mirar atrás. A otra parte con el cuento, chata. Sí, encima reíros. ¿Cómo se os ha ocurrido? ¡Precisamente hoy! ¿No habéis visto el coche en la calle, locas, señal de que había alguien...?

–¿Qué pasa? Cuando encontramos a la doña pues nos vamos de vacío y sanseacabó. Pero cómo iba una a figurarse... –empezó la de la prenda averiada–. Suelta ya, rico, que haces daño. ¿Qué pintas tú aquí? ¿Te crees con derecho a avasallar?

–No tengo tiempo de explicaros. Fuera.

–Sin atropellar ¿eh? Y explícate...

–Sí, eso –dijo la otra–. ¿Se puede saber qué haces tú aquí, si es que puede saberse? –Quizá para atenuar el mal efecto de la repetición, la chica añadió, con igual fortuna–: Qué casualidad verte, oye, después de tanto tiempo sin verte...

Manolo las conducía hacia la verja.

–Largo ahora mismo. Esto lo sabrá el Cardenal.

La más alta se soltó y se encaró con él:

–¡Oye, tú, con amenazas no! Ni Cardenal ni narices. Que no le debemos nada a ese viejo roñoso...

–No quiero discutir. Marchaos, hay gente.

–¿Es que todavía sigues con él? No te creía tan pi-

piolo, hijo. ¡Menudo elemento el Cardenal! Ése el día menos pensado te lía, Manolo, ¡te lo digo yo! ¡Pero suéltame ya, caray!

–No grites, estúpida.

–Sin insultar, guapo.

Estaban en la verja. Él comprendió que no podía despacharlas así.

–Bueno, ya os contaré otro día... ¿Qué, cómo os va? ¿Cómo está el Paco? ¿Aún os juntáis en el terrado? ¿Y el Xoni...?

–Muy majo, más que tú, sinvergüenza. Y el Paco, pues ya verás si te echa la mano encima. ¡Todavía esperamos que nos pagues lo que debes, so cabrón!

–¡Chissst...! Yo no os debo nada.

–¡A ver! ¿Fuiste tú o el Cardenal?

–Fue éste, mujer –dijo su hermana–. ¿Qué no le ves la cara?

–Bueno, ahora marchaos...

–Decía yo –insistió la otra– que el Cardenal te chupa la sangre ¿es que no lo ves?

–Bueno, bueno.

–Ahora –terció la pequeña golpeándole el hombro– tenemos otro marchante. Se llama Rafael. ¿Le conoces? Su mujer acaba de tener dos mellizos nacidos de un mismo parto el mismo día. Pero bueno, ¿te molesta decirnos de una vez qué haces aquí, si no te molesta? –La menor de las Sisters siempre decía cosas insólitas, porque su lengua era mucho más rápida que su mente, pero hoy Manolo no tenía tiempo ni humor para celebrarlas–. ¿O te molesta?

–Sí, me molesta. Marchaos, por favor. Os lo contaré todo otro día...

Teresa les observaba desde la ventana del salón, esperando, con la bolsa de playa en el hombro, mientras se pasaba un peine por los cabellos. «Quieta, *Dixi*», ordenó a la perrita, que se restregaba contra sus piernas.

No podía oírles, pero vio cómo Manolo se enfurecía, gesticulaba, las empujaba hacia la calle. Ellas, riendo con una risa gruesa, se despidieron de él besándole en las mejillas (increíble: la más alta pretendió de pronto besarle en la boca, Teresa vio cómo se la buscaba ansiosa y desvergonzadamente, jugando con sus cabellos, echándole al cuello aquellos negroides y rollizos brazos, mientras él se defendía y la empujaba hacia la calle) y finalmente se fueron.

—¿Qué querían ésas? —preguntó cuando él entraba. Y sin dejar de peinarse, remedando graciosamente con la expresión y el tono cierto tipo de interrogatorio que debía serle familiar, bromeó apuntándole con el dedo: A ver, usted, jovencito, conteste: ¿conoce a estas chicas?

Manolo le volvió la espalda, pensativo, dirigiéndose hacia una butaca.

—¿Era a usted a quién buscaban? —insistió Teresa—. Qué curioso... Todos ustedes son unos subversivos, unos rojillos, estamos bien informados. A ver, no mienta: ¿cómo sabían ellas que estaba usted aquí?

El murciano volvió la cabeza bruscamente. No se permitió ni un segundo de vacilación:

—¡Por favor, te agradeceré que no me preguntes nada! —Suavizó el tono—. Dejé dicho en casa que siempre que hubiese algo urgente me encontrarían en la clínica o aquí... Así que perdona la libertad.

Ella le miraba, azorada y bajó la cabeza.

—Por mí no te preocupes. Lo comprendo. Sólo quería bromear un poco.

—Pues no bromees —dijo él secamente, pero con todo el dolor del alma: Teresina era un encanto de criatura, había que reconocerlo—. Y perdóname, no tengo ningún derecho a gritarte, pero la cosa es más seria de lo que te imaginas. No quiero mezclarte en todo eso, no hay ninguna necesidad.

Teresa guardó el peine en la bolsa mientras se acercaba a él, despacio. Le vio hundirse en la butaca y llevarse las manos a la cabeza con aire de fatiga, preocupado, abrumado por alguna razón. ¿Cómo escapar, viendo estas manos oscuras y fuertes, esta cara de facciones dulces y a la vez duras, cómo escapar a la sugestión de un futuro más digno? La idea de que detrás de todas las cosas había una conspiración era tan fuerte en ella por esa época, que le bastó suponer un leve estremecimiento de miedo en estas manos y en estos cabellos intensamente negros para penetrar gustosa en el supuesto círculo de peligros:

–¿Hay algo que no marcha bien, Manolo? –Estaba de pie ante él, muy quieta, las piernas juntas y enfundadas en los blancos y elásticos pantalones. Mesándose aún los cabellos, él levantó los ojos a la altura de las caderas de la muchacha, volvió a cerrar los ojos y dijo:

–Nada. Vámonos. –Se levantó–. Vámonos a la playa, te lo ruego, necesito distraerme un poco.

En el coche, durante el camino (dirección Castelldefels), Teresa sintió la imperiosa necesidad de formular un juicio sobre aquellas chicas, uno solo y en pro de la seguridad del grupo.

–Alguno de vosotros debería convencerlas de que no se pinten así. Parecen putillas. –Luego añadió–: He encontrado un slip, espero que te vaya bien.

–Seguro. Y ahora, ¡corre, corre todo lo que puedas...! ¡Pásalos a todos...!

O que ma quille éclate! O que j'aille à la mer!

RIMBAUD

Teresa Simmons en bikini corriendo por las playas de sus sueños, tendida sobre la arena, desperezándose bajo un cielo profundamente azul, el agua en su cintura y los brazos en alto (un áureo resplandor cobijado en sus axilas, oscilando como los reflejos del agua bajo un puente), después nadando con formidable estilo, surgiendo de las olas espumosas su jubiloso cuerpo de finas caderas y finalmente viniendo desde la orilla hacia él como un bronce vivo, sonoro, su pequeño abdomen palpitando anhelante, cubierta toda ella de rocío y de destellos. Jean Serrat sonriéndole a él, saludando de lejos con el brazo en alto, a él, al tenebroso murciano, a ese elástico, gatuno, agazapado montón de pretensiones y deseos y ardores inconfesables, y dolientes temores (la perderé, no puede ser, no es para mí, la perderé antes de que me deis tiempo a ser un catalán como vosotros, ¡cabrones!), que ahora yacía al sol sobre una gran toalla de colores que no era suya, como tampoco era suyo el slip que llevaba, ni las gafas de sol, ni los cigarrillos que fumaba, siempre como si viviera provisionalmente en casa ajena: ¿qué haces tú aquí, chaval, qué esperas de esa amistad fugaz y caprichosa entre dos estaciones, como de compartimiento de tren, sino veleidades de niña rica y mimada y luego adiós si te he visto no me acuerdo? Sólo por verla así, caminando despacio, semidesnuda y confiada, destacándose sobre un fondo de palmeras y selva inexplorada –¿acaso no era este verano el lago azul en la isla perdida?– valía la pena, y era suya, suya por el momento más que de sus padres o de aquel marido que la esperaba en el futuro, más suya que de cualquiera de los muchos amantes que pudieran adorarla y poseerla mañana. La colección particular de satinados cromos se abrió en su mano como un rutilante abanico: él y ella perdidos en la dorada isla tropical, solos, hermosos, libres, venturosos supervivientes de una espantosa guerra nuclear (en la que desde luego y justamente hemos muerto todos, lector, esto no podía durar), construyen una cabaña como un nido, corren por la infinita playa, comen cocos, pescan perlas y coral, contemplan atardeceres de fuego y de esmeralda, duermen juntos en lechos de flores y se acarician y aprenden a hacer el amor sin metafísicas angustias posesivas mientras la porquería de la vida prosigue en otra parte, lejos, más allá de esta desvaída soltura de miembros bronceados (Teresa seguía avanzando perezosamente sobre la arena, hacia él) que ahora se arrastra con un ligero retraso respecto a la visión, con una languidez abdominal que se queda atrás: la sugestión de no avanzar en medio del aire caliginoso, una dolorosa promesa que arranca de sus hombros y se enrosca en sus caderas y se prolonga cimbreante a lo largo de sus piernas para fluir, liberada, derramándose como la luz, por sus pies, hasta el último latido de cada pisada. Venía con su sonrisa luminosa y un coco prisionero entre su cintura y el brazo, jadeante y mojada, trayendo consigo algo del verde frío de las regiones marinas, y se dejó caer lentamente a su lado, doblando las hermosas rodillas, y soltó el coco. Su cuerpo parecía tan habituado a correr y yacer en las playas, tal como si hubiese crecido en ellas, extrañamente dotado por la naturaleza para vivir aquí, siempre, bajo el sol...

–¿No te bañas más? –dijo al llegar.

Teresa había soltado la pelota de goma. Sentada sobre sus propios pies, con la cabeza inclinada, buscaba ahora las gafas de sol en la bolsa. Los cabellos le tapaban la mitad del rostro y había una gracia animal en sus caderas mojadas, en su espalda erguida sobre la leve cintura. Qué agonía ese abdomen hundido, pueril, recogido en un puño, blanco favorito de los viajeros ojos del murciano.

–¿Dónde puñeta he puesto mis gafas? –preguntó–. ¿Las has visto?

–No –mintió él, divertido: las había enterrado en la arena–. Échate aquí, anda, y olvida las gafas. Tengo que hablarte de algo, pedirte un favor.

–¿Un favor?

–Sí...

Tendido de bruces, con el mentón apoyado en el antebrazo, observaba atentamente los movimientos de Teresa. Meditaba. Sus cabellos negros y lacios le caían sobre la frente en diagonal. Poca gente en la playa (la parte más frecuentada era la de los pinos), poca y desdibujada a lo lejos en medio de la luz calina. Ellos estaban en un extremo, aislados, junto al nacimiento de una extensa franja de hierbas pantanosas que se perdía a lo lejos. Detrás, en una explanada de rastrojos próxima a la carretera, el blanco Floride dormía al sol como un perrito de lujo. Teresa se había traído un libro y había estado leyendo hasta ahora, entre el primer y el segundo baño. Fue precisamente entonces, viéndola leer echada de espaldas sobre la arena con aquella tranquilidad un tanto hogareña, la cabeza recostada en la pelota y las rodillas alzadas y cruzadas, oscilando suavemente de un lado a otro, cuando él se sintió un miserable descuidero y por su mente cruzó, como un relámpago, aquella idea que pronto iba a convertirse en una obsesión: probemos a hacer borrón y cuenta nueva, aquí está la oportunidad, Teresa (y con Teresa su padre), de obtener algún trabajo digno, un buen empleo, quizá de ésos para toda la vida y con posibilidades de...

–¿Un favor? –repitió Teresa–. ¿Qué clase de favor?

Manolo trazó con el dedo círculos en la arena, pensativo.

–Todavía no –dijo–. No, es pronto. Estamos en vacaciones. Más adelante te hablaré de ello. Sólo quiero que sepas que es muy importante para mí. ¿Tú tienes mucha confianza con tu padre?

–Sí, claro. Bueno, esto sí que tiene gracia. –Se refería a las gafas de sol, que no aparecían. Ahora vaciaba el contenido de la bolsa sobre la toalla–. ¿No las tenía usted, chaval?

–No, bwana.

Teresa removió la arena en torno a ella. Al cabo de un rato, al observar la expresión pensativa de Manolo:

–¿En qué piensas?

–En qué quieres que piense. En ti.

–¡No me digas! Eres un chico extraño, en verdad. Me gustaría saber una cosa... –Sonreía misteriosamente, una sonrisa apenas visible entre los cabellos que le tapaban la cara, porque andaba a gatas removiendo la arena. Había ya demostrado, en anteriores conversaciones, una curiosidad exacerbada e insaciable por el pasado de su amigo, pero no por su vida sentimental (dejando de lado la historia con Maruja), que seguía siendo un misterio–. Supongo que un chico como tú... ¿Has tenido alguna aventura con tus... compañeras? Si no quieres no me lo digas, por supuesto.

—¿Esas que has visto hoy…? Si quieres que te diga la verdad, apenas las conozco. ¿Por qué me lo preguntas?

—Oh, por nada. Chafardera que es una.

—Además, fuera del trabajo, no me gustan.

—Pues parecía como si ellas… ¡Mira, una avioneta!

—¿Estuviste espiando? Las veo muy poco, pero son como hermanas para mí. ¿Sabes?, yo siempre he deseado tener una hermana, desde que era un niño.

Teresa se rió. «Está bien que seas así de ingenuo», dijo, y luego se quedó mirando la avioneta, que se acercaba volando muy baja sobre el rompiente de las olas.

—¿Te gustaría que yo fuese tu hermana? —añadió riendo—. Eh, usted, ¿le gustaría que yo fuese su hermana? Siempre he estado sola, a mí también me habría gustado tener un hermano como tú. Guapo y soñador como tú.

¿Qué ha dicho? En este momento pasaba la avioneta plateada, con un zumbido rencoroso, soltando una lluvia de folletos publicitarios que la brisa empujó hacia ellos. Manolo, ladeándose, pilló un papel en el aire y al dejar caer la mano cogió un pie de Teresa. Pero ella seguía con los ojos en alto, la mano haciendo visera en su frente, viendo cómo se alejaba el aparato. Cuidado, imbécil, se dijo él, estás haciendo tonterías, Teresa es una muchacha inteligente, que no teme decir las cosas por su nombre.

—No —dijo soltándole el pie—. No te quisiera para hermana. Estás demasiado buena.

La arena, en torno a ellos, estaba cubierta de papeles. Teresa leyó uno y luego lo tiró. Dijo:

—¿Demasiado qué?

—Estás hecha para otra cosa.

—¿Para qué, puede saberse? —Y enseguida—: Pero, hostia, ¿dónde he puesto las gafas? —Seguía moviéndose de rodillas, a rastras, se revolcaba.

–Ojalá las hayas perdido, tus gafas. Para amar, tú estás hecha para amar, Teresa.

–No te pongas romántico ¿quieres?

–Me pongo como me da la gana, si a la señorita no le importa.

–Las llevabas puestas hace un rato, te he visto con ellas. ¿Dónde las has metido?

–Mira, una canoa...

–Y volviendo a las chicas...

–¿Qué quieres saber? La mayor está casada y... separada, lo ha pasado muy mal, tiene un niño precioso, te gustaría verlo, rubio como un sol, como tú.

–¿Y la otra?

–Fíjate en la canoa. La lleva un viejo, hay que ver. Viene poca gente por aquí ¿verdad? Échate ya, olvida las gafas.

–Las necesito para leer.

–Es de mala educación leer en compañía. Lo que pasa es que la señorita es una consentida y una mimada, y se merece unos buenos azotes. Ya te haría yo correr...

–A propósito de correr –dijo ella–, ¿tú no has corrido nunca con la porra de un guardia a un palmo de tu cabeza? Te has perdido algo bueno...

Felizmente envuelta, todavía, en aquel círculo de peligros, en el gran supuesto de relaciones y contactos clandestinos que emanaba de la oscura piel del murciano (por cierto: qué bien le sienta el viejo y descolorido slip granate de papá a esta piel sedosa), empezó a contarle algunos de los riesgos que comporta la lucha universitaria:

–... otro estudiante corría delante de mí –decía dejándose caer de espaldas sobre la mitad libre de la toalla, abandonando por fin la búsqueda de las gafas–, pero nos separamos en la calle Pelayo. Lo peligroso, en estas manifestaciones, que por otra parte son muy divertidas, es perder contacto en los momentos de bloqueo. Ocurre al revés que en lo vuestro, que lo mejor es manteneros siempre aislados uno de otro... Así que volví con el grueso de la manifestación, que había conseguido agruparse de nuevo, y entonces los guardias cargaron otra vez con los caballos y de pronto me encontré en el suelo, aún tengo la señal en la rodilla, mira. Alguien me levantó, era un agente muy joven, recuerdo que tenía unos ojos muy claros, verdes, desde luego era un campesino, parecía más asustado que yo, pero me empujó suavemente hacia la camioneta, yo me revolví, lo golpeé, lo pateé, aún no comprendo cómo no me dio con la porra, y conseguí deshacerme de él, pero no había manera de escapar de allí porque aquello ya era el caos, por lo menos éramos cien estudiantes en aquella esquina, amontonados unos sobre otros, todo eran codos y piernas disparándose en todas direcciones, sólo pensábamos en escapar... Oye, ¿tienes bastante sitio? ¿Quieres...? Espera, tira de la toalla hacia ti, así, tienes de sobra, acércate, hombre. ¿Quieres fumar?

—Bueno.

—Pues como te decía... Te interesa, es un aspecto de lucha que desconoces. Enciende tú primero... Pues ya no pensábamos más que...

Manolo le acercó la cerilla.

—Toma.

La fragancia de sus cabellos dorados, aplastados en su dulce cabeza, otra agonía: la llama se apagó en el hueco de sus manos porque él quiso, sólo para respirar otra vez de cerca aquellas lejanías, aquel indecible aroma de una adolescencia perdida no sabía dónde. Rozó de nuevo con sus labios la tersa frente inclinada sobre la llama rosa de la cerilla, y después ella se apartó y le miró con una extraña seriedad en sus ojos celestes, pero no sostuvo la mirada del muchacho más que un instante.

—Bueno, pues así estaba todo cuando yo grité que lo mejor era refugiarse en la universidad, pero supongo que nadie me oyó. Era la única salida, y en cierto modo ya habíamos conseguido nuestro propósito. Pero la gente estorbaba en vez de ayudar, porque hay que decirlo todo, muchos nos contemplaban sin mover un dedo, así, como en primera fila, algunos incluso sonreían con aire de chunga, los muy... Y al fin, me agarraron bien, tenía el vestido roto, no volví a ver a Luis ni a los demás hasta que me llevaron a Jefatura. Nos interrogaron... Fue algo grotesco, para qué contarte, figúrate que...

Tenía los ojos muy abiertos y clavados en el cielo, atrapados en una de esas crisis de idealismo que años después, en medio de las monótonas marejadillas conyugales, tanto echaría de menos, y en sus rubios cabellos la luz esgrimía pequeñas y fulgurantes espadas de oro. Manolo contemplaba su perfil sobre un fondo vaporoso de arena y mar, y mientras la escuchaba asentía con la cabeza de vez en cuando, en silencio, recreando fugaces espejismos (Teresa caída bajo las patas de un caballo de la bofia, con el vestido hecho jirones, Teresa vociferando al frente de una manifestación estudiantil, luego interrogada por la *pasma* en un cuartucho oscuro y bajo una luz canallesca, luego rescatada por su padre en Jefatura) y se acercó más a ella, ahora no sabía muy bien si para respirar más de cerca el olor de su pelo o para penetrar algún íntimo y secreto deseo que ella ocultaba detrás de su interminable relato (¿no recordaba un poco, en otro orden, a la verborrea de la Lola?). Pero él sabía que este deseo, cualquiera que fuese, podía crecer tranquilo y feliz en sus entrañas de mujer o en su pecho de adolescente porque, tarde o temprano, se cumpliría. Sólo que él puede que ya no estuviera cerca de ella para verlo.

—Y ¿nunca has tenido miedo? —le preguntó—. Eres una chica valiente.

—Manolo, ¿tienes el pasaporte en regla?

—¿Por qué me lo preguntas?

—Conviene estar preparado. Ya sabes: si tuvieras que largarte de pronto, pasar la frontera. No serías el primero.

—Chiquilla, qué cosas se te ocurren. Me moriría.

—¿Cómo dices?

—Me moriría si tuviera que irme.

—No te entiendo…

Insistiendo sobre esa hipotética huida, Teresa, con un movimiento brusco, se ladeó sobre la toalla encarándose con él. Juntó las manos bajo la mejilla con gesto infantil, como una niña pequeña al acostarse, y miró a su amigo fijamente: «¿Qué quieres decir?» Sus ojos, que titilaban con una luz risueña, tropezaron con una inesperada mirada nostálgica del muchacho. El pálido sol de la tarde jugaba con unos granitos de arena pegados a su hombro pulido, arrancándoles brillos irisados. Viéndole así, tan de cerca (sus ojos bizqueaban un poco), Teresa pensó en el momento en que habían caminado hacia la orilla, después de desnudarse en el coche, ella siguiéndole a un par de metros y observando qué tal le sentaba el viejo slip, mirando su espalda esbelta, la línea firme de sus hombros, y pensando oscuramente: «La entrañable mosquita muerta se ha estremecido en estos brazos, durante noches y más noches, mientras yo leía a la Beauvoir sobre ellos, en mi cuarto, sola…» En la espalda oscura del muchacho, en su manera de caminar, le había parecido entonces captar la expresión muscular de ciertas locas esperanzas. Ahora él le apartaba los cabellos con la mano y Teresa bajó los ojos. La mano (era la mano herida, por supuesto) se posó luego en el cuello de la muchacha, presionando levemente en la nuca. El fino cuello de Teresa latía entre sus dedos como un pájaro asustado. «Eres muy bonita, y sentiría tener que escapar de repente, por lo que fuera, tener que dejarte. Ninguna coña de esas de la política será capaz de hacer que te olvide...» (Mal, lo estás haciendo mal, ignorante, se dijo.) Se acercó más a ella y rozó sus labios calientes, entreabiertos, que dejaban ver unos dientes de leche. «Por favor, qué haces...», murmuró Teresa con los ojos bajos. Parecía reflexionar intensamente, muy concentrada en sí misma: su disolución era eminente.

–Sabía que pasaría esto –añadió Teresa en un susurro–. Lo sabía... La vida es un asco.

–No digas eso, niña.

–Y aunque me beses, te lo advierto, quítate de la cabeza la idea de acostarte conmigo. Yo soy muy franca, Manolo, todavía no me conoces. Ya tuve una experiencia y no pienso repetir.

–¿Quién habla de repetir? Conmigo no tienes nada que temer –fue la respuesta de él.

–Nunca más ¿comprendes? –insistió Teresa, siempre con los ojos cerrados.

–Oye, si tuviera que irme de pronto, ¿me echarías de menos?

–¿Si te pasara algo, quieres decir?

–Eso.

–Pues sí.

–¿Por qué?

–Porque sí... No sé –suspiró–. Qué raro es todo esto ¿verdad? Tú y yo aquí, tan tranquilos, y hace un mes ni siquiera nos conocíamos... Qué extraño verano este. Si en casa, si mis amigos supieran que salgo contigo... –Soltó una risita nerviosa–. Pero es cierto, a qué tanto miedo de decir las cosas: sentiría mucho que te pasara algo.

–Pronto me olvidarías.

–Tal vez. No estoy segura.

–Eres muy joven, casi una niña, me olvidarías; te casarás con algún gilipollas...

—Olvidarte, es posible; la vida da muchas vueltas. Pero nunca me casaré con un gilipollas, por mucho dinero que tenga.

—Verás como sí.

—¡Qué poco me conoces!

—Es lo normal. —Le acariciaba los cabellos, la línea suave de los hombros, la nuca—. Es tan fácil quererte, tan sencillo. Lo más sencillo del mundo. Eres bonita, inteligente...

—Pero ¿qué dices?

—Pues eso, que estás hecha para que te adoren (mal, muy mal, desgraciado, ¿qué te pasa?). Eres un ángel.

Sus cuerpos se tocaron. Teresa seguía con los ojos bajos.

—Por favor... No olvidemos que Maruja...

El aire calino temblaba sobre la arena, como si un vapor envolviera sus cuerpos, muy juntos. Teresa le miraba, y él se miraba en el pálido círculo de las pupilas transparentes y candorosas de la muchacha. Movidos por la brisa, los folletos publicitarios (*¡Entre Ud. en el círculo decisivo con bañadores K!*) revolotearon en torno a la aturdida cabeza del murciano. Teresa se incorporó de un salto, como si despertara.

—¿Vienes al agua?

—Dentro de un rato...

—¡Perezoso!

Y escapó corriendo hacia la orilla. Fue al volver: él había ya considerado la crueldad casi inhumana, por inaccesible, de cierta sugestión de las formas: la desdeñosa flexión de la cintura, la fugitiva y delirante vida de las nalgas, la extraña variedad de ternuras y abandonos que prometían aquellos tobillos un poco gruesos, aquel ritmo desganado y blando de las corvas; sabía también que estaba aprovechando muy mal el tiempo que hoy se le concedía y ninguna de las ventajas que brinda la proximidad, y aún pensaba que, tal vez, si nadando le ocurriera algo, un desvanecimiento, la sacaría en brazos del agua y la tendería mojada y vencida sobre la arena... Pero naturalmente las cosas no ocurrieron así: él se apoyaba en el codo y jugaba con las gafas de sol (desenterradas otra vez) mientras observaba atentamente a Teresa, que salía del agua; la vio pararse un momento en la orilla, ladearse y agitar sus rubios cabellos, atusando las graciosas mechas con los dedos. El sol centelleaba en su piel con destellos de cobre. Manolo se puso las gafas oscuras y se echó de bruces sobre la toalla. Entonces vio a Teresa venir directamente hacia él, despacio y pisando suavemente la arena, sin mirar ni a derecha ni a izquierda, en una noche azul, y algo sustituyó el vapor que exhalaba la arena recalentada, algo parecido a jirones de niebla en un bosque; y en aquella prodigiosa noche azul o verde (¿no eran verdes los cristales de las gafas?) la veía avanzar hacia él como si la muchacha prosiguiera una marcha empezada en un lejano día aún no perdido en la memoria: era el mismo paso irreal, ingrávido, iniciado por la niña de los Moreau en las afueras de Ronda aquella noche que atravesó el claro del bosque bañado por la luna; era como si ya desde entonces viniera hacia él aquella amistad nacida en el trasfondo nebuloso y anhelante de un sueño, prolongándose ahora en los pasos lentos y medidos de Teresa. Y esta vez no pasó de largo, sino que llegó y se sentó junto a él. «¿No me besas?», preguntó con voz tímida (en realidad dijo: «¿No te bañas?», añadiendo: «¡Conque habías escondido mis gafas, ¿eh?!») y se quedó allí, sus cabellos dejando caer gotas de luz sobre los hombros del murciano, a un palmo de su boca y con los muslos muy juntos sobre la toalla, igual que si presintiera la invisible amenaza, en una actitud casi consciente de autodefensa. Pero ya sobre ella, más allá de su virginal cabeza, en lo alto del cielo, el fulgurante sol del deseo y la posesión (hermandad que mueve el mundo pijoapartesco) brillaba al fin con toda su violencia, y el muchacho, repentinamente, la cogió por los hombros y la tendió de espaldas, sin brusquedades pero con autoridad, mirándose en sus ojos profundos como el mar al mismo tiempo que murmuraba entre dientes algo que ella no entendió (le pareció sin embargo que se trataba de una de esas oscuras maldiciones dictadas por la virilidad en pleno vigor, la mismísima voz del sexo abriéndose paso entre remilgos y estrecheces de burguesita) preocupada como estaba por el rápido descenso de la cabeza de él, que cubría ya por completo el sol. Podía, en verdad, volver el rostro a derecha o a izquierda (como un día hizo con sus ideas, se hubiese dicho de tener tiempo para alguna reflexión) pero no lo hizo, y dejó que él la besara largamente en los labios salados. Con sorpresa no menos deleitosa que la producida por esta boca que se afanaba sobre la suya, y a la que no podía dejar de seguir en sus atrevidas evoluciones, notó sobre su sexo el estómago de ébano, y con las mejillas arrebatadas, sintiendo crecer una repentina vida en los brazos, levantó las manos y cogió la cabeza de Manolo, restregando sus cabellos con una ternura desesperada: sus primeros besos, lo mismo que sus primeros pasos por el resistencialismo universitario, fueron atrozmente desquiciados, fundamentalmente histéricos.

Luego, dejando a él toda la iniciativa, sin tomar precauciones ni importarle que pudieran ser vistos por los bañistas que yacían a lo lejos, permitió que las atrevidas manos se introdujeran bajo la húmeda tela que cubría sus senos y permitió también, con un leve movimiento, simulando oscuramente querer acabar con una postura incómoda que estaba lejos de sufrir, que él se acoplara mejor sobre ella. Pero nada más; le entregaría durante un rato aquella bruma rubia que flotaba en torno a su boca, permitiría incluso algunas caricias aviesas, todas las chicas lo hacen, pero nada más: no podía consentir que él la tomara por una burguesita atolondrada, que se deja follar fácilmente y sin conciencia de las otras realidades (urgentes) que están por encima de juveniles devaneos. Sin embargo, minutos después, cuando ya empezaba a serle difícil establecer la verdadera urgencia, no pudo evitar el añadir furtivamente unos grados más de abertura al ángulo de sus piernas. Afortunadamente, en ese instante llegaron dos hombres gordos con horribles slips negros caídos sobre nalgas blancuzcas y llenas de granos, y se sentaron a unos metros de ellos mirándoles con severidad. Suavemente, Teresa rechazó a su amigo, el cual miró en torno buscando la causa de la interrupción. Su mirada debía poseer algún secreto poder, puesto que Teresa vio a los dos orondos mirones cayendo de espaldas sobre la arena, cogiéndose las rodillas, repentinamente interesados en unas nubecillas que se deslizaban por el cielo. Luego Teresa cerró los ojos. El muchacho regresó a su boca todavía caliente con renovado ímpetu, y ella no opuso resistencia. La seguridad y la fuerza de su oscuro mandato, que de repente le transmitió una oleada de calor proponiéndole aviesamente la distensión, la tenían sin embargo menos admirada que el atrevimiento de sus manos, que ahora, después de haberse apoderado de su cintura pasando el brazo por debajo de ella, la atrajeron hacia sí recostándola suavemente sobre el hombro y exploraron bajo el elástico del bikini como en un saco de manzanas. La otra pieza del bañador había perdido su emplazamiento inicial y los senos de Teresa, como graves caritas de niños pegadas al cristal de una ventana, sorbían con avidez el ancho tórax del murciano mientras que en medio de una irisada explosión de luces ella seguía jurándose a sí misma no entregarse, precisamente cuando, de pronto, como si él hubiese adivinado su pensamiento, la soltó. «Nos están mirando», dijo Teresa, en un intento inútil y tardío de asegurarse la iniciativa. Pero era él quien había decidido no ir más lejos y eso la tenía admirada, por cierto. Sin que mediara entre los dos ninguna otra explicación, sus manos coincidieron sobre el paquete de cigarrillos y se echaron a reír. Luego, ya más tranquila (y sobre todo feliz, feliz, feliz), Teresa dejó que él se ocupara gentilmente de su persona, como un enamorado tierno y solícito: arrodillado ante ella, Manolo le puso el cigarrillo en los labios y le dio lumbre, limpió su espalda de arena, ordenó luego las cosas en torno, se incorporó, sacudió la toalla y volvió a extenderla para que la muchacha se sentara cómodamente.

Estuvieron fumando y mirando el mar, muy juntos, en silencio, y empezaba a oscurecer cuando decidieron irse. Por esta vez, los adiposos y melancólicos mirones quedaron decepcionados.

... la fragancia del jardín esa noche, las parejas bailando en la pista, la música y los cohetes de la verbena de San Juan, estaba muy asustada, fue durante un pequeño descanso después de preparar y distribuir otra bandeja de canapés (ya sabía yo que faltarían) pues me dije mira vamos a sentarnos un rato al borde de la piscina para verles bailar, nos quedaremos junto a la señorita que ahora está sola, siempre la más bonita de la fiesta, siempre la más interesante y envidiada pero también la más criticada, y de pronto siento sus ojos clavados en mí y le veo avanzar con el vaso en la mano, tranquilo y decidido: ni una sola vez tuvo que parar o desviarse, era como si en la pista, instintivamente, las parejas abriesen paso a una presencia que siempre estuvo allí y que no necesitaba anunciarse. Él parecía no darse cuenta de nada, tan seguro iba de sí mismo, qué descaro, quién podía imaginar que se atrevería a tanto, y a mí el corazón me dio un vuelco al ver que iba por Teresa, pero al llegar... —ya entonces pensé que no podía ser, que salir a bailar a la pista con los demás no podía ser, amor, ¿comprendes?, nuestro sitio estaba en el rincón más oscurito del jardín– ... apoya su cabeza en mi vientre y contempla el pinar y la playa bañados por la luna, más allá de la ventana abierta, y habla y habla hasta el sueño, susurra con su hermosa boca de lobo y un dulce quiebro en la voz, un temblor, un no sé qué de asombro y desamparo que su nuca transmite a mi entraña, cuenta y no acaba de aquel otro litoral y de cómo y por qué llegó un día a la ciudad, hace unos años, para acabar así, tan tontamente, en los brazos de una marmota, en una ratonera, creo que decía, no me acuerdo muy bien. Mejor recuerdo sus silencios, las cosas que no decía nunca, los amigos misteriosos y las atrevidas muchachas del barrio que duermen en sus ojos, el trato violento y cotidiano con la calle, con los maleantes y con su propia familia. Porque él hacía como si nada de esto existiera: jamás hablaba de su gente, se negaba incluso a pronunciar sus nombres, el de su hermanastro, el de su cuñada, el de los sobrinitos. Los suyos no son más que sombras tras él, seres sin rostro, personajes borrosos de una historia que siempre se ha empeñado en ignorar. Y sin embargo, bien debe de tener un hogar y forzosamente hay en alguna parte unas manos de mujer que se afanan por él, que lavan y planchan sus bonitas camisas de colores cálidos y ponen diariamente su plato en la mesa... Y esta casita del Carmelo, qué cerca y qué lejos está: cuando llueve se va la luz, es lo único que él se concedía explicar, malhumorado, cada vez que su Maruja le preguntaba, y ella sólo podía hacerse la idea de una triste bombilla que de pronto se apaga en un pequeño comedor mientras fuera llueve, retumba la lluvia sobre la uralita y las latas de las chabolas, así debe ser de oscura y envolvente la miseria, así de insoportable la vida de un joven en familia. Porque el amor de los pobres es su único bien, él nunca aprenderá a querer a los que le quieren. Lo sé; una es como es, señorita, una es ignorante y de hombres entiende poco, pero lo poco que una sabe de ellos, en la cama y con ellos lo aprendió, sus hermosos dientes de tiburón me pertenecen, y a mí no podía engañarme aquella noche en la verbena: solamente un pelagatos es capaz de confundir la riqueza con una simple cara bonita y besar de aquel modo tan urgente, como si quisiera sorber el mundo con la boca. Ni siquiera era posible creer que tuviera padres, o hermanos, una familia que él amara y que le estuviera esperando en algún sitio, porque al principio resultaba igualmente imposible imaginar su casa, su cuarto, su cama, el espejo donde se mira y se peina todas las mañanas; no parecía en verdad necesitar que nadie cuidara de él, ninguna mujer, parecía bastarse a sí mismo, y su constante vagabundeo por la ciudad producía también una extraña sensación de falta de hogar, y todavía más al verle correr en motocicleta o jugando a las cartas con los viejos. Todo eso se advierte en la expresión de su cara mientras duerme, cuando su voz se ha apagado junto a mi hombro y en el aire queda flotando este espejismo de sus primeros pasos viniendo hacia allí, desde muy lejos: ahí está, caminando solo por las calles de Marbella con una bolsa de playa colgada al hombro, recién escapado de Ronda. Se para, mira los escaparates, escucha la música de las terrazas, el lenguaje de los turistas. Baja hasta la playa y baña sus pies en el mar, observa con los ojos entornados el paso de una canoa brincando sobre las olas, y luego su rostro enflaquecido, negro, contraído por oleadas sucesivas de sorpresas y decisiones emerge sobre un fondo de edificios en construcción, un estruendo de hierro y ladrillos se abate sobre él, y en medio de una nube de polvo se enfrenta con unos ojos fríos bajo el ala tiñosa de un sombrero de capataz. Queremos trabajo, paisano, necesitamos trabajo. Un año de peón de albañil: las manos morenas y callosas que me estaban destinadas, de nudillos que habían de ser hermosos como la caoba, transportan de un lado a otro cubos de agua y ladrillos y arena con la carretilla, obedecen órdenes y gritos que caen de los andamios como pájaros enloquecidos por un sol de justicia, y de noche reposan como garfios oxidados en el lecho de la habitación compartida con un camarero, hijo de Mijas, que guarda sus ahorros de la temporada en el forro de la chaqueta. Su cuerpo se estira, se fortalece, y estas manos que diariamente le visten y le desnudan, que el sábado por la noche gastan el dinero que han ganado durante la semana paseándose una y otra vez frente a las terrazas llenas de turistas, oliendo todavía a cemento y a yeso, estas manos son las mismas que un domingo de sol radiante, en la playa, se abaten desesperadamente dentro del agua sobre otra mano, simulando haberse confundido de persona. Porque así fue como empezó todo: rápidamente sus ojos se disculpan, sonriendo con ventaja: son los suyos quince años que parecen dieciocho, y el trabajo duro y el sol han moldeado ese torso por donde ahora se pasean unos ojos verdes, puedo verla: es una mujer pequeña y algo regordeta pero de graciosa cintura y hermosa piel bronceada. Seguramente es buena, la señora; hay curiosidad, temor y como una infinita paciencia en la curva suave de su boca; hay una ternura fatalmente condicionada a los veranos en su vientre blando, maduro, soleado. ¿La señora es sueca, alemana? ¿Cuántos días lleva él bañándose en esta playa y a la misma hora, cerca de ella, espiándola, tendido en la arena como un lagarto? Seguramente (oh, sí, seguramente) la camisa rosa con bolsillos que lleva ese día fue el pretexto: ella se encaprichó de la camisa cuando se la vio puesta, al irse, y quiso comprársela porque de tan descolorida por el sol resultaba hermosa y original, un capricho como las camisetas a rayas azules y blancas que la señorita descubrió un verano en una tienda de Blanes, tan baratas, y que puso de moda entre sus amigas… Lo que sigue, ya una servidora no sabe si él se lo contó o simplemente si ella lo soñó (espera, amor, no te vayas todavía, no me dejes, que aún falta mucho para que amanezca), pero una servidora pasa por alto y quisiera olvidar los locos afanes del día, las ávidas bocas rojas de la noche y las abotargadas caras untadas de cremas que al amanecer, soñolientas y agradecidas, vuelven a él como por un túnel negro: porque el nuevo día, como años después cuando despertó aquí a mi lado, seguía diciéndole que la vida está en otra parte. Así que termina la obra en la que trabaja ahora y durante todo el mes de septiembre no hace nada, sólo gastar sus ahorros colgado en las barras de los bares. La alemana madura y triste regresa a su país, llega el otoño, y la perspectiva de un nuevo invierno acarreando arena y ladrillos se hace insoportable. Remontando lentamente el litoral (Torremolinos: pinche de cocina en un restaurante, luego camarero) llega finalmente a Málaga (dos semanas trabajando en una estación de gasolina) y su cabeza se va llenando de silbidos de tren hasta que decide marcharse a Barcelona, a casa de su hermano… Aquí ella pierde el nervio de la historia, se incorpora un poco en el lecho, apoya el codo en la almohada, inclinada sobre tu vigoroso cuerpo desnudo que transpira sueño. «¿Duermes, Manolo?» La luna se escondió hace rato, y ella sigue despierta, vuelta hacia ti, no se cansa de mirarte. Un pasado de silencio y de tinieblas: porque te avergüenza contarlo o porque el sueño te vence, no hablarás de quién te llevó hasta aquí ni cómo la conociste –seguramente en la misma estación de gasolina donde él trabaja. Tampoco ha hecho jamás ningún comentario acerca del viaje ni de las cosas que vio–, sólo dice que haciendo autostop se aprende a vivir, y con trescientas pesetas en el bolsillo, la bolsa de playa colgada al hombro y unas bonitas sandalias que habían pertenecido a un inglés (otra historia que no quiso contarme) a mediados de octubre de aquel año de 1952 se apea de un coche con matrícula extranjera en la plaza de España. Barcelona gris bajo la lluvia, neblina acumulada al fondo de las avenidas, rumor subterráneo bajo el asfalto, uno quisiera tener ya veinte años, ¿verdad? Ella sólo conoce el final de esta carrera, cierto beso que el viajero evoca con nostalgia: asoma una cabeza por la ventanilla del coche extranjero que le trajo, es una hermosa cabeza delgada de cabellos rojos muy cortos, y allí queda él, de pie, agitando la mano mientras el coche se aleja, sigue camino de Francia. Se acerca a un urbano y le pregunta por el Monte Carmelo, y luego, vagando por la ciudad, sin prisas, siempre con la bolsa de playa colgada al hombro, acaba por no poder resistir a la ingenua tentación de subir a un tranvía; seguro que sonríe tras el cristal, prensado por la gente, mirándolo todo con ojos maravillados: todavía no distingue nada entre la muchedumbre, todavía falta mucho para que pierda la inocencia, para que aprenda a abrirse paso entre estas elegantes y confiadas parejas, avanzando hacia mí, el pobre no sabe quién soy, no sabe que acabo de dejar la bandeja, que le he visto entrar, pero si me pide un baile aceptaré aunque nos echen a patadas, aunque todos nos señalen con el dedo, sólo que es mejor que no nos vean, mi amor, vamos a lo oscuro, a lo más oscuro...

> *Un beau corps triomphera toujours des résolutions les plus martiales.*

> BALZAC

—Yo voy.

Siempre fue particularmente sensible al mágico envite del semifallo, al desafío de la suerte. Tal vez por eso, por su capacidad de concentración imaginativa ante la baraja, por su seriedad, su paciencia y su culto al silencio, los viejos adictos a la manilla le habían acogido con agrado en su mesa del bar Delicias, desde que era jovencito. Manolo había jugado con ellos por el gusto de jugar, no por ganar dinero: halagaba a los viejos afirmando que la manilla es el más noble de los juegos de cartas. Pero ahora, desde hacía algún tiempo, prefería la ruidosa mesa de los solteros que pasaban de la treintena y que jugaban fuerte (a veces a peseta el tanto) al ramiro, o al julepe, o al cuarenta y dos. Nunca más volvió a sentarse en la mesa de los viejos. Y súbitamente todo fue distinto: tras él había siempre un grupo de mirones escrutando sus cartas, comentándolas, como si vieran fulgir el quinteto coloreado con una carga de posibilidades muy superior a la de los demás jugadores. Muchas noches se levantaba de la mesa con ganancias. Barajaba y servía con precisión y rapidez, pero a regañadientes, como si quisiera deshacerse de las cartas cuanto antes y escapar de allí. Ahora, aquel paciente sentido de las entregas, aquel estilo reposado y austero tan sorprendente en un muchacho, aquel lento ceremonial aprendido al calor de los viejos y de la estufa, toda una difícil y oscura ciencia de la espera que transpiraban los arrugados dedos manchados de café y de nicotina al barajar las cartas, al ablandar un pitillo, al sacudir la ceniza de las solapas o al recoger sobre el tapete verde una baza ganada con un esfuerzo de la voluntad y no con un golpe de suerte (los viejos despreciaban los juegos de envite) había desaparecido de sus manos por completo: ahora no tenía tiempo que perder. Desde su sosegada y silenciosa mesa de la manilla, los ancianos le miraban con una curiosidad no exenta de cierta nostalgia: imaginaban vagamente que el alejamiento del muchacho era una prueba más del desfase a que les condenaba la vejez. Pero las cosas eran mucho más simples: necesitaba dinero para salir con Teresa, y en la mesa de los viejos no lo había.

Por lo demás, se le veía ya muy raramente por el barrio y siempre caminando deprisa, como si tuviera algo urgente que resolver. Una sensación de haber olvidado algo con las prisas, de no vivir ya allí, y sobre todo aquel alterado silencio de otros ámbitos –rumor subterráneo– que empezó a percibir días antes en el salón de la casa de Teresa, le había acompañado estos últimos días manifestándose de manera particular una tarde que llegó a la clínica en el momento de ver a Teresa sentarse en la butaca con una revista en las manos y cruzando las piernas con cierta premura. Fue como una doble revelación (por algún motivo, recordó en el acto no sólo que Teresa era rica, sino que él estaba hoy sin cinco) que le indujo a pensar oscuramente que las muchachas de buena familia, al sentarse delante de uno cruzando las piernas, lo hacen muy finamente pero desde luego con el aire de negar alguna cosa: flotaba en torno a ese movimiento tan pueril de sus rodillas cruzándose la sombra de alguna decisión no menos pueril y decididamente negativa.

–Se acabó. Me voy a Blanes –dijo Teresa sin mirarle, mientras abría la revista y tiraba de los bordes de su falda, cosa que no acostumbraba hacer ante él. A Manolo no le sorprendió demasiado ni su decisión ni su actitud. Desde hacía horas, la tierra había empezado a moverse bajo sus pies: los problemas que constantemente le planteaba la falta de dinero (no estaba dispuesto a seguir robando: cualquier descuido en estos momentos significaría perderlo todo) le tenían muy preocupado. Una noche de julepe con suerte comportaba tres o cuatro días de holgura, pero al cabo la cuestión volvía a plantearse. Hoy mismo, a las tres de la tarde, al disponerse a pagar un café en la barra del Delicias, descubrió que sólo le quedaban cinco pesetas. En aquel momento vio al joven bien vestido, de unos treinta años, con cejones negros y cabellos untados de brillantina (trabajaba como corredor de electrodomésticos, una cosa con mucho porvenir, aseguraba él, y le llamaban el Rey del Bugui) que le estaba mirando desde el otro extremo de la barra, ante una copa de coñac. Manolo le sonrió: «Qué hay, Jesús.» También le miraban con mucha atención dos empleados del metro sentados en una mesa de mármol junto a la puerta; daban manotazos a las moscas y se abanicaban aburridamente con las gorras. Él se acercó al joven: «Ven un momento ¿quieres? Tengo que hablarte…» Le llevó fuera, al sol, y el otro se sentó despacio en una silla de la terraza, cruzando prudentemente las piernas, también él, como si ya de entrada quisiera cerrarse de banda. «¿Qué quieres? Cabrón de Manolo, que ya no te dejas ver», dijo. «La vida, chico», fue la respuesta del murciano. «Ya», hizo el otro. «Oye, Jesús, que estoy en un apuro. ¿Puedes prestarme trescientas pesetas?» Conocía al Rey del Bugui desde hacía años, y, aunque nunca habían sido muy amigos, contaba con su aprecio. Le vio sonreír burlonamente. «Vaya, vaya», dijo el Rey del Bugui, y se cruzó de brazos. A pesar de su apodo, que atestiguaba cierto esplendor juvenil, dominguero y rítmico, alcanzado doce o quince años atrás (había ganado concursos de bugui en Piscinas y Deportes y otras salas de baile, concursos que eran radiados –lo juraba por su madre– por el famoso locutor de radio Gerardo Esteban, el cuál una vez había estrechado su mano), la diferencia de edad no le permitía ya frecuentar la compañía del Pijoaparte, a quien consideraba un posible pero extraño sucesor. «¿Qué te traes entre manos, Manolo, se puede saber? ¿A qué baile vas los domingos, qué chavalas me trajinas, carota?», le preguntaba a veces, y siempre se quedaba sin enterarse. En su tiempo, las chicas llevaban la falda muy corta y brillantes bolsos de plexiglás rojo, azul, verde. Sólo sabía que ahora se bailaba el rock. En las noches de verano, sentado con los jóvenes casados en la puerta del bar Delicias, el Rey del Bugui dejaba vagar la mirada a lo lejos, hacia las Ramblas y el barrio chino, invisible bajo el polvo luminoso que la ciudad arrojaba a la noche, y entonces a menudo pensaba en Manolo, pero nunca podía imaginárselo en situación de divertirse al estilo en que él se había divertido, ni frecuentando los mismos sitios, ni yendo de «burilla». Por eso, el Rey del Bugui llevaba ya mucho tiempo sospechando que Manolo era un sarasa. «Vaya, vaya –decía ahora, sonriendo misteriosamente–. Vaya con Manolito.» «Hazme ese favor, hombre, estoy sin blanca», insistió él. «Pues chaval, lo siento, yo también voy de verano. Prueba con el Cardenal.» «Con doscientas me arreglo.» «Qué raro, verte sin dinero…», razonó el Jesús. «Veinte duros, va», concluyó Manolo. El Rey del Bugui se echó a reír: «Chúpasela al viejo, que es lo tuyo.» Manolo le miró arrugando el ceño y con las mandíbulas prietas. De pronto lo cogió por las solapas y lo levantó de la silla: «¡Repite eso!» «Quítame las manos de encima, marica», ordenó el otro. Manolo le escupió en el entrecejo, sin soltarle. El Rey del Bugui no hizo nada, pero dijo: «No me asustas, marica, que eres un marica, todo el barrio lo sabe. ¡Si nadie te puede ver!» Manolo volvió a escupirle y luego lo soltó, repentinamente perplejo.

En el fondo, la opinión del Jesús le tenía sin cuidado; y aunque el barrio entero la compartiese, también. Lo grave era que eso confirmaba aquella impresión de desfase y desintegración, la sensación de que los acontecimientos habían empezado ya a desbordarse desde hacía algún tiempo, sin enterarse él, y lo mismo cabía pensar de los sentimientos de la gente. Y al sospecharlo, su mano, como si captara alguna oscura señal de peligro, se le fue de pronto hacia el rostro del destronado Rey del Bugui, que recibió un inesperado y fulminante revés. Algo cayó de sus manos, un envoltorio de chicle. Manolo recordó una curiosa particularidad del Rey del Bugui; era uno de esos que les repugna besar a las putas en la boca, y que después de acostarse con ellas se ponen a mascar chicles perfumados.

Antes de darle tiempo a que reaccionara, le volvió la espalda y se fue. Probaría en otra parte: primero con su cuñada (cinco duros, un papel infecto que olía a pescado, pero que él agradeció sinceramente), luego con el Sans, al que tuvo que ir a buscar donde trabajaba (ahora limpiaba tranvías en las cocheras de la plaza Lesseps, con altas botas de goma, una gorra mugrienta sobre la cara de mono y una manga de riego) y finalmente acudió al Cardenal, que era, precisamente, el único a quien no deseaba acudir. Al bajar corriendo las escaleras que unían la calle Gran Vista con la calle del Doctor Bové, al doblar un recodo, Hortensia se le vino encima inesperadamente. La muchacha parecía llevar tanta prisa como él y la fuerza del choque la desplazó contra la pared. El sol le cegaba los ojos glaucos. Él la sostuvo por el brazo mientras balbuceaba una disculpa. En una azotea que quedaba por debajo de ellos, en los primeros repechos de la pendiente, una mujer de grandes ojos negros, de aspecto juvenil y descuidado, les observaba con una sonrisa complacida mientras bañaba a un niño en un recipiente de plástico amarillo que traslucía al sol. La Jeringa, despeinada, llevando en la mano la descolorida cartera escolar que le servía de botiquín, recostó la espalda contra la pared y levantó su vidriosa mirada hacia Manolo.

–¿Adónde vas tan deprisa?

–A tu casa –dijo él–. A ver a tu tío.

–Te acompaño.

Llevaba unos zapatos blancos de tacón alto que Manolo nunca le había visto. El sol pegaba fuerte en la pared trasera del jardín, mientras rodeaban el chalet, y ella iba a su lado en silencio, cabizbaja, tembloteando un poco sobre los altos tacones. Llevaba la cartera correctamente cogida por el asa y con el brazo muy rígido y pegado al cuerpo, como en sus tiempos de colegiala. «He ido a ponerle una inyección al chico de la Luisa», dijo. «Ah, ¿sí?», dijo él. «Sí, ya es la segunda. Es muy fácil.» «Eso está bien, mira –dijo Manolo–, está bien ese trabajo… Y a ti te gusta ¿no?» Se sentía inseguro, pero sólo cuando ella le hizo pasar al comedor comprendió por qué: el Cardenal no estaba en casa.

–Cuando me he marchado estaba… –empezó la muchacha.

–Bueno, no importa –dijo él, incómodo–. Volveré otro día.

–Espera, miremos en el jardín. ¿Tienes prisa?

La siguió hasta el cenador, pero ya antes de llegar se veía el sillón de mimbres vacío, con el bastón cruzado sobre los brazos. Hortensia no apartaba sus ojos del muchacho. Quitó el bastón y se sentó riendo, cogiéndose la nuca con las manos, desperezándose, agitando las piernas. «Oye –dijo–, prometiste que un día me llevarías en moto.» Bajo su cuerpo, el descoyuntado sillón de mimbres crujía con un gemido casi humano. Él se había parado quince metros antes de llegar al cenador, no necesitaba ir más lejos para ver que el viejo no estaba allí. «Sí, un día de éstos…» Decidió esperar un rato y se sentó en el suelo, cruzando los pies, los ojos fijos en la muchacha a través del sol, observándola con curiosidad. Ella no se estaba quieta. «¿Te has enamorado alguna vez, Manolo?», preguntó riendo. «No…», dijo él. Y al ver la manera con que fijaba repentinamente su atención hacia algo del jardín (ladeando la cabeza, un poco asustada, como si de pronto hubiese descubierto la presencia de alguna alimaña entre la hierba que crecía libre en torno a ella) fue cuando constató una vez más su extraordinario parecido con Teresa Serrat. Esas piernas que se agitan en el aire, que parecen fustigar el sol desesperadamente, sólo necesitan un dorado de playa para ser las de Teresa. Entornando los párpados, Manolo observó detenidamente a la muchacha. Estaba graciosa y era muy bonita, y él sintió la oscura necesidad de preguntarse de nuevo por qué, antes de conocer a Teresa, no podía haberse enamorado de ella. El amor es irracional y ciego, dicen, pero sospechaba que eso era otro cochino embuste inventado para engañar a las almas simples: porque si hubiese conocido a Hortensia al volante de un coche sport, por ejemplo, como en el caso de Teresa, enamorarse de ella habría sido lo más fácil y natural del mundo. ¿Qué eso ya no habría sido amor? Amor y del grande.

Hortensia, sin dejar de balancear las piernas, recostó la cabeza en el respaldo del sillón.

—Ya no llevas el vendaje –dijo.

—Ya no.

—¿Por qué?

—Estoy curado. –De pronto volvió el rostro, dejó de mirarla.

—Manolo, ¿qué te pasa? Últimamente pareces tonto. No eres el mismo.

—Mira, Jeringa, tengo muchos problemas. –Tumbándose de espaldas sobre la hierba, añadió–: Todavía no puedo devolverte el dinero… ¿Se enteró el viejo?

—Claro.

—¿Y qué dijo?

—Oh, me pegó. Sí, me pegó una bofetada. Y está muy enfadado contigo.

—Te lo devolveré –dijo él–. Te devolveré hasta el último céntimo… No quiero deudas contigo.

—Tienes miedo –dijo ella, y se echó a reír–. ¡Qué divertido, nunca lo hubiese creído! Y además te has vuelto tonto.

—¡Niña…!

—La niña ya trabaja, ¿sabes?

—Eso está bien… –Se levantó del suelo–. Sí, eso está pero que muy bien. En fin, me voy. Volveré otro día.

Al pasar junto a ella (prefirió salir por la puerta trasera del jardín), le rozó la barbilla con los dedos. Creyó que le acompañaría, pero no, Hortensia se quedó allí, repantigada en el sillón. Manolo notó en su espalda los ojos metálicos de la muchacha hasta que cruzó la puerta. «Lo tengo peor que antes», se dijo pensando en el enfado del Cardenal. Mientras se dirigía hacia la clínica fue recuperando la seguridad: a fin de cuentas, solamente era en el barrio donde se hallaba a disgusto y desorientado, y siempre fue así, no había por qué darle vueltas.

Dina acababa de entrar en el cuarto de Maruja y Teresa estaba sentada en la butaca, igual que Hortensia en el sillón, pero componiendo aquella actitud de auto-defensa con las piernas cruzadas y sin mirarle. Tenía aspecto de haber dormido mal. «Me voy a Blanes», dijo. Las lujosas páginas de la revista crujían en sus manos. Él comprendió en el acto que algo nuevo bullía también en esta cabecita rubia.

—¿Qué ocurre, Teresa?

—Nada. Excepto que la pobre Maruja está cada vez peor y que yo… estoy agotada, nerviosa. Voy a buscar a mamá.

—Pero si vino anteayer.

—Pues que vuelva. Que vuelva enseguida.

Pasaba las hojas de la revista con mucha rapidez. Indudablemente no podía ver ni leer nada, pero tampoco parecía desearlo.

—¿Volverás pronto? —preguntó él.

—No lo sé. —Y después de un corto silencio, como si prosiguiera una conversación iniciada con otra persona—: Además, te has quedado sin dinero por mi culpa.

—¿Cómo dices?

—Chico, ¿estás sordo?

Debiste suponerlo: a ninguna chavala le gusta salir con alguien que no tiene dinero, pensó. La oyó murmurar: «Anoche estuve pensando en ello. Somos unos insensatos…»

—Déjate de monsergas —cortó él con sequedad, pero sin levantar la voz—. Y dime qué te ocurre, anda.

Teresa había terminado de pasar las hojas, pero, dándole bruscamente la vuelta a la revista, volvió a empezar.

—A mí nada. No me ocurre nada.

Manolo paseó ante ella con la cabeza gacha y la mano izquierda hundida en el bolsillo trasero del pantalón, exactamente igual que ayer tarde en una tasca de la Trinidad llena de camioneros escandalosos, mientras le ofrecía a Teresa un ramo de violetas que vendía una vieja, cuando tocó en el fondo del bolsillo el triste montón de calderilla. «No te preocupes, yo llevo –había dicho ella al comprender su apuro–. Así tengo ocasión de pagar alguna vez.»

—Oye –dijo él ahora–, no veo que tengas que ponerte así por eso. No tiene nada que ver... Quiero decir que precisamente estoy esperando un cobro...

—Claro que tiene que ver. ¿Quién te has figurado que soy? ¿Una estúpida malcriada que desconoce el valor de las cosas? ¿Crees que puedo consentir ese gasto? Conozco a los chicos como tú, sois demasiado buenos, demasiado ingenuos. Entendéis mal la amistad. Lo que me enfurece es no haber caído en ello hasta ayer... Seguro que ya te has gastado la paga de las vacaciones.

—Pues yo creo que no te vas por eso. Te vas porque tienes miedo.

—¿Miedo de qué? Bueno, Maruja está muy mal, me preocupa... Además, necesito reflexionar.

Él se cruzó de brazos, suspiró.

—Reflexionas tú mucho, chavala.

Teresa se echó a reír.

—Qué gracioso. –Y ahora sí, ahora parecía haber hallado algo de sumo interés en la revista, porque fijó toda su atención en una página, mientras decía–: Pero seamos prácticos y hablemos claro, que para eso somos amigos. Vamos a ver, ¿qué hay entre nosotros? Amistad y nada más ¿no? A ver, dime.

Desde el cuarto contiguo, Dina, que les estaba escuchando, comprendió enseguida lo que pasaba y sonrió mientras le tomaba el pulso a la enferma: Teresa empieza a formularse los sentimientos de su amigo. Siempre seremos tontas, las mujeres, pensó. Dina sabía mucho del amor. Sabía, por ejemplo, que la afirmación amorosa del tipo más peligroso como amante consiste en negar en todo momento la existencia del amor, en no dejarse amar; pero sabía también que algo en ese tipo, en su tranquila voz sin historia, en sus agudos y sarcásticos ojos y en sus manos egoístas y rápidas, sugiere al mismo tiempo que no está aquí para otra cosa que para ser amado. Y el murciano también debía saber algo de todo eso, porque durante los últimos días, a despecho de lo tierno y reflexivo que se mostraba con Teresa (Dina les había sorprendido en el saloncito no pocas veces, arrullándose casi) había sabido mantener en todo momento ese tranquilo desafecto tan necesario para que las azules pupilas de su amiga se llenaran de duda y de interés.

Ahora, mientras el chico se dirigía a la habitación de Maruja:

—Eso es, sólo amistad —aventuró—. Y basta de tonterías, te lo ruego. ¿Dices que Maruja está peor?

Y sin más, ahogando los latidos de su corazón con una indiferencia más o menos lograda (nunca sabría cómo le traicionaron sus ojos, cómo desmentían sus ásperas palabras) entró en el cuarto contiguo. Dejó abierto. Dina le estaba poniendo una inyección a Maruja. Él sabía que el médico solía pasar a esta hora, pero nunca le había visto porque él y Teresa se iban antes. Maruja parecía, en efecto, haberse consumido en veinticuatro horas: sus mejillas pálidas, transparentes, estaban hundidas bajo los pómulos, la frente era desmesuradamente grande y también la boca. Su expresión ceñuda se había acentuado, como si el mal sueño que la roía por dentro fuese cada vez más enojoso.

—¿Está muy mal? —preguntó Manolo.

La enfermera, sin mirarle, desclavó la aguja del brazo y aplicó un pedazo de algodón.

—Sal fuera, que vamos a cambiarle las sábanas.

—Pero ¿cómo se encuentra?

—Le han salido unas llagas en la espalda, eso es todo.

—¿Y es grave?

–Te pido por favor que salgas. Va a venir el médico.

Cuando él regresó al saloncito, Teresa había desaparecido. Se volvió a la enfermera un poco perplejo: «Ha ido a buscar a su madre», dijo, y se quedó allí quieto en la puerta, como esperando que Dina confirmara sus palabras. Pero la enfermera estaba atenta a su trabajo; dobló el brazo de Maruja y lo introdujo cuidadosamente bajo la sábana. «Mala suerte –dijo–. Vete y vuelve mañana.»

Desde luego, la mala suerte le hacía guiños: lo ocurrido, por ejemplo, con la última motocicleta que se decidió a robar para estabilizar un poco la situación económica, aprovechando que Teresa estaba en Blanes. Fue al día siguiente, después de convencer a su cuñada para que le sacara el traje del tinte (por lo menos, si Teresa volvía con su madre, que no le vieran vestido como un golfo). Era el 18 de julio, precisamente. A las cuatro de la tarde bajaba por la carretera del Carmelo y cerca del parque Güell adelantó a dos parejas de novios del barrio. Les oyó cuchichear a su espalda, le criticaban, y él, repentinamente, como si hubiese olvidado algo, se paró y tanteó sus bolsillos. Sacó todo el dinero que tenía: rubias y calderilla. «Esto no puede ser, eres hombre muerto.» Entró en el parque Güell. Sospechó entonces que la decisión no era repentina, sino que la llevaba dormida en la cabeza desde hacía días: si no había más remedio, lo haría, pero desde luego iba a ser la última vez. La motocicleta para el Cardenal y con lo que le diera liquidaría deudas y con prudencia aguantaría hasta el fin de las vacaciones de Teresa. Al mismo tiempo contentaría al viejo y volvería a tenerle a raya para nuevos anticipos. Y también daría un «tirón» (el último, esta vez de verdad) para gastos inmediatos.

Un poco más allá de la entrada del parque, junto a los setos polvorientos, coches y motos con sidecar aparcados sin orden. Entre los árboles, chillidos de niños y pájaros. Entraban parejas enlazadas, con paso lento y religioso, que le impacientaban: ya le había echado el ojo a la motocicleta. Era una Montesa nueva, de un rojo brillante, que le miraba fijamente desde la espesura con su aire de avispa rencorosa. Tuvo que esperar durante más de tres cuartos de hora y se fumó medio paquete de Chester (a la cuenta sin pagar del Delicias) sentado en una de las grandes bolas de piedra que bordeaban el paseo de palmeras; pero luego todo fue muy rápido: aprovechando un momento que no pasaba nadie, montó en el sillín y puso el motor en marcha después de hacer saltar el candado. Bajo él, el caballete se plegó como una trampa. Al darle gas salió disparado del parque y se lanzó a toda velocidad por Ramiro de Maeztu y luego por Avenida Virgen de Montserrat. Iba con las piernas muy abiertas para no mancharse el traje, era lo único que le preocupaba.

Segundo objetivo: un bolso de señora en un paraje favorable (cerca de Horta, era una calle desierta, sin asfaltar, flanqueada de obras), un gran bolso negro que golpeaba la cadera de una mujer delgada y madura, vestida de negro, con gafas oscuras, que había salido de un portal y se alejaba por la acera. Con el motor en ralentí, se deslizó tras ella arrimado al bordillo. En la calle resonaban golpes de piquetas y voces de albañiles. Él había visto ya las piernas un poco musculadas sobre los grandes zapatos planos, las caderas escurridas, la espalda hombruna muy ceñida por la blusa negra y el cabello recogido en un moño sobre la nuca, pero ahora sus ojos estaban atentos a otra cosa; no pasaba nadie por la calle. Se aproximó más a la mujer, y cuando estuvo a su altura (un perfil severo, labios sin pintar, con una leve pelusilla negra en el superior) y avanzaba al ritmo de su paso, ella volvió inesperadamente el rostro hacia él. La ocasión no era propicia: el bolso pendía ahora sobre su vientre, lo cual le valió a la adusta dama saborear un poco de simpatía pijoapartesca antes de ponerse a chillar. «Perdone –dijo el muchacho con su mejor sonrisa–. ¿Sabe qué hora es?» Ella, tranquila, inexpresiva, dobló el codo (el bolso se balanceó favorablemente en su brazo, como un péndulo) y, sin detenerse, miró el reloj de pulsera que apenas asomaba bajo la ceñida manga de la blusa, y en este momento salió la mano del Pijoaparte disparada como el rayo y se apoderó del bolso: un fuerte tirón, que ella adivinó e intentó neutralizar levantanto el brazo, al tiempo que emitía unos ruidos guturales, de modo que el asa de cuero quedó durante unos segundos enganchada en la correa de su reloj, pero el nuevo tirón fue decisivo y en un abrir y cerrar de ojos el bolso ya estaba entre la americana y la camisa del muchacho, que dio todo el gas a la moto. «¡Al ladrón, al ladrón!», gritó la mujer. Manolo se lanzó en dirección a la plaza de la Fuente Castellana para luego bajar por Cartagena. Formidable arranque el de la Montesa, instantáneo. Pero los gritos de la desconocida resonaron en sus oídos durante un buen rato. Cinco minutos después, detrás del Hospital de San Pablo, con la motocicleta parada y los pies en tierra, registraba el bolso: lápiz para las cejas, un pañuelo perfumado con una M bordada en azul (Margarita, Margarita), un monedero con rubias y calderilla, un carnet de conducir, otro de Asistencia Social, agenda, bolígrafo, una vieja fotografía de un equipo femenino de baloncesto (pesadas faldas azotadas por el viento, rodillas y sonrisas desvaídas en un campo desolado: una cruz de tinta sobre la cabeza de una muchachita gatuna), un peine, un tubo de aspirinas, un librito (*Almas a la deriva*, o algo parecido) y, en efecto (los temores eran fundados) sólo un billete de cien y otro de cincuenta. Mala suerte. El muchacho dejó todo en el bolso excepto el dinero y el pañuelo perfumado. Emprendió la marcha, y luego, sin pararse, arrojó el bolso por encima de la tapia de un jardín. Lo encontrarían y sería devuelto. Pasaban diez minutos de las cinco. Dejaría, como sin querer, que Teresa viera este pañuelo: pues nada, un recuerdo de Margarita, la hija de un miliciano exilado, un amor muerto por culpa de la guerra, una herida sin cicatrizar... No, qué absurdo (tiró también el pañuelo). No divaguemos.

Dejó la motocicleta medio escondida entre dos coches, frente a la clínica. Había otras motos, y un joven con una camisa a cuadros que paseaba por la acera. Y cuyas miradas de soslayo él comprendería demasiado tarde; he aquí que aparecían las primeras consecuencias –y por cierto en mala hora– del esfuerzo excesivo polarizado en una sola dirección: no reconocía ya a sus propios colegas. Lo que le distrajo fue sobre todo el Floride de Teresa estacionado no lejos de allí. «Ha vuelto», pensó con alegría. Una vez arriba, lo primero que vio al entrar fue la cabeza gris de un hombre en medio de la penumbra del saloncito, recostada en el respaldo de la butaca. Parecía dormir. Las persianas estaban echadas. Manolo pasó ante él sin hacer ruido y entró en la habitación de Maruja. Dina leía una novela sentada junto a la cabecera del lecho. «¿Cómo se encuentra hoy?», preguntó Manolo en voz baja. «Mejor –dijo ella sin apartar los ojos del libro–. Su padre está ahí, ¿no le has visto?» «Ah, su padre. ¿Y Teresa?» No obtuvo respuesta. Alguien estaba tras él, clavándole los ojos en la nuca. Se volvió. Era el hombre de pelo gris. Manolo le saludó con la cabeza, mientras el otro le miraba con ojos de cansancio, apenas visibles entre los infinitos pliegues de los párpados. Su rostro oscuro parecía esquivar algo, alguna luz molesta (sus espesas cejas se habían fijado en ese gesto campesino de esquivar los reflejos del sol) y aúnque no era alto como Manolo, su mirada parecía descender hasta él. Había algo en su aspecto que no agradó al chico. Lentamente, el hombre apartó los ojos de Manolo y los fijó en su hija. Junto a la cabeza de ésta, sobre la almohada, la sonda cerrada con una pinza reposaba como una pequeña y maligna culebra. Maruja gimió débilmente; sobre el blanco de sus ojos revolotearon durante un segundo los párpados ralos y llenos de pupas, sorprendentemente descarnados, sin pestañas, y por un breve instante apareció la negrura ardiente de sus pupilas, sus grandes pupilas asustadas que no se fijaron en ninguno de los rostros allí presentes; pero era ciertamente una mirada (una mirada que ya no iba destinada a nadie en particular), y pareció costarle un esfuerzo sobrehumano. Luego cerró los ojos. Se oyó la tos del hombre. «¿Ve usted? –dijo la enfermera, en el mismo tono que habría empleado para hablarle a un niño–. Está mucho mejor.» Manolo volvió al saloncito y graduó la celosía para que entrara un poco de luz. Minutos después, el padre de Maruja se reunió con él. Vestía un traje marrón muy usado.

–¿Es usted amigo de la señorita Teresa?

Observaba a Manolo detenidamente. Manolo dijo:

–Sí… Y de Maruja. Parece que está mejor, ¿no? –dijo por decir algo.

–Dios lo quiera, porque a mí se me hace que me engañan. A ver si el mes que viene se licencia el chico… –Le miraba con sus ojos cansados y ahora, al tenerle más cerca, Manolo comprendió que aquel hombre sólo mostraba sueño y un total y absoluto desinterés por todo. Le vio introducir precipitadamente la mano en el bolsillo, probablemente para invitarle a fumar. Se sentía tan molesto que le dio la espalda. Afortunadamente, en aquel momento apareció Teresa; entró muy resuelta y su primera mirada (un destello de alegría indecible, que no volvería a asomar a sus ojos hasta quedar a solas con él) fue para el muchacho. «Ah –dijo–, ¿ya se conocen? –Les presentó–: El señor Lucas es el padre de Maruja… Manolo, un amigo.» El muchacho tendió la mano y se encontró con un trozo de madera sin vida y en ella un cigarrillo que debía estarle destinado, pero que el hombre no retiró a tiempo y se partió por la mitad. «Aquí el joven –dijo el padre de Maruja, ofreciéndole otro cigarrillo– que también la encuentra más espabilada. Y es lo que yo digo: cuestión de tiempo. Bueno –añadió mirando hacia la puerta–, ¿y doña Marta?» «Con el doctor, ahora mismo viene –dijo Teresa–. Papá está abajo.» El hombre inició un movimiento hacia la puerta, pero se volvió, entró en la habitación de su hija, dijo algo a la enfermera, volvió a salir, se despidió de ellos y luego se marchó cerrando la puerta sin demasiado cuidado. Entonces, Teresa se plantó delante de Manolo, muy cerca, y levantó el rostro mirándole a los ojos.

–Hola –dijo con su voz mimosa, un poco nasal, siempre como si estuviera constipada; había en esa voz una húmeda promesa de caricias furtivas.

–¿Cuándo has llegado? –preguntó él.

–Esta mañana. Estamos aquí desde las tres, toda la familia –añadió sin apartar los ojos de él–. Ahora vendrá mamá. No es nada lo de Maruja, me asusté sin motivo…

–Pero sigue muy grave.

–Bueno, sí…

–¿Y tú hoy cómo te sientes?

–Estupendamente, como nueva. –Se fijó en su traje–. ¡Oye, qué elegante!

Oyeron pasos en el corredor. Se separaron un poco y Manolo ajustó instintivamente el nudo de su corbata. Pudo captar una mirada divertida de Teresa, y en este momento se abrió la puerta y entró la señora Serrat seguida de otras personas; venía hablando y su voz se hizo un repentino susurro al cruzar el umbral, como si entrara en un velatorio: «…¡y es que Teresa llegó completamente desquiciada, diciendo que Maruja se había puesto tan grave, que le habían salido unas llagas horribles en la espalda, que se nos moría, y consiguió poner a todo el mundo nervioso! Ya quería yo llamar antes de venir. Pero en fin, mejor que haya sido una falsa alarma… ¿Y Lucas, se ha ido?», añadió mirando a Teresa. «Con papá.» Manolo se había retirado junto a la ventana y estaba a la espera. Acompañaban a la señora Serrat el doctor Saladich (alto, parsimonioso, muy atractivo, con una especie de reserva profesional en sus bellos ojos grises) y otra señora que debía ser tía Isabel, y que se sentó inmediatamente, muy acalorada y con aire de fatiga. Teresa se acercó a Manolo: «Ven», le dijo, pero ya su madre iba hacia ellos. «Tu padre nos espera abajo, se ha empeñado en localizar al chófer de la Compañía para que lleve a Lucas a Reus. Tus dichosos nervios, hija… (entonces se fijó en Manolo). Ah, usted debe ser ese joven…» Teresa se lo presentó: «Viene a ver a Maruja todos los días.» De buenas a primeras ella no pareció prestarle mucha atención (no le tendió la mano, la tenía ocupada en sujetarse el pañuelo verde que le ceñía los cabellos), pero sí la otra señora y el médico, a los que fue igualmente presentado por Teresa. Nada especial en la actitud de la señora Serrat (mientras Teresa intentaba explicar al doctor Saladich sus temores de ayer respecto a Maruja) excepto una tibia mirada en suspenso, una mirada cuya naturaleza inquisitiva no se refería exactamente a él, o por lo menos no solamente, sino que involucraba a su hija: la señora Serrat mantenía el rostro vuelto ligeramente hacia Teresa, que era la que hablaba en este momento, pero, en realidad, miraba al muchacho, que era quien escuchaba.

–Tonterías, Teresa –dijo la señora de pronto–. Maruja está mucho mejor.

El doctor Saladich no se mostraba nada optimista pero aseguraba que, en efecto, los temores de Teresa eran infundados. Cuando ya se disponían a marchar, la señora Serrat inició una complicada conversación con su hermana y con Teresa acerca de lo que había que hacer: ella regresaba a la Villa inmediatamente (tenía invitados) en el coche de su hermana, mientras que su marido, «que desde luego no conseguirá localizar al chófer de la Compañía, porque hoy es fiesta», dijo, no tendría más remedio que acompañar a Lucas en el otro coche. «De todos modos –añadió–, Oriol pensaba ir a la finca un día de éstos.» Tía Isabel sugirió que Teresa podía acompañar a Lucas, y Oriol irse con ellas a Blanes (pero Oriol tenía cosas que hacer en la ciudad) y Teresa protestó diciendo que estaba muerta de cansancio, y que además tenía que llevar el Floride al garaje para una reparación. Manolo, junto a la ventana, esperaba inmóvil y correcto, y lo único que sacó en claro al final (lo único que le interesaba, por otra parte) fue que Teresa quedaba libre y en Barcelona.

–Pero nada de tonterías –ordenó su madre, sin ninguna autoridad en la voz–. Te estás quedando como un fideo. A ver si después de Maruja empiezas tú… Convenceré a tu padre para que te vengas a Blanes a descansar por lo menos una semana.

–Ay, no, mamá, aquello es aburridísimo. Y ya sabes que quiero estar junto a Maruja, alguien debe hacerlo.

–Está bien, está bien –concluyó su madre, que sin duda no deseaba tocar esa cuestión. Habló con su hija un momento, aparte, y Manolo pudo oír a Teresa: «Mamá, tienes que darme algún dinero.»

Se despidieron las señoras y Saladich las acompañó amablemente. Eran las seis. Teresa se dejó caer en una butaca, suspirando, e hizo saltar las sandalias de sus pies. «Uff, al fin.» Llevaba unos *blue-jeans* muy sobados y descoloridos. «Qué hacemos», dijo, sin ningún tono interrogativo. Los dos se miraron. «¿Regresan todos a la Villa? –preguntó él, y enseguida, riendo–: ¡Menudo follón has organizado!» Se acercó a ella, le cogió una mano y tiró suavemente para que se levantara. «Venga, perezosa.» Teresa se resistía, riendo, con las piernas abiertas, firmemente apoyados los pies en el suelo: apenas podía disimular su impaciencia. «Manolo, ¿te enfadaste ayer, cuando me fui sin decirte nada?» «No.» Él dio un fuerte tirón y Teresa acabó en sus brazos. Se tambalearon un rato igual que muñecos, riendo sordamente, desfalleciendo, como si las fuerzas les hubiesen abandonado, y prolongaron la delicia de este movimiento fluctuante hasta chocar en la puerta del cuarto de Maruja. Las sonrisas se esfumaron de sus rostros y en su lugar quedó una tensión anhelante. Se besaron en la boca, precipitadamente, temblando.

—Dina está ahí dentro —susurró ella—. Qué alivio que lo de Maruja no fuera nada, ¿verdad?

—Sí —dijo él—. Anda, vámonos.

—Espera... Yo...

—Vamos a un sitio donde estemos solos. Al Tíbet.

—Sí. Pero... —Sonreía, hundió la cabeza sobre el pecho, suspiró—. Quiero que nadie sepa esto. Nadie debe saberlo.

—¿El qué?

—Esto que nos pasa. Será como un secreto entre tú y yo, ¿comprendes?

—¿Has estado todo el tiempo pensado, en la Villa? —preguntó él, receloso.

Teresa titubeó:

—Por favor, no saques conclusiones demasiado egoístas (el muchacho parpadeó, confuso). No digas nada, te lo ruego. —Le puso el dedo en los labios—. ¿Sabes?, entre mis papeles he encontrado la carta que un amigo me escribió desde la cárcel, un estudiante. Si supieras lo que dice, cómo está escrita, me devolvió la tranquilidad... Somos unos cobardes, Manolo, eso es lo que yo creo, unos cobardes por no atrevernos nunca a hacer las cosas que están bien y que nos gustan. En la carta me hablaba de Federico.

Sombra querida, sin duda. Él había ya observado

que Teresa, siempre que hacía referencia a cualquier prestigiosa sombra querida, bajaba los ojos con el fervor receptivo de una auténtica colegiala aplicada: su mundo fantasmal de afectos, simpatías y admiraciones era no sólo más vasto y generoso que el suyo sino también capaz de una solidaridad mítica, sospechosa de conjuro, y que anunciaba un peligro. Sólo más tarde, cuando ya estaban en el coche, que por cierto Teresa no conseguía poner en marcha –no había mentido al hablar de avería–, él captó las nuevas señales, el fruto de las sesudas reflexiones de la niña durante aquellas veinticuatro horas en la Villa, los pormenores triviales en apariencia pero que ya llevaban la etiqueta de lujo con el precio y la indicación expresa (murcianos: no tocar): «Eso de salir de incógnito es divertido, ¿verdad? –dijo Teresa–. De todos modos te presentaré a unos amigos que desean conocerte. Son estudiantes.» «Ah.» Y él comprendió que las cosas iban a complicarse sin remedio, y que era lógico, pues no podía pretender vivir con Teresa en una esfera de cristal, o como si este verano fuese realmente una dichosa isla perdida. Había pues que afrontar lo que viniera por ese lado y aun tratar de aprovecharlo, tanto más cuanto que por el otro, su propio terreno, el barrio, aquella terrible venganza carmelitana arreciaba; he aquí cómo acababa la historia de la última motocicleta apañada: al echar él una distraída mirada en derredor –cuando ya Teresa había logrado poner el Floride en marcha– para comprobar que la moto seguía en su sitio («Esta noche vendré por ella», pensó) le pareció ver en su lugar, sentado en el bordillo, riéndose, burlándose de él, al mismísimo Cardenal… No era otro que el padre de Maruja, que sin duda esperaba al coche que debía llevarle a Reus, pero él estuvo a punto de soltar un grito y hacer parar a Teresa. En cuanto a la Montesa, había desaparecido con el chaval de la camisa a cuadros.

¿Será posible, el hijoputa? Decididamente, hoy también se había levantado con el pie izquierdo. Más contrariedades, sobresaltos, pequeñas alarmas, a menudo llegaban como señales de tráfico advirtiendo la presencia de curvas y cruces: fue durante otra improvisada tarde de playa (una pequeña cala de Garraf, con merendero y parking, él y ella tumbados junto al esqueleto de una barca abandonada) cuando, inesperadamente, la nueva señal se presentó en la persona de una sonriente muchacha con trenzas que corría hacia Teresa dando saltitos, quemándose las plantas de los pies, retorciéndose envuelta en una toalla roja (una auténtica S sobre el fondo amarillo de la arena: curva peligrosa) hasta que alcanzó a la universitaria cuando ésta se dirigía hacia el merendero. Primero había estado gritando su nombre hasta quedar casi afónica. Iba con un muchacho que se quedó atrás. Manolo, tumbado junto a la barca, vio cómo las dos amigas se abrazaban y se besaban. Dos o tres veces volvieron la cabeza para mirarle a él, sonriendo y cuchicheando: pensó que no iba a librarse de ser presentado. La amiga de Teresa sonreía todo el rato, con su pequeña y morena cara de luna, y no se estaba quieta ni un momento, doblando el cuerpo envuelto en la toalla. No podía oír lo que decían, pero sabía que hablaban en catalán (lo deducía por los graciosos morritos que ponía ahora Teresa, había aprendido a leer en ellos) y eso y las risas, cada vez más desatadas, bastaba para inquietarle. Confirmando sus sospechas, el viento le trajo la terrible palabra (*xarnego*) pronunciada por la amiga de Teresa, y luego su risa: aquel temible y sesudo sarcasmo catalán estaba de nuevo aquí, recelando, encarnado en esta chica alegre (qué misterio su sonrisa), como una amenaza. ¿Qué estarán hablando, por qué Teresa no me llama y me presenta? Le llegaron otras palabras sueltas, turbias interrogaciones: «¿trabaja?», «¿vacaciones?», «chica, ten cuidado». Vio una armonía familiar entre ellas y el paisaje, intuyó una servidumbre de los elementos: el sol, ya en decadencia, rojo, brillaba justo en medio de las dos cabecitas alocadas, y su luz se descomponía en los rubios cabellos de Teresa, arrancándole blandos sueños de dignidad, algo llamado educación o progreso, o vida plena, y ternuras infinitas que habría que merecer con el esfuerzo de la inteligencia... En fin, eran catalanas las dos, bonitas y además ricas. Se despidieron con otro beso.

—¿Quién es? —preguntó él cuando Teresa volvió.

—Leonor Fontalba, una amiga de la facultad. Es muy simpática.

—¿Y de qué os reíais?

Teresa hizo una pirueta con las piernas al tenderse a su lado.

—Hablábamos de ti —dijo—. ¿Le molesta al señor? Leonor está pasando las vacaciones en Sitges. Se ha escapado con un amigo. Por cierto, dice que esta noche estarán todos en el Saint-Germain. ¿Te gustaría conocerles? Podemos ir a tomar una copa. Te presentaré.

—¿Quiénes son?

—Amigos.

—Pero ¿qué clase de amigos?

En el tono más natural del mundo, ella respondió:

—Estudiantes de izquierdas.

TERCERA PARTE

La naturaleza del poder que ejercen es ambigua como la naturaleza misma de nuestra situación: de ellos sólo puede decirse que son de ideas contrarias. Sus primeros y juveniles desasosiegos universitarios tuvieron algo del vicio solitario. Desgraciadamente, en nuestra universidad, donde no existía lo que Luis Trías de Giralt, en un alarde menos retórico de lo que pudiera pensarse, dio en llamar la cópula democrática, la conciencia política nació de una ardiente, gozosa erección y de un solitario manoseo ideológico. De ahí el carácter lúbrico, turbio, sibilino y fundamentalmente secreto de aquella generación de héroes en su primer contacto con la subversión. En un principio ninguno parecía tener el mando. Ocurre que de pronto, en 1956, se les ve andar como si les hubiesen dado cuerda por la espalda, como rígidos muñecos juramentados con un puñal escondido en la manga y una irrevocable decisión en la mirada de plomo.

Impresionantes e impresionados de sí mismos, misteriosos, prestigiosos y prestigiándose avanzan lentos y graves por los pasillos de la facultad de Letras con libros extraños bajo el brazo y quién sabe qué abrumadoras órdenes sobre la conciencia, levantando a su paso invisibles oleadas de peligro, de consignas, de mensajes cifrados y entrevistas secretas, provocando admiración y duda y femeninos estremecimientos dorsales junto con fulgurantes visiones de un futuro más digno. Sus nobles frentes agobiadas por el peso de terribles responsabilidades y decisiones extremas penetran en las aulas como tanques envueltos en la humareda de sus propios disparos, derriban núcleos de resistencia, fulminan rumores y envidias, aplastan teorías y críticas adversas e imponen silencio: entonces es cuando a veces se oye, como en el final brusco de un concierto, esa voz desprevenida, pillada en plena confidencia, parece una sola, larga, tartajeante y obscena palabra:

—… y pecemeparecepecepertenece.

A menudo han sido vistos dos o tres en una mesa apartada del bar de la facultad, hablando por lo bajo, leyendo y pasándose folletos. Teresa Serrat está siempre con ellos, activa, vehemente, iluminada por dentro con su luz rosada igual que una pantalla. Ciertos elementos de derechas están empeñados en decir que la hermosa rubia politizada se acuesta con sus amigos, por lo menos con Luis Trías de Giralt. Pero todo el mundo sabe que, aunque son tiempos de tanteo por arriba y por abajo, de eso todavía nada.

Crucificados entre el maravilloso devenir histórico y la abominable fábrica de papá, abnegados, indefensos y resignados llevan su mala conciencia de señoritos como los cardenales su púrpura, a párpado caído humildemente; irradian un heroico resistencialismo familiar, una amarga malquerencia de padres acaudalados, un desprecio por cuñados y primos emprendedores y tías devotas en tanto que, paradójicamente, les envuelve un perfume salesiano de mimos de madre rica y de desayuno con natillas: esto les hace sufrir mucho, sobre todo cuando beben vino tinto en compañía de ciertos cojos y jorobados del barrio chino, sombras tabernarias presumiblemente puteadas por el Régimen a causa de un pasado republicano y progresista. Entre dos fuegos, condenados a verse criticados por arriba y por abajo, permanecen distantes en las aulas, inabordables e impenetrables, sólo hablan entre sí y no mucho porque tienen urgentes y especiales misiones que cumplir, incuban dolorosamente expresivas miradas, acarician interminables silencios que dejan crecer ante ellos como árboles, como finísimos perros de caza olfatean peligros que sólo ellos captan, preparan reuniones y manifestaciones de protesta, se citan por teléfono como amantes malditos y se prestan libros prohibidos.

El grupo de los escogidos no es muy numeroso, asignarles una categoría no es fácil. Luis Trías parece su capitán. Alto, silencioso, la cabeza un poco ladeada, mareada en su propio perfume de rosa, al verle en los pasillos y en las aulas se asemeja también a un semáforo viviente regulando la circulación de ideas y proyectos subversivos. Pero las masas se preguntan: ¿está realmente conectado? El semáforo parpadea, insondable, cuando Teresa le mira.

En realidad, todo empezó como la vida misma: el desasosiego y el resistencialismo universitario que en el 57 se echaría a la calle en demanda de reivindicaciones culturales y políticas, dejando caer la buena semilla que años después germinaría (dicho sea para tranquilizar la memoria de los mártires que todavía viven, algunos ya sentados en el sillón directivo del patrimonio familiar), venía incubándose desde hacía tiempo en tres encantadoras muchachas de la facultad de Letras, una de ellas Teresa, y otra de Bellas Artes, cuando dos años atrás asistían a las clases con unos pantalones doblados bajo el brazo y al salir acudían a cierto piso de la calle Fontanella, cuya dueña, al parecer era una exclaustrada cordial y culta, y allí se ponían los pantalones, encendían pitillos, se tumbaban en el suelo sobre almohadones y aceleraban su íntimo latido hablando de las nuevas ideas con una vehemencia parecida a la de las prostitutas ante la próxima llegada de la VI Flota. Tiempo después, los cada vez más numerosos y excitados asistentes a las clases de Historia de cierto profesor adjunto recién regresado de Francia, tuvieron ocasión de ver cómo se producía periódicamente un milagro ante sus asombrados ojos: durante la lección, la palabra mágica del profesor, su exposición exhaustiva y dialéctica de ciertas realidades de la vida, iba dando vueltas en torno a sí mismo (en realidad no hablaba más que de sí mismo, dirían luego sus detractores) como un pájaro maravilloso y exótico que con el pico fuese liberándole de sus prendas de vestir y colocándole otras, o como la lenta metamorfosis efectuada por la varita mágica de un hada, hasta que se quedaba completamente vestido de miliciano, con mono y fusil y cartucheras y todo, ante los deslumbrados ojos de sus alumnos. Por supuesto, los que estaban familiarizados con la verdadera personalidad del miliciano, encontraban el parecido lejano y grotesco. Pero, hablando en términos generales, un visionario estremecimiento recorría la clase de cintura en cintura, las muchachas escuchaban al profesor boquiabiertas y con los ojos cerrados, un conocido sobón de mano larga y expeditiva llegó a decir que percibía claramente ciertos suspiros, otros oían tocar campanas, es la hora, soltad las palomas, amigos, voy a ser padre: ésta es la historia de un parto múltiple y adolescente, hay generosidad y sacrificio pero también negligencia y confusión, no todos los hijos serían luego reconocidos por el padre, así es la vida, todos hemos sido jóvenes, suceden tantas cosas.

Los acontecimientos se precipitaron: bastó que Luis Trías de Giralt efectuara un rápido viaje a París para que, a su regreso, empezara a correrse la voz de que también él se había inscrito. La noticia, que de golpe convertía a Luis Trías en el elemento más calificado para hacerse con el mando de la incipiente organización secreta, provenía en realidad de una de aquellas chicas que asistían a las reuniones del piso de la calle Fontanella: fue después de una noche de gin y desquiciamiento verbal con el propio líder en el bar Saint-Germain, donde juntos incubaron vagas conexiones con misteriosos poderes ocultos. La universidad de Barcelona debía ponerse a la altura de la de Madrid, que en estas lides siempre fue más seria, consecuente y audaz. *«En febrero del 56, después de la suspensión de un Congreso de Estudiantes, en Madrid, los ánimos estaban excitados, hubo un choque, sonó un disparo, y un joven cayó al suelo gravemente herido.»* Luis Trías, que por esas fechas estaba en Madrid (empezaba a convertirse en un ser convenientemente ubicuo, escurridizo y sorprendente), fue detenido y sufrió seis meses de cárcel.

Teresa recibía sus cartas, que leía en los claustros de la universidad, un tanto apartada de todos pero no lo bastante como para permitir ser observada y envidiada. Luego, la intrépida rubia y sus amigos colaboraron en un intento de huelga obrera que desgraciadamente fracasó. Era la primera vez que los estudiantes se adherían a un movimiento obrero, y en las aulas, el prestigio de las cuatro con pantalones iba creciendo con todo el merecimiento, la dignidad y el riesgo que ello comportaba. Corría de mano en mano un número especial de *Les Temps Modernes* dedicado a la *gauche*. Asombrosas noticias circulaban. Al mismo tiempo, empezó a destacarse en la facultad de Letras un estudiante egipcio de aspecto profético, guapísimo, dueño de unos legendarios ojos negros y de un lenguaje apocalíptico («Vengo a anunciaros que esta coña se acaba») que mereció la categoría de «muy conectado» sin que nadie supiera jamás por bondad de quién, aunque se sospecha de una quinta chica-incubadora que a última hora se había unido al pequeño comité central. Regresó Luis Trías de Giralt (no volvió solo, como ya se sabe: le acompañaba el fantasma del tormento) ya indiscutible líder (categoría: conectadísimo) y empezó a vérsele a todas horas y en todas partes con Teresa Serrat, que durante su ausencia no sólo había continuado valerosamente su obra sino que además le había sido fiel. Entonces fue cuando juntos organizaron tantas cosas que habían de cubrirles de gloria y de prestigio –un día que estaban rodeados por la policía armada, sin poder salir del aula y llevando varias horas sin hacer sus necesidades, consiguieron, gracias a un vibrante discurso a dúo, que todos los alumnos, chicos y chicas, olvidaran sus complejos pequeño-burgueses y se decidieran a orinar allí mismo, sin vergüenza: el espectáculo revistió un carácter de solidaridad cuyos pormenores y encantos todavía muchos recuerdan–. Su actividad culminó con la famosa manifestación de octubre, después de lo cual, la universidad estuvo cerrada por la autoridad durante una semana, a varios estudiantes se les hizo expediente, Teresa y Luis entre ellos, y otros fueron expulsados o detenidos. No sería justo silenciar cierto noble y valeroso sentido de la entrega, rayano en la temeridad, que caracterizó la actuación desinteresada de Teresa Serrat y de sus amigos. La naturaleza de esta generosa entrega fue y sigue siendo materia de discusión.

Hoy, transcurridos casi dos años y cuando en la universidad todo parece haber vuelto a su estado normal, el generoso ardor democrático sigue aún latente y acaso más febril que nunca, aunque, para ser exactos, habría que denunciar cierto sensible desplazamiento que tal ardor ha empezado a sufrir en el interior de los jóvenes cuerpos: digamos tan sólo que ha descendido un poco más en dirección a las oscuras y húmedas regiones de la pasión. Debido a ello, algunos han empezado ya a caer del pedestal (el egipcio, que en todo había sido un precursor y, anticipándose a muchos, se llevó una buena tajada del favor femenino, resultó no sólo que no estaba conectado sino que ni siquiera era egipcio), en tanto que otros se afirmaban más en el suyo, por lo menos de momento, como Teresa Serrat y Luis. En cuanto a ellas, solamente una alcanzó la dicha de conectar plenamente y hasta el fondo con el poder oculto, si bien fue para lamentarlo quién sabe si para toda la vida: era la quinta chica-incubadora de mitos, víctima propiciatoria (del egipcio, según luego se supo) que fue arrastrada por la otra vorágine, el movimiento subterráneo que también estaba agitando la superficie, y que acabó en París después de abandonar a su familia, con la carrera a medias, madre a medias, desengañada a medias y trabajando en una *pâtisserie*. Un estudiante-poeta (que años después se haría famoso en el extranjero con un libro de poemas titulado *Pongo el dedo en la llaga*) dijo que por cada gota de su virginal sangre derramada nacerían flores de libertad y de cultura.

Ciertamente, no todos estuvieron a la altura de las circunstancias. Por su escaso número inicial y su inveterada propensión al mito y al folclore local, en la crónica futura sus nombres serán silenciados y al cabo olvidados (consignado quedará, sin embargo, y con nostalgia, que vivieron una primavera gloriosa y fecunda); no así en la presente historia, la cual, con todo el respeto (todavía hay heridas abiertas) se ve en el penoso deber de citarlos un momento en torno a Teresa Serrat para que ayuden a explicar mejor la naturaleza moral del equívoco que arrojó a la bella universitaria en brazos de un murciano. Y también para hacerles justicia, de paso: porque diez años después todavía estarían pagando las consecuencias, todavía arrastrarían trabajosamente, aburridamente, cierto prestigio estéril conquistado durante aquellas gloriosas fechas, una gran lucidez sin objeto, un foco de luz extraviado en la noche triste de la abjuración y la indolencia, desintegrándose poco a poco en bares de moda con la otra integración a la vista (la europea, de cuyas bondades, si llegaban un día, ellos y sus distinguidas familias serían los primeros en beneficiarse), oxidándose como monedas falsas, babeando una inútil madurez política, penosamente empeñados en seguir representando su antiguo papel de militantes o conjurados más o menos distinguidos que hoy, injustamente, presuntas aberraciones dogmáticas han dejado en la cuneta. Empero también esto, lejos de perjudicarles, les favorece: así son mártires por partida doble, veteranos de dos frentes igualmente mitificados y decepcionantes. Pero la juventud muere cuando muere su voluntad de seducción, y cansado, aburrido de sí mismo, aquel esplendoroso fantasma del tormento se convertiría con el tiempo en el fantasma del ridículo personal, en un triste papagayo disecado, atiborrado de alcohol y de carmín de niñas bien, en los miserables restos de lo que un día fue espíritu inmarcesible de la contemporánea historia universitaria. Y la veleidad y variedad de voces en el coro, el orfeónico veredicto: alguien dijo que todo aquello no había sido más que un juego de niños con persecuciones, espías y pistolas de madera, una de las cuales disparó de pronto una bala de verdad; otros se expresarían en términos más altisonantes y hablarían de intento meritorio y digno de respeto; otros, en fin, dirían que los verdaderamente importantes no eran aquellos que más habían brillado, sino otros que estaban en la sombra y muy por encima de todos y cuya labor había que respetar. De cualquier modo, salvando el noble impulso que engendró los hechos, lo ocurrido, esa confusión entre apariencia y realidad, nada tiene de extraño. ¿Qué otra cosa podía esperarse de estos jóvenes universitarios en aquel entonces, si hasta los que decían servir a la verdadera causa cultural y democrática del país eran hombres que arrastraban su adolescencia mítica hasta los cuarenta años?

Con el tiempo, unos quedarían como farsantes y otros como víctimas, la mayoría como imbéciles o como niños, alguno como sensato, generoso y hasta premiado con futuro político, y todos como lo que eran: señoritos de mierda.

Frecuentaban el bar Saint-Germain-des-Prés, en el barrio chino. Aquella noche, después de cenar, con los ojos enternecidos aún por las bruscas roturas del sol entre nubes y la piel encendida de proximidades y roces pijoapartescos, Teresa Serrat conducía velozmente su automóvil hacia la plaza Sanllehy, donde tenía que recoger a Manolo. Hasta hoy había estado muriéndose de ganas de presentarlo a sus amigos, y ahora de pronto la idea la inquietaba. No es que temiese alguno de aquellos coqueteos descarados de Leonor Fontalba, o alguna impertinencia de Luis Trías dictada por el resentimiento, sino el hecho mismo de introducir al chico en un clima intelectual, en aquellos centros nerviosos y teorizantes (de los cuales ella empezaba a estar francamente harta, se daba cuenta ahora que creía conocer bien a Manolo) que según el estado de depresión o de exaltación del grupo se traduciría en ganas de desconcertarle o de maravillarle. ¿Debería recordarles que el chico era un obrero, es decir, una persona que no está para alardes dialécticos, un hombre con otros problemas? Precisamente, cuando pensaba en eso se sentía tranquila y orgullosa: confiaba plenamente en el muchacho, en su natural poder de seducción, en su indiferencia mineral, un tanto cínica pero respetuosa, y sobre todo en algo que ella gustaba definir como «cierto estilo moderno de sus actitudes», algo que no podían desvirtuar ni las mismas reminiscencias primitivas, de gitano solemne, que a menudo veía parpadear en torno a su orgullosa cabeza, como si la noche de sus cabellos hiciera guiños. Por cierto, la naturaleza estética de su modernismo era más bien europea, no hispánica; se lo diría a Leo Fontalba, que en la playa le había llamado *xarnego*. No era por supuesto como la de cierta alegre juventud (que ella no consideraba joven ni alegre, sino simplemente sevillana) que a Luis Trías se le antojaba ideal para las tertulias en el barrio chino porque tenían una personalidad exclusivamente verbal, eran seres locuaces y divertidos pero sin cuerpo y por lo tanto inofensivos (eso decía Luis en medio de una extraña excitación, insistiendo en lo nefasto que para todos había sido el egipcio, aquella personalidad de piel oscura), sino que su imperio era forzosamente otro, ya me dirás si no, qué quieres, el imperio de los murcianos o es físico o no es nada, también eso se lo diría a Leo, porque en este sentido, en el estético, el murciano puede ser más europeo que el catalán, y en fin que en todo caso sus actitudes hieráticas sólo eran ibéricas en la medida que él era orgulloso y estaba seguro de sí, y eso no era un defecto sino todo lo contrario... Desde atrás unas manos le taparon los ojos y se estremeció hasta la raíz de los cabellos.

—Manolo... Ay, qué haces. Qué puntual.

No era cierto. Llevaba esperándole más de media hora, sentada y con los brazos sobre el volante, divagando, sin enterarse del paso del tiempo. Una vez más, él cerró la puerta con seguridad y firmeza.

–Naturalmente, son muy listos –le explicó Teresa más tarde, mientras maniobraba estirando el cuello y moviendo perezosamente las manos en torno al volante, como en sueños. Bajaban ya por las Ramblas y Manolo miraba, por pura deformación profesional, las motocicletas aparcadas bajo los árboles–. Pero si te parece que están de guasa, o si se ponen pesados hablando de literatura o de nuestras discusiones en la universidad...

–Yo nunca hablo de política –previno él.

–... no tienes más que hacerme una señal y nos largamos. Les quiero mucho, pero les tengo muy vistos. Y estas reuniones en el bar de Encarna me las sé de memoria.

Manolo, que por supuesto no conocía a los amigos de Teresa (aunque sí el bar, que había frecuentado tres años antes, con intenciones que sorprenderían no poco a Teresa, si las supiera) presintió que esta noche podía ocurrir algo decisivo, algo que si él acertaba coger por los cuernos acaso le permitiría apuntarse un buen tanto. Porque si bien era cierto que Teresa parecía creer en él, su posición no estaba consolidada ni mucho menos. Hasta ahora, a solas con la muchacha había podido ir trampeando el asunto, aquella extraña personalidad que ella le había asignado tan guapamente, pero comprendía que las cosas debían naturalmente complicarse, que había llegado la hora de afrontar riesgos cuya naturaleza seguía siendo oscura, si bien ya no tanto como al principio. Nada más entrar en el bar notó en el rostro el soplo helado del peligro, la onda expansiva que precede a la explosión (en sus comienzos como descuidero de coches había experimentado la misma sensación), y mientras avanzaba hacia ellos se prometió no hablar más que lo estrictamente necesario: intuía que iba a ser objeto de un ataque, premeditado o no, e ignoraba de qué lado vendría.

La barra estaba bastante concurrida. Ellos habían ocupado dos mesas bajo el cuadro daliniano de la exuberante y rosada mujer envuelta en gasas. Además de Luis Trías, que iba ya por su cuarta ginebra, el grupo lo componían dos chicas y tres chicos, uno de los cuales se despedía envainando el sable: le había sacado un billete de quinientas a Luis Trías. «Mañana te lo devuelvo», dijo. Se llamaba Guillermo Soto, era alto y desgarbado, acababa de regresar de Heidelberg, donde había estado estudiando, y no se había enterado ni le interesaban las actuales inquietudes universitarias de sus amigos («Ya pasé por este sarampión»), que por su parte le consideraban un decadente y un sablista profesional. Soto se lanzó durante un rato a una extraña y apasionante explicación a propósito de los funestos baños de sol que aceleraban las ansias matrimoniales de su prometida María José Roviralta, que estaba en la costa con sus padres vigilando las obras de un hotel, y que para sacarla de allí él necesitaba poner gasolina en el coche. Al irse estrechó las manos, sin pararse, de Teresa y Manolo, el billete de quinientas todavía en su mano izquierda (notó entonces la rápida, inconfundible mirada que el murciano dirigió al billete, y él a su vez le clavó sus ojos torvos y fatigados, siempre sin detenerse, y soltó su mano cuando iniciaba una simpática sonrisa no sólo de afecto sino también de complicidad, como si con ella quisiera decirle: «Todavía quedan») y desapareció por la puerta. «Eres tonto, Luis, al prestarle dinero», se oyó decir a una de las chicas. María Eulalia Bertrán era alta y somnolienta, descotada, muy elegante, cubierta con toda clase de adornos, fetiches y extraños objetos: más que vestida iba amueblada. Escuchaba con cierta incalificable atención, como de ave de presa hipnotizada por su propia presa, lo que en aquel momento le estaba leyendo Ricardo Borrell, sentado junto a ella con un libro abierto sobre la mesa, un chico fino y pálido, dúctil, plástico, con una manejable cualidad de muñeca sobada que años después se remozaría escribiendo novelas objetivas. La otra muchacha era Leonor Fontalba, que él ya conocía de la playa; pequeña y graciosa, hacía guiños, hablaba a una velocidad endemoniada y sonreía por los hoyuelos de sus mejillas de celuloide de una manera equívoca, continuamente. El cuarto se llamaba Jaime Sangenís, estaba borracho, estudiaba arquitectura, usaba una barba negra de traidor de película y camisa caqui estilo mili. Ninguno de ellos pasaba de los veinte años. Todos estaban muy bronceados, veraneaban en distintos puntos neurálgicos de la costa (límpidas aguas azules, conversación en francés, melodías epidérmicas: la conciencia duerme tranquila en sus vientres como una serpiente enroscada al sol) y en cierto modo sólo resultaban peligrosos en invierno, cuando el trato frecuente, las reuniones, la feroz locuacidad y su estado anímico habitual en colectividad –una sorda mezcla de júbilo intelectual y de renuncia vital– les empujaba a emitir toda suerte de juicios morales sobre sus amigos. En realidad, el murciano causó sensación. Teresa presentó al muchacho, que estrechó con fuerza las manos de todos, advirtiendo que el saludo de Luis, que fue el último, resultaba innecesariamente largo, cálido y afectuoso: acaso de ahí partiría el ataque.

Se sentaron junto a Leonor.

–Hacéis muy buena pareja –bromeó Luis Trías–. Da gusto veros, en serio... Conque tú eres el célebre Manolo. ¿Sabes que Tere no habla de otra cosa desde hace meses? (Teresa le fulminó con la mirada.) Cuando tú aún no la conocías. Meses y meses...

–Aaaaños –dijo Jaime Sangenís.

–Yo diría siglos –añadió Leonor, y se inclinó hacia Teresa para decirle algo al oído. Manolo las envolvió en una mirada de hielo. Y dale con los secretillos, como si no hubiese ya bastantes.

—Tere, cuéntanos, ¿en qué locas aventuras estás metida, se puede saber? –preguntó María Eulalia sonriendo, mirando a Manolo de reojo.

—Teresa –dijo él–, ¿qué bebes?

—Pues no sé...

—¿Todo va bien, Manolo? –preguntó Luis Trías.

—Tirando.

—¿Cómo está Maruja?

—Mal.

—Ya lleva mucho tiempo así, ¿no?

—Casi un mes.

—Quería ir a verla, pero doña Marta me dijo que los médicos no quieren visitas. Hay que ver la mala suerte de esta chica, una caída tan absurda... Algo absolutamente increíble. Yo la quiero mucho, a Maruja. Bueno, Teresa, ¿qué vas a beber? –Y de nuevo a Manolo–: Supongo que tú bebes vino.

Manolo le miró recelando algo. El tal Luisito luchaba con armas que él no conocía, habría que andarse con cuidado.

Sonrió.

—De momento quiero un vaso de leche.

Luis le palmeó la espalda.

—Como en las películas, ¿eh? ¡Chico, eres un duro!

María Eulalia llamó la atención de Teresa en un aparte, señalando a Manolo: «Oye, ¿de dónde lo has sacado?» «Ah, misterio.»

—¿No nos hemos visto en alguna parte? –le preguntó Leonor.

—Sí, esta tarde.

—No, quiero decir antes.

—Coñi –exclamó María Eulalia–, yo iba a preguntarle lo mismo.

De pronto empezaron a llover cantidades de preguntas, todas femeninas (incluso alguna formulada por Luis Trías) y pueriles, y él dejaba caer a un lado y a otro la nieve flemática de sus sonrisas. Su frente morena fue descaradamente tasada, medida, recorrida en busca de esa señal reveladora del talento o de la inteligencia que a menudo la belleza de los rasgos, abusando de su potestad, tarda en dejar que se manifieste. Pero él contestaba con monosílabos y recuperó enseguida y sin esfuerzo su querido silencio, con el que se expresaba mejor. La atención general volvió a centrarse en lo que leía Ricardo Borrell, encogido junto a María Eulalia, que iba ganándole terreno con un brazo adornado de pulseras y sedas, desplegado como un ala.

–¡Encarna! –llamó Teresa, levantándose–. Una ginebra Giró y una leche.

Se oyó una voz cavernosa, aventurera y entrañable: «*Una llet, nena? Qui és aquest animal que beu llet?...*» Teresa, riendo, se acercó a la barra. Leonor volcó sobre Manolo su sonrisa accidental de luna llena.

–Haces bien. La ginebra ataca la memoria.

–¿Sí?

–Ya lo creo. ¿No lo sabías?

Volvió a oírse la voz cavernosa, esta vez sobre la risa fresca de Teresa: «*...ben parit, aquest nano. D'on l'has tret, lladregota?*»

–¿Siempre tomas leche o es que quieres hacer el numerito? –le preguntó Leonor.

Él se miró las manos.

–No me gustan los números, ya no voy al colegio.

La muchacha parpadeó, confusa, luego sus redondas mejillas pareció que fuesen a reventar de risa. Manolo sospechó que algo no iba bien y sonrió:

–La leche es un contraveneno.

–Algo absolutamente fabuloso –entonó a su lado la voz de Luis Trías, y Manolo sorprendió su mirada inquisitiva, penetrante. «Ése está al quite, el cabrón», pensó. Volvió a mirar a Leo Fontalba, que aún le sonreía estúpidamente, como invitándole a seguir hablando o a besarla. En realidad no era ni una cosa ni otra, y cuando la chica vio asomarse a los ojos de él (una oleada nocherniega la envolvió durante una fracción de segundo) el equívoco que su sonrisa de celuloide provocaba, volvió la cabeza a un lado. El murciano rectificó, se retrajo; tardaría un poco, esa noche, en comprender varias cosas; la primera, que aquella sonrisa de la muchacha no era tal sonrisa, sino un puro accidente, un particular efecto risueño de sus mejillas replegadas bajo los pómulos. Ya en otra ocasión, años atrás, había sufrido el mismo error con una extranjera triste y madura que conoció en la Costa del Sol, pero con la diferencia de que el error aquel (que descubrió un día de pronto, en una ocasión en que la alemana no tenía ningún motivo para seguir sonriendo: fue cuando ella le echó en cara la desaparición de cierta cantidad de dinero) no frenó nunca sus deseos de gustar ni desbarató sus planes, al contrario. Andando el tiempo, había de conocer tantas sonrisas inalterables y permanentes como ésa que llegaría incluso a pensar que, lo mismo que el dinero, la inteligencia y el color sano de piel, los ricos heredan también esa sonrisa perenne, como los pobres heredan dientes roídos, frentes aplastadas y piernas torcidas. Así debía ser, puesto que ahora, además, oía frases sueltas cuyo significado tampoco entendía en absoluto.

–… fue en julio del 53, un verdadero asesinato, una fantochada de…

–… procónsules del nuevo imperio…

–… un hijoputa llamado Greenglass, ¿recuerdas?

–… y un siniestro carcamal llamado Macarci…

–… y esos tipos afirman que todos los comunistas viven en pecado de concubinato…

–… como dice el caradura de Guillermo Soto, ese imbécil.

–No es tan imbécil como crees –dijo Jaime Sangenís–. Es de derechas, pero moderado.

—Precisamente –le respondió Luis Trías–. Cuando se es de derechas, lo mejor es serlo del todo y hasta el fin, de la manera más absoluta.

—Eso es un disparate. Es como desear ver a la sufrida clase media convertida en lumpen para que se produzca la revolución cuanto antes. Las cosas hay que ganarlas con esfuerzo, amigo. ¿Tú qué opinas, Manolo?

Manolo, en tales ocasiones, se dedicaba a contemplar el cuadro de la mujer envuelta en gasas mientras rumiaba sus respuestas, en las que se mostraba cauteloso:

—En esta vida, todo esfuerzo tiene su recompensa.

Sabía que era un cochino embuste inventado por alguien, y lo decía sonriendo (en el fondo de su corazón estaba serio) sólo para quedar a salvo de sospechas. De pronto descubrió que la mujer del cuadro era la dueña del bar, pero más joven.

—¿Te gusta? –le preguntó Leonor.

—No está mal…

—Es horrible.

El murciano encendió un pitillo.

—Quiero decir la mujer –precisó.

—Oh, Encarna está hecha un encanto, incluso en este cuadro.

—Pues eso.

No comprendía cómo, admitiendo que la mujer del cuadro fuese un encanto, el cuadro resultara horrible. Al volver de la barra, Teresa se había sentado entre Luis y Jaime y Manolo quedaba ahora frente a ella, que dijo:

—¿Te has quedado con los cigarrillos, cariño?

Luis torció el cuello. Manolo sacó el paquete de Chester, que arrojó sobre la mesa; cayeron unos granitos de arena y Teresa, sonriendo extrañamente, mientras miraba a Manolo, los juntó con la mano hasta formar un pequeño montón que dejó en el centro: un monumento público erigido a su felicidad. Ricardo Borrell y

María Eulalia seguían haciendo rancho aparte. De vez en cuando se oía la voz de Ricardo leyendo o comentando en sentido elogioso algunos pasajes del libro. Era un libro de crítica literaria, de reciente aparición, y estaba siendo devorado en la facultad. Durante un silencio general, concedido a petición de María Eulalia, la voz del lector transmitió una idea insólita, una de esas manifestaciones que a un autor le pesarán toda la vida, le perseguirán, le acosarán de noche como una pesadilla: «En general, puede decirse que el novelista del XIX fue poco inteligente.»

–Eso está bien –añadió Ricardo por su cuenta–. Ya era hora de que alguien desenmascarara a Balzac y compañía.

–Qué bobada –exclamó Teresa, que observaba a Manolo y temía el rumbo que tomaba la conversación.

–Coñi, si eran todos unos reaccionarios –dijo María Eulalia–. Genios, de acuerdo, pero envanecidos por su poder creador –añadió mirando a Ricardo con ojos enloquecidos, temiendo tal vez haber dicho una burrada (olvidaba que lo había leído en el libro), ya que a veces le resultaba difícil comunicar con Ricardo: era tan puro, tan objetivo, parecía tan *détaché* del mundo interior de la gente.

–Lo uno va con lo otro, rica –dijo Luis Trías, despistado, atacando la sexta ginebra.

–Confieso que a mí Rastignac me divierte más que el camarada Federico –aventuró Teresa, que esta noche deseaba contradecirlos sin saber muy bien por qué. Desgraciadamente, su opinión fue considerada escandalosamente subjetiva y rechazada.

–Que a ti te divierta no quiere decir nada, monada –dijo Ricardo, sin vacilar ante la consonancia–. Además, Rastignac no es Balzac.

Teresa sospechó que semejante afirmación era propia de un pedante empollón, pero no dijo nada; era otra idea subjetiva y habría sido menospreciada. Miró a Manolo y le vio con los ojos bajos, mirándose las manos (durante todo el día le había visto preocupado por sus manos de obrero, como si temiera mostrarlas sucias o feas), aquellas manos fuertes que habían apretado sus costillas tras una barca, sobre la arena, aquella misma tarde. ¡Cuánto mejor no sería acogerse a ellas una vez más y hablar de cosas simples en el dulce y diminuto espacio de los alientos mezclados, en lugar de perder el tiempo aquí con estos pedantes! Inmóvil, desconcertante como una raíz o como una piedra repentinamente decorativa, con aquella indiferencia mineral que ella tanto admiraba, el murciano le devolvía de vez en cuando la mirada a través del humo del local, de las conversaciones y de la música, eran miradas de afecto y de rescate, breves, contenían la justa dosis necesaria de seguridad que ella precisaba para sentirse segura a su vez. Luis Trías, frotando el vaso de gin en su mejilla, se volvió a su lado y le dijo:

–Te estuve buscando.

–¿Qué pasa?

–Nada. Te estuve buscando, eso es todo.

–¿Se prepara algo al empezar el curso…?

–Sí. Pero no te buscaba por eso. De momento no eres necesaria.

Teresa no pareció acusar el golpe.

–Entonces, ¿para qué?

–Para nada, ya te digo. Quería verte. Supe que no estabas en Blanes, que habías preferido permanecer aquí…

–Alguien tenía que quedarse junto a Maruja, ¿no?

–No necesitas justificarte conmigo.

–No me estoy justificando, imbécil. Te estoy mintiendo –y se levantó para ir al lavabo. Nadie podía sospechar aún que las relaciones personales entre Teresa Serrat y el líder del resistencialismo universitario habían sufrido un sensible cambio desde aquella noche ignominiosa en la Villa. Teresa, que había elevado a Luis a la categoría de líder estudiantil, ahora le hacía caer del pedestal e incluso se mostraba dispuesta a poner en duda su supuesto poder político. La decadencia del prestigioso estudiante había pues empezado.

Cuando Teresa volvió se sentó junto a Manolo, que ahora tenía un encendedor entre los dedos y le daba vueltas distraídamente. «¿Quieres que nos marchemos?», le preguntó ella. «No, todavía no», dijo él. Teresa vio que María Eulalia le hacía señas y gesticulaba desde el otro extremo de la mesa, sus brazos llenos de pulseras se movían por encima de la cabeza de Ricardito Borrell como si fuera a emprender el vuelo. «¡No te entiendo!», le gritó Teresa.

–... que por qué no te dejas flequillo como yo. ¡Da más profundidad a la mirada!

Entonces fue cuando Manolo pasó el brazo por los hombros de Teresa (todos lo vieron) y le rozó la sien con los labios. A Teresa le pareció tan natural, era como si él quisiera defenderla, como si quisiera impedir que contestara a la pregunta de María Eulalia con otra estupidez. Luis pidió más ginebra.

–¿Y por qué no vamos a otro abrevadero? –decía Jaime.

–¿No querías que Ricardo os leyera eso? –respondía María Eulalia cada vez que alguien hablaba de irse–. Sed un poco atentos con el chico, por lo menos, ¿no?

–A la Macarena –decía Luis Trías, que ya sólo pensaba en un torso juvenil y perfecto, ceñido con un niki a rayas y recostado en un diván tapizado de rojo. Luego estuvo mucho rato callado y cuando rompió el silencio parecía otro.

–¿Sabéis quién está en Barcelona? –dijo muy serio, y después de una pausa–: Federico.

–¿Le has visto? –preguntó María Eulalia.

—¿Quién te lo ha dicho? —añadió Leonor.

—Me consta que está aquí, lo sé de buena tinta. —Luis se volvió hacia Manolo, le miró fijamente, incluso adelantó el rostro hacia él y soltó la pregunta—: ¿Conoces a Federico?

¡Aquí está, por fin!, se dijo él. No era todavía el golpe bajo que había estado esperando, pero si llegaba partiría de ahí. Era la segunda vez en menos de quince horas que le hacían la misma pregunta. Teresa se la había hecho esta misma tarde, en la playa. ¡Dichoso Federico, cuánto te aman! Dejó el encendedor sobre la mesa, cambió una mirada con Teresa (una mirada que no quería decir nada, era sólo para entrever, de paso, si los demás tenían la atención puesta en él), inclinó un poco la cabeza, clavó los ojos en Luis Trías y dijo en un tono natural, más bien triste:

—Me habló de ti.

Se produjo un silencio.

—¿De mí? —dijo Luis—. ¿Qué quieres decir?

—Sólo eso. Hablamos de ti.

Leonor se inclinó para decir algo al oído de Teresa. Todos vieron cómo ella movía la rubia cabeza afirmativamente, Jaime palmeó la espalda de Luis con aire de resignación. Bajo la cariñosa mirada de María Eulalia, el feliz binomio autor-lector dejó oír nuevamente su voz:

—Bueno, escuchad esto: «El autor, a quien las nuevas técnicas...»

Manolo se levantó. Todos le miraron. Aparentemente indignado (en realidad se aburría) se había levantado para ir al lavabo. Luis Trías, no repuesto aún, le pidió a Encarna tabaco negro, a gritos. Pero no había tabaco negro. Golpeó la mesa con el puño.

—Es cabreante, Encarna, que nunca tengas tabaco negro. Indignante, vamos.

—*Calla, macu!* —dijo la voz cavernosa.

En la mesa surgió una discusión a propósito de la

indignación del hombre actual. Luis opinaba que el español ha perdido su fabulosa capacidad de indignación, que todo lo aguanta, que ya no se indigna por nada. Jaime Sangenís le dio la razón. Leonor les hizo observar que, a su entender, existía aún en el país cierta capacidad de indignación, pero que había que admitir que ya no era viril, no era nacional. Hablaba, como siempre, con rapidez y sin mucha coherencia:

—La indignación del hombre es naturalmente política. Dicho de otro modo, la indignación natural en el hombre, fundamentalmente, es o debería ser política. Ahora bien, cuando los hombres aplican su indignación en cosas estúpidas, en memeces, como ese loco de Pamplona, por ejemplo, que ha roto un escaparate indignado porque exhibía un bikini, lo habréis leído en el periódico de ayer, o ese otro que ha tapado con pintura el escote de Marilyn en un cartel de cine, en el Paseo de Gracia, ¿lo habéis visto?, o los que van al fútbol a berrear, o tú mismo ahora (miraba a Luis, que ya estaba mosca, y esta noche empezaba a tener razones para estarlo) con tu dichoso tabaco negro...

—¿Queréis saber una cosa? —dijo Teresa, que se había hecho servir la tercera ginebra—. Estáis pesadísimos esta noche, no oigo más que bobadas, y todo esto me parece ridículo...

Su opinión, que no merece la pena de ser transcrita aquí por carecer de interés, fue sin embargo escuchada con interés, no tanto por venir de ella como por salir de unos labios particularmente desflorados esta noche: hacían pensar en el murciano, en su impetuosa manera...

—¿Pero qué te pasa hoy a ti? —exclamó Jaime.

—Teresa ha cambiado —sentenció Luis—. Ha adquirido la preciosísima mala leche proletaria.

—¿Por qué no dejas de beber si no sabes, Luis?

—Por eso precisamente me encanta tu charnego

344

–prosiguió Leonor sin darse por vencida, mientras el Pijoaparte orinaba en el retrete, justamente en el momento de darse a todos los diablos por haberse manchado un poco los pantalones–, porque en él la indignación es viril, siempre política.

Mientras, María Eulalia, cuyos muebles se iban deteriorando peligrosamente en el transcurso de la noche, ya casi había conseguido cobijar a Ricardo bajo su ala de gallina.

–¿Te gusta el libro?

–Hay que leer todo eso muy atentamente –dijo Ricardo–. ¿Me lo prestas por unos días?

–Si lo he traído para ti, pichurri, es un regalo –y emitiendo un cloqueo cerró el ala definitivamente.

Luis Trías hablaba ahora de un tal Araquistain y de su influencia en los medios universitarios. Manolo no le prestaba la menor atención (veía en escorzo la garganta desnuda de Teresa y la delicada sombra que oscilaba, como la cola de un pececillo azul, entre sus pechos), ni a él ni a su Araquistain, cuyo nombre le resultaba un enigma total. María Eulalia, que casualmente escuchaba a Luis, dejó escapar una risita desquiciada que, resultaba evidente, nada tenía que ver con la conversación, sino más bien con algún favorable y subrepticio avance de su rodilla o de su brazo hacia aquella inexpugnable fortaleza de la objetividad que era Ricardo.

Manolo estaba silencioso.

–Manolo, estás muy importante –dijo Luis con sorna.

Tus muertos, pensó él. Aproximadamente a la una, Luis Trías anunció, con cierta solemnidad, que se iba a dar una vuelta. Un asunto urgente. Se hizo acompañar por Jaime con una simple seña, un discreto gesto con la cabeza. Cuando regresaron, media hora después, Luis parecía más sereno y hablaba con la autoridad y la decisión de aquellas jornadas en la universidad que le habían dado fama. Llevaba un papel amarillo en la mano, del tamaño de un sobre, donde había algo impreso. Visto a distancia, a Manolo le pareció un folleto publicitario. Jaime y Luis se sentaron en un extremo de la barra, ahora desierta (Encarna se había acercado a la mesa y bromeaba con el grupo: «Estás bien documentado», decía clavando sus alegres ojos claros en los ceñidos pantalones de Manolo, intentando recordar dónde y cuándo había visto a este chico) y siguieron hablando por lo bajo hasta que, con aire preocupado, se unieron de nuevo a ellos. Encarna regresó al mostrador con Manolo, que había pedido un cuba-libre. Desde allí, mientras resonaba en su cabeza la música del tocadiscos, y aquella inmensa mujer, cuya voz entrañable, uterina, le tenía enternecido («*fillet meu*, a ti te conozco yo y no sé de qué»), le mostraba las fotografías de su esplendorosa juventud pegadas a la pared, tendió el oído a lo que se hablaba en la mesa: Luis había reclamado la atención de todos, se le oía mal, al principio él creyó que se refería a tranvías. Intervinieron los demás. Abundaban las frases inacabadas, las interrupciones dictadas por la prudencia o el miedo, y la cuestión que se debatía abríase camino con dificultad. Manolo oyó varias veces la palabra tranvía y algo así como «lipotimia». Una «lipotimia» que había sido confiscada, unos folletos cuya impresión y distribución era urgente, un fallo cometido por alguien (que Luis calificó de memo irresponsable) y una fecha fija, inaplazable. El murciano se concentró, aunque intuía que la biografía gráfica de la dueña del bar, con aquella esplendorosa cabellera rubia a lo Marlene Dietrich, encerraba secretos y triunfos personales mucho más interesantes y útiles para él que no los que se ventilaban en la mesa de la conspiración; pero lo dejaría para otra vez. Se concentró, estaba a punto de obtener la luz. Tal vez aquello era lo que había estado esperando toda la noche sin saberlo. Tuvo una corazonada.

—Pónmelo en aquel vaso, por favor —señalando uno

de color violeta, muy largo y estrecho. Y eso fue lo que hizo que Encarna le reconociera repentinamente: «¡Casi tres años sin venir por aquí! ¿No te da vergüenza, *rei meu*? ¿Dónde has estado?» Con todo el dolor del alma, pues apreciaba a esta mujer, Manolo dijo que se confundía de persona (un espejuelo de estupor y de fatiga le devolvió de pronto la imagen de sí mismo colgado en esta barra, tres años antes: un jovencito bien peinado y triste derramando una remota indiferencia por los ojos negros –tenía el difícil aire de estar perdonando pecados cometidos antes de su nacimiento– y en cuya nuca descansaban los dedos de una prostituta madura y enternecida y las miradas de un director teatral que decía ser muy amigo de un americano llamado Tennessee. Pero éste era un pasado muerto y enterrado). Oyó a su espalda la voz amada de Teresa refiriéndose a la «lipotimia», en tono de impaciencia:

–No es problema, caray. Me consta que hay más de una en Barcelona.

–¿Quién la tiene? –preguntó Luis.

Un silencio.

–Escuchad, puede que Manolo conozca a alguien –era la voz risueña de Leonor–. ¿No dice Teresa que el chico es…? –aquí la voz se diluyó en un siseo–. Parece que conoce a Federico.

–¡Humm! –hizo alguien, probablemente Ricardo Borrell.

–Bah, dejémonos de fantasías –dijo Luis–. Ése es tan de la familia como yo de la Curia Romana.

–Pues te equivocas, hijo –respondió Teresa.

–Bueno, basta. A lo nuestro. A ti, Teresa, te consta que debe haber alguien que puede ocuparse de esto. Veamos. ¿Quién?

–Quería decir… –empezó ella– que supongo…

–Tere, por favor –cortó Luis ásperamente–. Procura ser concreta o cállate.

Probablemente se le había ocurrido ya antes, pero fue en este momento cuando se decidió a ponerlo en práctica. Le iba a parecer que todo se desarrollaba muy lentamente, pero en realidad fue muy rápido, quizá demasiado: se dirigió hacia ellos desde el mostrador con el largo vaso en la mano, se paró junto a la mesa y se inclinó a recoger un paquete de cigarrillos caído bajo la silla de Luis: «No tenéis ningún cuidado», murmuró al inclinarse (pudo ver, durante un segundo, las deliciosas piernas de Teresa; valían la pena, realmente), y después de arrojar el paquete sobre la mesa se quedó allí de pie, inmóvil, sosteniendo en la mano el largo, sorprendente vaso color violeta lleno de coca-cola, se frotó el cuello ladeando la cabeza con aire pensativo (Teresa adoraba ese gesto) y dijo con una voz natural, más bien cansada:

–Dame eso. Yo me encargo.

Al mismo tiempo, el folleto desapareció de las manos de Luis (los oscuros y rápidos dedos del murciano, en su trayectoria hacia abajo, se detuvieron un instante ante las narices del líder) y fue a parar a las suyas. «No juguemos, no juguemos», dijo Luis meneando la cabeza, y alzó la mano, abierta, como esperando que le fuese restituido el papel por arte de magia. Pero Manolo no le miraba; estaba en el mismo sitio, de pie, manejaba el delicado y fino vaso con la dignidad de un celebrante y leía el folleto (en realidad sólo se fijó en las letras grandes que encabezaban el texto: *¡Barcelonés!*). Bebió un trago del vaso, dobló el papel y se lo guardó en el bolsillo.

–¿Para cuándo dices? –preguntó.

–Lo más pronto posible –tartajeó Luis–. ¿Pero seguro que tú…?

–No se hable más –cortó Manolo. Miró a Teresa–. ¿Te vienes? Mañana tengo que madrugar.

–Un segundo –pidió Luis–. Quisiera saber adónde irá a parar esto.

El murciano no titubeó:

—¿Conoces a Bernardo?

—No...

—Pues ahora no tengo tiempo de explicártelo. Vámonos, Teresa.

Teresa se levantó. «Nos vamos todos», dijo alguien. Convencidos de su propia importancia, y en consecuencia desprovistos de humor, incapaces de ironía, estaban como agarrotados ante la posible importancia de otro. Sin embargo, Luis Trías se sentía obligado a insistir un poco más y se acercó a Manolo: «¿No quieres saber (y le miró a los labios) qué cantidad se necesita?» «Dejemos ahora los detalles, Teresa me lo explicará todo mañana. Vendrá conmigo. Lo más importante ya está solucionado, no te preocupes.»

Al salir del bar fue cuando ocurrió lo que él había temido en un principio, si bien ahora ya no le importaba. Las causas que iban a provocar el lamentable incidente nunca llegarían a conocerse con exactitud, pero las que Ricardo Borrell deduciría más tarde obtendrían la aprobación general: según él, al salir del bar, Luis Trías le había preguntado al murciano si ya se acostaba con Teresa, y el pobre chico, interpretando aquello como una ofensa a Teresa («No olvidemos que los obreros son muy sanos en este sentido, quiero decir que todavía tienen ese ridículo sentido del honor, de todo hacen una cuestión personal», aclaró Borrell) se sintió obligado a sacudirle una bofetada a Luis Trías.

Pero volvamos a los hechos. Al salir del bar nada hacía sospechar lo que iba a ocurrir. «¿De verdad podrás arreglártelas tú solo, conoces a alguien...?», aún había dicho Luis cuando ya se despedían de Encarna. A todos les pareció que la pregunta era realmente superflua. Luis y Manolo habían quedado un poco rezagados porque los dos insistieron en pagar (aquí el Pijoaparte resultó ampliamente vencido) pero tuvieron tiempo de oír las últimas palabras de Luis, por una vez cargadas de una ironía que nadie, excepto el murciano, supo captar:

—Perdona —dijo sonriendo, y miró sus labios otra vez— pero es que aún no te veo muy definido... Y en estos asuntos hay que tomar toda clase de precauciones, ¿me comprendes? Así que dime: ¿Quién es Bernardo?

No supieron si Manolo le había contestado, no oyeron más porque ya estaban en la calle. Luego, al llegar a la segunda esquina, en Escudillers, también se retrasó Ricardo, que abandonó por un rato el calor del ala de María Eulalia para orinar en un portal oscuro. Delante iban Teresa, Jaime, Leonor y María Eulalia. Ricardito tardaba en volver junto a ellos, y María Eulalia dijo de pronto, en un tono de íntima desolación: «¡Qué pipí más largo!» Pero él ya volvía, y ella respiró aliviada y se iba a colgar de su brazo cuando, repentinamente, Ricardo dio una brusca media vuelta y echó a correr de nuevo en dirección al bar. No llegó a tiempo: Luis y Manolo estaban en la esquina, de pie, frente por frente.

—No estás definido —le decía Luis a Manolo. Esto le valió tener que encajar la terrible perplejidad pijoapartesca: fue mirado como un jeroglífico chino.

—¿Qué quieres decir, chaval?

Ricardo ya estaba a punto de doblar la esquina, los demás iban tras él, oyeron un inquietante restregar de suelas sobre el empedrado, Ricardo decía: «Venga, no seáis animales, dejadlo ya», pero antes de llegar vieron el fardo salir de repente disparado de espaldas hacia ellos, y cayó a sus pies. Era Luis Trías y parecía, simplemente, como si andando hubiese tropezado. «¿Qué pasa?», preguntó Jaime Sangenís. Luis se frotaba el mentón, no quiso que nadie le ayudara a levantarse. Su cabeza estaba definitivamente ladeada. Manolo salió de lo oscuro, sin mirar a nadie.

—¿Vienes o no? —dijo sin pararse. Indudablemente se refería a Teresa, y todos la miraron. El murciano siguió caminando hacia la calle Escudillers. Ellos estuvieron un rato sin saber qué hacer. Cuando se bebe más de la cuenta ocurren estas cosas, ya se sabe. Lo que desde luego no sabían es que aquella bofetada del murciano significaba el principio de toda una serie de impresionantes bofetadas en cadena que el prestigioso líder, como si repentinamente hubiese caído en desgracia, iba a recibir desde aquel día sin razón aparente y casi sin saber de dónde procedían. La desgracia se cierne a veces sobre uno sin que al parecer exista una causa concreta.

Manolo se alejaba por la calle con las manos en los bolsillos, cabizbajo. Los pasos que esperaba oír sonaron al fin tras él. Aflojó la marcha. Ella, al llegar, se colgó de su brazo.

–¿Conmigo también estás enfadado? –preguntó.

–No estoy enfadado con nadie. Pero vámonos de aquí. Estas juergas siempre acaban mal.

–Pero ¿qué es lo qué ha pasado? ¿Acaso Luis te ha contado algo de mí…?

Por primera vez, él estuvo tentado de decirle la verdad. Pero lo que dijo fue: «Son cosas nuestras.»

Teresa se tambaleó un poco.

–Yo también estoy bastante borracha, ¿sabes? –dijo cerrando los ojos–. Pero te llevo a casa, a tu querido Monte Carmelo. Dime, ¿quién es Bernardo?

Él guardó silencio. Pero tuvo que pararse, porque de pronto Teresa se le quedó quieta, como dormida en los brazos. La rubia cabeza, despeinada, se apoyó en su pecho. Estaban bajo la luz de un farol. Manolo apartó con la mano los sedosos cabellos y acarició el rostro de Teresa, que emitió un zureo de paloma. Mirando ese rostro ahora desmayado, exhausto, de niña vencida por el sueño y por quién sabe qué emociones, el murciano sonrió bajo la amarilla luz del farol, sonrió tristemente, con un repentino sabor de ceniza en la boca.

Rozó suavemente sus labios entreabiertos mientras caminaban lentamente por un callejón lateral en dirección a los muelles. Quería que la muchacha se despejara un poco antes de coger el volante. Pero ella, restregándose como un gatito, le colgó los brazos al cuello y le obligó de nuevo a pararse. Le besó y le dijo «Soy feliz». Ahora estaban en lo más oscuro. Se oían palmas y un rasgueo de guitarra en alguna parte. Manolo pensaba que sólo iba a ser un rápido besuqueo, porque ella apenas se tenía en pie, pero aquella bruma rosada y blanca de su boca abierta resultó inesperadamente cálida, una dulce esponja húmeda que se adhería y cedía, y él, atrayendo a la muchacha hacia sí, le devolvió ávidamente los besos. Teresa, con un brillo azulino y lúcido en los ojos, fue retrocediendo despacio hasta apoyar la espalda contra la pared, donde las manos de él quedaron momentáneamente aprisionadas, verificando un delirio con los dedos: bastaba deslizarlos arriba y abajo y comprobar la ausencia de la cinta para imaginar una vez más la vibrante desnudez, la trémula libertad de los pequeños pechos bajo la blusa. Ahora lo atrajo ella, adelantando las pueriles caderas de colegiala con un gesto alegre y deliciosamente obsceno. Dejó que las manos de él acariciaran sus muslos, subiendo, y de pronto sus sentidos se llenaron a rebosar de una miel deslumbrante. «No, aquí no...» murmuró al sentir la boca quemante en sus hombros, en su cuello. Y echaba la cabeza hacia atrás, con una nerviosa sacudida, y volvía a él desde lo oscuro, ofreciéndole los labios temblorosos con una aspiración sibilante, mientras con los ojos parecía implorarle (acababa de decidirlo) que la llevara a algún sitio, ser amada y suya hasta la muerte...

Baja, *xarnego*, aquí conviene detenerse, se dijo él. Le dolió mucho su dulce mirada de sumisión y desencanto, pero rodeó fuertemente sus hombros con el brazo y la llevó al coche. Allí, acurrucada junto a su pecho, ella fue sofocando los ardores y sonreía feliz, todavía algo mareada. Soplaba una brisa demasiado fría. Él acarició las mechas rubias de su pelo, postergó aquella constante y encendida prefiguración del mañana, y de repente volvió a entristecerse, sin saber exactamente por qué.

El destello de alguna atroz realidad sal-
tando, como suele saltar, del mismo corazón
de la primavera. Porque la juventud...

VIRGINIA WOOLF

Años después, al evocar aquel fogoso verano, los dos
tendrían presente no sólo la sugestión general de la luz
sobre cada acontecimiento, con su variedad dorada de
reflejos y falsas promesas, con sus muchos espejismos
de un futuro redimido, sino también el hecho de que en
el centro de la atracción del uno por el otro, incluso en
la médula misma de los besos a pleno sol, había claroscuros donde anidaba ya el frío del invierno, la bruma
que borraría el espejismo.

—¿Eres sincero conmigo, Manolo? A veces temo...

—¿Qué temes?

—No sé. ¿Es verdad esto que nos pasa?

El íntimo deterioro del mito se efectuó, no obstante, sin menoscabo de su creciente amor por el muchacho. La verdadera personalidad del joven del Sur se le
reveló a Teresa precisamente (y bastaron tres tardes) al
adquirir plena conciencia de que había sido seducida no

por una idea, sino por un hombre. Primero fue una sensación de extravío mental, la necesidad de revisar algunos conceptos sobre el asombroso mundo en que vivimos, al descubrir insospechadas uniones, escandalosos abrazos de la realidad con la ilusión. Cierto domingo por la tarde, con sol y repentinos chubascos, era a últimos de agosto, Teresa se empeñó en entrar en un baile popular del Guinardó. Casualmente se habían refugiado de la lluvia en un bar desde el que veían el Salón Ritmo, al otro lado de la calle, y en cuya entrada se agolpaban los muchachos y las muchachas que llegaban corriendo bajo la lluvia. A Manolo se le ocurrió decir que éste había sido su baile favorito, años atrás. «¿Por qué no entramos?», propuso ella con una luz alegre en los ojos. «No te gustará, está lleno de golfos», quiso prevenirla Manolo, pero ella insistió tanto («Lloviendo y sin coche, ¿qué otra cosa podemos hacer?») que él no tuvo más remedio que satisfacer su capricho. En aquel momento lo que caía del cielo era un diluvio. Manolo se quitó la americana y protegió con ella a la muchacha al cruzar la calle. Teresa se apretaba a él y se reía. En la taquilla había un hombre gordo y sonrosado que fumaba Ideales y Teresa le pidió uno. «No seas descarada», la amonestó Manolo cariñosamente. «Calla, hombre. Lo vamos a pasar pipa, ya verás.» Chicos 25 Ptas. Chicas 15. Discriminación, anunció la feliz universitaria. Consumición incluida en el precio. Actuarán: Orquesta Satélites Verdes con su cantor Cabot Kim (Joaquín Cabot), Maymó Brothers (ritmos afrocubanos), Lucieta Kañá (juvenil intérprete del cuplé catalán) y otras destacadas figuras del momento. «La cosa promete», dijo Teresa. Desde el principio mostró una excitación extraña. Actuación única y especial del Trío Moreneta Boys (las bonitas notas de la sardana y el moderno rock fundidas en una sola composición). «Maravilloso –exclamó Teresa al entrar–. Yo esto no me lo pierdo.» Era un local abarrotado y ruidoso, en la pista no se podía dar un paso. Muchachos endomingados, de ojos sardónicos y aire impertinente, iban de un lado a otro en grupos compactos, molestando a las chicas, inclinándose sobre ellas, escrutando sus escotes y susurrando piropos. Casi todos eran andaluces. Las ardientes miradas que captaba Teresa eran harto expresivas, y la presencia constante de Manolo a su lado la defendió de un asedio que, de ir ella sola, no se habría quedado en simple admiración. El azar quiso este día adornarla con una sencillez casi dominguera (falda blanca y plisada, blusa azul de cuello alto y ancho y cinturón negro) que habría hecho juego con el ambiente de no ser por su lánguida melena de niña bien y su piel mimada por el sol del ocio, dos encantos que la traicionaban, pues ella hubiese deseado pasar desapercibida. En los palcos y en las sillas alineadas en torno a la pista había grupos estatuarios de muchachas que a ratos cuchicheaban, y al fondo, en el pequeño escenario, los Satélites Verdes con sus blusas rutilantes y su cantor (demasiado melódico, según criterio general) que lucía fino bigote negro y voz nasal, gregoriana. El local había pertenecido a una vieja Sociedad obrera cultural y recreativa (Hogar del Gremio de Tejedores) que, con toda su Masa Coral, su Biblioteca y su Teatro, hoy convertido en Salón Ritmo, desapareció con la República. Decoración solemne y anticuada: cuatro paredes espléndidamente circundadas en lo alto por una faja de guirnaldas de flores, racimos de uva y escudos de yeso en relieve con una cara dentro y debajo un nombre ilustre (Prat de la Riba, Pompeu Fabra, Clavé), catalanes gloriosos, prohombres de aquel añorado obrerismo de *orfeó i caramelles*, y cuyos severos perfiles parecían desdeñar la dominical invasión de analfabetos andaluces. En la galería del primer piso, en medio del rancio olor de los palcos de madera, vagaba todavía el melancólico fantasma de un espíritu familiar y artesano que reinó antaño y que hoy sólo disponía de un refugio: el almacén de bebidas y trastos viejos, antes biblioteca y sala de billar, ahora con restos mutilados y aún estremecidos de Dostoiewski y de Proust traducidos al catalán junto a Salgari, Dickens, el *Patufet* y Maragall y oxidados trofeos y viejos estandartes del Hogar del Tejedor que duermen juntos el sueño del olvido.

En la sala de baile hacía un calor infernal y triunfaba un espléndido olor a sobaco. Teresa refrenaba generosos arrebatos comunicativos. ¡Oh bailes de domingo, el mundo es vuestro! ¡Islas incultas y superpobladas, cielos violentos, primarios impulsos, ternura avasallada, jardines sin aroma donde sin embargo florece el amor, vuestro es el mañana! Colgada del brazo de Manolo al estilo nupcial o sentada con él al fondo de un palco, relajado el cuerpo pero con la cabeza en la misma actitud vigilante y despierta que en la butaca de un cine (respirando un aire poblado de fantasmas) y luciendo su hermosa garganta desnuda, ella no perdía detalle del espectáculo y hacía comentarios elogiosos sobre las parejas que rodaban apretadas en la pista, infatigablemente, como en un hormiguero. Manolo reconoció algunos célebres elementos del barrio, los tenía muy vistos: eran los mismos que los jueves iban al Salón Price a bailar con las chachas, y también a Las Cañas, al Metro, al Apolo, y a los cines Iberia, Máximo, Rovira, Texas y Selecto, pequeños murcianos sudorosos con camisas rayadas de cuello duro y sofocantes trajes de americana cruzada, tiernos bailarines que nunca encontraban pareja, que daban vueltas y más vueltas en torno a la pista con las caras levantadas hacia los palcos y devorando con los ojos a las muchachas sentadas en las sillas como esfinges, y cuyo silencio despectivo o tajantes negativas ante los requerimientos de ellos: («¿Bailas, nena?» «No.» «¿Por qué no?» «Porque no.» «Pues jódete, tuberculosa.» «Enano, sinvergüenza.») eran por supuesto, según Teresa manifestó a Manolo, injustas e infinitamente más crueles que los insultos que recibían. Tal vez por ello, y teniendo en cuenta que hoy Manolo no parecía compartir demasiado sus ganas de diversión (esto la sorprendió: sólo dos veces había conseguido que él la llevara a la pista para bailar, y aún de mala gana), Teresa no quiso negarle un baile al joven bajito que inesperadamente se pegó a ellos, empeñado en hacerle recordar a Manolo cierta noche de juerga que habían corrido juntos mucho tiempo atrás. Teresa quiso que Manolo se lo presentara y le preguntó por su barrio y por su trabajo. El chico resultó ser de Torre Baró, un remoto suburbio, y dijo ser especialista en electrónica. «¿Quiere usted bailar?», preguntó muy gentil. Teresa aún no se había decidido (vio que Manolo sonreía irónicamente, desinteresado) pero iba a ocurrir algo que la empujaría a aceptar alegremente: estaban los tres de pie en un ángulo de la sala, todo el mundo esperaba que la orquesta atacara el próximo baile (acababa de cantar Domin Marc y estaba anunciada la actuación del Trío Moreneta Boys) cuando, de pronto, se produjo un pequeño revuelo que serpenteó en medio de la pista; se oyeron algunos chillidos femeninos, las parejas se agitaron y muchas cabezas se volvieron en dirección a ellos. Al parecer, andaba por allí un bromista que pellizcaba a las chicas. Teresa se rió, como si aquello fuese la cosa más natural del mundo. «¡Qué divertido, me parece muy bien!», dijo. Estaba frente al amigo de Manolo, cuya perfumada cabeza le llegaba a la barbilla; era un muchacho, sin embargo, que daba una extraña impresión de esbeltez, muy tieso, fino de cuerpo y envuelto en un furioso olor a agua de colonia, con una estrecha americana a cuadros, ojillos pesarosos de japonés y un tupé untado de brillantina. Teresa le miraba con simpatía pero seguía indecisa, y fue entonces cuando notó en las nalgas un pellizco de maestro, muy lento, pulcro y aprovechado. No dijo nada, pero se volvió disimulando, roja como un tomate, y tuvo tiempo de ver una silueta encorvada, los hombros escépticos y encogidos de un tipo que se escabullía riendo entre las parejas. Al mismo tiempo, oyó a su lado la voz de una muchacha que le decía a su amiga: «Le conozco, se llama Marsé, es uno bajito, moreno, de pelo rizado, y siempre anda metiendo mano. El domingo pasado me pellizcó a mí y luego me dio su número de teléfono por si quería algo de él, qué te parece el caradura.» «Y ¿le has llamado…?», preguntó la otra. Teresa no pudo oír la respuesta porque el galante pigmeo que tenía enfrente y la seguía mirando embobado insistió: «¿Bailamos, Teresina?» Delicioso, encantador, el electrónico, pensó. La orquesta se había arrancado, y Teresa, todavía con el tibio escozor en las nalgas, quién sabe si moviéndose en parte a instancias de la oscura y benemérita labor de tocones como aquél, o acaso por una simple fascinación del ambiente, se abandonó riendo en brazos del pequeño murciano de Torre Baró y temerariamente se lanzó con él al resuelto mar de achuchones, codazos y sudores. Superándose a sí mismos, el Trío Moreneta Boys interpretaba su gran éxito del momento, un bolero ideal para bailar a media luz. En aquel confuso mar de cabezas que rodaban lentamente en medio de la penumbra no había, en contra de lo que Teresa había pensado, ninguna alegría especialmente sana ni liberada de complejos burgueses: se bailaba apretadamente y en silencio y había una extraña seriedad en los rostros, flotaba un indecible aire de respetabilidad, grotescamente romántico y circunspecto, más aún que el que podría haber en un baile de sociedad organizado por ricas casaderas. Teresa siguió con los ojos a Manolo largo rato, veía sus espaldas alejándose aburridamente, le veía desde lejos y por encima de las olas, hasta que comprendió que ella se hundía sin remedio. Fue atroz, a pesar de que al principio le hizo cierta gracia; ella no era consciente de su leve falda airosa, de que no llevaba sostén bajo la blusa, del derrame de sueños áureos que este insólito descubrimiento iba a provocar en su pareja. Resultado: el especialista en electrónica se reveló súbitamente como un arrimón desenfrenado, un desesperado pulpo con cincuenta manos y cuya boca jadeaba en la oscuridad sobre su pecho izquierdo, que había perdido el habla y que la empujaba con el vientre, sudando y afanándose penosamente, y que ella procuró resistir por pura cortesía hasta que, oprimidos por las demás parejas en medio de la pista, no pudiendo dar un paso más, se quedaron quietos, bloqueados, él basculando (Teresa notaba la pequeña y áspera mano recorriendo su espalda y su culo como una araña) y doblado hacia atrás como un fino y esforzado bailarín de tangos. El obrero electrónico alcanzó la anhelada erección y ella la notó restregándose en su muslo. ¿Dónde estaba aquella alegría directa y sana de los bailes populares? Un olor a sobaco y una calentura furtiva y deprimente, eso era todo. En torno a ellos, las parejas habían dejado de bailar y estaban quietas, con los rostros vueltos hacia el escenario y escuchando la canción del Trío Moreneta Boys. Las manos tenían desesperadas relaciones con las cinturas y los pechos, extraños y penosos requiebros con las sombras. Teresa aún intentó reír, pero fue la última vez aquel día. De pronto se quedó rígida: la apretaba tanto aquel pequeñajo eléctrico, que la tenía prácticamente en vilo, sin dejarla tocar el suelo con los pies. Hacía rato que había perdido a Manolo de vista (¿Se habrá ido, dejándome en manos de estos salvajes?) y, repentinamente asustada, creyendo que se había quedado sola y que no podría escapar de allí, lanzó una furiosa mirada a su pareja, que se hallaba ya en un lamentable estado de disolución. Lo que Teresa adivinó al ver sus ojitos (mucho tiempo después aún recordaría aquellos diminutos ojos congestionados y tristes, mirándola desde abajo como los de un perrito apaleado: fue realmente su primer contacto con la realidad) estuvo a punto de provocarle tal crisis de nervios que de pronto se soltó y empezó a abrirse paso a codazos, sintiendo que le faltaba el aire. Todo era mentira: el melódico Trío, los obreros amigos de Manolo, los bailes populares… Las parejas la miraban y sonreían, pero nadie parecía dispuesto a dejarla salir de la pista. «¡La finolis! Lo ha plantado», oyó decir a una muchacha. «Pobre chico. Eso no se hace.» Finalmente consiguió llegar hasta donde había dejado a Manolo. Ni rastro de él. Quedó desconcertada en medio de la oscuridad. «Manolo», murmuró débilmente. Podía ser cualquiera de las sombras que veía. Rostros desconocidos, extrañamente iluminados y sudorosos, como una pesadilla, se volcaban sobre el suyo y oscilaban al compás de una horrenda música de cháchara. Una mano atrevida tiró de sus delicados cabellos de oro, y labios pegados groseramente a su tierna oreja babeaban palabras obscenas. «¿Me buscas a mí, rubia?» «Niñapijo, qué buena estás.» «No corras tanto, princesa, que pierdes las bragas.» Una muchacha robusta de labios rojos la defendió, insultando a los gamberros. Temblándole las piernas, avergonzada y furiosa a la vez, buscó a Manolo con ojos desesperados por todo el local, incluso en la galería del primer piso, donde algunas parejas bailaban estrechamente abrazadas en la sombra. Allí, en un pasillo, creyó ver a Manolo entrando en un cuarto y se precipitó tras él. Dentro, una bombilla amarillenta, enrejillada, vieja amiga de las moscas, depositaba mansamente sucia luz sobre cajas de cerveza apiladas junto a unas estanterías mohosas, de cristales rotos y llenas de telarañas; en el suelo, en el centro de la habitación, libros cubiertos de polvo y revistas antiguas amontonadas como para una fogata. «Manolo, ¿eres tú?», susurró.

El cuarto olía a humedad. Una tos ahogada tras las cajas de cerveza. Los pies de Teresa tropezaron con el montón de libros (le parecía oír una alegre risa femenina) o mejor dicho, con un volumen que se había quedado algo distanciado de la pila, era un volumen de rojas cubiertas que yacía sobre una fotografía, amarilla por el tiempo, en la que destacaban unas blancas y venerables barbas: Madame Bovary y Carlos Marx rodaban por el suelo estrechamente abrazados, enardecidos, huyendo del montón de ciencia y saber dispuesto para el fuego o el trapero. Suspiros en algún rincón y además ahora oyó perfectamente la risita licenciosa burlándose de ella, de su pasmo, de su miedo ante la realidad. De pronto algo se movió detrás de las cajas: una muchacha morena, de grandes y soñadores ojos negros, con trenzas, retrocedía hacia el rincón mientras se arreglaba la falda. Miraba a Teresa sonriendo algo azorada, pero sin un pestañeo, sin remilgos, refugiándose por inercia tras la pila de cajas. Junto a ella se incorporó un mocetón pelirrojo con chaqueta de camarero y una botella de coñac en cada mano. «¿Busca usted algo?» La muchacha de las trenzas dejó oír de nuevo su risa llena y soñadora con los ojos ahora fijos en su amigo. Teresa bajó los suyos, miró por última vez a la insólita pareja que se revolcaba a sus pies, en medio de un glorioso olor a terciopelo mordido por la humedad, balbuceó una disculpa y luego dio media vuelta y salió corriendo. Regresó a la galería que daba sobre la pista de baile. Habían encendido las luces. Desde allá arriba, asomada a la barandilla, veía toda la pista y los palcos. Manolo se había esfumado. «Tal vez se ha cabreado. Soy tonta, soy tonta…» Al volverse tuvo otro sobresalto: el pequeño y sobón electrónico estaba tras ella mirándola con las manos hundidas en los bolsillos del pantalón y sonriendo con una mueca indefinible. Esperaba, respetuoso, humilde, decididamente flechado. Teresa escapó corriendo otra vez y bajó las escaleras de cuatro en cuatro. Finalmente salió al vestíbulo, donde estaba el guardarropa y el bar.

Manolo estaba en la barra, de pie, bebiendo una cerveza. El primer impulso fue correr hacia él y arrojarse en sus brazos. Pero hizo un esfuerzo por calmarse y se acercó a su espalda despacio, con los ojos bajos. Al llegar se alzó de puntillas y le dio un beso en la mejilla. Manolo se volvió, la miró sonriendo con afecto: «¿Te cansaste ya de bailar?» Teresa movió la cabeza afirmativamente, mirándole con cierta humildad aprendida, recuperada, y de pronto la abandonaron las fuerzas y apoyó la cabeza en el hombro de su amigo. «¡No vuelvas a hacerlo, por favor, no vuelvas a dejarme sola!» Le pidió que la sacara de allí inmediatamente.

–¿En qué mundo vives, niña? –bromeó él cariñosamente, cuando Teresa se lo hubo explicado todo–. Te lo había dicho, éste no es sitio para ti. –Y, abrazándola, acarició tiernamente su cabeza hasta que ella se tranquilizó.

Terminaron la fiesta en el Cristal City Bar, entre respetables y discretas parejas de novios que a las nueve de la noche deben estar en casa, terminaron besándose en paz en el altillo inaccesible a murcianos desatados y a tocones furtivos, frente a dos gin-tónics con su correspondiente y aséptica rodaja de limón.

Así, en sucesivas tardes, el tono emocional de Teresa fue lenta y delicadamente alterado. Otras fisuras: noches alegres y cálidas del Monte Carmelo, algazara de vecinos, guapos muchachos en camiseta, románticos paseos a la luz de la luna, consignas sobre reivindicaciones laborales en el famoso bar Delicias… Desde hacía tiempo, la joven universitaria ardía en deseos de conocer esta bullente vitalidad. Pero descubrió y tomó posesión del Monte Carmelo, una tierra mítica (como Florida debió serlo en su día para los conquistadores), demasiado tarde. El barrio, hasta ahora, no había sido para ella más que un borroso círculo de sombras admiradas a distancia, puesto que Manolo siempre se había negado a llevarla al Carmelo y presentarla a sus amigos. Pero un nombre le era muy familiar a la universitaria: Bernardo.

Manolo, por librarse de contar ciertas aventuras (él prefería llamarlas así, aunque Teresa empleaba una expresión quisquillosa y biológica: reuniones de célula) que ella le suponía graciosamente pero que él nunca había vivido, decidió tiempo atrás que al hablar de Bernardo imitaría siempre el estilo misterioso que había aprendido de los estudiantes al oírles hablar de Federico. El resultado fue que Bernardo se había convertido en otro prestigioso dirigente clandestino, depositario inaccesible e impenetrable de los mayores secretos: «¿Conoces a Bernardo? ¿Has oído hablar de él? Bernardo podría explicarte mejor que yo cómo funciona eso, yo no sé nada», decía a menudo el Pijoaparte a Teresa, cuando la curiosidad de la muchacha le ponía en un aprieto. «¿Me lo presentarás algún día, Manolo?» «No es prudente», razonaba él. De modo que Teresa admiraba a Bernardo aun sin conocerle, un poco por reflejo de su atracción hacia Manolo y otro poco por su propia y audaz percepción moral. Pero su percepción moral era tan generosa como temeraria; el realismo moral de Teresa no provenía del esfuerzo analítico, como ella creía, sino del amor, y por lo tanto aún le reservaba desengaños.

Una noche que acompañó a Manolo hasta lo alto del Carmelo, al despedirse le propuso dar una vuelta por el barrio. Él empezó negándose, pero el deseo de abrazar a la muchacha detrás de algún matorral, al otro lado de la colina, y hablarle seriamente de algo que le rondaba por la cabeza desde hacía tiempo (la posibilidad de obtener un buen empleo por mediación del señor Serrat) le hizo cambiar de idea. «Está bien, daremos un paseo por el otro lado, te enseñaré el Valle de Hebrón.» Dejaron el coche en la carretera. Rodeando los hombros de Teresa con el brazo, ocultándola a las miradas de algunos vecinos que tomaban el fresco en los portales, Manolo la llevó hacia la calle Gran Vista. Pasado el bar Delicias, unos niños jugaban en medio del arroyo, y, a la luz que salía de un portal, dos chiquillas cantaban cogiéndose de las manos:

> *El patio de mi casa*
> *es particular,*
> *se moja cuando llueve,*
> *como los demás...*

Teresa se acercó a las niñas y cantó un rato con ellas, poniéndose en cuclillas. Su tono emocional volvió a subir peligrosamente. La noche era estrellada y tibia, la luna rodaba perezosamente sobre las azoteas, envuelta en gasas verdes, y había un arrebol en las orillas del cielo. Sólo faltaba una radio, alguna radio sonando muy fuerte desde cualquier terraza, difundiendo en la noche una melodía simple y cursilona. En el descampado, al final de Gran Vista, empezaba el camino de carro que conducía hasta el parque del Guinardó. Se sentaron un rato en un ruinoso banco de piedra semicircular y luego bajaron por la pendiente cogidos de la mano, entre los pequeños abetos del parque. Se oía el chirrido metálico de los grillos. Teresa se recostó en la hierba. Sus labios eran explícitos esa noche, sus ojos, vencidos, llenos de generosidad y de ternura: acaso es el momento, pensó él, de sincerarse con la chica, el momento de decirle que me he quedado sin trabajo, que veo muy negro el futuro y que tal vez su padre podría proporcionarme, si ella se lo pedía, algún empleo de cierta responsabilidad y con porvenir...

–Nena, oye, tu papá..., tu papá, ¿tu papá no podría...?

Era la ardiente boca de ella y aquellos diminutos y
agudos pechos de fresa la causa de su tartamudeo, de
ningún modo la indecisión; era aquel universo duplica-
do que él albergaba en el hueco de sus manos, que le
quemaba, que le anticipaba todos los dulces cordiales
espasmos de dignidad y de prosperidad futuras... Se
incorporó para poner un poco en orden sus ideas. Teresa le miraba desde el suelo con ojos soñolientos.
Y una vez más volvió a ella dudando: podía hacerla suya
y ser su amante durante un tiempo, cierto; quizá durante meses y meses; pero ¿qué ganaba con esto? ¿Qué significaba esta inmensa palabra: amante? ¿Qué muchacha
moderna, universitaria o no, pero rica y con ideas nuevas, no tiene hoy un amante sin que pase nada? Luego,
si te he visto no me acuerdo, fue hermoso pero adiós,
pasión fugaz y efímera unión la de los sexos, ya se sabe,
la vida y tal. No, chaval, tu idea de Teresa en la cama no
te la habías formulado correctamente. Porque se puede
ciertamente poseer a una criatura tan adorable como
ésta, tan instruida y respetable (aunque sus defensas
morales, por cierto, no son tan sólidas como pregona la
respetabilidad de su clase), pero no siempre se puede
poseer el mundo que va con ella: la distinción, los valores culturales, la gracia y el decoro. Fíjate, no hay más
que acariciar una sola vez esta bonita melena de oro,
estas bonitas rodillas de seda, no hay más que albergar
una sola vez en la palma de la mano este doble universo de fresa y nácar para comprender que ellos son los
lujosos hijos de algún esfuerzo social, y que hay que
merecerlos con un esfuerzo semejante, que no basta con
extender tus temblorosas garras y tomarlos...

Teresa se levantó, fue hasta su amigo y le abrazó por
la espalda. «Qué bonito se ve todo desde aquí, ¿verdad?», dijo. Los abetos y los pinos olían intensamente

en torno a ellos. A lo lejos brillaban las luces de Montbau y del Valle de Hebrón, por cuya carretera se deslizaban los coches con los faros encendidos, ingresando uno tras otro en la ciudad, como en una procesión. Teresa le soltó, riendo, y dio unas vueltas en torno a él. «Me gusta tu barrio —dijo—. Te invito a un carajillo en el bar Delicias.» «Se dice un perfumado», corrigió él, sonriendo. «Pues eso, un perfumado —dijo ella—. Quiero un perfumado del Delicias.» Manolo se acercaba a ella despacio, rumiando palabras, sonriendo, flotando, como en sueños, y la besaba una y otra vez, le mordía el cuello, bañaba el rostro en sus rubios cabellos (tu papá, tu–pa–pá–pa–pá–podría...) hasta que ella volvía a soltarse riendo y se hacía perseguir. Manolo la seguía, tropezando, la alcanzaba, la perdía. Chiquilla, que me vuelves loco. «¡Quiero un carajillo, quiero un perfumado! —entonaba ella tercamente—. Llévame al Delicias y luego volvemos aquí otro rato, ¿eh?», propuso con una sonrisa irresistible. Y súbitamente echó a correr hacia lo alto, hasta el camino, donde se paró un instante y se volvió para mirarle, siguiendo luego en dirección a la calle Gran Vista. Manolo fue tras ella despacio, cabizbajo y con las manos en los bolsillos. El canto de los grillos le estaba exasperando. Al llegar a las primeras casas de la calle apretó el paso. No veía a Teresa. Y ocurrió entonces: oyó su grito cuando la muchacha debía hallarse a unos cincuenta metros de distancia; la oscuridad de la calle no le permitía ver nada, pero lo adivinó en el momento de echar a correr hacia Teresa. La encontró arrimada a la pared, tapándose la cara con las manos y de espaldas a las sombras del otro lado de la calle. Sus hombros estaban agitados.

—¿Qué ha pasado? —preguntó él.

Teresa hizo un esfuerzo por reponerse, suspiró, con los brazos en jarras. Más que asustada por algo, parecía indignada.

–Allí –murmuró–, en aquel portal… Hay un hombre…

Señalaba un rincón sumido en la sombra, una de las arcadas del muro de contención de Casa Bech pegado a la colina, y cuyos interiores estaban habitados. La luz esquinada del único farol que alumbraba aquel sector de la calle no alcanzaba a penetrar en la arcada, pero revelaba algo del desconocido: unos viejos zapatos sobre los que caían las vueltas enfangadas de unos pantalones demasiado largos. «Me ha dado un susto de muerte, el loco –murmuró Teresa–. Porque debe estar loco, de pronto ha salido de lo oscuro y se ha plantado ante mí con los brazos abiertos y con… todo desabrochado, riéndose, mirándome, ¡casi no puedo creerlo!» Se oía un jadeo en la sombra, los pies del desconocido se movieron. Manolo se precipitó hacia allí como una flecha y hundió sus manos en lo oscuro, dio con el cuello pringoso de una camisa (sus dedos rozaron una barba de tres o cuatro días y una gran narizota cuyo tacto le resultó familiar) que desprendía un insoportable olor a vino. «¡Anda, ven, asqueroso! ¡Que yo te vea!», exclamó, y tiró fuertemente hacia sí: lo que salió de las sombras, tambaleándose como un monigote a la tenue luz del farol, era nada menos que el Sans, o mejor dicho, lo que quedaba de él después de casi dos años de servir de blanco a la mortífera máquina conyugal de la Rosa. «¡No te da vergüenza, desgraciado, un padre de familia!», dijo Manolo zarandeándole, y, dominado por una rabia repentina, empezó a darle puñetazos. La gamberrada del Sans no era cosa nueva en un barrio alejado y mal alumbrado como éste, ocurría con cierta frecuencia y Manolo lo sabía. Sin embargo, propinó tal castigo al Sans (en realidad le movía un sentimiento de venganza que iba más allá del que podía inspirarle la ofensa hecha a Teresa) que la misma muchacha se sorprendió. «No le pegues más, déjalo.» Pero Manolo seguía. «¡Ése no tiene derecho a la vida! –exclamaba–. ¡Si ya se lo dije hace tiempo, le advertí! ¡Desgraciado! ¡Mira a lo que has llegado!» El Sans, completamente borracho, riéndose tristemente, se cubría el rostro con los brazos, acorralado en la pared. «¡Yo no sabía! –gimió, y tartajeaba–: ¡No te había visto, te juro que ni te había visto.» Finalmente, tropezando, casi a rastras, consiguió escabullirse y echó a correr. Manolo aún le gritó: «¡*Trinxa*, animal! ¡Así habías de acabar, desgraciado, asustando a las mujeres indefensas! ¡Desaparece, muérete ya, que no tienes derecho a la vida!» Volvió junto a Teresa, que le miraba con ojos de asombro, la rodeó con el brazo y explicó: «Estos barrios… Ya te lo dije una vez. Son calles oscuras, las chicas decentes no pueden salir solas de noche. A mi cuñada también le pasó, una noche volvió a casa llorando… ¿Te ha hecho algo?» «No, no… ¿Es un chico del barrio? Parece que le conoces.» «Le hubiese matado, mira. No era malo… –murmuró, pensativo–. No era malo, no creas. Se complicó la vida, las cosas le fueron fatal, pero la culpa es sólo suya. Siempre se lo dije, le previne. Ahora está acabado, se ha dado a la bebida y no hace más que burradas. Algún día aparecerá por ahí con la cabeza rota.» «Pero –dijo Teresa– si es amigo tuyo, ¿por qué le has pegado así? En realidad no me ha tocado.»

«¿Pues no te digo? Porque se lo merecía… Él se lo ha buscado», concluyó Manolo de mal humor.

Por supuesto, se guardó mucho de decirle que este guiñapo calenturiento era el famoso Bernardo, el otro héroe anónimo del Carmelo. Pero de nada le iba a servir, porque cuando regresaban al coche, la muchacha quiso tomar una copa en el bar Delicias (aunque ya sin aquel entusiasmo de antes, alegando que la necesitaba para que se le pasara el susto). Cuando Manolo se dio cuenta y quiso evitarlo, Teresa ya se colaba dentro. Y allí estaba Bernardo, en una mesa del rincón, todavía jadeando, sangrando por la nariz y quieto como una rata asustada. Es posible que Teresa nunca hubiese llegado a sospechar la verdad de no encontrarse allí el hermano de Manolo. Todos se volvieron al verla entrar: dos cobradores de autobús que hablaban con el hermano del Pijoaparte, de codos en la barra, cuatro muchachos que jugaban al dominó y un viejo sentado junto a la entrada. El hermano de Manolo se acercó a ellos. Sonreía con desconfianza y daba cabezazos en el aire. Era un hombre de unos treinta años, alto y encorvado, con una morena y pesada cara de palo y grandes dientes amarillos; cachazudo, lento, rural, muy dado a la salutación efusiva, llevaba un mono sucio de grasa como única vestimenta. En el barrio le tenían por medio chalado y nadie le hacía caso. Era muy aficionado a los chistes rápidos (había tanta, tanta sequía, que los árboles corrían detrás de los perros, je, je, je), pero, paradójicamente, era muy prolijo y escrupuloso en el detalle al contar otras cosas, con muchas digresiones sentenciosas generalmente desoídas, y en el bar huían de él. Precisamente por ello, porque a menudo le dejaban solo con la palabra en la boca, tenía una curiosa manera fraccionaria de contar las cosas: siempre parecía haberlas empezado a contar en otra parte, a otra persona que le había vuelto la espalda sin esperar el final, y ahí estaba él de repente, buscando compañía con los ojos, dispuesto a continuar la historia. Como el hecho se repetía con bastante frecuencia, el resultado era una especie de capítulos por entregas que nunca terminaban, repartidos equitativamente entre varios conocidos, a ninguno de los cuales, al parecer, interesaba ni el principio ni el fin. Sin embargo, a Teresa sí iba a interesarle el final de la historia de esta noche, puesto que se refería precisamente a Bernardo. Manolo no tuvo más remedio que presentar a Teresa. «Una amiga –dijo–. Nos vamos enseguida», y su hermano se empeñó en que la muchacha bebiera una copita de calisay («Es muy bueno para las mujeres», explicó, sin que pudiera saberse exactamente en qué consistía esa bondad) que Teresa agradeció gentilmente. Encontró simpático al hermano de Manolo, con esa mansedumbre facial que recuerda un poco a los caballos, pero ella sólo tenía ojos para su desbraguetado asaltante, acurrucado en su rincón, avergonzado. Le dio pena verle restregarse la nariz ensangrentada con el dorso de la mano. El hermano de Manolo se había acercado de nuevo a los cobradores de autobús que bebían cerveza en la barra; empezó a contarles algo, pero como ellos persistían en su empeño de darle la espalda, el hombre dio una perfecta media vuelta sobre los talones y se encaró con Teresa para continuar:

−... y se conoce que le han zumbado bien esta vez, mírele usted, ya puede usted mirarle, ya, lleva una buena tajada, pero no crea que es peligroso, es que su mujer es de miedo, aquí este inútil (señaló a Manolo) de mi hermano se lo puede decir, antes él y Bernardo (señaló a Bernardo, y Teresa se quedó en suspenso al oír su nombre) siempre salían juntos, cuando las cosas marchaban bien para todos, cuando había interés por el trabajo y una pizca de dignidad, lo que pasa es que Bernardo ha tenido mala suerte con la Rosa, que es un sargento. La Rosa es su mujer −concluyó en un alarde de precisión.

Fue el final del rollo de esta noche. Teresa pensó que el principio debía contener sin duda otras revelaciones no menos sorprendentes, pero imposible recuperarlo ya, estaría deshaciéndose en la memoria de los dos cobradores de autobús. De cualquier forma, la terrible sospecha estaba de nuevo aquí: aquel gran Bernardo, del cual Manolo le había hablado tanto, y que ella había comparado con Federico (errante sombra parisiense y genitora), ¿sería esta piltrafa humana que sangraba en el rincón? Sus sospechas aumentaron al captar a su lado una furtiva mirada de Manolo, una mirada que espiaba sus pensamientos, y de pronto experimentó de nuevo aquella náusea y aquella sensación de desencanto que días atrás se había adueñado de ella en el baile del domingo. En este momento vio a Bernardo levantándose para salir: ¿este pobre tipo que camina balanceándose, encorvado, empujando el rostro, empujándolo tercamente como un ciego o como un loco peligroso, esta ruina moral y física podía ser Bernardo, el militante obrero y compañero de Manolo que trabajaba con él en la sombra?... De no ser porque resultaba demasiado lúgubre esa espalda, ese arrastre de pies, ese abrumado espectro del Carmelo, ella se habría echado a reír. ¿Y semejante irresponsable, semejante futuro delincuente sexual había de ocuparse de la impresión de los folletos para los estudiantes? Lo sabía, lo había sospechado siempre: el Monte Carmelo no era el Monte Carmelo, el hermano de Manolo no se dedicaba a la compraventa de coches, sino que era mecánico, aquí no había ninguna conciencia obrera, Bernardo era un producto de su propia fantasía revolucionaria, y el mismo Manolo...

Sin saber muy bien lo que hacía, pidió un perfumado (lo cual provocó una cumplida carcajada del hermano de Manolo) al tiempo que interrogaba al muchacho con los ojos, aturdida, deprimida por lo que acababa de ocurrírsele. Pero en los ojos negros de su amigo ya no vio más que adoración, ningún secreto poder, ningún heroico supuesto de peligros, ningún otro sentimiento que no fuese aquella adoración por ella. Salió del bar Delicias precipitadamente y se dirigió a su coche. Se oía muy fuerte la radio de un vecino: deliciosa pero inoportuna melodía, ya no haces falta, ya los guapos chicos del arrabal no pasean en camiseta a la luz de la luna. Manolo iba a su lado, observándola, vigilando sus movimientos con cierta paternal solicitud, como si ella fuése realmente una niña pequeña que daba sus primeros pasos sola y pudiera caerse. Temía la reacción de Teresa, el alud de preguntas que iba a caerle encima de un momento a otro. Pero Teresa se había encerrado en su mutismo. Caminando presurosa, con aire de dignidad ofendida, se limitó a dejarse acompañar por la carretera en medio de la noche. Al llegar al automóvil se sentó al volante y se quedó quieta, pensativa, con la vista clavada al frente. Manolo se deslizó dentro del coche con suavidad felina, como si no quisiera turbar los pensamientos de ella, contempló su perfil durante un rato, en silencio, y luego le rozó la sien con los labios.

–Basta, Manolo, por favor –dijo Teresa–. ¿Me has tomado por una niña estúpida?

–Intenté muchas veces decirte cómo es el barrio, que no te hicieras demasiadas ilusiones...

–Cállate. Eres un farsante.

Teresa se volvió y le miró a los ojos fijamente, con dureza. Se oía el chirrido de los grillos a ambos lados de la carretera. Manolo sostuvo la mirada azul de la muchacha. La adoraba en este momento más que nunca; le pareció que en cuestión de minutos Teresa se había hecho una mujer, una mujer adulta que lo mismo podía hundirle un puñal en el pecho que hacerle un sitio en su cama y en su vida para siempre. Consideró: ¿y si le hablara claro de una vez, ahora, aquí mismo, y si le confesara que no soy nada ni nadie, un pelado sin empleo, un jodido ratero de suburbio, un sinvergüenza enamorado?... Espera, ten calma.

–Sólo quisiera saber –dijo ella con la voz rota– qué pasa con la multicopista y con los impresos que te comprometiste a entregarnos.

Manolo se pasó la mano por los cabellos: había olvidado por completo aquel extraño compromiso, contraído un tanto irreflexivamente, y ahora no se le ocurría nada para justificarse.

–Baja –ordenó Teresa.

–¿Cómo?

–Que te bajes del coche... –De pronto la voz se le quebró del todo–. ¿Por qué no eres sincero conmigo? Creo..., creo que es lo menos que merezco.

Él iba a decir algo, pero Teresa ya había abierto la puerta y bajaba precipitadamente. Cerró de golpe, dejándole a él dentro, y se quedó allí de pie, en la carretera, con los brazos cruzados. Tras ella cantaban los grillos y parpadeaban las luces de la ciudad.

–¡Qué ridículo! –exclamó–. Quisiera que Maruja se curara enseguida y terminar de una vez con todo esto, marcharme, mandar a la mierda el verano, las vacaciones, estos paseos, todo. ¡Estoy harta, harta!

–Perdóname –dijo él–. Te lo explicaré. Anda, sube.

Ella no se movió. Manolo abrió la puerta:

–Venga, mujer, sube.

–Cuando tú te bajes, si no te importa.

Miraba a lo lejos, con la barbilla sobre el pecho y un aire de morriña que acentuaba todavía más aquel gracioso mohín de desdeño del labio superior. Él la contempló un rato: le excitaba extrañamente esta nueva Teresa que mantenía el puñal en alto, la encontraba deliciosa con el enfado. Se lo dijo. «Vete a la mierda», murmuró ella. Tenía los ojos llorosos. Al darse cuenta, Manolo saltó del coche y fue hacia ella. Pero la muchacha le esquivó dando media vuelta y se sentó al volante. «Teresa, escúchame...», rogó él. Ella puso el motor en marcha, pero no arrancó enseguida, parecía tener dificultades con el cambio (la primera no entraba) o simularlo, quizá esperaba algo de él. Manolo comprendió que no debía dejarla marchar sin darle alguna explicación, la que fuera. Está visto, pensó oscuramente, que para esta criatura el amor y el complot todavía siguen siendo una sola y misma cosa. Y entonces tuvo una revelación:

–Está bien, como quieras –dijo, aventurando una

mano hacia sus cabellos. Ella hizo un dudoso gesto esquivo–. Mañana tengo que ir a recoger los dichosos folletos de tus amigos. Vendrás conmigo, ¿estamos? Te espero en la clínica a las diez de la mañana. ¿Me oyes? A las diez.

Teresa le clavó una última y triste mirada y el coche arrancó bruscamente, con aquel zumbido juvenil y alocado que siempre haría estremecer la piel del murciano.

El chico se alejó lentamente por la carretera. Cuando llegó a casa, sacó del armario unos pantalones blancos y le pidió a su cuñada por favor que se los planchara para mañana. Luego se tumbó en su camastro (su hermano le llamaba y le insultaba desde el comedor, pero él no hizo caso) y estudió un plan con todo detalle.

Por su parte, Teresa llamó a la clínica nada más llegar a casa: Maruja estaba igual. Luego se duchó, y, descalza, en bragas y con la chaqueta del pijama desabrochada, la cabeza gacha, se sentó a la mesa del comedor, sola. Su padre se había ido a Blanes a última hora de la tarde. Vicenta le sirvió la cena, pero ella apenas la probó. Puso discos de Atahualpa Yupanqui, bebió dos ginebras cortas con mucho hielo y se fue a la cama con una tercera, la cabeza estallándole de dudas y divagaciones. Formuló cien preguntas serias sobre su joven amigo hasta que descubrió, asombrada, que no se interrogaba honestamente. La rondaba la sombra deleitosa de la autocrítica: el cambio que empezaba a operarse en sus ideas la asustaba. Estaba enojada consigo misma, su conducta con Manolo le parecía ridícula, tontamente sublimada –admite que la personalidad política del chico dejó de importarte hace tiempo, reconócelo, pensaba ahora, tendida en la cama de su dormitorio pintado de azul, sin poder dormir (su abdomen palpitante registraba un ritmo de guitarra), sudando una ginebra musical entre muñecas y discos y libros, frotando tiernamente su mejilla contra el hombro desnudo. ¿Cuándo aprenderé a controlar mis emociones? La libertad, la oposición, la militancia en el partido… A fin de cuentas, ¿qué es la oposición? ¿Qué significa militar en una causa? El mismísimo comunista, ¿qué es? Los muslos de Teresa sudan miel, una motocicleta cruza velozmente la noche tranquila de San Gervasio. En el fondo, piensa, estoy sola; he vivido, hasta ayer mismo, rodeada de fantasmas. Soledad, generosidad, sentimentalismo, curiosidad, interés, confusión, diversión; ella podía enumerar todas estas emociones porque ya creía tener la clave que explicaba la conducta del muchacho y la suya propia: los dos, cada cual a su manera, estaban en guerra con el destino. Pero le quedaba la curiosidad. ¿Cuál puede ser la idea de la libertad en un muchacho pobre como Manolo? Ir a mi lado en el Floride, lanzados a más de ciento cincuenta por hora, o besar correctamente la mano de mamá, o hacer el amor en la costa con una turista rica, o tal vez no es más que un medio para ganar tiempo, para robarle tiempo a la pobreza, a la desdicha y al olvido. Sí: un hombre que intenta ganar tiempo, que está en guerra con el destino, eso es Manolo, eso somos todos. Pero ¿y su idea de la libertad? Un coche sport. Un veloz y fulgurante descapotable. Un Floride blanco para todo el mundo (no te salgas de la fila, sino con la fila) en vez de un mundo donde sea posible un Floride para todos. Error de perspectiva –no es culpa suya–, y en cierto modo es lo mismo, quiero decir normal. Es inteligente, atractivo, generoso, pero pícaro, descarado y probablemente embustero: se defiende como puede. Porque ¡qué sé yo de los efectos rarísimos que ejerce la pobreza sobre la mente! ¡Qué sé yo del frío, del hambre, de los verdaderos horrores de la opresión que debe sufrir un chico como él si aún ni siquiera le he preguntado qué jornal gana, si nos empeñamos siempre en no querer hablar del jornal de un hombre, sólo de su conducta (pues bien, compañeros, yo afirmo que la conducta de un hombre depende de su jornal), si hoy mismo, comportándome como una señoritinga estúpida que organiza una pataleta ante su chófer, le he obligado a bajar del coche, si quería interrogarle en vez de ayudarle, si él es tan atento, tan guapo, tan gentil y paciente conmigo!… ¿Me ha pedido nunca el carnet ideológico? No. Y sin embargo, promete los folletos para mañana; es muy posible que todo esto no sea más que un fárrago de disparates. Me importa un rábano. Cien preguntas inútiles y cien respuestas inútiles acerca de mi Manolo: en la verdad o en la mentira, cualquiera que sea su conciencia de clase, su visión del futuro, la verdadera pregunta es… (¡ay mamá, y sigo sin poder dormir!).

La gran pregunta se había quedado en eso: ¿Hasta dónde será capaz de llegar por mí?

... armado
más de valor que de acero.

GÓNGORA

La calle parecía el lecho de un río: lodo, hierbas y cantos. En menos de un año se había hundido, como si hubiesen pasado las impetuosas aguas de una riada, y Teresa se preguntó qué habría sido de aquel joven obrero de sonrisa inocente que nunca había oído hablar de Bertolt Brecht. Las altas chimeneas se alzaban contra el cielo, emborronándolo de humo. Al fondo de la calle se veían las primeras estribaciones de Montjuich. Ellos avanzaban en silencio por la maltrecha acera, junto a la larga pared de la fábrica tras la que latía como un pulso el sordo rumor de las máquinas. Nadie a la vista, aquella calle jamás había conducido a ninguna parte. Era por la mañana, cerca de las once, y el sol pegaba fuerte. El ruido de la fábrica le devolvía a Manolo la nostalgia invernal de cierto callejear y la turbadora imagen de las rodillas de Teresa ciñendo las piernas de un desconocido; evocó la risa de Maruja, su brazo colgado del suyo, la pesada maleta con los cubiertos... Un grupo de niños salió corriendo de un portal, persiguiéndole con pistolas de juguete. Al final de la calle, Manolo se paró:

—Aquí es —dijo señalando un pequeño portal—. Seguramente les encontraré en el terrado. Es mejor que me esperes aquí, o en el coche, como quieras. No les gusta que lleve a extraños… Pero si ves que tardo demasiado, sube. ¿De acuerdo?

Teresa no respondió, observaba a los niños que jugaban en la otra acera; pero había oído bien. Vio, con el rabillo del ojo, a Manolo entrando en el portal. Al quedarse sola, el corazón empezó a latirle con fuerza. Desde que se habían encontrado en la clínica, media hora antes, sólo una vez se había dignado hablar con su amigo. Más que enojada con él, estaba desconcertada: tan decidido le veía en relación con el asunto de los folletos, tan plena y candorosamente entregado a recuperar el afecto y la confianza de ella. Por otra parte, esta mañana había ocurrido algo en la clínica que aún la mantenía en cierto estado de asombro: cuando estaban junto al lecho de la enferma, en el momento en que Manolo tendía la mano hacia la frente de ésta para quitarle un hermoso rizo decapitado (le habían cortado el pelo muy corto), Maruja abrió súbitamente unos ojos de alarma y de súplica, afiebrados, clavándolos en Teresa por espacio de unos segundos. Dina también estaba allí, pero ni ella ni Manolo parecieron darse cuenta de nada, o no darle importancia. Sin embargo, había sido algo más que una simple reacción nerviosa de los párpados, algo más que el casual y ciego extravío de las pupilas de muñeca rota, dos cristales velados: ella hubiese jurado (al menos en ese momento) que Maruja pretendía hablarle, que incluso movió los labios, que aquello era una llamada directa y personal a su comprensión y a su condición de señorita, una repentina señal de lucidez que de alguna manera le pedía que confiara en el chico y no le dejara hacer más locuras… ¿O se lo había parecido? Al salir, mientras subían al coche, se disponía a contárselo a Manolo cuando éste, lacónicamente, le pidió que le llevara al Pueblo Seco. Durante el trayecto sólo habló él: qué cosa formidable el verano, las calles regadas, el aire parece perfumado, los barrios elegantes parecen dormidos, vacíos, oh Teresa, la ciudad es nuestra… «¿Qué te pasa? –añadió–. ¿Aún estás enfadada?» Ella conducía velozmente, abstraída y con su peculiar estilo rebelde (así la veía él: muy echada hacia atrás en el asiento, los brazos tensos, completamente estirados y rígidos hacia el volante, la barbilla sobre el pecho, la mirada desafiante: así debió morir James Dean) y atenta al tráfico, pero desdeñándolo. Escondía su gran curiosidad y aquella musical vibración de su vientre, que aún le duraba de la víspera, tras una máscara de indiferencia. Por su parte, el murciano se había presentado en traje de campaña: camisa negra con bolsillos y manga larga, zapatillas de básquet y unos ceñidos pantalones blancos, limpísimos, que le sentaban muy bien. ¿Qué se proponía? Cuando estaban en el Paralelo, le ordenó a Teresa que doblara por una calle a la izquierda y que parase en la entrada. Y al reconocer la calle, ella tuvo otra sorpresa.

–¿Aquí? –había preguntado extrañada.

–Sí. Aquí dejamos el coche.

Fue la única vez que ella había hablado. «¿Por qué me resisto tanto al desengaño, si tal vez el desengaño me reserva lo mejor del chico?», se preguntaba ahora. Se dedicó a curiosear dentro del portal. Era una oscura y estrecha escalera, con una barandilla de hierro y una sola puerta en cada rellano. Teresa apenas resistió cinco minutos sola (él había calculado quince): silenciosamente, tanteando las paredes y la barandilla, subió hasta el último piso, un tercero. Desde allí, una docena de escalones conducía hasta una áurea explosión de luz:

una pequeña puerta de madera carcomida, traspasada por los rayos del sol como un saco viejo al trasluz y con dos agujeros como monedas por los que se filtraban dos espadas incandescentes. Teresa subió despacio, temblorosa, se aproximó a aquel incendio y miró por uno de los agujeros. De momento quedó cegada por el sol. Luego vio el suelo de un terrado cubierto de arenilla, ropa tendida en alambres y un precioso niño con bucles rubios que correteaba desnudo. Al fondo, sentados en el suelo, la espalda recostada contra el pretil, cinco muchachos en camiseta leían revistas y tebeos. Teresa distinguió el que estaba en medio, que acariciaba un pequeño gato negro echado en su regazo; tomaba el sol con el torso desnudo y llevaba gafas oscuras. A sus pies había dos muchachas en traje de baño, tendidas de espaldas sobre una toalla y con las caras untadas de crema (las barbillas levantadas, suspendidas en un fervoroso gesto como de equilibrio o de disponerse a dar un beso), que Teresa reconoció en el acto: las mismas que una tarde se habían presentado en su casa preguntando por Manolo. En torno a ellas, en el suelo, había novelitas y revistas gráficas, botellas de cerveza, un cubo de agua y una pequeña radio portátil que bramaba una música de baile. El campo visual de Teresa a menudo era totalmente invadido por la rubia cabeza del niño, que iba y venía del cubo de agua a la puerta agitando sus manitas mojadas. El joven de las gafas oscuras parecía mirar fijamente a alguien que Teresa no podía ver (debía ser Manolo) y al cual dirigía la palabra de vez en cuando y no con simpatía, a juzgar por su expresión. Hizo señas con la mano, muy chulamente, para que el otro se acercara, pero Teresa no pudo oír lo que decía a causa de la música. De pronto reconoció la voz de Manolo, muy cerca de ella, y le vio entrar en su campo visual lentamente, de espaldas. El sol fulgía en sus pantalones blancos. Ella se apretó a la puerta para verle mejor, excitada por su propia situación de impunidad, esa ocasión que le permitía ver sin ser vista (oscuramente atraída, además, por una dulce mano de luz que hurgaba en su entraña: el rayo de sol) y entonces hubo una pequeña pausa en la radio que le dejó oír las palabras que escupió Manolo: «... no he venido a pedir nada que no sea mío, y si algo me revienta, Paco, son las mentiras de tus hermanas». «¿Será cabrón, el tío? —oyó que decía una—. ¿Pues no viene exigiendo, en vez de pagar lo que debe, él y esa loca del Cardenal...?» Las hermanas Sisters levantaron pesadamente sus caras aceitosas para mirar a Manolo. «¡Éste ha venido a insultarnos, a provocarnos, ¿es que no lo veis?!», gritó una de ellas. La música volvió a estallar metálica, arañando los oídos: era una marcha militar. En medio del chinchín, Teresa les oyó hablar de cierta relación entre el acusado y una tal Jeringa; decía la Sister más joven a propósito de una fiesta íntima en casa del Cardenal: «Que me muera aquí mismo si no es verdad: la niña iba completamente desnudita debajo de la combinación (un poco extraño le sonó eso a Teresa) y éste sinvergüenza la tenía en sus rodillas; me acuerdo muy bien, fue entonces cuando negó con todo descaro haber tocado un solo cubierto de la maleta...» El joven de las gafas oscuras se incorporó lentamente, el gatito saltó de su regazo y se quedó clavado en la tierra, bufando, arqueado y fiero, en una actitud ideal de gato disecado. «Te dije que te partía la boca si volvía a verte por aquí, Manolo», dijo. Un golpe de viento movió la ropa tendida, muy cerca de la nuca de Manolo, mientras aquella monada de crío, con el sonrosado traserito al aire, se apretaba a sus piernas y tiraba del blanco pantalón con la manita. Al volverse para apartar al niño, Manolo clavó repentinamente sus ojos en la puerta, en el agujero (en su mismísimo ojo azul que espiaba, hubiese jurado ella). Pero sólo fue un instante. Luego se produjo la graciosa caída del niño entre las piernas de Manolo, la admirable flexión de la cintura de éste al inclinarse para ponerle en pie, su sonrisa deslumbrante y cariñosa, todo lo cual produjo un repentino cambio de posiciones que ella ya no vio: había apartado el ojo del agujero porque el dardo de luz la hacía casi llorar. Cuando volvió a mirar, otro muchacho, con aire amenazador, arrojaba el tebeo que había estado leyendo. Por encima de la música, la voz de Manolo trajo en dos o tres ocasiones las palabras «impresos y lipotimia» (¿era una broma o no sabía ni siquiera pronunciarlo?) y también su nombre: Teresa. Pero ellos no le hacían caso; parecían no exactamente desinteresados o extrañados, sino irritados cada vez más. «Está chalao», dijo uno de los muchachos. Cambiaban entre sí miradas de impaciencia, y el joven de las gafas oscuras movía la mano en señal de calma. Teresa estaba fascinada. Oyó un aleteo muy cerca de ella: un palomar, tal vez. Vio a Manolo avanzar un poco más hacia el grupo sin dejar de gesticular; había sacado las manos de los bolsillos pero exhibía la misma postura indolente de antes, serenamente provocativa. ¿Qué se propone ahora?, pensó. Evidentemente exigía algo que, a juzgar por las caras de su auditorio, resultaba insultante. Con el ojo clavado en la nuca del muchacho, Teresa se apretó más a la puerta, al dedo de luz, y al mismo tiempo observó que una de las chicas se levantaba (qué horror, qué culo de pera) para quitar al niño de en medio. Aquí va a pasar algo. ¿Empujo la puerta y salgo ahora? Ha dicho que si tardaba... Pero no han transcurrido ni diez minutos, se dijo, consultando su reloj. No quería sacar ninguna conclusión acerca de lo que estaba viendo en este vulgar balneario casero (no, desde luego aquello no era una célula clandestina, ¡qué idea!, más bien parecía una pandilla de golfos o de obreros parados), en este remoto terrado del Pueblo Seco suspendido frente a un inquietante fondo de chimeneas de fábrica, azoteas con ropa tendida y un cielo sucio de humo: ella había determinado atenerse a los hechos. En consecuencia, observaba el insólito espectáculo sin tomar partido a favor de nadie (excepto, tal vez, de aquella soberbia estampa en blanco y negro que desafiaba al sol) y atendía, con escrupulosa objetividad, a ciertos detalles y a sus consecuencias inmediatas, como por ejemplo la luz que dañaba sus ojos, tal vez un poco menos intensamente que antes, porque en este momento una nube deshilachada cubría el sol. Pero algo raro estaba ocurriendo: el perfil del niño tapó repentinamente la visión con sus bucles de oro y su mejilla manchada de carmín, y ella comprendió que las muecas de la criatura eran el reflejo horrorizado de lo que estaba viendo. Cuando se apartó (la mano de su madre tiró de él violentamente) vio a Manolo acorralado y comprendió que la pelea era inminente. Oyó perfectamente su voz repitiendo: «¡No te consiento que hables así de Teresa, no la nombres siquiera!», mezclada con la música y con los insultos pausados, rabiosos, pronunciados entre dientes por el tipo de las gafas oscuras, y luego el golpe seco del puño de Manolo, un gemido, «¡Está loco!», dijo alguien. Obedeciendo seguramente a un ademán amenazador que ella no pudo captar, los otros dieron un paso atrás y se miraron consultándose. El llamado Paco se había abalanzado sobre Manolo, ella vio ahora muy de cerca un pedazo de espalda desnuda, un desvarío de brazos y hombros, y entonces chilló, empujó, pateó la puerta, pero ésta no se abría. Más allá del agujero, Manolo se debatía con la camisa desgarrada, su abdomen oscuro y musculado se doblaba a los golpes (ella, entonces, se apretó a la puerta con los brazos completamente en cruz, presionando con las manos y con el vientre recalentado por el sol, pero no conseguía abrir, no lo conseguía) y le vio retroceder y tropezar en las piernas de una de las chicas, y caer hacia atrás. Todos se abalanzaron sobre él, que, haciendo un supremo esfuerzo, torciendo violentamente el cuello sudoroso y vigoroso, volvió la cabeza hacia ella y gritó: «¡Teresaaaaaa!…» con una voz que desgarraba el alma. Ella creyó morir. Sollozando, seguía empujando la puerta en vano (le pareció que transcurrían años) y cuando al fin consiguió salir al terrado y corrió hacia él, ya le habían dejado y yacía boca abajo, junto al transistor, que ofrecía melodías solicitadas. Su aparición repentina sorprendió a todos, y se apartaron, apresurándose a recoger sus cosas. Teresa ni les miró, sólo había gritado: «¡Dejadle, dejadle ya!», arrojándose sobre él. Manolo respiraba con dificultad, se volvió con la ayuda de Teresa, abrió un ojo hinchado y la miró forzando una sonrisa. Tenía una ceja partida, un lado de la cara cubierto de arenilla y sangre, el pelo revuelto, los pantalones blancos completamente manchados y la camisa rota, sin un botón, abierta de arriba abajo. Temblando, Teresa le ayudó a arrastrarse un poco (incomprensiblemente, pues no parecían quedarle fuerzas para nada, él alcanzó el transistor con mano furtiva y se llevó la música consigo) y lo apoyó de espaldas contra el pretil. Cuando levantó la vista y miró en torno, todos habían desaparecido.

–¡Manolo, qué te han hecho! ¿Por qué te han pegado así? –murmuraba, sin atreverse a tocarle la cara–. ¿Qué significa esta locura?

–Quisieron meterse contigo y con tu madre…

–Pero ¿por qué, quién era esa gente?… ¿Por qué hemos venido aquí? –Había sacado un pañuelo y le limpiaba la cara, le acariciaba, le apartaba los negros mechones de pelo caídos sobre la frente. El transistor, que él había dejado aviesamente muy cerca de Teresa, cumplía a la perfección con su cometido y emitía una música suave–. ¡Oh, mira cómo te han puesto!… ¡Por favor, habla, dime algo!…

–Éstos…, que me la tenían jurada. Pero son los

únicos que podían ayudarte, ¿comprendes? –Irguió la cabeza y guiñó los ojos al sol, disimulando con el esfuerzo físico la intensa reflexión mental: le quedaba ahora la parte, si no más peligrosa (la paliza había sido superior, más de lo que esperaba, cabrón de Paco) sí la más delicada y comprometida–. Quería..., quería ver de conseguir esa lipotimia para tus estudiantes.

Teresa multiplicó su asombro, pasando seguidamente al júbilo.

– ¡Ay, Dios mío, Manolo! Pero ¿qué dices? ¿Estás loco?

–No..., ya ves, se ha intentado, valía la pena... Pero no se pueden hacer milagros. Me comprometí a ayudaros... sólo por ti..., por tu causa.

–¡Lo sabía, lo sabía, pero ahora no hables, olvídate de los estudiantes, de los folletos, de todo...! ¡Lipotimia, lipotimia, dice mi amor!

Se abrazó a él desfalleciendo, rodeándole el tórax desnudo con los brazos, restregando los cabellos en su garganta. «¿Qué nos importan ellos?», decía. «Lipotimia, lipotimia», repetía en medio de su risa-llanto de mujer niña (junto a ellos, la radio portátil había empezado a transmitir una canción –de feliz recuerdo– dedicada por un soldado a su novia) mientras Manolo, dejándose resbalar hasta el suelo muy despacio, decía: «Ven aquí, échate a mi lado, así, abrázame fuerte... Y ahora escucha, Teresa.»

–No digas nada, no necesitas decirme nada –murmuró ella atrayendo su cabeza–. ¿Te duele, amor mío? –Con dedos temblorosos tanteaba su boca, la hinchazón de la ceja–. Tiene que dolerte, vámonos a casa, te curaré...

Quiso incorporarle.

–Espera –dijo él–. Se está bien al sol. Y además tengo que explicártelo todo, tengo que hacerlo. –Disimuladamente, con el dedo aumentó el volumen del transistor: *Anoche hablé con la luna y le conté mis penas /*

y le dije las ansias /que tengo de quererte–. Debo confesarte que…

–Ya no hace falta –cortó ella–. No me importa nada, nada, ¿comprendes? ¡Te quiero, te quiero, oh sí, te quiero! –Le cubrió el rostro de besos, rozándole apenas, para no dañarle, lo cual resultó más excitante.

–Estoy en un gran apuro, Teresa –dijo él de pronto.

–¿Qué te ocurre? –Le miró alarmada–. ¿Has hecho algo malo?

–No, no… Estoy sin trabajo.

–¿Sin trabajo?

–Sin trabajo, sí. Quiero decir: también he perdido el empleo que tenía…

–Ah –suspiró ella–. Creí que se trataba de algo grave.

Se apretó a él, aliviada. Ahora los dos yacían prácticamente en el suelo del terrado, arrimados al pretil, ella con la cabeza sobre el pecho de Manolo, el aire vencido, los párpados narcotizados.

–Para mí lo es. ¿Cómo podría mirarte a la cara, sin trabajo? –tuvo la bondad de declarar el murciano–. Tú eres mi ángel, Teresina, niña mía, pero ¿qué dirían tus padres, y tus amigos? –añadió mientras deslizaba una mano entre las rodillas de la muchacha.

–No me importa –gimió Teresa–, nada de eso me importa. Mira lo que te han hecho. –Inclinó el rostro sobre él, dejó que sus cabellos rozaran el labio partido de Manolo, bajando–, y todo por culpa nuestra, mía y de mis amigos. No, cielo, este juego se acabó. Podrían detenerte por asociación ilícita y propaganda ilegal, ¿comprendes? Ya has hecho bastante, más de lo que podías, más de lo que la universidad merece.

–Eso no es nada –fue la gentil respuesta del muchacho–. Con el tiempo haremos grandes cosas, ya verás. Seré para ti lo que tú digas, me convertiré en lo que tú desees, porque te quiero.

–¿Me quieres de verdad? Júralo.

–Te quiero más que a nada en el mundo, te adoro, mi niña, te necesito. –Los labios de Teresa descendieron sobre su boca como un insecto de luz. Luego, ella dijo:

–Verás lo que vamos a hacer, mi vida: nos ocuparemos de ti, te ayudaré a encontrar ese empleo que necesitas. No tengo más que hablar con papá, él conoce a mucha gente. Será muy fácil, ya verás, tú déjame hacer a mí.

–Dile que tengo mucha experiencia comercial y que…

Teresa se había inclinado y volvía a besarle. Todo el aire estaba impregnado de: *anoche hablé con la luna / me dijo tantas cosas / que quizá esta noche / vuelva a hablarle otra vez…* Borrachos de sol y de música, debilitados por la emoción, se dejaron resbalar del todo hasta el suelo y siguieron abrazados mucho rato, como si durmieran. Cegada, deslumbrada por una realidad superior, la última sombra querida, el último fantasma huía al fin de aquella cabecita rubia que se frotaba amorosamente contra el pecho del murciano: su tierno y audaz amigo estaba tan solo y perdido como ella, ésa es la verdad. «Qué débil me siento ahora –se dijo–, pero qué feliz.» Resultaba hasta curioso: ella nunca hubiese pensado que esto fuera así, nunca había conocido a nadie como él, viviendo solo y en lucha constante como él, ella jamás habría imaginado que su indigencia fuese su fuerza, su expresión más firme de la verdad. Pensó precipitadamente: tampoco yo, hasta hace poco, creía estar tan sola y desorientada; porque las cosas no han resultado ser como pensaba, como todos decían que eran, como me han enseñado en casa y en la universidad. Pero él acaba de convencerme de que así somos nosotros, y así son las cosas, así suceden.

Oyeron un trotecillo sobre el terrado: el niño corría hacia ellos desnudito, llegó, cogió el transistor, les miró un instante con sus enormes ojos líquidos, y se fue.

... mientras se dejaba caer muy despacio a los pies del elegante desconocido, doblando las rodillas poquito a poquito, sin fuerzas, la cabeza abatida sobre el pecho y las manos tanteando un apoyo en el vacío, mientras cae silenciosamente en medio del calor sofocante del taller, vencido por el sueño y la fatiga y el cada día más amenazante «yo no mantengo vagos» de su hermano, qué extraña y ajena resultaba entonces la ciudad, amor mío, qué recelosa parecía la gente, qué maulería en las voces, en el acento catalán, en las calles iluminadas, en las dos amigas que los jueves la llevan a la plaza de Cataluña, las tres cogidas del brazo, comiendo helados y riéndose, en la tímida sonrisa del soldado y en su misma cabeza rapada (luego al crecerle el pelo vi que era rubio como un sol), recuerda los primeros besos en lo oscuro del jardín, recuerda el olor a pólvora quemada de los cohetes, a desinfectante en el agua de la piscina: pues era la misma romántica luna de la verbena pero sobre otros árboles, sobre otros besos, entonces ella era más joven y más tonta y durante todo el rato no pensó más que en el olor a cuartel que desprendía su sahariana y también en su dulce manera de hablar y en sus bonitos ojos azules de chico canario que han visto mucho mar, y cómo temía ella perderle, cómo se dio, cómo se engañó y fue engañada, qué malamente nos aferramos a cualquiera con tal de no quedarnos solas toda la vida; qué otra cosa podía hacer, di, ten en cuenta que muchas veces en la playa, con los niños de doña Isabel, ella ni siquiera tenía ánimo de hacerles jugar y menos de bañarse, piensa que se quedaba quietecita con su uniforme negro y su cofia, sentada torpemente sobre la arena y procurando no enseñar las piernas: durante meses y meses, después que él se fue para siempre, creía ver en sus rodillas una especie de marca, una señal, la sombra de las manos del soldado que nunca volvería a abrazarla en el parque de la Ciudadela, a pocos pasos del cuartel, y la dominaba el oscuro temor y la vergüenza de que la señora viera escrito en su piel lo que él le había hecho. De vez en cuando llamaba a los niños para limpiarles los moquitos o para que no se acercaran demasiado al agua, sobre todo para que no molestasen a los señores que tomaban el sol en las hamacas, mientras en el Monte Carmelo tú sigues cayendo sobre el suelo del taller, doblándote lentamente hacia adelante y bañado en un sudor frío, vas a desmayarte y nunca sabremos si es de verdad o sólo una estratagema de las tuyas para tocar el corazón del desconocido. Aquí en cambio todo fue siempre muy claro, aquí el alto y luminoso mediodía siempre estuvo lleno de risas francas y observaciones chocantes sobre el matrimonio, la familia, las vacaciones, los negocios y ciertas intimidades de parejas ausentes. Aprovechando que ella se distrae, amodorrada por el sol, o que rumía las consecuencias de tantas noches de locura, los chiquillos se acercan peligrosamente a la orilla. –Maruja. Señora... Los niños...– Si era domingo, ella había ido a Blanes con la señora muy de mañana, en su coche, para oír misa juntas, y entonces era peor, por tener que separarme de ti estando en el mejor de los sueños, porque tenerte en mi cama, sentirte junto a mí mientras duermes, es lo único verdadero y hermoso que hay en mi vida. Pero éstas son las cosas que no se ven, las cosas que una no sabría explicar a la señora, llegado el caso, pues la señora ha sido como una madre para ella. Los demás familiares y algún invitado también han bajado a la playa a bañarse y ella mira, por la costumbre de mirar, estos grandes cuerpos lentos y bronceados de los hombres, mira a la señorita y a sus amigas tendidas sobre toallas; de pronto, a veces, una repentina cordialidad las agrupa y las mueve a interesarse de veras por la chica, es tan hacendosa y tan mona, peinándose tiene mejor gusto que Nené Villalba, oh sí, mucho mejor que Nené Villalba, dónde vas a parar (la señorita Nené no vino ese día) y le preguntan si ya tiene novio, ¿no?, ¿cómo es posible?, los chicos de hoy son una calamidad. Hablan y la miran, pero no la ven, parecen esas mujeres que, paradas frente a la luna de un escaparate, no ven más allá del cristal, llevan su propia imagen metida en el entrecejo, se tienen a sí mismas, escuchan constantemente su propia historia de amor que parece no tener principio ni fin, digo, porque a una en el fondo qué le importa: te tiene a ti, y recuesta un momento la mejilla sobre la arena, de espaldas a la gente, y murmura: «Quizá venga esta noche», pues nunca sabe cuándo llegará, saltará la ventana, la tomará violentamente en sus brazos... A veces llega con cara de fatiga y ojeras; sólo viene a dormir. El sol, el mar, las rodillas que la delatan: la señorita la mira con verdadero afecto, pero tampoco ella sabe nada. Todo empezó mal, y mal tenía que acabar: porque antes de este verano, mucho antes de haberle visto por vez primera en la verbena (en la calle, tan guapamente apoyado en tu coche, fumando y rumiando la manera de llegar hasta nosotras), mucho antes de doblar la cintura y caer desplomado sobre el sucio suelo del taller, cuando una servidora estaba aprendiendo a poner los cubiertos en la mesa y todavía hablaba por teléfono como asustada, él ya desplegaba astucias y trifulcas para que no le mandasen al pueblo. Allá va, subiendo por la ladera del Monte Carmelo con la bolsa de playa colgada al hombro. Anocheció mientras estaba en lo alto, muy quieto, contemplando la ciudad a sus pies. Seguramente, cuando su hermano le vio llegar de Ronda de manera tan inesperada y le dijo: «¿Por qué has dejado sola a madre?», y él contestó: «No la he dejado sola, está con un hombre», aún no podía saberse si mentía, pero se le notó el primer embuste al añadir que sólo había venido para hacerle una visita y conocer a la cuñada y a los sobrinos, y que se iría muy pronto. Se habría dejado matar antes de volver a Ronda. Al cabo de unos días su hermano le dijo que no podía mantenerle de gorra y que en casa no había sitio para él. «Trabajaré, te ayudaré en el taller de bicicletas», decía él. «No hay trabajo para los dos, el negocio va mal...» Fue su cuñada la que se apiadó, y por ella tuvo un colchón junto a los niños y un plato en la mesa durante el primer invierno. Noches enteras fuera de casa –las Ramblas, imagínate–, se pasaba horas colgado en la barra de un bar del barrio chino, dice que haciendo amistades, nunca fue muy hablador sobre este particular, cosa mala debía ser, tú aún no le conoces, Teresa. Se compró el primer traje. Inútil preguntarle de dónde sacaba el dinero: yo sé ganarme los garbanzos donde sea y como sea, dice siempre. En el taller sólo paraba un rato por la tarde, y en casa a las horas de comer, hasta que un día su hermano se cansó y dijo que no le aguantaba más. Ahora verás cómo se tambalea y se cae: es mediodía y está dándole aire a una rueda de bicicleta, desnudo de cintura para arriba, sudando en medio del espantoso calor del taller. Su hermano le está pegando la bronca de siempre –que no mantengo vagos–, pero él no le escucha. Piensa en las cosas raras que últimamente ocurren en el taller (hay una flamante motocicleta para reparar, pero en ella no hay nada que reparar) y es el preciso momento en que la esperada solución a todos sus problemas está cruzando el umbral: un hombre bien vestido, amable, educado, que luce bastón de marfil, distinguido y hermoso pelo blanco y lleva a su sobrina de la mano, una niña rubia. Nada más entrar, el desconocido se pone a discutir con su hermano (serenamente, sin alzar la voz, pero con una firmeza y autoridad que llamaba la atención, te dirá si le preguntas) acerca de una motocicleta que fue vendida sin su permiso. El mecánico no sabe qué responder, asustado, y el desconocido amenaza con exigirle un dinero que le debe desde hace mucho tiempo. Su enfado no le impide fijar su atención en la oscura espalda de un chico que está trabajando al fondo del taller, y pregunta quién es. «Mi hermano –dice el mecánico, y aprovecha la ocasión para cambiar de tema–: El chico se escapó del pueblo y ahora no hay manera de hacerle volver allí. ¡Qué pesado!» Mientras, él mira al señor por encima del hombro, con el rabillo del ojo –fue como una revelación, dice: aquel noble y distinguido cliente no podía ser otro que el rico destinatario de la motocicleta robada que su hermano ocultaba en el taller–, pero si le preguntas más detalles te dirá que sólo vio amistad en sus ojos, comprensión y hasta dulzura, nada más porque repentinamente se le cayó la rueda de las manos y notó que le faltaba el aire y que se iba a desplomar como un fardo, te dirá que fue un mareo a causa del calor y el cansancio, que las piernas se negaron a sostenerle, que no pudo evitarlo... Oyó el golpe de su propio cuerpo dando de bruces en el suelo cuando precisamente creía poder alcanzar al señor con la mano y apoyarse en él, y cuenta que tuvo tiempo, antes de perder el sentido, de notar en su espalda la primera mano afectuosa que encontró en la ciudad –la niña, dije yo, tonta de mí, pero no, era su tío, que se había arrodillado junto a él para atenderle–. «Eso es debilidad, pobre chico», dijo el señor, cogiéndole en brazos. Y el mecánico, apuntándole con el dedo: «Es comedia, le conozco» (y ahora fíjese usted, señorita: ¿cómo pudo oírles si estaba sin sentido?). Una mano blanca y fragante, que olía a agua de colonia, le golpeaba las mejillas para hacerle volver en sí. El mecánico aclaró que el chico ni siquiera era su hermano, solamente su hermanastro, y que no se sentía obligado con él; pero el señor le riñó por haber sido tan cruel y desconsiderado, y además lo mandó al bar a por una copa de coñac, y a la niña la mandó a jugar a la calle. Dice que cuando recuperó el conocimiento, el amable señor le invitó a comer en su casa, y al otro día también, y le obligaba a ducharse y a lavarse con un jabón muy bueno de pal-molive, y que desde entonces fue muy amigo de la niña; se pasaba días enteros en aquel chalet, y claro, empezó a conocer a todos los que formaban la cuadrilla de sin-vergüenzas y que aparecían de tarde en tarde con ma-letas llenas de ropa, transistores, máquinas de retratar y de afeitar y no sé cuántas cosas más, sin contar las mo-tos que iban a parar al taller y que él y su hermano des-montaban a piezas durante la noche; al principio sólo le permitieron ayudar en eso, era demasiado joven. Pero él no paró hasta hacerse el amo: después de conseguir, gracias al señor, que su hermano dejara de amenazarle con echarle de casa, empezó por acompañar a los mu-chachos en sus correrías nocturnas sólo para vigilar mientras ellos hacían el trabajo, eran tres: uno del Pue-blo Seco, otro del Guinardó y un tal Luis Polo –que acabó en la cárcel–; era en verano y desvalijaban doce-nas de coches extranjeros. Dice que gracias al gran in-terés que el señor se tomó por él desde el primer mo-mento (y lo dice riéndose) consiguió al fin que su hermano le dejara en paz e incluso que estuviera con-tento de él: se ganaba la vida estupendamente, se hizo el segundo traje color crema, de verano, pero cruzado. Qué oportuno desvanecimiento, él mismo lo reconoce y se pavonea muchas noches al contármelo, se ríe con esa risa golosa de los hombres cuando presumen de una conquista fácil, cuando están engañando a alguien en brazos de alguien: eran tan frescales, tan cínicos, tan descaradamente chulos algunos aspectos de su historia con la gente del Carmelo que ella, muchas noches, mientras se lo oía contar, mientras le acariciaba la cabe-za apoyada sobre su vientre, en aquella cama bañada por la luna, tenía hasta como celos y sobre todo miedo, ese miedo que siempre tuvo por él, desde el primer día, y no solamente a causa de sus embustes y fechorías, que sus robos y el temor de verle en la cárcel es lo que a ella más la angustia, sí, pero no es eso: hay otra cosa en él, presiento otro delito cuya expiación podría ser la desgracia de toda su vida... Dios bendito, qué nube más negra, qué noche más larga, cógeme entre tus brazos y no me sueltes, amor mío, siempre te duermes tú el primero, pero presiento que esta noche...

Par un concubinage ardent, on peut de-
viner les joissances d'un jeune ménage.

BAUDELAIRE

El lento deterioro del mito trajo sus delicias, a pesar de
todo: Teresa veía, tocaba y luego creía.

En cuanto a él, una semana después, la única señal
visible de la pelea en la azotea del Pueblo Seco era una
diminuta, rosada y demoníaca cicatriz en la ceja. Vagando por el barrio, acechando amigos para mendigar miserablemente diez o quince duros para ir tirando,
aguantando, siempre con aquella sensación de dejar
parte de sí mismo en ciertos rincones del Carmelo (sospechando ya el poder de retención o de rescate que
pretendía ejercer sobre él la mirada garza de la Jeringa),
consiguió todavía, a espaldas del Cardenal, que la muchacha le prestara cien pesetas una noche que fue a su
casa para dejarse curar la ceja. Esta vez le costó un beso
(presuntamente fraterno) y la promesa formal de llevarla a pasear en moto al día siguiente. Al salir, con el billete en el bolsillo, fue al bar Delicias y organizó una
mesa de julepe a cuatro duros la apuesta. Jugó hasta las

dos y media de la madrugada, a puerta cerrada, y hubo suerte: las cien pesetas se convirtieron en cuatrocientas. Al día siguiente por la mañana le dio veinte duros a su cuñada –tuvo buen cuidado de hacerlo en presencia de su hermano–, con el resto se compró una camisa blanca y un frasco de colonia y luego fue a ducharse a los Baños Populares de la Travesera. Esa misma tarde, al entrar en el pequeño y desierto bar de Vía Augusta donde la universitaria le esperaba (desde primeros de septiembre no se citaban en la clínica, y él llevaba tres días sin ver a Maruja), Teresa le echó los brazos al cuello diciendo:

–Esta noche ponte elegante. Estamos invitados a cenar en casa de unos amigos.

–¿Los dos?

–Naturalmente. Es por lo de tu empleo. ¿No te alegras? Para que luego digas que no me ocupo de ti.

–Yo nunca he dicho eso. ¿Has hablado con tu padre?

–Aún no, está en la Villa. Lo que he hecho es empezar a tantear el terreno. Esta mañana he hablado con Alberto Bori, un chico que conocí en la universidad. Ahora trabaja en cosas de publicidad y distribución de libros, no sé exactamente, pero tiene algo que ver con la Biblioteca de Dirección y Administración de Empresas, uno de esos camelos de papá…

–¿Camelo?

–Bueno, un tinglado, ya sabes, papá está metido en negocios de ediciones comerciales y tal… No estoy muy enterada, no me interesa.

–Pues haces mal. Debería interesarte.

–Bueno, el caso es que Alberto sabe mejor que yo por dónde se mueve papá, él nos informará. Además, los Bori son muy amigos míos. Escucha, verás lo que vamos a hacer… A las nueve te recojo en el bar del cine Roxy, no te retrases. ¿Cómo andamos de dinero?

—Yo, lo justo para unas copas –dijo él con aire pensativo.

—Te daré algo… Y no pongas esta cara de dignidad ofendida porque me enfado. Es un préstamo. –Se refugió en sus brazos, sonriendo, introdujo los dedos en sus cabellos, observó luego su rostro crispado por la reflexión y le dio un rápido, impulsivo beso: había conseguido establecer de nuevo aquel íntimo circuito del ideal y del deseo–. Oye, ¿y si vinieras tal cual, con tus *blue-jeans* y tus…?

—Ni hablar. Todavía puedo presentarme ante tus amigos con el respeto que merecen.

Teresa soltó una risa feliz.

—Me estás resultando un burguesito. –Y en otro tono añadió–: Prométeme que serás muy simpático con Mari Carmen, es importante.

—¿Quién es Mari Carmen?

—La mujer de Alberto.

—¿Y si le llevara unas flores?

Ella ahogó otra risita cordial. Le rozó la cicatriz de la ceja con el dedo, le echó hacia atrás un negro mechón de sus cabellos.

—Cuánto te quiero –dijo–. No, cielo, no tienes que llevarle nada. Simplemente mostrarte como eres. Están deseando conocerte. Y nos divertiremos, ya verás. Nos convenía salir un poco con los amigos, me parece como si hiciera siglos y siglos que no veo a nadie. ¿A ti no te ocurre? A veces tengo la sensación de… no sé, de vivir en otra ciudad, desconocida, tú y yo solos.

—¿Y cuando acabe el verano?… –murmuró él, mirándola a los ojos.

—Pues nada, yo a la universidad, tú a tu trabajo; iré a esperarte a la salida, pasearemos bajo la lluvia…

Los Bori les esperaban a las nueve y media. Fueron recibidos efusivamente y festejados, admirados, como si regresaran de un largo crucero de placer: destellos de curiosidad nupcial, incluso de complicidad (se estableció rápidamente entre Teresa y Mari Carmen, primero con besos y luego con cuchicheos, ese rumor cantarino de agua fresca y palitos de río de las recién casadas), pero ninguna pregunta directa sobre la marcha de sus relaciones; sólo quisieron saber cómo se habían conocido. Manolo había ya observado, y no sin experimentar cierto sentimiento de exclusión, que lo que más picaba la curiosidad de todos los amigos de Teresa era esto: cómo se habían conocido, dónde, cuándo, por qué azar. Mientras él hablaba con Alberto Bori, unas palabras de Mari Carmen dirigidas a Teresa en voz baja («Llevas la felicidad escrita en la frente, Tere. ¿Saben en tu casa que sales con él?», sin respuesta) le hicieron pensar que la noche podía parecerse a cierto curioso cromo de su vieja colección particular. Pero no fue así. Lo curioso fue el ritmo implacable de distanciamiento que su imaginación le otorgó a esa noche, el hecho de que una frugal pero ceremoniosa cena fría (ensalada, lomo, quesos franceses y buen vino tinto servido en originales jarritos de barro, en una mesa baja con apliques de esmalte) perdiera por vez primera aquella sugestión anticipada del lujo y del respeto que él relacionaba siempre con Teresa y su mundo. Una reciente fotografía del joven matrimonio Bori, de codos en la borda de un barco (de medio perfil, los rostros alzados al cielo, mirando un imposible pajarito con ojos devorados por alguna emoción, arrasados por algún vendaval de íntimas vanidades y vagas aspiraciones artísticas), le recordó algo de aquella turística negligencia de los Moreau y de aquella otra que de alguna misteriosa manera había fulminado a Maruja, era un halo de irrealidad que les arropaba o les protegía como una vitrina sorda a cualquier sonido, a cualquier llamada de auxilio, y que les defendía e incluso les embellecía. Y al rato de estar allí pensó oscuramente: «Chaval, esa gente no moverá un dedo por ti.»

Los Bori vivían en el barrio gótico, muy cerca de la Catedral (las agujas, emergiendo iluminadas en medio de la noche, se asomaban a la ventana como un decorado fantástico) en un ático confortable y lujoso, pero en cierto modo caótico: de un lado, cerámicas y pintura informalista, literatura *engagée*, reproducciones de Picasso (un gran *Guernica* presidía la cena) y grabados de la joven escuela realista española; de otro, una sorprendente profusión de folletos y catálogos de publicaciones sobre sistemas de venta y control administrativo, libros de consulta en las butacas (un volumen aprisionando unas gafas de miope: *Márketing: 40 casos prácticos*; otro junto a las tropicales rodillas de Teresa en el diván: *Los jóvenes ejecutivos*). «No os fijéis mucho en cómo está todo –decía Mari Carmen–. Alberto es imposible, regresamos de Cadaqués hace tres días y a la media hora ya me había convertido esto en una oficina.»

Los Bori no tenían hijos, los dos provenían de familias distinguidas pero se consideraban independizados y felices en su ático. Habían vivido una temporada en París y trabajaban los dos. Alberto era un joven delgado, muy alto, atractivo, de palabra rápida y gran simpatía, que usaba gafas. Intelectual de izquierdas y letraherido, había derivado sin ganas hacia la publicidad editorial. Mari Carmen tenía veinticinco años, se había casado muy enamorada antes de terminar la carrera de Letras, y cuando la acabó, en el momento en que todas las chicas de su clase se casan, ella descubrió que no podía casarse porque ya lo estaba; razonamiento trivial pero no del todo: para quien tiene pocas cosas importantes que hacer en esta vida, como en el caso de Mari Carmen Bori, invertirlas o hacerlas a destiempo puede resultar fatal; no sólo anduvo desorientada y seriamente deprimida durante un año, sino que hizo peligrar su matrimonio. No sabiendo qué hacer, se decidió al fin a buscar trabajo entre las amistades de su marido y se empleó en el departamento de traducciones de una editorial. Era una deliciosa mujercita pálida, de mirada envolvente, con los cabellos cortados como un chico, sin maquillaje, un aire parisiense. Llevaba un leve jersey negro de cuello cerrado, y su pecho liso, hundido, con los hombros encogidos, sugería elegantes aburrimientos. Aquella duplicidad de mundos, la doble vertiente ilustrativa, o más bien esquizofrenia cultural que reinaba en el ático (*Guernica* y Márketing), no tardó en manifestarse con palabras: «Es una pena que Manolo no sepa algún idioma –dijo Mari Carmen a Teresa–. Yo podría conseguirle traducciones. Textos facilitos, claro.» «Bueno, lo de viajante no es mala idea –afirmó Alberto, aplastando un trozo de Camembert en el pan con el cuchillo–. Estaría muy bien para empezar.» «Mejor algo en la sección administrativa, ¿no? –rezongó Teresa–. Estoy segura que podría empezar sobre una base de siete u ocho mil mensuales. Yo sondearé a papá...» «Depende de lo que Manolo pueda hacer –dijo Alberto mirando a la muchacha–. De momento, lo de corredor me parece lo más factible.» «Puede que tengas razón», respondió Teresa. Mari Carmen rió: «¿Tú crees? –le susurró en un aparte–. Le verás poco. Se diría que no te importa.» «No, es que necesita trabajar, de momento en lo que sea, ¿comprendes? No hace más que hablar de eso. ¡Si supieras la lata que me da! ¡Está de un humor!» Su amiga la miró con una sonrisa misteriosa, masticando lentamente, los oídos llenos de solemnes notas de órgano (música de Albinoni en el tocadiscos, durante toda la cena). Manolo hablaba poco y observaba a Alberto Bori. «Por supuesto –decía éste–, tener buena pinta es importante para vender libros, vamos, para vender cualquier cosa, pero tampoco es lo esencial... Llevas el pelo un poco largo, quizá. ¿No crees, Mari?» «Está muy bien así. No le hagas caso, chico, Alberto es un envidioso», dijo ella mirando a Manolo.

«Que hablo en serio Mari.» «¡Toma, y yo también! Tú no entiendes de hombres.» Cambió una rápida y maliciosa mirada con Teresa, y las dos se rieron. «Es muy posible que no –dijo Alberto–, pero en cambio conozco la mentalidad de los libreros. No tengo nada contra ese pelo, pero no le ayudará en su trabajo.» «Tú, que eres la interesada, Tere, ¿qué opinas?», preguntó Mari Carmen. Teresa rió: «Si me tocáis uno solo de sus cabellos os mato a los dos», y se bebió un resto de vino que quedaba en su jarrito. ¿Tú también, bonita, tú también con el cachondeo?, pensó Manolo, que con tal de conseguir el empleo estaba dispuesto a dejarse pelar al cero.

Se habló de los amigos que veraneaban y de los que ya empezaban a volver. Se habló de París. Se habló de la publicidad y de sus extraños ritos. Fue Alberto Bori: «Tal como van las cosas en este país –dijo mirando a Manolo–, lo que tiene porvenir es la publicidad. Es una coña monumental, una de las inmoralidades más fabulosas de la época, yo me paso el día tratando a cretinos. Pero, ¿ves?, eso está bien pagado, Manolo. Y no creas que se necesita nada especial, es un trabajo que puede hacer cualquiera, tú mismo. Figúrate que...» Pasó a exponer alguna de sus ideas publicitarias, pero, al parecer, iba en broma (Manolo no acababa de entender su sentido del humor): un singular sistema de carteles nocturnos en carretera, que debían levantarse al paso de los vehículos por medio de un contacto automático, algo impresionante, como castillos o globos surgiendo repentinamente en medio del campo, dijo, y anunciar en los platos de los restaurantes, en los techos de los *meublés*, en los urinarios públicos, en el trasero de las putas, etc. «Son ideas que salen con estrujarse un poco el cerebro –terminó diciendo–. Lo malo es que aún no estamos preparados para empresas de esta envergadura, tan europeas.» Las mujeres se reían. El Pijoaparte se esforzó inútilmente por verle la jodida gracia: le parecían muy buenas ideas. Además, deseaba volver al tema de su empleo.

Pero un misterioso aleteo en torno a los Bori, un jubileo de fugas contaminadas por el tedio, estaba empeñado en convertir la noche en un disparate. Mari Carmen decidió que había que hacer algo. Se bebió mucho vino, y después de cenar, en dos coches (los Bori tenían un Seat) fueron a tomar unas copas al Bagatela, en la Diagonal. Allí, Teresa deslizó tres billetes de cien en el bolsillo de Manolo mientras le besaba, y luego propuso ir todos al bar Tíbet, «descubierto por Manolo», precisó. Al cruzar los barrios altos vieron calles adornadas e iluminadas, llenas de gente que paseaba o bailaba a los acordes de orquestas chillonas. «Es la Fiesta Mayor», aclaró Manolo. Teresa, que iba delante de los Bori, frenó el coche y sugirió dar una vuelta a pie por las calles más animadas. En la plaza Sanllehy había un gran entoldado con baile y atracciones. Compraron helados y gorritos de papel, bailaron y recorrieron varias calles. Finalmente se sentaron en la terraza de una pequeña taberna y pidieron cuba-libres. La calle se llamaba del Laurel y era una calle corta, con árboles y un techo de papelitos y bombillas de colores; en el centro, arrimado a la pared de un convento de monjas, el tablado de la orquesta, y en la puerta de sus casas los vecinos sentados en sillas y mirando bailar a las parejas, el constante ir y venir de la gente. Manolo esperó en vano que volviera a debatirse la cuestión de su empleo. Teresa se divirtió mucho, pero Mari Carmen, que al principio también estuvo muy animada, llegando incluso a bailar con un jovencito desconocido que la invitó tímidamente, a medida que transcurría la noche iba cayendo en una inexplicable depresión. En cierto momento, al acercarse Manolo a ellos por la espalda (volvía de indicarle a Teresa el lavabo del bar), captó una furiosa mirada de Mari Carmen dirigida a su marido, y le oyó decir:

«¿Quieres hacer el favor? Te conocemos, Alberto. Siempre vivirás en la irrealidad, eres un cínico, no piensas hacer nada por este chico...» Más tarde, cuando Teresa apoyaba la cabeza en su hombro, sentados los dos a la mesa, observó a la pareja mientras bailaba; Mari Carmen le daba la espalda, su marido bailaba con los ojos cerrados, los dos apenas se movían, estrechamente abrazados, incluso parecían desearse, pero luego, muy despacio, iban dando la vuelta y entonces fue Alberto quien quedó de espaldas y ella de cara: un ojo inexpresivo, de una vacuidad absoluta, espantosa, el ojo helado de una mujer que no está por el hombre que la abraza ni por el baile ni por nada, el ojo de un ave disecada o de una estatua asomó por encima del hombro de Alberto Bori.

–Oye –dijo Manolo a Teresa–. ¿Se quieren mucho?

Teresa se encogió de hombros.

–Él a ella sí. Se vería perdido sin Mari Carmen. Pero ella... Verás, Mari Carmen está un poco decepcionada, ¿comprendes?

–No.

–Alberto es un chico que prometía mucho cuando iba a la universidad, tenía talento.

–Pero se gana muy bien la vida ¿no?

–No es eso, cariño. –Teresa cerraba los ojos, soñolienta, la cabeza apoyada en el hombro de él–. No se trata de saber ganarse o no la vida. Alberto es un intelectual...

–¿Ella le pone cuernos?

–Ay, no sé, amor, no me hagas hablar. –Se rió–. Prefiero que me beses.

Cuando paró la orquesta, los Bori entraron en la taberna y no se dejaron ver durante un rato. Algo ocurrió, porque al salir, de la manera más inesperada, se despidieron. «Nos vamos, es muy tarde», dijo Alberto. A su lado, de espaldas, los brazos cruzados como si tuviera frío, Mari Carmen miraba a la orquesta y a las parejas que bailaban, muy pocas ya, casi inmóviles, adormiladas. Sus hombros estremecidos y frágiles transmitían algo de lo ridículo, vano y aburrido que ahora debía parecerle todo –aquel empeño de las parejas en seguir abrazadas, aquella música que había quedado reducida al ritmo asmático de la batería–, y su depresión debía resultarle ya insoportable porque apenas se despidió: un vago gesto con la mano y un desganado «chao» al encaminarse hacia el coche, sin mirar a nadie, sin descruzar los brazos, elegantemente encogida y sorteando las parejas como si preservara su pecho de alguna amenaza o contagio. Teresa se levantó y la siguió. Alberto Bori tendía la mano a Manolo, que le miró a los ojos procurando dar una franca sensación de seguridad:

–Bueno, ya me dirás lo que hay... Necesito ese empleo, en serio, no te olvides. Estoy pasando un mal momento.

–Nada, hombre, te llamo... O mejor llamo a Teresa. –Por alguna razón, Alberto Bori no pudo sostener la mirada franca del murciano–. Hasta pronto. –Al irse se cruzó con Teresa–. Chao, Tere. Divertiros.

Teresa se sentó junto a Manolo y le besó en la mejilla.

–De parte de Mari Carmen, y que la disculpes por despedirse a la francesa... ¿Has quedado en algo con Alberto?

–Que llamará. Pero no confío mucho. ¿Quieres que te diga una cosa? Yo sólo confío en la gente seria... En tu padre, por ejemplo.

–No pienses mal de Mari Carmen, es muy dada a la depresión, siempre que salimos acaba así. Pero es muy buena chica. Y Alberto también, ya verás como...

–Él es un mierda. Lo he visto en su cara.

–No digas eso, cariño. –Teresa apoyó la mejilla en

el pecho de su amigo–. ¡Yo que pensaba que se te había pasado el mal humor!

–¿Quién está aquí de mal humor? –dijo él sonriendo. Le besó la oreja–. Anda, llévame a casa ¿quieres? Estoy muerto.

–¡Oh, no –exclamó ella–, con lo bien que lo estamos pasando…! Y además hoy dispongo de toda la noche, le he dicho a Vicenta que tal vez me quedaría a dormir en casa de los Bori…

Le miró con sus límpidos ojos azules, confiados, y se acurrucó en sus brazos. La noche empezaba a refrescar, una brisa repentina movió las hojas de los árboles y el techo de papelitos y guirnaldas. «Tengo frío, mi amor –murmuró ella como en sueños–. No te vayas…» Manolo escondió el rostro en la nuca de la muchacha, y de pronto, algo en la atmósfera le dijo que iba a llover, y presintió oscuramente que el verano, aquella isla dorada que les acogía, no tardaría en tocar a su fin. Alrededor, la fiesta callejera proseguía.

Media hora después, Teresa le acompañaba al Carmelo. Paró el coche en lo alto de la carretera. Manolo se despidió con un beso. «Por favor –dijo ella–, no te vayas aún…» Pero él, sintiéndolo mucho, tenía algo que hacer. Ni siquiera esperó que ella pusiera el Floride en marcha. Al doblar la esquina, ya cerca de su casa, encontró a un conocido: «Ramón –llamó–. ¿Vas al Delicias?» «Sí.» «¿Hay partida esta noche?» «No sé… Ahora voy para allá.» «Enseguida estoy con vosotros, el tiempo de cambiarme.» Su hermano no estaba en casa. Su cuñada y los niños dormían juntos y a pierna suelta. Se cambió en la oscuridad, sin hacer ruido, y salió con los tejanos y poniéndose el niki. Iba deprisa, con la cabeza gacha, y al llegar a la carretera casi se echó encima del automóvil parado.

–Pero ¿qué haces aquí todavía?

Teresa, con los brazos sobre el volante, le miraba fijamente.

–Te esperaba. Creías engañarme ¿no?

–Tonta…

–¿Adónde vas?

–A dar un paseo. No puedo dormir… Y tú hazme caso, vete, es muy tarde. Si tus padres se enteran…

Ella sonrió tristemente. Sus ojos brillaban en la oscuridad. «Tienes miedo –dijo–. Nunca lo hubiera pensado de ti», e inclinando la cabeza gimió: «¿Cómo quieres que te crea?», Manolo subió al coche y la abrazó tiernamente. Al aplastar el rostro en los fragantes cabellos de la muchacha, presintió su disolución.

–Está bien, mujer, está bien, me quedo contigo. Aquí estoy, no llores… Sólo iba al bar ¿sabes? ¿Y quieres saber a qué? Pues a jugar un rato, tengo suerte con las jodidas cartas y necesito dinero… Ahora ya lo sabes.

–¿Es verdad eso? ¿No me engañas? –Teresa le colgó los brazos al cuello. Él aplastó la boca en su hombro desnudo. Se sintió débil y cansado.

–A eso iba, de verdad. ¿Qué otra maldita cosa puedo hacer mientras espero? Tú no puedes hacerte cargo de los problemas que tengo…

–Todo se arreglará, Manolo, esta noche no pienses más en ello. Quédate junto a mí, por favor. ¡Oh, sí, por favor…!

Dejó resbalar su cuerpo en el asiento. El olor de su piel y el brillo febril de sus ojos llorosos enardecieron a Manolo. La besó largamente. El gusto salobre de las lágrimas se mezclaba con la dulzura de sus labios. «Aquí hace frío», murmuró ella. Eran más de las dos de la madrugada.

–Sí, vámonos.

Determinados ya a abandonarse a lo que la noche les reservara, prolongaron su deseo cuanto pudieron, en la misma calle en fiestas donde habían estado antes, y volvieron a ocupar la misma mesa de mármol bajo los frondosos árboles y otra vez, bailaron despacio, mirándose a los ojos, ausentes de todo, incluso de los acordes cada vez más desganados y desafinados de la orquesta. Luego, de pronto, cayeron cuatro gotas, un ligero chaparrón que duró unos minutos, la gente se refugió riéndose en los portales, amainó y todo volvió a quedar como antes. Participaron con las demás parejas en el fin de fiesta, se arrojaron a la cabeza bolas de confeti y serpentinas, se abrazaron, bailaron el baile del farolillo y los viejos valses de despedida y fueron los últimos en irse. La gente había empezado a desfilar y los vecinos entraban en sus casas, los músicos enfundaban sus instrumentos. Los jóvenes de la junta de festejos de la calle, después de pasear en hombros a su presidente, según la tradición, amontonaron las sillas plegables junto al tablado, enfundaron el piano y apagaron las luces.

Tras ellos cerraron la pequeña taberna y luego, cogidos por la cintura, se alejaron lentamente calle abajo, en medio de una selva multicolor de serpentinas que colgaban de los faroles y del techo de papelitos y de guirnaldas estremecidos por la brisa, mientras pisaban la muelle alfombra de confeti. La calle había recuperado su triste luz habitual, la amarillenta y sucia de los faroles de gas, pero aún ofrecía destellos de un candoroso sueño juvenil, algo de aquella materia tierna y vehemente que esta noche la había habitado durante unas horas, una sugestión que no se resignaba a ser borrada y aniquilada por el otoño. Y ahora ellos se la llevan consigo: los últimos noctámbulos les miran con curiosidad (la pareja de enamorados es extraña al paisaje, como su manera de vestir lo es entre sí) mientras se alejan despacio, pisando con indolencia la blanca espuma, hacia el automóvil parado en la esquina. Pero antes de llegar al Floride, la primera bofetada de viento otoñal les hace cerrar los ojos y las blancas alas del confeti surgen de sus pies y se despliegan en torno a ellos, envolviéndoles por completo, extraviándolos.

Era la madrugada del 12 de septiembre, recordaría la fecha por el desorden de flores y de besos que dejaron tras ellos, el triste abandono en que quedó todo. Todavía llevaban confeti en los cabellos y brillantes espirales de serpentinas grabadas en la retina cuando llegaron ante la verja del jardín de Teresa. Las estrellas se apagaban y una claridad rojiza se extendía al fondo de la Vía Augusta. Unas nubes grises, arremolinándose amenazadoras, cubrían el cielo sobre el Tibidabo.

«Mañana lloverá», dijo Manolo. Se miraron a los ojos. A él le parecía que los dedos del destino estaban a punto de rozar su frente. Cruzaron la verja y se adentraron por el jardín. Teresa abrió con su llave. «Vicenta duerme», advirtió en voz baja. Avanzaron a oscuras y cogidos de la mano hasta llegar al salón. Teresa encendió las luces. Entonces sonó el teléfono del vestíbulo. Teresa se precipitó a descolgar ante el temor de que Vicenta pudiera despertarse. El teléfono estaba en una mesita, entre una gran planta de hojas esmaltadas y la barandilla de la escalera. «¿Sí…?» «¿Eres tú, Tere? –dijo una voz femenina, adormilada, susurrante–. ¿Te he despertado? Perdóname.» «No, no –dijo Teresa, que había reconocido la voz de Mari Carmen–. Estaba leyendo…» Un silencio. «Sí, te he despertado, y lo siento. –No había ningún tono de disculpa en la voz, al contrario, era como un satisfecho run-run de paloma–. No son horas de llamar, pero ya sabes, fastidiar a las amigas por la noche es mi especialidad.» Un nuevo silencio, susurros, risas lejanas, jadeos. Luego Teresa oyó durante un rato la respiración anhelante de Mari Carmen. «¿Dónde estás, Mari?» «¿Dónde voy a estar? En casa, en la cama. ¿De verdad no te hemos despertado?» «No, mujer, tranquilízate…» «Es que Alberto no quería que te llamara…» Repentinamente soltó una risa nerviosa, como si le hicieran cosquillas, su voz se hizo lejana, y Teresa captó un sordo rumor de sábanas revueltas, de cuerpos removiéndose en el lecho. Se volvió a Manolo, que la esperaba en la puerta del salón, y le hizo señas para que se acercara. «¡Qué par de locos!», dijo cuando él llegó, tapando el auricular con la mano. Conteniendo la risa, invitó al muchacho a escuchar con ella y juntaron las caras. El vestíbulo estaba casi a oscuras. De nuevo la voz de Mari Carmen Bori, llegándoles desde un pozo: «¿Oye…? Perdona, chica. Primero una cosa: ¿te has acordado de decirle a Manolo que me disculpe por la despedida?» «Sí, mujer, sí.» «Bueno. Otra cosa: ¿tiene teléfono tu Manolo?» «No.» «Es igual… ¡¿Quieres estarte quieto, pesado?! –añadió riendo, y luego a Teresa–: Es Alberto, que está haciendo el indio todo el rato. Nos hemos dicho cuatro cosas divertidas, ¿sabes? Mira, tengo buenas noticias, y estoy tan contenta que no he resistido a la tentación de llamarte: tu Manolo está colocado, dalo por hecho. Que me llame pasado mañana sin falta. Acabo de despertar a varias personas y supongo que aún me estarán maldiciendo, pero tu amor podrá empezar a trabajar el mes que viene. Seguro, sabes que yo hago las cosas bien.» «¡Eres un cielo, Mari!», exclamó Teresa mirando a Manolo. «Lo que yo quería: en la sección de ventas. Estupendo ¿no? Pero que se mueva desde ya, que haga unos cursos por correspondencia, aunque sea, cualquier cosa, porque tendrá que ponerse al corriente de todo en muy poco tiempo.» «Sí, claro, le ayudaremos entre todos…» «Alberto cree que podrá empezar sobre una base de cinco o seis mil…» Teresa notó el aliento de Manolo pegado a su cuello. Un nuevo silencio al otro lado del hilo, luego murmullos, risas y caídas amortiguadas, mientras la mano de él se deslizaba por su estómago y apretaba sus costillas, obligándola a volverse lentamente. Teresa experimentó una indecible sensación de bienestar, provocada en parte por la ternura conyugal que le llegaba desde el otro extremo del hilo, pero también una remota inquietud:

qué repentino entusiasmo el de Mari en favor del chico. Y su voz revolcándose como en un lecho de hojarasca...: «¿Estás ahí, querida? Perdona, es este monstruo, sus manos, que no se están quietas y no me deja hablar...» Riendo, ella también, Teresa levantó el codo por encima de la cabeza de Manolo, sin apartar el auricular de su oreja y de la de él, apartó el cable, que molestaba, se dio la vuelta obedeciendo a las manos que la acariciaban y recostó la espalda contra la pared. Las grandes hojas verdes de la planta olían intensamente en la oscuridad. No podía moverse, y dejó que la boca de él rozara sus labios, oía crujir la falda de su vestido y a él moviéndose furtivamente, acoplando su cuerpo al de ella –para poder oír mejor a Mari Carmen, al parecer–: «En fin, Tere –la oyeron decir ahora con una voz que se debatía con algo: se oía también la voz de Alberto, ronroneando–. No olvides decírselo al chico, y que pasado mañana llame aquí o a la oficina de Alberto. Chao, querida, sé feliz. Y cuidado con hacer locuras ¿eh? Alberto me dice que te diga que el amor te sienta divinamente... Cualquier día te llamo para charlar un rato, tú y yo a solas. Adiós.» «Sois un par de locos encantadores, de veras –dijo Teresa en un susurro–. Gracias. Hasta pronto.» «Buenas noches, querida.»

Sin moverse, Teresa cambió el auricular de mano por encima de su cabeza, porque el cable había quedado entre su espalda y la pared, y tanteó la mesilla. Al hacerlo distendió el cuerpo y se apretó más a Manolo. Los dos se habían hecho un lío con el cable. Colgó el auricular, pero el cable se enredó en el brazo del muchacho y forcejearon un rato, riendo. «¿Has oído lo que ha dicho? –susurró Teresa, conteniendo a duras penas su alegría–. ¿Has oído bien? ¡Hemos conseguido el empleo!» Ni se dieron cuenta de que estaban jadeando desde hacía rato. Manolo rozaba sus cabellos con los labios. No quiso hablar. Indudablemente, los dedos del destino acababan de tocar su frente: lo que veía más allá de aquellos sedosos cabellos, más allá de los fragantes hombros desnudos de la muchacha, en las sombras del fondo del vestíbulo, no era ya un cromo satinado y celosamente guardado desde la infancia, sino a un hombre joven y capacitado entrando en una oficina moderna con una cartera de mano y esa confianza que da sostener una cartera de mano (recordaba una demanda leída en el periódico: joven dinámico y elegante, ingresos a escala europea, promoción inmediata a cargos superiores) mientras en alguna parte suena un teléfono, pero él no debía acudir, que lo haga un ordenanza... Los brazos de Teresa se enroscaban en su cuello, y su actitud de abandono en la sombra, sus ojos vencidos, eran otro narcótico. Sondeó su mirada con decisión. Su mano, librándose por fin del cable del teléfono, se posó en el hombro de ella y bajó un tirante del vestido, luego el otro. Ella le tendió la boca abierta y se abandonó completamente en sus brazos, separando los muslos y disponiéndose a resbalar hasta el suelo. Manolo la sostuvo, ligeramente inclinado, aceptando con una reflexiva ternura el ofrecimiento de la muchacha: de alguna extraña manera, la virginidad de Teresa había sido para él, hasta ahora, la mayor garantía de poder realizar la anhelada inserción en las castas doradas y en las altas categorías de la dignidad y del trabajo; y ahora que acababa de merecer su confianza y la de sus amigos, ahora que se amaban los dos con toda el alma, ya nada le impedía hacer suya a Teresa. Pero aquel teléfono de la oficina futura, qué curioso, sonaba no sólo en su imaginación desde hacía rato, sino aquí mismo, junto a ellos. Y fue Teresa, extendiendo su brazo en la penumbra como en sueños, la que finalmente descolgó murmurando: «¿Quién puede ser ahora?» y «Diga» casi al mismo tiempo, mientras él, ya oscuramente tocado por la atroz realidad, soltaba a la muchacha en el momento que se encendía la luz del vestíbulo y (visión deprimente para los dos, anticipo del invierno) aparecía la vieja criada Vicenta con su bata color morado, sus cabellos grises colgando en una trenza deshecha, mirándoles con asombro y reproche.

Sus pequeños ojos cargados de sueño también lo anunciaban: la llamada era de la clínica: Maruja había muerto.

A la lívida claridad de las cinco de la mañana, las ventanas iluminadas de la clínica sugerían un silencio atónito. Los tonos grises, malva y ocre estaban ya visiblemente resignados a madurar en el Paseo de la Bonanova, como cada año, y era casi seguro que el sol no conseguiría hoy abrirse paso entre las nubes. Dos juveniles rostros oscilaban, bellos y perplejos, vulnerables las frentes áureas, pegadas al cristal de una ventana del tercer piso. Un enfermo con fiebre e insomnio gemía débilmente en alguna parte. Ellos miraban el jardín, donde las altas palmeras rendían sus flecos como garfios bajo un cielo plomizo, miraron después los faroles todavía encendidos en el Paseo, los bancos de madera, los árboles, un tranvía arrastrándose sobre los raíles como un gusano de luz. Al mismo tiempo adivinaban tras ellos el ir y venir de uniformes blancos, en la habitación de Maruja sobre todo, por cuya puerta entornada escapaba un confuso rumor de voces, apresuradas fórmulas viáticas (también el cura parecía haber llegado tarde) y notaban en particular la ausencia de una constante vibración de fondo que siempre acompañó sus palabras en este saloncito, ya desde las primeras tardes que hojeaban revistas, algo etéreo semejante al zumbido de las líneas telefónicas que evoca lejanías confusamente intuidas ya en la infancia, y que hoy se había quebrado de pronto para dejar paso a un silencio letal y más tarde a esta peligrosa concentración de doctas voces catalanas que les llegaba desde el cuarto mortuorio:

–*Han avisat a son pare?*

–*Sí, doctor.*

–*I al senyor Serrat?*

–*Sa filla ho ha fet. Diu que ja vénen.*

Según les había explicado la enfermera del turno de noche, cuyas palabras confirmó más tarde Dina, consternada, apareciendo con un transparente impermeable de plástico moteado de gotas de lluvia (así supieron ellos que había empezado a llover, mostrando ante el hecho la misma oscura desazón que les causaba el ver por primera vez a la mallorquina sin uniforme y vestida de calle, vagamente degradada y peligrosa), la pobre Maruja no había sufrido, no pudo darse cuenta de nada. A las cuatro y media de la madrugada había entrado en un profundo estado de coma y a las cinco menos diez se apagaba dulcemente, durmiendo. Aunque su estado siempre había inspirado temores, nada, últimamente, hacía suponer un desenlace tan repentino. Precisamente esta misma tarde, cuando la señora Serrat llamó desde Blanes interesándose por la enferma, según acostumbraba hacer, ella, la misma Dina, le había comunicado que la muchacha parecía experimentar una ligera mejoría y que las erosiones de la espalda causadas por la postración estaban casi curadas… En la madrugada, al caer súbitamente en un letargo alarmante, decididamente grave, se llamó al doctor Saladich y, por orden de éste, al domicilio del señor Serrat en Barcelona. Desgraciadamente, parece ser que el teléfono del señor Serrat estuvo comunicando durante mucho rato (aquí, la mano de Teresa buscó instintivamente la del Pijoaparte, de pie junto a ella) y luego, cuando la línea quedó libre, tardaron mucho en contestar. Maruja había fallecido en presencia de un joven médico, asistente de Saladich, y de dos enfermeras, concluyó Dina, mientras apoyaba el pequeño paraguas azul en la pared.

No se apartaron de la ventana en mucho rato ni se soltaron de la mano. En torno a ellos y apretando cada vez más el cerco, amenazando su isla estival de tiempo intangible, cautelosas nieblas avanzaban: el señor Serrat y su mujer llegaron poco antes de las diez de la mañana, y más tarde, en un coche de alquiler de Reus, el padre de Maruja acompañado de dos trabajadores de la finca, dos abrumadas sombras del campo con trágicas ropas de domingo. El hermano de Maruja (un soldado oscuro de labios gruesos y nariz chata, con una pequeña y triste cabeza pelada y el uniforme caqui que bajo la llovizna desprendía un penetrante olor a gallina) llegó de Berga por la tarde, poco antes del entierro.

El entierro fue íntimo y rápido, a causa tal vez de la llovizna que empezó a caer por la mañana y que acompañó a la negra comitiva compuesta de tres coches hasta el cementerio del Sudoeste. Las nubes, el asfalto mojado, las calles y los rostros se confundían tras la ceniza gris que caía blandamente del cielo. La señora Serrat estaba doblemente consternada. Había llorado cuando se llevaron el féretro y luego discutió en voz baja con su hija al empeñarse ésta en querer ir al cementerio en el mismo coche que ya ocupaba Manolo (por cierto, nadie le vio subir a él, ya estaba dentro cuando el señor Serrat distribuyó a la gente) junto a los dos agricultores de Reus. En el primer coche iban el señor Serrat y el padre y el hermano de Maruja. Aunque Teresa se salió con la suya y fue al cementerio, la honda preocupación y hasta alarma que vio reflejada en el rostro de su madre al dejarla le hizo sospechar que ésta sabía algo, que acaso había hablado con Vicenta y ya estaba enterada de ciertos pormenores de su amistad con el murciano. Ya a primera hora de la tarde, durante el almuerzo sobre todo, la señora Serrat mostró mucho interés por saber lo que había estado haciendo Teresa estos días, por la hora en que Manolo había llegado hoy a la clínica, quién le había comunicado la desgracia, etc. Si no llevó más lejos su interrogatorio no fue por falta de ganas, sino porque Lucas estaba presente: no había que olvidar que el tal Manolo había sido novio de Maruja. Luego, Teresa no le dio ocasión de hablar a solas. En cuanto a su padre, se había mostrado muy activo, frío y distante desde que llegó (no podía saberse exactamente dónde terminaba su pena y empezaba su malhumor), pero sin duda se reservaba algunas preguntas para cuando todo acabara; así por lo menos parecían indicarlo ciertas miradas que de vez en cuando dirigía a la joven pareja.

Teresa llevaba su gabardina blanca, con capucha. Inmóviles sobre la tierra negruzca y encharcada de Montjuich, intransitable (habían tendido unos tablones en el barro para conducir el féretro hasta el nicho), ella y el chico observaban el quehacer de los empleados. Unos metros más adelante, el señor Serrat, con sus altas espaldas despectivas, las manos cruzadas detrás, hablaba con Lucas y con su hijo debajo de un paraguas que sostenía uno de los campesinos. Al darse cuenta, el señor Serrat cogió el paraguas para que el otro no tuviera que sostenerlo, pero luego, pensándolo mejor, lo devolvió y se hizo a un lado (él llevaba un gabán gris) para que Lucas se beneficiara del paraguas. Se produjo una situación embarazosa, nadie parecía querer hacer uso del paraguas del campesino (bien es verdad que lo que caía del cielo no era de cuidado) hasta que finalmente Lucas y su hijo, con gesto resignado, se cobijaron bajo la seda negra. Alguien había sacado cigarrillos y todos fumaban, el humo flotaba denso y muy azul entre la llovizna. Teresa no podía apartar los ojos del obrero que tapiaba el nicho. Manolo estaba a su lado, silencioso, subidas las solapas de su comando marrón, los cabellos mojados sobre la frente. El señor Serrat volvió la cabeza y les miró un instante. Ella notó la mano del chico tanteando la suya, a la altura de la cadera, y la sacó del bolsillo para dársela sin mirarle, sin apenas quebrar aquella dolorosa rigidez de hombros y cuello que sufría desde hacía horas. Y entonces se echó a llorar.

No lo había hecho antes, no había podido frente al cadáver en el lecho, mirando aquel rostro que todavía reflejaba una pesadilla, alguna remota visión interior, devorado al fin por ella, horriblemente flaco (nariz y dientes desconocidos, una fisonomía nueva), lívido como la cera y enmarcado en los negros y cortos cabellos que le habían peinado hacia atrás. También allí Manolo y ella se tantearon las manos por lo bajo, y sin embargo no había podido llorar (le pareció que él sí lloraba, y le apretó los dedos tiernamente); ni tampoco cuando vio al padre de Maruja acercarse una y otra vez con su paso insoportablemente tímido y mirarles a los dos en suspenso, como deseando preguntarles algo; ni al notar en sus rodillas los negros ojos enrojecidos, temerosos (los mismos ojos de Maruja) del soldado, que estaba todo el tiempo con el pringoso gorro caqui en la mano y no se atrevía a moverse porque sus grandes botas claveteadas hacían ruido. Pero ahora sí lloraba, lloraba unas lágrimas calientes y abundantes, desconsoladamente, lloraba por su amiga y también por ella misma y por Manolo, por cierta confusa idea de culpa y este agravio del destino, este repentino regreso al fango, al tiempo gris y a la lluvia.

Cuando todo acabó, al encaminarse hacia los coches, vieron al señor Serrat que se destacaba del grupo y se acercaba a ellos. Se pararon a esperarle, pero el señor Serrat, antes de llegar, dudando ante una extensa franja de barro removido, se inmovilizó y le hizo una seña a su hija para que se acercara. Teresa obedeció, dio un pequeño rodeo para no meterse en el barro, llegó junto a su padre, escuchó algo que éste le dijo y se quedó a su lado, la rubia cabeza inclinada y oculta bajo la capucha. Entonces Manolo, al ver que la muchacha no volvía (habían decidido irse los dos a pie, dando un paseo), fue directamente hacia padre e hija con las manos hundidas en los bolsillos del comando y chapoteando en el barro (presentía que eso ya no tenía la menor importancia). El señor Serrat había sacado un pañuelo y se sonaba, miró a los hombres que le esperaban junto a los coches, luego a su hija y finalmente a Manolo, que acababa de plantarse ante él y su hija, el charco de por medio.

–Bueno, muchacho –dijo el señor Serrat–, parece que esto ha terminado. Nuestra pobre Maruja ya ha dejado de sufrir, a todos nos tocará un día u otro. –Cuidadosamente, como si se tratara de algo muy delicado, doblaba y redoblaba el pañuelo, despacio, con los ojos bajos–. Sé que la querías mucho, pero no te dejes vencer por la pena, eres muy joven, acabarás por resignarte y la olvidarás. –Entonces, repentinamente, le tendió la mano con una sonrisa triste y afectuosa–. Adiós. Seguramente ya no tendremos ocasión de volver a vernos.

Manolo había dejado de oírle: sus ojos entornados pugnaban por retener una luz lejana. Los demás también le observaron, de pie junto a los coches, caras largas y severas, siluetas borrosas de un tribunal bajo la llovizna; una despedida en toda regla. Fue muy rápido:

apartando la vista del señor Serrat, Manolo le tendió la mano a Teresa por encima del charco, no a modo de despedida, sino reclamando la de ella, para que le siguiera (en este momento, su gesto se inmovilizó sobre el fango que se abría ante él, suspendido durante una fracción de segundo en la tierna mirada azul de la muchacha) y al mismo tiempo dijo:

—Teresa —con una voz tranquila y suave—. Ven, tengo que hablarte.

Ella, despacio pero sin dudarlo un segundo, cabizbaja, oculto el rostro bajo la capucha, entregó la mano al muchacho y saltó por encima del charco enfangado. Se despidieron brevemente y luego se alejaron por el camino en pendiente hacia la salida. El murciano sabía que el padre de Teresa les miraba y no pudo resistir la tentación de volver la cabeza. Fue para quedarse helado: en los finos labios de piñón del señor Serrat, tras el chispeo gris de la lluvia, flotaba una borrosa sonrisa llena de indulgencia y de consideración (incluso les saludó ligeramente con la mano antes de subir al coche), una sonrisa benévola, desenfadada, terriblemente obsequiosa.

Al día siguiente por la tarde, Teresa no compareció. Habían quedado en que ella le recogería con el coche a las cuatro y media en la plaza Lesseps. Cuando ya pasaban de las cinco Manolo llamó por teléfono a casa de Teresa, pero no contestó nadie. Por la noche repitió la llamada varias veces desde el bar Delicias, y siempre con el mismo resultado. Entonces se acordó de los Bori. Tampoco estaban en casa. Se dijo que probablemente cenaban fuera. A la mañana siguiente llamó de nuevo a Teresa. Nadie en casa. A los Bori. Mari Carmen al habla: No, no sabía nada de Teresa Serrat, debía estar en la Villa, sí, era muy extraño que se hubiese marchado sin decir nada... Por cierto, y lo sentía infinitamente, pero aún no podía darle ninguna noticia respecto al empleo, lo mejor era esperar que Teresa apareciera...

Aquella tarde se acercó por la torre de los Serrat en la Vía Augusta. Todas las ventanas estaban cerradas. En el jardín, encorvado sobre un rastrillo, un viejo de calva sonrosada y bruñida le miró torciendo el cuello. Manolo saludó desde la verja y preguntó si había alguien en casa. El viejo dijo que no y luego le preguntó qué deseaba. El muchacho respondió que traía un recado para la señorita Teresa. El viejo le informó que los señores Serrat y su hija se habían ido a Blanes ayer por la mañana, y que no regresarían hasta finales de mes.

Por la noche, no sabiendo qué hacer, llamó de nuevo a Mari Carmen Bori y le dijo que necesitaba hablarle urgentemente. Ella se disculpó, cenaban fuera de casa, por fin había convencido a Alberto de que les salía más económico comer algo por ahí y... Interrumpiéndola, Manolo sugirió que podían verse después de cenar, en algún bar. «Aguarda un momento», dijo con desgana Mari Carmen, y se la oyó hablar con Alberto. Hubo un silencio. Finalmente ella dijo que bueno y escogió el sitio y la hora: a las once en una cafetería frente a la Catedral. Cuando a esta hora él bajaba por Vía Layetana, rumiando qué clase de ayuda podían ofrecerle los Bori (seguramente sólo obtendría el número de teléfono de la Villa, y eso aún se vería), su mirada quedó repentinamente prendida en una llama amarilla y roja (las puntas del pañuelo y el pelo de Teresa) y en el coche que doblaba velozmente la próxima esquina, una rápida visión blanca de la cola del Floride lleno de reflejos. Tal vez la muchacha había conseguido que la dejaran volver a Barcelona y en este momento le estaba buscando. Echó a correr, pero al doblar la esquina el coche había desaparecido. Habría jurado que era Teresa. Olvidó a los Bori en el acto y se lanzó a una búsqueda frenética por todos los bares de los barrios bajos donde habían estado juntos alguna vez. Supuso que a ella se le ocurriría lo mismo. Anduvo durante más de una hora y media, preguntó en el Saint-Germain (la voz cavernosa y entrañable quiso retenerle presentándole a una nueva camarera, una muchacha de rostro anguloso y férvido que aseguraba conocerle desde hacía años), en el Pastís, en el Cádiz, en Jamboree. La buscó en las cervecerías de la plaza Real y en las Ramblas, ya sin esperanza de encontrarla. De pronto se acordó del Tíbet y cogió un taxi. Naturalmente: si estaba en Barcelona ¿dónde podía esperarle sino en el Tíbet, cerca del Carmelo? El taxista, un enano pelirrojo con acento valenciano que estiraba el cuello por encima del volante y le hablaba de cómo el invierno se nos ha echado encima, hay que ver, dentro de nada otro año que se fue y que no volverá, conducía con una lentitud exasperante, sin duda pensando en su prole (dos lunas con trenzas, las caras sonrientes, dos niñas que juntaban la mejilla y le observaban desde una foto de estudio pegada al cuadro de mandos con un mensaje filial escrito al pie: «NO CORRAS PAPÁ») pero Manolo, al darse cuenta, exclamó: «Olvida a tus nenas y arrea, papá, que se hace tarde.» El taxista rezongó con voz atiplada: «¿Pasa algo, joven? No tengo prisa por ir al cementerio.» Manolo se abalanzó a bramarle al oído: «¡Ni yo tengo esas monadas esperándome en casa, así que dale a esa mierda de coche, dale!» El taxista le miró por el espejo retrovisor, comprobó que el pasajero no bromeaba y aceleró.

Teresa tampoco estaba en el Tíbet. Era ya más de la una. Cansado y maldiciendo su suerte, llamó a los Bori. Alguien descolgó después de hacerlo esperar un buen rato, era Alberto, ya estaban acostados. Él se disculpó por no haber acudido a la cita, le había parecido ver a Teresa cerca de… Alberto Bori le interrumpió para decirle un tanto secamente que llamara mañana, por favor. No, joder, no habían visto a Teresa ni sabían nada de ella.

Último intento: el pequeño bar de Vía Augusta que habían frecuentado la semana pasada. Estaba desierto, pero nada más entrar y ver cómo le miraba el camarero (un muchacho de Almería, con el que Teresa había simpatizado mucho) una familiar oleada azul invadió sus sentidos: la señorita había dejado una nota para él ayer por la mañana, antes de emprender el viaje. «Parecía tener mucha prisa», añadió el chico. Era una tarjeta dentro de un sobre sin cerrar y decía así: «Salgo para la Villa con mamá dentro de unos minutos. En cuanto pueda te escribiré explicándote lo que pasa. No hagas nada sin antes haber recibido noticias mías. Te quiero. Teresa.»

Al día siguiente (sol y viento, grandes nubes viajeras hacia el sur) decidió hacerse con una motocicleta para ir a la Villa y encontrar allí el modo, con un poco de suerte, de ver a Teresa. Por supuesto, no quería resignarse a esperar sus noticias, no debía, no podía. Necesitaba verla. Además, qué locura los relojes, cómo pasan las horas, los días, qué soledad amenazante en esta ciudad que volvía a llenarse rápidamente de catalanes activos y raudos como automóviles mientras se vaciaba día a día de bellos, risueños y floridos turistas. No, imposible esperar, y atiende a la advertencia («¡Eh, usted, ¿no mira por dónde anda?!») del urbano o acabarás bajo las ruedas de un coche, espabila, Manolo, espabila... A las seis de la tarde y después de mucho buscar tuvo que conformarse con una Vespa que vio frente a una torre de aspecto señorial, en el Paseo Maragall, y se libró por pelos de ir a parar a la Comisaría de Horta gracias a que la jodida moto no llevaba candado y él acertó a ponerla en marcha al primer golpe de pedal (o tal vez porque su dueño llevaba faldas; le vio correr hacia él por la acera con la sotana por encima de las rodillas y agitando los brazos, marchito y flaco como un esqueleto y con gafas de montura dorada, gritando: «¡Eh, chico, es mi moto, es mi moto!», y corría bien, pero le perdió la sotana).

De cualquier forma, diez minutos más tarde también tuvo que abandonar la Vespa por rotura del cable del gas. Estaba ya en Badalona. El nerviosismo, la impaciencia y la mala suerte le impidieron encontrar otra motocicleta disponible hasta cerca de las once de la noche (esta vez frente a una fábrica de productos químicos, en un miserable callejón, imposible que de allí saliera otro cura). Era una vieja y descalabrada Rieju, un camello asmático que no podía con su alma, con las entrañas llenas de moho y grasas malignas. Con semejante calamidad entre las piernas, probablemente una de las últimas que todavía circulaban, se lanzó por la carretera de la costa a todo gas. A estas horas el tránsito era escaso, pero, pese a sus buenos deseos, invirtió en el trayecto más de una hora; la ancestral Rieju no daba más de sí. Pasado ya Blanes, cuando se deslizaba por el camino de la Villa con el motor en ralentí y oía el rumor del mar, comprendió que había llegado demasiado tarde.

La Villa estaba silenciosa, ninguna luz en las ventanas ni en la terraza. La noche era más oscura que otras muchas que él guardaba amorosamente en la memoria y la gran mansión tenía un aspecto más imponente, una estructura más confusa y más austera que la que él recordaba, próxima y a la vez distante en medio de la oscuridad. Escondió a la abuela Rieju entre los pinos. Todo dormía en los alrededores, mecido por el chirrido de los grillos y por el vaivén de las olas, arropado en aquella belleza irreal que encerraba la profundidad del bosque, donde flotaba una blanca neblina procedente del mar. Manolo rodeó la Villa por la parte trasera, caminando bajo los grandes eucaliptos del jardín, y se detuvo en la pared donde la hiedra trepaba hasta la terraza. Apenas visible bajo las brillantes hojas, un canalón de uralita subía también hasta lo alto. Según le parecía recordar de alguna conversación con Maruja, la habitación de Teresa comunicaba con esta terraza y era contigua al dormitorio de los niños, el cual daba justamente encima del cuarto de Maruja. Pero no había más que una ventana en este muro, la que él había saltado tantas veces. Manolo la miró: su fisonomía había cambiado, estaba medio oculta por la hiedra, con los batientes cerrados y fingiendo un terco mutismo, un hermético aire de defensa. Apartó la vista de ella con cierta precipitación, cogió un guijarro y lo tiró a la terraza. Repitió la operación varias veces, sin resultado. ¿Y si la habitación de Teresa no diera a esta terraza? Lástima haber llegado tan tarde, tenía la esperanza de encontrar a Teresa levantada, en el jardín, por ejemplo... Retrocedió unos pasos, pensativo, y se sentó en el suelo recostando la espalda en el tronco de un pino. Clavó los dedos en la tierra húmeda, sin saber qué hacer, vagamente estremecido por una boca anhelante que le atraía desde las sombras empapadas de la hiedra: la ventana de Maruja, y en ella unos brazos desnudos abriéndose, unas pupilas febriles alimentando su esfuerzo luego en la cama, su entrega, su ritmo...

Maruja es esa mujer de la cual uno no recuerda que sus pechos fueron hermosos; recuerda la disposición de sus pechos, su gravidez estremecida, el diseño ligeramente amargo y duro de su boca, su espalda morena regresando tímidamente a las zonas de penumbra; Manolo podía a veces evocar un gusto a eucalipto o a menta que dormía en su saliva, y el ronroneo de su garganta mientras besaba, y también un frío antiguo al verla encoger sus débiles hombros frente al espejo, o su paso lánguido cruzando la habitación, desnuda y púdica. Podía verla otra vez subiendo al Carmelo, una ventosa tarde de invierno, con su abrigo a cuadros estrecho y pasado de moda y una banda de terciopelo rojo en el pelo, pero sobre todo, entre esas imágenes persistía el parpadeo temeroso de sus ojos en medio de un remolino de polvo en la calle Gran Vista, rodeada de niños armados con piedras y abundantes tapabocas que sólo dejaban ver sus ojitos curiosos, y persistía la trémula dulzura de su mano en el pecho ciñendo las solapas del abrigo, la sumisión de sus piernas fervorosamente juntas y su manera risueña de ladear la cabeza cuando entraba en el bar Delicias y le esperaba allí de pie, inmóvil, sin avergonzarse de su condición de criada emputecida...

De pronto, Manolo se incorporó de un salto («Esto me pasa por pararme ante esa ventana, como si la pobrecilla aún me esperara dentro») y se maldijo al presentir oscuramente que en su interior él había empezado también a cobijar muchas partículas de aquella inquietante conformidad de Maruja, tantas veces criticada, y que acaso este recuerdo iría alimentándose de él, devorándole silenciosamente... Empezaba a sospechar que había cometido una tontería al venir, que lo mejor habría sido esperar noticias de Teresa. Descorazonado, dirigió sus pasos hacia la extensa y desierta playa, iluminada apenas por la agonía azul de las estrellas. Hacía frío, las olas rompían con impactos sordos a lo largo de la orilla, derramaban su espuma blanca y luego se deslizaban más allá, alejándose con un eco cada vez más tenue. Esta brisa, estas playas eran familiares a su piel; sin embargo, resultaba sorprendente que sólo hubiesen transcurrido dos meses desde que empezó a salir con Teresa, pues él habría jurado que hacía años, como si realmente la universitaria le hubiera dedicado un tiempo infinitamente superior al que dedicó, por ejemplo, a Maruja. Tenía el poco tiempo dedicado a Teresa un espesor sentimental que no tenía el de Maruja, y quiso recordar los momentos en que la posesión de este tiempo sin orillas había sido más completa, más real. Y descubrió de pronto cuán ingenuo y crédulo era, cómo había hecho el primo, él, que se creía tan listo. ¡Pensar que Teresa podía haber sido suya hace tiempo! ¡Ah, qué ciego, qué imbécil he sido!, se dijo al recordar a la muchacha en sus brazos, en la playa, en las calles oscuras (¡Dios mío, su dulce mirada implorante aquella noche al salir del bar de Encarna, mientras se besaban apoyados en la pared!) o en las laderas del parque del Guinardó (su voz de niña constipada llamándole desde la hierba) o la mañana inolvidable en el terrado de las hermanas Sisters, arrullándose y acariciándose bajo un sol mágico... Pero él siempre se había contenido y, pensándolo bien, tal continencia, que obedecía precisamente a un deseo más poderoso que el de la simple posesión física, quizá no se había revelado ineficaz del todo: a juzgar por los arrebatos de Teresa en los días que precedieron al entierro de la infortunada Maruja, la universitaria era ahora más suya que nunca. La había respetado, sí, pero ¿de qué le serviría si no le daban tiempo a consolidar sus relaciones? Podía acabar siendo un sacrificio inútil y estúpido, de éstos para tirarse de los pelos durante toda la vida, desprovisto del respeto bobo y santurrón de la mayoría de noviazgos formales, por supuesto, pero digno de igual lástima. Bajo el peso de esta soledad de ahora, el murciano se sentía engañado, burlado, y, sobre todo, desconcertado ante cierto cambio que había empezado a operarse en él, y que ahora descubría, estupefacto: no en todas las ocasiones propicias había respetado a Teresa para obtener un beneficio, hubo también otra cosa, una voluntad ajena que se había introducido en él, un turbio sentimiento hecho de dignidad y de credulidad que le habían contagiado, que se le había ido pegando poco a poco. Él nunca fue eso que llaman un buen chico, ni probablemente tendría ocasión de serlo nunca, pensaba, a menos que se casara con Teresa; entonces ¿por qué diablos se había comportado como tal en no pocas ocasiones, en nombre de qué y por qué, vamos a ver, se había dejado llevar a una situación de respetabilidad, de dignidad, y que no tenía salida? ¿Por qué se había adscrito tan rápida e ingenuamente a las sagradas leyes de la compostura, en virtud de qué preceptos morales, convenio o trato, reglas de la prudencia, decoro o normas sociales el granuja se había convertido en menos de tres meses en un hipócrita frente a Teresa? ¿En razón de qué intereses podía haber sido tan desconsiderado con una muchacha enamorada, generosa, necesitada de ternura, de caricias...? Al revivir ahora los besos de Teresa, al mismo tiempo que se maldecía y se despreciaba, sintió crecer dentro de sí un grande, inmenso amor por la muchacha y su maltratada vocación fornicadora. Recordó con verdadera ternura de viudo la noche en que murió Maruja, cuando él y Teresa estaban pegados al teléfono y envueltos en aquella ardiente nube: allí sí, convertido ya en llama viva, allí decidió hacer suya a la rubia universitaria. Pero, ay, esa noche llegaba tarde: demasiadas horas perdidas persiguiendo la blanca gacela de la dignidad, el radiante futuro... Con todo, aún estaba a tiempo de rectificar, de volver a ser el resuelto hijoputa y jodido embustero que siempre fue y que nunca debió dejar de ser, qué imprudencia, te ablandas y te joden vivo, así que paciencia y barajar, decidió ahora, pateando furiosamente un amasijo de algas podridas que el oleaje había escupido en la playa.

Aunque en la ciudad, desde hacía cuatro días, había perdido la noción de las horas, del día y de la noche, aquí pudo calcular (el vagabundeo y la espera en esta playa parecía tan antiguo, tan familiar) que debían ser más de las tres. Puesto que había venido y no tenía nada mejor que hacer, esperaría a que amaneciera. Si hacía buen día, probablemente Teresa vendría a bañarse. Se internó por el bosque, saltó la valla y pretendió dormir en un hueco del suelo lleno de arenilla y hojas de pino. Se lo impidió el frío y el fragor del mar y regresó al jardín de la Villa, a resguardo de la brisa, donde se ovilló sobre un sofá-balancín cubierto por un toldo de flecos.

Amaneció un radiante día de sol. La neblina se retiró hacia el interior del bosque rápidamente, como si un viento la chupara con avidez. Él estaba entumecido y aún creía soñar, pero al apartar el brazo de la cara, por entre las brillantes agujas de sol, la visión (un joven alto y moreno que avanzaba hacia él con una raqueta de tenis bajo el brazo y una toalla colgada al hombro) adquirió una insospechada y alegre realidad. En el silencio de la mañana, la grava del jardín de los Serrat crujía bajo las blancas zapatillas del desconocido. Era esbelto, flexible, ancho de espaldas, llevaba una camiseta azul con el flojo cuello subido y sus níveos pantalones cortos dejaban ver unas piernas bronceadas y musculosas. Caminaba directamente hacia él, pero con la cabeza levantada al sol, los ojos entornados, haciendo visera con la mano. El murciano comprendió que aún no había sido visto por el desconocido y, con un rápido movimiento, se dejó caer del sofá-balancín hacia atrás, rodando hasta ocultarse tras una tupida mata de geranios. Antes de llegar a él, y ofreciéndole a Manolo una repentina imagen de sí mismo (su mismo pelo oscuro y lacio, su mismo perfil enérgico y altanero) el joven dobló por un sendero que conducía a la pista de tenis. Poco después, con parecida indumentaria y también con raqueta, apareció el señor Serrat y siguió el mismo camino que el joven. Manolo retrocedió, escogió un escondite más seguro entre los pinos y siguió espiando el jardín. Teresa no daba señales de vida. Él esperó. Estuvo oyendo el golpe de la pelota en las raquetas, los gritos de admiración o de decepción, a menudo simulando un deleitoso desespero (era el señor Serrat, cuyo juego lento y jadeante no podía sin duda competir con el de su joven rival) que terminaba con una descarga de mutuos elogios. A eso de las diez apareció la señora Serrat y una nueva sirvienta, joven y regordeta, que depositó una bandeja con café y tostadas en una mesita cubierta con un parasol. La voz de la señora resonaba alegre y cristalina en medio de la mañana, estableciendo por un instante una feliz relación, una serena plenitud de ocios y de acordes armónicos con las voces jubilosas que provenían de la pista de tenis. Apareció luego un hombre de aspecto campesino con una manga de riego, la señora habló un momento con él y después entró en la casa por la cristalera del fondo, volvió a salir, volvió a entrar, todo esto es una mierda, pensó Manolo, una soberana coña veraniega que la ausencia de Teresa hace aún más insoportable. Cerca del mediodía, al pasarse la mano por la cara, notó la barba crecida y sospechó que su aspecto era lamentable. Así no llegarás muy lejos, se dijo. Sediento y cansado, con los huesos molidos, decidió que lo mejor era regresar a Barcelona y esperar noticias. No le importó hacer ruido con la moto al ponerla en marcha (que Teresa supiera, por lo menos, lo cerca que él había estado) y poco después salía a la carretera. Los pequeños y medrosos «600» circulaban estrictamente por su derecha. No pudo alcanzar los cien. Expirando, tísica, con todos sus huesos crujiendo, la Rieju le depositó en Barcelona casi dos horas más tarde y él la abandonó, ya cadáver, detrás del Hospital de San Pablo, para continuar a pie remontando la calle Cartagena.

Aquella misma tarde, en el bar Delicias se recibió una carta para Manolo. Un chiquillo fue a entregársela a su casa. Era de Teresa. El sobre sólo llevaba escrito: Manolo Reyes, Bar Delicias, Carretera del Carmelo. Dentro había tres cuartillas llenas hasta los bordes de una letra pequeña apretada, muy bonita y armoniosa (evidentemente era la copia en limpio de un denso borrador) y con una sola tachadura.

La A de «Amor mío» que encabezaba la misiva había sido trazada con mano firme y decidida, diríase que furiosa, pero mostraba un risueño apéndice en un costado parecido a un caracol. Venía seguidamente: «Perdón por el retraso, no tengo tu dirección y además creía poder estar de vuelta a Barcelona enseguida. En casa se han empeñado que pase aquí en la Villa lo que queda de mes, hasta que empiece el curso. ¡Bonita jugada!» Seguían expresiones por el estilo. Cuando todo hacía esperar una indignada exposición de las causas que habían determinado esta fastidiosa decisión familiar, esta «bonita jugada», la joven universitaria se lanzaba intrépidamente, con pluma febril, quemante, a un deleitoso análisis del «estado presente» de su espíritu («exaltado») y de ciertas noches blancas: hablaba de «anhelante espera» y de «indecible frialdad de sábanas», concluyendo con la revelación de la causa de tales ardores y devaneos, presuntamente gripales: «llevo dos días en cama, con fiebre, delirando» (este musical gerundio bailó unos segundos envuelto en un camisón rosa estilo imperio ante los ojos del murciano) «y hasta hoy no me he sentido con fuerzas para escribirte, pues pillé un fuerte resfriado con la lluvia, y la repentina muerte de Maruja y luego el no poder verte me deprimieron tanto que tuve que meterme en cama nada más llegar. Al principio estaba tan desorientada, tan desmoralizada…». Proseguía diciendo que, por otra parte, no había motivo para desesperar porque no pasaba nada excepto el fastidio de una separación momentánea. Acaso lo más enojoso era lo que esta actitud de sus padres («que por otra parte no debería sorprendernos») representaba para ella en el orden familiar: la confirmación de un mal que de alguna manera había condicionado su personalidad desde niña, y que después de conocer a Manolo se le había hecho más patente que nunca: «… de la estúpida educación familiar que se me ha dado, he aquí un nuevo ejemplo, he aquí cómo reaccionan, cómo entienden la defensa de la hijita descarriada y descocada, sin ver que ya es demasiado tarde. Quisiera morirme de rabia y de vergüenza. ¿Qué habrás pensado de mí, de todos nosotros? ¡Si supieras cuánto me aburro, Manolo, cuánto te echo de menos!». Añadía que, en este sentido, le parecía como si la Villa estuviera desierta, y aunque había gente, parientes lejanos e inoportunos («un primo chulo y pretencioso de Madrid, que espera a que me ponga buena para ganarme al tenis»), era como si un naufragio la hubiese arrojado aquí entre personas y costumbres extrañas. Volvía a hablar de la soledad, y de pronto, una brisa marina y soleada, la teresiana oleada azul, el anhelado regreso a las islas: «Pero no es eso lo que me desespera, Manolo, no es el ambiente hostil que me rodea. Es tu ausencia. Qué soledad por espantosa que fuese no sería un paraíso, qué horrible desgracia no sería una bendición, qué enfermedad no sería un lecho nupcial, qué miseria o dolor no sería una caricia comparadas con esta pena de no verte, amor mío, amor mío, amor mío, a esta privación insoportable de tus labios y de tus manos durante días y días que me parecen toda una eternidad de siglos…» Manolo, aunque emocionado e impresionado (lo que son los estudios, qué bien sabe expresar Teresina lo que uno siente) se dejó llevar por la impaciencia y saltó líneas en busca de noticias más concretas. Después de este apasionado fragmento en el que una mente más cultivada que la del joven del Sur habría reconocido al instante el origen literario de ciertas imágenes, el tono descendía a un nivel de orden práctico e informativo: hablaba Teresa de una fastidiosa conversación con sus padres («sostenida con infinitas reservas por ambas partes») en la que no llegó a plantearse la verdadera cuestión del problema. Dicha conversación tuvo lugar la noche del mismo día que habían enterrado a la pobre Maruja, y «aunque nadie se refirió directamente a ello, deduje que esa chismosa de Dina, esa putilla de quirófano, habló de nosotros, y también Vicenta. Naturalmente, mamá echó el resto. No creo exagerar si te digo que mamá, ya antes de conocerte, temía que atentases contra la virtud de su hija. ¡Dichosa virginidad, cuánta tontería en tu nombre! Si te recuerdo, además, que en casa me tienen por medio marxista, excuso decirte las locuras y concubinatos de que me creen capaz». Pero insistía en que no había llegado a plantearse la cuestión de sus sentimientos: «Simplemente, se decidió que la muerte de Maruja me había afectado de tal modo que había llegado el momento de ocuparse seriamente de mí; papá opina que me dejo impresionar demasiado, que todavía soy una niña, que han sido muchas emociones las de este verano, que estoy agotada, con los nervios de punta, en fin, que necesito reposo y que por supuesto en ningún sitio estaré mejor que en la Villa; un cambio de aires; o mejor, de ideas. De ti no se habló, en realidad.» Aquí, Manolo pensó que era sintomática la actitud de papá Serrat: porque Teresa aseguraba que nunca había visto a su padre interesarse tanto por ella, «por mi manera de pensar», ni siquiera cuando estuvo detenida por lo de las manifestaciones estudiantiles. Al parecer habían discutido acerca de la universidad y de los vientos políticos que en ella bebían actualmente los estudiantes. «Muy divertido. No sé si puedes llegar a hacerte cargo, pero en papá esto es algo insólito», y añadía que antes de conocer ella a Manolo, su padre jamás había mostrado un interés serio por estas cosas, precisamente lo que le gustaba era burlarse, «de mis amigos sobre todo, y especialmente de Luis Trías de Giralt, y con bastante gracia, dicho sea de paso: papá es un terrible guasón, aunque no lo parezca». En cuanto a lo nuestro, proseguía más adelante, preciso era reconocer que nadie le había levantado la voz, nadie le había hecho una escena. «Pero no nos engañemos, hay que atenerse a los hechos: en el ánimo de mis padres está planteada la verdadera cuestión, el temor no por lo que haya podido hacer hasta hoy esa locuela de Teresa con sus ideas extremistas, sino ante lo que pueda hacer mañana. No es una cuestión de moralidad; sobre esto habría mucho que hablar, pero te aseguro que, en el mundo en que yo vivo, ni siquiera las más virtuosas y respetables personas creen que perder la virginidad por gusto y antes de tiempo sea tan grave e irreparable como hacer una mala boda.» Seguían algunas consideraciones atrevidas pero innecesarias (según opinión del murciano) acerca de esa «inaudita, asombrosa buena conciencia que tiene de sí misma la burguesía de nuestro país», y luego una curiosa definición de la naturaleza del conflicto en que se debatía su familia respecto a ella («confunden mi amor por ti con mis ideas progresistas, porque la hija les salió rana») consciente ya, seguramente, de que ésta era por cierto la misma confusión que ella había experimentado en brazos del muchacho al conocerle y tratarle. Y acerca de eso concluía con una arrogante declaración de principios: «Hoy, por lo que a mí respecta, Manolo, el amor ha reemplazado a la solidaridad (aquí aparecía la única tachadura: la palabra *solidaridad* no debió convencerla una vez escrita y la tachó, pero, sin duda al no encontrar el equivalente deseado, había vuelto a escribirla), o mejor dicho, la ha puesto en el lugar de mi corazón que le corresponde –un lugar también preferente, porque amo a mi país– pero limpia ya de conjuros, de romanticismo ideológico y de tontería... Y perdona este galimatías, cariño, pero es que me hace mucho bien poner en orden mis ideas.» Añadía que, por otra parte, se pasaba las horas en su cuarto, aburrida, leyendo o mirando el mar desde la terraza. «¡Qué fastidioso, qué absurdo me resulta todo sin tu presencia! Si supieras cuánto te necesito, si pudiera verte, hablarte de lo

435

que siento en estos momentos, tenerte a mi lado aunque sólo fuera un instante.» Volvía a recordarle que hasta octubre no empezaba el curso, y que entonces todo se arreglaría («no dejaremos ya que nada vuelva a separarnos») pero, mientras tanto... ¿Qué hacer? ¿No habría un medio que les permitiera verse antes? Y aquí, a través de compactos, densos renglones de tinta azul aseguraba que había tratado de no pensar en él, pero que había sido inútil. Unos puntos suspensivos (en leve línea descendente) sofocaban renovados ardores: «Eres el único hombre de verdad que he conocido, a tu lado he aprendido a vivir, he empezado a sentirme mujer...»

Venía luego la despedida y más abajo una posdata confusa y precipitada, con letra temblorosa y en algún punto descolorida, como si alguna lágrima hubiese aclarado la tinta (o tal vez no eran más que salpicaduras de agua de mar, pues algunos granitos de arena contenidos en el sobre denotaban que la carta, o cuando menos esta posdata, había sido escrita en la playa). El significado de este texto tardó algo en hacérsele claro al muchacho: «Sé rebelde, orgulloso y atrevido hasta la muerte. Una noche soñé que te veía bajo los pinos, mirando mi terraza, una noche que viniste a ver a Maruja. ¿Nunca te fijaste en lo bonita y frondosa que está la hiedra? Me paso las noches en vela, con mis pensamientos y mi fiebre de ti, amor, mientras esta familia aburguesada y cursi a la que me avergüenzo de pertenecer, duerme. Siempre tuya. Besos. Teresa.»

Loco de alegría, Manolo dobló la carta cuidadosamente, se la guardó en el bolsillo de la camisa y salió a la calle. Eran las tres y media de la tarde, sábado, el día se mantenía claro y hacía calor. Obedeciendo a la tímida y confusa llamada que se desprendía de la posdata, decidió entrevistarse con Teresa aquella misma noche. Estaba seguro que después de verla todo volvería a ser como antes. La carta venía a confirmarle, entre otras cosas, que su respetuosa táctica sexual no había sido tan desacertada: ¡Teresa seguía siendo suya y le esperaba, le esperaba! Pasó las primeras horas de la tarde en un estado de excitación que, por otra parte, le proporcionó la astucia de un loco: ante todo, nada de arriesgarse tontamente viajando en motos robadas, había demasiadas cosas en juego. Su primera idea fue ir en tren, pero no tenía dinero ni para eso; además, el tren le dejaba en Blanes, y de la estación a la Villa había unos cuatro kilómetros de carretera. Recordó que el Cardenal tenía una vieja Derbi en propiedad. Eran poco más de las seis cuando llamaba a su puerta.

—Mi tío no está —dijo Hortensia. Manolo entró y pasó al jardín seguido por la muchacha. Allí se encaminó con paso vivo hacia el pequeño cobertizo del fondo, donde se hallaba la motocicleta. Mientras caminaba informó a la Jeringa: tenía que hacer un viaje urgente y necesitaba la Derbi del viejo.

—¿Muy lejos? ¿Por qué no me llevas contigo? —preguntó ella—. Me prometiste...

—No puede ser —cortó él—. Otro día, hoy tengo mucha prisa.

En el cobertizo había que inclinar la cabeza, el techo era bajo. Botes de pintura y utensilios de jardinería roídos por la humedad. La moto, erguida en su caballete, sobre unos periódicos extendidos en el suelo y manchados de grasa, parecía hallarse en buen estado. Manolo empezó a desenroscar el tapón del depósito de gasolina.

—Está lleno —dijo la voz de la muchacha a su espalda—. Yo misma lo llené.

El tono seco y contrariado no le pasó por alto a Manolo. Se volvió despacio, con una vaga sombra abrumada sobre los hombros. La Jeringa, que llevaba en la mano unos pantalones rojos, doblados —debía tenerlos ya preparados en algún sitio de la casa, y sin duda los había cogido al pasar–, le miraba con un destello implorante en los ojos. «¿Me cambio en un momento…?», preguntó. Él meditó un rato y luego dijo:

–Mañana. Te lo prometo. Es que hoy tengo prisa, ya te lo he dicho.

Hortensia dejó caer los pantalones al suelo, le volvió la espalda e inició la salida diciendo:

–Pues si quieres llevarte la moto, tendrás que esperar a mi tío y pedírsela a él. ¡Verás lo que es bueno!

Manolo la retuvo cogiéndola del brazo. «Espera –dijo riendo–. Espera un momento, fierecilla.» Hizo un rápido calculo mental: hasta bien entrada la noche no era conveniente plantarse en la Villa, de modo que tenía el tiempo suficiente de dar unas vueltas en moto con la muchacha y liquidar así de una vez aquella pequeña deuda sin importancia. Pensándolo bien, incluso se alegraba de liquidarla precisamente hoy: en vísperas de grandes y felices acontecimientos, en el umbral de la cita que prometía integrarle acaso definitivamente al mundo de los adultos, satisfacer un capricho tan infantil e inocente como el de la Jeringa tenía su gracia. «Está bien, princesa –dijo sonriendo–. Te llevo. Pero prepárate, vas a saber lo que es correr.» La chica, ahogando una exclamación de júbilo, quiso ponerse los pantalones rojos, pero él dijo que no podía esperar y que la bata blanca la hacía más mujer y más guapa.

Ocurrió de la manera más simple. Él invitaba a Hortensia a dar un paseo para asegurarse la moto, pero también por la necesidad que hoy sentía de complacerla, o tal vez complacerse oscuramente a sí mismo, ahora lo iba comprendiendo, porque de pronto no pudo evitar la agradable sensación de que iba a pasar algo. Mientras corría a toda velocidad arriba y abajo por el Paseo del Valle de Hebrón, los brazos de la muchacha estuvieron rodeando fuertemente su torso y notaba su mejilla pegada a la espalda, sus diminutos y duros senos, su desatendido corazón palpitante que le transmitía a través de la leve tela de la camisa una ternura de bestezuela asustada. «¡Agárrate, niña, agárrate fuerte!», gritaba. La muchacha no dijo nada en todo el rato: se abrazaba a él. Finalmente, aterida, con los ojos arrasados de lágrimas a causa del viento, le rogó que regresaran a casa porque se sentía mareada. Manolo no quiso dejar la moto fuera y la entró en el jardín por la puerta trasera. Ella, pálida, tambaleándose un poco, se dirigió al cobertizo para recuperar sus pantalones rojos todavía no estrenados. Tropezó y Manolo la sostuvo suavemente por el codo; la solitaria y temblorosa juventud de la Jeringa se restregó contra él, como a oleadas, al ritmo indeciso y torpe de sus pasos. Guardaba un silencio inquietante. El triste abandono en que se hallaba el jardín a estas horas, ya bajo el zarpazo de la noche, tendió de pronto un negro lazo familiar, esto se acaba, es una despedida de lo más triste, pero yo me largo… Hubiese querido romper este silencio de Hortensia, y buscó desperadamente en su cabeza unas palabras banales, pero su cabeza estaba vacía: la gentil banalidad del lenguaje parecía haberse quedado repentinamente sin sentido, sin aquella facultad allanadora y risueña de la que él siempre había hecho gala con la niña: esta noche, si no veía en las cosas una señal, una marca del destino, algo que encendiera el infinito y trémulo mañana, su mente no estaba dispuesta a funcionar ni sus labios a articular palabra. Sin embargo, despertó a la realidad al recordar la carta de Teresa que llevaba en el bolsillo de la camisa, sobre su corazón, y que en este momento el estremecido hombro de Hortensia chafaba y hacía crujir junto con el paquete de cigarrillos, restituyéndole un jubiloso sentido de la responsabilidad, urgente, pues ya estaba cayendo la noche, y en el cobertizo, después de inclinarse y recoger los pantalones de la muchacha, al dar la vuelta para entregárselos, vio sus ojos apagados escrutándole desde la penumbra. Su silueta, inmóvil sobre la gris claridad del exterior, en la puerta, era realmente la de Teresa, pero (¿por qué no hay luz en tus cabellos, niña, por qué están fríos tus ojos?), sólo su silueta. Si bien eso bastó: intentó salvar la situación con una mirada adusta, entre preocupada y cariñosa; palmeó la mejilla encendida de la chica, con esa especie de miserable experiencia que crece con la juventud y que acababa matándola, pero de pronto se encontró envuelto en el fresco perfume de almendras amargas, y, enardecido, agradecido a la niña y a su propia suerte, se inclinó sobre ella, atrayéndola, y la besó en los labios.

Como si se tratara de un grandioso escenario, las luces de la galería se encendieron al fondo del jardín. Oyeron en la casa la voz melosa del viejo llamando a Hortensia, pero decidieron esperar un rato. La oscuridad era cada vez más densa. Luego salieron. «Ven, vamos a pedirle que nos preste la moto», murmuró ella tirando de su mano. Manolo se dejo llevar, aturdido. La brisa nocturna le remitió de nuevo a la realidad, y al entrar en la galería soltó la mano de la muchacha. Encontraron al Cardenal en el comedor.

–No, creo que no –meditó el Cardenal–. Hasta aquí podíamos llegar.

–Tengo un amigo muy enfermo –mintió el murciano– en Moncada...

–No y no.

–Mira que es urgente que le vea, caray, ¡no me seas cabrón!

–Que no.

Además de negarse a prestarle la moto, le exigió el dinero que le debía, el dinero que últimamente le había sacado a Hortensia «haciendo manitas y con falsas promesas de noviazgo».

–Eso es mentira –protestó él.

El viejo leía un periódico sentado en el diván, Hortensia, con las mejillas todavía arreboladas, iba y venía por el pasillo con fajos de ropa lavada (tenía ya la tabla de planchar apoyada sobre el respaldo de dos sillas, en un rincón del comedor, junto a la lámpara de pie) hasta que por fin lo dejó todo y se sentó en la mesa a escucharles. Ahora llevaba los cabellos recogidos en un moño medio deshecho. Su tío se levantó, arrojó el periódico al suelo y súbitamente inició uno de aquellos rituales, solemnes y devotos peregrinajes por todo el chalet, con Manolo siguiéndole de cerca, rozando los airosos y purpúreos faldones de su batín como un acólito cabizbajo y sumiso que solicitara una audiencia especial. El Cardenal estuvo recorriendo la planta baja y el primer piso, bajando y subiendo escaleras, enderezando aquí un cuadro, allá un candelabro, soplando el polvo de una estatuilla, rectificando los pliegues de una cortina, la posición de una silla, de un jarrón, de unos almohadones. Con gestos de maníaco y desgranando su interminable monólogo de cornudo sentimental, el viejo rehusaba toda discusión con el muchacho y sólo parecía atender a una voz interior. «¿Dices un íntimo amigo, enfermo, en Moncada...? Embustero», repetía como para sí mismo. La urgencia que veía asomada a los ojos del joven murciano tenía indiscutiblemente nombre de muchachita. Pero eso no era lo peor; para un hombre como él, con ideas generales sobre la vida y habiendo ya llegado al difícil reconocimiento de sus propios errores (solía decir que se había equivocado de época, de país, de religión y de sexo) juntamente con ciertas conclusiones no por amargas menos ciertas, la verdadera razón de los males que de un tiempo a esta parte venían aquejando a un muchacho tan listo como Manolo se reducía a esta doble máxima que él repetía con frecuencia: «Qué poco amamos a los que aman y cómo nos gusta salirnos de madre.» Por lo demás, él no tenía nada contra esa muchacha que le había sorbido los sesos, pero conviene vivir un tiempo con una persona, aunque sólo sea para darse el gusto de volver a ella; y para darse el gusto de volver a ella es preciso antes abandonarla, y ahí está el problema. «Hijo, las mujeres no saben comprender estos movimientos de ida y vuelta, tan sustanciosos en la vida del hombre.» «No me vengas con puñetas, Cardenal, y préstame la moto. ¡Tienes más rollo!» «No, no y no», y seguía explicándole la vida y sus peligros. Llevaba años haciéndolo, y como si nada. «Te vas a pegar una hostia por ahí que tendrán que recogerte con pinzas –profetizaba–. Pero claro, nadie quiere curarse de la juventud, que es una enfermedad.» Por la voz no parecía haber bebido mucho, pero desplegaba un frenético braceo y toda esa conmovedora actividad andarina y manual de los borrachos habituados a defenderse de la soledad.

Tal vez porque el espectáculo no era nuevo para ella, la Jeringa no les siguió en su recorrido por la casa. Pero luego, cuando su tío, presa de una repentina fatiga, se dejó caer sentado en el sillón de mimbres recostando la cabeza en la almohada (en su complicado y disparatado quehacer doméstico había dejado una cama sin cabezal para recalar seguidamente en el cenador del jardín, bajo el iluminado esqueleto de madera donde parecía haberse recogido toda la luz del cielo en su declinar), Manolo sorprendió a la muchacha tras él, de pie, mirando algo en el suelo con fijeza; hundía las manos en los bolsillos de su blanca bata de farmacéutica, presionando hacia abajo todo lo que la tela daba de sí, y acababa de soltarse el pelo otra vez y de calzarse sus zapatos de tacón. Estos detalles él no los recordaría hasta más tarde: al extraer el paquete de cigarrillos del bolsillo de su camisa para invitar al Cardenal, la Jeringa aún esbozaba aquella sonrisa sin luz; pero luego él no la vio, sólo notó que se le acercaba por la espalda y que se inclinaba mirando el suelo para volver a alejarse rápidamente. Mientras, el Cardenal seguía negándole la moto con terquedad, y él amenazó distraídamente con irse de esta casa para no volver más. Pero aún probó a invitarle de nuevo, recibiendo otra negativa («¿Un cigarrillo?» «¡No! ¡De rodillas, de rodillas, mal hijo!») y luego le cogió el cabezal, se lo ahuecó amablemente golpeándolo con la mano y volvió a ponérselo al revés. «¡Quita, hipócrita!», dijo el viejo dando un manotazo en el aire (por un sarcasmo del destino, esa costumbre del muchacho de ahuecarle los cabezales habría de adquirirla el propio Cardenal años después, ya muy anciano y solo, en favor de los enfermos de la cárcel Modelo, recorriendo diariamente las camas de la enfermería; último y emocionado homenaje a los cuerpos ya no angélicos, cansados y agostados). Todavía entonó el murciano una última y melodiosa cancioncilla de súplica; pero el Cardenal no quería escuchar nada excepto su música interior, ninguna de las amables tretas del murciano dio resultado, y éste decidió largarse. Suponía que Hortensia estaría planchando, pero al cruzar el comedor la vio junto a la mesa, de espaldas, con la cabeza gacha. La muchacha se volvió repentinamente manteniendo las manos atrás, como si ocultara algo, y siguió a Manolo con los ojos húmedos mientras él cruzaba el comedor, hasta que los bajó sobre los propios pómulos, que de pronto parecían haberse hinchado. Antes de llegar al pasillo, él se volvió: «¿Qué te pasa, Hortensia?» Fuera, al otro lado de los cristales de la galería, una ráfaga de viento nocturno movió los plateados cabellos del Cardenal, postrado en el sillón: «No te vayas, cabrito», le oyeron decir. Decididamente, el Cardenal era un limón exprimido del todo. Sin comprender muy bien, pero presintiendo la borrasca, Manolo se precipitó hacia el pasillo. Notaba clavados en la nuca los ojos garzos de la Jeringa, pero siguió hasta la puerta de la calle sin volverse. Al abrir empezó a oír las llamadas del viejo desde el jardín: «¡Manoooooooolo!» como si llegaran desde un pozo o desde lo más profundo de un barranco, era un risible, coqueto, agónico y lejanísimo eco que sin embargo debía oírse perfectamente desde todas partes de esta ladera del Carmelo, incluso desde arriba, desde el barrio: «¡Manoooolooooo...!» Adiós, maestro, puñetero, entrañable viejo. Todo había sido inútil, y además estaba perdiendo un tiempo precioso. Pero iría a la Villa aunque fuese a lomos de burra, no permitiría que nada ni nadie le retuviese aquí. Vería a Teresa, reanudaría el interrumpido noviazgo, obtendría un empleo, y, más adelante, convicto y confeso, los buenos oficios del suegro Serrat (qué remedio: un rubio pijoapartito saltando en sus rodillas, locuras de juventud, Murcia es hermosa, a pesar de todo) le darían el definitivo empujón...

La audaz percepción de estos vastos horizontes le impidió sin duda observar el crepúsculo de cada día, puntual e inevitable. Y cuando vislumbró la precoz combustión interna de la Hortensia ya sería demasiado tarde: para empezar, ella había salido tras él, se había deslizado carretera abajo como una sombra, le había seguido a distancia hasta la plaza Sanllehy, y, por supuesto, le había visto acechar esta motocicleta, en cuyo sillín él acababa ahora de saltar. Le estaba mirando fijamente desde un portal, a unos veinte metros, en cuclillas y mordiéndose las uñas, y sólo entonces, al verla, Manolo comprendió en el acto (la mano se le fue como el rayo hacia el bolsillo de la camisa) que había perdido la carta: seguramente se le había caído en el cenador al sacar el paquete de cigarrillos, y desde luego esa mocosa la había leído... No tenía tiempo, debía escapar cuanto antes si no quería ser descubierto por el dueño de la moto, quienquiera que fuese, y no obstante se quedó mirando a la muchacha con ojos hipnotizados, una rodilla doblada en el aire, el pie paralizado a unos centímetros del pedal de arranque. ¿Qué estaría pensando la Jeringa? El mismo sobresalto causado por la respuesta que se dio disparó sus nervios y éstos dispararon su pierna; abrió paso al gas inconscientemente y la máquina retumbó bajo él. Miró a la Jeringa por última vez. Más tarde pensó que debió haberle dicho algo, cualquier cosa, que le esperase en casa, que volvería pronto y que mañana la llevaría otra vez a pasear en moto, o mejor al cine, adonde quisiera ella, acaso habría bastado un gesto de la mano, una sonrisa, quién sabe (todo eso pensaría luego), pero no hizo ni dijo nada, excepto darle gas a la máquina y salir a escape en dirección a la costa dejando a la chica en este portal, agazapada y con aquel flujo poderoso y felino en sus pómulos anchos y húmedos, en sus malignos ojos de ceniza.

Si je mourais là-bas sur le front de l'armée.

Bajo el sol de medianoche, en las quietas aguas privadas flota olvidado un cisne de goma. Con su vientre
lleno de aire se desliza lentamente por la estela plateada de la luna, da vueltas sobre sí mismo, desorientado,
gracioso e indiferente, movido por contradictorias corrientes marinas y epidérmicos escalofríos, obedeciendo mandatos remotos y extraños que provienen de alta
mar. Luego la suave brisa lo empuja y lo lleva directamente a picotear las caderas salobres del fueraborda
amarrado al embarcadero. Sólo un reverberante espíritu de glaciar, inhóspito, insólitamente ártico, se derra-
ma ahora sobre la Villa y sus alrededores blanqueando
el verde profundo de los pinos y las arenas de la playa.
Horas antes el poniente había escapado con su capa
roja, tras una entalladura de los montes cercanos, después que su último fulgor se abatiera un instante esqui-
nado, rasante y en abanico sobre la Villa, como una luz
que saliera por el resquicio de una puerta entornada. La
noche cerró tras la llegada de la brisa. De forma que

ahora, como elegantes invitados a punto de emprender la aventura de los salones, los jóvenes abetos del jardín se inclinan ligeramente estremecidos, impacientes y excitados, atraídos por la piel centelleante de la mar.

El Pijoaparte arqueó la espalda y apretó entre sus muslos las ardientes caderas del depósito de gasolina. Corría con una trémula joroba de viento bajo la camisa, tragando distancias y noche junto con indicadores que ya no leía (sólo uno: Costa Brava y debajo la flecha). Esta vez cabalgaba una flamante y fogosa Ducati. Sabía que era una máquina de lujo, una maravilla cromada y violeta, una llama incendiaria y mítica, capricho de campeones y niños bien (él mismo, en sus tiempos de principiante, había soñado con tener una Ducati igual a ésta), pero sabía también que era, como las yeguas jóvenes, antojadiza y voluble. Los dientes apretados contra la furia del viento, ahora dio todo el gas adhiriéndose como una lapa a la nerviosa amiga, acompasando su corazón al trepidante y generoso ritmo de ella. Corría por la Avenida Virgen de Montserrat. Adelantó a un grupo de ciclistas que volvían del trabajo, a un Dauphine gris y a un Seat que un hombre de pelo blanco, junto a un enorme perro lobo y una joven que se reía con la cabeza echada hacia atrás, conducía por el centro de la calzada con un dedo (se fijó en los detalles porque le tuvo un buen rato pegado junto a él) y sin deseos aparentes de dejarse pasar. Pero Manolo no sólo le adelantó, sino que le cruzó peligrosamente, obligándole a pisar el freno. Atravesó el Paseo Maragall sin tomar precauciones y se metió por la calle Garcilaso hasta llegar a Concepción Arenal, quitando gas, allí dobló a la izquierda y embragó en dirección a San Andrés. Durante un rato corrió flanqueado por solares en ruinas, donde los niños hacían fogatas, y cruzó la Rambla de San Andrés despacio, bajo la mirada suspicaz del urbano. Inmediatamente volvió a alcanzar los ochenta, pero al llegar a los cuarteles redujo la velocidad disponiéndose a doblar a la derecha, dejando a su izquierda la carretera de Vich; allí, incomprensiblemente (creía haberle relegado al olvido para siempre), le dio alcance el Seat negro, que sin duda iba también a la costa y con no menos prisa que él; al arrimársele brutalmente en el viraje, el perro ladraba y la mano del tío debía seguir en la rodilla de la hermosa sobrina, puesto que él se vio obligado a echarse de repente contra el muro de los cuarteles, por encima de la acera. Sin embargo, volvería a pasarlo poco antes de llegar al puente sobre el río Besós. Ya veía las luces de Santa Coloma. Tenía frente a él unos tres kilómetros de carretera ancha y recta, con bastante tránsito, y con una leve torsión del cuerpo se metió por la izquierda, zigzagueó entre el morro porcino de un autobús y la ventanilla posterior (con visillos floreados, un verdadero hogar) de una *roulotte* y finalmente adelantó a un carro abarrotado de panochas de maíz. En dirección contraria venía poco tránsito y se echó de nuevo a la izquierda para dejar atrás a dos coches, separados por menos de dos metros, aprovechando ya el gas, sin volver a la derecha, para pasar a distancia un enorme camión resoplante y lleno de luces piloto que parecía flotar en medio de remolinos azules y que cobijaba ciclistas igual que una gallina sus polluelos. Entonces se lanzó a tumba abierta en dirección al puente, siempre desafiando a los coches que venían por la izquierda. El huraño hocico de un «600» se le vino encima en línea recta, pero él estaba seguro de verle hacerse a un lado, y así fue. La Ducati le daba formidablemente los ciento quince, vibrando toda ella como una muchacha ansiosa, pero sin espasmos inútiles ni prematuros alborozos. Un bache y al carajo, Manolo, pensó. Los postes eléctricos y las luces surgían desde el fondo del espejo retrovisor y se alejaban vertiginosamente, engullidos por una vorágine negra y cóncava que les remitía a la nada. La carrera fue tan endiablada y temeraria que los automovilistas de este fin de semana no podían dar crédito a sus ojos. Hortensia Polo Freire iba quedando atrás, borrosa, deshaciéndose también en la fría memoria del retrovisor junto con el viejo inconsolable, el taller, la familia, su casa, el barrio entero. La extraordinaria rapidez con que todo se había desarrollado estos últimos días, desde la brusca desaparición de Teresa y la consiguiente locura de los relojes, el laberinto urbano, la fatiga de la búsqueda, la sorpresa de la carta con la invitación al delirio, los besos de Hortensia, el hambre (el horario de las comidas alterado y pulverizado desde hacía semanas, quizá meses) y el mismo olor a goma quemada de resultas de un frenazo ante el ridículo trasero de un «600», sería materia de reflexión durante años. Pero el tradicional vértigo de la carrera no podría explicarlo todo, no contenía toda la realidad del impulso inicial, demasiado nocherniego, excesivamente estival y verbenero: ciertos detalles sedosos, ciertos pormenores de cálida entrepierna, en fin, el poderoso circuito de fuerzas ocultas que actuaba en torno a la orgullosa cabeza del murciano.

Leves camisones de luz de luna desmayados sobre las torres de la Villa, rumor de oleaje, soledad e impunidad completas al término de 65 kilómetros. Lo demás era incierto. Ella: probablemente desvelada, pero no esperándole. Lugar (presuntamente escogido por madame Moreau): *une chambre royale pour le Pijoaparté sur la Mediterranée*. Hora: las doce o cosa así.

Sería todo igual a siempre excepto el rumor del mar (creciendo, amenazante). Avanzaría sigilosamente bajo los grandes eucaliptos del jardín, pisaría el lecho de hojas junto a la red metálica de la pista de tenis, se acercaría a la pared cubierta de hiedra, al pie de la terraza. Primer temblor orgiástico en las manos (tranquilo, chaval) al tantear la frondosa y esmaltada catarata verde bañada por la luna, las hojas frías y húmedas de la hiedra, mientras buscaba en su interior el oculto canalón y algún tallo lo bastante grueso para ayudarse a subir. Se inmovilizó, dudó, hizo una rápida finta para evitar una mariposa de alas fúnebres, una mariposa de cementerio, y, por una mala pasada de esas que juega el recuerdo, vio el rostro de Maruja suspendido sobre la almohada, anunciando a su vez la inminente caída (distinguió en el retrovisor a la pasmada monja caminando hacia atras, con los brazos en alto y seguramente chillando, hundiéndose extrañamente en el asfalto como en las arenas movedizas) pero tocaría al fin con la mano el nervio rugoso de la hiedra y empezaría a trepar. En cada hoja bruñida había un destello de luna. Saltó a la terraza. Un parasol, una mesita y dos hamacas (roja una, la otra amarilla) bostezando frente a los cabrilleos del mar. La luna se deslizó con él, a su lado, ayudándole a abrirse paso a través de una insólita constelación de amenazas e insultos (rostros indignados y asombrados que se asomaban todavía a las ventanillas de los coches vociferando) mientras avanzaba hacia la puerta de cristales con celosías blancas del cuarto de Teresa. Un gran tiesto, con una planta que derramaba florecillas blancas semejantes a copos de nieve, hacía guardia en la misma entrada. Dentro, un azulado paisaje lunar donde destacaba, al fondo, arrimada a la pared, la dulce cordillera de la sábana cubriendo un cuerpo femenino. Empujó el cristal, que al ceder recogió parte de la terraza con las dos hamacas (¿por qué reflejaba también un lejanísimo faro de motocicleta?) ¡Banau!, hizo una ola al romperse en el embarcadero, y un soplo de brisa apartó los cabellos caídos sobre su frente, y el cristal crujió. Pero él ya estaba dentro. Una oleada de somnolencia por bienvenida. Se sentía ligero y siniestro como un murciélago. Cuatro pasos sobre parquet, dos sobre alfombra, dos más sobre parquet y alunizaje en la blanca cordillera del lecho. Final de trayecto.

Vestiría: un camisón imperio color malva (por favor) y una banda de terciopelo negro en los rubios cabellos. Estaba decididamente, francamente dormida en una pequeña cama-librería, de lado, dándole la espalda, casi bocabajo. La sábana la cubría hasta poco más arriba de la cintura y su posición en el lecho recordaba vagamente su manera de nadar, aquel braceo feliz y confiado en aguas poco profundas y cálidas, con un brazo doblado en torno a su cabeza y el otro rozándole la cadera, el perfil graciosamente erguido, bebiendo un sol imaginario. Con las alas humildemente recogidas, maravillado y respetuoso, el sombrío murciélago se inclinó sobre ella atraído por el fulgor broncíneo de sus hombros, observó la valerosa, intrépida vida que latía en su cuello de corza incluso estando dormida y le envolvió de pronto el flujo rosado del sueño: un fragante mediodía de cerezo en flor. ¡Y cuán débil, cuán indefensa y niña parecía! Viendo su perfil virginal, limpiamente recortado sobre el blanco de la almohada, resultaba fácil suponer la severa vigilancia materna a la que era sometida durante el día (incluso ahora, la delicada presencia de la señora Serrat parecía flotar en alguna parte del dormitorio) el cerco familiar de suspicacias y temores que debía inspirar el atrevimiento de estos labios rubios y brumosos, mohínos, casi impúdicos por su infantil enojo y por el lenguaje antiburgués que había brotado de ellos. Y pijotadas aparte: ¿en qué ala de la Villa dormirían sus padres y los invitados? ¿Cerca o lejos de la hija que les salió rana?, pensó recordando la carta. Este gran supuesto de atenciones que velaba el sueño de la muchacha, esta posible proximidad física de la catalana parentela tenía su importancia (y tampoco no había que olvidar al moreno y guapo tenista que él había visto esta misma mañana en el jardín, el primo de Madrid, que podía estar despierto, ultimando Dios sabe qué detalles acerca del nuevo saque que deseaba enseñarle a su prima), pero no precisamente por temor a que pudieran oírles (¿gimen de placer las vírgenes politizadas? Al final, seguro, como todas) sino en razón de determinado arropamiento o ternura familiar malograda en la niñez, y que, de alguna manera, en el Pijoaparte debía favorecer la eyaculación. Porque era agradable imaginar a sus padres durmiendo en su gran lecho (a ser posible con mosquiteras amarillas) mientras él se ocupaba delicadamente, con un gran sentido de la responsabilidad, como por encargo de la familia, en convertir a la niña en mujer para bien de todos. En este momento, Teresa movió una rodilla. Ahora (él había dejado la puerta de la terraza entornada) la celosía arrojaba listones de luna en su cadera. Su respiración se alteró y agitó desasosegadamente la rubia cabeza despeinada, solicitó del sueño alguna playa menos solitaria y aburrida, más popular, y, a juzgar por su sonrisa, le fue concedida. ¡Ay Teresina, feliz tú, que si dulce es tu sueño más dulce será tu despertar!, pensó el experto en pesadillas, huérfano murciélago, contemplándola con tierno afecto. Teresa emitió un gemido. Rozando la cadera, su mano de nadadora, con los dedos desmayados, seguía requiriendo la amistad y la protección de su amigo en medio de este mundo de locos, y entonces Manolo cogió delicadamente esa mano entre las suyas al tiempo que hincaba la rodilla junto al lecho y una luz le cegaba (lo mismo que ante el segundo frenazo del maldito Seat, antes de llegar al puente, él fuera de la carretera y con el paso cerrado, la Ducati intacta —loado sea Dios— y en la ventanilla los rostros descompuestos del perro lobo, del tío y de la sobrina, en cuyas hermosas rodillas aún descansaba la mano peluda). Esto le hizo pensar que no debía andarse con chiquitas y desnudarse y meterse en la cama y abrazar a Teresa... El de la joven universitaria sería sin duda un delicioso despertar, sin sobresaltos, prolongado a lo largo de un viaje de bodas hacia el sur. Pero ¿y si me rechaza?, pensó. Manolo, quién te ha visto y quién te ve. Nuevo chirrido de neumáticos, viniendo ya de muy lejos, y una oscura oración (¡Tere mía, rosa de abril, princesa de los murcianos, guíame hacia la catalana parentela!), mientras besaba dulcemente sus cabellos. Su mano ardía. Antes de proceder a despertarla convenía tal vez sujetar un poco los demonios, asegurarse de no meter mano antes de tiempo (quién te ha visto y quién te ve) para no sobresaltarla. Teresa estaba sola en este cuarto y la Villa entera dormía encastillada, confiada y engolfada en su altísinia nube: en consecuencia, él no tenía nada que temer... excepto a sí mismo. Alrededor, un desorden agradablemente pueril: prendas de ropa, revistas y discos por el suelo, un osito de felpa cuyos ojos de cristal brillaban en la penumbra, una muñeca, un par de zapatillas de tenis. Apoyó la otra rodilla sobre la boca endiabladamente roja de Marilyn Monroe (un novísimo y fulgurante ejemplar de *Elle*, cuyo horóscopo Teresa había sin duda consultado esa noche) pero prefirió fijar la mirada en el fino jarrón con cinco rosas que había sobre la mesita de noche. Un detalle embrujador, las rosas. ¿Condicionaban el sueño, lo encuadraban en alguna determinada primavera? No resistió el deseo de olerlas antes de hacer suya a Teresa, y al aspirar su fragancia los sentidos se le llenaron a rebosar de una solemnidad catedralicia, de una prenupcial consagración (Teresa de Reyes vestida de blanco, y alegremente, descaradamente encinta al pie del altar) y entonces se desató un demonio sobón y pretendió abrazar a la novia. Pero él no era un canalla ni un vulgar aprovechado, y lo único que hizo fue apretar un poco más su mano para que despertara. Solución pavorosamente tímida viniendo de él, y tardía, por otra parte, puesto que Teresa iba a facilitar las cosas una vez más: liberó su mano sin advertirlo, sin sospechar aún –al parecer– la presencia del sensible, cauteloso e incomprensiblemente respetuoso (quién te ha visto...) intruso, y dejó escapar un soñoliento murmullo; se revolvió quejosa, se dio la vuelta hacia él: un suspiro, un parpadeo, y de pronto, la oleada azul de sus ojos abiertos, mirándole con sorpresa.

Teresa se sentó en la cama bruscamente, sin preocuparse en absoluto –al parecer– de la abrumadora transparencia del camisón. Qué simple sería todo al abrigo de esta doble mirada amorosa: lagos azules sus pupilas, violetas primerizas sus pezones. Durante un breve instante, los dos amantes darían vida a una inocente y jubilosa escena de ángeles en una postal navideña, muy juntas e inclinadas las frentes, adorando, pasmados, el mismo mesiánico resplandor que provenía del regazo de la doncella. ¡Chisssst...!, hizo Teresa con el dedo en los labios, y sonreía, gemía, balbuceaba una especie de telegrama con miedo y alborozo: «Loco... has venido... sorpresa... si nos descubren.» Él acariciaría sus cabellos, sus hombros ardorosos, la apretaría contra su pecho. «Recibí tu carta. ¿Estás contenta de verme?», sólo pudo decir. Había cierto temor, perfectamente controlado, por otra parte, en los ojos de la muchacha, causado no tanto por el deseo quemante que le transmitían las manos y la boca de él (un fuego todavía no aventado, pero en el que ella estaba dispuesta y bien dispuesta a consumirse) como por el extraño silencio en que se hallaba sumida la Villa. Y entonces iba a ocurrir algo que él no comprendería inmediatamente, tal era ya a estas alturas la buena fe del Pijoaparte: librándose bruscamente del abrazo, Teresa saltó del lecho y durante un momento se movió desorientada de acá para allá para correr finalmente en dirección a la puerta del dormitorio como si pretendiera ponerse a salvo, iniciando lo que parecía poder convertirse en una huida desesperada, ella indefensa, semidesnuda y aterrada escapando por pelos una y otra vez de las garras de algún fauno (fue lo que él pensó), y con los pies desnudos, con la melena flotando, con el leve camisón que procuraba mantener despegado de los muslos pellizcándolo delicadamente con los dedos, ofrecería una rápida y nerviosa sucesión de imágenes que, convenientemente ordenadas y reelaboradas por una imaginación más maliciosa, por ejemplo la del Cardenal, todavía le hubiesen deleitado provocando la risa reprimida del fauno suburbial que alguna vez soñó ser, sin demasiada convicción, para poder hollar los floridos jardines de barrios residenciales corriendo en pos de alguna niña bien, aptitud de la cual aquí en la Villa, esta noche, ante lo que parecía la huida de la ninfa, cabía esperar alguna variante tímida o tal vez una tierna culminación. Pues en verdad que si el paso del tiempo no hubiese depositado a Manolo en este dormitorio en un estado tal de esperanzada efervescencia, convertido en un crédulo, miedoso y decoroso pretendiente, en una triste y estremecida sombra de lo que fue, ni a Teresa, por otra parte, la experiencia amorosa de este verano la hubiese convertido en una universitaria realista, consciente de la situación social y sexual de ambos, si nada de eso hubiera ocurrido, tal vez en efecto algo parecido a una escena de vodevil habría podido tener lugar en esta alcoba, y por cierto con gran contento y regocijo de los demonios. Pero él no movería un dedo para detenerla, se quedaría clavado al pie del lecho; en su descargo no podría alegar un conocimiento ni siquiera una sospecha de la verdadera intención de Teresa, que no era por supuesto huir de sus brazos, sino simplemente asegurarse de que en la Villa todo el mundo dormía y no había peligro; por eso abriría con cautela la puerta del dormitorio y se asomaría a escrutar las sombras de la escalera y del vestíbulo, un pie desnudo en el aire, levantando los bordes del camisón, y volvería a cerrar concienzudamente, despacio (seguramente con llave, oh sí, con llave) para luego volverse y sonreír apoyada de espaldas a la puerta. De pronto correría otra vez, ahora en dirección al cuarto de baño, donde desaparecería después de encender la luz (por la puerta entornada él vería su braceo furioso y feliz frente al espejo, un rápido toque al pelo, a las encendidas mejillas, al camisón) para reaparecer casi en el acto, de pie en el umbral, triunfante y gloriosa como él al término de una de sus carreras en motocicleta. Inmóvil, sonriendo con timidez en medio del contraluz, le miró un rato fijamente y luego corrió hacia él y se arrojó en sus brazos.

Ya no llevaba la banda de terciopelo negro en los cabellos.

–Teresa, ¿eres sincera conmigo? A veces…

–¿Qué?

–No sé… Pensaba que ibas a dejarme. ¿Tienes miedo?

–No.

–¿Has estado enferma de verdad?

–Ya pasó.

Ya pasó todo. Al presente, sólo lacitos, tiernas y sedosas ataduras que se fundían en la llama de los dedos, y la levísima y dulce huella que el elástico de las braguitas de nylon había grabado en su piel. La fragante bruma lila que envolvía su cuerpo, que realzaba sus caderas atolondradamente anticipadas y sus pequeños pechos marfileños, se deslizó hasta el suelo y quedó flotando en torno a sus pies desnudos, alzados de puntillas sobre aquella eterna frontera personal de lo oculto y lo manifiesto: porque sería acaso más pequeña, y más frágil, y más decididamente adherida a su oscuro mandato de lo que él había pensado (su gesto tan natural y espontáneo, por ejemplo, de apartarse los rubios cabellos de la cara para volver a él una y otra vez con sus labios húmedos, de la misma tranquila manera que si bebiera de una fuente pública), pero también más distante y en cierto modo inquebrantable, inviolable, como si el rostro amado, retrocediendo bajo oleadas crepusculares de sol y de nubes, se sumergiera cada vez más profundamente en otro sueño, en otros ámbitos aún más remotos y prohibidos de la Villa, en recámaras impenetrables y patrimoniales de su casta cuyas defensas mañana, al despertar (si es que él despertaba aquí, junto a ella) serían aún más difíciles de abatir que las de este dormitorio. Habría también un vacío, un tiempo sin memoria y por el momento imposible de llenar con nada, unos minutos decisivos que les llevarían en volandas desde aquella cima malva y otoñal donde aún resistían juntos, de pie y abrazados, el definitivo asalto combinado del invierno y la razón, hasta la almohada donde ella recostaría la cabeza y donde los labios sedientos de él, después de sorber la rubia boca desflorada y de cerrar los ojos vencidos de la muchacha, navegarían un rato a la deriva por su cuello y por sus hombros para luego bajar, para huir, para viajar interminablemente entre suaves lomas doradas hacia el sur.

Y tenderse sobre un lecho de arenas de oro, sobre un litoral traspasado por gemidos fluviales y ocios fundiendo, licuando ardores mal sofocados a lo largo de todo el verano: ya también el cisne, arrastrado por un régimen de brisas más rápido que los demás, adelanta ociosas crestas de espuma y pequeñas ondas perezosas, sometidas a un sistema de corrientes más lento, y se dice que como la palma de mi mano vida mía aprenderé de memoria el itinerario cultural de tu piel esplendorosa para nadar juntos otro verano, y penetraré el secreto movimiento liberal de tus dulces caderas soleadas, y te seré fiel hasta la muerte. Por lo demás, ¡abur, muchachas sin aroma de mi barrio, tetas amortajadas con sábanas de miedo y de esperanza boba, yo me largo! Ya los cabellos al viento en la proa del barco, en la escalera del avión, en la terraza frente al océano y la luna, ya las áureas frentes y los ojos azules de nuestros hijos engendrados en yates y en transatlánticos y en veloces expresos nocturnos o sobre pianos de cola entre candelabros o al borde de piscinas privadas o con el desayuno servido en la cama sobre pieles de tigre, ya no en la noche bochornosa que ensucia ojos y deforma caderas aburridas de su propio peso, ya no, ya sí, ya juntos entre largos bellos solemnes muslos adornados con broches de sol que maduran en invierno como lagartos dorados, como etiquetas de lejanísimos hoteles pegadas a nuestras maletas, como cicatrices queridas de viejas juveniles aventuras en las islas, y esta música, ¿oyes?, sabemos ya de dónde viene esta música y el grato atardecer que en el jardín familiar nos espera agitando raquetas de tenis y pañuelos y regalos envueltos en papel de seda y lazos rojos que nunca, nunca hasta hoy hemos desatado, pero ya sí, ya es tuyo y mío este cristal de copas, este compasado emparejado vuelo de ansias y palomas y besos sobre finas sábanas de hilo sobre el césped del jardín y la dignidad y el respeto y más, mucho más, chiquilla, que me tienes loco perdido, nuestra ya, Teresa, mi amor, ya...

–Documentación.

Antes que la voz seca y cortante, lo que se abatió sobre él, obligándole a salirse de la carretera, frenar malamente y caer, no fueron esta vez los faros de un coche, sino dos motocicletas, dos rabiosas y tenebrosas Sanglas con su correspondiente jinete de plomo: botas, casco, correajes y libreta en mano, que venían dándole caza probablemente desde que había enfilado la recta en dirección al puente del Besós. Le alcanzaron, le escoltaron y luego le cerraron el paso brutalmente, cuando ya un camión y un coche que circulaban despacio ante él hacían prácticamente imposible la huida. Corrió un rato por el borde de un terraplén cubierto de hierba hasta que perdió el equilibrio y cayó hacia la derecha. Comprendió demasiado tarde porque allá en la Villa todo marchaba según lo previsto excepto el rumor del mar (creciendo, amenazante, el rugido de las Sanglas) y descubrió además que apenas si le habían dado tiempo a salir de Barcelona: estaba en el Paseo de Santa Coloma, frente a él el puente y a un lado, unos metros por debajo del nivel de la carretera, las márgenes del río con cañizares, las vías del ferrocarril y un nubuloso grupo de casas baratas. Se incorporó con la máquina aún entre las piernas, temblando toda ella y con el motor gimiendo, y sacudió con la mano la pernera del pantalón sucio de barro y de hierba dejando que la inmaculada luz de la Ducati se perdiera entre los miserables escombros del descampado. Con una mano sin sangre, rendida, aplacó los últimos latidos de la fiel compañera, que agonizó bajo su cuerpo con una especie de estornudo. En cuanto a él, ni siquiera se tomó la molestia de contestar a las preguntas del agente, que le exigía los papeles de la motocicleta y se disponía a anotar la matrícula. A su izquierda los coches pasaban raudos, casi melodiosos, con luces y sonidos que todavía armonizaban con el postrer espasmo del sueño. El agente esgrimía un bolígrafo, cuya cabeza pulsaba con el pulgar una y otra vez sin resultado. Como si leyera en esta cara la decepcionante explicación de algún enigma, el muchacho observaba sus mejillas limpiamente rasuradas, su bien recortado bigote negro y sus párpados cargados de tedio. El otro agente, después de acomodar la motocicleta sobre el caballete, se acercaba por el borde de la carretera haciendo furiosas señas a los coches para que circularan más deprisa, como si dando manotazos al aire quisiera recuperar una autoridad momentáneamente mermada por el motorista gamberro. Éste, sabiendo ya que todo estaba perdido, permanecía mudo. Sólo tuvo la bondad de declarar adónde se dirigía con tanta prisa: «A ver a mi novia», provocando con ello la risa burlona del agente. Y mientras esperaba que acabaran los estúpidos trámites y se lo llevaran, acarició con la mano el hermoso faro cromado de la Ducati (adiós, compañera) y revivió todavía una noche con Teresa, una noche cálida y serena, llena de promesas, y en la que sin embargo también la risa incrédula se dejo oír, anticipando este paisaje de estupor y desamparo: mucho antes de la muerte de Maruja, un día que Teresa tenía el Floride en reparación, el final de un largo paseo amoroso les sorprendió a medianoche en un banco de la Gran Vía, esperando que pasara algún taxi para volver a casa. Él rodeaba los hombros de Teresa con el brazo y de vez en cuando deslizaba los labios sobre su rostro, bajando, alimentándose de aquella bruma rosada. Sobre sus cabezas, en un cielo de pizarra, las estrellas bailaban apaciblemente. La calle estaba desierta y silenciosa, sólo se oía un rumor de sedas rasgadas bajo las ruedas de algún coche al pasar, pero entre beso y beso él tenía conciencia del sombrío e incrédulo testigo, la carmelitana gran sonrisa irónica que nunca creyó en sus posibilidades de éxito, una vaporosa presencia compuesta de nadie y de todo el mundo, de los vecinos que dormían tras las ventanas y de los curiosos que se asomaban en los coches al pasar, de los que estaban cerca y lejos, de los amigos de hoy y de mañana, de los mismos árboles y los faroles y los bancos de la avenida. Y de pronto la encarnación de este insultante recelo y general sentimiento de descrédito se presentó en la persona de un gris con el fusil colgado al hombro: «Documentación», pidió mirando a Manolo. Parecía un insólito joven suizo, amable con sus pecas rojas y sus ojos claros. Documentación, venga. Al parecer (luego se lo explicó Teresa, en el taxi, con un dejo intrigante en la voz) la noche pasada, alguien había arrojado un petardo en la redacción de cierto periódico, cerca de allí, y el sector estaba siendo muy vigilado. Teresa entregó su carnet de identidad (él se excusó por haberlo olvidado en casa) y el agente lo examinaba con esfuerzo, a causa de la escasa luz, cuando, de pronto, apareció su compañero, también con el fusil colgado al hombro, y parándose ante ellos les miró muy fijamente durante un rato con la cabeza ladeada, presa de una intensa actividad mental (como si quisiera establecer su identidad, sobre todo la de Manolo, sin necesidad de consultar papeles) hasta que sus hermosos labios morunos soltaron algo así como: «¡Arentejco!» Su mirada escrutadora y desconfiada iba del niki y los tejanos del golfo a los níveos pantalones blancos, sandalias y blusa de seda de la señorita –fulgor pacífico y libre de sospecha–. Manolo no comprendía el significado de aquella palabra, que más bien parecía un sortilegio. Entonces el gris dio un paso al frente, sonrió con ironía y bramó: «¡Parentesco con la señorita, joer!» Astuto Sherlock Holmes (diría Teresa más tarde, riéndose) con acento andaluz y notoria perspicacia. Manolo bajó los ojos un instante, tocado; y allí aquella noche como en ésta aquí, contestó con fervor: «Es mi novia» ante alguien que sonrió incrédulo, mirándole burlonamente, casi con pena; y lo mismo que ahora, él sospechó ya entonces que lo más humillante, lo más desconsolador y doloroso no sería el ir a parar algún día a la cárcel o el tener que renunciar a Teresa, sino la brutal convicción de que a él nadie, ni aun los que le habían visto besar a Teresa con la mayor ternura, podría tomarle nunca en serio ni creerle capaz de haberla amado de verdad y de haber sido correspondido.

Quizá por eso ahora se entregaba sin resistencia, juntando instintivamente, como un ciego, las muñecas. Ni siquiera le extrañó saber, una hora después en la comisaría de Horta, que había orden de detención contra él.

Hortensia, flor sin aroma, le había denunciado.

Un coeur tendre, qui hait le néant vaste et noir,
Du passé lumineux recueille tout vestige!

BAUDELAIRE

La mañana vibra al paso de un tranvía que transporta racimos humanos en los estribos, hacia la playa. Es domingo. De los flancos de la ciudad fluyen lentamente interminables filas de automóviles en dirección al litoral. Los andenes de las estaciones y las paradas de autobús están atestadas de gente que se empuja, se apiña, vocifera. Hombres y mujeres forman largas y convulsas colas en la calle Trafalgar. Alegres grupos de muchachos y muchachas entran a empellones en los vagones del metro, arremolinándose y estrujándose, mientras arriba el sol castiga un asfalto abandonado, despanzurrado. En el Ensanche hay calles desiertas, sumidas en el sopor estival de una lenta combustión que ciega al paseante solitario y le envuelve en el eco de sus propios pasos. Desde lejos, a través de las avenidas y callejones, el perezoso gemido de una sirena de barco llega hasta él como una brisa fresca abriéndose paso en medio del sol corrosivo. Con los ojos del alma ve banderas flotando al viento, retorciéndose como lenguas sedientas en lo alto de los mástiles, lamiendo la piel bruñida y esplendorosa de otro cielo azul, los viajeros y juveniles flancos de otras nubes, mientras aquí se oyen gemir las radios en los balcones abiertos, rechinar tranvías subiendo de vacío y vagabundear taxis libres, sin destino.

Súbitamente, al doblar una esquina, se encontró en las Ramblas. Lo primero que le llamó la atención fue la gran cantidad de turistas extranjeros. Buscó la sombra de los árboles, bajando, y la añorada proximidad de las terrazas de los cafés. Una pausa en el tránsito, como un brusco destaponamiento de oídos, le permitió captar el tintineo de cucharillas y vasos, el trinar de los pájaros en los árboles y la brisa moviendo las hojas, y al internarse en las calles laterales ensayó por vez primera una zancada larga y presurosa, como si le estuvieran esperando en alguna parte, como si el domingo aún le reservara alguna cosa...

Del mismo día, he aquí lo que Luis Trías de Giralt consiguió grabar en la memoria, cuando ya vivía prácticamente exilado en la barra del bar Saint-Germain y sin más ánimo para conspirar, cuando aquel regio equipaje mental que le había prestigiado ya estaba reducido a un triste maletín lleno de amargos oráculos e ideas fijas; afirmaría siempre que fue el día más deprimente y caluroso del verano, a esa hora de la mañana en que él aún sentía rondar en torno a su cabeza el espectro neurótico y alicaído de la noche del sábado. Le parecía estar flotando en medio de la infamante luz cruda que encendía el niki rojo de su amigo Filipo, cuando, repentinamente, percibió tras él el inconfundible paso de felino, el rumor amortiguado de las suelas de goma, y notó unos ojos clavados en su nuca. No le había visto entrar, pero como las resacas le dejaban siempre una punzante sensibilidad dorsal, cuya causa sólo podía explicarse por su natural tendencia a captar el lenguaje mudo de las miradas, adivinó al instante que era él. Sin embargo, al volverse sólo vio un perfil borrascoso a poca distancia de su rostro, y de momento no le reconoció: aparentemente absorto en la contemplación del cuadro que representaba a Encarna envuelta en gasas mojadas, el murciano permanecía allí de pie, con una vieja chaqueta de pana colgada al hombro y las manos en los bolsillos. Filipo también le miraba. Oyeron cómo la camarera le preguntaba qué deseaba tomar: «Una cerveza», dijo. En el bar no había nadie más que ellos tres y la chica. Luis Trías le observó atentamente con una fijación por los detalles casi dolorosa: ¿qué le habían hecho en el pelo? El resol compuesto de partículas de luz que entraba por la puerta de la calle se mezclaba con una extraña materia nocturna que sólo provenía de él, que él llevaba consigo y que había removido y arrancado de alguna parte, de los muelles tal vez, de una sórdida pensión o de donde fuera que ahora viviese. Llevaba una camisa blanca sin cuello y demasiado estrecha, con los puños tristemente cerrados más arriba de las muñecas, sus zapatillas de básquet no tenían cordones y en los tejanos, sobre los muslos, los infinitos lavados y el roce habían formado dos hermosas manchas blancuzcas que ahora le daban al caminar (se acercaba lentamente a la barra para alcanzar su cerveza) un aire ágil e inquietante. Pero lo que más llamaba la atención era el corte de pelo brutal e ignominioso que lucía su cabeza: nuca y patillas peladas deplorablemente evocaban cierto oscuro régimen disciplinario. La expresión de su rostro, mientras contemplaba de nuevo el cuadro de Encarna, mostraba una calma desdeñosa y remota: algo de una impaciencia consumida, aniquilada, flotaba ahora en torno a su cabeza y hombros ligeramente rendidos.

Luis le llamó. «¿Ya no te acuerdas de los amigos?»,

dijo tendiendo la mano, apartando de su mente el recuerdo de cierto puñetazo. Manolo se acercó a él mirándole fijamente. El estudiante no vio que mostrara sorpresa alguna: evidentemente el chico ya le había reconocido al entrar, pero no había querido ser el primero en saludar, quizá porque su visita, después de tanto tiempo, sólo podía obedecer a una razón, ingenua por cierto: saber de Teresa.

—Vaya con Manolo —decía Luis—. Cuánto tiempo. Dos años va a hacer, ¿no?

—Dos años, sí.

—Y qué, hombre, qué me cuentas. Qué tal te ha ido... —Sonrió, cambió el tono de voz—. Bueno, es un decir, ya supongo que mal.

—Estuve de viaje.

Desde lo alto de su taburete, oscilando un poco, Luis Trías se echó a reír. Disimuladamente le dio con el codo a su amigo Filipo, y, por alguna razón, decidió que esta nueva y candorosa mentira del murciano bien valía la primera ginebra del día. Así que encargó una para él, con mucho hielo, y otra para su amigo Filipo.

—¿Tú quieres, Manolo?

—No, gracias.

Entonces Luis le palmeó la espalda, volvió a reír y dijo:

—Conmigo no tienes por qué disimular. Sé que has estado en la cárcel. —Hizo una nueva pausa para ver el efecto que producían sus palabras, pero Manolo no pareció inmutarse: le miraba a los ojos, muy fijamente, y eso era todo.

Luis añadió:

—¿Cuándo has salido?

—Hace unos días —dijo él con desgana, e inclinó un poco la cabeza para acomodarse la chaqueta que llevaba colgada al hombro.

—No es ninguna vergüenza, hombre —afirmó Luis, y

mientras en su mirada y en su voz brotaba algo de su antigua superioridad, añadió en tono zumbón–: Alguien dijo que moralmente es lo mismo atracar un banco que fundarlo...

–Yo no atraqué ningún banco, déjame de puñetas.

–... y por si te sirve de consuelo te diré que yo también me pasé una temporada encerrado, hace cuatro años, aunque no fuese por las mismas razones que tú. Pero, bien mirado, si quieres que te diga la verdad, ya no veo la diferencia. En el fondo los dos queríamos lo mismo: acostarnos con Teresa Serrat. A que sí.

Se rió con una mezcla de tos y de ahogo, cabeceando penosamente. Era la primera vez que nombraba a Teresa delante del muchacho. Pero también ahora esperó en vano que él le preguntara algo, que le confesara el motivo de su presencia aquí. Manolo guardó silencio, sólo sus ojos parecían tener vida, una extraña vida inteligente pero en función de un solo estímulo, como de animal al acecho. Luis quiso saber qué hacía ahora, a qué se dedicaba, dónde vivía. «Ya te digo que acabo de salir», rezongó él sin dejar de mirarle, y aunque el estudiante insistió no obtuvo sino vaguedades y alguna distraída referencia al carácter provisional de cierto oscuro empleo en perspectiva. Y de pronto, el murciano le preguntó: «¿Cómo te enteraste de lo mío?» «Por Teresa –respondió Luis rápidamente, y con un júbilo imperceptible en la voz, añadió–: ¿Quieres saber lo que hizo Teresa cuando lo supo?» «Bueno», dijo él. Luis Trías le puso una mano en el hombro. «Se echó a reír, chico. Como lo oyes. Creo que todavía se está riendo.» Calló, esperando que él se decidiera a preguntarle más cosas. Manolo no abrió la boca, pero su modo de mirar y su actitud seguían indicando que estaba dispuesto a oír lo que fuese.

Y así supo lo que quería, lo que ya no se atrevía a preguntar: cómo Teresa, a primeros de aquel mes de octubre, extrañada por su silencio, fue personalmente al Monte Carmelo y se enteró de su detención; cómo estuvo un tiempo sin querer ver a nadie, excepto a un primo suyo, madrileño, con el cual entonces salía a menudo; cómo meses después se lo contó todo al propio Luis, en el bar de la facultad, riéndose y sin dar con las palabras, igual que si se tratara de un chiste viejo y casi olvidado pero sumamente gracioso; cómo aquel mismo invierno se supo, en ciertos medios universitarios, que Teresa se había desembarazado al fin de su virginidad, y cómo al año siguiente terminó brillantemente la carrera, iniciando enseguida una gran amistad con Mari Carmen Bori, en compañía de la cual frecuentaba ahora ciertos intelectuales que él, Luis Trías, ya no podía soportar; cómo, por cierto, si Manolo había conocido a los Bori, le interesaría saber que terminaron por separarse, y que Mari Carmen vivía ahora con un pintor; y, por último, cómo él mismo, Luis, después de abandonar los estudios y ponerse a trabajar con su padre, vivía al fin en armonía, si no con el país, si por lo menos consigo mismo, con su poquito de alcohol y sus amistades escogidas, sin echar de menos nada y sin resentimientos para con nadie, despolitizado y olvidado, pero deseando sinceramente más perspicacia y mejor fortuna a las nuevas promociones universitarias...

—De todos modos fue divertido —dijo para terminar.

Fugazmente de acuerdo con el espíritu de cierto verano, vinculado por un brevísimo instante al vértigo de la seda y la luna, el sombrío rostro del murciano no acusó ninguna de estas noticias, ni siquiera aquellas que hacían referencia a Teresa: se hubiera dicho, pensó Luis Trías, que había venido buscando simplemente una confirmación a lo que ya sabía, y que esta confirmación no podía afectarle para nada, porque siempre, desde el primer momento, desde la primera noche que estuvo aquí con Teresa defendiéndose contra todos a fuerza de embustes y a golpes de chulería, la había llevado escrita en sus ojos sardónicos de una manera cruel e irrevocable.

Manolo se disponía a pagar su cerveza.

—¿Te vas ya? Tómate otra cerveza y seguiremos hablando —dijo Luis Trías—. Te invito.

—Gracias, tengo prisa.

Luis volvió a ponerle la mano en el hombro.

—¿Qué piensas hacer ahora?

—Ya veré. Adiós.

Y dando media vuelta, con las manos en los bolsillos, el Pijoaparte salió de allí.

Guía didáctica
por Mateo de Paz

Propósito de la guía

Cuando hay nieve acumulada en el camino, suele colocarse un poste o pilar grande de cantería de trecho en trecho y a los lados de la vía para que el viajero no se pierda y pueda atravesar la montaña. El propósito de esta guía no es otro que servir de indicador a lo largo del recorrido por una de las obras más importantes de Juan Marsé y de la narrativa española del siglo XX. Se trata, en efecto, de dirigir o encaminar la lectura de lo que el creador quiso comunicar, aunque a estas alturas resulte difícil acotar la intención del autor o definir la lectura como una actividad personal (o privada). Desde luego, *Últimas tardes con Teresa* no se salvaría de un inventario hipotético de libros ambiguos, no en vano el propio Marsé escribió refiriéndose a tal propósito en la «Nota a la séptima edición» del libro. En ella habla de «las coordenadas subconscientes mediante las cuales se urdió la trama» y se refiere a que «jamás los críticos, ni los profesores de literatura, ni los eruditos, o como quiera que se llamen los que se dicen expertos en estas cuestiones, suelen ponerse de acuerdo sobre los propósitos del autor. Y precisamente con esta novela, el desacuerdo fue notable desde el primer momento».

Así pues, las diversas partes del trabajo que el lector tiene en sus manos sólo pretenden suplir la ausencia personal de un profesor en el cuarto de lectura del alumno, en la biblioteca o el lugar más cómodo que se haya elegido para leer. También pretende llamar la atención sobre zonas de la novela que de otra forma le habrían pasado inadvertidas. En definitiva, hacerles ver al lector y al alumno, mediante las actividades de creación, que la invención literaria es un estímulo para aprender a leer porque la experiencia, la memoria, la lectura y, por supuesto, la soledad son a su vez los pilares básicos de la creación artística.

DATOS ESENCIALES

Género: Novela. Realismo crítico o novela desmitologizadora.

Idioma: Español, con citas en francés y catalán, y diálogos y expresiones en catalán.

Tiempo y lugar donde se desarrolla: Entre el 23 de junio de 1956 y septiembre de 1957, con una elipsis al final de la novela que sitúa el relato en septiembre de 1959. Entre Barcelona (los barrios del Monte Carmelo, el Guinardó, Pueblo Seco y San Gervasio, principalmente, con sus calles, chabolas, torres, etc.) y la Villa de Blanes. También hay menciones al palacio del marqués de Salvatierra y al campamento de Ronda.

Fecha y lugar donde fue escrita: Apuntes en París y redacción en Barcelona. Corrección en Barcelona y la Nava de la Asunción, Segovia, entre 1962 y 1965.

Fecha de publicación y editorial de la primera edición: 1966, editorial Seix Barral, un año después de serle concedido el Premio Biblioteca Breve.

Temas principales: El ascenso social y el fracaso, como temas fundamentales; el amor, la diferencia de clases, la inmigración andaluza a tierras catalanas, el izquierdismo de la burguesía, como temas de fondo.

Perspectiva o punto de vista: Narrador externo omnisciente, con algunas intromisiones del autor. Monólogo interior. Estilos: directo, indirecto e indirecto libre.

Estructura externa e interna: Preámbulo (coincide en el tiempo narrativo con el cuarto capítulo de la tercera parte), tras el cual hay tres partes diferenciadas, que constan de:

• Cinco capítulos que narran la relación de Manolo Reyes con Maruja y los primeros encuentros con Teresa.

• Diez capítulos en los que se cuenta el accidente de Maruja, la presencia de Luis Trías de Giralt en la vida estudiantil de Teresa y la relación, plagada de malentendidos, entre Teresa Serrat y Manolo Reyes; también se muestra la vida del Pijoaparte en el Monte Carmelo y su relación con el Cardenal y su sobrina Hortensia, apodada la Jeringa.

• Siete capítulos donde se relata la caída del mito de Manolo, su presencia en la vida de Teresa y sus amigos, el choque con sus antiguos compañeros de fechorías, la muerte de Maruja, el alejamiento de Teresa debido a la presión de los Serrat, la venganza de Hortensia al verse despechada y el fracaso de Manolo por desclasarse.

VIDA Y OBRA DE JUAN MARSÉ

En la vida y obra de Marsé hay dos autorretratos, escritos y publicados en dos épocas distintas, pero interrelacionados, influidos y aproximadamente simétricos: el primero aparece en los años setenta, cuando Marsé se describe a sí mismo en la sección «Señoras y señores» de la revista satírica *Por favor*: «El rostro magullado y recalentado acusa diversas y sucesivas extracciones sufridas a lo largo del día, y algo en él se está desplomando con estrépito de himnos y banderas. Este sujeto, sospechoso de inapetencias y como desriñonado, podría ilustrar no sólo una manera de vivir, sino también la naturaleza social del mundo en que uno vive»; el segundo viene diez años después, cuando en el periódico *El País* se retrata en similares condiciones: «Siempre pertrechado para irse al infierno en cualquier momento. El rostro magullado y recalentado acusa las rápidas y sucesivas estupefacciones sufridas a lo largo del día, y algo en él se está desplomando con estrépito de himnos idiotas y banderas depravadas». En ambos retratos el autor mezcla la prosopografía (descripción exterior, o de la apariencia) y la etopeya (descripción interior, o del carácter), e insiste en dejar claro que, a pesar del paso del tiempo y la adjetivación variable, sigue sin creer ni en himnos ni en banderas. Pero también en estos retratos el autor se atreve a reírse de sí mismo y describirse como hizo con el Pijoaparte, su personaje más famoso, en *Últimas tardes con Teresa*: «Hay apodos que ilustran no solamente una manera de vivir, sino también la naturaleza social del mundo en que uno vive». No en vano el novelista catalán ha señalado que, de todos los personajes que ha inventado, con el que guarda mayor parecido, o se siente más identificado, es con Manolo Reyes, el Pijoaparte.

Aparte de estos dos autorretratos, también hay dos nombres, Juan Faneca Roca y Juan Marsé Carbó, pero la misma identidad. El primero nace a las once de la noche del 9 de enero de 1933, en el número 7 de la calle Mañé i Flaquer de Barcelona.* Los nombres de sus padres biológicos son Domingo Faneca Santacreu y Rosa Roca Arans, quien muere el 1 de febrero debido a complicaciones en el parto. El segundo nombre, Juan Marsé Carbó, nace varias semanas después. Los nombres de sus padres adoptivos son Pep Marsé Palau y Alberta Carbó Borrell. Al morir su madre biológica, el matrimonio Marsé lo adopta y pasa a llevar sus apellidos, pero no de una manera inmediata ya que la fecha oficial en que regulariza sus papeles es el 20 de mayo de 1961, momento en que deja de apellidarse Faneca Roca para convertirse oficialmente en Juan Marsé Carbó.

Entre 1934 y 1946 vive entre Barcelona y dos pueblos de la provincia de Tarragona, Sant Jaume dels Domenys y Arboç del Penedés, donde residen sus abuelos. Marsé, que asiste al colegio del Divino Maestro, es un mal estudiante que no siente apego hacia una educación religiosa asociada al castigo corporal como estímulo para aprender, así que, debido a esto y a la mala situación económica de la familia, en 1946 su madre lo pone a trabajar de aprendiz en una joyería gracias a su amistad con el joyero Pedro Oliart, quien lo recomienda para un taller de la calle San Salvador de Barcelona. A partir de 1947 comienza a dar los primeros pasos

* Durante muchos años se ha creído que Juan Marsé Carbó nació el día 8 de enero de 1933, y así lo muestran todas las notas biográficas de sus libros publicados hasta la fecha, pero Josep Maria Cuenca, en su obra maestra biográfica (*Mientras llega la felicidad*, Anagrama, 2015), se ha encargado de aclararlo y de sacar a la luz varios misterios que rondaban el Guinardó de Marsé, debido, sobre todo, al mutismo y despreocupación del novelista, que nunca tuvo necesidad de conocer la verdad.

en el mundo literario: lee *La isla del tesoro* de Stevenson, una obra perfecta, dirá, a la que ni sobra ni falta nada; *Grandes esperanzas* de Dickens, uno de sus maestros; *El Quijote*; a Stefan Zweig; a William Somerset Maugham; a Hamsum, autor de *Hambre*; los cuentos de Hemingway, entre los que destaca «Las nieves del Kilimanjaro», relato que será para él un texto de cabecera, y, por supuesto, lee a Galdós y a Baroja, sus maestros españoles. También en esta época escribe sus primeros cuentos, muchos de ellos intimistas, y una obra teatral.

Entre 1955 y 1956 realiza el servicio militar en la Agrupación de la Comandancia General de Ceuta. Éstos son años de formación literaria, puesto que el tedio y la buena suerte (realiza guardias sin fusil, pero con machete) hacen que lea todo cuanto cae en sus manos (Raymond Chandler, Dashiell Hammett y, sobre todo, William Faulkner serán un importante aliciente y descubrimiento) y escriba muchas cartas, largas y profundas, a sus amigos de Barcelona. También da clases de francés a un capitán y graba en su memoria la extraña historia de un teniente apellidado Bravo que le servirá, años después, para el cuento que dará título al libro de 1987. En Ceuta también escribe la novela breve *Miguel*, hoy desaparecida, pero que será una primera versión de *Encerrados con un solo juguete*.

Al regreso del servicio militar publica sus primeros relatos en la mítica revista *Ínsula*: «Plataforma posterior» (junio de 1957) y «La calle del dragón dormido» (octubre de 1959). Además, ya en julio de 1957 comenzará a colaborar en la revista *Arcinema* con críticas del cine de Marcel Camus, Charles Chaplin, Federico Fellini, Luis García Berlanga y Stanley Kramer, entre otros. También realizará dos entrevistas un tanto peculiares a Lola Flores y al torero Mario Cabré. Dos años después gana el Premio Sésamo de cuento con «Nada para morir» y presenta *Encerrados con un solo juguete* al Premio Biblioteca Breve, organizado por la editorial Seix Barral, donde queda finalista. La novela será publicada al año siguiente «con honores de premio». Aquí ya aparecen algunos ingredientes de su novelística: la diferencia de clases sociales, las huellas de la Guerra Civil, la sexualidad, la muerte, el destino trágico de unos personajes que no están de acuerdo con la realidad del mundo que les ha tocado vivir.

En 1961, gracias a la ayuda de la editorial Seix Barral, migra a París con una bolsa de viaje de mil francos –una beca de unas trece mil pesetas– pagada por el Congreso por la Libertad de la Cultura. En París, sin embargo, pronto se le acaba el dinero (y con él, la vida de bohemio) y Marsé debe trabajar impartiendo clases de español para conseguir unos francos que le permitan alargar su corta temporada en la *ville lumière*. También en París tiene tiempo de coquetear con la política e iniciar una breve relación con el Partido Comunista, en el que se inscribe. Durante un breve tiempo asiste a las clases de historia y teoría política del mítico Jorge Semprún (alias *Federico*), pero Marsé, que es un escéptico, pronto se desencanta. Son tiempos en los que también publica su segunda novela, *Esta cara de la luna*, aunque demasiado pronto —razón por la cual a partir de 1982 no volverá a reeditarse—, e idea *Últimas tardes con Teresa*. En un cuaderno escribe consideraciones médicas sobre Maruja, apuntes en torno al antiguo conflicto cervantino entre apariencia y realidad, el ideario político de Teresa, los nombres de los personajes, la estructura de la novela y un largo etcétera de notas que le servirán para, una vez instalado en Barcelona, empezar a narrar. Juan Marsé lo ha señalado muchas veces: es un escritor que necesita vivir la experiencia literaria, observarla, ver él mismo los barrios y las calles de esa Barcelona mental, desde el Monte Carmelo hasta el Guinardó.

En 1965, ya de vuelta en España, durante unas vacaciones en Nava de la Asunción (Segovia), corrige la última versión de la novela y da a leer a los poetas amigos Ángel González y Jaime Gil de Biedma el último capítulo. Marsé tiene dudas sobre la musicalidad de la prosa y los sueños del Pijoaparte y necesita disponer de su opinión experta. Ambos coinciden en que será una novela sensacional. Así que una vez terminada la presenta al Premio Biblioteca Breve y, tras una ardua deliberación del jurado (el otro libro finalista era nada menos que *La traición de Rita Hayworth*, del escritor argentino Manuel Puig), lo gana. Cuando se publica la novela en 1966, el reconocimiento de la crítica y del público es unánime. *Últimas tardes con Teresa* supone una renovación narrativa que supera los rígidos esquemas del realismo social vigentes hasta la fecha y se convierte en una de las obras más leídas y reeditadas de la época.

Durante los siguientes años Marsé trabaja de publicista, escribe contracubiertas para libros de la editorial Planeta y diálogos para guiones junto con su amigo Juan García Hortelano, uno de los escritores más sobresalientes del siglo XX en España. Este contacto con la editorial propicia un acercamiento del editor José Manuel Lara para la posible publicación de *Pudridero de infantes*, su cuarta novela. No obstante, debido a un desacuerdo con Planeta, la obra verá la luz finalmente en 1970 y de nuevo en Seix Barral, bajo el título *La oscura historia de la prima Montse*. En ella aparece otra vez Manolo Reyes, el Pijoaparte de *Últimas tardes con Teresa*, que está preso en la cárcel y del que se enamora la protagonista. La diferencia con la novela anterior reside en que aquí el Reyes más afanoso consigue el trabajo, aunque no desclasarse.

Poco después nombran a Marsé redactor jefe de la revista *Bocaccio*, dedicada al hombre moderno, la música, la literatura, la moda y la belleza femenina. La revista toma el nombre de la Bocaccio boîte, la discoteca que Oriol Regás abrió en la Barcelona de la calle Muntaner en 1967, que será el lugar de reunión de la *gauche divine*, expresión francesa que significa «izquierda divina» y que hace alusión a los intelectuales de izquierda dueños de un espacio de libertad en la Barcelona de los años sesenta. El crítico y amigo de Marsé, Joan de Sagarra, acuñó la expresión, en cuya nómina se incluye a Pere Garcès, Ricardo Bofill, Enric Barbat, Jorge Herralde, Beatriz de Moura, Salvador Pániker, Rosa Regàs, Ana María Moix, Pere Gimferrer, Román Gubern, Oriol Bohigas, Teresa Gimpera y José María Castellet, entre otros muchos. Juan Marsé narrará los avatares de esta discoteca en un cuento aparecido en la revista *Urogallo* en 1986, «Noches en el Bocaccio».

Al cabo de tres años, en 1973, se publica en México *Si te dicen que caí*, podría decirse que su obra de madurez. Tras ganar en octubre el I Premio Internacional de Novela, el libro tiene que publicarse en el extranjero debido a problemas con la censura, cuyo informe es triste y concluyente: «Es la historia de unos chicos que en la posguerra viven de mala manera, terminan en rojos pistoleros atracadores, van muriendo... Todo ello mezclado con putas, maricones, gente de mala vida». En 1974, la editorial mexicana Novaro intenta publicar la novela en España a través de su sucursal en el país, pero no consigue el permiso. Hasta 1976, muerto Franco, no se editará aquí, y ya al amparo de la editorial Seix Barral.

En 1978 gana el Premio Planeta por *La muchacha de las bragas de oro*. El germen de la novela está en «Parabellum», un cuento publicado el año anterior en la revista *Bazaar*. Con una trama casi similar a este último relato, en la novela Marsé narra la historia de Luys Forest, un hombre de pasado franquista que se retira a la costa para escribir y maquillar sus memorias. A dos meses de ser aprobada la constitución, el escritor catalán toca en la obra un tema importante: el de la memoria histórica.

Durante los años ochenta, Juan Marsé continúa trabajando a un ritmo frenético en varias novelas y relatos: *Un día volveré* (1982), *Ronda del Guinardó* (1984) y *Teniente Bravo* (1986). En la primera, el anarquista Jan Julivert, guerrillero y atracador de bancos, regresa a su barrio después de haber pasado una larga temporada en la prisión de Burgos, nadie sabe si para vengarse del juez que lo metió en la cárcel. La segunda es una breve novela perfecta ambientada en los años cuarenta en la que se unen dos personajes antagónicos: un comisario franquista a punto de jubilarse y una niña huérfana de trece años a la que busca para identificar el cadáver del hombre que la violó dos años atrás. La novela recibe críticas admirables y obtiene en 1985 el Premio Ciudad de Barcelona. Finalmente, *Teniente Bravo*, su libro de cuentos, recibe críticas elogiosas, que, como antes había sucedido con la novela, también encumbran a Marsé como maestro del relato corto.

Entre junio de 1988 y enero de 1990 mueren cuatro seres muy queridos para él: sus padres, Pep Marsé y Berta Carbó, y los poetas Carlos Barral y Jaime Gil de Biedma. No obstante, su labor creativa no cesa y en 1990 consigue el Premio Internacional Ateneo de Sevilla, patrocinado por la editorial Planeta, gracias a la novela *El amante bilingüe*. El libro, que cuenta la historia de un matrimonio constituido por Norma, comisaria lingüística de la Generalitat, y Juan Marés, catalán de origen humilde, es una parodia tanto de la sociedad catalana como de la propia obra de Marsé. La crítica se muestra positiva y la acepción «maestro» vuelve a parecer en unas coordenadas que otorgan al autor la llave de un universo original y propio. Con todo, la novela deriva en una polémica extraliteraria: la de los nacionalistas catalanes que nunca le han perdonado a Marsé que escribiera en castellano.

En 1993 aparece *El embrujo de Shanghai*, título que proviene de la película homónima de Josef von Sternberg (originalmente, *The Shanghai Gesture*, 1941). De nuevo Marsé sitúa la novela en el espacio mítico de la Barcelona de posguerra, donde el capitán Blay, protagonista quijotesco, vive obsesionado por los escapes de gas que podrían hacer volar el barrio entero. A esta trama se le suma también la historia que narra Nandu Forcat, otro personaje: un relato de aventuras ambientado en la lejana y exótica Shanghai. Estamos ante una de las mayores cotas literarias de Marsé, con la que obtiene el Premio de la Crítica y el Premio Europa de Literatura.

En mayo del año 2000 sale a la venta *Rabos de lagartija*, un nuevo éxito que le vale dos premios importantes: el de la Crítica y el Nacional de Literatura. La narración se vuelve a situar en los años cuarenta: Rosa Bartra, una bella mujer –embarazada, sola y con un hijo pequeño llamado David– sobrevive al acoso policial del inspector Galván en una casa destartalada que había pertenecido a un otorrino asesinado por los nacionales. Con el barrio de Guinardó como espacio narrativo, Marsé acude otra vez a la memoria como instrumento de trabajo.

En 2005 se publica la duodécima novela de Marsé, titulada *Canciones de amor en Lolita's Club*, ambientada en la periferia barcelonesa. La prostitución, las drogas e incluso el terrorismo forman parte de una obra que surge de un guión de cine. La historia trata de dos hermanos gemelos, Raúl y Valentín: un policía amenazado por la mafia gallega y por ETA, y un deficiente mental, respectivamente. La novela recibe buenas críticas y, en 2006, el Premio Quijote de las Letras Españolas otorgado por la Asociación Colegial de Escritores de España (ACE).

El 27 de noviembre de 2008 le conceden a Marsé el Premio de Literatura en Lengua Castellana Miguel de Cervantes, el más importante de las letras españolas. El galardón supone un reconocimiento a toda una vida dedicada a narrar historias, pero sobre todo al arte de saber contarlas bien. A diferencia de otros premiados, en este caso el acuerdo es unánime. Tras el Cervantes, su siguiente novela aparece en 2011, *Caligrafía de los sueños*. En realidad, el novelista catalán la venía anunciando desde hacía tiempo con otro título: *Aquel muchacho, esta sombra*. Para muchos, y también para Marsé, quizá sea su obra más autobiográfica. El protagonista es Ringo, cuyo nombre verdadero es Mingo, un muchacho de quince años, hijo adoptivo de una enfermera llamada Berta y de su marido Pep. Mientras el padre de Ringo trabaja desratizando cines en Barcelona, él emplea su tiempo en un taller de joyería y pasa las horas muertas en el bar Rosales, escuchando, leyendo y escribiendo cuanto sucede a su alrededor: ahí tiene conocimiento de la fatal historia de amor entre Vicky Mir y el señor Alonso, que desemboca en un intento de suicidio.

Finalmente, a finales de 2014 Marsé publica una novela breve, o *nouvelle*, de extensión inferior a obras anteriores, titulada *Noticias felices en aviones de papel*. La acción nos sitúa en los años ochenta, en un edificio del barrio de Gracia de Barcelona, donde una mujer llamada Ruth se ha instalado con su hijo Bruno tras una traumática separación. Cuando entra en escena la señora Pauli, una anciana de origen polaco que vive en el último piso del edificio, la narración se traslada cuatro décadas atrás hasta el gueto de Varsovia. El título de la novela hace referencia al pasatiempo de la anciana, hacer aviones de papel con hojas de periódico y lanzarlos desde su balcón.

Como hemos visto a lo largo de estas páginas, la trayectoria narrativa de Juan Marsé es una de las más ricas y originales de la literatura española contemporánea. Tras debutar en un momento clave de nuestras letras, los años sesenta, el escritor continúa publicando libros de calidad incuestionable en pleno siglo XXI. Los fieles lectores de Marsé siempre esperan con expectación su próximo libro para volver a adentrarse en un universo narrativo «singular y obligatorio», como lo definió Vázquez Montalbán, «para reencontrar a la vez la realidad y el pasado».

PREMIOS LITERARIOS Y OTRAS DISTINCIONES

1959   Premio Sésamo de Cuentos por «Nada para morir»

1960   Finalista del Premio Biblioteca Breve de la editorial Seix Barral (declarado desierto) por *Encerrados con un solo juguete*

1966   Premio Biblioteca Breve por *Últimas tardes con Teresa*

1973   I Premio Internacional de Novela de México por *Si te dicen que caí*

1978   Premio Planeta de Novela por *La muchacha de las bragas de oro*

1985   Premio Ciudad de Barcelona por *Ronda del Guinardó*

1990   Premio Ateneo de Sevilla por *El amante bilingüe*

1994   Premio de la Crítica y Premio Europa de Literatura (Asterión) por *El embrujo de Shanghai*

1997   Premio Juan Rulfo de Literatura Latinoamericana y del Caribe, hoy Premio FIL de Literatura en Lenguas Romances de México

1998   Premio Internacional Unión Latina

2001   Premio de la Crítica y Premio Nacional de Narrativa por *Rabos de lagartija*

2002	Medalla de Oro al mérito cultural del Ayuntamiento de Barcelona
2003	Premio de la Associació d'Amics de la UAB
2004	Premio de Extremadura a la Creación Literaria
2006	Premio Quijote de las Letras Españolas concedido por la Asociación Colegial de Escritores de España (ACE) por *Canciones de amor en Lolita's Club*
2008	Premio de Literatura en Lengua Castellana Miguel de Cervantes y Premio Carlemany Internacional de Literatura del Gobierno de Andorra
2010	Premio Internacional de la Fundación Cristóbal Gabarrón de Letras

OBRA BÁSICA Y PRIMERAS EDICIONES
DE JUAN MARSÉ
(se añade también el año de las primeras ediciones
de la actual biblioteca Marsé en Debolsillo)

Novelas

Encerrados con un solo juguete, Barcelona, Seix Barral, 1960; Barcelona, Debolsillo, 2003.

Esta cara de la luna, Seix Barral, 1962.

Últimas tardes con Teresa, Seix Barral, 1966; Debolsillo, 2001.

La oscura historia de la prima Montse, Seix Barral, 1970; Debolsillo, 2002.

Si te dicen que caí, México D.F., Novaro, 1973 (la primera edición de este libro en España también fue publicada por Novaro en 1974; sin embargo, no llegó a distribuirse. En 1976 la publica Seix Barral); Debolsillo, 2003.

La muchacha de las bragas de oro, Barcelona, Planeta, 1978; Debolsillo, 2006.

Un día volveré, Barcelona, Plaza & Janés, 1982; Debolsillo, 2003.

Ronda del Guinardó, Seix Barral, 1984; Debolsillo, 2003.

El amante bilingüe, Planeta, 1990; Debolsillo, 2007.

El embrujo de Shanghai, Plaza & Janés, 1993; Debolsillo, 2002.

Rabos de lagartija, Barcelona, Lumen, 2000; Debolsillo, 2001.

Canciones de amor en Lolita's Club, Lumen, 2005; Debolsillo, 2006.

Caligrafía de los sueños, Lumen, 2011; Debolsillo, 2012.

Noticias felices en aviones de papel (con ilustraciones de María Helguera), Lumen, 2014.

Cuentos

Teniente Bravo, Seix Barral, 1987; Debolsillo, 2004.

Cuentos Completos (edición e introducción de Enrique Turpin), Madrid, Espasa Calpe, 2002.

Literatura infantil

La fuga del Río Lobo (con ilustraciones de Berta Marsé), Madrid, Debate, 1985.

«Un automóvil de acero inexorable» (ilustraciones de Silvia Álvarez), aparecido en el libro colectivo *Una grandiosa espina*, Madrid, Médicos del Mundo/ PBM, 2002, pp. 20-24.

«Nadie quiere un perro» (con ilustraciones por Sergi Càmara), aparecido en el libro colectivo *Aventuras con mis mejores amigos*, Barcelona, Bayer Health-Care, 2004, pp. 16-30.

El detective Lucas Borsalino (con ilustraciones de Roger Olmos), Madrid, Alfaguara, 2012.

Otras publicaciones

1939-1950. Años de penitencia, Barcelona, Difusora Internacional (colección «Imágenes y recuerdos»), 1971.

1929-1940. La gran desilusión, Difusora Internacional (colección «Imágenes y recuerdos»), 1972.

Señoras y señores (prólogo de Manuel Vázquez Montalbán), Barcelona, Punch, 1975.

Confidencias de un chorizo, Planeta, 1977.

Señoras y señores (prólogo de Manuel Vázquez Montalbán), Planeta, 1977.

El Pijoaparte y otras historias (prólogo de Lolo Rico Oliver e ilustraciones de Constantino Gatagán), Barcelona, Bruguera, 1981.

Señoras y señores, Barcelona, Tusquets, 1988.

Señoras y señores, Plaza & Janés, 1998.

Las mujeres de Juanito Mares (edición e introducción de José Méndez), Espasa Calpe, 1997.

La gran desilusión, Seix Barral, 2004.

Juan Marsé. Periodismo perdido (Antología 1957-1978), introducción, edición y notas de Joaquín Roglan, Barcelona, Facultat de Comunicació Blanquerna/ Edhasa, 2012.

Señoras y señores (prólogo de Carmen Romero y dos retratos escritos para esta edición: los de Artur Mas y María Dolores de Cospedal), Barcelona, Alfabia, 2013.

Libros sobre la vida y la obra de Juan Marsé

Ronda Marsé. Edición de Ana Rodríguez Fisher (varios autores), Canet de Mar (Barcelona), Editorial Candaya, 2008.

Josep Maria Cuenca, *Mientras llega la felicidad. Una biografía de Juan Marsé*, Barcelona, Anagrama, 2015.

MARSÉ Y EL CINE

El narrador de *Últimas tardes con Teresa* dice en un momento de la novela: «Incluso con el buen cine, uno pierde el sentido de la realidad». En varios lugares se mencionan los cines de barrio y los cines de estreno, así como también el cine Roxy, determinante en la vida y obra de Marsé. El séptimo arte es muy importante en su obra y viceversa, ya que prácticamente todas sus novelas han sido adaptadas al cine. A pesar de esto Juan Marsé siempre se ha mostrado muy crítico con los cineastas que han adaptado sus libros, a quienes llama «peliculeros». A los gritos de éstos él siempre ha respondido que vende los derechos de sus novelas, pero no su opinión: «Ellos tienen derecho a hacer sus películas y a equivocarse». Sin embargo, es cierto que normalmente ha esperado a que transcurriera tiempo suficiente al estreno de la película para no interferir con sus opiniones en el desarrollo mercantil de la cinta.

Su preocupación mayor ha sido que las adaptaciones cinematográficas hayan sido «demasiado fieles» a las novelas. Como no es lo mismo lo que se lee que lo que se ve, una adaptación no siempre funciona cuando se intenta reconstruir el mismo artefacto narrativo con otros materiales, algo que sucede fallidamente, por ejemplo, con los diálogos. En estos dos artes, el literario y el cinematográfico, existe un conflicto entre lo creíble, lo inverosímil y lo real. El novelista tiene que hacer creíble lo real para que no resulte inverosímil, y para ello sólo tiene el lenguaje escrito. El director, no obstante, para hacer creíble lo real posee una sucesión de imágenes que conforman la película, el sonido y otros mecanismos propios del cine. Así, siguiendo con el ejemplo, los diálogos de la novela no tienen la misma fuerza ni el mismo sentido incorporados al guión de una película, y mucho menos pronunciados por un actor en pantalla.

Respecto a la adaptación de *Últimas tardes con Teresa*, habría que señalar que antes de que Gonzalo Herralde se hiciera cargo de la dirección, la novela tuvo muchos pretendientes: Cesáreo González (Sonia Bruno interpretaría a Teresa), Pilar Miró, Joan Manuel Serrat y Julián Mateos, quien finalmente se hizo con los derechos en 1968. La intención de este último, actor y productor, era interpretar al Pijoaparte, pero el paso del tiempo (quince años) le impidió hacerlo y vendió los derechos a Pepón Coromina con la única exigencia de que fuera su mujer, Maribel Martín, quien interpretase a Teresa Serrat. Para el papel del Pijoparte se encontró a un actor vallisoletano, Ángel Alcázar, mientras que el papel de Maruja lo consiguió una jovencísima Patricia Adriani. Por lo demás, Juan Marsé intervino en la adaptación de los diálogos, mientras que el guión fue escrito por Gonzalo Herralde y Ramón de España. Las críticas, como era de esperar, fueron malas. Se habló de película mediocre carente de atractivos, donde el Monte Carmelo apenas se veía, el apodo del Pijoaparte se había suprimido y todo terminaba en una comedia romántica lejos del motivo inicial de la novela: el fracaso del protagonista por desclasarse.

LA NOVELA ESPAÑOLA
EN LOS AÑOS SESENTA

En los años sesenta aparece una hornada de nuevos fabuladores que alcanza las mayores cotas literarias de toda la posguerra. Nos referimos, fundamentalmente, a Luis Martín-Santos (*Tiempo de silencio*, 1962), Juan Marsé (*Últimas tardes con Teresa*, 1966 y *La oscura historia de la prima Montse*, 1970), Juan Goytisolo (*Señas de identidad*, 1966) y Juan Benet (*Volverás a Región*, 1968). A ellos habría que sumar tres novelistas mayores de épocas anteriores que supieron adaptarse a los tiempos para sobrevivir en un mundo literario en el que algunos escritores no les perdonaron su militancia oficial del lado del franquismo: Miguel Delibes (con *Cin-

co horas con Mario, 1966), Camilo José Cela (con *San Camilo 1936*, 1969) y, un poco más adelante, Gonzalo Torrente Ballester (con *La saga/fuga de J. B.*, 1972). Sin evadirse del mundo ni obviar la capacidad crítica de la novela, todos estos autores abandonan no obstante la idea radical de que sus obras pueden transformar la sociedad y mejorar la vida de los más desfavorecidos, tal y como creyeron los fanáticos del realismo social, puesto que el lector nunca será el obrero, más preocupado por el trabajo y la manutención de sus hijos, que por las obras literarias de estos señoritos. De ahí que a este tipo de novela se le haya llamado «realismo crítico» o «novela desmitologizadora».

Los autores del período, que nace con la publicación de la primera obra de Martín-Santos, la mítica *Tiempo de silencio*, usan técnicas narrativas novedosas, vetadas por el realismo básico anterior, y tienen por maestros a los grandes novelistas norteamericanos y europeos: Proust, Faulkner, Joyce, Kafka, Mann, etc. Cada uno de ellos, es cierto, crea su propio mundo narrativo, pero todos ahondan en la capacidad crítica y de denuncia que tiene la novela y el uso estético del lenguaje, la experimentación formal y el uso de múltiples narradores. A todo esto hay que sumar la llegada, a partir también de 1962, de una generación de novelistas hispanoamericanos de diversos países (Perú, Colombia, México, Argentina, Guatemala, etc.) que, apoyados desde la editorial Seix Barral y la Agencia Literaria Carmen Balcells, hacen que los años sesenta sean el período de oro de la narrativa escrita en español, y quizá el más apasionante de toda su historia. Autores como Mario Vargas Llosa (*La ciudad y los perros*, 1962; La casa verde, 1966; *Conversación en La Catedral*, 1970), Carlos Fuentes (*La muerte de Artemio Cruz* y *Aura*, ambas de 1962), Gabriel García Márquez (*El coronel no tiene quien le escriba*, 1961; *Cien años de soledad*, 1967) y Julio Cortázar (*Rayuela*, 1963) llevan a cotas inimaginables la novela escrita en nuestro idioma. De hecho, el éxito de estos autores provoca que escritores anteriores a ellos sean descubiertos por el mercado editorial español y rescatados del silencio: Miguel Ángel Asturias (*Hombres de maíz*, 1949), Alejo Carpentier (*El reino de este mundo*, 1949; *Los pasos perdidos*, 1953; *El siglo de las luces*, 1962), Juan Rulfo (*Pedro Páramo*, 1955) y Juan Carlos Onetti (*La vida breve*, 1950; *Los adioses*, 1954; *El astillero*, 1961). Todos estos escritores se caracterizan por mezclar fantasía y realidad, la experimentación novelesca y el uso brillante del lenguaje.

Por centrarnos un poco, hay que decir que en aquellos autores españoles de los años sesenta sobresalen ciertas características y técnicas comunes por las que han podido ser agrupados: gracias al perspectivismo múltiple el novelista consigue que la trama sea compartida por varios narradores; la forma en que se narra predomina asimismo sobre el argumento; la estructura es compleja, con saltos temporales, historias cruzadas y uso del contrapunto, es decir, de varias historias simultáneas; abundan los monólogos interiores a través de los cuales el lector conoce el interior de los personajes sin intervención de un narrador, y, finalmente, se da un manejo muy cuidado del lenguaje.

Como vemos, la publicación de *Últimas tardes con Teresa* acontece en un panorama narrativo variado y de una enorme calidad. Aunque falten muchos autores por enumerar dentro de un paisaje tan amplio, la nómina es abundante y lo será aún más con los que surjan tras el fin del franquismo. Podría decirse que *La verdad sobre el caso Savolta* de Eduardo Mendoza, publicada en 1975, abre una nueva época, la llamada novela de la democracia, caracterizada por la diversidad estética de sus creadores, todo lo cual llega hasta hoy.

ÚLTIMAS TARDES CON TERESA

Juan Marsé es uno de los pocos narradores natos que nos quedan: inventa historias apoyándose en su experiencia vital y memoria, pero sobre todo sabe cómo contarlas. Se inserta en la tradición de fabuladores que constituye la columna vertebral de la narrativa española: empieza en Miguel de Cervantes; sigue con José Francisco de Isla, autor de *Historia del famoso predicador fray Gerundio de Campazas, alias zotes*, la única gran novela del siglo XVIII; continúa con Benito Pérez Galdós; atraviesa la obra de Pío Baroja, y llega hasta Marsé. En no pocas entrevistas el autor de *Últimas tardes con Teresa* ha reconocido a Baroja y a Galdós como maestros, pero también a Miguel de Cervantes. Recordemos que en el magnífico y acertado discurso de recepción del Premio Cervantes el novelista catalán señaló que su primera lectura del *Quijote* fue una experiencia especial, sentado en los bancos ondulados del parque Güell, pero también que en esta obra del caballero trastornado por la literatura «que no distingue entre apariencia y realidad, anida, como es bien sabido, el germen del fundamento de la ficción moderna en todas sus variantes [...] De un modo u otro, consciente o no de ello, he buscado en toda obra narrativa de ficción un eco, o un aroma, de ese eterno conflicto entre apariencia y realidad, que de tantas maneras se manifiesta en el transcurso de nuestras vidas». De hecho, al igual que el hidalgo manchego, el charnego Manolo Reyes choca con la realidad que lo azotará hasta la «justicia» poética final, con la diferencia de que no hay bondad ni virtudes premiadas, sino sólo y finalmente maldad castigada, si entendemos el comportamiento del murciano como una acción muy poco virtuosa: su afán por medrar en la escala social catalana.

CONTEXTO HISTÓRICO-SOCIAL

El relato se sitúa en los años cincuenta, exactamente en el ecuador de la dictadura militar de Franco. Es la época de apogeo y consolidación del régimen que continúa con la censura y la tutela de la sociedad española, incapaz, según sus dirigentes (Iglesia y Estado), de gobernarse por sí misma. Transcurridos los años de excesiva penuria de la década anterior, hacia 1950 España comienza a ser aceptada internacionalmente y se inicia un desarrollo que tendrá su apogeo en los años finales de los sesenta e inicios de los setenta: la ONU revoca las medidas contra Franco; los Estados Unidos de América contribuyen a la recuperación con los préstamos; se firman concordatos con la Santa Sede, lo que hace de España un país profundamente controlado por la Iglesia; aparecen las primeras huelgas y manifestaciones de la disidencia política exigiendo mayor libertad... De este modo, poco a poco, los años sesenta apuntan cierto esplendor económico debido a la inversión extranjera atraída por los bajos salarios, el turismo y la emigración interior de las zonas rurales a las grandes ciudades, lo que derivó en la marginación, el desarraigo, el chabolismo y la creación de barrios periféricos. Así sucede en *Últimas tardes con Teresa*, pues el contexto del que surge Manolo Reyes es el de los andaluces desplazados hacia Barcelona en los años cuarenta, a quienes se conocerá en Cataluña como *xarnegos*, o charnegos.

Ciñéndonos a Barcelona, cabe señalar las manifestaciones y los movimientos estudiantiles que surgieron en la universidad en el invierno del 56-57. Cerca de quinientos estudiantes se encerraron como protesta en la Universidad de Barcelona (con el propósito de salir poco después), pero las fuerzas del orden se lo impidieron. Las cargas, las multas y las detenciones derivaron en el cierre

495

de la universidad, un hecho que no se producía desde la Guerra Civil. Tras estos incidentes los universitarios de izquierdas crean el Partido Socialista Unificado de Cataluña (PSUC), de ideas marxistas. En este contexto se mueve también la novela, en concreto Teresa Serrat y sus amigos izquierdistas liderados por Luis Trías de Giralt.

Hay dos acontecimientos en la novela que ponen de manifiesto estas realidades históricas: por un lado, la llegada del padre de la cuñada de Manolo, y dueño del taller de bicicletas, un viejo mecánico del barrio malagueño del Perchel, que llega al Monte Carmelo con su hija en una de las primeras grandes oleadas migratorias de 1941 (p. 40); por el otro, los desórdenes y los manifestaciones que se produjeron en el mes de octubre de 1956 en la Universidad de Barcelona entre el estudiantado, donde, se cuenta en la novela, participaron activamente Teresa Serrat y Luis Trías de Giralt (p. 115). A esta dicotomía social hay que sumar la línea cronológica del protagonista que se inicia con su llegada a Barcelona, en el otoño de 1952, hasta su salida de la cárcel en 1959, dos años después de su detención.

ACCIÓN, ARGUMENTO Y TRAMA

La *acción* narrativa es cambio y depende del ritmo. Hay dos formas de mostrarla: siguiendo un orden lógico o un orden libre. En el primer caso, las acciones se ordenan de una manera cronológica y causal, es decir, siguiendo el orden lógico temporal de los acontecimientos, a la manera realista. En cuanto al *argumento*, no debemos confundirlo con el resumen, contracubierta o sinopsis, que suele incluir opiniones de los editores, o de los encargados de elaborar el resumen, aunque sin anular el suspense y la intriga; ni tampoco con la reseña, un tipo de texto periodístico que encontramos en los suplementos culturales, revistas literarias, blogs o incluso redes sociales, en los que un lector analiza una obra determinada atendiendo habitualmente a sus rasgos estilísticos. Se puede decir que el argumento narrativo es la disposición cronológica, en orden temporal lógico, de los hechos fundamentales que sufren o realizan los personajes. La *trama*, finalmente, es la forma como el narrador organiza el argumento de la novela. En ciertos casos, uno y otra pueden ser coincidentes, como sucede en la novela del XIX, de tal forma que los hechos fundamentales del argumento y de la trama coinciden de una manera cronológica.

En *Últimas tardes con Teresa*, Juan Marsé mezcla los tipos de *acción* (orden lógico y libre), por lo que consigue en el ritmo una armoniosa combinación: es conservador en la cronología de la historia pero introduce cambios de perspectiva según convenga al hilo de la narración y a los intereses y preocupaciones de sus personajes. Asimismo, argumento y trama no concuerdan plenamente. Es decir, ordena artísticamente el conjunto de hilos narrativos que componen el *argumento* de la novela y los ajusta a su interés por presentar la *trama*: alterando el plano temporal, anticipando acontecimientos importantes, ocultando otros, o presentándolos en retrospectiva.

En resumen, podríamos decir que el argumento de *Últimas tardes con Teresa* es el siguiente: la noche del 23 de junio de 1956, en la verbena de San Juan, Manolo Reyes, un charnego del Monte Carmelo y ladrón de motocicletas, se introduce sin permiso en la fiesta privada de los Serrat —familia de la alta burguesía catalana— en el barrio de San Gervasio. Allí conoce a Maruja, que charla con una amiga llamada Teresa. Creyendo que aquélla es alguna burguesita, la seduce con engaños, ocultando su origen y verdadera profesión. Al final de la noche se despiden y quedan para el día siguiente, pero Maruja no se presenta. Tres meses después, y por casualidad, se reencuentran en la Villa que los Serrat tienen en Blanes, tras lo cual, el afán de Manolo por poseerla hace que el charnego se introduzca en la habitación de Maruja y pase con ella la noche. A la mañana siguiente descubre que Maruja no es quien pretendía ser, o quien él creía ser, sino la criada. Este malentendido originará, tras el accidente de Maruja (que la postra en la clínica Balmes), otro malentendido entre Teresa Serrat y Manolo Reyes, a quien el narrador suele llamar el Pijoaparte. Para ella, él es un obrero comprometido con la izquierda revolucionaria; para él, ella es una forma de ascender socialmente. Las barreras sociales que los separan, representadas por el elenco de personajes de uno y otro lado (que analizaremos más adelante), sumadas a los celos y el desquite de Hortensia, una muchacha del barrio a la que Manolo seduce, desembocarán en el fracaso del Pijoaparte por desclasarse.

LOS TEMAS O LOS ASUNTOS DE LA NOVELA

El tema es el asunto de que trata un texto, pero el asunto de que trata esta novela no es uno solo, sino varios. El tema más importante es la aspiración del personaje principal por desclasarse, pero junto a este también hay otros temas que conviene señalar: la diferencia de clases, la inmigración andaluza a tierras catalanas o el izquierdismo de la burguesía. Hay más temas, no obstante, como el deseo, la delincuencia, la muerte y, cómo no, la parodia de la novela social. En efecto, como señaló el crítico literario Gonzalo Sobejano, Marsé construye una parodia en sus dos vertientes: como testimonio de los sufrimientos del pueblo y como testimonio de la decadencia de la burguesía.

LA PERSPECTIVA, EL ENFOQUE
O EL PUNTO DE VISTA

Juan Marsé se sirve del mismo punto de vista que los novelistas del siglo XIX, la conciencia omnisciente, a la que habría que añadir los estilos directo, indirecto e indirecto libre, además del monólogo interior. En la novela, la visión del narrador es cabal: lo sabe todo, a diferencia de un narrador testigo, cuya visión sería parcial o limitada. Sigue un ejemplo de lo primero, donde el narrador relata el paso del tiempo, realiza resúmenes temporales, cuenta movimientos y acciones humanas, manifiesta su impresión de esas acciones e incluso se introduce en el pensamiento de Manolo Reyes para mostrar su debilidad:

> Transcurrió aquel invierno cargado de vagos presagios y, al llegar el verano, los Serrat se trasladaron de nuevo a su Villa de Blanes con la servidumbre. Manolo reanudó sus alocadas visitas nocturnas al cuarto de la criada. Iba siempre en motocicleta, que robaba en el mismo momento de partir y que luego, al regresar a Barcelona, abandonaba en cualquier calle. Llegaba a la Villa irradiando una sensación de peligro que él parecía ignorar: electrizaban sus oblicuos ojos negros y su pelo de azabache, la nostalgia invadía sus miradas y sus ademanes; y del peligro y del esplendor juvenil de estas noches de amor, quedaría, al cabo, el arrogante y ambicioso sueño que las engendró. Porque no era solamente el deseo de poseer una vez más a la linda criadita lo que le empujaba como el viento ha-

cia la costa, no era sólo el intrépido allanador de camas el que saltaba por la ventana de la imponente Villa amparándose en las sombras como un ladrón: algunas noches le daba miedo dormir en casa, eso era todo (p. 125).

A parte de esto, también debemos mencionar las diversas formas de intervención del narrador en el relato a la hora de ceder su voz a los personajes. En primer lugar, el *estilo directo*, donde son los propios personajes los que hablan directamente con las peculiaridades de su voz. En *Últimas tardes con Teresa* esto se manifiesta en la diferencia discursiva entre los burgueses de San Gervasio (pp. 335-336) y los charnegos del Monte Carmelo y Pueblo Seco (pp. 272-273).

En segundo lugar está el *estilo indirecto*, con el que el narrador introduce en el relato lo que dicen o piensan los personajes ayudándose de los verbos llamados declarativos –*dijo, exclamó, preguntó, comentó, señaló*, etc.– y el nexo «que», tal y como podemos observar en el siguiente fragmento:

> La música había cesado. Quedó con la muchacha para el día siguiente, a las seis de la tarde, en un bar de la calle Mandri. Luego se ofreció gentilmente a acompañarla, pero ella dijo que tenía que esperar a su amiga Teresa, que había prometido llevarla a casa en coche. No insistió, prefiriendo dejar las cosas como estaban (p. 32).

En tercer lugar, también destaca el uso del *estilo indirecto libre* a través del cual el narrador se introduce en la conciencia de los personajes para manifestar su pensamiento y reflejar sus ideas y sentimientos. En el siguiente párrafo, el narrador comienza hablando del cansancio del personaje y de la impresión que le causa la luz de los faroles, palideciendo por la llegada del amanecer, y termina meditando sobre lo agradable de los pinos y su relación sexual con la Lola:

Había empezado a vencerle el sueño y la fatiga y había visto que la luz de los faroles, en la ladera oriental del Carmelo, palidecía poco a poco y se replegaba en sí misma ante la inminencia del amanecer. Desapareció de su camisa rosa y de su pantalón tejano la humedad que la hierba le había pegado con las horas y pensó que, a fin de cuentas, un día de playa era lo mejor, entre los pinos se está bien, puede que la Lola no resulte tan ñoña como yo imagino, rediós, qué mujerío el de mi barrio (p. 78).

Finalmente, el monólogo interior, que encontramos representado en esta novela de forma especial en los dos que Maruja desarrolla justo después de sendas escenas donde Teresa y Manolo comparten algo más que confidencias. Exactamente, en los capítulos noveno de la segunda parte (pp. 291-296), después de retozar sobre las toallas de la playa, y tercero de la tercera parte (pp. 390-396), tras la paliza en la azotea del Pueblo Seco.

EL TIEMPO NARRATIVO

El tiempo narrativo es la duración y el tratamiento de los acontecimientos de un relato. En *Últimas tardes con Teresa*, Juan Marsé trastoca el tiempo sirviéndose de prácticamente todas las técnicas posibles de acuerdo con las necesidades de la trama. Por ejemplo, hay *anticipaciones*, también llamadas premoniciones, prospecciones, prolepsis o incluso *flash-forward* en un sentido más técnico. Con ellas el narrador adelanta acontecimientos futuros que de otro modo aparecerían más tarde en la línea cronológica-causal de los sucesos:

Años después, al evocar aquel fogoso verano, los dos tendrían presente no sólo la sugestión general sobre cada acontecimiento, con su variedad dorada de reflejos y falsas promesas, con sus muchos espejismos de un futuro redimido, sino también el hecho de que en el centro de la atracción del uno por el otro, incluso en la médula misma de los besos a pleno sol, había claroscuros donde anidaba ya el frío del invierno, la bruma que borraría el espejismo (p. 355).

Lo contrario de la anticipación es la *evocación*, también llamada retrospección, analepsis o *flash-back*. Con ella el narrador pretende relatar acontecimientos sucedidos en un tiempo anterior al que se está narrando, tal y como sucede en el siguiente fragmento:

> Un año antes, adivinando o presintiendo la apoteosis actual de este prestigio, Teresa Serrat se había sentido arrastrada a colaborar con él en infinidad de actividades culturales y extraculturales (p. 150).

Respecto a las relaciones de duración, donde lo que importa es el contraste entre el tiempo dedicado a narrar una acción y el tiempo que ocuparía dicha acción en la realidad, hay que distinguir:

• la *pausa*, dedicada a las descripciones y reflexiones, los monólogos de Maruja o las descripciones que realiza el narrador sobre los lugares (Monte Carmelo, por ejemplo) y personas («Los largos y sedosos cabellos, a pesar del desorden, dejaban adivinar las formas nobles y hermosas del cráneo, y la cara, aunque ahora embotada por el sueño, mostraba la corrección de unos rasgos suaves y afables, la nariz un poco aguileña, las mejillas azulosas y admirablemente rasuradas», p. 87);

• la *elipsis*, momento en el que se omite un período de tiempo porque no interesa narrarlo, por ejemplo, al final de la novela, la elipsis temporal de dos años sucedida entre el capítulo sexto y séptimo de la tercera parte, donde Luis Trías de Giralt nos informa del transcurso temporal desde que la Guardia Civil detuviera al Pijoaparte hasta que éste aparece en el bar Saint-Germain-des-Prés;

• el *resumen*, o tiempo con el que se sintetiza en un breve espacio de tiempo lo que podría durar años, meses o días: «Durante cuatro horas la ventana permaneció cerrada» (p. 59), y

• la *escena*, donde predomina el diálogo y generalmente el conflicto, que genera una sensación de lentitud o de similitud entre el tiempo narrativo y el tiempo real.

Finalmente, resulta interesante hablar de las *repeticiones* de un mismo acontecimiento en diversos capítulos de la novela. Por ejemplo, la huida del Pijoaparte de la Villa cuando él cree que Maruja está muerta (pp. 139 y 147). También encontramos este recurso en la última noche de Fiesta Mayor, primera escena de la novela, que coincide en el tiempo con lo que sucederá tras la cena con los Bori (pp. 15 y 409).

EL ESPACIO NARRATIVO

Podría decirse que Juan Marsé, por su magistral descripción de ambientes, ha escrito la gran novela de Barcelona. En *Últimas tardes con Teresa*, el espacio imaginario, al igual que los personajes, pertenecen a dos mundos opuestos. El Monte Carmelo y San Gervasio representan, respectivamente, las dos caras sociales de la obra: la de la inmigración y la de la burguesía. En medio, está la barrera infranqueable que separa a Manolo de Teresa, y que defienden de una parte los padres de Teresa, Luis Trías de Giralt o el resto de amigos que asisten a las tertulias en el barrio chino, mientras que del otro lado están el Cardenal, Hortensia, Bernardo Sans o la Lola. Por consiguiente, también Andalucía se opone a Cataluña, los foráneos a los locales y el bar Delicias al Saint-Germain-des-Prés. Los personajes se mueven y se sienten cómodos en sus respectivos espacios, formando parte de él, y el narrador se sirve de los cinco sentidos físicos para recrearlos, otorgándoles grados de felicidad o de fastidio, de serenidad o de tristeza, de alegría o de tedio, porque la luz y los colores, el ruido de las voces, los aromas, etc. también construyen los ámbitos, en este caso la ciudad de Barcelona, ya sea en las chabolas del Monte Carmelo, las casas destartaladas del Pueblo Seco, los amplios salones de la Villa de Blanes o el palacio del marqués de Salvatierra en Ronda.

En cierto momento de la novela, el narrador describe pormenorizadamente el interior de la Villa, lo que Manolo Reyes ve (el ala derecha, es decir, la zona noble) y lo que no desea ver (el ala izquierda, ocupada por las habitaciones de la servidumbre), mientras Maruja permanece recostada en el diván del salón y hojea revistas con indiferencia (pp. 133-134). Poco después de recorrer estos lugares comienza a rondarle al Pijoaparte la vaga sensación de haber estado allí antes. En realidad este espacio le trae recuerdos del palacio de los Salvatierra en Ronda, donde al igual que en el salón de los Serrat nada parece dispuesto a envejecer, al contrario que en su casa o en su barrio, donde todo se hace viejo y se degrada de repente. Piénsese, por otra parte, en la sensación de malestar que le produce el conjunto de chabolas, o en el bienestar que le suscita al Pijoaparte en un primer momento ese mismo salón de la Villa de Blanes, antes de la irrupción de las hermanas Sisters, cuando es invitado por Teresa.

Pero en la novela no sólo los espacios cerrados hablan de los personajes, sino también los abiertos. Por ejemplo, podríamos considerar un itinerario barcelonés siguiendo los viajes del Pijoaparte por la ciudad y sus alrededores montado en motocicletas robadas: «En contra de lo que temía, no oyó ningún silbato ni le siguió nadie. Subió por el Paseo de San Juan, General Mola, General Sanjurjo, calle Cerdeña, plaza Sanllehy y carretera del Carmelo. En la curva del Cottolengo redujo gas, se deslizó luego suavemente hacia la izquierda, saliendo de la carretera, y frenó ante la entrada lateral del parque Güell» (p. 85). En definitiva, en *Últimas tardes con Teresa*, la ciudad viva de Barcelona, con sus barrios, sus calles y sus plazas, enmarca la historia de Manolo Reyes y Teresa Serrat en un espacio mítico; de hecho, la suma de lugares hace que leamos un espacio inventado donde la memoria y el recuerdo, junto con lo que ve y vive el autor en el momento de la escritura, le dan a ese ámbito una apariencia muy real.

PERSONAJES DE NOVELA

En resumen, hay tres formas de conocer a un personaje: a través de lo que el narrador nos dice, a través de lo que el personaje dice y piensa, y a través de lo que otros personajes dicen y piensan del personaje. De este modo obtenemos un prisma suficientemente grande sobre él, porque una cosa es cómo se ve, otra cómo lo ven los demás y otra bien distinta es cómo le gustaría que lo vieran. Según ha reconocido el autor de *Últimas tardes con Teresa*, a él le interesan más los personajes femeninos que los masculinos; de hecho, aunque el más famoso de todos haya sido el Pijoaparte, debido a la invención de un modelo de conducta que ya estaba en la realidad y en nuestra tradición picaresca, las mujeres

(Teresa Serrat, Montse Claramunt, etc.) le resultan más importantes y atractivas que los hombres.

En la novela que nos ocupa, destacan tres personajes fundamentales: Manolo Reyes, Teresa Serrat y Maruja.

MANOLO REYES: En la novela es conocido de formas diversas: Manolo Reyes, Ricardo, Ricard, Ricardo de Salvarrosa, *xarnego*, murciano, andaluz, el Inglés y el Marqués, entre otros, pero el que más prestigio y carisma ha tenido es el de Pijoaparte (apodo solamente utilizado por el narrador). Vive con su hermano mayor, su cuñada y cuatro chiquillos endiablados. Se presentó en Barcelona, inesperadamente, en 1952, y la primera imagen que tenemos de él la encontramos en la verbena de San Juan, vestido con un flamante traje de verano color canela. Es un muchacho que trata de ascender en la sociedad catalana, y para ello utilizará todo su ingenio. Ladrón de motocicletas, el suyo no es un trabajo honrado, que complementa trabajando el tirón de bolso con mayor o menor fortuna. Asimismo, emplea su aspecto de conquistador para hacerse con otro botín: la mujer. De esta forma conquista el corazón de Maruja, la criada, llave maestra que le sirve para entrar en el corazón de Teresa, la señora. Sin embargo, en el fondo es un desdichado. Su complejo de inferioridad, unido a su pobreza y fuerza de seducción, lo arrastra a cometer el error de hacerse con la motocicleta del Cardenal después de haber seducido a Hortensia, muchacha de gran parecido con Teresa, aunque perteneciente a la sociedad del Monte Carmelo. Ella lo denuncia y él fracasa en su objetivo de medrar. Los personajes que pertenecen a su mundo son los siguientes:

BERNARDO SANS: El único amigo del Pijoaparte representa todo lo contrario del protagonista, tanto físicamente como desde el punto de vista de los intereses. Bernardo termina casándose con la Rosa, embarazada, y abandona el robo de motocicletas para acabar vagando borracho por las calles del Monte Carmelo.

EL CARDENAL: La relación de Manolo Reyes con el Cardenal es paternofilial. Quizá el tema de la ausencia del padre, tan presente en la narrativa de Marsé, se vea reflejado en la extraña relación entre estos dos personajes, aunque en algún momento de la novela se sugiera que pueda haber algo más.

LA HORTENSIA: Más llamativa y funcional es la relación con Hortensia (la Jeringa), puesto que una decisión suya (denunciarlo a la Guardia Civil) será definitiva para la caída del mito del Pijoaparte. Véase la descripción que realiza el narrador en las páginas 233-234.

EL HERMANO DE MANOLO REYES: Poco se puede decir del hermano del Pijoaparte, más allá de destacar la escena en el bar Delicias donde, en presencia de Teresa, descubre la mentira de su hermano.

TERESA SERRAT: Juan Marsé pertenecía a una familia de origen humilde y eran de sobra conocidos para él los barrios obreros, no así los burgueses. Mucho se ha hablado de la intención de crear un personaje caricaturesco, una mujer rica y joven vinculada a la política de izquierdas, una progre, pero el novelista catalán ha reconocido que el personaje de Teresa provenía más bien de su fantasía juvenil y erótica hacia las mujeres rubias y de ojos azules que conducen un Floride de color blanco. Teresa Serrat quiere una transformación de la sociedad, que las cosas sean de otra manera, pero la presión familiar y la detención de Manolo Reyes trastocan sus planes. A lo largo de la novela este personaje no se construye con la exactitud descriptiva del resto (Pijoaparte, Maruja o Cardenal), sino mediante pequeñas pinceladas, sugerencias y leves aproximaciones, como un resumen de acciones, un personaje visto y no visto, que aparece y desaparece a los ojos de Manolo Reyes. De hecho, no la verá de cerca hasta la escena de la verja del jardín de la Villa. De igual forma que sucede con el protagonista, pero en menor medida, también Teresa Serrat aparece con diversos nombres: como Teresa Simmons y Jean Serrat, pero también como Teresa Moreau y Teresa de Beauvoir. Los personajes que pertenecen a su mundo son los siguientes:

Sus padres, Oriol y Marta Serrat: Ellos representan en la novela el poder económico de la burguesía catalana, la certeza de que Manolo Reyes no conseguirá desclasarse porque ellos serán uno de los muros que tendría que derribar.

Los Bori (Mari Carmen y Alberto): En la novela, la aparente solución a los problemas de Manolo Reyes para progresar en el escalafón social pasan por las manos de los Bori. Amigos de Teresa, son un matrimonio extrañamente avenido que aparentan quererse pero que, en el fondo, desearían vivir cada cual por su lado.

Luis Trías de Giralt: Si bien al principio de la novela Teresa ve a Luis Trías de Giralt como un líder, a partir de la noche del accidente de Maruja, el mito del líder político cae por un desencuentro amoroso. La rivalidad de Luis con el Pijoaparte mueve sus pasiones.

Los universitarios de izquierdas: María Eulalia Bertrán, Ricardo Borrel, Leonor Fontalba y Jaime de Sangenís, los «señoritos de mierda» (p. 331), son descritos mediante breves trazos. Son cuatro amigos, sin contar ahora al líder del grupo, Luis Trías de Giralt, que están en el Saint-Germain-des-Prés cuando aparecen Teresa y Manolo: elegantes, lectores de libros de crítica literaria y de política, son todos estudiantes universitarios, muy diferentes de los muchachos endomingados del barrio del Guinardó.

MARUJA: Algún crítico ha señalado que resulta extraño e improbable que la criada compartiera diversión con sus amos en la verbena de San Juan. La propia Maruja, sin embargo, en uno de sus monólogos aclara este punto y el narrador nos informa de la amistad surgida en la niñez entre las dos muchachas. Asimismo, sabremos del interés que mostrará la familia en que la pobre sirvienta, víctima de la mala fortuna, salga adelante con los cuidados de la clínica Balmes. Su función esencial es ser llave maestra para que el Pijoaparte pueda entrar en la casa, pero no obstante Maruja es un personaje rico en detalles de la que vamos recopilando cada vez más información. Tiene un año más que Teresa, su padre es de Reus, masovero de una finca del señor Serrat, donde ella se crió y conoció a la señorita Teresa porque iba a veranear allí. Al morir la madre de Maruja, Teresa se la llevó a Barcelona para que la ayudara en la casa. Tiene una abuela y un hermano a punto de entrar en quintas, tres años mayor, que trabaja con su padre en el campo.

Finalmente, con gran ironía y quizá con la intención de reírse de sí mismo y quitar así hierro al asunto de los personajes inspirados en personas, o a lo mejor para echar más leña al fuego, muchos han visto que el personaje bajito, moreno, de pelo rizado, que siempre anda metiendo mano, y que suelta un pellizco de maestro, muy lento, pulcro y aprovechado, en la nalga de Teresa, en el Salón Ritmo del Guinardó, llamado Marsé (p. 360), es el autor mismo de *Últimas tardes con Teresa*. De esta forma la intromisión en la obra resultaría total: como autor, narrador y personaje.

Cada escritor tiene una manera peculiar de expresarse, lo que se conoce como lenguaje y estilo. En *Últimas tardes con Teresa*, Marsé reproduce el habla de los inmigrantes llegados del sur de la península y su mezcla con el geolecto español de los catalanes, pero también la jerga de los seres marginales del Monte Carmelo y el Pueblo Seco, que podemos observar en el discurso barriobajero que emplea el Pijoaparte con Maruja tras descubrir que es una simple criada (pp. 65-75), expresiones que denigran a Maruja. Asimismo, el narrador, pero también los personajes, por supuesto, usan expresiones catalanas cuando conviene a la narración: *xarnego* es el primer término de estas características que aparece en *Últimas tardes con Teresa* (p. 23), cuyo significado queda muy bien explicado al principio de la novela. Más adelante, ya en la segunda parte, vuelve a aparecer varias veces de labios de Luis Trías de Giralt para referirse a Manolo Reyes de una manera despectiva.

Los personajes del Carmelo, aunque no sepan hablar catalán correctamente, también usan ciertas expresiones populares, tales que *collons*, *noia*, *bleda*, etc. Asimismo resulta importante señalar los momentos en los que el narrador, con cierto sarcasmo, señala el «catalán insólito» usado por el Pijoaparte; a este respecto es interesante la descripción que de su catalán compone el narrador en la escena inicial de la verbena de San Juan (p. 29). El conflicto con el idioma y la nacionalidad catalana se aprecia también en el diálogo entre Teresa y Manolo (p. 220), tomando una copa en el Tíbet, cuando ella le pregunta de dónde es y él responde que de Málaga. El Pijoaparte quiere saber entonces si los padres de la burguesita son catalanes y ella responde que su padre sí, pero que su madre es medio mallorquina, aunque se criara en Barcelona. Incluso en el momento de oír al señor Serrat preguntando a Teresa en la clínica («*Nena, qui és aquest noi?*», pp. 263-265) aparece reflejado en el idioma uno de los conflictos de la novela, sobre todo cuando Manolo descubre en el tono de voz de Teresa que su interés nace de cierta nostalgia, como si sus emociones vinieran determinadas por la diferencia de clases. De hecho, Teresa responderá a su padre que no conoce de nada a Manolo, que le da pena y que es un pobre chico. El Pijoaparte comprenderá entonces que él no es para ella.

En cuanto a las figuras literarias más utilizadas por Marsé, son principalmente las siguientes:

IRONÍA

Consiste en insinuar lo contrario de lo que se dice: «saltó sobre la primera motocicleta que vio estacionada y que ofrecía ciertas garantías de impunidad (no para robarla, esta vez, sino simplemente para servirse de ella y abandonarla cuando ya no la necesitara)» (p. 19) y «el Pijoaparte empezaba, contra todo pronóstico, a dar muestras de aquella inteligencia que le llevaría lejos» (p. 121).

COMPARACIÓN

Se trata de relacionar dos términos semejantes mediante la unión de las partículas «como», «igual que», «así», «tal», «tan» (éste es uno de los recursos más usados por Marsé, de ahí la abundancia de ejemplos): «la gruesa alfombra de confeti ha puesto la calle como un paisaje nevado» (pp. 15-16); «han sido vistos ciertos perros y ciertos hombres cruzando el Carmelo como náufragos en una isla» (p. 39); «los cabellos, resbalando como la miel» (p. 110), y «el silencio de las casas de ricos era para él como una sugestiva fuerza dormida, algo así como un silencio de ventiladores parados, un vago rumor subterráneo de calefacción» (p. 268).

METÁFORA

Tropo consistente en relacionar dos términos, uno real y otro figurado, por su semejanza: «la bofetada lluviosa que anuncia el fin del verano» (p. 16), «Una serpiente asfaltada, lívida a la cruda luz del amanecer, negra y caliente y olorosa al atardecer, roza la entrada lateral del parque Güell viniendo desde la plaza Sanllehy y sube por la ladera oriental sobre una hondonada llena de viejos algarrobos y miserables huertas con barracas hasta alcanzar las primeras casas del barrio» (p. 37) y «la realidad era todavía un feto que dormía ovillado en el dulce vientre de la doncella» (p. 255).

PERSONIFICACIÓN

Consistente en conceder características humanas a lo que no lo es: «un viento húmedo dobla la esquina y va a su encuentro levantando nubes de confeti; es el primer viento del otoño» (p. 16), «La colina se levanta junto al parque Güell, cuyas verdes frondosidades y fantasías arquitectónicas de cuento de hadas mira con escepticismo por encima del hombro» (p. 36) y «el estómago vacío y el piojo verde exigían cada día algún sueño que hiciera más soportable la realidad» (p. 35); «La esplendorosa Guzzi estornudó y eructó durante un rato y luego se quedó exhausta» (p. 139).

Para acabar, un curioso recurso que se repite en la novela es el uso de los adverbios terminados en *-mente* como enumeración de ciertas circunstancias: «juntando las rodillas con fervor y deliciosamente obscena, encantadoramente vulgar en su espera —deseando descaradamente pertenecer a alguien, allí estaba exactamente igual que aquel día en la verbena» (p. 105); «Pero Teresa sufre nostalgia de cierto mar violento y tenebroso, poblado de soberbios, magníficos y belicosos ejemplares, añoranza de suburbios miserables y oceánicos donde ciertos camaradas pelean sordamente, heroicamente» (p. 146); «se habían arrastrado vergonzosamente, miserablemente» (p. 149).

ACTIVIDADES DE COMPRENSIÓN DE LA ACCIÓN, EL ARGUMENTO Y LA TRAMA

NOTA PARA ESTA EDICIÓN: «La presente edición, que considero definitiva...» (p. 7).

Lee la «Nota para esta edición» y responde a las preguntas:
• ¿Cuánto tiempo ha transcurrido entre esta y la última edición de *Últimas tardes con Teresa* modificada por Marsé?
• ¿Qué ha corregido en esta edición?
• ¿Cuál es el significado de la última frase («estas correcciones respetan lo esencial, tanto en el fondo como en la forma»)?

NOTA A LA SÉPTIMA EDICIÓN: «Si de algo puede estar más o menos seguro un autor...» (pp. 9-12).

Lee la «Nota a la séptima edición» y responde a las preguntas:

- ¿A qué se refiere Marsé cuando habla de «los auténticos nervios secretos de la novela, las coordenadas subconscientes mediante las cuales se urdió la trama»?
- En el quinto párrafo de la «Nota a la séptima edición» el autor sostiene que las imágenes que antes enumera forman la espina dorsal que sostiene toda la estructura de la novela. ¿Estás de acuerdo con esta afirmación? Reflexiona sobre ello.
- Cuando más abajo Marsé dice que la estructura se articula desde el murciano-niño caminando hacia la *roulotte* de los Moreau hasta el propio Pijoaparte cayendo en la cuneta con la rutilante Ducati entre las piernas del episodio final, ¿está hablando en realidad de la trama o del argumento?

PREÁMBULO DE LA NOVELA: «Caminan lentamente sobre un lecho de confeti y serpentinas...» (pp. 15-16).

- Localiza en la biblioteca de tu centro de estudios una edición de *Las flores del mal* del poeta francés Charles Baudelaire y busca el poema «El albatros». El albatros vuela lleno de majestuosidad, pero una vez en tierra se vuelve torpe. Éste fue escrito a bordo del velero *L'Álcide* en 1842 cuando el poeta tenía veintiún años de edad y regresaba a Francia desde la India. ¿Crees que el albatros del poema guarda alguna relación con el protagonista de *Últimas tardes con Teresa*? ¿Dónde situarías el preámbulo en la historia? ¿Con qué momento narrativo se corresponde?

Actividades de la primera parte

Capítulo I. «Hay apodos que ilustran» (p. 19).

- ¿Por qué dice el narrador que el protagonista se siente ridículo y desconcertado al ser uno de los pocos que llevan traje en la fiesta? ¿Cuál es, en tu opinión, el significado del apodo Pijoaparte? ¿A qué se debe la alternancia nominal de Manolo Reyes a lo largo de este capítulo?

• ¿Qué sentido tiene el término «*xarnego*» que aparece en la página 23 comparándolo con el término «gitano» de la página 31? ¿Consideras que la diferencia social también implica una diferencia de etnias?

• En este capítulo hay dos escenas importantes: la conversación de Manolo Reyes con Maruja y su diatriba posterior contra los dueños de la casa. ¿Cómo se comporta en cada caso? ¿Con qué giro inesperado soluciona el inconveniente de verse descubierto por la familia de Teresa?

Capítulos II-III. «El Monte Carmelo es una colina desnuda» (p. 35) y «Apenas si llegó a tener conciencia» (p. 65).

• Cuando el Pijoaparte y sus amigos son descubiertos en la playa y aquél se enfrenta a la dueña del lugar, ¿qué le hace cambiar de opinión? ¿Es la misma actitud que muestra en la verbena? ¿Por qué el Sans lo mira «francamente pasmado»? ¿Qué le reprocha el Sans a Manolo Reyes poco tiempo después y cuál es la intención del protagonista?

• Durante el reencuentro en el embarcadero entre Manolo y Maruja, ¿cómo se muestra cada personaje? ¿Por qué no acudió a la cita y cómo se refleja el hecho de que Maruja se muestre dispuesta a entregarse a Manolo? ¿Cuál es la sorpresa que se lleva el Pijoaparte por la mañana?

• ¿Por qué quiere abofetear a Maruja? ¿Qué recuerdo le asalta al Pijoaparte cuando ve el retrato de Teresa en la mesita de noche?

Capítulos IV-V. «Desde la cumbre del Monte Carmelo» (p. 77) y «Se amaban sobre el rumor de las olas» (p. 101).

Estos capítulos finales de la primera parte se centran en la relación del Pijoaparte y Maruja.

- ¿Qué diferencias hay entre la descripción del Monte Carmelo del capítulo II y la descripción que aparece en el capítulo IV?
- En la escena entre el Sans y el Pijoaparte, éste le echa en cara a su amigo que se haya enamorado. ¿Por qué? ¿Qué busca el Pijoaparte en una mujer? ¿Compañía? ¿Estabilidad? ¿Ascenso social?
- ¿Cuándo se produce el primer encuentro entre Manolo Reyes y Teresa Serrat y cómo se muestra él con ella? ¿En qué le hace pensar a Manolo cuando la ve? ¿Crees que Maruja tiene celos de Teresa?

Actividades de la segunda parte

Capítulos I-IV. «Transcurrió el invierno» (p. 125), «En tiempo de vacaciones» (p. 141), «Ahora, sin poder conciliar el sueño» (p. 171) y «Oriol Serrat entró en la clínica» (p. 189).

- ¿Por qué razón huye Manolo Reyes al finalizar el primer capítulo de la segunda parte? ¿En qué momento el capítulo dos («En tiempo de vacaciones») y la huida del Pijoaparte convergen en un mismo punto?
- ¿Qué agravio ha cometido Luis Trías de Giralt contra Teresa Serrat y por qué le parece a ella un *bluff*? ¿Cómo se da cuenta Luis Trías de Giralt que Teresa Serrat está enamorada de Manolo Reyes? ¿O sólo es admiración e idealización?
- En las páginas 174-188 se produce un equívoco importante para el desarrollo de la novela en la conversación entre Teresa Serrat y Maruja. ¿De qué equívoco se trata?

Capítulos V-VI. «Conducía el Floride hacia la cumbre del Carmelo lentamente» (pp. 201-214) y «Maruja seguía en estado estacionario» (pp. 215-232).

• ¿Qué sensación le produce a Manolo ver a Maruja postrada en la cama de la clínica Balmes y cómo reacciona?
• ¿Cuándo y en qué lugar comienza a intimar con Teresa? ¿Por qué crees que miente sobre su profesión?
• ¿Qué le sucede a Manolo Reyes con el camarero del Tíbet, al pie del Carmelo, y qué le parece a Teresa su reacción?

Capítulo VII. «El misterio del vendaje heroico se llamaba Hortensia» (pp. 233-252).

• ¿Cuál es el apodo de Hortensia y qué representa en la vida de Manolo Reyes? ¿Qué relación tiene ella con el Cardenal? El nombre del Cardenal es un misterio. ¿Qué teorías maneja Reyes sobre el origen de su apodo?
• ¿Por qué huele constantemente Manolo Reyes a almendras amargas?
• En la página 239 el narrador dice: «Él nunca pensó que fuese fea, pero tampoco tuvo conciencia de que podía haber sido bonita y en qué estilo. Ahora que conocía a Teresa, lo sabía: Hortensia era algo así como un esbozo, un dibujo inacabado y mal hecho de Teresa». ¿Qué significan estas palabras? ¿Qué función tiene que las dos mujeres se parezcan tanto?

Capítulos VIII-X. «Los primeros pasos fueron discordes» (pp. 253-276), «Teresa Simmons en bikini corriendo por las playas» (pp. 277-298) y «Siempre fue particularmente sensible al mágico» (pp. 297-319).

• ¿Se siente incómodo Manolo Reyes ante el abismo cultural que media entre él y Teresa Serrat? ¿Cómo reacciona el murciano?

• ¿Cómo se siente Manolo Reyes al ver a Teresa leyendo, echada de espaldas sobre la arena de la playa? ¿Crees que el Pijoaparte está seguro de que podría salir de su mundo y desclasarse? ¿Qué favor le pide a Teresa Serrat?

• En páginas siguientes Manolo y Teresa se besan apasionadamente sobre las toallas e incluso van más allá. ¿Qué función crees que tiene el monólogo interior de Maruja en las páginas 291-296?

• ¿A quién le recuerda la Hortensia por segunda vez? ¿Crees que la muchacha está realmente enamorada de Manolo? ¿Sería capaz de cualquier cosa?

Actividades de la tercera parte

Capítulos I-V. «La naturaleza del poder que ejercen es ambigua» (pp. 323-354), «Años después, al evocar aquel fogoso verano» (pp. 355-378), «La calle parecía el lecho de un río» (pp. 379-396), «El lento deterioro del mito trajo sus delicias» (pp. 397-414) y «A la lívida claridad» (pp. 415-446).

• ¿Qué opina el narrador de los estudiantes universitarios de izquierdas tal y como se muestran en las páginas 323-331? ¿Te parece que es el narrador el que habla o el autor filtrado en el relato? ¿Por qué Manolo no quiere hablar de política con los amigos de Teresa? En resumen, ¿cómo son tanto física como intelectualmente? ¿Te parece que estaban bien preparados para hacer la revolución obrera?

• ¿Por qué tiene miedo Teresa de que Manolo no sea sincero con ella? ¿A qué mito en decadencia se refiere el narrador? Piensa que una noche Teresa acompaña a Manolo hasta lo alto del Carmelo y ella después se cuestiona su relación con el Pijoaparte. ¿Qué ha sucedido?

• En el siguiente capítulo, el narrador insiste en la idea del lento deterioro del mito. ¿Por qué? ¿Cómo se demuestra su decadencia? ¿Quién le presta dinero y qué hace con él? Recuerda que al día siguiente del entierro de Maruja, Teresa y él quedan en verse, pero ella no se presenta. ¿Por qué? ¿Qué hace Manolo mientras tanto?

• ¿Qué dice la carta de Teresa que Manolo Reyes recibe en el bar Delicias? A continuación Manolo, loco de alegría, visita al Cardenal. ¿Para qué? ¿A quién encuentra en la casa? ¿Qué le dice el Cardenal? ¿Por qué se enfada la Hortensia después de leer la carta de Teresa? ¿Qué hace Manolo?

Capítulos VI-VII. «Bajo el sol de medianoche, en las quietas aguas privadas» (pp. 447-464) y «La mañana vibra» (pp. 465-471).

• ¿Qué fantasías tiene Manolo Reyes mientras conduce la motocicleta en busca de Teresa?
• ¿Quién detiene al Pijoaparte? ¿Qué le dice y qué responde él? ¿Quién lo ha denunciado y por qué?
• ¿Cuánto tiempo transcurre entre el penúltimo capítulo y el último? ¿Dónde ha estado Manolo Reyes todo ese tiempo? ¿Cómo se llama la primera persona a la que ve Manolo en el bar Saint-Germain? ¿Cómo se entera Teresa de que ha sido detenido y qué hace? ¿Qué ha sucedido con ella todo este tiempo?

ACTIVIDADES DE CREACIÓN
SOBRE LA PERSPECTIVA, EL ENFOQUE
O EL PUNTO DE VISTA

• Diferencia los diversos puntos de vista que aparecen en el fragmento de la página 78, desde «Había empezado a vencerle el sueño y la fatiga» hasta «Bernardo no se merece esta faena».

• Escribe una historia breve partiendo de las siguientes frases sacadas de la novela, que deberían encabezar respectivamente el principio, el nudo y el desenlace de tu relato. A continuación elimina las frases de *Últimas tardes con Teresa* y trata de darle sentido a tu historia: a) *Principio*: «Ahora, sin poder conciliar el sueño, luchaba inútilmente por olvidarlo: había sido como si alguien vomitase o muriese abrazado a ella» (p. 171); b) *Nudo*: «No habían encendido la luz: la de la luna entraba parcialmente por la ventana y se quedaba, lechosa, sobre la revuelta sábana caída al pie de la cama» (p. 137); c) *Desenlace*: «Oyeron un trotecillo sobre el terrado: el niño corría hacia ellos desnudito, llegó, cogió el transistor, les miró un instante con sus enormes ojos líquidos, y se fue» (p. 389).

• En treinta líneas, relata el sueño ilógico y caótico de un enfermo ingresado en un hospital, en presente y en primera persona.

• Piensa en un acontecimiento del pasado que te marcó sobremanera pero del que en ese momento, sin embargo, no fuiste consciente de lo importante que luego sería para ti.

• Escribe un relato en el que el narrador sea testigo, es decir, un observador de la escena en la que Manolo y Teresa están en la playa. Este narrador puede ser uno de los mirones que aparecen en las páginas 290-291.

ACTIVIDADES DE CREACIÓN
SOBRE EL TIEMPO NARRATIVO

• Escribe un texto en el que el tiempo transcurra muy despacio y luego otro en el que el tiempo transcurra muy deprisa. A continuación compara ambos ejercicios y saca conclusiones sobre el uso del tiempo, del ritmo y de la acción.

• Lee el capítulo dos («En tiempo de vacaciones») de la segunda parte (pp. 141-169) y localiza los diferentes aspectos temporales de orden (retrospección y prospección) y de duración (resumen, elipsis, escena, pausa y digresión) del tiempo narrativo que utiliza Marsé y que son una característica fundamental de su estilo en *Últimas tardes con Teresa*.

• En el mismo capítulo localiza los operadores temporales y agrúpalos según expresen el presente, el pasado, el futuro, simultaneidad, anterioridad, posterioridad y anticipación.

• Escribe siete jornadas de un hipotético diario íntimo de Maruja que empiece en los días previos a su primer encuentro con el Pijoaparte en la verbena de San Juan y finalice en los días posteriores a la cita en el bar de la calle Mandri. Cada uno de los días debe estar encabezado por una referencia temporal y expresar el pensamiento de Maruja: sus miedos, la inseguridad, las ilusiones, etc.

• Elabora una ficha temporal narrativa de la novela atendiendo a las fechas que se dan en los capítulos: «La noche del 23 de junio de 1956, verbena de San Juan» (p. 19), «oleadas migratorias de 1941» (p. 40), «en el otoño de 1952, cuando el Pijoaparte se presentó inesperadamente en el Monte Carmelo» (p. 41), etc.

ACTIVIDADES SOBRE EL ESPACIO
NARRATIVO

• Elabora un listado de los diferentes espacios que aparecen en la novela y agrúpalos en parejas: abierto-cerrado, rural-urbano, vacío-lleno, moderno-antiguo, oscuro-luminoso, etc. A continuación anota las conclusiones a las que has llegado sobre la importancia de los diversos espacios en relación al mundo interior de Manolo Reyes.

• Confecciona una ficha espacial narrativa sobre el Pijoaparte atendiendo a las siguientes preguntas: ¿dónde nació?, ¿cómo era la casa de su infancia?, ¿qué le parece la diferencia entre Ronda y Barcelona cuando llega a la ciudad en el otoño de 1952?, ¿qué lugares del Monte Carmelo le producen repugnancia?, ¿cómo es la casa del Cardenal?, ¿en qué lugar se siente más cómodo y seguro?, ¿qué sensación le produce la habitación de Maruja cuando se da cuenta de que se ha acostado con una criada?, ¿cómo es el salón donde Teresa Serrat y él están a punto de hacer el amor?

• Lee con atención la descripción del barrio del Carmelo (pp. 35-39) y a continuación describe tu barrio siguiendo los pasos del narrador.

• Elabora un listado de los lugares cercanos a ti por donde circularías en motocicleta (barrios, calles, plazas, caminos...). A continuación, usando un narrador omnisciente, elabora un texto en el que se narre un trayecto desde un punto A hasta un punto B donde se mencionen esos lugares. Haz lo mismo con un narrador en primera persona y compara el resultado.

• En treinta o cuarenta líneas, describe los siguientes espacios (a elegir dos o tres) que puedan servirte después para incorporarlos en un relato: un dormitorio poco recargado, la sala de espera de un hospital, una discoteca

llena de gente, una discoteca a primera hora de la noche
donde sólo hay una pareja bailando en la pista, el interior de un armario, el interior de tu instituto un domingo por la tarde, el parque donde jugabas en la niñez.

ACTIVIDADES DE CREACIÓN
SOBRE LOS PERSONAJES

• Elabora una tabla de adjetivos de los atributos de
Manolo Reyes, Teresa Serrat, Maruja, el Cardenal,
Hortensia, Luis Trías de Giralt y Bernardo Sans, entre
otros, atendiendo a la descripción física de la cara, la
frente, los ojos, la nariz, la boca, el cuello, la piel, el pelo,
etc. Para ello usa sólo adjetivos calificativos.
• Escribe la descripción de varios personajes que se
caractericen por su forma de hablar: un boxeador no-
queado, un extraterrestre recién llegado de Andrómeda,
un niño de siete años, un mudo, una anciana que acaba
de perder la visión.
• Redacta un cuestionario básico de treinta preguntas
sobre la infancia de un personaje que te sirvan como
modelo para otros: ¿dónde y cuándo nació?, ¿qué religión practica, ninguna?, ¿quiénes son sus padres y a qué
se dedican?, etc. Luego haz lo propio con la adolescencia y la etapa de madurez.
• Lee el capítulo cuarto de la segunda parte de *Últimas
tardes con Teresa* («Oriol Serrat entró en la clínica Balmes», pp. 189-200) y construye un esquema en el que
respondas a las siguientes preguntas: ¿qué siente el personaje (Oriol Serrat, Marta y Teresa Serrat)? ¿Cómo
sugiere el narrador lo que los personajes sienten? ¿Por
sus actos o por lo que dicen? ¿Cómo visten y qué relación tienen entre ellos? ¿Es positiva o todo lo contrario?

• Escribe la descripción de un personaje atendiendo a los rasgos físicos; a continuación, haz lo propio con los rasgos psicológicos (rarezas, defectos, virtudes, etc.); finalmente une ambas descripciones y construye un retrato.

ÍNDICE

TERCERA PARTE

GUÍA DIDÁCTICA